伊玲作品集

辛巳愚

伊玲文集

青春十字路

Youth

伊　玲／著

浙江大学出版社　｜　全国百佳图书出版单位

青春，是一种拔节的成长。我站在命运的十字路口，该向前、向后，向左还是向右？

目 录

第一季　　忆甜思苦

幸福是痛苦的前身，后来就开始报复我们了。因为我们笑得太放肆、梦想太纯真，总以为一切会在许愿中实现。所以它不平衡，它要让我们每个人都知道，那藏在幸福背后的代价！

面　试

2007 年 9 月，上海。

清晨，刺耳的闹铃声将我从梦中惊醒。穿上浅色的职业服，把头发一把扎，和以前的稚气未脱相比，自觉成熟不少。头一次踩着那五寸细高跟穿梭在拥挤的地铁站里，憋闷的空间和嘈杂的声音几度让人感到晕眩。到站时，人流一股脑儿地从车厢涌了出来。我摸摸快被折断的小腿，一扭一拐地冲出包围圈。

一路小跑来到繁荣的商业广场上，抬头望向这幢高楼，一抹反光刺向我的双眼。来到位于十二楼的上海汇意医药器械股份有限公司，我深吸一口气，径直往前台走去。

"你好。我是司徒珈，来公司参加复试的。"戴眼镜的女孩微笑地说："你好，请在这里稍等一下。轮到你了，会叫你。"

旁边一女孩拿出粉饼，在小脸上娴熟地涂抹起来。她对身边的人悄悄说："今天终面，听说刘总经理亲自上场。你说，助理的位子谁会胜任？""这谁知道，得看老板喜欢谁了！""你们怎么搞得像选妃子？大家都凭实力吃饭！"

十分钟后，女孩出来了，表情有些凝重。旁人问："怎么样？""不知道，总经理问我会不会喝酒，我天生对酒精过敏。""那你完了，肯定过不了。"

第三个女孩出来，脸上带着淡定自若的表情。看来她酒量一定很好了？

"下一个，司徒珈！"我屏住呼吸，这次，豁出去了。

推门进去，里面没有别人，只有总经理。我鞠一躬："您好，总经理。""你好，司徒小姐。今天，你是最后一名应聘的助理。""是吗，那我很幸运。""为什么？""通常，第一个和最后一个容易被记住。""呵呵，你很聪明。请坐！"我和他开始斗智斗勇。

我递上个人简历和毕业证书复印件。他看了看："高材生呐，不错。"面前的男人，年龄看上去大约四十不到，长得还算英俊，鹰钩鼻，有些眯眼，特别是看人的时候。

"司徒小姐，你是外语系的毕业生，广州人，怎么想到来我们这儿找工作？""我喜欢挑战自己。""好，有胆量。"刘总从上至下把我审视了一遍："你很漂亮！"我害羞地低下头去。

他回过神："我们急需一名总经理助理。你是应届毕业生，按理说没有什么实践经验，你觉得自己会在这些女孩中脱颖而出吗？"这男人，在考验我。

"我认为，每一个人来到世界上都是独一无二的。没有一个人是绝对的好和绝对的不好。对于工作岗位来说，也不是说谁最优秀就一定能够胜任，关键在于他适不适合这个岗位。我想对任何人来说，机会都是公平的，就看你怎么在最合适的时机抓住它。"

他的脸上露出了笑容："你的回答和别人的不太一样。""因为，那就是我。所以和别人回答的肯定不一样。"他赞同地点点头："很好！司徒小姐，请简单描述下你眼中的助理是做些什么的？""嗯，我觉得作为一名总经理助理首先要处理好公司的日常事务，例如接听电话、做好会议记录和工作总结、预约重要客户，重要文件的起草、整理。要协助领导做好客户单位的外联和协调工作。总之，助理就像是经理的左右手，领导安排的工作任务都应该得心应手地去完成。"话一出口，我便后悔，万一不属于工作范围的"工作"，我也要接受么？

看他的表情，对我的回答应该还算满意："你基本概括出了助理的工作职责，很好。总经理助理是上协调领导，下联系群众的活。要参与重要决策的建立，要有很强的执行、组织、谈判和领导能力。要不然，就和秘书没什么两样。"我点了下头。

"我们汇意公司主要经销医疗器械、医药保健用品，是集研发、生产、销售于一体的私营企业，经营范围在全国。客户群体有经销公司、医院、患者、学校和社会团体。那么作为总经理助理，有时候需要加班，你怎么看？"

"如果是加班，那一定是我的工作没有及时完成，所以加班是对的。""那，如果是附加工作呢，你可以接受么？很多员工都不能接受八小时以外的工作时间，上一任助理就是因为不能接受加班而被我辞退的。"

附加？怎么听起来有些别扭？这狡猾的老狐狸，和我打起了迂回战术。要知道，我不是曹操，你也做不成刘备。这上任或是上上任助理，莫非都是因为松懈戒备而使其顺风逼近？最后变为无力再战，退却而走？我想，我做不成曹操那般自信满满，只需要恪尽其职就可。

"我认为，如果是工作，而且是在公司急需时，应该可以接受，这是我的职责。但如果是以工作名义去应酬额外的事务，我想，这超出了它的范围。"我的意思是说，如果不属于工作之内的，我没有义务去承担那些额外的事情。

刘总眯着眼笑笑："司徒小姐，看得出你很有原则。""每个人都应该有自己的准则，刘总不就是最讲信用和原则的吗？""哦，何以见得？""汇意的标语写着：诚信为本，信誉至上。如果不是在您正确的领导下，公司怎么能发展成今天这个规模呢？"

刘总愣了愣，回过神来："呵呵，你说得没错。那么，谈谈你的特长和爱好吧。""我的特长不知道符不符合这份工作：钢琴六级，英语八级，普通话一级。"喜欢摄影、烹饪、绘画之类的就不必说了吧，和工作无关，这属于生活方面的爱好和兴趣。

"嗯，很不错，是才女啊，呵呵！那，平时生活中你还有些什么爱好呢？""我的特长就是我的爱好。""在私底下，你都喜欢什么娱乐活动？比方说，KTV 啊，泡吧之类的。"他怎么越来越离谱，这和工作没关系吧？

"刘总，我觉得这属于工作之外的事情，可以不回答吗？""呵呵，当然可以，你别多心，多了解一下你的生活方式也是为了方便工作么。这样吧，一周之内，等公司消息。如果有电话通知，你就正式被录取了。希望下次可以见到你！"

我又鞠了一躬："谢谢刘总经理，再见！"正准备转身，他从桌上拿起一张名片："这是我的名片，上面有我的电话。"我愣了下，接过名片："谢谢，再见！"走到门口，他又喊我："司徒小姐！"我急忙转身，他眯着眼笑笑："你的腿很美！"我尴尬地点了下头，准备逃之夭夭。他又添了一句："下次不用穿这么高跟的鞋，会累到你的脚的，呵呵！祝你好运！"我的脸瞬时红了，点下头溜了出去。

总算熬过了缠人的面试，这个刘总的话几度让我起鸡皮疙瘩。我的回答好像太犀利了点？嗯，不管过不过关，我都不想让那个家伙太得意。

合租人

路过一家便利店，我挑了些干粮，还有地图。来到收银台前，一个清脆的声音响起："小姐，一共 78 元，谢谢！"多么令人心动的声音！

我一抬头，面前的女孩年纪和我相仿，娇小灵巧，小脸很精致，肤色白皙。"小姐，小姐，一共 78 元！""哦，不好意思！"我光顾着欣赏美女，忘记给钱了。她利索地找零钱，而我的目光，一直没从她的身上移开。还好我不是男的，要不，她准脸红。

女孩微笑地对我说:"找您22元,欢迎下次光临。"下次,我一定光临。

上海,是一个全新的开始。在这里,可以忘记从前一切的不愉快。这需要时间,需要很长的一段时间,人不能总靠着回忆生活。我相信终有一天,我能坦然地站在大家面前,去谈论自己的过去,记忆里的那个他,和有关他的一切。所以,我要拼命地找工作,让忙碌来驱赶我内心的悲伤,一点一点,将它融化。

兜兜转转一日,回到租住的小屋已接近夜黑。我来这里两天了,合住的女孩还是没有回来,等待的每分每秒都让人心急。听房东说,她是做销售工作的,估计是出差了吧。我拿出脏衣服准备塞进洗衣机,却发现里面静静地躺着几件未洗的内衣和睡裙,就顺手一并洗了。阳台上挂着粉色、玫红色、黑色的内衣,印着蕾丝花边,若隐若现地和着微风轻轻摆动,性感而妩媚。我想,它们的主人一定是个十分性感的女子。

我把外卖的剩菜放进冰箱,里面几乎没什么东西,几盒酸奶也早已过了期,还有几只可怜的鸡蛋。我把酸奶扔掉,收拾完垃圾便回房去。

伴着月光渐渐睡去,凌晨一点,我起身上洗手间,听见关门的声响。同屋回来了,正背对着我换鞋。我眼睛一亮,紧身的超短裙,小短装,修长、白净的玉腿,一个鲜艳动人的女子出现在我面前。

我凑上去,主动和她打招呼:"你好,我是新搬来的房客,我叫司徒珈。"她显然被身后突如其来的声音吓了一大跳:"啊,你想吓死我啊!怎么突然冒出个大活人来?"我尴尬地解释:"对不起啊,我是昨天刚搬来的,我叫司徒珈。""这个房东,来了人也不通知一声。""哦,房东昨天给你打电话了,不过,你关机了。""没电了。""你出差去了,是吗?"她斜眼看看我,应付地嗯了一声。

灯光下,我看清了她的脸。浓艳的妆,一双很独特的双眼皮,大而迷人。嘴唇很性感,是那种人见人爱的唇型。只是唇膏的颜色太烈焰，有风尘的味道。脸上的绯红还没全部退去，满身的酒味朝我袭来。

我伸出手："很高兴认识你。"她瞥了我一眼，应和了下，朝自己的房间走去。她似乎不怎么高兴我的到来。或许，她只喜欢独自居住。

我刚躺下，就听她在外面喊："啊，我的衣服怎么不见了？"我忙出去解释："是这样的，今天我洗衣服，看到你的还没洗，就顺便一起洗掉了。这不，还在阳台上晾着呢。"她没好气地看了我一眼："以后我的衣服我自己洗。""好的，我知道了。"

第二天早上，我做了早餐。她睡眼惺忪地出来了，穿一身白色的吊带睡裙进了厕所。我主动和她打招呼："早啊！""嗯，早。"她进了厨房，倒了一杯白水来喝，然后打开冰箱，眉头皱了一下。我对她说："酸奶已经过期了，我把它扔了。我做了点新鲜的白粥还有鸡蛋，你不介意，就一起吃点吧。"

她看了眼桌上的食物，不屑地说："都吃了二十几年的泡饭了，早腻了，你自己慢用吧。""你不吃早饭吗？""无所谓，吃不吃都一样。"说完她便关上门。再开房门，一鼓淡淡的香水味飘了出来。一身藏青色套裙，很职业，很有气质。只是，她的头发染成了玫红色，和今天的装束有些不搭调。

"你上班去了吗？"我想着下一句话她会怎么回答，会不会觉得我是个爱管闲事的人？她看我一眼："出去时别忘了锁门。""好的，我知道了，再见。"

这真是个特别的女子，很有个性，好像要把人拒之千里之外。不过没关系，我不介意。

小雯和阿欣

等待通知的日子，每一秒对我来说，都是如此的漫长。

趁着空隙，我去买了套工作服，走着走着，来到那家便利店，那美丽女孩的身影，此刻还在吗？辗转进去，一眼瞥见她在台前收银。我顺手拿了些东西，上前准备付账。

正巧遇上她们交班，我的物品被转交给另一个人。她说："不好意思，我下班了，下一次再为你服务啊！""好，没问题。要不，一起走？""好啊，你等我一下，我去换衣服。"也不知怎么的，我竟脱口而出这句话。

我们边走边聊，她说："我记得，你前几天好像来过一次，对吗？""你记得我？""当然，你长得好看呀！""我想，是咱俩有眼缘吧。上一次看到你，你给我留下了很深刻的印象。其实这一次，我是特地过来看你的。"

"看我的？你好有心啊。你是哪里人？""广州人，你呢？""我是本地人，叫柳雯，叫我小雯好了。你呢，在上海做什么？""我叫司徒珈。上次看到你，是我到上海的第二天。""哈哈，真的吗？"

小雯告诉我，她今年 21 岁，大专毕业，暂时在超市实习锻炼。过几天，就要去联系好的一家电视台节目部工作了。我说："原来你属虎，比我小一岁。""是吗？你是 1985 年生的？我一看你就有眼缘。"

这天，我们聊了很多，像两个久违的老朋友，聊工作、聊生活、聊对上海的感受。小雯算是我到上海认识的第一个朋友。

黄昏，我在家做了晚饭。刚要收拾碗筷，合租人回来了。我忙问："你吃了吗？没吃的话一起吃吧，菜还热着呢。""我在公司吃过了。对了，你叫什么？""我叫司徒珈，从广州过来的。"

"我叫周幼欣，叫我阿欣吧。""你好，我今年 22 岁，刚大学毕业。"我说这句话的意思其实是想知道她的状况。她笑笑："你不用和我汇报户口。"出于对她的尊重，我特意说："可能我小你一点吧，我就叫你欣姐吧。"话一出口，我便知道事态的严重性了。

"什么姐不姐的，我再大能大到哪儿去啊，非把我说得那么老吗？""对不起对不起，我不是这个意思，你误会我了。""没什么误会，过两年，你也会到我这个年龄的。"说完，她"啪"的一声关上门。

我没趣地进了厨房，想起小雯那可爱的面容，再联想到欣姐。哇！

巧

离等待通知还有最后一天。我去了外滩和东方明珠，假日的上海分外热闹和拥挤。我用数码相机，在一些值得留念的地方拍了风景照，也请别人给我拍了几张。

站在这座被称为亚洲第一、世界第三的广播电视塔脚下，觉得自己很渺小。向上望去，它在阳光的折射下，闪烁着耀眼的光芒。排队上了观光电梯，服务导游小姐用日复一日不变的口吻向旅客介绍，那微笑像是被强挤出来的。天知道她们有多不愿意面对这枯燥的工作和嘈杂的人群。

仅40秒，就从地面直线上升到了200多米的观光厅。向外眺望，上海的美景尽收眼底。眼前的上海竟如此狭小，高楼大厦、黄浦江，还有那小如蚂蚁的车与行人。其实我们都很渺小，很多事情都不值一提，只是我们常常把自己看得很重。

一天游逛下来，两腿发麻，筋疲力尽。上海如此之大，我的"11路"已经派不上多余的用处。恨自己没用，怎么就不是运动员出生，那样至少跑几个区应该不成问题。

我把白天拍的照片放到笔记本电脑上，一一浏览起来。外滩的、街角的、明珠塔的……果然在这片热闹的地方，想拍出只有一个人的照片，实在是太难了。当翻到别人为我在外滩前拍的一张照片时，我惊呆了。身旁擦肩而过的那个人，竟如此像……

我快速用鼠标点在这个人的脸部，把照片放大再放大。虽然有些模糊，但仍能看清楚他的轮廓。我捂住嘴巴，为什么会这么像那个人？他是谁？怎么会这么巧被拍到？我已经很尽力地把那个人从我的脑海中一点点去除，为什么现在他又出现在我面前？

我站在镜子前木木地看自己，一米六八的身高，之前一直保持良好的标准身材，最近一下子瘦了十斤。天知道我的十斤肉掉去哪儿了？我怎么了，从前不就一直羡慕模特儿的身材吗？怎么现在却害怕这样的自己？

我倒在床上，呆呆地望着苍白的天花板。不能再想那些不开心的往事了。曾经，它像魔鬼一般侵蚀着我的内心。可那个恼人的影子像幽灵一般纠缠了我一整夜！

第二天醒来，记得昨夜梦见去找工作，还没几天便被炒鱿鱼，气死。还梦见了爸妈，他们一直劝我快结婚。天，我才 22 岁，大好的青春就要步入婚姻的坟墓！醒来后发现自己不是躺在家里舒适的大床上，而是躺在租住的小屋。思绪和天花板的颜色一样，苍白、单一。

原来一睁眼一闭眼，就是两座城市。只一夜，便恍如隔世。

这晚，我正在修那长短不一的指甲。电话铃响了："请问是司徒小姐吗？""我是，您哪位？""这么快就听不出来了，前几天我们还见过面的。"

"您是……""那天你来我们汇意公司应聘，你忘了吗？我是刘明。""是刘总啊！您好。""嗯。我先和你通个气，明天你应该会接到电话通知。""是吗？""不打搅你了，从明天开始你就要把我的号码存进手机里了。好，再见！"

难道我真的被录取了？整整一星期了，投了几份简历都没有音讯。都说要有一定资历和经验的，像我这样的应届生不需要。有一个还说："你们刚毕业找工作的，都是学历高、思想高、眼光高，手上拿得起的又有多少？"那口气，整一个狗眼看人低。现在，我该高兴吗？假如被录取了，我要不要去汇意上班？

第二天上午，我接到录取电话。我甚至怀疑，这样就算被录取了？先去试试吧，偌大的一个公司，难不成还能把我怎样？

我顶着一股初生牛犊不怕虎的精神，向自己的新工作，出发。

工作初体验

来到公司，前台小姐热情地迎接了我："是司徒小姐吗？你好，我是前台何芳芳，欢迎你成为汇意的一员。"

她把我带到离总经理办公室最近的一个位置："这是你的位子，我给你办理一下手续，资料带齐了吗？"我把资料交给她："谢谢你啊，麻烦了！""哪里，我们是同事嘛，大家相互关照！"

"请问，刘总来了吗？""刘总稍后就到，他会把具体的工作和流程交代给你。这台电脑你可以使用，密码是六个1，你可以把原密码改掉。九点半是公司例会，一会我叫你。""好的，谢谢啊！""不客气！"

开放式的办公室内，陆陆续续有人到来。刘明意气风发地向我走来："早啊，司徒小姐，欢迎你成为汇意的一员。来我办公室一下！"关上门，我首先发了话："刘总，我想请问您一个问题。"他摆弄着手中的文件，喝了口茶："你说。"

"我想问，公司为什么会录取我？"他用疑惑的眼神望着我："难道，你对自己没信心？""不是。""那就对了，虽然你是应届毕业生，没什么经验。但我看得出，你的可塑性强，潜力也很大，可以培养和发展。"我没再说话。

"那台电脑现在由你使用，D盘里都是公司的资料，还有我前任助理负责的工作记录，这两天你先熟悉一下。还有这些文件，你先浏览一遍。马上开例会了，你一起参加。""好的。"

我拿着文件回到办公桌前，对面的同事和我打招呼："你是新来的助理吧！我是市场营销部的董晓敏，欢迎啊。""你好，我叫司徒珈，很高兴认识你。"

一圈寒暄下来，转眼到了开会时间，大队人马涌向会议室。刘明先打了声招呼："今天是周五，大家早！"前台何芳芳分发资料后，同事们翻开笔记本开始记录，我也赶紧拿起笔来。

"研发生产部、质检部、市场营销部、行政部、财务部、客服后勤部负责人都到了吗？"刘明一边翻阅手中那厚重的笔记簿，一边念顺口溜似的说。芳芳答："刘总，都到了。"

"好。今天我们汇意又迎来了一位新同事，司徒珈，我的新任助理。你自我介绍一下吧。"

还没反应过来，刘明已把"苗头"指向了我。我赶紧起身："大家好，我叫司徒珈，广州人，外语系毕业。我刚来汇意，有很多不懂的地方，烦请大家多多关照，谢谢！"我不敢抬头，只觉得数双眼睛火辣辣地望向我。

三秒钟后，掌声齐刷刷地响起，像表彰大会。

末了，刘总开始发表讲话："上周那批新出产的护理电动床业绩如何？"一男同事说："我们已和三家医院谈好了，下周应该可以签下合同。""时间要抓紧，现在市面上类似器械的竞争很大。如果下周四还没定下来，我出面解决。"

快到中午，会议才结束。

整个下午，我坐在电脑前浏览公司的信息和资料。下班前，刘总又把我叫进去，说待遇的问题。试用期一个月两千，奖金另算；过试用期后三千，交"三金"，问我还有什么意见。我一个刚本科毕业的大学生，能有这样的待遇，已是幸运。

"刘总，我会努力工作的。""很好，看你的表现喽。我走了，要不要顺路送你一段？""不用，我搭地铁很方便的。""呵呵，看你那双美丽的腿，穿高跟的鞋子不适应吧，改天换双轻松的。"我害羞地挪挪脚步。他拍拍我的肩："周末好好休息，下周用饱满的精神面对工作。"

临走前遇见营销部的董晓敏，她问："司徒珈，你住哪里？""我住徐汇区。""是吗，我也住那里，一起走吧。"出公司后，董晓敏顺势挽上我的胳膊，我有些许别扭。

我问："公司的领导就刘总一人吗？""除了各部门的主管之外，还有副总颜晴，算是二把手吧，不过她出差了。""你在这里做了多久？""一年多了吧。听你口音，不是本地人？""我是广州人。你呢？""我老家在郑州。"

其实我想问些关于公司的问题，但清楚自己是新进人员，不能过多询问，否则会被加上"是非人士"的头号。

"你刚来公司不太了解，时间久了，很多事情你就会清楚的。"董晓敏似乎猜测出我的心思，我浅浅一笑。

同一屋檐下

夜深，室友阿欣还没有回来。我实在熬不住困意，沉沉地睡去。

一阵响亮的关门声把我惊醒，谢天谢地，阿欣回来了。此时，已是凌晨 2 点 40 分。

屋外的动静很大，只听阿欣重重地关上洗手间的门，似乎还传来呕吐的声音。我出去敲门："欣姐，你没事吧？"一张绯红的脸展现在我面前，她喝醉了。一阵恶臭令人作呕，我捂住鼻子冲洗了马桶。

"欣姐，喝杯热水吧！"我把她扶到床上，她醉醺醺的，全身瘫软在一旁。不知是呕吐带来的反应还是有不开心的事，阿欣的眼角，还有未擦去的泪痕。九月中旬的天已微凉，她仍穿着性感轻薄的衣服。我试图为她换下吐脏的上衣，她却极力反抗，情绪显得很激动。"别碰我，别碰我！没一个好东西，给我滚，都给我滚！"我为她盖上被子："好，好，我不碰你，你睡吧。"她喃喃地嘀咕着："为什么？为什么……"

又是一个不平静的夜。

清晨，我打开门，阿欣正站在那里看我。"欣姐，这么早。""昨晚，麻烦你了！"她看了我一眼，便转身。我跟上："你昨天喝了很多酒，没事吧？""没事，只是头很痛。""昨天你弄脏了衣服，我帮你洗洗吧！""不用，我自己会洗。""真的没事吗？我看你心情很不好。""昨天公司搞活动，喝多了。""你……经常喝醉酒吗？对身体不好。""哼。"阿欣应付了一声，不再多说。

第六感告诉我，阿欣有难言之隐，却不知该如何开口。从她不敢正视我的眼睛，从她逃避我的问话开始，我知道，她有不一般的故事。

我试图找些轻松的话题："欣姐，我找到工作了！"她边说边在阳台上晾衣服："是吗，那恭喜你了。"我上前："我在一家医药公司做总经理助理。""那很好啊，有发展前途。""我刚来什么都不懂，要慢慢学呢。以后，有不明白的地方可以问你吗？"

她看了我一眼，冷冷地回我："我有什么好帮你的，自己不也是一个外来打工的。""没有啊，我真的什么都不懂，到时候欣姐可要多帮帮我。""呵呵，我也许帮不了你什么忙。时间久了，你就会慢慢适应的。"阿欣话中带话，看得出她对这个社会的漠视和冷淡。

手机铃响，她忙去接电话，用提高八度的嗓音说："哦，是张总啊，那么难得给我来电话，真是三生荣幸啊。哦，想约我吃饭？好啊。我看下周末如果没有工作安排就赴你的约。"

"欣姐，有约会啊？""别提了，都是一帮老色鬼，没一个正经。""那你还去和人家吃饭？""没办法，工作需要，不去很有可能就会损失一笔业务。"阿欣点上一根摩尔女士烟，倚在门边，身上的薄睡衣随着微风轻轻晃动，勾勒出玲珑的曲线。

"不介意我抽烟吧？""没事。"她娴熟地吐出一口青烟，感慨地说："像我们从外地来上海打工的，没什么人际关系，还不是得靠自己一点一滴打拼。""所以身在异地，大家都不容易啊。欣姐，你到上海几年了？""快五年了吧！""你一直在房产公司上班吗？""哦，不，原先在别的公司做过秘书。"

我想再细问点什么，怕她认为我"三八"。其实别人的是非无关我的痛痒，只是出于好意想关心一下身边的人。

"你呢，妹妹，为什么选择来上海工作？"阿欣第一次向我投来了真切友好的目光。"本来是想在广州找工作的，不过我想出来锻炼下，寻找合适的机会。而且我也比较喜欢上海。"我对她撒了个善意的谎言。

"也好，年轻人就应该多锻炼下。但是不要受无谓之苦，对女人来说，犯不着。"隐隐觉得她有话要讲，又似难以启齿。我默默地点头，对她的话表示认可。阿欣问："你多大了？""我二十二，刚大学毕业。""多好的青春年华！""欣姐，你也很年轻，很有气质啊。""我？呵呵，早就不年轻了，都二十八了，老了。""谁说的，欣姐年轻着呢。""好了，别给我扣高帽子了。哦，我煮了红枣莲子汤，要不要来一碗？""好啊，谢谢！"

其实阿欣并没有我想的那么冷傲。她只是按照自己的意愿生活，并无他错。

适　应

新的一个工作周，上午熟悉资料，下午听从上级指挥。刘总带我去工厂的车间熟悉业务，顺便检查工作进度，我像个小秘一样紧跟其后。

员工见刘总来视察工作，敬畏地说："领导好，领导来检查工作了！""上周那批新出产的护理电动床销量很好，如果合同谈妥的话，估计又要加量生产了。""没问题啊，只要销量好，加班加点都在所不辞！""辛苦了，今年的年终奖很丰厚，大家加油！""谢谢老板。"

这个男人，很会鼓舞手下的员工。也是自然，彼此都是雇佣关系，任何一方都占有利优势，哪怕你是个穷得叮当响的打工仔，身上却也有可利用的价值。

正感悟着，刘明拉了我一把："司徒珈，想什么呢？"他左右不偏，正好碰到我手肘上的那根麻筋，全身瞬间起了鸡皮。我立马扭转思路："老板，我在想，公司大多都是以医疗器械为主，有没有想过研究开发一些类似保健性质的产品，这样适用的范围更广。像多功能的空气清新器，保健睡枕之类的，现在市面上推出的并不多，有市场占有率。"

"你的想法很好，其实汇意也是这样逐步成长的。我们有专业的研发技术人才，目前正在策划研制一款电子针灸按摩仪器。这个计划你也要参与实施。""好的，没问题。"

刘明和我说了整个生产流程，从公司的最初起步和发展直至现在的光辉历程，他一一作了阐述。说这家企业是他一手精心创办起来的，从 30 岁开始独立创业以来，风风雨雨走过了八个年头。那么说，他今年 38 岁咯？看不出来，他显得很年轻。

对于一家私营企业来说，形成现在的规模确实不易。此时，我对这位老板产生了一丝敬佩之情，对他的印象似乎有些改观。但只是基于工作之上，不排除我对他的戒备心理和第一印象。

回到公司本部，几个同事都用异样的眼光望向我。芳芳笑着朝我走来："珈珈，去车间回来啦？""是啊。芳芳，为什么同事都那样看我，感觉怪怪的？""嗨，别多想。他们可能觉得你刚来，就和老总走得挺近的，有点嫉妒呗！""不会吧，这是工作啊。我是助理，当然得跟着他。""是啊，所以说他们都小心眼，别理就是了。"

没想到刚来就遭同事的白眼。这个世界！

"一起下班吧！"芳芳在一边等我。走出公司，她说："你别多想啊，其实每个单位都一样，都有内部复杂的一面，并不只是针对你啦！""没事，我正大光明的，没什么好担心的。""那就好。珈珈，我觉得你人很好，很真诚。我们做朋友啊！""好啊，我觉得你也特好，第一眼看到你印象就很深刻。""真羡慕你，有学历有文凭。不像我，高中毕业就只能做前台的琐碎事务。"

"芳芳，你可不能这么想，前台很重要的，是公司的门面和形象。这么多服务工作,你可是大功臣啊！公司各个部门,都少不了你！""是么，我觉得自己是个没什么用处的人。其他同事都那么有能力，而我每天却只能做着单一、重复的基础工作。"

芳芳开始有了抱怨。

"谁说的，你不能小看自己啊，其实你很有优势呢。""我唯一的优势就是上海人，呵呵。不过，我在读成人自考的会计，等有了文凭我就会应聘其他岗位。""那不错啊，先恭喜你咯！"

芳芳是个可爱的女孩，戴着一副眼镜，白净的脸蛋上散落着几粒褐色的雀斑，让人一看便生出怜悯之心。她真诚，善良，对于一个复杂的大公司来说，真是难能可贵。

厌恶的一幕

第一次，觉得自己到了陌生的城市是如此充实和享受，因为我的工作。有它支撑着我，至少不那么孤单和寂寞了。

明天是周末，终于可以慵懒地睡个大觉。不用起早穿高跟鞋奔走在拥挤的大街上，不用在憋闷的地铁中吸着浑浊的二氧化碳，更不用在单位对人连连点头微笑。一切都是祥和自然的，安睡一大觉，比什么都来得踏实。一着枕头，便沉沉睡去……

猛地被惊醒，是阿欣的关门声，她又喝醉在深夜时分。

我抵挡住困意前去扶她，浓烈的酒味让我作呕。"欣姐，你又喝醉了，难受吗？要吐吗？""吐？都吐光了，连胆汁都要吐出来了。难受啊！"这一次，她又为何事这般困扰？

"欣姐，你到底怎么了？""都他妈的那么混蛋。有什么了不起啊，不就是想占我便宜么！"原来又是可恶的坏男人。我明白，阿欣受委屈了。我握紧她的手，掌心冰凉，让人揪心。

　　阿欣没有排斥我，她顺势握紧我的手，趴在我身上哭起来。发泄吧，让一切不愉快随着眼泪和酒精的蒸发过去吧。过了今晚，明天还是一个艳阳天。

　　我安抚阿欣入睡，并为她换上睡衣，猛地发现她的左手腕上有个浅显的伤疤，心被触痛。伤感的女子，一定有伤感的往事。究竟有多不堪，我不得而知。

　　第二天起床，昨夜的一幕，还在我眼前晃荡。阿欣出了门，饭桌上放着一张纸条，字体端庄娟秀："谢谢你，我的室友。有你在身边，不会觉得自己是孤单的。"一句话，温暖填满了我整个心田。

　　接下去的这个夜晚，又将是不太平的。

　　零点，我上床入睡，阿欣还没有回家。我给她去了电，听口气好像有些遮掩："珈珈，你别等门了，先睡吧。我这边有点事，就这样。"电话里传来男人的说话声。我预感将要有事发生。

　　凌晨一点，阿欣回来了。不对，怎么有男人的说话声？隐约中听到她说："你轻一点，同屋还住着一个女孩，别把她吵醒了。"阿欣带了男人回来，莫非是男朋友？可却从来没听她提起过。

　　我屏住呼吸，空气瞬间凝固，安静得让人恐怖。只听见窃窃私语声："张老板，我想你还是回去吧，真的不早了。再说了，现在不是我一个人住，不太方便的。"莫非是上次电话里说的那位有业务往来的张总？这世界有些肮脏，而我不愿亲眼所见。

　　"你怕了？有什么不方便的，把门一关，谁会知道啊。""还是算了吧，真的不方便。""那你就不想做这笔生意了？这可关系到你在公司的位置啊！""那，我改天再请你吃饭喝酒好吗？说实话，我今天很累了。""我想你也是个聪明人，现在哪有这么便宜的事情。你要做我的生意，总不能让我白白给你吧。""张总，你别这样，别这样嘛！""都是出来混的人，还装什么清纯啊。"

　　而后，两人进了房。虽然关着门，依旧能听见他们兴风作浪的暖昧声。我清楚，阿欣是被迫的。此时，有无数只小虫在侵蚀我的耳膜。

平日喜欢伸张正义的我，最见不得此情此景。我的拳头已不受大脑控制，发出了"咯吱咯吱"的响声。虽然我不是男生、不会用武力解决问题，但在男人和女人这复杂的问题上，我最为看不过。

要不要前去干预，那样的我一定会被误认为是最可恶的人。我很矛盾，非常矛盾。手心开始冒汗，那是虚汗。

寂静午夜，只有房间内充斥着的淫秽回声。我忽地从床上一跃而起，冲出房门。没多想半秒钟，我的手已在阿欣的房门上重重地叩了下去。

"谁啊？"一个可恶的声音传来。我不吭声，继续敲门。"是我的室友！"阿欣在里屋慌乱地回答。

半分钟后，两个狼狈的人出现在我眼前。阿欣衣衫不整地望着我，用手遮掩住胸前划开的衣服。那个男人坐在床上，不动声色。阿欣无力辩解什么，她的眼里，有尴尬、责怪、不服，还有委屈。

阿欣压低声音对他说："你先回去吧，改天我再找你。"那男人沮丧地起身，经过我身边，瞟了一眼："让一让，小姐！"男人走后，阿欣没再多看我一眼，只冷冷地说了句："我累了，睡觉吧！"说完，她抓起被子捂住自己的头。

我识趣地关上门，我知道，这次糗大了。

阿欣的日历

自我睁眼起，脑海里全是昨夜那尴尬的一幕。

开门的一瞬，和阿欣撞了个满怀。我真想找个地洞钻进去，不敢正视她那火辣辣的双眼。阿欣一把拉我进了她的房间，眼前是那张我认为圣洁的大床。

她知道我心里在想什么。

我低头默不作声，不想开口评断原委。阿欣点上一根烟，倚靠在电视机前。而我，像个被审视的罪人。烟雾充斥着这间有些混乱的房间，缭绕得更为迷情。

她盯着我问："是不是觉得我特不正经？""不是这样的，不是。"什么时候，我说话没了底气。"我知道，你对我有看法。你是个好女孩！""其实，你不是情愿的，对吗？""情不情愿也不是自己能够决定的。""欣姐，你这又是何苦呢？"

也许我的这句话触痛了阿欣，她的眼眶红了。"对不起，欣姐，我不是故意的。我……我是不是做错了？""不，你没错。是你救了我，差一点再一次掉进深渊！"又是"再一次"，以前还有多少个"再一次"？

她重重地吸了口烟："你知道我们做销售的，其实……很难。在上海独居，没什么人际关系，一切都得靠自己。而这个社会，又如此复杂。这两年房地产并不好做，对于我一个小小的业务员来说，一笔生意就是我的命。"

一笔生意就是我的命！这话说得我内心生生地发疼。

"那你就要委屈自己才能换回生意？"我一向认为世界永远是公平对待人们的。而那些在我看来厌恶的行径，只是为自己搪塞的低级借口罢了。现在面对阿欣，我却产生了一丝怜悯和同情。

秋日的午后，阿欣在我面前第一次翻开自己的日历。

她出生在福建省泉州市一个叫惠安县的地方，与台湾隔海相望。阿欣出身贫寒，下有一弟一妹，她是老大。为了减轻家庭负担，没上完高中的她便外出开始了打工生涯。她做过服务员，端过盘子刷过碗；被人骗过做非法传销，身上的钱被"上线"没收，最后逃离出来还差点丢了性命；去理发店做洗头妹，客人建议她出台当小姐……

阿欣什么都经历过，吃了不少苦，一路的漂泊注定是不平稳的。去过不少城市，五年前来到上海。上海对阿欣来说是崭新的，十年的岁月蹉跎，转瞬即逝。

"我 17 岁外出打工，走了一路，看了一路。当时也是像你一般大的时候来到这座城市。但不同的是，你是大学毕业生，来这里为了锻炼求发展；而我，是个没文化的打工妹，来这里，只是为了谋生。"

我低下头，心疼自己，也心疼阿欣。

烟缸里的烟蒂渐渐多了起来，一个、两个、三个……烟头越多，阿欣的悲伤就越明显。

卖化妆品、跑保险，而后的秘书工作让阿欣觉得自己升了一个台阶。她努力工作赚钱，没有过硬的文凭与学历，没有丰富的社会关系，没有良好的家庭背景，要立足于大都市全凭个人的能力。

阿欣好不容易挤进这家房地产公司，成为一名销售业务员，俗称"售楼小姐"。在公司，他们都有业务考核指标，每一季度进行末位淘汰制。对于没有客户资源的阿欣来说，压力可想而知。

"开发商对我们售楼人员的条件越来越苛刻，不仅要看你相貌，还要看你的口才和技巧。而消费者对我们也有要求，你为我服务好，给我推荐好的房源和最低的价位。有时候，觉得自己像一部工作的机器。"她的眼睛盯住床边那个布娃娃说。

阿欣要认真接待每一位上门的客人，做好客户资料和工作笔记，做好追踪工作和售后服务。众所周知，售楼过程很漫长，从最初的看楼盘、洽谈、定房、签约，到最后交房，时间跨度大，环节复杂。而对于销售人员来说，只要没有正式签下单来，心里始终不能踏实。

"那些来买别墅的人，不知道是来看房子的，还是来看我们售楼小姐的。总之，没一个正经的。"阿欣除了正常上班，余下的时间还要应付那些以了解房产为借口的人。吃饭、唱歌、泡吧，实际是想多占些便宜而已。

而阿欣的目的只有一个，那就是卖房！

为了完成业绩，迫于赖以生存的残酷环境，阿欣做出了很多牺牲。从她第一次看见客户的脸慢慢地贴近自己，满嘴的酒味令人作呕，那双粗糙的大手在自己的身上不断游离。面对这些，阿欣只能忍受。面上赔着笑，把自己灌醉，最后默默地把泪水往肚里咽。渐渐地，她变得麻木起来，对男人、对生活、对社会、对人生，看得很淡漠。

阿欣说自己总是遇人不淑，在她眼里，似乎没有什么好人。准确来说，应该是没有好男人。而对于那个敏感的字眼，阿欣只字未提，我也不好多加逼问。难道感情和婚姻在她眼里，真就那么遥不可及吗？

不　满

假日后，人们又投入到紧张而繁忙的工作中去。

我早一些来到公司，将刚买的煎饼果子和豆浆放在前台。来到座位上，一个漂亮的大盒子赫然摆在桌上。我刚想问问是谁把东西放错位置了，抬头看见刘明已在办公室了。我打开盒子，里面是一双米色的坡跟牛皮鞋。拿起鞋底一看，标价 890 元。我的妈呀！还附带一张小卡片：你穿上它，走路会比以前轻松很多。美丽的双脚，要好好保护！

我倒吸了一口气，怯怯地抬头望向刘明那儿，他正点头对我微笑。我尴尬地朝他笑笑，迅速将礼盒放在桌下。我慢慢地向刘明办公室走去，他打开门，我说："刘总……"他火速地经过我身边："我很忙，有什么事下班再说！"

公司例会上，我看到了一张新面孔。她坐在刘明旁边，扎着卷发，戴着一副金丝细边眼镜，身穿职业套装，干练而严肃。想必，这就是公司的副总颜晴吧。刘明曾经说过，他主抓生产、技术和大客户；而颜晴则负责市场销售、行政和财务。

还是刘明先发言，然后部门汇报上一周的工作情况。颜晴首先发话了："我在节前去山东考察，发现那里的市场潜力很大，特别是烟台和淄博。我和几家医院和单位的业务已经基本确定下来，他们对我们公司新出产的那批护理电动床很感兴趣。再做一些工作，估计下个月能签单了。这次任务，杜新做了大量的工作，很有成效。接下来的具体操作，由杜新和肖萍来负责。两位，没什么问题吧？"没问题，颜总。"旁边一男一女齐声回答。

"很好，我们对营销部表示祝贺，希望再接再厉！"掌声齐刷刷地响起。刘明继续说："这个月最后一周的安排，一是研发生产部继续实行电子针灸按摩器的计划，我们在前期做了大量的考察工作，有望在12月周年庆之前生产出第一批成品。10月下旬，公司要参加成都的医疗器械展会，准备工作由行政部和销售部负责。徐主管、杜主管，你们那里的进度如何？"

徐华丽说："公司的整套宣传资料已全部制作好。"杜新说："摊位也已经全部落实。"刘明点点头："很好，这次秋季展会负责的人我报一下：研发部冯奇，行政部徐华丽，营销部杜新、董晓敏和郑恬恬，还有总经理助理司徒珈。大家有没什么意见？"没有。"

我问："刘总，我也要去吗？""是啊，你是总经理助理，当然要参与公司的各大活动。""明白了。"老总派下的任务，我能说不吗？

"刘总，展会我不用去么？"颜晴不解地回答，眼里全是不满。"你这段时间一直忙着负责山东的大项目，这次就在公司守阵吧。""以往的展会，我都去。这次派出的人员，能否全面应对？""我相信公司的每一位员工，大家都是精英，同时这也是给年轻人一个锻炼和发展的机会。"刘明很肯定地回答，不看颜晴一眼。

大家不作声，静静地听着。

颜晴一个不屑的冷眼望向这里，我和她的眼神对碰，立即感到了一丝敌意。我知道她在想什么，我一个小助理刚进公司，就被派去负责大任务，而副总却在名额之外，心里自然会不舒服。

刘明一声令下："没有其他事情，大家都各就各位！"颜晴合上笔记本，脸上尽是不满。

散会后，董晓敏走到我身边："司徒珈，这次你也去参加展会，我们可以做伴了。""是啊。"我勉强给她一个微笑。说着，颜晴走到我面前，董晓敏知趣地先一步告退。

"颜总，您好！"她把我上下打量一番："你就是新来的助理司徒珈？""是的。""你刚进公司，对业务不是特别了解。这次的任务很重，你能胜任么？"我听出了话里的挑衅味。

"请颜总放心，我有数。"不知这个回答会不会把她气炸。刘明说过，我只要听从他的安排就可以了。意思是说，其他部门的人员一般是不和我发生直接工作关系的，那么我就没必要去听其他人的安排了。

显然，她对我的回答不满意，但还是强压着心中的不快。"那希望你能胜任这份工作。""会的，我尽力！""不是尽力，是全力以赴！"颜晴斩钉截铁地说，"总经理助理的位子，不是这么好坐的。既然老板那么信任你，你就应该对工作负责。""颜总，我知道该怎么做，请您放心！"几句话便可看出，这个女人在业务上是把好手，但是为人，我却不敢恭维。是不是新进人员，她都会以此相待？

说完，她便踩着那双三寸高跟鞋高傲地消失在我面前。

只见颜晴门也不敲便进了刘明的办公室。虽关着门，但是能从百叶窗缝隙里看到他们的一举一动。颜晴气呼呼地一屁股坐在沙发上，刘明则坐在办公桌前。她说话声有点响，很不巧，被我听到了。

"她一个刚毕业的大学生，就进公司当助理，你的胆子未免也太大了吧？"她在和他叫板。"虽然司徒珈是应届毕业生，但我认为她的潜力很大，可以挖掘。我们也是要多给年轻人机会的嘛！"不知道刘明是在为我说话还是为他自己。

"那我呢？我做了这么多工作，谁给我机会？这么大的活动，居然把我留在公司，太让人失望了！"刘明顿时起身，走到玻璃窗前，把百叶窗拉上，不让外面看到里边的一切。

"哎呀，你是公司的二把手啊。我出差的时候，当然要你在大本营把关了。在哪里，不都一样么？""说得倒轻巧，有没问过我的意见？""那这样，你去成都，我留守在公司？""算了算了，就按公司的安排办吧。"之后的对话，我便听不到了。

半小时后，颜晴从刘明的办公室出来，脸微微发红。经过我身边时，瞟了我一眼，直接向自己的办公室走去。

刘明走出来："司徒珈，进来一下。颜总，她没有对你怎么样吧？""没有，颜总只是希望我努力工作。看得出，她很为公司着想。""是啊，她是个对工作很较真的人。跟了我这么多年，确实付出了不少。打从我办企业开始，她就跟着我一起干了，所以为公司考虑就比较多。如果她对你有什么冒犯的地方，还要你见谅了。颜晴的脾气就是这样，不是针对你。""我明白的，刘总。我会做好自己的工作。"

颜晴的出现，让我看到了公司复杂的一面。我知道，自己有些在被人拿来说事了。难道助理，真就那般难当吗？

公司"福利"

谈完工作，刘明笑着问："怎么样，鞋子还喜欢吗？""哦，太让刘总破费了，我一个小职员怎么好意思收这么贵重的礼物呢。我把钱给您吧？""嗨，司徒珈，你这就见外了。看着你每天穿着那双高跟鞋和我东奔西跑的，我这个做领导的怎么都要关心一下自己的员工啊。""可是，这不妥……""好啦，没什么可是的，这也算是公司的一个福利嘛。你要是不信，可以去问问他们，表现好的，是不是定期会收到公司奖赏的礼物，哈哈哈！"

福利？是所有员工都能享有这个福利吗？未必吧。

正准备下班，芳芳来到我跟前："珈珈，忙活一天还没来得及和你说声谢谢，你真细心！也巧了，今天没时间买早饭，你真是及时雨呀！谢谢！""客气什么，你要是来不及，以后我天天给你带早餐！""珈珈，你真好，爱死你了！一起走吧！"

　　我看看脚下硕大的一个盒子，谎称："我手头还有些事没做完，要不你先走吧！""那你别太晚啊！再见！"

　　待公司所有人都走了，我拿着礼盒出门，正好在电梯口碰见刘明："司徒珈，这么晚才回去？送你一程吧？"我低头走进电梯："不了，刘总，我自己走，谢谢您的鞋子。""呵呵，要记得穿哦。"电梯到一楼后，我逃了出来。

　　晚上，我将"福利"拿出来，套在脚上。它很漂亮，穿着也很轻便舒服。可我是不会穿着它在公司招摇过市的。领导的"厚爱"，我怎么忍心下得了脚？还是将它放起来"供"着吧，这样的奖赏，我实在穿不起。

　　第二天到公司，刘明看我并没有穿着他送的那双鞋子，脸色有些变了。"怎么没有穿那双鞋子呢，不喜欢吗？"我忙找借口说："没有没有，鞋子很漂亮。只是，小了一码。""是嘛，你穿 38 码？我以为……""呵呵，我，脚大。""不然，我再给你买双 38 码的？""千万不要破费了刘总，到时候我去鞋匠那撑一下就能穿了。更何况，那么贵的鞋子，我怕每天风里来雨里去的，穿坏了。""嗨，鞋子就是为人服务的。你真是……""呵呵，我周末穿，周末穿。"

　　每天傍晚，还见很多部门在加班加点，忙得不可开交。如果刘明留着，意味着我也得留在公司。不过，有些饭局他叫我以后要一同参加。吃饭、喝酒、碰杯、互相吹捧说大话，如此费神费力的事，不太适合我。何况，我对酒精过敏。大学的那次聚会酒醉离场，就已经注定了我与酒没什么缘分。

穿　帮

　　期间，小雯约了我几次。由于平日工作忙，周末，我特意请她上住所来吃饭。

小雯看着满桌的菜肴，不断地夸赞："味道真棒！珈珈，你真是心灵手巧啊，太佩服了！我最多就会煮个方便面或者西红柿炒蛋什么的。"

"也没什么，经常看着我妈在家做饭，我又喜欢烹饪，看着看着就会了。""谁要是娶了你，那真是他的福气！"

我低头，往小雯碗里夹菜："来，多吃点！""我最喜欢吃红烧鱼了，谢谢！哇，味道一级棒，你是怎么做到的？""你要是想学，改天我教你做啊！""哦，我就是个门外汉，怎么也学不会。我男朋友特别会做饭，他老是笑我笨。每次我一去厨房帮忙，他就让我只管动嘴别动手，呵呵呵！""那是你有福气，他不想让你累着，真羡慕你！""是怕我把他的厨房翻个底朝天，哈哈哈哈哈！"

我望着小雯："真羡慕你们，感情真好。"小雯放下筷子："唉，感情好有什么用，都两年了，我父母还是不认可他。""为什么？"

小雯用上海腔调说："还不是说他是外来户，没房没户口。上海人永远看不起外地人，整一个小市民！""他们也是为了你的幸福着想。别急，慢慢来，我相信总有一天你们的真诚会打动他们的。"

"珈珈，还是你善解人意。你这么好，一定也有个不错的男朋友吧？""我……我没有男朋友。"小雯瞪大眼睛望着我："什么，你没有男朋友？怎么可能啊？""我真没有。""这样吧，我男朋友的外贸公司有很多优秀的单身青年，下次见面可以帮你参谋参谋。"

我低下头说："我刚大学毕业就来上海了，现在只想好好工作。""工作归工作，有好的机会还是不能错过哦。""呵呵，再看吧。"

小雯根本不会知道，我的心里有一个人，他像根刺一样深深扎在我的内心深处。

走之前，小雯拉着我的手说："下次，你能教我做菜吗？"她低头害羞地说，"我想做给我男朋友吃。""没问题啊，只要你想学，我一定包教包会。""到时候，他就会更爱我了，对吗？""那当然了，我们小雯人见人爱，谁娶了你，真是太幸运了。""谢谢你，珈珈。""客气什么，对了，你的手怎么一直都是冰冰的？""嗨，就是怕寒呗，血液不循环。""那要多运动哦。""好，我听你的，改天咱们一起去唱歌。""呵呵，唱歌算是运动吗？""嘿嘿，算是运动肺活量吧，哈哈哈……"

送走小雯，屋里顿时又变得一片寂静了。我打开电脑上QQ，不一会便有人找我。是死党贺炎："珈珈，你在上海？"穿帮了！我的电脑IP出卖了我，精心掩饰还是敌不过它的神勇。"我们找你好辛苦，暑假后你就和我们失去了联系。原来你在上海，你好吗？我们很想你。"

我回话："我刚到上海不久，你们都好吗？""我们很好，大家都工作了。少了你在身边，没了生气。""前段时间一直没和你们联系，生我气了吧？""我们是那么不懂人情的么？只是大家都在找你，找疯了。还有程辉，他急疯了。你快点告诉我你那里的手机号码！"

号码一公布，我便知道自己的手机不会消停了。毕业后的两个月，那件事让我和外界失去了联系。除了家人，没人知道我在哪里。现在看到了目标，炎炎会把我的去向用最快的速度告知大家。我知道，他们是爱我的。

贺炎、杜欢、谢娇娇，几个死党都有了不错的工作，我心里十分高兴。炎炎还告诉我，巧的是，程辉的单位有项目在上海开工，他作为建筑设计负责人要被外派到上海半年，估计月底就到。

程辉和我同校，比我高两届，学的是建筑设计。上学那会，他很照顾我。我不敢见我的朋友，是因为我还没有做好准备。一见到原来的人，就会不自主地想起从前。那些不堪回首的往事，真的不适合在这个时候被撩起。

炎炎明白我的想法："好吧，我们明白。但，你一定要照顾好自己，要开心！等我们有空，就去上海看你！"

其实我的心里，一直都有他们。每个人的音容笑貌都印在我的脑海里，从未被抹去。

像

国庆节放假四天。同事们连连叫苦，我却希望假期最好再短点，这样我就没时间再想别的了。

晚上，我和阿欣来到大型超市。人不算多，七点过后，大多还在家里享用晚餐。

我正想拿酸奶时，突然发现站在旁边柜台的人竟如此像那天在外滩捕捉到的身影。真的像他，像极了！我忍不住又看了他两眼，怎会如此巧合？我的内心被一股强烈的力量冲击着。

他似乎注意到了我，扭头往这里看了下，微微点了点头。我真想找个地洞钻进去，像做了亏心事一样。他挑完东西，往其他柜台走去。

"珈珈，你在这儿啊，我到处找你呢！"阿欣在叫我，可我似乎听不到她的声音。我偷偷跟着那个男人，尾随在身后，尽量不让他发现我在跟踪他。

"嗨，你在干什么？""欣姐，我看到了一个人。""你看到谁了，上去叫他啊！"男人来到收银台。"我不认识他。""不认识？那你紧张什么？""是……很像一个人。"

不等阿欣反应过来，我已走到了旁边一道队伍。往右边看，那个男人正准备掏钱付账。而后，他拎着袋子出去了。我朝一旁的阿欣喊："欣姐，你先付钱，我们在大门口等。"说完，便尾随他离去。

到大门口，男人拿出手机打电话。我就这么站在他身边，默不作声。他终于发现旁边有人，好奇地望着我："小姐，有事吗？""哦，没。"他回给我一个浅浅的微笑。他那么绅士、那么有气质，他的笑深深地刺痛了我。

男人感觉到异样："小姐，你怎么了？没事吧？"他的问话，让我更为心虚。"没，没什么，我认错人了，对不起。""原来是这样，没关系。我要先走一步了，朋友在等我，再见了！""再见！"

他就这样消失在我的眼前，不留一点痕迹。

阿欣出来后，看我愣在那儿一声不吭："你怎么了？追谁呐？""我看到一个人，很像我的一个朋友。""朋友让你这么费神？男朋友？""……""我不问了，走吧。"

我顺势来到一旁的花坛边坐下。阿欣看出我眼里的忧伤，挽着我的胳膊："有什么心事就说出来。"我低头，靠在自己的膝盖上。阿欣轻拍我的背："有什么事和欣姐说说，我是过来人了。"她从包里拿出一根烟点燃抽了起来。"欣姐，给我来一支吧？""怎么，你也要抽烟？你不是最讨厌烟味了？"她为我点上烟。

"这是我第三次抽烟。""嗯。""第一次抽烟，是在大学的聚会上。"那时大家很开心，烟、酒、食物，是我们庆祝的必备品。阿欣问："那第二次呢？又为什么？""第二次，是……毕业的时候。"

"那今天又是为什么，他像谁？"第一次，我在欣姐面前流泪了。她抱着我，很温暖的怀抱。心痛的时候，这种拥抱是救命的。

阿欣理解我的难处，便不再多问，只是轻轻地拍着我，坐了许久。

"妹子，什么事情都会过去，没有打不开的结。你在异乡，我就是你最亲近的人。以后有什么事就和我说，我会帮助你的。有时间，我带你去酒吧玩玩，那里是最好的发泄场所。"

我握着她的手，如同上次阿欣喝醉酒后握我的手一样。

他的附身

周末，小雯约了朋友去 KTV 唱歌，要我一起参加。

我给自己化了一个淡淡的妆，头发还是扎一马尾。正美着，阿欣倚在门边问："靓姐要去约会啊？""什么呀，欣姐，朋友叫我去唱歌。""那好啊，玩得开心点！回来小心啊。""我会的。"

阿欣顿了顿："晚上，我有朋友会过来。""嗯，欣姐，我明白！""那，我就不给你等门了。""好的。"

晚上七点，我准时来到KTV包厢，只见小雯和一个女孩站起身来。她高兴地拉过我的手："珈珈，你来啦，太好了！我给你介绍，这是我的死党林一芬。这是我的好朋友司徒珈！""你好。""你好。"

我问："就你们俩吗？"小雯做了个鬼脸："我男朋友和他同事去拿饮料了，一会就过来。"她凑近我耳朵说："那个男的很不错，是我的发小，一会介绍你们认识。""小雯！"我霎时明白了她叫我来唱歌的真正目的。

不一会儿，门推开了，进来两位男士。小雯上前挽住其中一位的手臂，撒娇地说："梓健，你们动作真慢，我朋友都来啦！""不好意思，小雯赶紧给我们介绍一下啊。"

我定睛一看，傻眼了。小雯的男朋友，不正是那天在超市遇见的男子吗？难道是上天有意安排的？是室内的灯光太昏暗我眼花了，还是自己鬼迷心窍了？我再一看，是他，真的是他！

"我来介绍，这是我男朋友梓健，这是他的同事魏波，也是我的发小。这是我们可爱又美丽的司徒珈小姐！"他叫梓健，是梓健！我差点搞混了。他出奇地看着我，似乎反应过来，立马面带微笑，伸出手说："很高兴认识你，司徒小姐！""我也很高兴认识你。"

"好了，你们算认识了，我们快点歌吧。魏波唱歌很不错的，珈珈，你可以和他合唱啊！"小雯给我使了眼色。魏波对我说："要唱什么歌，我给你点？""你先点吧，我去趟洗手间。"

此时此刻，我怎么还能唱歌。我快速冲进洗手间，往脸上不断泼冷水。我怀疑自己是不是产生了幻觉，他根本不愿离开，于是带着他的附身来见我了？我不可以失态，不可以的。

来到包厢，小雯拉着我的手："你看魏波都点好歌等你来唱啦，赶紧接上吧！"看她和梓健坐在一起亲昵的样子，谈笑风生，互相呢喃，顿觉胸口一阵刺痛。我的嘴在唱歌，心却不在此。

这一次，我的歌声比跑调更糟糕。它是苍白和空洞的，是没有感情和生命的。

偶尔，我会回头看他们一眼，示以友好的微笑。我能感觉到，梓健也在注意我。那天在超市偶遇的一幕，他一定认为我是个奇怪的女孩。谢谢他，没有出卖我。他唱歌的时候，我在一旁静静地聆听。梓健的声音很有磁性，他坐在这个小小的房间内，就像一股强烈的力量刺激着我。我感到窒息。

席间，我们攀谈过几句，但更多的时间是被魏波占去的。他似乎对小雯的介绍很满意，时不时找机会和我说话、唱歌。三个小时，我几度产生了幻觉，耳鸣晕眩，大脑一片空白。以为唱歌、说话、嬉笑，甚至对小雯关怀备至的就是我认识的那个人。我极力表现出开心的样子，心里，却在暗自滴血。

到了室外，我才感觉一切是真实的，空气很清新。小雯拉着我的手说："魏波，你送珈珈回去！""好啊，没问题！""那我呢？"林一芬问。"你当然是和我们走咯！"小雯对她使了眼色。魏波打开车门，让我进去。

"再见！""再见，下次见！"不知道有没有下一次的再见。

他们三个并排目送我们，车子缓缓启动。我扭过头，从车窗外看到了那张似曾相识的脸，微笑着，温和而精致。原来你没走远。你就在我的眼前，而且那样近。

揭 疤

回到家中，已是深夜。

隔壁屋里传出声响，有微弱的喘息声，还有放肆的笑声，很暧昧，却不属于彼此。

这一次，我开始变得麻木。是那个可恶的老板，还是别的什么男人？只知道这一次阿欣又陷进去，最后剩下的，仅是徒劳的伤悲。但是，假如这样能使阿欣高兴，那也罢了。

我进卫生间准备洗澡。镜中的自己很失落，没魂没魄。原来我是一具空壳，一直在世间行尸走肉地生活。面对别人，我是那么卑微。卑微到要靠幻觉来掩饰内心的伤痛，然后再用理智强行将自己唤醒。

这一刻的我，又被打回了原形。

我脱去外套，只剩贴肤的紧身白色小背心。忽然，洗手间的门被一把推开。我下意识地叫了声，忙用衣服胡乱地挡住身体。门外的人被我的举动吓了一大跳："妈呀，吓死我了，里面还有人啊，怎么没锁门？"

我脱口而出："走啊，走开，走啊！"阿欣跟了出来："对不起啊，妹子，他不知道里面还有人。"我用力关上门，竟蹲在地上哭起来。阿欣敲门："珈珈，你没事吧，没事吧？"我把龙头打开，任哗哗的热水不停地流着。

他们一定认为我是个疯子，没有走光，但却可以哭成苦海。

心揪得我透不过气来，所有的伤痛直面而来。我的心，我的肉体，似被千刀万刀狠狠地切割着。边宇，终究还是不肯放过我，他带着那个化身来报复我了！

开门的那个人，无情地揭开了我的伤疤。仿佛所有人看到了我内心深处最不愿被人知道的秘密与悲哀，他剥去了我最后一点自尊。这比光着身子被人看到更可怕、更心痛、更侮辱！

我哭自己，哭离去的边宇。

这一夜，又将是无眠的，谢谢你赐予我这么好的零点礼物。

遇　见

我们的过往在这一刻被无端地翻开。

边宇，是我大学四年的幻影。他曾带给我无限的欢乐和幸福，最终，却还是离我而去。

2003 年进大学，我学的是外语，他学的是建筑设计。我们的相遇是在那次的开学典礼上。一个眼神的交替，注定了今生要在此相遇。

我穿着最简单的白色短袖和淡蓝色牛仔裤，扎着马尾。那个右斜角折射出来的火光，这辈子我都忘不了。

平静的高中过后，单调的生活变得丰富精彩，一张白纸就这样被描上了色彩。我的一举一动都被他尽收眼底。但这一切，都被他隐瞒得很好。

而我只了解他的名字和专业，其他便不再主动去打听。我是个内敛害羞的人，没有十足把握的事情是不会去做的。

开学两个月了，身边的室友很快有了进攻的追求者。面对爱情，她们选择前行。三个刚建立起来的死党，陆续"背叛"了我。她们恋爱的恋爱，交往的交往，渐渐地把我给"抛弃"了。

11 月的校运动会上，我知道边宇报名参加了篮球比赛。那天，我和死党还有她们的准男友坐在场地正中央的位置，几个人不断谈论着参赛的人员。"你们知道吗？其中那个叫边宇的男生和我们秦海是一个系的，他们是铁哥们，一会要给他们这队加油！"才两个月时间，杜欢就把他的那位称呼为"我们"。

贺炎的追求者，生物系的王奇亮臭他："阿海，你的单身生活从此一去不复返了，以后的日子将在严密的管制中度过。哥们，保重！我们为你祈祷！阿门！"杜欢一个榔头敲在他的脑门上："我让你瞎说，不久的将来，你不也一样。除非，你别想追求我们家贺炎！""嘿嘿，炎炎可和你不一样，她大度，哪像你这么小心眼啊！"这帮人，聚在一起就喜欢斗嘴。

娇娇看着场上说："那个叫边宇的男生好帅啊，他有女朋友了没？""怎么，有我这个护花使者在这里保护你，大小姐还要看帅哥啊？"国经贸的杨超雷吃醋了。杜欢问秦海："亲爱的，他有女朋友了吗？据说他人缘很好，很多女孩都喜欢他。"

秦海定了定，像个牧师："我可以肯定地告诉大家，边宇目前没有女朋友。"娇娇说："是吗，那太好了，我还有机会。"杨超雷在她的鼻子上轻轻捏了下："小丫头，我看你还逃得出我的五指山么。"娇娇顺势将头靠在超雷的肩头，默不作声。

秦海说："不过……""不过什么，快说。"秦海神秘地眯着眼说："据我的准确判断，边宇已有了心仪的对象。你们看着吧，不久他就要出马了。"杜欢惊讶道："哇，是谁那么好福气啊？"贺炎笑着说："从此，我们这届又将少了一根校草。"娇娇八卦着："边宇喜欢的是谁呢，好期待啊。"

我心里琢磨着：边宇喜欢的是谁？原来他早已有心仪的人了。那个眼神是错觉，是我的一厢情愿。

"现在，只有我们珈珈一人还是单身呢。"杜欢一句话，把我的思绪拉了回来。贺炎揽着我的肩："我们珈珈才不随便谈恋爱呢，要谈就谈个最好的。"娇娇说："那个大三的师哥程辉，不是对你挺有意思的吗？"王奇亮反对："大三的人不好，和我们新生有代沟。"杨超雷反驳："那可不一定，他可以照顾人啊，年龄大点有什么不好。要不要我给你介绍下？""我现在，暂时还没想过这些事。"我挡了回去。秦海问："难道，我们司徒小姐，已经有心仪的对象了？"

我忙说："开始了，我们看比赛吧！"其实他们七个都不知道，我的心里的确有一个人，在隐隐地撩拨着我的情愫。只不过，这些都要过去了。赛场上，边宇扣篮的英姿时常能引起一群女生的骚动。呐喊声、欢呼声、尖叫声，不断刺入我的耳膜。

他那么受欢迎、那么受关注，他是中心，是全场的宠儿。而我，就是那一角落寞的灰姑娘。王子不来拯救，灰姑娘永远变不成公主。

边宇有个习惯，清晨会去操场跑步。一向对运动不敏感的我，为了多看他几眼，竟也起个大早去那儿赶场子。三五成群的同学，陪伴在他的左右。而我，只能远远地在一旁观望。看见他的笑颜和健硕的体魄，时不时地用手将将飘逸的秀发，心里都会泛起小小的涟漪。

我弯腰、踢腿、小跳，和同学说话，偶尔假装小跑一会，不让他发现我在刻意注视。偌大的操场我却能准确捕捉到他的声音，那么爽朗和富有磁性，我想，那是让许多女生都为之心动的声音吧。

其实他也一定注意到了我的存在。有好几次，彼此的眼神交汇在一起，我的心立马提到了嗓子眼，心慌得厉害。然后，我们互相示意点头，继续跑步。

这"清晨锻炼"，渐渐地已成为我的一种生活习惯。

学校很大，有好几个分食堂，可为何都能见着你呢？你如此开朗，吃饭的时候也能露出笑容，那个小酒窝就是捕获我芳心的最好武器。任凭同伴怎么评论你，我始终没有出声，只是默默地吃饭，然后"心怀鬼胎"。

有时，还能在校园的一角看见你。你身穿白色运动衣，蓝色牛仔裤，黄色休闲鞋，骑着单车，像一阵活力的春风闪过我面前。梧桐树叶也会跟着闪动，偶尔抖落下几片。枯落的树叶由少成多，把整条马路铺成了金黄色，形成了深秋初冬最美丽的一道风景线。

有人在背后喊你，你快速地刹住车，转过头一笑，习惯性地将将舞动的头发。你在那头注意到了我，我赶紧低头抱起书本向前走去。

直到有一天，我在任何一个有可能遇见你的角落都看不到你。我知道，你不见了，我丢了你。

这一刻，我做什么都没了精气神。同伴贺炎发现我出格的状态："怎么了最近，整天一副心事重重、魂不守舍的样子。想什么呢？""没想什么。""没想什么，怎么会变得那么粗心？你的饭卡又落在食堂了。"

"我看啊，司徒小姐是患了相思病了。"娇娇在一旁起哄。杜欢附和："好像是啊，典型的忧郁症状。"我连忙反驳："你们说什么啊，瞎起哄。"贺炎取笑:"我看啊,这解铃还须系铃人。"

我什么也没对她们透露,难道言行已经出卖了自己?原来,一眼就被死党们看穿了。我继续掩饰:"你们不要瞎说啊,我又没恋爱,怎么可能得相思病!"

"说不定是暗恋呢!"三人异口同声,表情极其诡异,笑里还藏着一把刀。

暗恋,这个词真准确。对,我就是在暗恋。

巧

周末晚,那三个室友和她们的准男友约会去了。我独自在房间拿着《简·爱》默默阅读。

有时候,独处也是一种别样的感觉,片刻的宁静与安逸是我奢华的享受。精美的文字能为我带来新鲜的血液,迸发出新的思想与精神状态。我也一直认为,女人的美不仅仅在于外表,更重要的是内涵与修养。它不会与生俱来,而是靠后天不断地积累完善。

手机铃响,杜欢发来信息:珈珈,我们不在学校,回来会很晚。收发室有一封秦海的快件,你帮忙代领一下。

放下书,我顺手捡过一件外套披在睡衣外,穿着拖鞋便出了门。我走到大门口:"你好,有一封03级建筑系秦海的快件,我来代领一下。""你稍等!"保安从一堆信件中抽出了快件:"你在这里签上代领人的名字。"

就在我转身时,门口进来一个人。我们两两相望。他的出现,让我的心跳急剧加速。是边宇!我们之间仅隔了一米!第一次,这么近距离的相见。

那是一张十分干净的脸,眉宇间透露着清秀与帅气。金色细边的镜框下,藏着一双深邃迷人的眼睛。边宇的气质很独特,眼镜反倒成了他的装饰物。戴上它，显得更为知性和迷人。那对一抿嘴便生出的酒窝，让人总想多看两眼。

我愣在那里，感觉呼吸快停止了。他转头说："师傅，我来取一下 03 级建筑系秦海的快件。""刚被这位同学取走。"一旁的保安指指我。

边宇回头看了我一眼："同学，秦海的快递你拿了吗？"我一时语塞，说话竟结巴起来："哦，是，是的。我的同伴让我来代取一下。"他不解地挠了挠脑门，自言自语道："那就奇怪了，秦海也让我来取快件。"

我连忙接话："是他的女朋友杜欢让我来代取的，他们正好不在学校。"我突然反应过来，自己穿着拖鞋和睡衣。第一次见面竟是这种扮相，真想找个地洞钻进去。

我们并排往校园里走去。边宇首先打开话题："原来这么巧，我的兄弟竟是你同伴的男朋友。""呵呵，是很巧啊。"我低头，不敢看他。"那你是外语系的？""嗯，你是建筑系？""我叫边宇，你呢？""我，我叫司徒珈。""很别致的名字，是佳人的佳吗？""呵呵，不是，王字旁加法的珈。"

边宇问："你一定是本地人吧？""是啊，你呢？""我，离你不远，深圳。对了，你怎么没和他们一块出去玩？"我有意说明自己是单身："他们都成双成对的，我跟着去没劲，还是待在寝室看书比较好。你呢，休息天怎么也没出去？""我？我也和你一样，不想做五千瓦的大灯泡。"

我暗自笑了，原来他没有女朋友。

我表面装作镇定，内心已似狂澜。看，梧桐树上的叶子，它正在朝我们微笑。

到寝室门口，我们面对面站着。边宇看着我说："很冷吧，你穿这么少就出来了，小心被风吹感冒了啊。"这时我才发现，脚趾头在风吹下显得有些紧张，渐渐地形成了钩状。可我一点都没感觉到！

"呵呵，没事，就这么一点路。"漫长的一条路，我却感觉如此短暂，"我到了！谢谢你陪我回来！""不客气，应该的！很高兴认识你！""一样。那，我上楼了，再见！""好，再见了。"我转身匆匆进了寝室楼，怕再晚一秒，他便会看穿我的心事。

室友回来后，我没有对她们提及刚才发生的事。他此刻装在我的心里，暖暖的，深深的。

杜欢问我拿快件，眼神怪怪的，盯着我的脸死看。难不成，她发现我的秘密了？熄灯后，我们四个躺在床上，静静地聊着临睡前的小天。贺炎问我："珈珈，今天我们没陪你，在宿舍闷吗？""不闷啊，一个人的感觉也很好啊。""完了完了，这丫头越来越自闭了。"杜欢夸张地翻了个白眼。娇娇说："可不是，大三的那个程辉多关注你呀，可你却那么漠视。"

我对她们的话半句都没听进去，眼前浮现的只有边宇的笑脸。这晚，是我开学至今的第一个不眠之夜。

这就是我和边宇的第一次接触，蜻蜓点水，却又意味深长。

谈　论

次日醒来，接近中午，欣姐一直在等我起床。

"妹子，昨晚真对不住了！""是我心情不好，对不起，我不该那样对你朋友的。""别那么说，其实，那根本称不上什么朋友。"

为了缓和我的情绪，阿欣带我来到一家朋友开的西餐厅，那里环境优雅、安静，是个倾诉的好地方。

她搅拌着杯中的咖啡："珈珈，我知道你心里一定有痛，不然……你不会那样。""我知道昨夜自己失态了，而且很离谱。对不起。""我明白。"她拍拍我的手，喝一口咖啡继续说，"我以为，你能接受。"

阿欣以为是我不能接受她的朋友，或者抵触那些我认为荒唐的事，其实我只是不想她再受无辜的伤害。

"不是你的问题，欣姐。是我自己。""不，是我们影响了你的情绪！我不该带男人回家过夜，这屋，也是你的。"我摇摇头："昨天我心情不好，情绪很激动，想起了一些过去的事情。"

阿欣点上一根烟，轻轻地吸上一口，缓缓吐出青烟："一些怀念的人和事，总是能被我们记起。不管好与不好，都在我们的内心留下了深刻的印象。"

"欣姐，昨晚那个男的？""他啊。一直爱慕我，我也没有表过态。后来想想，既然人家那么喜欢我，为什么不给他个机会呢。""那，你爱他吗？""爱？"阿欣对我的问话，显得惊奇和轻飘。

"呵呵，谈不上爱，不排斥就行了。""那你爱过吗？""爱，呵呵，好华丽的字眼。现在，我已经不相信和奢求还有什么真爱存在了。""欣姐，你不能这么悲观。你还没嫁人，你应该对自己的未来充满信心和希望。""未来？我不敢奢望会有什么未来，只知道，要活好现在的每一天，就已经很不错了。"

"你一定可以的，我相信你。""但愿吧。你呢，珈珈，你爱过吗？"我低头不语。阿欣摇摇头："我猜，你没有爱过。你那么单纯和善良，爱情是不可以伤害到你的。""在你眼里，爱情只是会伤害人的东西？""爱情，会感动温暖人，但也可以冰冷得让你冻死。"

我赞同："爱能带你上天堂，也能让你入地狱。""它有时热得像火，有时，又像寒雪一样冰冻你的心。""有时，还像一把利剑可以穿透你的心，让人生不如死。"

阿欣熄灭烟，笑笑："看来，我们的珈珈对爱情并不是一张白纸哦。""每个人都会对爱有渴望和憧憬。"

正说着，一位中年男子走过来："两位美女，今天有心情光临寒舍，真是荣幸啊。""吴老板，怎么敢劳您大驾给我们小女子递茶果？"他看阿欣的眼神，有三分爱慕："这位大美女，怎么称呼？""这是我的好朋友，司徒珈！"他伸出大手："在下有幸认识美丽的司徒小姐。"

"这位是西餐厅老板吴军祥，我们都叫他老吴。""你好。""二位还需要什么？尽管点，算我的。""谢谢！这次呢，说好是我买单，下次一定要让你请个够。""阿欣，这你就见外了不是。在我的地盘上吃饭，还有你买单这回事？""那，我们就恭敬不如从命了。下次我请你。"

吴老板把手搭在她的肩上："下次我请你们去唱歌。""好，一言为定！"走的时候，男人把我们送到门口，还不忘在阿欣耳根边说一句："记得常来，我想你！"阿欣应了一声，走出门去。

阿欣的身边围绕着很多男人，但我始终不知道，哪一个对她是真心，哪一个又是可以值得托付的。

应付和应酬

单位的事情一大堆，我和刘明跑了一天，疲惫地回到公司。

晓敏上前挽着我的胳膊："很累吧！跟着刘总做事，你会变成拼命三郎的。""呵呵，已经差不多了。""一起走吧，路上顺便和你说展会的情况。""好啊，一起。"

正巧，芳芳过来了："珈，要不要一起走？""芳芳，晓敏和我一块，说说展会的事，一起吧？"芳芳有些失落："你们要谈事情，那我自己走了。拜拜！"

我们在地铁站等候。晓敏看了我一眼："珈珈，你是不是觉得公司人多，挺复杂的？"我知道她要说什么。从见到晓敏的第一眼起，就觉得这女孩有些事儿事儿的。这次问话，她好像有意想挑起些什么。

"呵呵，公司，大都这样。""所以人和人之间也会显得虚假，你认为呢？"她一定要从我口中得到些什么。"这个我就不知道了，我进公司不久，什么都不了解，也不好说。""也是。你觉得，刘总这个人怎么样？""刘总？他是老板啊，没什么。""那你觉得颜晴呢？她如何？"

晓敏越来越"三八"，让人有些反感，不像芳芳那么单纯，没那么多杂念。

"颜总，我没和她多接触。"说实话，我不喜欢在背后评论别人，也不喜欢听到别人说。晓敏有些挑衅地看着我："但我觉得，她好像有些针对你，你没发觉吗？"原来她是个喜欢挑拨是非的人。"是吗？那我就不清楚了。我只要把自己的工作做好，其他的事我不想多掺和。"这个回答，一定让晓敏觉得闭塞。

"颜总这个人，工作起来很有干劲，这是大家有目共睹的。可她好像很难和别人相处，公司好多同事都对她畏惧几分。"我不再吭声，任她自由发挥。晓敏笑里藏刀地说："时间久了，你会慢慢了解的。"

地铁来了，我赶紧起身。晓敏在身后说："珈珈，你要小心哦，当刘总的助理很容易被人看成眼中钉的。"她这是在提醒我，还是在讽刺我？

秋季展会的事临近了，公司上下都在为之忙碌着。快下班时，刘明到我的位子前落下一句话："晚上没事的话，和我一起参加应酬！"

应酬？让我反感的事终于来了。熬了这些天，终于还是敌不过老板的一句命令。应酬，无外乎就是吃饭、喝酒、拉关系、吹大牛。对于这些，我厌恶透了。

"今天我能不去吗？"我第一次学会了反抗。

"最好还是一起去！"上车的时候，我拉开车的后门，副驾驶的门也被拉开了，是颜晴。刘明解释："哦，今天的应酬，颜总也一起去。"颜晴扭头看看我，眼中带有一丝挑衅。

到了酒店，我们和另一家医药公司同桌吃饭。席上，刘总向对方介绍了颜晴和我，在外人看来，我们就像老板的左右手，少了哪个都不行。因为我不会喝酒，刘明也不勉强，只以茶代酒敬对方。而刘明喝得并不多，倒是颜晴一杯接一杯和对方干起了白酒，席间还说了很多公关的话。

饭后，对方约我们唱歌。我向刘明请假，却又遭到拒绝："你这样是不给他们面子，听话，一起去！"刘明顺势搭了搭我的肩膀。这个举动被刚从洗手间出来的颜副总看见了，她似乎很不高兴："快点吧，别让他们等急了。要知道这次能谈成，那可是一笔不小的业务量。我想大家都不愿白忙一场吧。"

在 KTV，喝多酒的对方唱起了《路在何方》，音不知道跑到哪个城市去了。尽管这样，他还是唱得"热情洋溢"，一行人也只能跟着拍手叫好。不知道谁又点了一首《相思风雨中》，想让颜晴唱。

"哎哟，你看，这首歌我不怎么会唱。司徒，你接上吧。""我，我不行啊。"她拿着话筒，执意要我唱："快唱吧，不要别扭，我还没听过你唱歌呢。"我只好接过话筒和那五音不全的人合唱起来。要知道这首歌，在大学时代我和某人唱过数遍。尽管在那时，这首歌已经不那么流行了。

"太棒了，唱得太好了！"大家齐声鼓掌。"司徒，没想到你唱得这么好，我们也来一首！"刘明兴奋起来，拿过话筒，也要与我同唱一曲《神话》。看着刘明如痴如醉的表情，我想颜晴的心里一定在吃醋吧。

果真没错，我们唱罢后，大家都鼓起掌，唯独颜晴一人在那喝闷酒。她喃喃道："你们唱得可真默契啊，像练过似的。"我忙把话筒递过去："颜总，您也来一首吧，刘总说您唱歌特别好听。"刘明说："我去外面透口气。"颜晴说："我也去。"

"你们看，这刘明和颜晴倒挺像一对的啊，夫唱妇随的。"一曲完毕，我也借机说去洗手间。唱多了，心累。

从洗手间出来转到路口，听见刘明和颜晴在那说话。"你在拿她向我示威，是不是？""瞧你说的什么话？""到哪里都带着她，她才来几天啊，还是个不知味的黄毛丫头！""你想哪里去了，司徒是我的助理，一些场合带着她也是理所应当的。""那我呢？""你是公司的副总啊，现在是，以后也是。"

"那这个司徒，会不会也像以前那个葛慧一样，过不了多久，就要爬到我头上来了？""你还真是多心，只要我一有助理，你就开始不放心。要不，你做我助理得了，把市场部总经理的位子让出来给别人。""你想得美啊你！别忘了，你的天下，一半都是我的功劳。""既然明白，还吃什么醋啊！"刘明把颜晴一搂，走了。

此时，我似乎明白他俩的关系了。

疑

中国国际医疗器械秋季博览会将在四川成都举行，汇意公司一行人也如期来到了这座山城。我们七个人代表了汇意公司的整体形象。

作为亚太地区最大的医疗器械展会，设标准展位4000多个，展出面积超过8万平方米。参展企业有2000余家，展商分别来自20多个国家和地区，涉及上万种展品。医博会是一个交流与采购的平台，它不仅促进了国内外医疗器械行业的交流，也为市场带来了更多商机。

这是我毕业以来第一次参加如此盛大的活动，看到众多的知名企业与优质产品，发现其中可以学习和借鉴的东西太多了。虽然我并不是学医药的，但不同的行业却有着共同的特质。

晚上，我们一行人聚餐，当然是老板请客。饭桌上，出名的川菜辣得我们直呛嗓子。以刘明为首的其余六人都灌了啤酒，说是菜太辣一点不假，贪酒喝也不为过。营销部的几位都是强将，估计是平日给锻炼出来了。

看着他们大口大口地灌酒，觉得自己像个异类。

酒足饭饱后，有人提议去卡拉一下，但被老板拒绝了，理由是明天还要继续奋战，希望各位同仁把本钱储存好，等收工后再一并庆祝。我没有喝酒，所以很清醒。可他们都是喝了酒的人，走的时候说了些大话，步伐也开始摇晃不稳。

我和董晓敏一个房间，虽然有些不情愿。本来晓敏是和恬恬一屋的，她说她们合不来，她愿意和我住。为了工作，也就罢了。行政部徐华丽和营销部郑恬恬一间，研发部冯奇和营销部杜新一间，刘明自己一间。

这是到成都的第二个晚上。前一天大家忙于奔波，布置会场和做准备工作，都比较疲惫。我和晓敏没有太多的交流，洗洗就睡下了。今天她显得很兴奋，也许是喝了酒的缘故，到了房间一直和我说着展会的事。

十点了，我必须睡了。洗漱完后，我躺在床上看电视。晓敏也不洗澡，就坐在床边："珈珈，你的样子很迷人！""是吗，我倒没这么觉得。""自己当然发现不了，特别是你洗完澡后的样子，很可爱！""呵呵，你也很迷人呢。""是吗，就是不知道有没有人会欣赏。""会有的。""但愿吧。"

"你不睡吗？"我问，感觉晓敏有心事。"还不困，坐会。你要困就先睡吧。""那我先睡了，你也早点睡。""好。"迷糊时，听到晓敏手机有短信，她回了个，之后我便沉沉睡去。

一觉醒来，已是凌晨五点。我起夜上洗手间，没有开灯，怕吵到晓敏。洗手间的灯是不关的，我可以顺着虚掩的门透出来的光线走进去。出来时，借着灯光看到晓敏的床是平整的。打开灯，果然，她不在房间。被褥很整洁，没有睡过的痕迹。

凌晨五点，她去哪里了，她又能去哪里？去其他房间串门，那也早该回来了。可是，她能去找谁聊天呢？另一个房间是徐华丽和郑恬恬，她说过她们关系并不好，应该不会去。另两间屋子都是男人，总不会三更半夜去找他们吧。

我拨了她的电话，关机。我明白了，她是有意让我先睡的。我实在太困了，在床上等了十分钟，就又睡过去了。

再醒来，早晨 7 点 30 分。往左边的床上一看，晓敏又在了。我问："晓敏，后半夜我起来上厕所，发现你不在，急死我了，你去哪了？""是吗？估计我又梦游了！""梦游？真的假的？你别吓唬我！""是啊，有时候我睡觉会梦游的。如果我半夜起来不在了，应该就是这样！""不会吧，这么恐怖！""这没什么的，梦游的人走了一圈又会回来睡觉的。"

她说得如此轻巧，难道梦游的人，起床时还会迷糊地把被褥铺整齐再出去梦游？

揭　秘

第二天的展会，有几家单位了解我们公司的产品后，已签了订单。有刘明在场，确实可以学到很多销售的技巧。这一整天，我都在观察董晓敏，寻思她的话。她和平常并无两样，依旧忙忙碌碌地工作着。饭桌上，晓敏只管自己吃饭，任凭几位同事说笑也不参与。

为了不惊动她，我没有多问，只顾自己忙活。一转眼，又接近晚上十点，我特意说："晓敏，我困了，先睡啦，你也别太晚啊。""好啊，你先睡吧。"我闭上眼，却没有马上睡着。

十分钟后，她的手机又有短信铃声。我假装熟睡，并发出微弱的鼾声。晓敏以为我已睡熟，便蹑手蹑脚地起身，轻轻关上门。我睁眼，望着天花板，叹一口气。

一分钟后，床边发出短信铃声，她没有带走自己的手机。

好奇心作祟，驱使我下床拿起晓敏的手机，一条新短信。看别人的手机是侵犯隐私！好吧，我承认自己是有点多事，那也是为了了解晓敏，并无恶意。

我按了按键，是朋友的问候短信，没有什么。但在收件箱里，又看到几条连续的短信，发信人是刘明！"这次是你最好的时机，你自己考虑清楚。""我在房间，你过来吧。""怎么样，今天还继续么？要想升职加薪，你那么聪明，该把握好这个机会！"

我感觉眼睛发糊，头发晕。原来，他们有交易！

门外有动静，我迅速放下手机躲回被窝里，不动声色继续装睡。晓敏开门进来，见我熟睡，转了一圈便又悄悄出了门。原来她是来拿落在床上的手机，继续"梦游"去了。

我确信这一夜，晓敏是不会再回来了。

次日清晨醒来，我的猜测果然没错。晓敏开了门，发现我正在洗漱，脸色顿时变了样，神情慌张地逃离了我的视线。我觉得自己像小偷，偷窥了别人最机密的隐私，我犯罪了。我们谁都没说话，只顾自己做事，都怕一个随意的眼神，拆穿彼此的心事。

今天的展会，人流量没有前两天那么多，最起码少了四分之一，同事们显得有些倦怠。"来来来，同志们要加油，最后两天，可不能怠慢！"刘明在一旁给大家打气。他可真会鼓舞人心呢！

晓敏一直不敢和我对视，竟然和恬恬打热了起来。她说着无关痛痒的话，似乎是为了逃离我的视线。

午饭后，刘明主动提出由他收拾饭盒："我去丢垃圾，谁和我一起？""我去吧！"晓敏自告奋勇，其余几位都靠在桌上休息。我跟在他俩后面，假装去洗手间。

晓敏趁丢垃圾时和刘明说："刘总，司徒好像已经发现我不在屋里睡觉了，怎么办？""她说什么了？""那倒没有，她就是因为什么都不说，我才觉得她可能是知道了！""这样啊，那今晚你先探探她的口气，如果不行，就别过来了。""那，刘总，您说的话还算数吗？""呵呵，我们来日方长嘛，着什么急。""老板，我把自己都给搭进去了，你可要负责到底啊。""嗨，我有数，你就放心地待在我身边，不会亏了你的。"

原来他们真的有一腿！我一阵恶心，跑进洗手间冲了脸。今后的日子，只有睁一只眼闭一只眼，才能过得相对太平。我决定，当这件事视而不见为好。

这天晚上，晓敏真的没有再去刘明的房间。而我，也像平时一样，回屋，洗漱，睡觉。一切太平。

丑 恶

四天的展会顺利结束了，这次的行程是有成绩的。饭桌上，大家兴奋地喝了酒。为了不让大伙扫兴，我特此喝了两杯啤酒。不胜酒力的我连饭菜还没上齐，脸早已红得像猴屁股了。

"我们的助理也开始上马了，好啊，满上！"刘明见我喝上了，兴致也高了。"不行了，刘总，我一点也不会喝的。""来来来，我看得出，你可以的，酒量也是靠锻炼出来的么！"刘明又在我那高脚杯里倒满了啤酒。

"老板，我一点都不能再喝了。""这可不行，当总助怎么能不会喝酒呢？"一旁的恬恬开始瞎起哄。"来，司徒，把这杯干了，今天就破例一次！"刘明拿着酒杯在我面前晃悠。

"司徒真的不会喝酒，刘总，我替她喝吧！"晓敏在替我挡酒了。没等我缓过神来，她已将手中的酒一饮而尽。我回给她一个笑容，趁机逃出了一场劫难。

今天是我们在成都的最后一晚，有人提议去酒吧。酒在饭桌上是喝够了的，所以也不会再去那里。逛夜景倒是不错的提议，既然来了就要看看成都的夜色美景。刘明喝得差不多了，脸虽不太红，但说话已有些口吃。据说喝酒不脸红的人不老实，心眼多。这回，算是应验在他身上了。

走出饭店，我们准备打车去望江楼公园。刘明已走不出直线："哎呀，今晚喝多了，我来成都好几趟了，你们没来过，好好玩玩！""我好像也走不动了，头好晕啊！"董晓敏的脸红得像苹果，她今晚喝了不少。大家齐声："刘总和晓敏先回宾馆休息吧，我们逛逛就回来。"

他俩坐上出租车，我再一次明白了。

我们来到望江楼公园，一进大门，映入眼帘的是茂盛的竹林。据说因唐代女诗人薛涛一生爱竹，后人便在园中种植各类佳竹。十月末的天有了凉意，加上四川连绵的山，关节容易着凉。因此，这里的人常吃花椒来祛风寒和潮湿。

当晚，五个人，我们满意而归。

和他们道晚安后，我回到宾馆，正准备拿房卡开门，猜想晓敏这会应该是去"梦游了"。忽然听见屋内传来一阵暧昧声，我快速转身离去，竟将房卡落在地上。身后传来开门的声响，我忙跑着离开。我大口喘着粗气，像做了亏心事，无地自容。

我跑到宾馆大厅，在那里坐了很久。一阵阵的穿堂风袭来，阴湿的寒气吹在身上，已无知觉。

晓敏一直打我的手机，我没有接。直到她发来一条短信：珈珈，真对不起，打扰到你了。上来吧，没有别人，就我自己。

回到房间，只见晓敏衣冠整洁地坐在床上，等着我拷问她的罪行。我什么话也没说，拿起睡衣往洗手间走去。但愿洗完这个澡后，明日便不再记得今夜所发生的一切。

出来后，我钻进被窝。晓敏喃喃地说："珈珈，其实……""不说了，睡吧，我什么也没看见。明天一早还要赶火车。"我没有再理会她，只顾转身睡了。耳边，传来晓敏嘤嘤的啼哭声。

第二天一早，我们收拾行李准备上路。出门前，我对晓敏说了句："你的事，我就当什么也没看见，也不会干涉。你放心吧。"

一路上，我没有再和刘明、晓敏说一句话。

收买 = 交易

回到上海，好像回到第二故乡一样。

现在，我不知该以何种态度对待刘明。好吧！如果想继续混下去，我只能当什么都没看见。第二天一上班，他便把我叫到办公室。我已做好了准备。

"司徒，你坐，我们谈谈。"刘明指指一边的沙发。"我不坐，刘总，站着说话就可以。""那天晚上的事，你都知道了？"他倒开门见山，"我不知道你是怎么想的？""我没任何想法，这件事和我无关，我没有权利过问和关心，做好自己的事情就可以了。"

他点点头："我知道，你是个懂事的孩子。"这时候，他还给我带什么高帽子？我听得出他话里的意思：你就应该识相点，如果还想继续在这里工作的话。刘明眯着小眼说："你知道，当初我为什么会选你么？因为你够聪明，够灵光。不像其他女孩那样事儿事儿的。"我实在不知道还能说什么。

"你就好好待在我身边，我是不会亏待你的。"这句话，让人听得耳腻，他对晓敏不也是这么说的吗？"刘总，您放心，我会做好本职工作。其他的事情，和我没关系，我也不会参与。""很好，我知道你很优秀。这是当月的工资，拿好。"我接过信封，厚厚的一叠钱，信封右下角清楚地写着 4000 元。

"刘总，工资不是直接打到卡里的吗？""对，其他人员都是从那里一并发，总助的工资由我这里直接发出去。""刘总，好像不对吧？我才刚来一个月。"

刘明摸摸鼻子："哦，这个么，你的表现好啊。按理说你刚来头个月应该是 2000 块，奖金另算的。这个月效益不错，给你算 1000 块奖金。另 1000 块是我发的，助理每天跟着我东奔西跑的，也该有些提成。等你以后掌握了整个销售流程，也可以去跑单，也有提成分，这是应拿的。知道了么？"

"但是，这不合适吧，同事们知道不太好。""有一点我要和你说明了，我们这里的规定是工资保密，同事间是不能相互探听的。明白了吗？""可是……""哎呀，别可是了，这是你应得的。"他把大手搭在我的肩上："下班之前，把这次展会的工作报告发给我。""好的。"

我拿着这个信封，不知道那里面额外的1000块算什么？封口费吗？那我们之间的关系不就成交易了？突然觉得自己像被收买了，他们用一点好处就想来封我的口。我像个被人摆弄的木偶，牵着鼻子走，因为我好糊弄吗？哦，不不不，我不愿是这样的。可是，我又能如何呢。如果这时辞职的话，我会不会也太懦弱了。

下班之前，我收到晓敏一个长长的短信：珈珈，我知道你现在一定很讨厌我，认为我不正经。可是，我也不是情愿的，我无能为力。没人知道我的苦处和难处！这丑恶的一幕被你知道了，真的非常对不起！以后你会慢慢明白的。希望你不会看不起我。晓敏。

握着这条短信，我不知该怎么回复。我后悔，为什么是我和她一个房间？其实，我不太喜欢晓敏，本以为互不干涉就什么事都不会发生，偏偏就摊上我了！原来，她是有意那么做的，她利用了我的真诚和善良。她知道我不会是个到处散播流言的人。

良久，我才给她回了短信，上面只有两个字：放心。

《鲁滨孙漂流记》

这世间有太多的是非，而我，却没有十足的能力去辨别真伪。有些丑恶的东西你不愿看到，但它却清清楚楚地展现在你面前。唯一让我觉得美好的，是那年，和边宇的相遇。

面对感情，我不可否认自己外表冷漠，内心却似狂澜。宁可放在心底任它自然生长或是腐烂发霉，也不可以放在桌面上任人品头论足。

一直认为，感情是两个人的事，和其他无关。

周五下午，系里没课。同伴都趁这难得的时间约会去了，她们怎舍得美好的时光在指尖匆匆流逝。除了上课，恋爱成了姐妹生活中最重要的一部分。我为她们感到欣喜，同时也为自己的落单感到一些孤独。

图书馆成了我另一个抒发情绪的好地方，我喜欢那里的安静与惬意，犹如我在心底默默地暗恋他一样。我在书架中找到了《鲁滨孙漂流记》，这本励志的名著曾一度让我爱不释手。只因早前一个邻家小妹来我家做客，在她的再三恳求之下，才把爱书借了出去。

前年的春节过后，小妹举家迁移去了英国，也带走了我的《鲁滨孙漂流记》。事隔两年，我又在学校的图书馆遇到了它。忽然，一个声音越入我的耳朵："这么巧，司徒珈，你也在这里？""边宇，真巧啊。你们下午也没课吗？""是啊，所以就来图书馆转转。不介意我坐你旁边吧。""坐啊。你借了什么书？""想借《莎士比亚全集》，可惜刚被人借走。""是吗？"我心里一阵暗喜，家里藏有这本名著，要不要告诉他呢？

他看了看我的书："你在看《鲁滨孙漂流记》，不错，很激励人呢。我自己也有收藏。""其实，这本书我也有收藏的。只不过早前借给一个朋友，便有去无回了。你也有收藏书的爱好？""有啊，从小学我就开始收集书了，什么四大名著啊，国外名著都有。"

我们一下找到了话题，两人不觉窃窃私语起来。只是，我们的声音很轻很轻，轻得只有彼此才能听到。离开后，我俩并肩走在石子路上。记忆里，这是第二次。

边宇问："刚才怎么不把书借回寝室看？""算了，不属于我的书，带回去感觉怪怪的，现在是为了重温。我喜欢拥有自己的书，而不是借。""这样吧，我把我的那本送给你。""那怎么可以？这是你的书。""为什么不可以？"边宇笑着反问。

"那就谢谢了。对了，其实我家也有《莎士比亚全集》。如果你想要看的话，周六我回家，周日带给你。""真的吗？太好了，我正想读莎士比亚呢。那就先谢谢你了。"边宇显得很兴奋，喜悦的表情在他脸上荡漾，像个大孩子。他三步并作两步跑上楼："你先在楼下等我一会，我去给你拿书。"

当我接过书本，只觉得封面好熟悉。我笑笑："谢谢你，边宇，周日我回来时，把《莎士比亚全集》带给你。""好啊，一言为定咯。周日晚七点，在学校的花园亭子里见面，我等着你的《莎士比亚全集》。"因为一本书，我们开始了交往。

回到寝室，我小心翼翼地翻开书的第一页，里面夹着一张字条，上面写着边宇的名字和电话号码。我笑了，立马将电话输进自己的手机里。我主动发了短信，上面只有两个字：收到。

死党们一窝蜂地闯了进来，我赶紧收起书，胡乱地塞进枕头底下。

整个晚上，我没有多余的机会来翻阅它，心里无时不在牵挂着枕下的小说，它应该还很安静地躺在那里等我。

又见心爱藏书

周六上午，我坐公车回家，包里安放着那本小说。

妈妈做了丰盛的菜肴，而我却自顾自地回了房间。我所关心的，是这顿精神食粮，它远比一顿大餐来得让我有胃口。我从包里小心地拿出书，把它放在桌上，静静地端详起来。

"珈珈，赶快吃饭吧，要不菜都凉了，一会我们还要去舅舅家呢。""来了。"我撅着嘴不情愿地把书放进抽屉，对它说："你先待着，晚上就回来陪你。"

深夜，我抚摸着小说的书皮，原来它也是有呼吸的，犹如边宇带给我的气场一样。

翻开扉页，看到右下角用黑色签字笔写的一个拼音：jia 。我猛地回忆起，自己当时的那本书，也在扉页右下角写过一个 jia 的拼音。我有个习惯，会在每本书的扉页上写下名字，用中文或者拼音，以此作为留念和证明。

怎么会有如此巧合的事情？莫非是边宇为了把书送给我特意写下我的名字？可他怎么会和我有同样的习惯？我拿来笔和纸，在上面习惯地写下自己的拼音。然后把两个笔迹一对照，竟发现如此相像。

以往，只要自己喜欢的句子，就会用笔划下来。这个习惯一直保持到现在。我接连翻阅了很多页，真的在里面发现了用铅笔划过的痕迹！有些用直线，有些用虚线，甚至还有五角星和三角形的标记。

我惊呆了。

总不会边宇也和我有同样的阅读习惯吧？我再三回忆，想起这本书曾经因为看到一半而叠了个小角。如果真的有那个小角存在，就说明这本书是我的。

翻到 45 页，我明显地看到右下角有个深深的折印！我几乎要哭了出来。我能肯定这本书就是自己的！巧合不会重复这么多次！可是，这又怎么会落在边宇手里，究竟是怎么一回事？我百思不得其解。我决定，明晚当面向边宇问清此事。

"失约"

周日晚 6 点 40 分，我匆匆赶到学校花园的凉亭边，心跳加快，脸发烫，期待与边宇的再一次相遇。

6 点 50 分、7 点、7 点 10 分……过了约定时间，边宇还没有来。

我拿起手机想给他拨个电话，一摸书包，糟糕！刚才急着出门回学校见边宇，竟把手机落在家里了！怎么办？没有通讯工具，我只能在原地默默地守候。

等待是种煎熬，会吞噬掉你身体里的每个小细胞，使你原本足够的耐心在一点点减少。直到8点30，边宇依旧没有来。他失约了。

我捧着《莎士比亚全集》在亭子里足足等了两小时，只有自己的影子在陪伴我！11月末的天，已渐冷，手脚冰凉，心的温度在不断下降。我一遍遍说，不要生气，给自己和对方找个理由和出路，也许迟到就不会成为一种负担和歉疚。再等十分钟还不来，我就走。

时间还是到了，我也希望它能走得再慢些。我起身，落寞地走出凉亭。只见边宇急匆匆地往这里赶来："司徒，我来了，我来了！"这一声"我来了"，让两个多小时的等待变得不再孤独。我给他解释的机会和理由，只要他肯说，我都能接受。

边宇气喘吁吁地跑到我面前，脸上流淌着大颗的汗珠。"对不起对不起，真的对不起，非常抱歉！我失约了，让你等了这么久。能给我一个解释的机会吗？"看着他如此真诚，我笑笑点了下头。

原来，边宇和同学白天去爬山。准备下山时，一个同学选择走山路。没想到，刚刚下过雨，山路泥泞非常滑。他不小心踩空了一块，滑了下去。边宇上前去拉他，放在口袋里的手机滑出来，不小心掉下了悬崖。

我急着问："真的吗？这样太危险了！""是呀，我同学的脚当时就疼得走不了路了。"下了山，他们马上把伤者送去医院。一拍片，骨折了，然后配药、打石膏，再把他送回学校。

"这一折腾，就很晚了。我赶紧就近找了家通讯店，买了手机配了卡。我一直打你的手机，可是，没有人接。把我急坏了。""我……我赶着出门，把手机落在家里了。你再晚来一分钟，我就真走了。"

边宇一口气说完，静静地等着我开批。我问："你说的，都是真的吗？""是真的，不信，我口袋里还有去医院和买手机的发票。我拿给你看。"边宇边说边开始在背包里找起发票来。

我看着他那着急无辜的表情，噗嗤一声笑了。我拉住他的胳膊说："别找了，我相信你就是了。""真的相信我？""嗯。""那，你原谅我了吗？""没有原谅。""啊，怎么做才能弥补？你告诉我！""我根本就没有生气，哪来的原谅。"边宇笑了："谢天谢地。"

我的肚子发出"咕咕"的声响，边宇问："你到现在还没有吃饭吗？""我……""我真该死，让你等了这么久又挨饿又吹风的。走，我请你吃饭！"

我和边宇来到学校附近的小吃店。这是我第一次近距离看他吃饭，也终于可以名正言顺地看他吃饭，而不是心怀鬼胎了。边宇给我擦拭碗筷："为什么不吃晚饭呢？"

我低着头，顿了顿："怕耽误时间，所以……""所以，把手机也落下了？"我害羞地不作声。"都是我不好，对不起。我向你赔罪，今天算是夜宵。改天，我请你吃大餐，好吗？""没关系。"

我和边宇就在他的真诚坦白下"冰释前嫌"了，心里又重新回了温。关于那本书的问题，也就没有再提起。回到宿舍楼下，我从包里拿出《莎士比亚全集》："给你。""真的太谢谢了，我会好好看的，谢谢你，司徒。"

经过这件事，我对边宇又有了更深一层的了解和体会，也更加确定自己喜欢他是一件十分正确的事。可后来谁也没想到，年轻时的初恋，最后竟成了感情的牺牲品。

女人的嫉妒

我确信自己是个忧虑的人，不然不会那么怅然若失。用美好的记忆填补现实的差距，又在残酷的现实中寻找平衡。

这天下班走到路口，发现手机落在办公室。到公司门口时，同事都已走光了。只见刘明办公室的灯亮着，里面传来两人的吵闹声。

是颜晴的声音："你怎么回事？走了一个葛慧还不够，又给我来个董晓敏？你说，你和她到底怎么回事？""都说了是上司与下属的关系，你还要知道什么？""整天刘总长刘总短的，一看就知道对你有想法。""你们女人，就是喜欢多疑。照这么说，但凡和我有接触的女性都跟我有关系？笑话！"

"那这手机短信是怎么回事？你还和我说没事！""我说没事就没事，你烦不烦！""还嫌我烦，有本事就不要做那些丑事！""我做什么了，轮得到你来教训我！没有我，你能坐到这个位置么？要知道，有多少人等着坐你颜晴的这把椅子，你还不知足！"

"好啊刘明，长本事了。没有我的帮助，你能有今天么？要知道我对公司的底细可是一清二楚的，别把我逼急了！""你想干什么？""干什么，我倒要问问你干什么！我要看看你能和多少女人有干系！一个一个又一个！新来的那个司徒珈，也是你下一任捕猎的对象吧？"

"啪！"里面传来一阵狠狠的拍桌子声。

"够了！你给我出去！""好，刘明，算你狠！"颜晴气呼呼地跑了出来，和我撞个正着，眼角红红的。她反感地问："怎么你还在这儿？""不是，我手机忘拿了，回来取一下！""你都听到了？"她仰着头问我。"没，没有，我刚进来，什么也没听到。""我们一起走，我有话问你！"我知道，自己还是逃不过一场劫难。

颜晴看上去三十五六的样子，虽然已不年轻，但还是很有姿色的。她干练、直接、眼角高挑，总让人产生一丝畏惧感。尤其是那一双大眼睛，犀利得像要看穿你的心事。可走在她身边，却又不觉得那么陌生。也许，是女性生出的同情吧。

颜晴踩着那双细高跟，边走边说："你知道我在这个公司做了多久？""不清楚，但看得出应该很久了。""真的很久了，公司创立到现在八年，我也待了八年，够长了吧。""颜总是元老。""我为公司做了这么多，到现在居然没人能理解。""颜总，您太操心了。"这个时候，我只能这么说。

"我太了解刘明这个人了。"她转过头，郑重其事地对我说，"有些事我也不能和你多说。但你要记住，不要太听信他的话，不要和他走得太近，只要做好分内的事就行。我不会害你的。"

颜晴在命令我，也在提醒我。

"我明白，颜总。""你们去成都，他都做了些什么？""一直在办展会的事，很忙。""没有别的事么，和其他员工没有什么？""没有，颜总。"我不得不这么说，这既不是善意也不是恶意。

"你和董晓敏关系怎么样？她为人如何？""我和她没有太多工作上的往来，不是很清楚。""那你觉得她人怎样？""我真的不知道也不清楚！"

这是一场女人与女人的战争。没有硝烟，但能让人变得疯狂、失去理智。结局如何，谁也无法预料。

"颜总，我还要赶车，先走一步。再见。"此刻的我，选择仓皇而逃。我怕再逼问下去，自己也会吃不了兜着走。现在终于明白，做人真难！我生怕再多说一句错话就能把自己给毙了。

夜晚，网上遇到贺炎。她告诉我，师哥程辉来上海了，这两天就会与我联系。我该以什么样的心情面对他，一个曾经追了我两年，却依然关心我的大男生。我怕再看到他，就忍不住将心底的悲伤一涌而出。

贺炎说，我没有理由拒绝别人对我的关心和帮助。我知道，你们都是爱我的，不愿我一个人在异乡孤苦伶仃。这对于他们，也是一种折磨。

又见师哥

上午十点半，我收到程辉发来的短信：珈珈，我是程辉。我已来上海几天，这里有个项目在实施。知道你在这里工作，想来看看你。我大概会在上海住半年。

晚上，我如约来到饭店。师哥起身迎接我："珈珈，来啦！快坐！"他个高，和以前一样偏瘦，笑起来嘴角还有两个梨涡。

"师哥，你没变！""呵呵，变老了！""哪里，你只比我大三两岁。"几个月没见，像隔了一个世纪。

师哥盯着我看："你也没变，不过又瘦了。是不是还在减肥？""哪有啊，我可会吃了，到上海就没消停过。""你这骨瘦如柴的身子，可不能再减了，听到没？""知道啦！"程辉就是这样，一直以来像个大哥哥般用他独有的方式照顾着我。他知道我喜欢吃什么，对我的口味了如指掌，一桌子的菜全是我的最爱。

"怎么样，在上海生活还习惯吗？""还可以，就是有点潮湿和阴冷，其他还好。""你住哪里，交通方便么？""还行，在徐汇区。""自己一个人住？""不，两个人合租。""这样不错，互相好有个照应，也不会太孤单。"

"是啊。哥，听炎炎说你要在上海住半年？""是啊，我们公司和这边的规划局、设计院有个大的合作项目，派我过来接手。这不，刚安顿好后便来找你了。""你住哪儿？""公司安排的房子，放心，我丢不了。倒是你，最不让我放心呀。""别啊，我这么大个人，都工作了，还是老总助理呢！""我就知道你有出息，工作顺利吗？有没遇到什么难题？""工作本身都还好，能学到东西。就是公司蛮复杂的，不像学校那么单纯。""是啊，你要多长个心眼了，可不能像原先那样把谁都想得那么好。没事，有什么困难就和哥说，我会帮你的。""没人敢欺负我。"

"到这里有没交到什么好朋友啊？""有啊，同屋的欣姐、公司的芳芳、好友小雯，还有一些，都不错的。""那就好。"

饭桌上，我们聊工作、聊生活、聊最近发生的事，就是不聊过去。整个晚上，对于我心里烙下的伤心过往，他始终只字未提。师哥没有问我毕业后怎么和外界断了联系，因为他从来不会问"为什么"这三个字。他和我的谈话非常小心，生怕触到了我那根敏感的神经。

"不早了，我送你回去！"程辉的单位给他配备了一辆车，他载着我，我的心绪复杂起来。以前在学校，程辉用那辆山地车带过我。不为别的，只为送我回家。

"我到了，上去坐坐吧！""好，去看看你的小窝。看看还有什么地方差的，我好给你补齐。"我开门介绍："那间是欣姐住的，我住这屋。""蛮温馨的，到底是女孩子爱干净啊。只是，你真的能照顾好自己么？"

他站在面前，摸摸我散落的刘海。我没有回答，只是互相对望着。四年前的这个眼神，到如今一点都没变。其余的，早已物是人非了。

"天冷了，上海不如广州暖和，过冬的衣服有吗？""我带了一些，不够到时再去买。""我陪你去买。""哎呀，不用，女孩子买衣服男孩子陪着多怪啊。""我陪你！"他执意地说。房间里安静下来。程辉他对我很细心，面面俱到，也容不得我受半点委屈。那些生活中的细节，有时，恐怕连边宇也不及他。

"好了，时间不早了。我回去了，你好好照顾自己。有什么事就给我打电话，我有车，方便。"他笑着摇摇手里的车钥匙。下楼时，借着灯光，我看见程辉的眼眶湿润了。

"快进去，外面冷。"我依旧站在楼下目送他。程辉推搡我："快，听话！"我强忍着不让眼泪流下来。他开了车门，转头看看我，又把车门关上，快速小跑到我面前，把我紧紧抱住。

"答应我，一定要好好生活，知道吗？不为别人，就为你自己！"我用力点点头。"走了！"程辉猛地张开怀抱，背对我摇摇手。车子的鸣响划过寂静的夜，刺进我心里，然后不留痕迹地离开。程辉带给我的，是满腹的记忆和感怀。

假想敌

进大学时，程辉和边宇大致同时开始关注我。只是，一个在明，一个在暗。在学业和生活上，他就像大哥哥一样呵护着我这个所谓的妹妹。在我开心快乐时，他总在背后默默地为我祝福；在我失意、难受时，他总能第一时间出现在我面前。在我和边宇闹小别扭时，他总能站在客观的角度上为我们分析缘由。

他和边宇同学建筑专业，是师兄师弟；他们同是学生会的干部；他们是生活中的好哥们；他们也是"敌人"。只是，他们很好，不像别的"情敌"般如此撕裂。自始至终，我们三人之间没有硝烟，有的却是让人意想不到的和平。

他曾经对边宇说："你和珈珈在一起，我为你们感到高兴，也真心祝福你们。但是，你不能阻止一个哥哥对妹妹的爱护。你若是欺负她，我有权站出来保护她，就像你有权当她的男朋友一样。"一席话让我们听了都为之感动。

我们像一个完整的三角形，谁也没有主动捅破那张敏感的纸。我们都把这份难得的情感维系得很好，因为彼此都不想轻易地伤害到谁。

程辉不是没人喜欢，可在学校，任凭他的追求者疯狂痴迷，他却始终不动声色。我知道，他名义上有个青梅竹马的女朋友，关系很好，那个女孩一直追随他。上了大学，她考到了深圳，每隔半个学期，她都会抽时间回广州看他。

"师哥！""来啦！我给你介绍，这是我高中的好朋友肖薇，这是我大学的师妹司徒珈。"肖薇是个单眼皮女生，皮肤很白很细腻。她的眼神礼貌中带着排斥。我猜，她大概把我当成假想敌了，以为我的出现是来向她示威的。

肖薇说："到现在，你还把我当高中的好朋友啊。""呵呵，很好的朋友。"看得出，她对他有感情，且不浅。"司徒你知道吗？我和你师哥从小就认识，彼此的家长是很好的朋友。小学我们同校同班同桌，初中我们同校不同班，高中同班不同桌，大学不同城市不同校。很有意思吧！"

"原来你们是发小啊，那感情一定很深厚。""那是我对他感情深，他对我，一直都这样，若即若离的。""珈，别听她瞎说，没那么玄乎。""我说的是事实嘛，师妹在面前，你还不肯承认。"肖薇是有意说明他们的关系，而程辉却在一味地掩饰。

"听师哥说，肖薇姐是学法律的，这专业真好，吃香，有前途。""现在学的人多，太专业，头疼。你师哥就不同了，路子都找好了，不愁没饭吃。""那以后就让师哥养着你，不用累着。"肖薇低下头害羞地笑了，我知道这句话她中听。"鬼丫头，尽瞎说！"我知道程辉不乐意了。

我大致明白了他俩的关系。一个爱慕程辉多年的女孩，而他却还把她当成好朋友或是知己。他们之间的关系没有越过那张纸，因为程辉的坚持。从他此时的言行中不难看出，心里的那个对象和现实中的还稍差一些。究竟差在哪里，我也不明白。

丑陋的私密

今天临下班前，我在公司帮刘明找一份重要文件。他说，上一任助理葛慧曾经手过大量的合同及文件，都在这台电脑里。可我怎么也没找到他说的那份，估计放的位置比较隐蔽。

正巧芳芳经过，我把她叫住："芳，帮我一起找找那份文件，头说的，他那里没备份，明天开会要用。""好啊，我帮你找。资料应该都在 D 盘里。"我们翻来覆去找了好久，看见了一个很隐蔽的文件夹。

芳芳问："是这个吗？""不知道，打开看看。"她用鼠标点了一下，又是一个文件夹的图标，再往里点，还是一个文件夹，再点……

　　我和芳芳惊呆了，展现眼前的根本不是什么文件，而是几十张男女亲密的照片！其中有拥抱、有接吻，还有更暴露的。主人公不是别人，正是刘明！

　　芳芳小心翼翼地轻声说："这是上一任助理葛慧！"我连忙关掉文件夹。芳芳望着我："下班一起走，我和你说。"

　　我心不在焉地打着工作报告，机械地用手指敲打键盘。颜晴、董晓敏、葛慧……究竟还有多少人和刘明有瓜葛？我开始头痛，分不清东南西北。原来以为只是在电视剧里演绎的场面，或是娱乐圈的鱼龙混杂，都发生在现实生活中。它就在我们周围，而且是那样近。

　　下班后，芳芳邀我去她家吃饭。芳芳家不是很大，但非常温馨。她的父母热情地招待了我。芳芳的爸爸是中学教师，妈妈在医院当护士，一家三口非常和睦。

　　晚饭后我和芳芳进了小屋。她顺势拿过床上的布熊，温暖地抱在怀里。我们的话题，这时才正式被拉开。

　　"那个女的叫葛慧，是刘明的上一任助理。"芳芳说，"老板对她很好，他们关系很暧昧，公司的同事大多知道一些。不过究竟是何种关系，我们都不清楚。反正，很混乱。不过，公司也一直在传他和颜副总的事，好久了。""我们只要做好自己的事就可以了，哪还有这么多心思想别的。"

　　"是啊，其实汇意很不适合我，也没什么发展。我正在找合适的单位。""我相信你一定能找到理想的工作。""其实，本来我不想和你说这些，怕对你的工作造成一些不必要的影响。既然你都看到了，我也就没什么好隐瞒的。""没事，知道更好，总比不明不白地蒙在鼓里强吧。"芳芳看着我，镇静地说："珈，要是以后做得不开心了，千万别勉强！"我懂她的意思，会意地点点头。

　　走出芳芳家，感觉瞬间从温暖变为清冷。11月的天气，11月的上海，11月的人与事。总觉得自己身处边缘之外，与这个社会是那么格格不入。我不愿面对，却还要假装虚伪。

恼人的秋季末，凉意从脚底袭来，穿进我的心里，植入我的神经，贯穿整个全身。一阵风吹来，肆虐地打在脸上。我把衣领竖起，想把自己包裹起来，却包不住心底的秋凉。

回到小窝，觉得屋里的一切都变得不真实起来，仿佛它们不曾属于我，也不会属于别人，只活在自己的世界里。犹如我封锁的心门，不让任何人触碰，我怕一旦碰了，便会欲罢不能。

现在，泡一杯浓咖啡都尝不出它的味道。原始的功能，逐渐变得退化。味蕾麻木，从此失效。剩下的，只是眼看着它变凉，然后被时间冰冻，却始终不能尘封。

因为记忆太深刻，良久，咖啡也变得咸涩。

灌 酒

又是周末。孤独的我还能做什么。

不用工作，不用去想谁和谁那复杂淫乱的关系。不用上街，穿了一星期的皮鞋，脚跟已磨出水泡。不用看风景，因为那些美丽的都不属于我。不用主动联系他人，那不在我的兴趣范围之内。

找小雯，惧怕想起她亲爱的那个人，犹如鬼影一般游到了我这里。其实很想再见见他，也不是没有可能。可我不敢，害怕他看穿，怕他身上折射出来的那个影子一口将我吞噬掉。我怕，非常怕。

找欣姐，她的生活那么繁忙，连对付那些客户都来不及，哪有时间对付我这个小女子。我不怪她，每个人的生活方式不同，她们都没错。

或是那些所谓的"朋友"，有男有女，见过几面。只是吃饭、逛街、娱乐。没有主题，没有核心。他们整天在网上游来荡去，不能说上进，但也不堕落。好不来也坏不到哪里去，这样的关系称不上朋友。

程辉来上海了，本可以找他。但他活在我们的过去，看到他就会伤感，莫名地悲从中来。我不会忘了为什么从广州到上海，远离亲朋好友，一个人带着隐痛来疗伤。

曾经，他和边宇走得是那么近，到现在，我几乎还能从他身上闻到边宇的味道。看到程辉，就会看到我们三个人的过去。现在想来，觉得从前的幸福是那样残忍。它是痛苦的前身，后来就开始报复我们了。因为我们笑得太放肆、梦想太纯真，总以为一切会像许愿的那样实现。所以它不平衡，它要让我们每个人都知道，那藏在幸福背后的代价！

晚上，欣姐要接我去酒吧。执意不过，只能前往。一辆黑色轿车在那里等我，阿欣坐在后座，前排开车的是一位中年男子，光头、微胖、大眼。副驾驶坐着的，正是上次深夜在家中巧遇的那位仁兄。

他一见我上车，立马转过头道歉："对不起了，美眉，上次真是对不住了，你没事吧？""没事，好得很。"我不看他，只顾窗外。

阿欣忙岔开话题："珈珈，我给你介绍，这是张总，我们都喊他二哥。这是小六子，你们上次见过面了。这是司徒珈，我的同屋好姐妹。"我微笑一下，示以礼貌。光头从反光镜中看我，眯着眼笑笑，调了下它的角度。他皮笑肉不笑地说："在下张正雄，司徒小姐，果真是年轻貌美啊。小六子，你可不能对不住她啊！""不敢啊！老大。"

我们来到巨鹿路的一间酒吧，据说这里以外国人居多。酒吧，这个我曾经熟悉现在又感到陌生的地方。

读大学时，我们一帮死党，当然有边宇还有程辉，一起去广州有名的沿江路酒吧一条街体验夜生活。通常，我只喝果汁、吃零食，听嘈杂的混响声，然后看别人尽情地摆舞。贺炎她们会先喝酒铺垫情绪，然后冲上池中心疯狂跳舞。而男孩便会勾三搭四地一起喝酒、吹牛、玩骰子，偶尔也会评论一下身边的美女。然后他们会指着池中央的女伴说："看看，看看，又开始放纵了，当我们都是透明的！"

娇娇会跑过来抓着我的手大声叫喊："宝贝儿，快上场，就等你啦！"我望向边宇，他会一把搂过我："别怕，有我！"然后一起迈向舞池。我知道，边宇不爱跳舞却爱唱歌，上舞池是因为想保护我。而程辉，则在一边静静地喝酒，静静地看我。他的眼神，与这个嘈杂的地方有些不配。

上海的酒吧，一定比广州更能吸引人吧。重金属音乐、热气、烟雾，各种酒精和爆米花的味道扑面袭来。我似乎还没那么快适应这种气氛，紧紧跟随在阿欣身后，生怕一眨眼的工夫她就会甩下我不管。

一个穿黑色透明丝袜、短裙的女人把我们带到了开放式包厢。有两个男人正划拳在那潇洒着，桌上放满了一排啤酒和洋酒。

其中一位矮个子男人对光头说："来啦，兄弟！哟，还带了两美女啊！"光头介绍："这是我的好姐妹阿欣，你可要好好关照。这位是她的好姐妹，对了叫什么来着？""司徒珈！"阿欣替我说。"两位美女请坐！"另一位稍瘦的男子邀请我们坐下，嘴上斜叼着烟头。一看服务小姐过来，便趁机拍打她的屁股，嘴里还不忘说一句："好养眼啊！"

我坐在那里，愣愣的，脑子一片空白。

光头和那两个男人聊了几句，就坐到一边和小六子喝了起来。阿欣拿起一瓶啤酒，对着两个男人："来，我阿欣先干了这瓶酒，望日后两位大哥能多关照。"她不容分说，就把那小瓶330毫升的嘉士伯一饮而尽了。

"好！好！爽快！喜欢！我们喝！"那矮个一边叫喊着，一边顺势坐到了阿欣身边，并把一只胖手搭在她的肩上，时不时地上下移动。"你的姐妹怎么不喝？"瘦男问。"哦，她不会喝酒，我替她喝。""好啦，你就别替你姐妹挡着了，和我们老大好好喝着。来，我们意思一下。"他把一瓶开好的嘉士伯放在我面前。

我挤出微笑对他说："不好意思，先生。我不会喝酒，而且对啤酒过敏。""哦，是吗？那没关系啊，来，我们喝这个。"他立马拿过满满一杯芝华士对绿茶的洋酒："这个不会过敏！喝喝看，味道很不错。"

我立马发觉原来解释也这么片面："不好意思，我是说我对所有酒精都过敏，我根本就不会喝酒。""哎呀，这怎么行，来酒吧玩哪有不喝酒的道理！"瘦男看了看我，又望望手中的酒："是不是不放心啊，我先喝了！"他一口喝完，并用舌头在嘴边舔了舔，意犹未尽地说："怎么样？"

"那，我以茶代酒吧！"我拿起一瓶绿茶饮料往杯子里倒满。"欣姐——"他拖长音说，"你这姐妹很不给面子啊？"那男人开始不舒服了。阿欣和我使了个眼色，示意我把眼前的洋酒喝掉。她堆着笑容说："她怎么可能不给你面子呢。珈珈，你就把这酒喝了吧。放心，很淡，一杯醉不了。"

我后悔来这种地方，遇见这些酒鬼，是我的不幸。掉进火坑，想再逃出去，难了。好吧，我是给欣姐面子，而不是给你们！我拿起方杯："就喝这一杯。"我闭上双眼，快速地喝了下去，只觉胃里在微微地火烧。

"好！"他们拍手，"谁说她不会喝酒，欣姐，可别小看你这位姐妹啊。再来！"他得寸进尺地又在杯里加满了酒。此时的光头和小六子已蹦到池中央痛快去了，剩下我们四个一对一战斗。我很想离去，但这一走，肯定对欣姐不利。我找不到任何逃脱的借口。我忘了，在酒吧，永远不会只有一杯的道理。

"那我喝了这杯，真的不能再喝了。"还没等我反应过来，他又倒满了一杯。"一二不过三，司徒小姐，我们一起喝。""我真的不能喝了，洋酒后劲太大。""放心吧，里面加了绿茶的，喝不醉。"他眯着眼看我。"那好，是不是我喝了这酒，你们以后就会多关照欣姐，考虑她的生意？""那当然，两位小姐能奉陪到底，我们一定考虑买她的房。"我二话没说，把第三杯酒也干了。此时，酒精开始在我的体内发生作用。

"不好意思，我去下洗手间。"我借故离开，欣姐跟着我一起过来了。她对着我严肃地说："在这里，没有好人与坏人之分。你不用这么紧张，别把自己看得太重。如果真的不想待在这里，我可以叫车把你先送回家。不能喝，就不要勉强。"

"我回去了，不就是不给他们面子了吗。那你怎么办？你一个人怎么扛，我不放心。""不用你在这里逞英雄，没有人能做得了救世主。没有你，我照样也要一个人扛到底。""欣姐，原来你每天都是这么在喝的。""别婆婆妈妈了，现在是在面上，不是在家里。明白吗？"

她的意思是说，不会喝没关系，但别在这里搅我的局。"好不容易快促成了，我可不想败在这眼前的最后一步。你想走就快点，要不就和我回去！"我知道，阿欣是不想我受伤害。

酒醉后的沉重

我跟在阿欣身后，知道自己是回不去了。

"哎呀，这酒喝了也要歇一歇吧，我们去跳会舞。"阿欣边说，边搂住矮个瘦男。瘦男问我："好啊，我们去放松放松！你不去吗？""我坐一会，你们玩得开心。"光头和小六子大汗淋漓地回来了，光头上前："真他妈爽，过瘾！司徒小姐，我们喝一杯！"光头把啤酒放在我的跟前。

"我已经喝了三大杯洋酒了，不行了！""洋酒是烈，啤酒就是水么！"他坐到我身边，把手放在我的大腿上。我说："行，我喝。不过，请把你的手拿一下。""OK，没问题。"他做了个举手投降的动作，奸笑了起来。

我不知道自己是怎么把那一瓶嘉士伯灌下去的，顿时耳边嗡嗡作响。我想到了边宇，他那么安逸，却要我饱受煎熬。我在怕什么？我不害怕酒精！

想着，我又抓过眼前的一杯洋酒，咕嘟咕嘟地灌了下去。光头见我来了兴趣，又倒了一杯："再喝一点，你就会快乐得像个神仙！""真的吗？真的能像神仙？""是啊，不信你试试。"我又把那酒喝了下去，感觉胃里在灼烧。瞬时眼前发晕，意识高涨，血液里的小细胞像打了兴奋剂一样活跃起来。我，停不下来了。

"走，我们去跳舞！"光头搂着我走向舞池。激烈的音乐让人欲罢不能，我快速地摆动起来。原来酒精是有作用的，它能使人兴奋，暂时忘却所有的苦痛。光头搂我的腰，扭着他那大屁股。小六子也跟在一旁舞动起来，他那罗圈腿在紧身黑裤的包裹下显得更为明显。我开心地笑着，好像全世界都是自己的。

我知道自己醉了。

迷糊中，感觉一双大手猛地抱住我，把自己的厚唇伸了过来。我立马恢复清醒，大叫道："你想干什么？放开我！"我推开他，直奔酒吧门口。胃里剧烈地翻江倒海，想到光头那恶心的脸，我哇哇地吐了起来，一屁股坐在冰冷的水泥地上。

不知过了多久，一个人拉起了我："快扶她起来，她喝醉了！""我没醉，我没醉！我清醒得很啊！"好像是欣姐的声音，我迷糊地一头扎在她的怀里。之后的一切，我便不清楚了。

等我再睁开眼，已是第二天中午。只觉头痛欲裂，肠胃空空如洗。阿欣坐在我的床边："珈珈，你醒了。昨晚你喝多了，现在还难受吗？""头疼，胃难受。欣姐，我是怎么回来的？""我和小六子坐计程车把你送回来的。""我不记得了，真失态。"

"都怪我，以后不带你去那种地方了。""别这么说，阿欣，我真觉得你挺不容易的。我，是不是又帮你倒忙了？""谁说的，你昨天这么勇猛，他们都很佩服呢，说下次要请你吃饭。""免了吧，那帮酒鬼，要不是看在你的份上……""好了好了，不说他们了。以后啊，我避免让他们再接近你。"

　　原来阿欣和小六子最先认识，为了能有资源她只能应付于他。也就因此认识了他的老大二哥光头，然后阿欣为了得到更多的客户，依附在他的身边。酒吧的那两个人是他们给阿欣介绍的客户，而之后就要看她自己的表现了。

　　就这样，阿欣辗转于这个和那个男人之间，以这样的关系来活命。对于一个没有背景的女人来说，资源就是支撑她的动力。对于经历过世事的阿欣来说，那就像是鱼离不开水一样，离开了它唯一的活命之源便会窒息而亡，这些都是必需的。

　　阿欣经常出没于饭店、酒吧和夜总会，与形形色色的男人交往。她说，男人欣赏的并不是你的才能和努力，而仅仅是你的美貌与身体。她在乎的是业务单，如果真要以自己的青春年华去交换，也只能这样了。

　　阿欣所剩不多，除此之外再也拿不出别的东西了。至于什么高贵的自尊或者灵魂，谁他妈会看重？他们只关心，你究竟能付出多少姿色。就算你装出一副矜持的可怜样，他们也会在背后吐一口唾沫骂道："你以为你是谁啊，这年代，还装什么清纯！"

　　而在我看来，如果阿欣只是因为这些年来的艰辛，应该不至于向各种男人投怀送抱。她的内心一定被男人深深伤过，所以才会表现出对所有男人的愤恨之情，以至于现在对任何人都近乎麻木。我想，她原本应该不会这样。这个表面坚强、眼神冷酷，内心却极其孤独、脆弱的女子，一定曾经对爱有着最纯真的态度。

　　她一直活在假象里，表面用外貌、身体、语言来取悦男人达到目的，内心却极其渴望有人能真心对她，并且长相厮守。阿欣虽不说，但我能从她冷淡的只言片语中感觉到，这背后渗透出的强烈欲望，在向她招手。

大餐与滚水蛋

比起阿欣，我觉得自己之前的生活算是幸运的。至少，可以上名牌大学，读喜欢的专业，有温暖的家庭，有一群挚友陪伴左右。最重要的，是还有一个可以想念的人。

难道，这还不够吗？

自那天在学校和边宇相遇后，他几乎每天都会发来一两个问候的短信。由于课业忙，我们都没有提出见面。周末，我们约在广州一家著名的茶餐厅会面，地点是我定的。

边宇说："本来说好请你吃大餐的，结果还是来了茶餐厅吃点心。""我就喜欢吃这些。"

边宇递给我一份菜单："你想吃些什么？我给你点。""我要这个、这个，还有这个。"他看过后，对服务员说："你好，给我们来个葡国蛋挞、猪仔包、菠萝油和丝袜奶茶。还有咖喱牛腩、鲜虾云吞、红豆沙冰和木瓜汁，还有，来个滚水蛋。就这些。"

我问："原来你喜欢吃滚水蛋啊？""嗯，小的时候就喜欢吃了。""不怕吃坏肚子吗？虽然是开水冲鸡蛋，但它基本还是生的吧。""吃习惯了就没事啦，很好吃的。""你也喜欢吃红豆沙冰和木瓜汁？""那些是给你点的。"

"你很懂女孩的心思，是不是经常点东西给女孩子吃呀？""不不不，你千万别误会。这是第一次，真的是第一次。""是吗？""千真万确。"

食物上齐后，边宇把东西排列在我这边，而他自己面前只放着云吞和滚水蛋。我说："你把所有东西都放我这儿，你就吃云吞，怎么够？""我就喜欢吃云吞，你先吃啊，吃不下我再报销。""那怎么可以，多不好。""怎么不可以，可以！"

面对边宇的坚持，我不再推脱。"可是，那么多好吃的，我该先吃什么呢？哇，有咖喱牛腩啊，我最喜欢了。我可以先吃它吗？""当然，挑你最爱的先吃。"

边宇把牛腩摆到我面前，自己拿过汤勺吃起云吞来。我突然意识到，以前只有父母才会这样照顾自己，他们总是把好吃的留给我。心里顿时掠过一丝暖意，感动直线上升。看边宇吃得津津有味的样子，实在不忍心破坏这难得的气氛。对于问书的事，也就搁置脑后了。

而最后的战局，便是我吃剩下的全被边宇包干了。我尴尬地说："实在不好意思，让你吃剩下的。""这有什么，相当于我们两个一块吃的，只是你先吃我后吃而已。"

缘来就是你

走出茶餐厅，我们在街边漫步。终于还是忍不住心里的疑惑，我开了口："边宇，有件事，我一直想问你。""你说。""你借给我的那本《鲁滨孙漂流记》，是从哪里来的？""我自己的，怎么突然问这个？""我有些疑惑，想问清楚。是你自己买的吗？""哦，不，是别人送给我的。""那是什么时候的事呀？""应该是前年年初吧，对，2001 年，怎么了？"

"能问下是谁送的吗？""呵呵，是我的表妹，她说让我好好收藏这本书。""你的表妹？那，她为什么要把书送给你？""我表妹前年出国了，说这书是从邻居家借的。走之前去还书，却没有找到她，就把书交到了我手上。""那你的妹妹，是在深圳吗？""不是，他们家就住在广州，过年过节我们会来这里探亲。""广州？你表妹在广州？""是啊。"我简直不敢相信自己的耳朵。

我继续问："你表妹去了哪个国家？""英国。"

我用手捂住嘴巴，越来越确信自己的判断了。邻家小妹在那年的年前和我说过，他们全家要去英国伦敦定居。

我的眼泪在眼眶里直打转："你表妹的名字，是不是叫，范小洁？草字头范，大小的小，洁白的洁？"边宇眼里充满了惊奇："没错，你知道？"我用颤抖的声音说："范小洁，她还有个小名，叫小泥娃。出国那年，她应该只有 11 岁。"

"你怎么会这么清楚，你和我表妹认识？""因为，因为，我的那本《鲁滨孙漂流记》，就是借给了范小洁！""啊……不会吧，你就是小洁口中的那位邻家姐姐？""是，我就是你妹妹口中的那位邻家姐姐。""小洁之前和我说过，这本书是从邻居姐姐那里好不容易借来的。出国前，我们全家来广州为他们践行。她走之前去找过你们，可是家里没人。她只有把书寄存在我这里，让我好好收藏。"

我点点头："对，2001 年春节，我们全家去外地过年。等我们回来的时候，他们已经走了，没能赶上送小洁。我还以为，那本书她也一起带去了国外。想想也好，就当给她留个纪念。原来，她没有把书带走，而是留在了你这里！"

边宇想了想说："其实，我们早就该认识。2000 年春节我去小洁家，她妈妈说她去邻居家玩了。等她回来时，手里就拿着那本书，还兴冲冲地对我说，这是从邻家姐姐那里借来的。我当时还拿过书翻了一下，看到里面有个拼音 jia，觉得挺好玩，以为是家的意思，说明这本书是从家里借出去的。书里还用铅笔划了很多句子，我觉得主人一定是位爱学习的女生。"他兴奋地摇摇头，"真的没想到，那本书原来就是你的！这么说，我不是送你书了，而是把书物归原主了？隔了两个城市，时隔两年，这本书又回到了你身边，真是太神奇了！"

那天边宇在小洁家，有个女生来敲门。她站在门口，看到里屋好多人，没好意思进来，而是把小洁叫出去说了会话。小洁进屋和边宇说，这位就是借给自己书的邻家姐姐，是漂亮姐姐。

我使劲点点头："我当时看到，有个男生侧着身和小洁的爸爸在下象棋。""嗯，那个男孩就是我。"

边宇告诉我，回深圳那天，小洁把他们送下楼。她到前面一个单元，指着顶楼的那扇窗户说："哥，那户就是姐姐的家。"然后，她朝那里大喊一声："呦呵，小泥娃驾到！"一个女生把窗户打开，对着下面的人喊道："小泥娃，到了我家楼下也不上来坐坐？"

我笑着说："对，这是我们之间的暗号。"小洁每次到我们家前，总喜欢先在楼下吆喝一声，然后看到我回这句话后，才会跑上楼，这样说明我们家此时没人，可以无法无天地玩了。小洁说，她先送哥哥全家去车站，稍后就回来找我。

边宇说："我记得很清楚，你向我们挥挥手，说了声走好，再见。我还向你微笑了一下，你记得吗？""我记得，我只看见一个轮廓。""真的没想到，小洁口中的那位又帅又体贴的哥哥，原来就是你！""我也没想到，那位漂亮的邻家姐姐，原来就是你！"

我说："我父亲和小洁父亲是同个单位的。""哦，原来我的姑父和你父亲是一个建筑设计院的，真是太巧了。这么说，你的父亲是我的前辈了。当初考大学选专业时，还得归功于我姑父呢。""真没想到，我们两家居然还有这一层关系。"

边宇还告诉我，更早以前去过小洁原先的家。那时候，她还很小，很顽皮。一次，小洁在院子里和伙伴玩耍。那个男生开玩笑捉弄小洁，把泥巴偷偷放进了她的衣领和口袋里，小洁哇哇地哭起来。旁边有个女生看见了，上前就去打抱不平。她让男生和小洁道歉，两人掸掉了小洁身上的泥巴。看着灰头土脸的小洁，那女生说："小洁，你现在就像个泥娃娃，回家你妈都不认识了。"大家笑了起来，小洁也跟着站在那里傻乐。女生拿过自己的手绢，擦掉了小洁脸上的尘土。

边宇说："所以，小洁就有了小泥娃这个绰号。这件事在我的记忆里留下了非常深刻的印象。"

听他讲述以前在大院子里的事，我一下陷入了少年的回忆中："边宇，那个给小洁擦泥巴和叫她泥娃娃的女生，也是我！""什么？那个女生就是你？真的是你？""是我，那个时候，我才9岁，小洁刚过5岁。""原来那个爱打抱不平、处处护着她的女生，就是你？""是我，是我！"

"当时我在阳台上，一直看着你们在院里玩耍。""原来我们相识不是在 2000 年，要追溯到九年前。"边宇兴奋地捋捋自己的头发："原来我们在 1994 年就已经相识了，只是一直不了解对方。我每年都会来广州，都会住姑姑家。其实，我每年都会看到你，或者你的身影。如果那时候小洁已经长大懂事，她一定会介绍我们认识的。""是啊，她那时还很小，根本就不懂。"

边宇兴奋地说："感谢那本书，感谢你没有再去书店买下它，才有了如今这个机会，让我把书还给你。这样，就可以让我再找到你，找到那个当年喊我妹妹小泥娃的女生。"

我害羞地低下头："小洁，她现在怎么样了？""变漂亮了，变成熟了。""两年不见，觉得过了很久，真的很想她。"边宇说，小洁在一所著名的私立中学读书，全家在伦敦生活得很好。

我们彼此无声地对望着。此时的对话是苍白的，心与心的交流足以证明一切。回想当年的男孩与女孩，原来我和边宇的缘分，是那样久远。我们之间的距离，瞬间被拉得很近。

而小洁，成了我和边宇之间贯穿的中心人物。如果没有她，我们就不会相识、相遇得那么早；没有她，我们的记忆会被剥离开；没有她，这整整九年就会被彼此遗忘掉，而成为伸手不见的空白，也不会再有任何的起伏波澜。

此时此刻，我非常想念远在大洋彼岸的小洁，想念她可爱的笑容，和那一声亲切的"珈珈姐姐"。

半透明人

今后工作的日子里，我将要扮演睁一只眼闭一只眼的半透明人。我必须很聪明，对人和发生的事要微笑处之，然后转身便可以忘记。

在想自保的情况下，这也许是最好的应对方法。

我和刘明的工作关系依旧，就像以前什么事都没发生过。事实上，我在他面前也确实一直没有承认自己看到、听到过什么。所以，他觉得我是个还不错的左右手，很多场合也都带着我出席。

因为，我学会了装聋作哑。

近期，公司研发生产部正在紧锣密鼓地实行电子针灸按摩仪器的计划，下午的主管会议首先是讨论产品的整体规划。

会上，研发部的冯奇发言："我们将要推出市面的电子针灸按摩仪，是集中医针灸学、经络学理论于一体，采用现代电脑高新技术，具有电针治疗、探穴和代替人工按摩等作用。操作安全简便，通过刺激相应的穴位，达到消炎、止痛的目的。适用于关节炎、颈椎病、骨质增生、腰椎间盘突出、跌打损伤、失眠、头痛、高血压等几十种病症。并能对肩、臂、背、腿部进行按摩，及腹部、大腿部的减肥等。计划在 12 月初正式推向市场。"

而后，行政部的徐华丽发言："我们计划 12 月 2 日在香格里拉大酒店举行新产品发布说明会。届时，市相关领导及嘉宾会到场参加，数家影视、平面媒体也会到场，相关的工作还在进行中。"

营销部杜新说："我们的推广模式还是以广告加终端为主，两者同时进行。前期和行政部联合在报纸、电视上进行广告宣传，通过终端让消费者接触到产品。新产品进药店上柜台的计划正在进行中，我们已把产品说明书发往相关的医院、疗养院等，部门的销售人员会分批踩点。"

"很好！"刘明开始总结性发言，"各个部门配合很完善，希望大家继续努力。这次新产品面市，我们一定要做到尽善尽美。没有研发部的第一炮，我们就不会有今天的成绩。要记住，每个部门都是核心，缺一不可。"

"我来补充一下吧。"颜晴发言，"上个月我在山东淄博，和几家大单位谈的电动床项目已经确定，近期可以达成协议。杜新和我一起去，整个过程都是他在操作。""杜新不能去！"刘明反驳道，"新产品即将上市，杜新作为营销部主管要打头阵。他怎么可以离开？"

颜晴狠狠地瞪了刘明一眼："那就肖萍去吧，这个项目她也参与的。"杜新补充："肖萍最近请了婚假，颜总您忘了？""怎么回事，现在都节骨眼上了，大家忙得不可开交。她倒真会抽时间，这么几天都熬不住。工作和私事到底哪个重要？搞不清状况！"

会议室一片寂静，副总一发脾气，没人敢开口。我偷看了其他同事的表情，其实那哪是害怕，分明就是不爱搭理，心里暗自发笑看她一个人演独角戏。

"颜总，很多同事都被分配到各个岗位上去了，目前都不在上海。"杜新诚恳地回答。刘明想了想说："那这样，我安排董晓敏和你一起去吧。"这下，颜晴的脸拉得更长了，她对晓敏有心结。

"董晓敏没有直接参与这个任务，对整个流程不熟悉，不合适去。""不都是销售部的人吗，还不一样，有那么计较么？"他们两个杠上了。这分明是在公报私仇。而一旁的同事像是司空见惯，都只低头不说话，看他俩唱双簧。

颜晴加大嗓门："我这是对工作负责，对公司负责！不参与过程那是要出洋相的！""哎呀，任何人不都是从头开始学起，谁也不是天才。""可这次不一样，是签订单！""那没有其他人能抽出身了，你是公司的大臣，就由你全权负责山东的计划吧。这样的场面你一个人也完全可以应付。""我一个人确实可以签订单，但是单枪匹马镇不住场面。对方还以为我们是没实力的公司，会觉得我们不重视他们，连个交涉的人都没有。刘总也不想汇意的名声就这样被毁了吧？"

刘明问："那颜总的意思呢？"颜晴转头看看我："要不，司徒和我一起去吧。""颜总别忘了，司徒是总经理助理，你是不可以随便支配我身边的人的。""好啊，那我也要申请聘一名助理，不然这工作没法开展了。""可以啊，要助理没问题，但是工资就从你的那一份里扣。""你……""要是公司人人都聘助理，汇意还要不要运作了？"

"刘总！"颜晴从椅子上一跃而起，"别忘了，我是公司的副总，我有权说话！""好好好，如果你执意的话，那就派司徒珈和你一起去吧。她虽然没有直接参与项目，但工作能力强，应该可以帮上你的忙。"刘明最终拗不过她，答应下来，"但是你们得快去快回，公司事务多。三天够吗？""三天？来回坐火车就要一天半。""你们坐飞机去不就快了，就这样决定！司徒，会后和颜总接个头，准备一下。芳芳，看看这周最快有哪班飞机到济南的，订一下机票。然后你们从济南坐车到淄博就好了。如果大家没什么意见的话，散会吧。"

此时，我觉得自己像个被人操控的工具。为了生存，也只有听从指挥了。虽然我知道，和颜晴相处不容易。在她面前，要不动声色，要伪装得很好，要像别人一样不知道她、刘明、董晓敏甚至是更早之前的助理葛慧三人之间的关系，。

贴心"男朋友"

程辉知道我要去山东出差，第二天下班前，把新买的长款羽绒服送到公司。我拿在手里，心中一片温暖。

同事们看到都羡慕得要死。徐华丽兴奋地说："司徒，你可真好福气啊，有个这么好的男朋友，还一直不说呢。"杜新惊讶地说："原来我们的司徒小姐早已名花有主啦！"芳芳责怪道："珈珈，你真不够意思，都一直不告诉我你有这么帅的男朋友。"

"同事们想多啦，我声明啊，他是我大学的师哥，也是我最好的朋友。你们没听到我刚才喊他哥吗？"芳芳不平衡了："不要解释了，越解释越乱。哥哥妹妹的，多亲热啊。"杜新打趣："如果他不是司徒的男朋友，这么说我们公司的剩男们都还有希望了。"徐华丽说："得了吧,别美滋滋的了。"芳芳逼问:"珈珈,你得给我老实交代啊。""行,回头和你说吧,走了。"

晚上,阿欣要陪客户吃饭,我为程辉做了一顿别致的家常菜,其中一半都是他的功劳。

程辉说:"和你在一起吃饭,才觉得像家的感觉。""是吗,和肖薇姐在一起就没有?""呵呵,不一样。""哥,你说我当初怎么就选了外语这个专业呢,到现在一点用都派不上,学和没学一个样。不像你们,都学有所用。""你可不能有这种观念啊,任何一个专业都有它的优势,说不定你下一份工作就全派上用场了呢。"

"嘿嘿,哥哥已经帮我想下一份工作了啊,你想让我被老板炒鱿鱼么?""不敢。对了,你现在做得如何,开心吗?""唉,现在才知道社会是多么复杂和混乱。""怎么,遇到难题了?""对公司的人和事看不惯,却还要忍着。你说那些不好的东西为什么偏被我撞上了呢?""这就是对你的考验啊。工作上的事应该对你构不成什么威胁,我相信你能处理好。你很坚强。"

程辉向来对我很有信心,会鼓励我,让我觉得天空一直都是灿烂的。他的潜台词就是:你连最难熬的都经历过了,工作上的事就是小菜一碟。

其实我一点也不坚强,你只要再仔细一点点,就能看穿我眼里的脆弱。我知道,你根本就明白我不坚强。你不拆穿我,是为了维护我,你帮助我一起隐瞒着自己的真相。

欣姐回来了:"呦,有客人呐,难得。""欣姐,我给你介绍,这是我大学的师哥程辉,这是我同屋的欣姐。""欣姐,你好。""哎呀,别都把我说得那么大,喊我阿欣就行了。你可要多来,给这个屋子充充人气。要不,可苦了我们珈珈了。""一定一定。欣姐,珈珈在这里就多亏你照顾了。她初来乍到,什么都不懂,还请你多多包容。""哪儿的话呀,珈珈啊,灵光着呢,我们互相照顾呗。那你们聊着,我洗衣服去了。"

程辉回过头:"欣姐看上去很有个性啊!""呵呵,表面冷酷,其实人还不错。她出身清贫,一路走来很不容易。""她从事什么工作?""房地产销售。""不错啊。""她做得很不容易的。对了,如果哥这边有好的资源,也不妨介绍给她。""好啊,没问题。你的朋友,我一定帮忙。""谢谢哥。"

送走师哥,阿欣倚在门边,抽着烟看我:"他是你男朋友吧?""不是的,欣姐。他是我大学的师哥,是最好的朋友,一直很照顾我。""那你们没发展发展?""想哪儿去了,他有个青梅竹马的女朋友。"

她摇摇头,斜着眼说:"凭我的直觉,他可是很在乎你的。""何以见得?你和他只见过一面。""我见过的男人总算比你多吧,一个眼神我就能看出他心里在想什么。""他是对我挺好的,我们一直兄妹相称。"

"真羡慕你,有个这么疼你的哥哥。""阿欣,你也一定有很疼你的人,例如家人啊,朋友啊!""呵呵,我没有你幸福啊。在家我是老大,什么都要为下面考虑。要是我幸福,就不会那么早出来打工了。不说了,也许你以后会明白的。"她摸摸我的头,"后天不是要出差吗,早点休息吧。"

订单、订单!

今天在公司遇到晓敏,她不好意思地问:"珈珈,听说你明天要和颜总去山东签合同?""是,明天一早的飞机。""那你一路保重!""好的,谢谢。"自从四川展会回来,我们之间似乎再也说不出别的什么话了。

第二天一大早,我出门打车直奔虹桥机场。11月中旬的天气,潮湿、清冷。我比预约好的时间早到了十分钟,没想到颜晴已在那等候了。"颜总,我没迟到吧?"她边走边冷冷地说:"虽然你没有迟到,但时间就是金钱,就是生命。如果你晚来几分钟,也许订单就给别人做了。所以宁可早,也不易晚。做什么事其实都应该这样。我让你明白这个道理,对你是有好处的。""我明白,颜总您说得对。"

她穿着呢格子一步裙,深蓝色风衣,黑色皮靴,还带了咖啡色墨镜。永远一副雷厉风行、拒人于千里之外的样子。和这样的领导一起工作,其实是很憋闷的,多说一句话都有可能被她的冷言刺痛。

飞机上,颜晴始终没有摘下那副墨镜。从另一种角度看,这是个不错的道具,把她的真实表情掩饰得恰到好处,好像脸上从来都是没有笑容的。我们之间没有太多的交流,无非是面上的一些对话。然后她靠在座椅上养精蓄锐,偶尔回过头看看我,或是喝上一口水。

我们到达了目的地,济南。来机场接我们的是甲方单位的司机小刘:"颜总,欢迎你们。我先送你们到淄博的酒店住下休息,下午三点我来接你们和秦总会面。"

在来之前,我仔细了解了汇意和甲方公司的合作模式。甲方是淄博一家福利院和疗养院的赞助企业商,为了给院里添进设备,需要一大批护理床。颜晴之前做过一段时间的工作,上个月把业务谈妥了,这次是正式签单。颜晴说,这次去签约,要我做个配合工作。面上的话都说得差不多了,主要再谈谈细节问题。

在宾馆稍作休息后,我们来到甲方单位。颜晴上前:"秦总,你好。""颜总,我们又见面了,辛苦啊一路上。""我们这么快又见面了,说明咱们之间很有缘分啊。""那当然了,怎么没见杜新和你一块来啊?""我这不是带了位美女来了么!""好啊,这位美女怎么称呼?"

我立马递上自己的名片:"你好,秦总。我叫司徒珈。""哦,总经理助理司徒小姐,真年轻啊,不简单。颜总,你们汇意可真是藏龙卧虎啊,怎么不早点让我们见识见识?""呵呵。我们这里人才济济啊,我怕都让你见识了,你会上汇意挖我们的墙角,哈哈。""此话有理。"

一番寒暄之后，双方正式进入主题。

　　下午的谈话很顺利，看那位秦总的脸色，应该很满意我们的产品。具体问题谈妥后，他并没有马上拿出合同签约，而是说："那我们晚上先到酒楼用餐，然后去夜总会放松一下。怎么样，二位？""好啊，没问题。"颜晴很爽快地回答。

　　在楼下等他们泊车的间隙，我不解地问颜晴："颜总，不是说好马上签合同了吗？怎么还要拖时间？""这你就不知道了，一般签订单都那样。吃个饭，喝个酒。玩高兴了，舒服了，再等机会签约。这期间，乙方就要把这关系维护得很好，不能有半点差错，否则很有可能到手的鸭子就这么飞了。这是个很敏感的时期，搞不好就会前功尽弃。如果没有其他问题的话，明天上午就可以签约了。"

　　"原来是这样。""对了，你会喝酒吗？""哦，不会。""这下比较麻烦。"颜晴皱皱眉头说，"饭桌上不喝酒是很不给对方面子的，我都忘了问你，这下只有我自己扛了。你晚上看我的眼色就好了。"

　　饭桌上，颜晴主动先干了三小杯白酒。我实在推不掉，只好勉强喝了三大杯啤酒。他们见我实在不会喝酒的样子，也没有再作勉强。整顿饭，他们东拉西扯地说了很多。大致的意思就是一来二往我们是老朋友了，要保持紧密的关系，希望今后能有更多的合作机会。

　　在夜总会里，秦总开心之余也不忘把手搭到颜晴的肩上，两人默契地唱起歌来。为了这一刻，颜总筹备了很久。哪怕今天醉倒在这里，她也要把一纸合同拿下来。原来要有豁出去的精神，瞬间，我对"做生意"这个词有了脱胎换骨般的看法。

　　回到宾馆，颜晴已经醉了，倒在床上呼呼大睡起来。我有些感激她，帮我挡了那么多酒。

　　第二天上午，我看到了甲方与乙方签订的那纸合同。

　　颜晴脸上终于闪过一丝笑容，如同紧绷的心瞬间得到了放松。原来她不是个绝对严肃的人，在事情没谈妥之前，她不能让自己松懈下来。

下午，我们又约另一家单位粗略地谈了产品的大致概况。颜晴告诉我，谈生意的周期有长有短，快的个把月，长的半年甚至一年都有。通常一些员工完成不了的大单子就由她出马，而后的扫尾工作就交给部门的员工接手。定期追踪是非常重要的一个环节，其中一半的功劳也归功于客户维护这一关。定期给关键负责人电话、邮件问候；定时请客吃饭娱乐一下、节日邮寄礼品等，维持友好的往来关系。这是每家公司都避免不了也是不可或缺的重要环节。

晚上回到房间，颜晴把包一扔，坐在床边。"好了，单子终于签成了。看到了么，生意就是这样一步步做下来的。""嗯，颜总，这一趟出差，真让我受益匪浅。我也从中学到了很多东西。""你虽然是助理，但也可以兼着做销售，不仅锻炼人，建立广阔的人际关系，而且还有不错的提成收入。"

"是吗，我还可以兼着做销售？"我惊喜地问。"当然可以啊，助理没有说不可以去跑销售啊。有这个能力为什么不去发挥，只要不和营销部发生客户冲突就行了。刘总没和你说么？""刘总好像提过，不过我每天跟着他，也没多余的时间。""时间是要靠自己把握和争取的，你可以利用业余时间找名单、约客户，这都是可以的。"

颜晴和我说了很多工作上的经验，哪怕彼此之间没有太多的好感，吸收了这些宝贵的经验我还是要感谢她的。抛开对颜晴的印象不说，她是位非常优秀的职业经理人，属于她的天空理应更大。

刘明和颜晴之间的关系，虽然人们嘴上不说，心里都明了个八九分。时而隐藏在地下，时而浮上水面露一露。想到自己曾经听到过他们激烈的争吵，顿觉这个女人身上，也有一些可怜、可悲之处。

颜晴离婚好几年了，有一个儿子归前夫抚养，她经常会去看望他。在这一点上，她没有避讳："谁都有过婚姻，也没什么好隐瞒的。到现在我都没忘记，孩子回头看我的那一眼不舍。"

"颜总现在，有没想过再组建一个家庭？""谁不想呢，可再要一个家庭，你知道有多难。很多事情，我们都不能按照自己的意愿去做。好像冥冥中有一股力量控制着你，不得不往它指引的那个方向走。我想你也谈过恋爱吧，就像你爱一个人，很深很深。可明知这个人你是不应该去喜欢的，就是这种意念把控着你，让你不得不往里跳。哪怕万丈深渊，却还是奋不顾身了。"

颜晴所谓的奋不顾身，应该就是指刘明吧。为他离婚，为他开拓事业，为他所做的一切。她恨，却又欲罢不能。不过，这些只是我的一面猜测而已。

我和颜晴，虽同是女性却不同命，每个人的背后都隐藏着开不了口的艰难。

返程的飞机上，颜晴没有再戴那副太阳镜，但一直看着窗外出神。在她眼里，似乎有太多无奈与困苦无法宣泄。这样的女人，那么独立，她一定也是用工作来弥补内心的空虚吧。在外人看来，仿佛她的人生就是为事业而活着的。但只要撕开这层面纱你会看到，其实，就是为了男人而活着的。

我带着满满一箱子的礼物满载而归。给阿欣带了玫瑰花茶和香肠，她喜欢用玻璃杯泡花茶，坐在阳台上晒太阳。小雯一年到头手脚冰凉，希望阿胶和红枣能给她带去一丝温暖。芳芳没事就喜欢吃核桃，还不忘嘱咐我多带点高粱饴回来，希望她不要长蛀牙就好。师哥最爱吃煎饼，我又带了支毛笔，希望他在空闲时不忘抹几个优雅的大字。

还有一盒木鱼石茶具，我要送给一位特殊的朋友。

酒与腐朽

刘明看到那一张签字合同，激动之极，直夸颜晴做事利落，同时还不忘表扬我的积极配合。

我将山东带回来的木鱼石茶具送给刘明，表达我的敬意，但并不代表我对他本人有所好感。"谢谢刘总对我的照顾，从四川和山东出差回来，让我学到了很多，受益匪浅。一点小心意，不成敬意。"刘明眼前一亮："哇，木鱼石，好东西啊！司徒珈，你可真是用心啊。""知道刘总爱喝茶，您喜欢就好。""呵呵呵，我喜欢，非常喜欢！唉，如果每天能喝上司徒泡的一杯茶，那该是多么幸福的一件事！"

我低头沉默，愣愣地站在原地。

刘明挠挠头皮："呵呵，别介意，我只是随便说说。""没其他事，我去工作了。""好，继续加油，我看好你。"走出刘明办公室，只见他兴奋地摆弄着茶具，一副如获至宝的感觉。

从这刻起，刘明始终保持着高亢的情绪，加上新产品快要上市，他就像台上了发条的机器，越来越兴奋，似乎停不来了。而应酬却成了不可推卸的最好借口，一个星期里，三个晚上我都是和刘明在酒桌上度过的。原先不碰酒杯的原则也在渐渐被废除，究竟是迫不得已还是想以酒精来麻痹身体，我也分不清了。

终于悟出一个道理，老板的助理在场面上如果不会喝酒的话，就像身边带了个坐轮椅的人。我就这样一点点被逼就范，一点点变得腐朽和庸俗起来。也许喝酒，不算是件太坏的事，尤其是以工作的名义，那就更不足为奇了。

用董晓敏说过的一句话："工作、喝酒，正常，太正常不过了！"想起以前在学校，身边的同学不论多少都是会喝一两口的，也不见得有多堕落。况且现在自己也不为别的，只为工作，为生活。

这次应酬的业务单位，刘明说我把对方的负责人搞定，业务就是我的了。饭桌上，我第一次主动拿起酒杯敬对方，第一次说了那些自己都觉得肉麻的话，第一次陪一个陌生男人跳舞。当他那粗壮的肉手摸着我的背，满面酒气地贴着我的脸，自己只能在心里默默地说，快过去了，过了这几个小时，就好了。

颜晴说过，这就叫公关。销售部其实也可称公关销售部，所以人人都要会喝酒。这样想来，最初面试时，刘明问及会不会喝酒一事，也不是没有道理。原来公关对于生意是如此重要，如果你想继续混下去，就不能排斥它。

我记得，自己最后是让那个叫谢震的老板送回来的。

"谢总，您看我也喝了那么多酒，我可是头一次这么喝啊，只为你一个人。你看我们是不是有合作的机会？""这个没问题啊，我们把具体细节再谈一谈。""好啊，您看什么时候方便，我上您公司谈。""我平时都很忙，要不就今晚吧，去我那坐坐。""不了，谢谢您的好意。明天有一个重要会议，我得准备一下。这样吧，改天我请谢总吃饭，好吗？"

他见我婉言谢绝，也不好再强加于我："那好吧，我们改天再联系。不过……"他没说完，便朝我的脸上凑了过来。我踉跄地推开车门，说了声再见，便逃之夭夭。

见到阿欣还没睡，我上前抱住她："阿欣，是不是做生意非要这样啊？"她拍拍我的背，轻轻地说了句："人若想要在江湖混，就由不得自己了。"洗手间里，我不断用莲蓬头的水洗刷自己的脸，觉得很脏。我知道一踏进去，想抽身，很难了。

借着酒精在体内发挥作用，我又想到了边宇。当初的日子，那么纯净，不掺一点杂质。和现在的生活相比，那时候的我们是如此单纯。

动什么也别动我的藏书

经过那一次九年前的相认，我和边宇之间的距离又拉近了一步。比友情多一些，比爱情又少一些。

那天下课后，他在教室门口找到我，送还给我那本《莎士比亚全集》的书。我回到寝室，翻开名著的扉页上，多了两行字：红豆生南国，春来发几枝？愿君多采撷，此物最相思。

我知道，这是你写的，上面还夹着一片枯黄的梧桐落叶。你还用括号写了一句："此物作书签，不知合适否？"你这是在向我表白吗？

表面上我没有回应你，还是一如既往地学习、生活，内心却无时无刻不在思念你。还有那本见证我们成长的《鲁滨孙漂流记》，我把它视为珍宝，精心地收藏着，不让任何人窥探和发现。在我的眼里，它就是我和你之间那不能说的秘密。

没有它，生命变得不再完整。

直到有一天，我的枕下看不到它，急得如同热锅上的蚂蚁。我在屋里到处搜罗它的足迹，揪住一个人就问："看见我的书了么？"杜欢茫然："什么书？""就是我一直放在枕头底下的那本《鲁滨孙漂流记》啊！看见了吗？""没看见。是不是你自己记错了？""怎么会记错，我每天都放在枕头下，谁拿走的？今天，还有谁来过我们宿舍？手怎么那么痒啊。""怎么了，也许就是你刻意隐藏，它反倒要消失了呢。那么在意干吗？"

杜欢一句无心的话，激怒了我。

"杜欢，你什么意思？把话给我说清楚，在那幸灾乐祸什么！书不见了，你特高兴是吧？"

同伴们被我的反常吓了一大跳，开学至今，这是我第一次对别人着急发火。杜欢惊诧："宝贝，你今天怎么了？真掐上了？"贺炎劝解说："怎么搞起内讧来了？杜欢没别的意思，跟你开玩笑呢。""开什么玩笑，有什么玩笑好开的？看到我这样，你们是不是都特别开心啊？"杜欢一脸不解："司徒珈，你今天到底怎么了，把我们都当敌人了啊？为了一本书，至于发那么大脾气么？"

"你们不懂，这本书对我来说意义不一样。我不能失去它！"说完，我转身跑了出去。为了这书，我和最要好的姐妹发了脾气，没有人可以理解我此时的心情。

我一路跑到河边，看见程辉正在那打电话。"珈珈，怎么一人跑到这里来了？""师哥……我……"我再也控制不住自己的情绪，倒在他的怀里哭了起来。

程辉陪着我在河边走了一会，然后把我送回寝室楼下。这一幕，被在楼下等我的边宇撞见了。他朝我们笑笑，什么话也没说。程辉上前和边宇打招呼："你们有话要说，我先走了。"他拍了拍边宇的肩膀。

"你怎么了，司徒？怎么眼睛红红的？发生什么事了吗？"我不能在边宇面前流泪，不能让他看到我的脆弱。我平和了下情绪："没什么！""真的没事？""我能有什么事？你认为我会有什么事？还是你希望我有什么事？"话一出口，便知道自己说重了。

"对不起。我今天心情不好，再见！"我没有回头看边宇，怕晚一秒，便会泄露了天机。我嘴硬心软又非常感性，很难在他面前收控情绪。明明知道边宇并没做错什么，但还是对他产生了一丝怨恨。明明就是喜欢他的，却没有勇气表白，还要假装强硬。

回到寝室，看见书桌上安放着那本《鲁滨孙漂流记》。杜欢说："隔壁屋的今天来过我们这里，问有什么好看的书。娇娇在我们的枕头底下翻了一遍，也没经你允许，拿了你的书借给了她。娇娇不是有意的，你别怪她。"

"刚才我向大家发脾气是我不对，对不起。不过，以后没有我的同意，请不要翻我的东西，更不要私自拿走我的物品。"一直以来，我们四个都是无话不说的好姐妹，彼此之间没有什么隐瞒的秘密。有什么物品大家都很清楚，彼此也不会介意随意挪动。

而现在，边宇成了我内心唯一的秘密。秘密被拿走了，我心急火燎。其实我的潜台词是，动什么都可以，就是别动我的书。我真的很怕再弄丢它（他）。

临睡前收到边宇的短信：今天看到你心情不好，知道你不愿多说什么。也许，我不该问你。如果我有什么不对的地方，请和我说。愿你睡个安稳觉，明早又是一个艳阳天。

其实我想说，我喜欢上了你，非常喜欢。可自尊心驱使我要理智。徘徊在友情与爱情之间的那种微妙关系，让人兴奋，更让人不知所措，矛盾的心理让我进退两难。我想说，却又无力说出口。

没有人愿意踏出第一步，友情不能延伸，爱情还未修成正果，憋屈着的感觉真不好受。

"意外"的生日

12月10日是我的生日。为了这一天，寝室的同伴为我策划了良久。

饭桌上，王奇亮一行三人组合大谈追女友工程。杨超雷就是这么油腔滑调："下面最严峻的问题，就是要给我们的司徒小姐找一个伴，也不用那么孤单了。"杜欢眨了眨眼睛："我们珈珈可不会随便乱找，要找就找个精品！"

我拿着饮料杯："我啊，找不找是其次，希望身边的伙伴们过得好，学业顺利、爱情甜蜜、友情长存！来，干杯！""干杯，友谊万岁！""祝寿星生日快乐，愿美丽可爱的司徒小姐早日找到白马王子！干杯！""愿明年今日，我们的队伍中又增加一位新成员！"

听着玻璃杯的碰撞声，我们的心贴在一起，格外温暖。可是，我心里的那一份感动又有谁能来分享呢？此时的边宇正在做什么呢？他一定不知道今天是我的生日，一定不知道此时此刻我正在想念他。我很想请他参加生日聚会，但该以何种身份邀请他，又该如何向众人介绍他？我非常困惑。

酒足饭饱，我们来到KTV。服务员带我们来到包厢，像走迷宫。我问："服务员，请问洗手间怎么走？""你往前一直走，然后左转到底再右转，走到一个路口再左转到底就到了。"左转、右转、再左转，哦，有点绕。

　　当我按原路返回包厢，一看傻眼了，一个人都不见了。十二个人呐，一股脑儿地都溜走了。我纳闷着，突然，包厢的灯熄灭了。门开了，展现在我面前的是同伴们的笑脸，还有大蛋糕，上面插着生日蜡烛。他们齐唱："祝你生日快乐，祝你生日快乐……"我一阵欣喜，激动之泪在眼眶里涌动。他们排成两排，把狭小的空间占得满满的。

　　最后一个进来的人，手捧一束火红的郁金香。面前的不是别人，正是边宇！我没有看错，就是他！

　　他走过来，把鲜花递给我，轻轻地说："司徒小姐，祝你生日快乐！"我全身的血液瞬间涌到了头上："边宇，你怎么知道我生日的？这是怎么一回事？"同伴们在一旁偷笑。

　　他把头靠过来，在我耳畔轻轻附上一句："你一定想不到我会来吧？这个礼物是不是很惊喜？生日快乐！"我的脸颊泛起一片红晕，突然有种受宠若惊的感觉。

　　边宇点了《相思风雨中》，把话筒交给我，他一定也已经刺探过我擅长的歌曲。没想到初次合唱，竟有想不到的良好效果。

　　后来我才知道，原来他们早就是一伙的了。边宇一直在关注我，只是我没发觉。在校园的每每相遇，那不是凑巧，而是他的有意出现。一直纳闷，偌大的一个学校，怎么总是这么巧碰到他。其实，都是他们串通好的。

　　收发室的巧遇，也是他们有意安排的。他们私下讨论边宇以什么样的方式接近我为好，在什么样的场合下出现合适，什么时机出现最能被我记住。这一切，都是他们精心策划安排的，而我却全然不知。

　　这一刻才明白，原来边宇心里藏着的那个人，就是我！

　　从此，边宇时常出现在我面前。上公开课，他就坐在我的旁边，帮我记笔记。在食堂，他总是先帮我打好饭菜和汤，然后和我的朋友们一起吃饭。晚上，他会在女生宿舍门口等我，然后一起去学校后面的河边公园散步。他会给我讲故事，讲他的成长经历，讲他对人生的很多看法，为的就是让我多了解他。我们像海绵吸水般吸收着对方的讯息。彼此谈论许多观点和问题，结果都是不谋而合。望着他，觉得彼此的心又近了一步。我知道，从现在起，我不会再看不到他，也不会丢掉他了。

临近学期尾声，我们还没有正式在一起。我们不会表明心意然后就粘在一起，牵手、拥抱、接吻全都一步到位。在这份感情里，我们很纯粹。

不是单身的情人节

2004 年 2 月，学校放假，周围一下子冷清了下来。

除夕之夜，我接到边宇的短信：珈，2004 年是我们在一起度过的第一个新年，我想以后每个新年都能与你一起度过。我将用自己的行动来证明！

其实誓言就是一瞬间的事，只要你相信，一瞬间就可以变成永远。一想到缘分的起源是那么久远，我回复：相信缘起就不会有缘落。

对于 2 月 14 日，边宇没有半点动静。我以为是他忘记了，或是漠视国外的节日，也就没动声色。2 月 13 日，我一直打不通他的手机，始终不在服务区。我的心忐忑不安，想法一一冒上来了。他生病了？手机丢了？出意外了？或是根本就是和我游戏一场，在深圳就有女朋友了？

实在按捺不住复杂的情绪，我把此事告诉了贺炎。没想到她一点不着急："有可能是他跑亲戚家了呢，别紧张。他不陪你我们陪你啊。明天上午，时代广场不见不散啊。千万别迟到！"于是我答应了过一个同性的情人节。

2 月 14 日，我来到时代广场。看着大街上成双成对的情侣，手里捧着的红玫瑰把女孩子的脸映衬得格外娇嫩，心里有些失落。

过了时间，贺炎她们还没有来，把我一个人晾在人来人往的大街上，任情侣在我身边一对对走过。

贺炎来电话，我着急地说："炎炎，你们到底来不来呀？""我们确实来不了啊。""什么？叫我来你们都不来！""没有啊，你真正想见的人并不是我们啊。宝贝儿，向后转，你就能见到想见的人啦！"电话断了，这帮家伙真够损人的，在搞什么鬼？

我转过身去，没有见到贺炎她们，却在对面看见一张熟悉的脸孔。是边宇，他手里捧着一大束粉色玫瑰向我走来！我不敢相信自己的眼睛，边宇笑着把花递给我："珈，情人节快乐！"

我糊涂了："你不是在深圳过年吗？""我事先没有告诉你，就想给你个惊喜。"

我用力抱住了他："谢谢你，边宇！""珈，我……很想你。"头一次，觉得一个人的拥抱是这么踏实和温暖。我听到了边宇铿锵有力的心跳声，此时，仿佛整个世界都消失了。边宇那一双温柔的大手搭着我的背，像是告诉我，从今以后他会一直守护着我。

这是我们的第一个拥抱。

我一扭头，"叛徒"们和她们的男友正朝我们看。此时此刻，我不知道说什么好，眼泪又开始躁动了。

新年的假期，带给我的感动和惊喜太多了。这个冬天，一点都不冷。感谢你！

混乱中诞生的爱情

在学校，边宇有很多追随者。我嘴上不说，一副无所谓的样子，内心却非常介意。直到看见他和同年级国经贸的那个漂亮女生并肩去教室，我开始大发醋意。国经贸的女生大多是美貌与智慧并重，很受男生们的欢迎。可就算把自己折磨死，我也不会去问他什么。准确地说，我这个人，好面子，自尊心又太强。

杜欢她们提醒我："你还那么死扛到底啊，再这样下去，边宇就被别的女生抢走了，男人可没那么好的耐心和你一直耗下去。"我赌气："抢走就抢走，有什么了不起。"贺炎笑了："这丫头，非要死磕到底。"娇娇说："嘴硬心软的家伙。"

杜欢问："他花也送了，人也到了，对你又好，还要怎样？""可是他到现在都没问过我要不要做他的女朋友，要是我先开口不就变主动了？"杜欢急了："傻瓜，你还真没谈过恋爱，他这就是表示了呀。他不开口是尊重你的意思。"娇娇则刺激我："随她去吧，就等着边宇和别的女生在一起吧，就没见过像你这么被动的人。"

"我被动怎么了，女孩子在面对感情的问题上就是要矜持和被动的，要不然男生会看不起的。"杜欢无语："小姐，你没事吧，现在都什么时代了，还讲这个？谁追谁都没错，我要是当初不看着点秦海，他早被那个小狐狸精勾走了。""我可不想用这样的方式来约束他，太没劲了。"贺炎只好说："行，我们的大小姐，你就静观其变吧。"

她们在对我用激将法，可我这人还偏不吃这套。直到那一天……

那天，边宇代表本届建筑系的学生去市里参加一场报告会。四个人去，回来的时候却只有三个人。我在大教室自习，听到秦海大声嚷嚷："不好了，不好了！学校外面拐弯的那条路口发生交通事故，好像是一辆大货车和公交车相撞侧翻了。刚刚我还给边宇打电话，他说正坐那路车回来！"

我忽地站起身："秦海，你说什么，边宇真的坐那辆车回来的？你没听错？""没错，我刚和他通过电话。不知道是不是同辆车，他手机已关机。"

我急忙跑出教室，直奔学校大门。来到马路口，只见远处有好多人在围观。我走上前，110已经在做现场了。一辆大卡车撞上隔离带，前面的公交车被撞得侧翻在地，车头已不成形。

我的脑袋顿时蒙了，呆呆地问路人："车里的人呢？""120已经来了，人送到医院去了。我亲眼看到那辆大卡车冲过来把公交车撞倒的，太可怕了！"

我吓坏了，自言自语："边宇，你不会在车里吧？""同学，你有朋友在里面？""我不知道，他好像是坐这辆车回来的。"我哭了起来。

"司徒，别哭了！"有谁在叫我，可此时根本听不清别人的话。"司徒，司徒！"一个熟悉的声音划过耳畔。回头一看，只见边宇从对面走来。

我发疯似的跑上去，一把抱住他："边宇，边宇，幸好你没事啊，你吓死我了！""傻瓜，我怎么会有事呢？"我指指远处撞翻的车："你是坐那辆车回来的？""嗯，好像是那辆吧。""那你伤了哪儿？你怎么还走路呢？为什么不和他们去医院？"我歇斯底里地叫喊着，从上往下把他打量了一番。

"别激动，你冷静一下听我说！"他扶住我两只躁动的胳膊："你听好了。我现在完好无损地站在你面前，没有受一点伤，你仔细看看。""不，不可能啊，你看车都那样了。""我刚才确实是先坐那辆车回来的，到学校前两站，我打电话给秦海。""对，对，秦海他说了。""我告诉他快到学校了，没注意，以为到学校那站，就下了车。才发现早下了两站，就走回来了。这不，到门口就发生了车祸。"

"真的吗，你说的是真的吗？"我摸摸他的脸，想再确定一番。"绝对真实，所以，你可以放心了。""太好了！"我全身无力，瘫软在他身上。

我抬起头："那，你为什么没和他们一起回来呢？""我经过路边的一家精品店，发现这个维尼熊挺可爱的，就把它买下了。所以没和同学一班车。"他从背包里掏出一个咖啡色的小熊递给我。"边宇，你就是为了给我买这个小熊？如果你刚才不打电话给秦海，说不定我现在就见不到你了！"我狠狠捶打他的胸膛。

"不会的不会的，你不会见不到我的。让你受惊了，对不起！"他再一次把我搂进怀里："司徒，我觉得自己好幸福，原来你是这么在乎我的。你让我感觉到，你那坚强的外表下，还有着如此柔弱的一面，让人心疼。"

边宇捋了捋我散落的头发，摸着我的脸："你看，都哭成小花猫了。"我们的初吻，在这片混乱中诞生了。无声胜有声的境界。维尼熊紧紧地攥在手里，如千斤重，珍贵得让人生疼。

晚上，边宇请大伙吃了一顿饭，庆祝我们初恋的开始，也庆祝他的"劫后余生"。从那天起，我的床边多了一个小熊做伴。

这一天，是 2004 年 4 月 25 日。

第二季　作茧自得

人，只有经历过背叛、生死、折磨、打击，
最后才能成熟并被这个世界所认同。

"程咬金"救急

上班时，我主动找刘明："刘总，我想，谢总公司的这笔业务我可以把它谈下来。""太好了，我也正想和你说这事。应酬费，我给你报。你可别给我省钱，挑上海最好的饭店请谢震吃饭。然后，叫上你的小姐妹，陪他唱唱歌、跳跳舞。只要把他拿下，你今年的奖金不好说啊。"

"刘总，为什么要叫我的朋友，叫公司的同事不行吗？""傻瓜，这业务是你做的，你叫她们去，那这生意算谁的啊？""我明白了。我会努力的。""加油干吧，我看好你！"

约完谢震，我立刻给程辉拨了电话。我特意把地点定在和平饭店，是因为师哥住黄浦区。万一有什么紧急情况，我可以向他求救。

一切准备就绪。

六点前，我在饭店的包厢等候。拿出粉饼盒，原来只要一只手，就能把人的脸化成各种模样的妆容。镜子里的我，有些浓艳，虽迫不得已，但还是自己。

"司徒大美女啊！""谢总，您好。""那么客气，请我一人吃饭，还要这么大的包厢，点这么多菜！""您可是我们公司的贵客，我怎敢怠慢您？""你可真会说话。""谢总，喝什么酒？我先声明，白酒我是一口都不会喝的。"我了解他的习惯是爱喝白酒，不碰红酒。所以我点红酒是最好的选择，他喝不多，也给自己省了一口。

"谢总，这红酒可比白酒好呀。舒筋活血，美容养颜。像您这样的大忙人，最适合喝红酒了。"我采取把他的话题堵死，尽量减少问我问题。然后回答他感兴趣的问题，把他的思路往另一条路上带。

一向对酒没有好感，但为了工作，来之前我做足了功课。

我继续："谢总，您可别小看我手中的这杯干红葡萄酒，它能预防心血管和动脉硬化等多种疾病，还能预防失眠。每天少量喝一点，强身健体，延年益寿。这话可不是吹的。"

什么时候，我也给红酒做起了广告。我转身对服务员说："小姐，我可为你们店的酒做了广告了，也算是半个推销员吧。你得给我回扣啊，结账的时候打个折。"

服务员一听，噗嗤地笑了："小姐，您真幽默。"谢总对我竖起了大拇指："司徒小姐，真不简单啊。一张嘴能说会道的，厉害！可以把服务员这么机械的脸也逗乐了，有本事！"

"谢总，过奖了。我再教您一个治疗感冒的妙招。喝一杯热葡萄酒，或将它加热后打个鸡蛋，搅拌一下。平时有个头疼脑热的，不妨试试看。""是么，那以后我可要好好试试。"

"谢总，您平时应酬这么多，常喝烈酒对身体特别不好。"谢震摇摇头："是啊，可人在江湖身不由己啊。""是您的生命重要还是生意重要呢？""呵呵，当然是命重要了。我听你的，以后引以为戒，干杯！"

整顿饭，我只喝了两小杯红酒。对方也在我的"教唆"之下学乖了不少，只喝了半瓶干红。

走出饭店，谢震意犹未尽地说："司徒小姐，谢谢你请我吃了这么丰盛的一顿晚餐，还给我上了一堂健康课，受益匪浅啊。"

"哪里哪里，谢总过奖了，我也只是知道一些皮毛而已。""那我们现在去夜总会玩玩，叫上你的小姐妹跳跳舞、唱唱歌，放松一下。不喝酒，可以吧？""哎，对面不就是外滩了么，室内空气怎么比得上自然空气新鲜啊。不如，我们来个养生之道，漫步外滩啊。俗话说得好，饭后百步走，活到九十九。""呵呵呵，此话有理，就当饭后消化吧。夜总会天天去，也没多大劲。只要有你相伴，去哪里都一样。"

我悄悄拿手机给程辉发了短信，让他半小时后来外滩接我。

"谢总，看您的样子平时不锻炼吧？""像我们成天为生意忙活，哪有工夫运动。开车算运动吗？""当然不算，那是脑力和体力运动。您的颈椎和腰椎是不是不太好啊？""你怎么知道的？""这是通病。所以如果您想有一个好身体，就必须从现在减少酒量和开车时间，适当的运动加上充足的睡眠。如果您还是经常喝酒、熬夜、应酬，以后会有更多的麻烦来找您的。"

"司徒小姐，你是不是学过医，这么精通？""只是会关注养生罢了。""不简单，照你这么一说，我可真的要好好改善一下了。"

"这就是我没答应和你去夜总会的原因了。""哈哈，想得真周到。你们现在很幸福啊，可以学这么多东西。不像我们，只知道做生意，文化呢，都没多少。"

"那倒不能这么说，人人都有优势。就说我吧，如果有本事做生意，就不用像现在这样给刘总打工了，对吗？""你一定行，我不会看错人。对了，你们公司有个叫董晓敏的女孩吗？""是的，她是营销部的。谢总也和她认识啊？""吃过两次饭，不太熟。怎么样，我们逛得差不多了，要不……去我那坐坐？"

说时迟那时快，程辉正好赶了过来："珈，你在这儿？""哥，你来啦。""这位是……"谢震一时丈二和尚摸不着头脑，怎么半路杀出个程咬金来。

"谢总，我给您介绍，这是我朋友程辉，这位是谢总。今天时间不早了，我们有事先走了。过两天我再来公司拜访您。"程辉说："真不好意思，我们先走一步。""司徒，你这是……"

没等谢震反应过来，程辉便拉着我离开了。我知道以这样的方式离开会比落荒而逃要好。

对这一类的男人来说，和他们谈生意，不能用蛮力，得用巧力。

如果对方对你垂涎三尺的话，那就只有出此下策了。

程辉开车带我回家："这就是你请的客户？""是啊，为了不让自己有麻烦，我把你拖累上了，不介意吧？""说这么见外的话，我的义务就是要保证你的安全。这次出差，有收获么？""有，见识了很多。今天请那老男人吃饭，我也是想锻炼下自己。""哎呀，我们的丫头是越来越厉害了，又当总助又做营销。有出息！"

我回给他一个感谢的微笑。在这个物欲横流的城市中，也许程辉是我唯一可以依靠的人。有任何情况，他都会在第一时间出现在我面前。

趁热打铁

一大早，我就被刘明叫进了办公室。

"司徒，听说你昨晚表现不错，谢老板对你很是满意啊。可是，最后怎么就出现了你的男朋友呢？"哦，他认为是男朋友，那就是男朋友好了，这样也起了一个挡箭牌的作用。

"他有些失望，你怎么可以让你男朋友在这个节骨眼上出现呢？""刘总，我和我男朋友在路上遇到，应该没有错吧。""那当然是没错了，就是出现的不是时候。""我会继续做工作的，请刘总放心，这笔单子，我一定能拿下。""好，希望你继续努力。对了，马上到公司周年庆了，你的生日也快到了，那就庆祝会上一起给你过吧。""谢谢刘总，公司想得真细心。"

我决定打铁趁热，趁温度还没退却之前把谢震再稳固下。我和他说明，昨天是男朋友找我有急事，今天再补过。老狐狸居然说去看场电影，差不多生意就可以定下来了。我说行，那可是硬着头皮答应的。

谢震看来是预谋已久，连电影票都事先买好了。还是当红的《色·戒》，根据张爱玲的小说改编的，说的是爱国女大学生王佳芝奉命色诱并伺机刺杀汉奸易先生，却假戏真做爱上了他，最后赔上了自己的性命。

谢震事先挑好了情侣座，他想得很"周到"，可以在行为交流上来去自如，不像普通座位中间隔的扶手那么碍事。在漆黑一片的电影院里，可以为所欲为。

可事实上，却并没有我想得那么糟糕。电影刚开始，谢震是想搂我来着。可旁边情侣座上的那对男女一直在闹别扭，兴许是打乱了他的情绪，也就没有那心情做戏了，规规矩矩地看起电影来。期间，还不忘和我讨论一下电影剧情。

我真要感谢那对恋人，整场电影下来就没消停过，使得谢震毫无兴致。走出影院，谢震问："司徒小姐，你觉得这部戏怎么样？""还行，只是觉得女主角太可悲了，女人不能只为了男人而活。""社会从古到今就是这样的，男人和女人永远不会有绝对的平等。就算时代再发达，以后也是如此。"

他的意思我听出来了，其实就是说，我和你之间也不可能纯粹平等的。要想做下生意哪么容易，就凭吃顿饭看场电影，就想把60万的单子拿下，没有便宜的事！

"肚子饿吗，要不要去吃点夜宵？"显然，谢震还没有尽兴。"很晚了，谢总，您忘了我说过，想改善亚健康，就不要熬夜，还有不要在睡前吃太多东西。""呵呵，想得真周到！""您现在消耗它多少，日后它就会报复您身体多少。""好好好，我听你的，回家休息。"

没想到这一招这么灵，居然还能镇住谢震。他真听我话乖乖回家了。第一次，觉得自己开始变得圆滑，也可以应付男人了。

"处女宴"

这天，我特意去买了菜，邀请小雯来家中吃饭，并准备将自己的厨艺传授给她。

小雯拿着鲫鱼的"尸体"双手发抖："我发誓,这是我第一次下厨,好紧张,怕自己不行呀!""没事的,多学几次慢慢就好了,谁都不是天生就会的。"我在鱼的背上切了几刀:"这样为了更入味。"小雯撅起嘴巴,逗趣道:"好残忍哦,在尸体上还要'千刀万剐'。"

起油锅时,小雯躲得远远的,生怕油水溅到她的脸上。我说:"把生姜片、葱白和大蒜入锅煸炒,然后煎鱼……"小雯边听指示边学着照做,看着她那一脸的真诚样,我想起了梓健。那个幸福的男人,不久后就能吃到女友的爱心大餐了,羡慕和伤感不禁浮了上来。

"珈珈,然后应该放什么?"我瞬间回过神:"哦,再放老酒,煎一下放少量水,以免糊锅。""放老酒,放水……再然后呢?""放老抽酱油。""哦,老抽酱油……"小雯顺手拿起瓶子往里一倒:"放多少酱油合适?"

我一看,糟糕:"停停停,这是醋,这瓶才是老抽!"小雯傻了:"哎呀,那黑乎乎的我以为是酱油,都没看清楚就瞎放,这下怎么办?""没关系呀,我们再放酱油和糖,出了锅,就是香喷喷的糖醋鱼啦!""哈哈哈,糖醋鱼,好主意!"

四菜一汤出锅,小雯兴奋地直拍手:"太有成就感了,好激动。不管好不好吃,这都是我的'处女宴'。感谢司徒老师的大力指导和支持,小雯同学会继续努力的!""呵呵,小雯,我就相信你一定行的,没有什么事是不可能的。来,快吃吧!"

"稍等!"小雯拿出手机,对着满桌的菜,"我要把它拍下来,给梓健发过去,取名为'丰盛的处女宴',哈哈!来,司徒老师,我们合影一张,也把它发过去。""呵呵,我们的合影就不要发了吧,怪丢人的。""别啊,要发,得让梓健知道这幕后的大师是谁。不然,他还以为我是上饭店打包了一桌菜,唬他呢!"

梓健很快回复了短信,小雯边看边念:"这么丰盛的一桌菜,真难相信出自于一个从未进过厨房的人。感谢司徒的大力帮助，你们吃得开心。改天，我请吃饭，让司徒老师尝尝我的手艺。"

"小雯，真羡慕你们。羡慕梓健对你的照顾，更羡慕你对他的用心良苦。真好。""嗨，俗话说得好，要抓住男人的心，先抓住他的胃。我倒不是担心梓健……""我明白，你所有做的一切都是为了赢得你家人的同意。""但愿我能吧，不说了，咱们开怀大吃一顿！"

饭后，我将一个大盒子递给她："看看吧。"小雯打开一看："哇，好漂亮的鞋，这一季的新款吧？""送给你。""送给我？这么贵的鞋，为什么？"我撒了个善意的谎："呵呵，这是公司的福利。我脚大，穿不了，给你应该合适。""珈珈，你太好了！""试试吧！"

看着小雯穿着新鞋在屋里蹦蹦跳跳，那一脸的兴奋样，我的心里有一种说不出的滋味。羡慕她的纯真、羡慕她和梓健两年来的执着爱情，也为自己的那一份忧愁感到失落。如果我是小雯，那一定会过得比现在快乐吧。

竞争的危机

公司同事知道我在外面做销售，有的表示关心，有的表现出不服、嫉妒甚至是轻视。面对这些，我都可以一笑了之。偶尔也会听到一些关于我的评论："她才来多久啊，助理位置就坐稳了，现在又开始跑业务了，真不简单啊。""马屁拍得可真到位，真会巴结老板。"

听到这些，我一点都不意外，认为这是每个单位都会经历的人事关系摩擦。这是社会现象，无可避免。我没做错什么，是他们太小心眼了。我一向对纷争看得很淡，不想庸人自扰，不理人是最好的做法。久而久之，那些眼里容不得别人比自己好的人也就渐渐没有了口舌之战。

谢震终于同意我去他公司谈业务，也许，我的敬业精神和谈判能力真的打动了他。在我离开办公室前，他对我说："下周过来时，别忘了把合同带上。"

我的心，在关门的这一刻，落地了。

刘明自然是兴奋得不得了，直夸我能干。他当着所有同事的面说："以后有谁在司徒背后说闲话，扣当月奖金。有本事就努力去干，没本事就少说两句！大家都凭实力说话！"

就算是这样，还有人在背后愤愤不平："牛了，有靠山说话了！"晓敏看我的神色中时有不屑。我们之间有一堵屏风挡着，距离越来越远。原来任何一种竞争都不能抹去嫉妒，我知道她心里在想什么。

而这时，芳芳总能给我打气："珈珈，你做你的，别理他们，加油干！"很感谢那些对我褒贬不一的人，只有亲身经历过，才知道自己的潜力可以无限放大，并能越挫越勇。

也许朋友真的仅限于没有竞争关系的圈子内，像小雯、阿欣她们。没有直接的利益冲突，也就没有明争暗斗这一说。能在战场上做成朋友的毕竟不多，芳芳算其中一个。

阿欣感慨万分。这社会就是如此现实，想在丛林中不树敌都难。你不好，人家会嫌弃你没用；你好，人家会在背后议论你。

她点上一根烟说："你可别把任何人都想得太好，有时你的天真想法往往会害了你。他们没有这么伟大，可以像你亲生父母一样去鼓励你、支持你。如果你比他们略胜一筹，他们就会想尽各种办法把你往脚底下踩，生怕你好一丁点就会夺走原本属于他们的东西。这就是人性，人的劣根性。"

阿欣对人生看得很透彻，对人性的弱点分析得十分准确。如果不是这些年来的历练，我想她无法对这个世界看得这么精透。

"人的本质，大多都是这样的，自私、贪婪。加上嫉妒心作祟，不断蔓延，其实早已丧失了最纯真的那一面。他们永远以自我为中心，骄傲而霸道地活着。怎么样，感受到压力了吧？""欣姐，你一定经历过很多事情，不然无法说出这些感悟，这些你心底最真实的话。"

烟圈随着阿欣的嘴微微摆动被轻轻吐出，那缕青烟中，有太多的无奈无法宣泄。它没法让阿欣摆脱，只能默默地吸进肺里，用尼古丁来安慰。过滤后，再吐出新生的寂寞。一遍遍地用吸进、吐出的方法让它轮回。

"人，就是这样，只有经历过背叛、生死、折磨、打击，最后才能成熟长大并被这个世界所认同。"我问："难道，在你眼里世界就是灰色的，永远没有阳光吗？""阳光？这只是一种形容罢了。在人们的心里，都有一块是灰色的，或多或少。也许有些人的灰色占据了心里很大的位置，只是，他们从来没发现罢了。"

阿欣在暗示我什么？她隐隐地告诉我，好似天底下最悲惨的事都被她经历过了。事过境迁，她还能平静地坐在这里和我聊天。那是一种怎样的勇气？她的态度告诉我，所有的事都要独自面对和承担。

因为除了你自己，没有人会可怜你。

郊　游

周末，如期而至。

小雯约我去郊外野炊，当然也包括梓健和魏波。车是魏波的，开车的却是梓健。小雯坐在副驾驶座，魏波则坐在我的身边。显然，她是有意在撮合我们的关系。

我坐在梓健后面，从前面的后视镜能看到他的眼睛。那不是边宇的眼睛吗？哦，不是，我又想多了。他是梓健，小雯的男朋友。我感到他也在透过后视镜看我，他一定想知道我心中的秘密，为什么会被我错认。

他的眼神如此锐利，好像瞬间就能看穿到我心里。我慌乱地逃离了他的视线，将头转向窗外。

郊外的空气很好，风不大，还有暖暖的阳光。我望着远处的湖水发着呆。小雯兴奋地喊我："珈珈，磨蹭什么啊，你喜欢的鸡翅快烤焦了。再不拿走，它就烫得飞走啦！""傻瓜，鸡翅都成这样了，哪还有力气飞啊。"梓健摸摸小雯的头，爱护地说道。

"这个没焦，给你吃。"魏波拿过一个新烤好的鸡翅递给我。"谢谢。""这个焦的，我来吃。"梓健看看我，顺手拿过了本来给我的那个鸡翅。

小雯幸福地靠在梓健怀里："我们梓健就是这样，总是把好的东西让给别人。"魏波不服气地说："呦呦，欺负我们两个光棍呐，还显摆呢，谁不知道你们恩爱啊。"我拉过她："小雯，我们聊。"梓健笑着说："你们两个小女生聊会儿私房话，我们抽会儿烟。"

小雯耸耸我的胳膊："怎么样，我们的'菠菜'还行吧？""你说魏波？他人挺好的。"小雯凑近我调皮地说："其实我家人都喜欢魏波，当初想我和他好，可我们从小就在一个院子里长大，熟过了。我把他当'姐妹'，他把我当'哥们'，哈哈哈哈。"

我羡慕地说："真羡慕你，小雯，有一个这么好的男朋友，还有一个好'哥们'。""一个爱人，一个知己，这辈子，我知足了！"小雯望着远处的梓健，"他们两人同做外贸，晋升的机会也很多，唯独不同的是，梓健是南京人，呵呵。""那就等他攒够了钱买好房子娶你咯。""我看重的哪是这些，我一直很欣赏梓健的才华。他现在的事业发展空间很大，我对他有信心。""我支持你！"

"两位小美女，私房话聊好了吗？"梓健拿着食物走过来。"呀，我的玉米，又焦了。""不焦的这个给你，焦的我吃。"看着他们你侬我侬的样子，我只好走到一边。

"司徒，这个给你吃。"魏波递来一串鱿鱼。"谢谢。""看着他们这么幸福，很是羡慕啊。""你还没有女朋友吗？""没有，一是工作太忙，二是之前没有遇到有缘分的人。不过现在，我想是遇到了。"我知道，魏波在指我。

　　他想了想说："前段时间，我一直在网上叫你，也给你发过短信，不过你好像一直没理我。""前段时间我出差了，去了四川和山东。可能一直太忙了，没注意到，不好意思啊。""没事，工作第一嘛。""刚来上海不久，什么东西都要从头学，所以花的精力就要多一些。""工作很辛苦，自己的身体要多注意啊。"我勉强地笑了下。

　　"菠菜，快来给我拍照！"小雯叫喊他，两人一唱一和地拍起照来。梓健笑着走过来："小雯嫌我拍照技术不如魏波好，我哪能和他比啊，专业的呢。怎么样，出来不会觉得闷吧？""挺好的，很开心。""听小雯说，你是一个人到这里的。在上海没有亲戚吗？""就我自己。"

　　梓健开始找话题："哦，你们公司是做医疗器械的？""是啊，自己研发、生产、销售一体。""我们是做外贸电子产品的，说不定以后我们还有合作的机会呢！""是吗，那好啊！""你的电话给我一个吧，公司有业务的话我找你。"就这样，我们把手机号码互相交换了。

　　"喂，你们快过来，我们一起拍照！"小雯叫来经过的路人，为我们四人合了影。

　　晚上，小雯把照片发给我，说我和魏波看上去很般配，不妨考虑看看，发展一下。魏波对我很有好感，我不是没有感觉。只是自己的心早已被尘封，不会再轻易地为谁而动。看着照片上的梓健，稍不注意，真的又以为是和边宇在合影。

　　看来，上天对我的考验并未结束。这一劫，我是无论如何都逃不过去的。

侮辱与嫉恨

　　周二下午，我在谢震手里拿到了那 60 万的订单。当我把合同放在刘明面前，他似乎没想到这么快就能把它签下来。激动之余，他上前一把搂住我："我就知道你能干！""刘总，别这样。""不好意思，我太激动了，看来我真的没有看错人。司徒，好好干，汇意是不会亏待你的！"

当我回到位置上，一阵凉风过来，不详的预感笼罩在周围。果不其然，一个刺耳的声音扑面而来："司徒珈，你什么意思？"我回头一看，是董晓敏。

她气冲冲地把一份文件扔在我面前："你给我说清楚，这到底是怎么回事？"我一看，这正好是刚才我送进刘明办公室的那份合同，上面还有我的签名。"晓敏，这是我刚签的合同，你怎么那么不尊重别人？"办公室的同事像抓焦点新闻一样，立刻马蜂窝似地围了上来。

"尊重，那你尊重我了么？"她大声向我喊着。"我怎么你了？为什么发那么大的脾气？""怎么了？你说怎么了？真虚伪！真不要脸！我没想到你是这种人！过河拆桥！"我知道她在添油加醋了。

"董晓敏，请你说话尊重点！"旁边的同事在劝拉她："晓敏，你这是干什么，说话这么难听。""你们让开，我倒要让你们看看是我说话难听，还是她做事难看！""我签了合同，有错吗？""对，就是这合同！我没想到你会用这种下三滥的手法！""晓敏，你在说什么？""我当然知道！你，你抢了我的生意！"

"我怎么可能会抢你生意？这的确是我自己拉的业务！""告诉你，这本来是我的生意！我跟着谢总他们公司都两个月了，一点起色都没有。你倒好，没来多久就把他给搞定了。你究竟使了什么招数，让他在这么短的时间里就把 60 万的业务单给你做？笑话！你不懂公司规矩吗，不能重复销售，拆我台，抢我生意！"

我的眼泪在眼眶中转动，绝不能让它不争气地流下来。"可是，我根本就不知道你也在跟这个单。是刘总吩咐我，也可以兼着做销售，让我试试这个单。从头到尾，我都不知道你也参与了，根本没有人和我说过！"

"你们在干什么？吵什么？"刘明走了过来，"董晓敏，像什么样子！你擅自拿走上级的合同，在这里瞎丢脸！""刘总，是她太过分了！"晓敏发嗲地带着哭腔说。"我看，是你过分吧。"刘明看着晓敏，拿过桌上的那份合同书，"这个业务的确是司徒一人独立完成的，她根本就不知道你曾经也在跟单。我问你，你上报公司名单了么？""没，没有。""好了，你没有事先和公司汇报名单，私自开展业务，就是天王老子也不知道你在做什么。你违反了公司的纪律，这在销售上是非常忌讳的。要是都像你这样，公司还要不要正常运行了？"

此时的晓敏低下头，虽然没了刚才的嚣张跋扈，但也去除不了她一脸的不服气。狭隘的一面，今天在她身上终于完全展现出来了。

"可是，刘总，我已经做了两个月的努力了……""没什么可是！"刘明扯大嗓门说道，"大家都听好了，我再重复一遍！以后凡是有关销售的单子，销售人员在联系客户时，必须在第一时间先把名单报到销售部那里。否则，如果再发生重复回访的事情，一次扣当月奖金，两次记处分，三次直接从公司开除！你们别忘了以前的教训，发生此类事件不是一次两次了，我不想汇意的名誉就这样被毁了。大家听清楚没有？""清楚了。"

晓敏不屑地说："哼，算我倒霉，你走运！这笔业务被你挖去了！这本来应该是我的！现在连老板都帮你。""董晓敏，你有完没完？说够了没有！大家还看什么，该干吗干吗！"刘明似乎也看不下去，火大了。

此时的我，已没有脸面再在这个敞开的大办公室里再待上一分一秒。我捂住嘴："刘总，对不起，我先走一步。"从小到大，我还没有被人这么辱骂过。

我快速跑出大厦，坐在花坛边，放声哭起来。委屈、无奈一并发泄出来。这让我想到了阿欣说过的话："你别把任何人想得太好……如果你比他们略胜一筹，他们就会想尽各种办法把你往脚底下踩。生怕你好一丁点就会夺走原本属于他的东西……"

原来人性果真如此!

早前我就对晓敏没有过多的好感,她和刘明那不见光的交易关系,加上现在的一幕让我证实了自己的判断。晓敏付出了心机与身体,居然还在众人面前被刘明数落。我知道,从这时起,她会更加嫉恨我了。哪怕我有再好的人缘也无法摆脱晓敏对我的冷眼相待。

突然觉得自己危机四伏,我竟然也会树敌了。

借你的手温暖我

天开始下雨,我没来得及带伞。这无情的雨,分明就是雪上加霜。这个时候,没有人会来同情我。我们没有血缘关系,他们没有任何义务为我做一毫一厘,甚至是一句安慰的话。

也许人本身就是孤独的,任何时候都会让你觉得无所依靠。偌大的一个城市,却找不到一个可以躲雨的地方!荒唐!雨和眼泪一并流过我的脸和嘴,我听到了自己的心碎声。

我一路小跑来到地铁站。旁边的人都有伞,就我自己湿淋淋像个落汤鸡似的在那儿等候。头发湿了、外套湿了、鞋湿了,心也跟着湿透了。隐约中,听见身后有个声音在喊我:"司徒,是你吗?"回头一看,竟然是边宇!哦不,是梓健!

"梓健?""你没带伞吗?全身都湿了,会感冒的。""真巧啊,在这里碰到你。""是很巧。我正好来附近办点事情。发生什么事了吗?"我的泪水敌不过他的一个眼神、一句慰问。到了这个时候,我没了坚强的外壳,脆弱像与生俱来一样肆意疯长。

梓健用手揽我,我再也控制不住情绪,倒在他的肩上哭起来。他不断轻拍我,由我在他怀里任性、放肆。越是如此,我越是心痛,温柔是杀手。

梓健的善解人意让人无地自容,它像把利剑一样深深刺痛了我的心。我死死揪住他的衣领，本能地像抓救命稻草一般。眼泪和雨水弄湿了他的烟灰色外套，那么柔软，让人抓狂。

地铁上，我依偎在梓健的肩头，他一手揽着我的胳膊。在外人看来，我们宛若一对世间的情侣。静默是彼此最好的心照不宣，没有对白，却横生出怜悯。我知道梓健是因为同情我，他看出了我眼里的忧郁。

到家门口，他站在那里，犹豫地看我："我还是陪你上去吧，这样不放心。""谢谢你，梓健，要你绕远路送我回来。我去吹下头发。""没事。你还是赶紧洗个澡把衣服都换了，要不会冻感冒的。""……""去吧，我在这里看会书，我等你。"我在梓健的身旁，放了一杯沸腾的绿茶。

洗完了澡，洗掉了疲惫与风寒，却还是洗不掉心中的悲凉。

我怯怯地上前："我好了。""我帮你吹头发，来。"我没有拒绝，也丧失了抗拒的本领。在梓健面前，我是卑弱的。他的手指轻轻地划过我的发梢，随着吹风机散出的热气，湿漉的头发在慢慢渐变。这个情景，似曾相识。记忆中，边宇也为我吹过头发。

我随口而出："你，也是这样给小雯吹头发的么？"他定了定，肯定地回答："呵呵，嗯！怎么突然这么问？""没什么。小雯，她很幸福，有你这么好的一个男朋友。""我和小雯，还不知道以后的路会怎么样。""有缘分就会在一起。"

梓健的手机响："小雯的电话，我接一下。"他看着我，十分诚恳，没有一点心虚的样子。我知道，他只把我当朋友。"雯啊。我在客户这里谈点事，晚饭后去见你。外面下雨，带伞了吧。好，路上小心。我挂了。"

这是善意的谎言。听他们谈话，我的心被揪起。第一次，嫉妒别人被疼爱的感觉；第一次，嫉妒女友有这样的男朋友！

谢谢你，梓健！第二次在心里感激你。第一次，在 KTV 你没有拆穿我，因为在超市门口我认错了你；现在，亦是如此。我想，我应该没有对不起小雯吧？

"好了，头发吹干了，真漂亮！"梓健看着我，那挺直的鼻子，双眼皮酷似边宇。唯一不同的是，他没有戴眼镜。我默默地端详他，像在欣赏一件精致的艺术品，看得入了神。他俩就是合二为一，让人辨不清真伪。

"怎么了，司徒？""哦，没什么。"他放下手中的吹风机，认真地对我说："好了，现在只有我们两个人。你可以告诉我，为什么会认错人，把我当成你认识的朋友了，是吗？"他那么诚恳和温柔，让我想流泪。他问到了我的痛处。

"对不起，我是不是说了什么不该说的？"我摇摇头，还是不说话。梓健拿过纸巾为我擦泪，我怎能无动于衷！是边宇的手在触摸我的脸，那么轻柔、细致。我下意识地闭上双眼，感受着他手掌的温度，指尖瞬间传来那股温柔的力量。

我握住梓健的手，他下意识地抽离出来。我忙说："对不起，梓健。""司徒，你想太多了，别把什么都想得那么重，这样你会很累的。"他其实都懂，又都不懂。他看出了我眼底的忧郁，却不知我为何会感伤。

"梓健，你不会明白的。""为什么这么说？""还是让我有所保留吧。""那我能做些什么？"此时此刻，你作为我好朋友的男朋友，我还能让你做什么？

"借你的肩膀，让我靠一靠。"我倚在梓健的肩头。就让我霸道一次吧，感受下你的怀抱。小雯，对不起。我不是有心伤害你的，我依靠的是边宇，并不是梓健。我知道自己很卑微，我在乞讨什么？

梓健不断轻拍我："好了，没事了，一切不开心都会过去的。这样吧，有空我们去酒吧坐坐，所有的烦恼在那里都会一扫而空的，好吗？"酒吧，多好的地方！我也只能依靠那儿了。

"我要走了，去见小雯。你今晚好好睡一觉，明天依然是个晴天。"

我知道，梦结束了，自己该醒了。虽然不舍，但我必须放他走了。梓健没有责任和义务要在这里帮我分担痛苦，他是小雯的男友！他只是起到了帮助他女友的好友，不为别的。

只是，现在多看梓健一分钟，对我来说都是奢侈的。

悟

自和晓敏发生了口角，我正式成了她的眼中钉，她终于脱去那层虚伪的面纱，露出了真实的本质。好在我对她并没过多的好感与期望，也就罢了。

至此，我也把她当成了熟悉的陌生人。

芳芳告诉我，晓敏的人缘并不好。她容易和人发生口角，又爱惹是非，很多男同事看了她都会头疼。芳芳说晓敏并不是有心针对我，她的脾气就是如此。

白天在车间，刘明找我单独谈了话，说完全是董晓敏不对，违反规定的是她，我并没做错什么，业务提成会在月末打到我的工资卡上，要我放宽心，继续努力工作。听了这段话，我不知如何作回应。想到他和晓敏的那层关系，天知道他俩在一块儿时会怎么说我。

傍晚出公司大楼，在拐角处，我又看见晓敏鬼祟地进了刘明的车里。我自嘲，别人都把我当傻瓜对待，我还在那里自作委屈。我被利用了！

唯一让我宽慰的，是刘明那老色狼没有对我下手。我感谢他的仁慈，没有让我成为他口中的那头羊。

突然觉得，董晓敏扮演了一个受害者的角色，可怜到都发觉不了身处的险境。这样的关系，受伤害的最终还是晓敏。

走在上海的大街上，感受这里的空气与人情。

这座城市真好，可以让你有一份工作和收入来维持日常生活，让你在人群中显得还有一些价值；有几个谈得来的知己和朋友，可以让你免除冷清孤单；有那么多风景任你欣赏，那么多娱乐场所让你开心和发泄。其实，这或许已该知足。

可这座城市又不好，它孤傲、不屑，让你迷惘得摸不清方向。目前的工作好像又只是为了过活，仅仅使自己的经济收支趋于平衡，离梦想和目标却还是如此遥远。朋友看似很体贴，可又有谁能真正了解彼此的内心？想逾越，太难。人人都把自己包裹得严严实实，生怕一不小心便会触伤自己的软肋。而沿途的风景，它不会为谁停留。少了一个人欣赏，它照样不会凋谢枯萎。

非　礼

傍晚，光头来找阿欣。

饭后，他用牙签剔着他那口金牙，笑着说："阿欣，你做的饭是越来越好吃了，让人回味无穷啊。要不，你就跟着我得了，做我老婆算了。""少来了，我能和你这样的人在一起？""我怎么了，吃香喝辣的少不了你，又不会亏待你。""得了吧，你还是把机会给别的女人吧，我可没这个福气。"

"司徒，你看看她，多不领情，枉费了我一片好心。"我冷笑一声，回屋。整个晚上，我都把电视声开得很响，以免听到厌恶的声音。

零点，我小心翼翼地开门，光头正好穿着睡衣从洗手间出来。他打个哈欠，盯着我："你也上洗手间？""嗯。"我没有披外套，只穿了一身单薄的睡裙。那男人色迷迷的神情想要望眼欲穿，我快速关上洗手间的门。

当我回来时，光头却在我的屋里。我冲着他说："你在我房间干什么，请你出去！"他油滑地说："我还没进过你的房间，想来欣赏一下。""这是女生宿舍，你不能进来。"他依旧不理会我："这女生的房间就是和那娘们的不一样，清纯、干净，我喜欢。""我现在请你出去！""既然走进了这个屋檐，就是你们允许的，哪有道理再让我出去。

是不是？""我不和你废话，我现在要睡觉，请你马上出去！"

"好！"他一声邪气，顺手把房门的按钮按上，"睡觉？好啊，那我们一起睡！"说完，光头便朝这边扑了过来，两只手在我身上肆意乱摸。我大声叫道："你要干什么？你走开，别碰我！""我干什么？你说我干什么？那女人我都玩腻了，我想要尝尝鲜！"我极力反抗着："王八蛋，你给我滚开！"

他的劲太大，一下把我按倒在床上："告诉我，你还是处女对吧？我一看你就是！那今天我就让你变成一个真正的女人！"他在我脸上胡乱地亲着。

我死命地想要摆脱他："你给我滚开！你放开我，再不放手我喊救命了！""你喊吧，那婆娘睡得跟死猪一样，根本听不见。其实，我早就看上你了，这白皙的皮肤，我真喜欢。"他边说边要扯我的睡衣。

"救命啊！欣姐，欣姐！救命啊！"我不断嘶喊着，顺手拿起床边的遥控器朝门的方向奋力砸去。

阿欣听到了吵闹声，大力地敲门："快开门，开门！王八蛋，你再不开门我打110了！""妈的，好事又被她给破坏了！"光头起身开了门。阿欣大声质问："你在这里干什么，你对她做了什么？"看到我惊恐的样子，阿欣上去就给他一个耳光："你混蛋！给我滚出去！"光头自知理亏，没趣地离开了。

我裹起双腿蜷缩在床角，放声哭起来。阿欣抱住我："别怕，没事了。对不起，我没有想到他会对你下手。""欣姐，你再晚来一步……""妈的，王八蛋，简直就是禽兽！别怕，你乖乖睡觉，把门锁好，我去教训他！"关上门后，隔壁传来响亮的吵闹声。

我拨通程辉的手机，颤抖着声音说："哥，你来接我，快来接我！""珈珈，出什么事了？你别哭，我马上过来，等我！"

我拿起外套，锁好自己的房门，匆匆跑了出去，想快一点逃离这个鬼地方。站在小区的路口，很冷，我蹲在那里等程辉来救我。一束刺眼的灯光向这边射来，我看到了希望。

师哥看我蹲在地上，立马上前扶起我："珈珈，你怎么了？怎么穿这么少，别吓我。"我倒在他的怀里，哭着说："哥，带我走，带我离开这儿！""哥带你走，带你走，别怕！"一路上，我靠在程辉的肩上，他一只手把方向盘，一只手揽着我，始终没离开。

来到程辉住的地方，虽不是很大，但干净整洁。他带我来到卧室："今晚就在这里凑合一夜吧，你睡大床，我睡沙发。"我拉住他的手："别走，哥，陪陪我。"

"告诉我，究竟发生了什么？""不要问了。哥，我好累。"假设把真相告诉程辉，他一定不会放过那个畜生。我不想给师哥添任何麻烦，虽然我知道，他一直是个理智的人。

"好，我不问你。你躺下，我在一旁陪着你。"我拉着他坚实有力的手闭上眼睛，这样才不会害怕。现在，他是我唯一可以依靠的男人了。

不堪回首的初恋

次日醒来，师哥在床头放了热牛奶和面包："起来了？把早点吃了吧。""谢谢哥。下午，你送我回家吧。"

手机上有阿欣的数个来电，还有短信：珈，你在哪里？回来吧！我已经帮你教训过他了。还有那畜生的短信：昨晚真不好意思。从第一眼看到你时，我就已经喜欢你了。看到你穿得那么撩人，我就控制不住自己了。给我个机会，让我好好补偿你。

这个厚颜无耻的家伙！我从此都不想再看到他！我回了短信：你去死吧，那样我也许会考虑你的建议，王八蛋！

午后，程辉把我送回了家。我站在楼下说："谢谢哥，就到这里吧，我自己上去。""不让我陪你上去吗？"我心虚地回答："不了，欣姐休息在家，她会穿着睡衣到处乱跑的，你去不方便。"其实我是不想让他看到屋里的蛛丝马迹，那里有我不想面对的肮脏。

"珈珈，你可回来了，急死我了，没事吧？"阿欣看到我，立马上前来拉我。"我没事。欣姐，你的脸怎么了？"她的脸上，有被打的淤青。阿欣低下头："没事，都过去了。""他打你了？"

她点起一根烟，红着眼眶说："我和那王八蛋打了一架。""他真的打你了？他怎么可以这样！""我教训他，说他不是人，连我的姐妹都欺负。他说我这种货色他根本看不上，不稀罕。他说找个鸡都比我强，我只会给人添麻烦。珈，以后我不会再见他了。"

我不知是难过还是庆幸，阿欣为了我，和那人闹翻了。我哭着说："欣姐，对不起，你都是为了我。""是他做了对不起你的事，我怎么可能不管。这样的混蛋不认识也罢，我不会让你再受伤害和委屈。""我没事了，真的不希望你一直这样生活下去。"

"珈，我给你讲个故事吧。从前，在一个村子里，一个女孩在初中时遇到了同村一个比她大三岁的男孩……"男孩很喜欢她。每天下课都接女孩放学，彼此之间慢慢产生了感情。

有一天放学晚了，女孩走到半路被一群流氓围住。男孩不顾一切上前保护她，还为此受了伤。女孩决定从此跟这个男孩在一起，他们私订终身。就在这天晚上，女孩把最珍贵的自己给了男孩。女孩认为男孩就是她的一切，以为这样就可以到永远。

之后，女孩和家里发生了一些事情。男孩知道后很是气愤，不但不安慰不理解，还骂她很难听的话。从此以后，男孩对女孩的态度彻底改变了，变得急躁和霸道。他开始酗酒、赌博。每次在一起亲热，他都会虐待她。男孩用烟头烫女孩的手臂、用蜡烛油烫她的身体，还不断骂她是贱货。女孩因为爱，一一忍受了下来。

再后来，男孩动不动就发火打女孩，赌博输了钱打她，喝了酒打她，不顺心也打她。女孩反抗，但没有离开他，认为只要有爱就可以感化男孩。到最后，男孩变得越来越坏，甚至让女孩出去做小姐，来还他赌博的债务。女孩死都不肯，男孩逼她就范。女孩用自杀来反抗，以为他会醒悟。没想到男孩说："你死了，谁替我还债，谁给我解闷啊？"

女孩彻底心碎了。她终于决定离开，逃出那个村，走出那个县城，去了外地打工。从此，远离了那个男孩……

我知道，阿欣说的就是她自己。原来，阿欣有过那么苦痛的初恋，那个地方有她太多不堪的回忆。我现在终于明白，为什么她对感情、对男人的态度会那么冷淡，那么心若寒灰！

我问："那后来呢，女孩见过男孩了吗？""女孩去了外地打工，很久没回去。听同村的人说，后来男孩吸上了毒品。在一次静脉注射中过了量，死了。等女孩回去后，到了男孩的坟上，周围长满了杂草。村里人说，男孩最后一次注射毒品是在后山上，闭眼时没人发现他。等第二天有人去山上砍柴，才发现他已被狼狗吃掉了耳朵和手指。他的母亲也因此疯了。"

阿欣流泪讲完了故事。我紧握她的手哭着说："都过去了，女孩不应该把这个包袱背在身上这么久，她没错。她是个善良的人，她的伤口总有一天会愈合的！"

偷尝禁果

和阿欣的过去相比，我的初恋已是幸福太多。

那次虚惊一场后，我们正式成为了一对让外界羡慕的恋人。边宇用山地车载着我，穿越校园里的每一个角落。我用手搂着他的腰，头靠着他的背，所有的风都被他挡住。他的腰上全是腹肌，没有一丁点儿的赘肉。每次，我都会用小手在他的腹肌上挠痒。他非常怕痒，车头不停地乱晃。

"珈，我怕了你啦。快松手，不然，车要倒了啊。""哈哈，原来你那么怕痒。他们说男的怕痒是怕老婆啊，是不是啊？""是是是，我怕死了。不行了，车要倒了。""哎呀，小心！"

边宇故意把车一倒，用脚垫住："哈哈，上当了。""你这坏蛋，骗我啊。"他一手揽住我，镇定地说："我不会让你倒的，我会保护好你。在任何地方，都会有我在你身边。"

边宇吻住了措手不及的我。我感受他的心跳、他的呼吸、他炽热的亲吻，这一切都深深地将我一点点融化。原来初恋是这样美好，幸福的我快要醉了。

边宇兴奋地挥舞双手："亲爱的司徒珈小姐，我要带你走过城市的每一个角落，连老鼠蹿过的地方也不放过。毕业以后，我要留在广州，发展自己的事业。将来，我要让你过上真正幸福的日子！"

"你想的真有那么远吗？""是，从在开学典礼上第一眼看见你，我就知道，你就是我要找的那个人。我们肯定会在一起，并且永远。""边宇，你相信永远吗？""为什么不信？正因为人们都怀疑，所以不愿去面对。我们要尝试着去相信，去找那个永远。我不想现在对你凭空说什么誓言，我们一起去找永远好吗？在寻找的路途中，我们一步步接近它。""我相信你，边宇。"

学期结束，接近夏至。我把和边宇的事告诉了父母，他们都是开明的人。妈妈说，你们谈恋爱我不反对，但不要太接近。毕竟年龄还小，以学业为重。

2004年秋季，大二，室友杜欢和娇娇毫无保留地把自己的第一次交给了她们的男友。贺炎和我，对这些看得比较重，还完好无损地一直保留着。2005年的情人节，贺炎终于没有守住最后一道防线，将自己交给了王奇亮。

5月，边宇的生日。我们一群人在饭店吃了饭，而后去了沿江路的酒吧一条街。边宇搂着我说："珈，我们度过了两年，一半的时间已经过去了，好快。不过没关系，我们还有两年时间，我会带你走遍广州的每个角落，看看风景、去感受风土人情、去感受爱，好吗？"

"好，那我就把余下的两年，全交你手里了。不过，你可要负责到底，不能临场退缩，知道吗？""我不会的，我会尽所有的力量保护你。相信我，除非，我死了。""我不许你胡说，今天是你生日，不许说胡话。"边宇握住我的手，郑重地说："我没有说胡话，我要告诉你，我会用自己的生命来保护你。除非，我不在这个世上了。"

"边宇，你知道我最怕什么吗？我最怕我找不到你，怕你躲起来不见我，怕你离开我。"边宇一把抱住我："不会的，不会的，绝对不会。你放心，你永远都找得到我。""你总是给我惊喜，让我很意外、很兴奋也很感动。但我也害怕，害怕会突然找不到你，害怕你就这么消失不见了，害怕会失去你。你给我的惊喜太多了，这个惊喜，你不能给我，知道吗？"

"我知道了，我不给你这个惊喜，也舍不得给你、不忍心给你。我不会消失不见，除非，我不在了。"我堵住了边宇的嘴："不许你再说，我相信你！"我们在江边拥抱了许久。

那时的快乐是简单的，除了学业，只要有一群可以互相依赖的死党，和一个相爱的人，就已满足。走出酒吧，他依偎在我肩上，在耳边悄悄地说："亲爱的，今晚别回去了，好吗？"

这一次，我没有躲避，因为我深信，那个人就是他。抛去自尊与贞洁，在爱情面前只要是真实的，都是纯洁的。

边宇脱去 T 恤，露出白皙坚实的臂膀。他把我抱到床上，为我解扣，我感到自己的心脏也快跟着跳出来。边宇吻我的脸、吻我的眼睛、鼻子、嘴唇、颈项……他那么真实，让人无法抗拒。我们紧紧缠绵在一起，像两块无法分开的牛皮糖，彼此都是用心在经营这份恋情。

"今天，我把自己完完整整地交给你了。""你愿意吗？不要勉强，如果你不愿意我会尊重你。""我逃不出你的五指山了，对不对？""我爱你。"边宇深情地吻我，我听到了他沸腾的心跳声。

这一夜，我和边宇付出了人生中最宝贵的东西。激情过后，我们互相依偎。他搂着我说："珈，知道吗，从今天起，我成了男人，你成了女人。""我们偷尝了禁果，神会宽恕我们吗？""那亚当和夏娃还偷食了禁果呢。我们要感谢他们，没有他俩，就没有我们人类。神会祝福我们的。""我也希望是这样。""亚当是世界上第一个人，第一个男人。上帝看亚当寂寞，于是就抽出了他的一根肋骨，制造出了夏娃，她便成了这个世界上第一个女人。"

我问："那，我是你的肋骨吗？"边宇抚摸我的脸颊说："你，是我生命中的一部分。没有你，我怎么会完整呢。如果我身上抽掉了一根肋骨，那还会完整吗？我想我会痛死的。"我们紧紧相拥，感受着彼此的气息。

边宇吻着我的额头："告诉我，你的梦想是什么？""当一名出色的翻译家。""还有呢？"我顿了顿说："希望有朝一日能披上美丽的婚纱，和相爱的人走在红地毯上。在神父面前，许下终生不变的诺言，两个人就这么相依相伴一辈子。"边宇在我脸上深深一吻："珈，你的愿望会实现的，你要相信我！"

我摸着边宇胸口的黑痣，它长得真好，就在两胸的正中央。听人说，这是个福痣，会给人带来好运。我希望，它能给边宇带来福运。

偷尝禁果后的我们，一下子成熟了不少。对于我和边宇来说，只要两人能窝在一起，那就是幸福。我现在终于明白，几个死党为何可以不顾一切陪伴在心爱的人身边，乐此不疲的。从这一刻起，我再也没有臭过她们。

我信奉爱情，就像信奉我和边宇之间的关系一样。

新产品发布会

12月2日上午，汇意公司如期举行了新产品发布说明会。现场，来了市里相关的领导及数家媒体。刘明接待得不亦乐乎，齐刷刷的闪光灯向台上扑面而来，他开始发言。

"各位领导、各位嘉宾、医药业的同仁、新闻界的朋友们，大家好！

"今天，我们十分荣幸邀请到各位莅临现场。

"汇意从起步至今，已走过了风风雨雨的八个年头。公司始终以诚信为本、信誉至上的宗旨不断努力前行。八年来，我们自主研发医药器械及保健品，集生产、销售和服务于一体，深受广大用户及客户的青睐与认可。

"2007 年年末，汇意又推出了新产品——电子针灸按摩仪器。它集中医针灸学、经络学理论于一体，采用电脑高新技术，具有电针治疗、探穴和代替人工按摩等作用。通过刺激相应的穴位，对身体近二十种病状有着显著的疗效。操作安全简便，适用于医院及家庭的自我保健。

"在此，我要感谢汇意的全体员工，没有你们的辛勤付出和团结一致，就没有今天的汇意。面对激烈的市场，我们要更努力地规范企业的管理模式，研制及生产出更多对社会和人类有帮助的产品。并要搭建更为广阔的销售平台，为进军国际市场垫下扎实的基础。我相信通过团队的合力协作，汇意一定能在医药行业中树立更为坚定的形象！

"最后，祝各位身体健康！万事如意！谢谢大家！"

刘明淡定自若地发言讲话，面对记者犀利的提问，回答得干脆利落，滴水不漏。事业上的成功不等同做人也成功，在我眼里，刘明的两面性反差太大，让人难以琢磨。

答谢酒会上，刘明把我介绍给身边的人："这就是我的得力助手，司徒珈小姐。""司徒小姐，幸会幸会。"我拿着酒杯应付他们，点头、微笑，回答是和对，然后碰一下杯，意思到达后便立马转身走人。

一男子把刘明拉到旁边小声嘀咕："刘总，你可以啊，尽让女人围着你转。颜总那么为你拼命，以前那个助理也为你爱得死去活来的，现在又来个这么正点的助手。不赖啊！""呵呵，过奖，其实我也不想。

只能说，我刘明有魅力，没办法。""这个司徒小姐，莫非又是你的下一个目标？"

"嗨，老兄，你可别乱说话啊，我是正派之人。""人人都知道刘总是我们业界最为风流的钻石王老五，谁还会逃得出你的掌心？"刘明笑着指指他："你这小子，别的没长进，乱给人扣帽子的本事是谁也超不过你啊！""呵呵，刘总，玩笑话，不必当真。"

室内的空调打得太高，让人觉得憋闷。我来到走廊拐角处，发现前面的安全通道门开着。颜晴正在窗口抽烟打电话："他不要再逼我，再这样对我，我把他干的好事全抖出来。到时候，要他吃不了兜着走！"

颜晴和谁在通电话？他们究竟知道刘明做了多少见不得光的事？听口气，应该是刘明有把柄在颜晴手上。原来，他俩互相利用和控制对方。这种关系，太危险，稍不注意，便会山崩地裂。

"司徒，怎么在这儿，不进去吗？"一转头，是杜新。"太闷了，出来透会气。""我也是，出来歇会，抽根烟。""杜新，公司以前也经常开产品发布会吗？""每一款新产品上市，只要是老总大力扶持的，就一定要开发布会。"我故意说："刘总真不简单。他那么优秀，背后一定有个好家庭在支持他。"

"你还不知道吧，刘总没有成家，他是钻石王老五。""真的？他还是单身？""刘总一直是独身主义者，他们没和你说么？""没有，我一直以为他是有家庭的人。"杜新吐出一口烟："嗨，刘总，他有家和没家是一样的。只要事业成功，结不结婚有什么关系。反正，他又不缺女人。"

原来，所有人都知道他有女人，而且从来就不缺女人。好像在他们眼里，这都是司空见惯的事了。只要把工作做好，其他的事都是睁只眼闭只眼而已。我一直认为只有自己知道这些事，原来大家都心知肚明。

公司的周年庆活动，定在郊外的度假村举行，顺便给我过生日。

还是免不了的领导讲话，刘明致辞，无非就是阐述公司的发展历程、企业文化及核心。紧接着又是各部门的主管发言，阐述一年来的成绩与进展。

"最后，我们有请寿星司徒珈小姐上台。"主持人徐华丽的一句话，让我措手不及，"美丽可爱的司徒小姐，12月10日是你的生日，我们特别选在今天为你过生日，发表一下生日感言吧。"

"我非常高兴，公司所做的一切让人觉得特别惊喜。感谢领导对我的信任和栽培，感谢同事们的热情帮助和照顾，让我在短短几个月的时间里学到了很多东西，受益匪浅。今后我会更加努力工作，不辜负大家对我的希望。最后祝愿汇意这个大家庭在刘总和颜总的带领下、在伙伴们的团结协作下，能够节节升高，发展得更加强大。谢谢！"

我露出极不情愿的笑容，在心里默念，这绝不是我的肺腑之言。

"祝你生日快乐，祝你生日快乐……"灯突然暗了，以刘明为首，几位同事推着装有蛋糕和蜡烛的小车来到我面前。我还是为此感动了一下。刘明笑着说："司徒珈，生日快乐！"他送上一束漂亮的百合花，全场立马骚动起来。几个平日说得来的同事也纷纷送上了精心准备的礼物。

"谢谢你们，谢谢！谢谢你，芳芳。晓敏……"我没有想到，董晓敏也会给我送礼物，让人有点措手不及。她低着头说："珈珈，以前的事是我不对，对不起啊。希望你大人不计小人过，别放在心上。""哪里，没事，都过去了。晓敏，谢谢你的生日礼物。"

我不知道，晓敏这一次的微笑是诚心还是假意，是不是和刘明接触多的人都会看不清他们的真面目。不管如何，我还是很感谢大家为我所做的这些，让身在异地的我暂时忘记了孤独和冷清。

晚宴上，刘明依次和员工碰杯庆祝，并发红包鼓励："非常感谢大家一直以来和我并肩作战，同志们辛苦了。再次感谢你们！"

和我碰杯时，刘明把红包塞进我手里，并在耳边悄悄地说："舞会结束后，来我房间一下。""刘总，太晚了吧。""我有礼物要送你，一定要来啊，我等你。"我的背脊一阵发凉。

晚会上，唱歌、跳舞，每位员工都玩得很疯，似乎把这一年来在工作上受的苦和累连并委屈全都发泄在了这个地方。此时，无论你有多放肆、多疯狂，都没人会来管你，因为一个个已经快乐得似神仙了。

昂贵的生日礼物

一直闹到零点，大家不舍地带着醉意离去。

我按照刘明的指示，五分钟后敲响他的房门："刘总。""坐。"刘明脱去外套，只穿一件灰色毛衣："怎么样，今天玩得还开心吗？""很开心，谢谢公司为我过生日。大家想得这么周到，谢谢刘总。""哈哈，开心就好。我啊，就怕讨不了你开心。"我屏住呼吸，压抑住心中的厌恶之情。

"来，我给你准备了一份礼物，看看喜不喜欢。"刘明从身边拿过一个紫红色的盒子，"这是我为你精心挑选的，打开看看。"展现在眼前的，是一条镶着七颗小钻、一颗大钻石的项链。借着灯光反射出闪烁的彩色光芒，刺入我的眼中。

"刘总，这么贵重的礼物我不能收。""不收，就是看不起我啦。""不是，您的心意我领了，但这礼物我不能收。您给我的红包，里面的奖金好像就比别人多很多。"

"奖金每个人都不一样，你是寿星，当然少不了啊。""鲜花、蛋糕我都接受了，这个礼物我真的不能收。""你都能接受同事的礼物，为什么我这个老板的礼物，你就不收？""这个礼物，太贵重了，我绝对不能收。"

刘明皱着眉头说："原来，我想送礼物也送不出，你都不领情，我真失败！""不不，不是这个意思。我是您的员工，不合适收这个的。""怎么不合适，你就是我的爱将，当然有理由收。"刘明说着把项链拿在手里，"来，把外套脱了，我帮你戴上。"

拗不过他，我只有打开衣领："就这样吧，刘总。""你照镜子看看，多漂亮，太适合你了。"刘明以为用这样的方式可以笼络我的心，可惜他想错了。

他把手搭在我肩上，顺势抚摸我的肩膀。我忙起身："刘总，这样吧，项链多少钱，我按原价的五折把钱给您。要不，我心里实在不踏实。""哈哈哈，司徒啊司徒，还有你这样收礼物的？"

这时，门铃响起。刘明懊恼地说："这么晚，还有谁来敲门？"门口是来得及时的芳芳，她忙探头问："刘总，请问珈珈在吗？我找她。""她在。""珈珈，你快和我回去，到了这儿我才发现洗漱用品都忘带了，想问你借，我都困得不行啦。""好好，我跟你回去。刘总我先回房了，您也早点休息吧。""哎……"不等刘明反应过来，芳芳便拉着我溜出房间。

转弯口，见颜晴走了过来。"颜总！""这么晚，你们还没回去休息？"她一眼瞥见我脖子上的项链，脸色有所转变。她一定很排斥那闪亮光。我低下头说："我们回去了，颜总晚安。"

到了房间，我终于舒了口气。芳芳盯着我的胸前看："不得了啊，这就是刘总送的礼物啊。""是啊，快帮我取下来。我一定不肯收，他非要我收下，说不收就是看不起他。""看来刘总对你有意思了。""在他想法萌芽的时候我就会把它掐断。"

"他没对你怎么样吧？""没有。你来得可真及时，好样的。""看样子，刘总真是喜欢你了，他看你的眼神和别人的不一样。""嗨，不管这么多了，逃出这一劫就好。以后我多留心，注意点就是了。"

我把项链取下放在桌子上，它太闪亮，不适合我。

第二天，公司员工自由活动。高尔夫练习场、卡丁车、射箭、骑马、垂钓，各种游玩的场地均被人占了。我知道刘明酷爱高尔夫和钓鱼，对骑马也是钟爱有加，为了避免尴尬，我避开了这些地方。

我和芳芳来到人头涌动最多的射箭场地，没想到竟看见刘明站在那里射靶。围观的人在一旁兴奋地鼓掌："好！8环！"

旁边的恬恬也做出一副跃跃欲试的射箭姿势。刘明自告奋勇地当起了教练："恬恬，你这样不对，我来教你。"他贴近她，一把握住恬恬的手，让她摆出正确的姿势，"眼睛瞄准前方，两手齐平，坚持，对准前方的靶。"结果，恬恬射出了界。

"不玩了不玩了，这么累人，去开卡丁车。"恬恬嚷嚷着和其他伙伴离开了。"司徒，你来啦！"刘明一转头便看见了我，"你也来玩一把。""我就算了吧，刘总你们玩。""别啊，既然来了，就玩玩。不会我教你。"他一定想不到我以前玩过射箭，还为此练过一阵。

对靶的时候，刘明在一边观望，做出教练的姿势："司徒，拉弓的力量大，你手中的箭枝就会飞得远。就当那个靶是自己蓄谋已久的猎物，让它逃不出你的掌心。对准它，拉弓、射箭！"我知道他话中的意思，只顾专心地瞄靶。

"哇，厉害。8.5环啊！"围观的人纷纷鼓掌。刘明更来劲了："可以啊，原来你会射箭！了不起！我们来比一比。""刘总，您玩吧，我先走了。"其实我的意思就是告诉他，做任何事都要适可而止。

来到马场，只见颜晴正骑马而过："司徒，你来了！""颜总，加油哦。"颜晴英姿飒爽的背影感染了我。她的直接、干练，还有那一抹霸气，在这一刻体现得极为到位。

下了马鞍的颜晴，拍拍双手走到我面前："不试试吗，很过瘾的。""算了，我今天，不是很方便。""这样啊。"她盯着我的胸口看了会："你没戴那条项链？""没有。""项链……是刘总送你的生日礼物吧？"

"嗯，原本我是拒绝的，但刘总一定要我收下，实在没办法。""很漂亮啊，干吗不戴起来？""不太适合吧，我把它收起来了。""看来，刘总真的对你很上心。恐怕你还不知道吧，凡是刘总看重的人，都会花大手笔的。你的那条项链，起码也值这个数。"颜晴伸出两个手指。

"两万？这么贵？""我对珠宝懂一些，一看就知道了。瞧着吧，这只是个开始。""颜总您说什么？""没什么，你玩吧，我先走了。"她拍拍我的肩，离开了马场。颜晴的话是在提醒我，她明白这一切原委，好像早已见怪不怪了。

我快速跑回房间，从包里拿出这条价值不菲的钻石项链，握在手里如此沉重。我下定决心，要把这份厚礼送还给刘明。

女朋友的好朋友

想起去年的今天，边宇说以后每年生日都会陪在我身边。没想到一年后，却已物是人非了。我努力让自己活得充实，就是不愿在一个个纪念日来临时，思绪重蹈覆辙。没有你的日子，我依然要活得精彩。

程辉打来电话，给我预定了生日蛋糕。白天他要在公司赶项目，暂不能陪我，说晚上一定给我庆生。中午，阿欣请我在饭店吃了饭，又在商场挑选衣服。她执意要为我买单，说是送我的生日礼物。

晚上，小雯在酒吧给我祝寿，阿欣、一芬、魏波、梓健都到了场。他们送了不同的礼物给我："珈珈，生日快乐哦！"我深受感动："这是我来上海过的第一个生日，也不知道自己将来会在这里待多久。但是，我会永远记住大家的。谢谢你们。来，为我们的友谊干杯！"

我们点蜡烛、唱生日歌、许愿、切蛋糕，每个人都喝了酒，很兴奋。我和魏波不停地干杯："来，我们喝！"我当着梓健的面，假装和魏波很亲热，不断强调自己的状态。可越是掩饰，越是抹不去心中的烙印，我想我是喜欢上梓健了。

他注意到我的反常，一把夺过我手中的酒杯："别再喝了，你要醉了！"在场的朋友都注意到这个举动，尤其是小雯，用惊讶的眼光看着我们。我赶紧圆场："哎呀，今天我生日，我最大。梓健，你真不够意思，怕我喝醉了又要麻烦你送我回家是吧。没关系，我和阿欣打车回去，都不麻烦你们。"

小雯见我这么一说，立刻当真："珈珈，梓健怎么会那么小心眼呢。放心，他会送你们回去的。这不还有魏波呢，别担心。梓健，今天是珈珈生日，就让她喝个痛快吧。"

"走，我们去跳舞！"我拉上魏波、小雯、一芬，往舞池中心走去，剩下梓健和阿欣在那里。激烈的音乐充斥着每个人的神经，在这里，我们就是自己的主角。我们欢笑、摇头，摆动身上的每一块肌肉。

"小雯，你看，梓健正在看你发疯的样子呢！"小芬对着她喊道。"看就看吧，又不是没看过！"小雯瞥了眼梓健，对他深情一笑，继续舞蹈。魏波说："小雯，你们欺负我们单身是吧，想嫉妒死我们！"

我拉过魏波："来，我们跳舞！也让他们嫉妒一回！"我搂着他的脖子，借着酒精，肆意发挥情绪。这正是小雯所希望的。梓健正看着我们，我挑衅地向他笑笑，忍住心中涌起的无限波澜。那不就是边宇吗？以前在酒吧，他不就是这样坐在角落里，静静地观望舞池中央的我吗？任我嬉戏疯狂，他总是那么安静地端详着我。现在，坐在一角的是梓健，他的眼里能看到我吗？

我下了舞池，让他们继续疯狂："梓健，欣姐呢？""她去外面打电话了，跳累了吧？""你怎么不去跳舞？""呵呵，我只喜欢唱歌，不喜欢跳舞！"一句话，瞬间击中我的脑门。边宇以前也说，只喜欢唱歌，不喜欢跳舞，他是个只唱不跳的人。他俩连说这句话的口吻都是一模一样！

"司徒，好好的，怎么了？""没什么，我今天激动，你们为我庆生。""只要你开心就好。""我很开心，真的很开心。梓健，能陪我喝一杯吗？单独祝我生日快乐？"我开始乞讨。"你已经喝了很多啦！""就一杯，一杯好吗？""好，那就一杯。"梓健在两个杯子里倒满了红方加绿茶。

　　我用手挡住杯口："不，这次喝纯的，不要掺别的。""我可以喝纯的，你不行。""看不起我么？""你酒量不好，以前不是都不喝酒的吗？""就让我喝这一次，我真心接受你的祝福。"他拗不过我，又倒满了两杯红方。

　　"司徒珈，我真心祝你生日快乐，早日找到属于自己的幸福。""谢谢你，梓健，我真心接受你的祝福。"我一口喝下整杯酒，感觉胃里在燃烧，梓健却没有动手中的酒杯。我问："为什么不喝掉它？"他直直地盯着我："到底有什么事，要你这么勉强？""没有啊，我就是开心！"我含着眼泪，不敢直视他的目光。

　　"你这是在勉强自己，不是吗？""我哪里勉强了？""你可以瞒别人，但是瞒不过我的眼睛。""我瞒你什么了？""你的眼睛欺骗了你自己。""好，你告诉我，我欺骗什么了？你说啊！""我要你告诉我，我再把它喝了，要不然我心不安。"

　　我接近崩溃，大叫起来："你有什么好不安的，不要再逼我了！"梓健显得出奇冷静："之前，我没有拆穿你，是为了维护你，现在你可以告诉我原因了吧。""你一定要听是不是？好，那我告诉你。梓健你听好了，我喜欢你，我喜欢你，你听到了吗，我喜欢你！"我哭着跑了出去。

　　梓健追出来，挽住我的胳膊："你说什么，你喜欢我？""是，我喜欢你，还不明白吗？""你喝多了！""我没有喝多！你不是要知道原委吗，那我告诉你。第一次，我们在超市遇见，我就对你有感觉。巧的是，我们又在 KTV 遇见，可没有想到你是小雯的男朋友。后来我们又在地铁站遇到，你送我回家！这世上没有这么多巧的事情吧？""你真的喝多了，这只是巧合罢了。你想多了，我扶你进去。"

　　我甩开他的手："我没有喝多，这明明就不是巧合！其实你知道，你一开始就知道！要不然你早拆穿我了，是不是？""你真的想多了！两三次巧遇不能说明什么，这很正常。你为什么非要把它们串联在一起呢？""我没有！如果你对我也没感觉，那天在地铁站你就不会送我回家，对不对？""那是因为，你是我女朋友的好朋友。"

一句话，把我打入了冰窖。

"原来是这样，因为我是小雯的好朋友，所以……"他冷冷地说："是，是这样的。"我的眼泪止不住地掉下来。梓健的话太残忍，他哪怕骗我一下，也会让我好受一些。原来我是在自取其辱，他在可怜我。只觉得自己，可笑又荒唐。

"不要哭了司徒，小雯他们都不希望看到你不开心的样子。"我狠狠地回过头："是你担心我不开心，还是担心小雯看到我不开心后她难过的样子？""求求你别这样好吗？今天是你生日，大家在一起开心才对！"

"是你逼我说的！""不不不，这一定是你的幻觉，你喝醉了产生的感觉。我不怪你，我可以理解。""梓健！你不懂我，你一点都不懂我！""我是不懂你，如果懂你的话，我们的关系也许就不会这样。所以，我不懂你是对的。""梓健……"他的话深深地刺伤了我，让人无地自容。

我跑进酒吧，拿起一瓶啤酒就往嘴里灌。阿欣问："珈珈，你怎么了？""我没事，喝酒！"梓健跟了进来："欣姐，我去下洗手间。你看着珈珈，别让她喝多了。""她已经喝多了。""是，再这样下去会醉的。""没事，我看着她。你去吧。"

我倒在阿欣的怀里："欣姐，我是不是快醉了？""你已经醉了，为他醉的吧？""你说什么？""别装了，你爱上他了，对不对？""谁？""别骗自己了，欣姐是过来人，看得很清楚。""欣姐……""姐明白你，有什么事回家说。记住，在外面要学会保护自己。"我紧紧抱住她，真不知没有阿欣我该怎么办。

"他们跳舞回来了，快收起眼泪，别让他们看见。"小雯红透着脸走向我这边："珈珈，怎么不接着跳啊，很好玩的！""我口渴，下来喝两杯。""你是不是喝多了，脸那么红？""今天高兴嘛，有你们陪我。"

我紧拽着阿欣的手，表面微笑，心里却在阵阵发虚。

小雯左右张望："梓健去哪儿了？"阿欣说："他去洗手间了，马上回来。"魏波打趣道："小雯，一会不见你的白马王子，就急坏了啊。"一芬笑着说："我们小雯啊，和梓健是天生一对，分都分不开了。"

"你们在说什么？"梓健缓缓走过来，看得出，他刚洗了脸。魏波忙接话："说你们两个啊像牛皮糖，都分不开了。"梓健并没有坐到小雯身旁，而是坐在靠外面的沙发角上。

"你们先喝会儿，我去外面迎迎师哥，他应该快到了。"我踉跄地起身，只觉头晕眼花，眼前的世界在转动。经过梓健身边，我的膝盖撞在了沙发角上，人扑在他的身上。梓健扶起我："小心！要我陪你出去吗？""对不起，撞到你了。我自己可以。"我紧张地仓皇而逃，生怕再晚一秒，他们就会看出破绽。

师哥驾到

酒吧外的空气很好，不浑浊、不憋闷，但清冷。羊肉串飘来的孜然香冲入鼻腔，刺激着我的泪腺，脸上又有东西滑过。我蹲在石阶上，等待师哥的到来。

快零点了，他该来为我唱支生日歌了。

一辆黑色吉普快速地停在路边，程辉手捧一大束白色百合："生日快乐，珈！原谅我来得太晚了，公司加班。"他给了我一个大大的拥抱。"哥，你怎么才来？怎么才来！"我哭着扑向他怀里，像小孩见到家人一样依赖和亲切。

"等急了是吗？对不起，刚才一直在忙。生哥气了吧？""生，生很大的气，都等死我了！""过生日，说什么死不死的。"我趴在他的肩上说："哥，你进去后，如果看到了什么，千万别表现出惊讶的样子。""你喝了很多酒吧，什么事这么神秘？""一会你就知道了。"

　　我拉着他进了酒吧："来，我给你们介绍，这位是程辉，我大学的师哥，最要好的朋友。""大家好，不好意思我来晚了。""这是欣姐，你见过的。这是魏波，这是一芬，这是小雯。这位，是……她的男朋友梓健。"

　　我看见程辉脸上那明显的变化，他一定也被梓健的模样迷惑了，以为又见到了边宇。好在师哥马上变得镇定自若，从容地伸出右手，附上微笑："很高兴认识你们。"

　　"都坐吧，你晚来了，先罚一杯。"魏波在程辉面前倒满一杯酒。"应该应该，我来晚了，先自罚三杯。"程辉二话不说先喝下三杯红方。一芬问："珊珊，你的这位师哥，就是你的白马王子吧？"

　　"想哪去啦，师哥就是师哥，人家早已名草有主啦。不过，他最了解我，就像亲人一样。"小雯打趣地说："哦，原来是这样，那我们的魏波还是有机会的咯，看把他给紧张的。师哥一进来，他就以为情敌到了。呵呵。"

　　程辉说："哪里，我们真的就像亲兄妹一样。"魏波说："那正好，司徒一人在外，也多亏有师哥照顾。""总公司派我来上海接手项目，工作完成后还是要回广州的。所以呢，还有劳你们帮我多照看珊珊了。"小雯笑笑："哪里的话，大家都是朋友，能相遇便是缘分。别见外，我们会照顾好珊珊的。来，喝酒！"

　　程辉真是个不错的哥哥，他和他们说笑、聊天、玩骰子，和我的每一个朋友都碰杯，很好地维护了我的面子。他的出现，调节了紧张的局面和气氛，令我不再尴尬。我知道，他在缓和我心里的纠结。

　　直到凌晨两点，我们的聚会才散去，酒吧也该打烊了。这次离别后，我恐怕再也见不到梓健了。我的任性和蛮横让他感到厌恶，任何人遇到这样的我都会想逃。

　　看得出他很爱小雯，为她提包、戴围巾、开车门，小心翼翼而又无微不至。在他眼里，我像个多余的人，总是喜欢无中生有招惹是非。

离别前的那个眼神，分明又在提醒我：他是小雯的男朋友。

上了程辉的车，回头那一瞥，看见梓健正在注视我，心里横生出不舍。一路上，我没有说一句话。到了家门口，阿欣说："有话上去说吧，外面冷。"程辉婉拒了："算了，不打扰欣姐休息，我们就在车里说会话。"

周围漆黑一片，那昏暗的路灯，更显孤独与苍凉。车里异常安静，除了指示灯的亮光，只有彼此微弱的呼吸声。

"哥……抱抱我吧，我冷。"我蜷缩在程辉胸前，双手抱住他的腰，像个害怕的孩子。我没有安全感，只有在他怀里，才觉得踏实。程辉搂着我，拍我的肩："难为你了。"

他从不提我心中的痛，一直保护我那即碰便是鲜血淋淋的伤口。它还太新鲜，还没被时间尘封，它需要岁月的沉积。一年、两年……甚至更久。

难忘的珍贵礼物

回想一年前的生日，仿佛就在昨天。边宇为了让我开心，精心策划筹备了让人惊讶的一幕。

我们来到广州郊外的度假村，玩了娱乐项目，包括射箭。现在我能打出 8.5 环的高水平成绩，就是先前和边宇一起练习的结果。

临近漂亮的天主教堂，大伙说一起进去看看。边宇和程辉早已不见人影。我以为里面定有男女主角在牧师面前宣誓结婚的景象，实际上却空无一人。

转身的刹那，只听后面传来一个响亮的回声："不用找了，捣蛋鬼就在这里！"我猛地回头，看见边宇身穿白色礼服，手捧白色玫瑰微笑地站在前方迎接我。我被这突如其来的一幕惊呆了："边宇，你这是……"

贺炎小声在我耳边说："这是边宇亲自为你精心策划的婚礼预演

仪式，快上前接受吧。"一旁又出现程辉身穿牧师的服装："一切准备就绪了。"我捂住嘴，满眼泪花："我不知道说什么，这个惊喜太大了，太让人意外了！"

边宇走到我面前，送上微笑："我美丽的新娘，愿意和我举行婚礼预演仪式吗？"我流着泪说："你太坏了，每次都让我这么尴尬，一点准备都没有。""你不需要准备什么，只要带上你的微笑就可以。""我，我没有婚纱也没有戒指。"

杜欢递上一个大礼盒："打开看看。"展现在我面前的，是一件美丽的白色婚纱。好友帮我换装的时候，我掉下了幸福的眼泪："我真的没想到，边宇能够为我做这些。真的太意外了。"

贺炎说："感动吧。一会王奇亮当你的父亲，程辉当牧师，秦海负责摄影，杨超雷负责拍照。""你们每次都给我这么大的惊喜，我要怎么办才好。"杜欢说："你呀，就乖乖地做一回新娘。什么也别多想，看你哭成泪人似的。为了这一天，边宇可是费尽心思啊，花了不少费用呢。""他哪来这么多钱准备这些？"娇娇答："攒的呗，还有，加他自己赚的。""他在外面打工？"贺炎催促："好了，别说了。他不让我告诉你。快出去吧，他们等急了。"

随着音乐响起，王奇亮挽着我缓缓地步入红地毯。虽然只是预演，却如此庄重、神圣。每走一步，都觉得脚底似千斤。像在做梦，却比梦境更像幻影。边宇在等候我，他那么满心希望，付出的这些，都让人心疼不已。

当王奇亮把我的手交给边宇时，我看见了他眼里闪烁的泪花。坐席上仅有几位好友，也就是他们见证了我们爱情的萌芽及一路来的成长。

"牧师"程辉对我们宣读爱的誓词："今天我非常荣幸，能够为新郎边宇、新娘司徒珈，主持这场特别的婚礼。我们作为你们的亲人、朋友，今天不仅是来参加婚礼，更是见证你们的爱情。相信这一幕，将会在你们的一生中留下永恒的回忆。"

此时的我，激动得泪流满面。

"新郎边宇先生，你愿意娶司徒珈小姐做你的妻子，与她在神圣的婚约中共同生活。无论疾病或健康、贫穷或富裕、美貌或失色、顺利或失意，你都愿意爱她、安慰她、尊敬她、保护她，并愿意一生对她永远忠心不变吗？"

"我愿意！"边宇的口吻如此坚定。

"新娘司徒珈小姐，你愿意嫁给新郎边宇先生做你的丈夫，与他在神圣的婚约中共同生活。无论疾病或健康、贫穷或富裕、美貌或失色、顺利或失意，你都愿意爱他、安慰他、尊敬他、保护他，并愿意一生对他永远忠心不变吗？"

"我愿意！"我听到了自己颤抖的声音。

"我，边宇，在今天这个特别的日子里，向你——司徒珈承诺：从今以后，我将永远在你的身边，毫无保留地爱你、尊重你、疼惜你。在危难中保护你，在忧伤中安慰你，永远对你忠实，与你共同成长。我非常庆幸，能成为你的丈夫；我向全世界宣布，你是我今生的唯一！"

我拿着边宇事先为我准备好的稿纸念道："我，司徒珈，在今天这个特别的日子里，向你——边宇承诺：从今以后，我将永远在你的身边，毫无保留地爱你、尊重你、疼惜你。在危难中保护你，在忧伤中安慰你，永远对你忠实，与你共同成长。我非常庆幸，能成为你的妻子；我向全世界宣布，你是我今生的唯一！"我颤抖着声音勉强说完了这段誓词。

"你们在众人面前承诺，在彼此的生命中结为一体，共同扶持、共度一生。虽然你们是两个人，但只有一个生命。现在，我郑重宣布，你们正式成为夫妻！请新人互换戒指。"边宇单膝下跪，在我右手的无名指处戴上了戒指。

"这对戒指是完整的圆，代表着纯净、圣洁，没有结束的永恒。

借着婚姻的信物，我们祈祷，你们的爱天长地久、纯净圣洁。新郎，你可以亲吻你美丽的新娘了。"

我们彼此相拥、亲吻，在天主教前见证彼此的真心。这一刻，仿佛全世界就是为了我俩而生的。我好像看到了亲朋好友都在为我们深深地祝福……

这份礼物，是我有史以来最为感动和难忘的，边宇帮我完成了梦寐以求的愿望。为了筹备我的生日，他省吃俭用，瞒着我去外面接平面设计的活，用了几个月的时间，才攒齐了这些费用。这场奢华的预演婚礼，并不是高调宣扬，而是用心在一点一滴为我付出；不是一帮学生的虚荣显现，而是真心实意地帮我圆梦。

我一度认为，边宇就是命中注定要来到我身边的那个人。至此、将来，我们都不会再分开了。

归还厚礼

上班时，我拿着老板送的那份厚礼，放在他的办公桌上。

这条贵重的项链，我是无论如何要不得的。这或许是基于交换的代价，甚至掺杂着利用的成分。吃人嘴短、拿人手短，无功不受禄。假设我收下，便让人家有了可趁之机。所谓有利可图，大致就是这个意思。

任何东西倘若和金钱沾上了边，一切都变得另有目的。

刘明原本一张春风得意的脸变得阴郁起来，显然，他对我的做法表示不满。"你这是什么意思？""刘总，我没有别的意思。这份厚礼，我真的不能收。心意我领了，谢谢。""你这么看不起我？真不给面子。""这不关面子的问题，是，原则。""呵呵，你倒是很谨慎啊。你不需要有负担，不用害怕，我并没有其他意思。"

"不是的，假如您送我的是几张冷餐券或是购物折价券之类的，也许我可以接受。""哈哈，你真有趣，这能对比吗。你知道它值多少钱么？""我知道它很昂贵。""确实很贵。"

"刘总，我和您是上下级关系，没有理由收。所以，您还是拿回去吧。""好，我先把它收起来，等你哪天想通了，我再把它给你。这个，永远是你的。"

天知道，我想这辈子是不会再有想通的那一天了。刘明说永远是你的，难道还真缠上我了不成？我真的很想告诉他，送昂贵的礼物对有些女人来说可能会很受用，但是我不会。很遗憾，他看错人了。

怀　孕

回到家，阿欣特地做了晚餐。

"欣姐，今天这么早下班啊，难得哦。""不是早，今天我根本就没去上班。""不舒服吗？"她倒了杯红酒，一口喝下："这个月我没来那个。今天我去医院检查过了，有了。""你怀孕了？""对。"

阿欣点上一根烟，狠狠地吸了口。"别抽了，对宝宝不好。""没事，反正都要做掉的。都不知道谁是他爸，真搞笑。"阿欣对自己的行为嗤之以鼻。

"大概总知道是谁吧？""如果没错的话，应该是光头的，他不喜欢带那个。""别抽了，对你身体不好。""我管不了这么多了，真他妈倒霉，又碰上了。"

"阿欣，你这是……第几次？""什么，你是说怀孕还是流产？哦，我忘了，对我来说是一样的。""阿欣！""第五次。""什么？你都……这样对身体特别不好，有可能会导致终身不孕的。""这个我知道，我也不想的。""其实，很多东西都是可以避免的。""没用的，命里注定的，躲都躲不了。"

命里注定，我无话可说。

　　阿欣表面轻视，眼神中却透露出无望。我知道，其实她并不愿意这样。"过几天，你陪我去医院把小孩做了吧。""陪你去流产？"我的眼里，流露出一丝惊恐。阿欣轻浮地说："怎么，你害怕了？连我都不怕，你怕什么？对不起，我忘了你还是个姑娘。要是这样，我自己去吧。"

　　"我陪你去。只是，你不怕吗？""怕？哼。一开始是很怕，但没办法，还是得面对。来来回回，也就没感觉了。""一定很疼吧？""怎么会不疼，自己身上掉下的一块肉。那种疼痛，我这辈子都忘不了。疼到骨头里，疼到……都想杀了那些狗男人！"

　　我哭了，心疼阿欣，发自内心的疼痛。

　　"哭什么，别哭！你欣姐就是这样过来的。第一次，吓得我双腿直发抖，做完之后，差点没昏死过去。现在，不也活过来了，还好好的，没死。""阿欣，这样容易老的。""不准说我老，我还年轻着呢。"她斜过头去，抹了眼睛一把。阿欣总是这样，强忍住悲伤，用勉强自己，来成全别人的美梦。

　　"那，他知道吗？""你说光头？我没告诉他，告诉他也没用。我们之间是相互利用的关系，谁也赖不着谁。只能说，太不凑巧了。""他没有责任，难道你就有责任一次次这样伤害自己让别人逍遥？"

　　阿欣流泪了："怪不了他，事情又不是他一个人做的。要怪就怪我自己吧，我活该倒霉。"我哭着说："你不负责任！对自己的身体不负责！对肚里的宝宝不负责！你让他们产生灵魂，却又不让他们的肉体来到这个世上。他们还没见光便又打道回府，这样一次次伤害他们，将来是会有报应的！"

　　"对，你说的没错，所以我不能让他来到人间。都是孽种，根本见不得光。就算是出世，他也会遭人唾弃，一辈子吃苦。""可孩子没有错，他们是无辜的。""是，所以我更不能让他们出生，然后来承担大人造的孽。至少这样，他们可以安息。没有来到世上，就没有思想，也就不会有痛苦。"

"不！他有思想，只是没办法表达。你听不到，但他会怪你的。""对，现在就是报应。自从我第一次怀孕起，把他做了，他就开始报复我了。然后铸就我第二次怀孕、再流产。他一直侵蚀我的肉体和内心，一次次让我进地狱。也许，后一次的宝宝就是前一次不灭的冤魂，他们要发泄、要抗议，所以会一直出现在我的体内。这不是意外，是注定的。"

"该停止了，不要一错再错。你不能这样折磨自己，不可以！你将来还要嫁人，还要生宝宝。让我要学会保护自己；怎么你就不会呢！"

阿欣靠在我的肩上，她流泪了，却没有一点声音。无声的哭泣，比有声更悲伤。

第二天，我陪阿欣去医院做检查。医生在 B 超单子上写道："宫内早孕，可见胚芽，有心跳。"

虽然在电脑上看不出什么明显的东西，但我们可以感觉到这个小生命此刻正活跃在阿欣的体内。想着这个小细胞即将灭亡，离开这个世界前是否还会留恋。我的眼眶红了。

医生看着阿欣填写的单子说："你这都是第五次了，要很小心。经常人流很有可能会造成继发不孕和习惯性流产，严重的会导致终身不孕。你想好了，是做普通人流还是无痛人流？"

"前三次我做的是普通的，第四次是无痛，麻醉对我的反应特别大。""你不打麻药，你疼医生也会知道。打了麻药，术中出现子宫穿孔也不是没可能，病人会因为被麻醉而毫无反应。任何手术都有风险的。"

"让我再考虑下。""幸好，你来得还及时，人流越早做越好。你现在是妊娠七周，子宫不太大，胎儿和胎盘尚未形成。这样吧，你明天上午来，今晚不能有性生活，明天早上洗头洗澡，带上卫生巾，不吃不喝十点准时到医院。"

阿欣穿衣服时，只听旁边一位中年女医生说："现在的年轻人啊，可真是随便。未婚先孕不说，这做人流就像是家常便饭一样，都不当回事儿了。"阿欣没有吭气，只是说："我们走吧。"

出了医院，阿欣反倒安慰起紧张的我来："别怕。就一会工夫，很快的。""阿欣，我觉得好残忍。""呵呵，没事。谁让我们是女人呢，天生就是遭罪的命，便宜了那些臭男人。"

阿欣决定做普通人流，她说，要陪宝宝一起经历这场灾难，陪他一起疼痛。

傍晚，我背着阿欣偷偷找到光头，告诉他阿欣有了他的骨肉。虽然我知道这样无用，但起码要让那个无赖知道自己曾经做过的事，并且对此有个表态。没想到，光头讥笑地说："呵呵，她有了？鬼知道是谁的种，你不会还这么天真，以为她阿欣就我一个男人吧。""不要扯开话题，不管怎么样，这次的确是你的，你不要想逃脱责任！"

"好啊，那就生下来啊，也好给我们张家留个种。只是，像她这样的女人，没必要让我付出这么多吧。大家都是出来混的人，没那么当真。她把孩子做了，照样和没事人一样。谁他妈知道那三八为几个男人怀过孕堕过胎，你知道吗？"

"我不和你多废话，明天上午 10 点，阿欣在医院做手术，你如果还有点良心的话，知道该怎么做了。"光头在身后搭住我的肩："上次实在是对不住了，酒精作用，你别介意。要不，一会我请你吃饭谢罪？"我撇过半个头，冷冷地说："吃饭就不必了，请把你的手拿开，留着做你该做的吧，再见！"

送别小生命

次日上午，天气变得阴郁，没有了昨日明媚的阳光。

来到妇产科，走廊上到处弥漫着苏打水的味道，令人作呕。靠墙稀稀拉拉坐着几个年轻女子，在门口等候手术的来临。她们表情紧张、痛苦，眼神中透露着恐慌，依偎在男友的怀里，像孩子一样惊怕无助。

阿欣紧握我的手，能感觉出她掌心在直冒虚汗。我比她更紧张，很想哭。"珈，你陪我进去好不好？……其实，我也怕。"她靠在我的肩头，轻轻对我说："将来，我还想生孩子。""欣姐，我陪着你。别怕。"我们抱在一起，用身体仅有的温度传递力量和勇气。

进了手术室，医生让阿欣签字。她握着笔，写上：同意手术。姓名：周幼欣。这时从房里出来一个女孩，她脸色苍白，抱着垃圾桶狂吐起黄水来。医生解释："这是麻药带来的正常反应，过了就没事了。"阿欣直直地看着她说："上一回，我也跟她一样。"

进了手术室内间，阿欣换好衣服上了手术床，把脚踩在两个分开的踏板上，一切准备就绪。医生详细检查着阿欣的下身，她的手伸进阿欣的体内，另一只手在肚子上按着，同时看着旁边的显示器。

"如果疼，就喊出来，但千万别动。放松，开始了。"阿欣使劲点点头，虽不作声，我还是从她脸上看到了那无法掩饰的恐慌。

扩张器支撑着阿欣的下体，医生手持明晃晃的手术钳，如同上刑场一般残酷无情。疼痛对于如今的阿欣来说也许很熟悉，但在她抿紧嘴唇的那一刻，我还是感受到了她的无助。当那一根长长的吸管进入阿欣的身体时，她闭上双眼，泪水悄然从眼角滑了下来。阿欣始终没睁眼，她表情痛苦，咬着牙抓着我的手，却没发出半点声音。

我似乎听到她在和体内的小生命做着最后的告别："宝宝，妈妈也不想这样，但别无选择。你是妈妈的骨肉，但却不是爱的结晶。假如你来到这个世上，将不会幸福。除了和我有血缘关系之外，你将得不到任何人的认可和恩宠。

"很疼是吗？妈妈也疼，妈妈更心疼你。不要怪我，你是妈妈身上掉下的肉，妈妈会永远想念你。为了不让你受更多的委屈和苦难，妈妈只有忍痛割爱，送你去天堂，那里至少没有伤害。这个世界太混乱，妈妈还没有能力推翻黑暗。当我可以把一切困难铲平，到了那个时候，你才能得到真正的温暖。如果有机会的话，你诞生得晚一些，妈妈一定会带你去看这个世界。"

这个小小的细胞随同阿欣的悔意，被冰冷的器钳和吸管一并摧毁了。它脱离了母体的子宫，不会再发育成长。

半小时后，手术完成了。盘子里放着一团血肉模糊的东西，甚至还可以用肉眼观察到粘连在上面的白色绒毛。我们似乎还能感受到那尚未散去的余温，在空气的作用下，正一点点冷却。阿欣用手捂住脸，无声地哭了起来。

这个血红的胎块组织，刚才还完整地在阿欣的身体内活跃，现在却被绞成了碎末，冷冰冰地弃之一边，残忍又无情。小生命来了又走，如此快捷，短暂的使命结束了。它甚至还没来得及成形，还没来得及吸收母体的养分，还没来得及看清这个世界！

它在阿欣的子宫腔内，仅仅存活了55天！

阿欣靠在我身上，用颤抖的声音说："它现在一定很冷。"医生丢下一句话："它只是胎囊组织，已经不成形了。"阿欣最后又看了一眼，很不舍地走了出去。医生嘱咐道："人工流产后要注意休息，加强营养，保持清洁卫生。5天不洗头7天不洗澡，20天不碰冷水。一个月内禁止性生活。"

两小时后，我扶着虚弱的阿欣出了妇产科，光头依旧没有来。走到门口，阿欣轻轻地说："其实，我很想念它。"

内幕与真相

为了回馈谢震公司的那笔生意，刘明特意选在今晚设宴。

下午，我去他办公室找一份历年来的产品报价单，复印10份。就在转身时，手拿的文件夹不小心碰翻了一旁的茶杯，杯中的水洒落在电话机上，我赶紧抽出纸巾擦拭起来。无意中按到了话机的语音功能播放键，里面传出谢震的声音："刘总啊，怎么样，近来可好？"

"谢老板啊，好，好。""你那个按摩仪器的事怎么样了？""基本都到位了，进展还不错。""哈哈，恭喜恭喜，真有你一套啊。看来，没有你用钱办不到的事情。""这个社会，就是大鱼吃小鱼，我只是先人一步罢了。""你够高明，来个绝的。佩服佩服啊。""呵呵，谢总过奖了。谁让我们汇意有实力呢。""有道理，什么时候，刘总也传授一下经验，咱们可以一起发大财。""好好，没问题。随时恭候。"

这段简短的对话活生生地进入了我的耳朵，一个天大的机密就这样轻而易举地被泄露了。我快速按了按键，像个做贼心虚的小偷。整理好眼前的东西，我轻轻关上门。难道，所谓辛苦研发的成果莫非就是用金钱换取来的？

晚上的宴请只有三个人，刘明、谢震和我。山珍海味摆了一大桌，冠冕堂皇的话说了一大堆。那个惊人的秘密，谢震是知情人。他俩是一伙的，臭味相投。显然，他们在面上惬意地唱着双簧，把我当傻瓜。

刘明提议再去夜总会坐坐，聊些生意中的细节。这一次，他破天荒地让我打车先回家。为了探听他们之间更多的内幕，我故意装作有些醉意，身体向他那倾斜。"刘总，我好像喝多了，要不我和你们一起去吧。""你也要去夜总会？""你们聊你们的，我在一旁休息会。我同屋家里来亲戚了，看到我这醉醺醺的样子，影响不好。"

刘明赶紧扶住我，眼神中充满了意外："这样啊……""怎么，你不想我去，看我烦了？"第一次，我在刘明面前变得如此主动，似乎让他有些受宠若惊了。他似笑非笑地说："哪里，哪里，看你说的。好吧，一起去。"

殊不知，我在这段时间已练就出了一些小酒量，虽然称不上太好，但却可以蒙骗人了。刘明看着我红彤彤的脸颊，信以为真，其实这是室内空调的热温影响。走出饭店时，我没有推掉他搂在我腰上的那只手。

　　进了包厢，经理叫来了夜总会最漂亮的两位小姐作陪。我一头倒在软绵绵的沙发上，执意说再喝点酒。刘明见我来了兴致，便又叫了一瓶红酒。我递上酒杯："我先敬谢总，多谢您关照汇意的生意。希望我们将来继续有合作的机会，一起发财。再谢刘总，感谢您这段时间来对我的照顾和栽培，我先干了！"我屏住呼吸，硬是喝下了三杯干红。

　　他们见罢，又在我的空杯里倒满了酒。我忙摆手："刘总，我真的不行了，头好晕。我先靠一会，你们玩。"谢震说："看来你真的不会喝酒啊，要醉了。"刘明笑笑："她平时就不喝酒，今天是给足谢总面子啦。那你先休息，我们玩。"不一会儿，我便靠着沙发"睡着了。"

　　两位小姐灌了他们一些酒，"刘总"、"谢总"地喊了一大堆。而后，刘明说："这是你们的小费，今天，就到这里。""什么？刘总，才玩了那么一会，就要赶我们走啦？""我每个礼拜都会过来，你还怕看不到我。现在我和谢总有正事要谈，你们出去吧！""那好吧，别忘了下回来，刘总一定点我的单哦。""呵呵，没问题。"

　　包厢内没有了那两个女人叽叽喳喳的声音，顿时安静了不少。他们看我"醉倒"了，便毫无顾忌地打开了话匣子。

　　"刘总，你真是可以啊。那么大一个项目，居然被你挖到手了。""呵呵，哪里。人家有技术没资金，那我就给他资金，他卖我技术。公平交易，你我互利！""哈哈，刘总英明。你用50万从他手下爱将那里买了按摩仪器的研发技术，既可以赚钱，又狠狠地治了他。一箭双雕啊。"

　　"哼，谁和我斗，准没好下场。那小子想赢我，门都没有！""现在他们公司情况如何？""他万万都想不到，他最得力的助手居然出卖了他。这说明什么，说明他为人不厚道，连手下的人都气不过。这可是他苦心研制了一年的成果啊，真可怜。没办法，他只有卷土重来，再开发别的产品咯。"

"那如果他追究到刘总头上，该如何应付？毕竟，是他自己手上出去的东西，清楚得很呐。""老哥，什么东西都是可以改良的。我们一加工，谁他妈看得出来，你看得出吗？他凭什么说是我干的，有证据吗？我就是要和他斗，看谁斗得过谁！""哈哈哈，老弟，你真够狡猾的啊。服你！""要不，怎么在这道上混啊。"

原本以为刘明只是过于贪恋美色，对事业和公司倒还是一丝不苟的。没想到，刘明剽窃了别人的劳动成果，他做了违法的勾当！我是与狼在共事！

我浑身发冷，突然觉得自己跳进了大火坑，火焰正悄然地蔓延到我身上。我没有出声，依旧装睡倾听他们的谈话，还不时发出微弱的喘息声。

内幕后的内幕

两人干了一杯，谢震笑道："刘总，你是爱江山也爱美人，一样你都不放过。""谢总不爱吗，别老是给我扣帽子。""你身边的女人一箩筐，数都数不完。还有，颜晴这些年为了你这么拼命，你连个名分也不给人家。以前那个助理，不也为你寻死觅活的，还为你堕了胎。为了这事，两个女人闹得很凶。那段时间，你可是没少到我这里叫苦啊。"

"呵呵，没办法，女人缘太好了，我想摆脱都不行啊。""大情种啊，那个董晓敏现在不也是爱得你要死么？""你说董晓敏？哼，那女人，她只爱我口袋里的钱，想方设法和我套近乎，只为了升职加薪。我对她已经毫无兴趣了。""那老弟如今对谁感上兴趣了？"

"我现在，只钟情于一个人。""哦，是谁又那么幸运？""呵呵，就是我们身边的这位睡美人啊。""哈哈哈，原来是司徒小姐啊。那样，我不是就没机会了？"我顿时感觉心脏停止了跳动，整个人被抽空了。

"不好意思啊，老哥，这个我是不能让给你了。要不，我把董晓敏让给你，怎么样？""她不也是你刘总的小情人，让给我，你舍得么？""嗨，什么小情人。只要你老哥一句话，我立马拱手相让。"

"你什么时候变得这么大方了，对于女人，你可是比谁都精啊。""哈哈，老哥还真是了解我啊。不过我现在发现，越是主动送上门的女人她越没劲。玩一玩也就是那样，给点好脸还想爬到我头上来了。像董晓敏那样的货色，十个也如此。没劲！司徒这样的女孩就不一样了，我十分欣赏她。"

"哈哈，看得出，这个助理可是你的心头肉啊。""你知道她和其他女人有什么不同么，就是她的纯，我就喜欢她这点。""哦，原来我们的情场王子改路线了，喜欢清纯的了。""你不知道，像她这种女孩很有挑战性。""哦，何以见得？""她不爱钱不爱利，做事非常有原则。她生日我送了一条钻石项链，小丫头愣是拒绝了，还说什么按原价的五折把钱还给我。要换了董晓敏，肯定屁颠屁颠地收下了。"

"那老弟准备什么时候把她拿下？这么有原则的姑娘，估计得花些心思和工夫。""我是放长线钓大鱼，不着急。像这样的丫头，越急越没好果子吃。""呵呵，心急吃不了热豆腐。""这样很有意思，她越是被动、越是退缩和拒绝，我就越是有动力。我要慢慢地接近她，慢慢地侵犯和占有她，而不是一口吃个大胖子。这样的风格，不适合现在的我。"

"哈哈哈，怪不得那次业务，你介绍她过来。其实你明知道董晓敏约我吃过两次饭，只是她没有上报公司罢了。""不给司徒吃点工作上的甜头，怎么会有下文呢。我要让她一点点觉得我刘明很好，太好了，让她一点点心甘情愿地接纳我。""老弟，真有你的啊。"

我的耳朵一定是病了。原来，我才是刘明眼中早已瞄准的猎物，我就是那只即入狼口的可怜羊！

愤怒的血液从脚底充斥到脑门，我听到了血管即将爆裂的声音。我没有出声，胳膊挡在头上，以此遮掩流下来的眼泪。总以为看见了别人的困境，却没有发觉自己正濒临危险的边缘！无助、委屈、恐惧一起朝我袭来。我，无能为力。

十分钟后，我"醒"了过来，拿上包谎称去洗手间。我快速冲出夜总会，拦上的士仓皇而逃。我怕再晚一秒，便会让那混蛋得逞。我给刘明发了短信，说身体不舒服先走一步，然后便关机。这样溜之大吉的后果可想而知，但我管不了这么多。我唯一能做的，只有逃离。

回到家，我把棉被裹在身上，却还是觉得瑟瑟发抖。12月深夜的天，冷得让人害怕。从未有过的惶恐，充斥着这间不足 15 平方米的房间。开着灯荒凉，关上灯更孤独。这个社会如此灰暗，黑和白仿佛就是一刹那的概念。它们那样模糊，让你摸不清方向。

原来自己并非想象中的坚强，一击就容易破碎。原来自己也并非有多优秀，一切努力的结果只是为了成全别人的私欲！原本以为，我可以用行动证明自己的能力，而现在，他对我工作上的照顾和帮助，完全是想以此手段让我信任他，最后达成得到我的目的。

真的万万没想到，我高估了自己，低估了刘明。

这一晚，我彻夜未眠。

辞职信

上班时，我鼓起勇气将打好的辞职报告递给刘明。

"你昨晚的表现可不够好哦，怎么管自己离开了，也不打个招呼？""对不起，刘总，昨天我真的喝多了，人很难受。请见谅。""下不为例啊。"

当他拆开信封，脸色立刻变了。显然，他对我的突然袭击感到很意外："你这是什么意思？怎么突然要辞职？""是的。我要辞职。"刘明点上一根烟，狠狠地抽了两口。他顿时乱了方寸，但仍旧装出一副坦然的样子："能给我一个合适的理由么？"

"我觉得，自己不合适这份工作，怕不能胜任。""是么，我觉得你做得很好啊。当初来应聘时，你可不是这么说的。恐怕不是这个理由吧？""我想找个和专业对口的工作。况且，我要回广州，家里让我回去。""家里真要你回去么？""是的，家里帮我安排了一份工作。"

刘明眯着眼看我，猜测辞职原因的真假。

"要不你再考虑考虑，这里的发展还是很大的。辞职信我先替你收着。""谢谢刘总对我的栽培，让我学到了很多东西。我非常喜欢这个大团队，一起相处共事很愉快。我已经决定辞职了，请刘总批准。""真的决定了？""是的。""再过一个多月就是春节了，你不会连年终奖都不想要了吧？"我把这事给忘了。但在金钱和尊严面前，我宁可选择后者。

"按照公司规定，员工要提前一个月上交辞职报告，以便公司合理安排人员到岗。""这么说，我还不能马上辞职？""是的，年底了，很难招到人手。反正再过一个月也放假了。如果真的不能挽留你，那就等到领完年终奖再走吧。""那我现在就要离职呢？""按规定扣除当月工资，还要付违约金。合同中都讲清楚的，这样太不划算了。对吧？"

想到在大都市毕竟是要生活的，如果一走了之，我很难在年前找到工作。我硬着头皮答应再做满一个月，等找到合适的人选，立马辞职。

走出办公室，我立刻开始后悔，担心这又是刘明下的暗套，在最后一个月里，他会轻易放过我吗？30天，对于如今的我来说如此漫长，必须在煎熬中提心吊胆地度过每一天。

下班时，我和芳芳坐在广场的花坛边。她知道我要离开，十分不舍，但却没做任何挽留："如果做得不开心，离开也是好的。""你也不希望我留下来？""你辞职，一定有你的理由。对吗？""也许，我知道的事情太多了，对自己不利，离开是最好不过了。"

"你知道了什么？""芳，现在我不方便对你多讲，等以后有机会我会告诉你的。""明白。你辞职后有什么打算？""我准备找一份和专业相关的工作。""也对,应该学有所用。"

"芳芳,答应我一件事行吗?""你说。""我对公司说要回广州工作,你千万要保守秘密,别泄露出去啊。""他是不是缠你了?""没有。""放心啦,我不会对任何人说的。"我之所以没有对芳芳隐瞒辞职后的去向,是因为在这个公司,信得过的人只有她了。

芳芳舒了口气:"反正过完年,我也要辞职的。我准备做出纳。""是吗,太好了,正好可以用上。""那到时候,我们还是要多联系。""一定。"

命

魏波频频约我吃饭,我有意地推辞了几次。

他发的那个短信,一针见血地戳穿了我:你是不是已经有喜欢的人了?否则,为什么会无动于衷呢?我回复:没有喜欢的人,我现在只想好好地工作和生活。我们还是好朋友!

这一次,魏波没有再坚持。他回给我一句简短的话:那祝你幸福。

还在坐"小月子"的阿欣看出了我的心事:"怎么,喜欢你的人你不喜欢?你喜欢的人却是人家的男朋友?""欣姐,别瞎说。""怎么,被我说中了?"我默不作声,怕解释显得太苍白。

"我看得出来,你喜欢梓健。""乱说,我怎么会喜欢上好朋友的男朋友呢!""还骗我?"阿欣咄咄逼人,我知道她其实是要让我认清事实。我解释:"其实,也没有啦,只是对他有些好感。"

阿欣直盯我的眼睛,让人心里发虚:"你不仅仅对他有好感,你早就爱上他了,对不对?""为什么你总是那样聪明,可以看见别人心底的秘密?""因为我是阿欣啊!""知道你厉害,没人能逃得过你的火眼金睛。""你预备怎么办?""不怎么办,原来是什么样,现在还什么样。这也很正常啊,说明,我至少还不是同性恋。"我用玩笑的方式掩盖了这难缠的话题。

"原来社会真的没有想象中的简单。""怎么，工作中遇到麻烦事了？""如果老板盯上了你，你会怎么做？"阿欣笑笑："那正好啊，趁这个机会摆脱打工族，说不定努力一把做上少奶奶，下半辈子不愁了！""阿欣！""你们老板真盯上你了，他对你做了什么？""也没做什么，就是觉得，他为人不够正派。"

"这很正常，见惯不惯了。但是如果对你不利，还是小心谨慎为好。""如果我现在辞职呢？""那么严重？""我是怕万一……""不要给他有利可图，不要单独相处，等过了年再辞职吧，这个节骨眼上很难找到工作的。"我沉默。

"手术前一天，你去找过光头了？""嗯。""其实你根本不必这么做的，那种混蛋，不用和他讲什么道理。别忘了他对你有想法，你还去惹他。""一码归一码。"

"别天真了，像光头这样的人，有什么没见过。还会怕你一个黄毛丫头么！""可是，他总该有个态度吧，毕竟是他让你怀孕的。""他又不止我一个女人，他能在乎什么。""你完全可以避开他，少跟一些这样的人接触，就少一些伤害！""少一些伤害，我就要少吃一顿饭。""你完全可以通过正常的途径去获取资源，为什么非要这样呢？"

"珈，你还不懂，这个世界什么事都是讲条件的。没有人会平白无故地为你付出。那些人十有八九都是定了要买房的，这个代价必须得付。假如可以选择，我干吗非要这样？"

"这样很累！""是，但没办法。公司的竞争很大，每个销售人员都在比业绩。你慢一拍，就会落在别人后面，距离会越来越大。我不知道别人是用什么手段拉来业务的，目前，我只有这样。""你想过换工作吗？""谁不想找个稳定又可靠的工作，可是没有把握的事，我怎么可以轻而易举地去做？我换不起！除非，我有一条好命！"

"真就没有其他选择的余地了？""我能找着这个饭碗就已经偷笑了。我还要担负老家的开支、弟妹的学费。这些都是我的压力，我又能找谁？我总不可能去当坐台小姐吧。哼，不过，也相差不多了。同样，用身体换来金钱。只是，我比她们付出的更多。"

突然发觉，同样是女人，可以生出同情、心疼甚至是怜悯，但是，却给不了任何实质性的帮助。如果我有能力，一定不会再让阿欣这样卑微地活着。可是我没有，我连自己的状况都搞得一塌糊涂。也许，我也没能力挑选属于自己的生活。

就像阿欣说过的，一切都是天注定的。

冬　至

冬至到了，小雯邀我去梓健家包饺子吃火锅。我想拒绝，但敌不过她的盛情邀请，心底里的那个鬼在暗暗作祟。

踏进梓健租住的房子，不是很大，但整洁、清爽，非常温馨。小雯热情地招待了我、一芬和魏波。她和梓健在厨房忙活着，不时地倒茶递水果，俨然一个女主人的样子。

魏波打趣道："小雯，你这个样子倒挺像个贤惠的家庭主妇。平时看不出来嘛，可以升级了啊。""去你的，照顾好珈珈。"一芬说："怎么，你不服气啊。要是你有慧眼，就是你和小雯一对了。"

"就是的，谁让我们一直是哥们儿姐们儿呢，没那缘分。""现在，你的缘分不是来了。"一芬耸耸魏波的胳膊。我和他尴尬地相视一笑："你们聊，我去上会儿网。"

我借机逃离了出来。看着梓健的电脑屏幕，是用小雯的生活照作桌面。她笑得那么灿烂，他每天看着她的笑，应该很幸福吧。电脑的最上端，还贴着他俩的大头贴，像两个可爱的大孩子。原来梓健的生活一直被小雯温柔地充斥着，不曾有第二个人进入过。

"开饭啦！"梓健的一声吆喝把我从思绪中拉了回来。他亲自走到我身边说："吃饭了，来！"我害羞地朝他看了眼，像个自卑的小丑。

饭桌上，摆着热气腾腾的火锅和刚出炉的水饺。一芬说："哎呀，天冷，都快饿死我了。"魏波叫："好香啊，口水都要流下来了。"小雯："大家都快吃吧，尝尝我们包的饺子。魏波，快给珈珈倒果汁啊。""哦。"魏波很不自然地拿起饮料往杯里倒，稍不留神便满了出来。

"哎呀，看你毛手毛脚的样子，都滴到珈珈衣服上了。"小雯责怪道。我连忙起身："没事，没事。"梓健跟了过来："我给你拿毛巾吧。""嗯，老公帮珈珈一下。"我愣住了，这是第一次听到小雯在大家面前喊梓健"老公"，那么亲切而幸福的称呼。

我俩进了厨房，梓健递上毛巾："来，快拿毛巾擦擦，别渗进去了。""谢谢，我自己来。"我不停用毛巾擦拭身上的污渍，不敢抬头看梓健。他问："最近好吗？""还好。""看你精神不太好。""哪有啊，我精神好得很。""年底了，工作很忙吧？"他开始没话找话。

"嗯。不过我要辞职了。""怎么，都快过年了，做得不开心吗？""不太合适。""准备什么时候辞职，是回广州吗？""再过一个月。没打算回家，我才刚来不久。""这紧要关头很难找工作的。""是，我知道，我会留意的。""那我留心帮你看看。""不用了，谢谢。"

"好了没啊，菜都凉了！""来了！小雯在叫我们了。"我慌张地放下毛巾，走出去。

"魏波，你可真不够细心，看人家梓健把小雯照顾得多好。快给珈珈赔个不是，夹点菜啊。"一芬总是喜欢有意无意地损上魏波几句。我说："一芬，你让他吃嘛，我自己来就可以了，又不是小孩子。"

刚说出口，便悟到这句话有一语双关的嫌疑。梓健不是也把小雯照顾得无微不至吗？我赶紧解释："魏波又没有义务要照顾我，他不是梓健，我又不是小雯。"糟糕，我怎么越解释越错乱，就连舌头也开始打弯了。

"哎呀，我这个人有时候就是粗心，要不怎么都没人喜欢我呢。"魏波上前帮我解了围，大家扑哧一声笑了。小雯挽住梓健的胳膊："所以啊，你要学学我们家老公，这样才好追求女孩子嘛。"魏波笑着说："酸死了，酸死了，吃饺子都不用醋了。"

一芬看了看我："小雯，你一口一个老公叫得这么亲热，想把我们都孤立开啊。要知道，你们现在还没结婚，你这个老公可是很有竞争力的哦。"

小雯抿抿嘴："在家里，我就喜欢这样叫他。你妒忌啊，那你也快找一个呀。""我才不妒忌呢，我是怕其他人有想法。""我们梓健是不会变心的，我相信他。"他们相互一笑。

"魏波，你和我们珈珈到底是个什么意思？也好在这里表态一下啊。"我和魏波互相看了眼，低下头不作声。魏波说："我想，我们还是做朋友比较好。"小雯责怪起来："魏波，你怎么回事？"他继续补充："我们都觉得做朋友比较合适。"气氛一下子变了味，突然安静下来，只剩锅里沸腾的热气。

小雯看着我："珈珈，你的意思呢？""我也觉得，还是做朋友会更合适些。"小雯失望地撅着嘴，当一个成功红娘的希望在此破碎。

"来来来，别怠慢了这热气腾腾的火锅啊，大伙快吃！"梓健打破了僵局，"吃吧吃吧，只要是朋友就是缘分。"我和他对望一眼，明白是在帮我解围。这一餐火锅，大家都吃得食不知味。

再见昔日姐妹

平安夜，死党贺炎来上海了。

当看到昔日好友，我们忍不住紧紧相拥。四年同窗相惜，分别在夏至，再见已是寒冷的冬夜。半年没见，仿佛隔了一个世纪那么久。

"杜欢好吗，娇娇呢？她们和男朋友处得怎么样，工作还顺利吗？"一大堆的问题被我提了出来，炎炎耐心地一一作答。"他们都很好，工作也很顺利，大家都非常挂念你。还托我带了他们亲自准备的东西。

上海天冷，不如广州暖和。你看，娇娇亲手给你织的围巾，这还是她第一次给别人织东西呢。这是杜欢给你买的羊毛衣，漂亮吧。我呢，给你带了一双靴子，里层是毛绒的。到了冬天，你不是容易脚冷吗？这样就冻不坏你了。"

这就是家人一般的情谊。真正的朋友，不会送些华而不实的礼物，它不需要刻意的显示和奉承，呈现的却都是最切实的关心和温暖。四姐妹年龄中，炎炎排行老大，我老二，杜欢老三，娇娇老幺。四个女孩里，炎炎显得最为稳重。她总是用她那并不宽大的臂膀保护我们，尽量不让三个妹妹受委屈。这种庇护对于当时尚未成熟的我们来说很是受用，尽管炎炎也未必有多成熟。我们非常享受那种依靠姐姐的感觉，很亲切、很温暖、很踏实。这一保护，便是整整四年。

对于我，她最不忍心。如果没有发生那样的事，我会在广州好好地工作、快乐地生活，幸福地过以后的人生。炎炎担心我照顾不好自己，在外受委屈。如果在广州，至少有一群谈得来的姐妹照看我，不会让我感到冷清和孤单。她明白我的痛无法代谢，明白我的做法是迫不得已。

圣诞节来临，公司举办自助餐会。我向刘明请假，却遭到拒绝。他走出办公室，用高八度嗓音说："大家听好了，今晚公司聚餐，谁也不许请假。如果有活动吃完饭再走，谁请假，扣当天工资！"我明白，是我激怒了刘明，他不甘心。他尽量多找机会和我相处，不能单独，就集体。集体就集体，只要我防范有加，你刘明能拿我怎么样。

晚餐后，炎炎问："我们现在去哪？""朋友让我去酒吧庆祝，你也一起去。如果你看到了什么，千万别太在意。""怎么了，什么事那么神秘？""没什么，去了你就知道。"

大街上张灯结彩、热闹非凡，人们沉浸在节日的喜庆之中。而我，却为一会的见面感到不安，这已是我第二次不安了。上一回程辉替我掩藏得很好，不知道这一回，能否逃过这荒谬的一劫。

酒吧里还是一如往昔的人多，节日的气氛更增添了这个空间的喧闹程度。

我挤出笑容："大家好啊，我们来晚了，公司有聚餐。这位是我大学最要好的姐妹贺炎，正好来上海出差。""大家好啊，认识你们真高兴。""你好，大美女。"魏波打了招呼。为了让她看到我在这里很好，我特意和他们很亲热的样子，是有出于平日的那种。

一圈介绍下来，却没瞧见梓健。小雯立刻补充："我的男朋友，他在停车，马上就过来。"一芬问："你们在学校很要好，是同一寝室的吗？""是啊，最要好的死党。"

"你们在聊什么呢，怎么没人去跳舞？"一个响亮的声音，打断了我们的对话。梓健来了："这位是……""哦，这是贺炎，我大学最要好的同学。这位是……梓健，小雯的男朋友。"这句介绍词我已经说了不止一遍，而每次出口都觉得异常艰难。

"哦，热烈欢迎。"梓健笑着伸出友善的右手。炎炎一看，被嘴里的酒呛到，手中的酒杯瞬间滑落在桌上。我预感的事情终于发生了。

她站起来，直直地盯着梓健，眼神中充满了惊奇："你是……""你好，我叫梓健，很高兴认识你。"他再一次伸出手，表示尊重。

炎炎依旧沉浸在两人的相似中，迟迟没有反应过来。她一定没想到这世上竟有如此相像的两个人。

我尴尬地动了下炎炎的胳膊，再一次表明："这是梓健，是小雯的男朋友。"炎炎反应过来，迟钝地来了句："你好，很高兴认识你。"

"走，我们去跳舞！"我拉起炎炎就往池中央走，混重的音乐瞬间掩盖了我们的尴尬。我假装很兴奋，抱着炎炎不停摆舞："亲爱的，上海的酒吧也很不错呢，比广州的怎么样？"炎炎望着我，紧紧地将我抱住。

"珈珈，不要装了。求求你，这样让我受不了！"一句话，说到了我的要害。舞池里全是一张张兴奋的笑脸，而我的脸，写满了无奈。

我抓住她的衣角，笑得眼泪狠狠地流。

聚会结束后，我们走到黄浦江边，冷风吹得我睁不开眼。炎炎回过脸，眼眶里布满了泪花。

"珈珈，跟我回广州，我们回家！""我很好，你们不要担心我。""你不好，你本来就是个脆弱的孩子，你根本不坚强！"她说到了我的痛处，一针见血。

炎炎握着我的胳膊，郑重地说："你听好了，司徒珈。你和边宇已经分开了，就算你再怎么伤心他也不会回到你身边。你哪怕在这个城市躲上三年、五年甚至更久，也无济于事！"

"炎炎，那个地方会让我发疯的！""可是，这儿不属于你，也不适合你。你以为远离了，其实你走得越远痛苦就离你越近，纠缠得越凶。距离根本不能说明什么问题，真正的结……在你的心里。只有你在心里彻底铲除痛苦，才能真正远离烦恼！"

我彻底怔住了，炎炎就是我肚子里的蛔虫！

"炎炎，你说得对极了。可我又能怎么办，我总得活下去。那个鬼地方到处都有他的影子，快把我折磨疯了。我觉得边宇没离开我，只是躲起来不见我了。也许，他是要给我一个更大的惊喜呢。""珈珈，你醒醒吧！求你了，别这样折磨自己和爱你的人了好吗？别忘了，你是眼睁睁地看着他狠心离你而去的。"

我靠在堤坝上，这一秒，我终于能放声大哭。

"我真的做不到，我接受不了只有逃离。""是啊，你是逃离了，可你真能逃得了吗？你到上海，没有边宇，却又来了个梓健。那个梓健，不是小雯的男朋友吗？"

我点点头，沉默。

"那你还在奢求什么？哪怕他们长得再像，他始终是另一个人！你不要拿他当替代品，他始终是别人的男朋友！""我没有，我没有！""还说没有？你这是自欺欺人，雪上加霜！"

"炎炎,就算我再难过,边宇都不会理我了,对不对?""是的。""还有什么方法,能让他明白我的心?"炎炎无奈地看着我,低下头说:"好好活着。"

贺炎冷静地说:"你知道吗?边宇离开你之前,和我说了一番话。"

"他和你说了什么?"贺炎泪光闪闪地说:"他嘱咐我说,他迫不得已要离开,没能力再照顾你了,就托付我们代替他照顾好你,看着你工作,看着你再恋爱,看着你结婚。还说在你新婚那天,一定要让我当你的伴娘,为你披上美丽的婚纱。然后看着你生子,叫我做你宝宝的干妈,替他照顾好你们。他说,有我在你身边,他安心了。他会感谢我们,保佑我们,为我们祈祷。"

"炎炎……"

"我一直没告诉你这些,就是怕你伤心。你应该比从前活得更好,这样他才会安心。""边宇真的嘱咐过你们?可我再也听不到他的嘱咐了,他不愿面对我!""珈珈,其实我们都很羡慕你,有边宇这样爱着你。虽然你们分开了,但是他的心一直在你这里,从未走远!"

"那现在,就当我是在疗伤吧。""疗伤,不要太久,会物极必反。疗完伤后,你还是要回到生你养你的故乡,去实现你的梦想,为爱你的人们承担一份责任。真正的爱情,不是躲藏,而是勇敢地面对,并且坚持。不管有多艰难,勇于面对挫折的人,才是对感情最好的回报。"

贺炎的这番话,深深地震撼了我的内心和灵魂。

临走前,我们久久地相拥。炎炎对我说:"不要勉强自己,累了就回家吧,我们都在等你。"说完,她转身离去,不再回头。

面对炎炎的背影,我感慨颇多。挚友的一席话,让我瞬间顿悟。亲情、友情、爱情,还有很多,都是值得我们一生去追求和珍惜的。它让我明白,所有事物都不会因为你的痛苦而停滞不前,老天对每一个人其实都是公平的。

因为,人生还要继续上演。我们,还要继续成长。

第三季　飞蛾扑火

我是自作孽不可活，没有人逼我。明知险境可怕，

却情愿跳进苦海悬崖。背负一身的债，伤害了别人，

也绝不放过自己。

陌生男人

送走了炎炎，程辉见我失落的样子，便请我去就近的一家餐厅喝下午茶。

程辉将咖啡递给我："其实，你在这里过得并不好，只是不断在人前掩饰你自己。是不是我不问你，你就永远不说出来，然后自己承受委屈，默默地流泪？""我只是，很想家。"

"能告诉我，那天半夜你哭着要我来接你，到底发生了什么事？"我瞒着他："真的没什么，我就是很伤心，我，想他了。"师哥放下咖啡杯："我承认他是个混蛋，让你这么伤心。我去找他，告诉他对你这样不公平，他不可以这么残忍！"

"别，别去找他，他也会伤了你的心的。""是啊，他伤了我们每一个人的心！"

谈话间，看见一男一女坐在斜对面的那桌，那女人背对着我。那不是颜晴吗？对面的那位男士，眼生，没有见过。他们似乎很熟识，举止有些亲昵，经常凑上前说悄悄话。接着，那男人的脸严肃下来，好像开始讨论起正事来。他一边倾听，一边抽烟，期间还递给颜晴一支烟。她似乎很苦恼，大口大口地抽着，拿烟的那只手不断地倚在头上。

我的脑子突然闪过一个念头：这个月在酒店做产品发布会时，我在拐角处无意听到了颜晴和别人的对话，好似有刘明的把柄落在她手里。那个电话里的他，莫非就是眼前的这个男人？

"珈珈，珈珈，在想什么呢？""没什么，想到了工作上的事。"斜对角的颜晴突然站起身，向我这边走来。我赶紧拿起杂志，埋下头装作阅读。她还是看到了我："这么巧，司徒，你也在这里？"

我抬起头，看见颜晴眼中的尴尬。我忙起身："颜总，真巧啊。这是我朋友程辉。""你好。"我把目光望向对角："颜总，您和朋友来这里喝下午茶？"她的表情极不自然："嗯。我们，谈些事情。有事先走了，回头聊。"显然，她不愿意把那位朋友介绍给我。颜晴一定乱了方寸，看见我就像见了瘟疫。她慌张地叫上那人，买单后匆匆离去。

我独自走在街上，心里一阵落空。每每聚会，明明是热闹不凡，心里却会生出无边的寂寞。他们在说、在笑、在唱、在闹，为什么我的心总是融不进他们的生活？是我看不懂他们，还是他们看不懂我？也许，我只能是我，而他们永远是他们。

和一年前的样子相比，简直就是天壤之别！那时的我，是真的快乐。十几个人在一起，不一样的脸，却有着同样的心情。我们手拉手走在清爽的柏油马路上，唱着、笑着，挥洒着心中的雀跃和自由。而现在，再多的欢声笑语已不能如昨。我与梓健一伙人的相遇，无疑是一种讽刺。

幻影成不了现实，现实却比事实更残忍！

"好了伤疤"忘了疼

我像小丑一样失落地回到家，戏落幕了，人也该散了。

踏进家门，看见一张可恶的脸，是光头。他恰好从阿欣的房里出来，身上只穿一件单衣。光头奸笑地摸摸他那大脑门："我们的小可人回来了啊。""你来这里做什么？""做什么，你说我来这里做什么？"

我往自己的房间走去，他凑到我跟前："得不到小美人的拥抱，就只能找个老美人乐一下，你说是吧。""请你说话放尊重点！""好好好，我不惹你，小美人。我还是找我那老美人去，虽然她没你那么年轻，但是玩玩么，还是可以将就的。"说着，光头打开阿欣的房门。

"什么，你还想干吗？"我上前一把拽住他的衣服。"怎么了，美人？"扭头一眼看见，里屋的阿欣正半躺在大床上，身上只穿一件薄薄的睡裙。她见我站在门外，惊讶万分，随手拿起衣服遮掩住裸露的上身。

"珈珈，你，回来了？""你，你们在干吗？"阿欣低下头不说话。我转身对着光头吼道："你还是人吗？阿欣还没有出小月子！你怎么可以这样对她？"

光头挠挠脑门："她也没什么反抗，那就做咯。反正，也差不多快好了，没什么大碍吧。"他自知理亏，没有了平时的嚣张跋扈，说话声比刚才低沉了很多。我发疯一样地叫喊着："没大碍？你说得倒轻巧，这是从阿欣身上掉下的一块肉！你这是要毁了她啊！"

"我又没有强迫她，阿欣也是自愿的。""自愿？好，这是我最后一次管阿欣，以后，我不会再过问她的任何事。如果她今天亲口告诉我是自愿的，我无话可说。但如果她说是被迫的，我一定要赶你走。如果你赖着不走，我就报警！"

我走进房间，看着床上的阿欣，等待她的回答。阿欣望望我，眼里满是无辜。我知道，这是在逼她，但我再也不能袖手旁观做个懦夫了！阿欣的身体，再也禁不起任何折腾。

"阿欣，你再这样糟蹋自己的身体，没人能救得了你。告诉我，是他逼你的，你不是自愿的，对吗？告诉我！快告诉我啊！"我发疯地摇着阿欣的胳膊，想让她说出那个我要的答案。

阿欣把头侧到一旁，不正对我。她沉默了一会，冷冷地，平静地说："这一次，我是，自愿的……"阿欣的话让我震惊了，紧抓她胳膊的手慢慢滑下来。我彻底失望了，泪水在眼眶中涌动。

"看吧，我都说了，她是自愿的，我没强迫她。"那混蛋见苗头离开自己，顿时又兴风作浪起来。我猛地把手指伸向光头，冲他喊道："你他妈的给我闭嘴！"第一次，在人面前讲了粗口。光头被我吓住了，他没有想到，我一个柔弱的丫头片子居然还有这么大火力。

我颤抖着声音对阿欣吼道："好，算我多事，我压根就不该管你周幼欣！都是女人，我才可怜你！不要怪我没有提醒过你，到时候留个除不掉的病根！你忘了那天是谁陪你去医院做的手术？你忘了那天你是怎么和我说的，你哭着说以后不会再对自己不负责任了！你忘了你说还想要孩子！全是屁话！你真是好了伤疤忘了疼，何况，这伤还没好呢。你连自己都不心疼自己，我看谁还会可怜你！"

阿欣没有看我，任由我责骂，脸上全是无声的泪水。她的沉默，让我更加添气。

我大声吼道："你，你犯贱！你活该被人玩弄，你活该倒霉！到了今天这个下场你是自作自受！没有人会可怜你，我再也不会管你的闲事了！"阿欣没有反驳，只是沉默。我颤抖着声音说出最后一句话："同样身为女人，为什么就会相差这么多？"说完，我重重地甩门而出。

我一路跑了出来，再也不想回那个讨厌的地方。第一次，我对阿欣说了不客气的话；第一次，用看似不尊重的方式想让她自重。我知道，今天的话说重了。但我真的是为了她好，我只想骂醒她！那一记重重的关门声，是否能震撼到她的心灵？只可惜，阿欣找不到自尊，她真的没救了。我恨自己没有能力挽救她，我也只有做这么多了。

我是个凡人，当不成你们的救世主。原谅我。

搬救兵

我在马路上吹冷风，四处游荡，找不到可以落脚的地方。天完全黑了，这些不堪的事情，我又能对谁说得出口？

电话屏幕一阵闪亮，上面印着梓健的名字。我欣喜若狂："是梓健吗？""司徒，是我。你在哪儿呢？""我，我在家附近。""一个人吗？""一个人。""我们能见个面吗？有些话，我想对你说。""也好，我也有话想对你说。""那你在路口等我，一会就到。""我等你。"

我无法预料梓健会和我谈什么。谈我？谈小雯？谈他俩？还是谈我俩？又或者，是谈我们三人？不论他和我说什么，只要能看见他，我已知足。虽然，我明知这是自欺欺人。

我在路口等他，心跳加快。一辆白色越野车驶向这里，梓健为我开了门："司徒，上车！""梓健，这是谁的车？""我按揭买的，还行吗？""很不错，真好。"

我不敢看他，低头沉默不语。他问："怎么了，心情很不好吗？""我不知道该怎么办，我没有能力阻止这一切，我做不到。""究竟发生了什么事，能和我说吗？"今晚的梓健，太温柔。和前几次那拒人于千里之外的样子相比，现在的他，我无法说不。

我的肚子咕咕直叫，才意识到没吃晚饭。我小声请求："能陪我去吃点东西吗？我还没有吃晚饭。""都这么晚了还没吃饭？走！"

他忙着点菜、拿餐巾纸，并和服务生交代，所有菜少油少盐少味精……我则静静地坐在一角，享受着平时只有小雯能享受到的待遇。"小雯呢，她知道你来见我吗？""年底了，工作很忙，台里让她出差几天。""今天怎么想到来找我，有什么事吗？"我急切地想知道梓健约我的真正目的。他勉强笑笑："你先吃，不急。"

"呦，梓健，这么巧，你在这儿啊！"一个高八度的女声直入我的耳膜。转头一看，一位身材修长，浓妆艳抹的女生出现在身旁。梓健一抬头："真巧啊，王琦。""怎么没见小雯啊？""她出差去了。""那这位是……""哦，这位是我和小雯的朋友司徒，这是小雯的朋友王琦。"

我微笑地点了下头，她则冷眼哼了一声，把我从上到下扫了一遍，即刻把轻率的眼神瞟回到梓健身上。梓健问："你一个人？""我和男朋友一块，在那儿。"她指向远处的斜角，细长的芊芊玉手上，赫然印着跳跃的黑色指甲油，神秘又妖艳。

"回去代我向小雯问好，改天一起吃饭啊，我请客。"离开前，还不忘用她那双细手在梓健的胳膊上挽了挽，一副亲热的样子。梓健本能地抬了下手臂。转身时，又瞟了我一眼，踩着她那双尖头细高跟往对面走去。

"你这位朋友可真有个性。""准确地说，是小雯的朋友。不怎么往来，小雯和一芬都不太喜欢她。""为什么？""好像为人有问题吧，爱挑是非，所以现在很少接触了。""那我们在一起，会不会遭人说闲话？""傻瓜，我们正大光明的，有什么好说的。"我尴尬地笑着："是啊，我们正大光明的。"

"你刚才说，不知道该怎么办，是什么意思，发生什么事了？说出来我们可以帮你想办法。"我再也没有勇气替那蠢女人保守秘密了，将关于阿欣做流产手术以及不爱惜身体的事一五一十地告诉了梓健。除此之外，我隐讳了其他所有事情的来龙去脉。我不想眼睁睁地看着阿欣继续往火坑里跳，又不知该如何帮助她。我多想让阿欣离开那些男人，离开那个可怕的圈子，换一份安稳的工作。对于这些，我根本无法说出口。事已到此，我不得不采取最后的行动。我已失去太多，不想阿欣也失去属于她的最后一点活力。

雪上加霜

到了住的楼下，我转身："梓健，要不去我房里坐坐？""不了，让欣姐休息吧。我们还是在这儿说话吧。"这一来一回，暮色已很深。我和梓健的影子，在昏暗的路灯下映衬得格外冷清。

"司徒，其实，我想说……"一阵铃声瞬间打破了安静的气氛。那头传来阿欣急促、虚弱的声音："珈珈，我……我肚子……好痛……好痛……下面还在流血……""你别慌，我们这就上来。""欣姐怎么了？""好像出事了。"

我们撒腿跑回家，光头已经不在了。只见阿欣手捂下腹，脸色苍白，额头上不断流淌着虚汗。我扶住她："欣姐，你怎么了？别吓唬我！""珈珈，我肚子疼得不行了。"我翻看被子，只见白净的床单上晕染了一大片血迹。

"欣姐，你下身在流血！"我赶紧搭她的脉搏，脉相虚弱，手指冰凉。梓健一把抱起阿欣冲了出去："快上医院！"

阿欣被推进急诊室。我在门外急得团团转："我就知道要出事，我怎么骂她，她就是死扛到底，还硬帮着那个男人说话，连命都不想要了。她宁可伤害自己的身体，也要屈服于男人。""你别急，也许欣姐真的是有什么难言之隐呢。每个人都有苦衷，不到万不得已的地步，阿欣也不会和自己过不去。""现在说什么都晚了，我只希望阿欣平安无事。"

我嘴上虽这么说，心中却有着一股强烈的不祥预感。空旷的走廊显得格外冷清，一阵凉风从背后袭来，只听见急促的呼吸和咚咚的心跳声。

值班医生急切地走出来："你们是患者的什么人？""我们是她的朋友。医生，她情况怎么样了？""初步诊断是子宫大出血，有穿孔的迹象。还好你们送来及时，再晚一会可能有生命危险。为保全生命，也许要做子宫切除手术。"

"什么？子宫切除？"听到这几个可怕的字眼，我的脑袋如五雷轰顶般炸了开来。"医生，怎么会那么严重？有没有别的更好的方法来保住子宫？""我们这里是急诊综合科，做基本的抢救治疗。明天专科大夫会做最后的定夺，按患者的情况，切除子宫是目前最好的办法了。"

阿欣被推出来时，已经虚弱地睡了过去。看着她惨白的面孔，想到她即将失去一个做母亲、做女人的权利，我心痛不已。我靠在梓健的肩上，无助地哭起来："阿欣太可怜了，她还没有结婚，还没有做母亲。上天怎么可以对她这么不公平！""谁都不想的，我们一起陪她渡过这个难关。你要给她信心和勇气啊。"

整个晚上，我和梓健守在阿欣的病床前，寸步未离。而我们之间的那场谈话，也就在这多事的一夜中无疾而终了。

阿欣醒了，她半躺在床上静静地看我。没有任何妆容，眼里满是憔悴与疲惫。失血后的她，和平日那个快人快语、美丽妖娆的女子，有着天壤之别。嘴唇苍白无色，我好想拿唇膏为她抹上一笔。

"欣姐，你醒了？"她点点头，没有说话。我不知道该如何把这个坏消息告诉她，不忍心，也说不出口。看看一旁的梓健，想让他替我回答。他看懂了我的眼神，上前轻轻地说："欣姐，你现在感觉怎么样？昨晚你大出血，幸好控制住了。一会，大夫会来诊断。假如……有什么决定，你一定要坚强面对。"

她嘴角微微上扬，虚弱地说："谢谢你们一直陪着我。我能猜到有什么后果，我的子宫流了那么多血，八成也是保不住了。不论结果如何，我能面对。"

阿欣转过头去，泪水从眼角慢慢地滑落。看到她如此平静，我的心再一次纠结。我看到了深藏在坚强背后的脆弱与无助，还有那颗千疮百孔的心。肉体的伤害很深很痛，内心的伤口像个无底洞，无法弥补，也永远看不到头。

医生走进病房，给阿欣做诊断。我和梓健在走廊上等着，憋着的眼泪一泄而出。梓健抱着我，不断宽慰我。

过了许久，医生走出来："病人的家属来了吗？下午，准备做子宫切除术。协议书上要家属签字。"我哭着问："医生，真的要切除子宫？没有其他办法了吗？""没有其他办法了，这也是不得已的方法。""她在这里没有亲人了。""那就找一个她最信得过的人签字。""医生，我想问一下患者的情况。"

"患者在几年中曾做过多次人流，头两次是在乡下的私人诊所做的，子宫内膜受损严重。这次人流，子宫内膜非常薄弱，禁不起半点刺激。在这时她又犯了大忌，进行了性行为。各种不利的因素加在一起，导致子宫破裂和大出血。"

"那这么说，多次人流是造成子宫破裂最主要的原因？""也可以这么说。""那性行为，是不是就是间接的诱因呢？""不排除这个说法，术后的四十二天都应该严禁性行为。只能说，这是雪上加霜。现在的情况也属于术后并发症的表现。"

"医生，她还没结婚，还没做母亲。这样太残忍了，做了手术，她就不是一个完整的女人了！"医生顿了顿："就算不切除子宫，她也未必能够再怀孕了。这个结果谁都不想看到，事已至此，你们商量一下，赶紧做决定吧。"

"那病人的意思呢？""我把利弊关系和她说了，她非常勇敢，也很冷静。不过她提出，做子宫部分切除术，切除子宫的上部，留下完整的子宫基底部和宫颈。根据她的情况，病菌感染还导致了子宫内膜炎和宫腔粘连。我们只能在做手术的过程中看情况的严重程度，最后来决定做全切还是部分切，这完全看天意了。"

"大夫，谢谢你了，谢谢，一切拜托了，拜托！""放心，这是我们的职责，会尽全力的。手术谁来签字？""没人的话，只有我来签。""医生，我来！"病房里，传出阿欣颤抖的声音。

医生问："你自己签字？""是的。到今天这个地步，一切都是我自己造成的。所有的责任和后果应该由我一个人来承担和负责！""好，那你就签字吧，准备下午做手术。"

阿欣拿过笔，在协议书上颤抖地签下了自己的名字：同意手术，周幼欣。

子宫切除术

阿欣看着我，给了一个肯定的眼神。我握着她的手，眼泪忍不住往下掉。阿欣摸摸我的头："傻瓜，哭什么。反正有麻药的，不疼。"我使劲摇着头，实在不忍心："求求你，别说了……"

手术前规定不能进食和喝水，我只能用棉签蘸点水润润她的嘴唇。我挤出笑容说："欣姐，现在你不能吃东西，等你好了，想吃什么我都给你买，好吗？""我现在就想抽烟，可以么？""绝对不行。""可是，我真的想定定神，压压惊。要不，给我抽一口，就一口，好吗？"

阿欣从未用恳求的语气和我说过话，这是第一次。

我望着梓健，他从口袋里拿出烟盒，慢慢地掏出一支。他将烟递给阿欣："欣姐，我相信你，就一口。""呵呵，对，就一口。"我的心，又一次如刀割般疼痛。可怜的阿欣，除此之外没有任何依靠，只能借助尼古丁的魅力来维持思绪，巩固那看似坚强的意志。我知道，她内心其实很怕。

梓健帮阿欣点上烟，她闭上双眼，深深地吸了一口，然后慢慢地，一点点吐出青烟。她吐出的不仅仅是烟，更多的，是无奈与迷茫。阿欣说到做到，把烟递给梓健掐灭："抽完这口，就罢休。"

我终于忍不住，冲上前抱住阿欣："我答应你。等你好了，想吃什么我都给你买。你要是想喝酒，我就买红酒陪你喝；你想抽烟，我就买你最喜欢的摩尔。可是你现在，求求你不要这个样子好不好？求你了！"阿欣终于控制不住，我俩抱头痛哭起来。

在阿欣进手术室的这段路上，我一直紧握着她的手，给予她仅有的一点温暖和力量。虽然我知道，这力量很渺小，不能带给她什么实质性的帮助。阿欣始终没开口，她咬紧嘴唇，眼里充满了坚定。

手术室的大门被推开，我低下头靠近阿欣耳边说了最后一句话："周幼欣，你是我见过最勇敢的人。加油，我等你出来！"阿欣使劲点点头，轻轻地对我说："我还等着你给我买红酒和香烟呢。""嗯，一言为定。"我和阿欣的手被迫分离，大门被重重地关上，心痛至极。

不出一个月的时间，不足三十天！阿欣两次进医院的手术室！又一次被药物侵蚀，又一次被冰凉的器械干扰，又一次从身体里取下一块肉！第一次，是残忍地结束一个小生命；第二次，是残忍地拿走原本属于女人的一部分，拿掉了，就再也回不来了。

我站在窗口，身体不停地颤抖："梓健，能给我一支烟吗？"他点点头，将烟给我点上："你最讨厌烟味了，只有在最难过的时候才会碰它。"我红了眼眶，深深地吸了一口，被呛到。他拍拍我的背："慢点。能和我说说，都是因为什么而抽烟的吗？"梓健也点上一支烟。

"嗯，一共抽过四次。第一次，是在大学聚会上；第二次……是在毕业的时候；第三次……""是在什么时候？""在和你相遇的那一天。""你是说，我们在超市门口遇见的那次？"我点点头。梓健紧皱眉头，狠狠地吸了一口烟。

我心痛地说："阿欣，从此再也不能有自己的孩子了，她做不了母亲，再也体会不到一个正常女人的幸福了。""谁都不想有今天。假如阿欣真的喜欢小孩，那就去领养一个吧。"

"不一样。一个完整的女人，需要拥有自己的孩子。那是辛苦怀胎十月，从母体里孕育一个小生命到自然分娩、瓜熟蒂落的过程。那是从母亲身上流出来的血，是母亲身上掉下的一块肉。这和领养孩子有着完全不同的意义。女性的子宫和生命同样重要，没有了它，生命将不再完整。"

"我懂了，你说得很对，一个女人最在乎的一半没有了，那是何等心痛。我理解。欣姐，她真的太不值得了。""你懂吗？梓健。""你是不是觉得，就像我不懂你一样？"

我摇摇头："也许，男人和女人太不一样了。就像有首歌曲的名字一样，《白天不懂夜的黑》。呵呵，就像男人不懂女人的心一样。"

梓健伏在窗口，吐出一口青烟："司徒，我觉得你很特别。你不同于这个年龄的女孩，你对人生的感慨这么深，是不是也失去过一些东西？或者，经历过一些大风大浪？""为什么这么说？""从你的眼神、表情和言语中，我能感觉出一些。哦，你别介意，只是一种感觉罢了。如果我有什么说得不对的，请你多包涵。"

我将烟熄灭："好苦！""心里若是苦的话，尝什么都是苦的。""很多事情，是我们无法预料的。失去后，就再也回不来了。所以，要珍惜。"梓健点点头，肯定地回答我："对，我们都要珍惜现在所拥有的。"

中途，大夫从手术室出来。我们上前："医生，情况怎么样？""很幸运，我们决定做部分切除，保留患者的宫颈。""谢谢大夫，多谢，拜托。"我和梓健对笑，这也算是不幸中的万幸了。

两个小时，除了等待的煎熬，终于在我们的谈话中艰难地度过了。

阿欣因为麻药的作用还没有醒来。和上次手术一样，那惨白的脸孔，没有任何血色。医生摘下口罩说："手术很顺利，患者以卧床休息为主，注意营养。切记，术后三个月内禁洗盆浴、性行为，以防再次感染。术后定期来院复查。"

从这一刻起，阿欣彻底没有了子宫。

术后的阿欣睡得很安稳，比起疼痛和那些伤害，她所承受的远远比这多得多。如果没有那些该死的臭男人，我相信她一定会生活得很好，至少可以过得踏实，不被男人左右和控制。

趁阿欣还没有醒来，我给那个罪魁祸首打了电话。当光头听到阿欣再也不能生育时，他十分震惊，也表示非常后悔，不该因自己的私欲给阿欣带来这么多痛苦和伤害。

"阿欣为你付出了这么多，差点连命都搭上了。你作为一个男人，都到了这个份上，也应该有所觉悟了吧。""是是是，都是我的错，我罪该万死。我再也不让阿欣受伤害了，我保证！现在，我还需要做些什么？""你过来的时候，带束百合，带点稀粥，炖点鸽子汤给阿欣喝，好收伤口。""好的好的，没问题。司徒，我真的不知道该说什么好，真的谢谢你。有愧于你了。""废话少说，做你该做的吧。""谢谢，我真替阿欣有你这样的朋友感到高兴。"

两小时后，阿欣醒了。我凑上前轻声说："欣姐，你醒啦，手术很顺利。""我的子宫是不是全没了？""你做的是部分切。"阿欣虚弱地点点头，眼角湿湿的。

"一会你们回去休息吧，你再不回去，老板该生气了。""没事，反正没多少天我就要辞职了。""什么，你真要辞职？"

"刚决定的。对了，一会，光头要过来看你。""你和他说了？我再也不想看到他。"阿欣转过头去，泪水滑落枕边。

傍晚，光头带着百合和食品准时走进病房："大家好，阿欣，你，好点了吗？""你来干什么，还有脸来，还嫌伤我伤得不够吗？"光头边说边打自己的耳光："我，我不是个东西，我该死，我不是人，害你受那么多苦。早知有今天，我，我根本就不会来碰你，对不起！""早知？你就是明知故犯，你连畜生都不如！""是是，我畜生不如，我不是人，让你受苦了。"

我上前说："欣姐，你好好休息，我们先回去了，明天再过来陪你。""谢谢你们，赶快回去休息吧，熬了一夜都累坏了。"走出病房，我回头看阿欣，她把脸转向另一边。没有眼泪的哭泣，更让人心碎。

走出医院，我对梓健说："真的太感谢你了，梓健。没有你在，我都不知道该如何处理这棘手的事情。""没关系，应该的。朋友有难，当然要挺身相助。""小雯要是知道了，会介意吗？""呵呵，小雯是个大度的人，也是个热心肠。我想，她应该不会这么小心眼。"

"那最好了，我就是怕引起不必要的误会。我先回去了，你也回去休息吧，让你受累了。""我送你。""不用了，你都忙了一整天了。""你不也一样，眼圈都发黑了。反正咱俩回去都得吃饭，就一起吧。"

整顿晚饭，觉得自己掉进了小雯的角色里，温馨而真实。我这才反应过来，忙忙碌碌中，我和梓健已共同相处了整整一天一夜！在这24小时里，他就像个护花使者守候在我们身旁，寸步未离。如果没有他，我真不知该如何应付这场灾难。原来，梓健没有我想象中的那么冷漠，他热情、善良，有同情心，会关心照顾人。

我甚至天真地认为，到了这个时候说的任何话他都应该不会拒绝。看着梓健微笑地和我说话，不时往我碗里夹菜。他似乎很好，又很不好，他甚至都不会问一问我为什么会喜欢他。

最终，还是没有勇气把话说出口，我不想破坏这难得的气氛。在生活中扮演的角色不容许我这么做，怕说错了话就再也得不到他的信任。也许，连朋友都没得做了。

也许和梓健的交往，可能永远要依附于小雯的这一层关系上，再也越不过了。

暗示的嘱咐

上班时，同事们知道了我要辞职的消息，纷纷表示惋惜。不管他们是否出自真心，我都为自己即将要离开而暗自庆幸。

董晓敏看到我，装作十分关切的样子："珈珈，你真的决定辞职了？"我微笑着说："是啊，辞职报告都交上去了。""大概什么时候离开？""估计一月下旬吧，找到接手的人就走。""是不是，还有其他原因？""没有。"晓敏见问不出什么，也不好再作勉强。

我心想：我走了，晓敏不就少了一个眼中的竞争对手，估计心里都在偷着乐吧。

她挽着我的胳膊："其实，我们都挺舍不得你的。你是优秀的，也许刘总很难再找到像你这么得力的助手了。""哪里，来汇意，让我学到了很多。刘总，一定会找到更合适他的助手。""不管怎么样，我们都是朋友。有空，一起吃饭吧。""好，再定吧。谢谢你，晓敏。"

我对董晓敏的话深表质疑，像她这样的女生，我已是领教过了的。她的每句话都好像话里有话，又都带着功利和目的性。加上，我不幸知道了她和顶头上司的暗事，很难再让我对她信服了。

"司徒，你在？"颜晴在背后喊我，她看看周围，小声对我说："如果方便的话，来我办公室一下，我有话对你说。"我明白颜晴的意思，她一定不会在这个节骨眼上为难我，而是想提醒我些什么。

这一次，颜晴没有让我坐在她的办公桌前，而是温和地让我坐在沙发上。她一副语重心长的样子："我知道你要辞职了。""颜总，我已经上交了辞职报告。""刘总，他同意吗？""起先他很不舍，最后还是接受了。""按照规定，员工要提前一个月上报，他是这样和你说的吗？""是啊。现在已经开始在招聘了。"

"是吗？可是据我所知，刘总，他并没有向外发布信息。"我的背脊骨一阵发凉："真的？""目前好像是这样。""怎么会，刘总明明说，公司已经在向外招助理了。""也许，他并不想让你走，还想留住你。""一开始他是想挽留我，但知道我要回广州后，也就同意了。"

"如果觉得不合适，离开也是好的。我知道你是个好女孩，也很优秀。在这个物欲横流的社会里，能保持像你这样的纯真，不多见了。不像其他女孩，为了一点利益，就可以毫不犹豫地出卖自己。"

"颜总，别这么说。""为什么我看到的都是那样的人呢？"我明白颜晴话中的意思。

她讥笑："她们觉得要点小心机、小本事、发发嗲，男人就会屈服于她们，她们就能得到想要的东西。哼，其实不然，男人不会真正垂青于她，因为她付出的只有这些，仅此而已。""颜总，为什么要对我说这些？""因为，你是个好女孩。"

我清楚，人都需要倾诉，当她找不到一个出口时，会对身边觉得最安全的一个人诉说。

我低下头："颜总，我觉得，您真的很不容易。""哼，连你也看出来了，谢谢。可是为什么有的人，偏偏就看不出来呢。我付出多少努力，也许只有自己知道。""您真的很了不起，我们大家都很佩服你呢。""别笑我了，多少人在背后骂我，我知道。我只想说，你是个正直的女孩，不会为眼前的区区小利所诱惑，一定要坚持啊。"颜晴把手搭在我的手背上。

"颜总，我知道您是为我好，您放心。是我的我一定会努力争取，不属于我的，我一点都不会奢望。"颜晴想了想，郑重地说："这样就好。我想告诉你的是，不管这个社会有多么复杂不堪，你一定要坚持自己的原则，不要被他人所左右。""我明白。""有很多事，不适合像你这样的女生看到。总之，你也要离开了，自己小心为好。"

颜晴的一番话，说得我心里很不是滋味。我明白，她是不想让我受伤害。颜晴的眼神和话语，从中在暗指些什么，很难猜透。让我提防刘明，还是别人？

这一刻，觉得身边危机四起，却又不知会何时爆发。

探　望

也许这段时间太疲惫，加上阿欣的事情，我总是显得没精打采。

刘明见了上前问候："司徒，是不是太辛苦，要好好保养身体啊，可不能在最后一班岗上累垮了。""我知道了。""周五晚上和我一起见大客户，好好准备一下材料。""好的，刘总。"

如果不出意外，这应该是我在汇意的最后一次应酬了。

待我来到医院，光头正在为阿欣削苹果："司徒，你来了。""姐，好点了吗？"她点了点头对光头说："你先回去吧，珈珈陪我就行了。""那好，我先去忙工地上的事，回头晚一些我再过来，你好好休息。司徒，麻烦你帮我照顾一下阿欣，谢谢。"

一旁的病友忙说："你家老公真是心疼你啊，多细心啊，可不像我家那位，真羡慕你。"光头的样子，俨然一个称职的老公，可惜他不是。阿欣无奈地笑笑。

"欣姐，今天感觉怎么样，伤口还疼吗？""没事了，不怎么疼，谁让我年轻呢，底子还在。"阿欣永远是这样，嘴硬，心里却有着细腻柔软的一部分。

"身体要好好养，回家我做好吃的给你补身子。""呵呵，还是你最会心疼人。我现在就想着快点出院，快过年了，我的指标还差一点呢。一会，单位还要来人看我。真烦。""你别急嘛，身体第一。"

阿欣长长地叹了口气，自我安慰着："我现在，感觉轻松多了。身体里少了些东西，负担也轻了。其实仔细想想，也没什么不好啊。不用为一年十二次的月事而烦恼，省去了买卫生纸的钱。很多妇科病也不用担心会得了，多好。"

到了这种地步，阿欣还要死扛到底。其实她的内心比谁都敏感，越是害怕，就越要掩饰和假装。就像我，在这儿无人知道我过去的秘密一样。

"其实我看得出来，梓健他喜欢你。""欣姐，你别乱说了，人家有女朋友。""这我知道，你别再强调了。我是过来人，你们两个的眼神，我一看就明白。""不可能的，梓健不会喜欢上我，他非常有原则。再说，他是我好朋友的男朋友。"

"好朋友的男朋友怎么了，难道就没有权利再爱上别人了？"阿欣的一句话，把我噎住了，我无力再反驳。

阿欣拍拍我的手背："好好把握。女人，不能亏待自己。都这么久了，姐也没问过你，你多久没男人了？""姐，怎么这么问，怪难听的。""呵呵，你不会还是女孩子吧？""周幼欣！""开玩笑的啦，你就不能应和我一下啊，我可是病人呐，逗点乐趣都不行。算了，不和你贫了。""你知道，我不开这种玩笑的。""我明白，你是个正经家姑娘。"

正聊着，阿欣单位的领导和同事，带着水果与鲜花来到病房。

"领导，你们来了，破费了。""小周啊，好点了吗？有什么需要就尽管提，你也算是老员工了，应当享有这个福利。""谢谢郑总。我就是希望快点好起来，回到岗位上去。这不，快过年了么。""工作上的事你不用担心，把身体养好最重要。做完手术，怎么也要十天半个月吧。等你身体完全康复后再来上班，年度业绩考核还是会给你算合格的，别放在心上。"很明显，阿欣并没有放下心来。

一旁的两位美女同事凑合着："是啊，阿欣，你就安心养好身体，没什么大不了的，有什么事姐妹们都会担当的。""是啊，你别担心。等你好了，再一起重出江湖，打下一片市场。"这话听着友好，怎么感觉阿欣就跟患了绝症似的，一蹶不振了？

借着他们聊天，我来到走廊的窗口透气。消毒水的味道实在不好闻，我需要一些新鲜的空气。梓健来电："你在医院吗？""我在。""我正好在附近，现在过来看看吧。"想到又能与梓健见面，突然觉得空气中也有甜甜的味道。

再走进病房，听见他们说："你好好休息，我们先回去了，有什么事情就打电话。"我将公司同事送出病房。刚想进去，听见其中一女孩在电梯口说："郑总，你看人家阿欣，到节骨眼上就生病，怎么就这么巧呢。""那可就不知道了，这谁说得准啊。人家确实病了嘛，而且还不轻呐。""那是她自己的问题，不洁身自好，能怪得了谁？""阿欣是自作自受，外表这么争强好胜。结果呢，还不是自讨苦吃。"我闭上眼，实在不想听到这番刺耳的谈论。

原来表面显得那般友好，背地里却暗自相争，钩心斗角，如此激烈。

我进了病房，阿欣舒口气："别看他们好像一副关心人的样子，其实背地里还不知道怎么骂我呢。就想着怎么把我压下去，她们好更有效地站住脚。同行业的人，根本就没有什么真朋友。"

我不作声，不想在阿欣面前说些冠冕堂皇的话。心想自己在汇意，虽然大家也都是表面文章，明争暗斗比比皆是。但能拥有芳芳这样真诚的朋友，已是万幸。

坦 白

晚上，我和光头交班后，梓健驱车送我回家。

到了楼下，我问："时间还早，去楼上坐坐吗？"梓健不假思索地说："好啊。"今天屋里没有阿欣带回家的那些男人，显得格外安宁与干净。

我问："喝点什么？茶、咖啡、还是饮料？""有酒吗？"我被梓健的回答愣住："你想喝酒？是不是有烦心事？""哦，不是。如果有红酒的话，我想喝一点。""有，上次阿欣买的红酒，还有半瓶。"

我拿来两个高脚杯，倒上三分之一："来吧，我就舍命陪君子，陪你喝一口。那，为什么而干杯呢？""嗯，为了欣姐能够早日康复，还为了，我们大家的情谊长存！来，干杯！""干杯！"梓健一口喝完杯中的酒。

"看来，今天我们梓兄的心情不错嘛。""呵呵，还行。""小雯什么时候回来？""还有一两天吧，快了。""所以，你就偷偷跑来我这里找酒喝？不怕我告状吗？"梓健放下酒杯："呵呵，你不会的。""你怎么知道我不会？""我当然知道，你不会那么做的。""你好像对自己很有信心？"梓健摇摇头："不，是对你有信心。我相信你。"

我笑着自叹："你对我有信心顶什么用，你应该对小雯有信心，相信你们最后会走在一起。""你真的希望，最后我和小雯在一起？""你们不是已经在一起了吗，只要双方努力，没有走不到一起的。"

"那，你怎么办？""我？"梓健把我问住，眼睛直勾勾地盯着我，让人心里发虚。"我，呵，我当然祝福你们啊，希望你们幸福。我去倒杯水。"我起身，准备躲过这恼人的问题。

"告诉我，你是真的喜欢我对吗？"梓健从身后抓住我的手，空气凝固了，我不敢呼吸。这是他第一次主动握我的手，那样有力而坚定。我闭上眼，告诉自己要冷静和清醒。

"我没，没喜欢你。"我想甩开他的手，发觉肢体被冻结了，无法动弹。我背对着梓健，不敢正视他。

"你在骗我。当你在生日那天喊出那句话，我很震惊。虽然我告诉你我是小雯的男朋友，想让你清醒。但我心里清楚，你的确喜欢上了我。我有感觉，我不是傻瓜！"

原来梓健是明了的。他知道我喜欢他，他一直都清楚，只是从来没有表露过痕迹！我转过半个头问："那，你又为什么不承认？""还是那句话，我是你好朋友的男朋友。"

这句让我心寒的话，再一次像把尖刀狠狠地戳在我的心房上。

我回过头，背对着他流泪："很好，这样就对了。我那是酒后胡言，说错话了，权当我在开玩笑吧。"我欲挣脱梓健的手，他却牢牢地抓住不放："你从来就不会开玩笑，你也从来不会拿感情开玩笑！"一句话又说到了我的心坎里，让人深深自惭。他是懂我的！我怎会亵渎自己的感情？我从来不会在感情上开半点玩笑！

"说就说了，你不要放在心上就行了。""很抱歉，我已经放在心上了。""如果是我的话放在你心上让你为难了，那现在可以毫无顾忌地抹掉了。""那要是……抹不掉怎么办？""抹不掉？怎么会呢？我的话，对你来说并没有这么重要。"

"谁说的，重要！只是你不知道罢了。""那又怎么样呢？这不说明什么！""那如果，人也放在心上了，怎么办？"梓健站起身，把头轻靠在我肩上。我闭上眼，感受他轻盈的呼吸与炽热的心跳。梓健的手，穿过我的腰间，我的心提到了嗓子眼。如此梦幻又真实，我无法抗拒。

我缓缓转过身，两人的脸慢慢贴在一起，如此接近，让人欲罢不能。我的眼泪滴在梓健的衣服上，没人能了解这是怎样的一种痛楚。这一刻，我无法分辨眼前的是边宇还是梓健，又或者，是他俩的缩影。

我俩拥抱在一起，感受彼此的体温。我轻轻地问他："告诉我，如果你不是小雯的男朋友，你会爱上我吗？"梓健紧紧抱住我，坚定地说："我承认，我会！"我闭上眼，泪水再一次滑落："这就够了，梓健。我不会奢求什么，知足了。"

梓健抚摸我的脸，我俩的额头靠在一起。他喘着气说："我真的骗不了自己……司徒珈，我承认，你已经在我的心里了。"我痛苦地闭上眼，本应当庆幸，内心却感到前所未有的疼痛。

"可你一直不肯承认，就是因为小雯吗？""我不想伤害她，也不想伤害你。你们都是好女孩，我伤害不起。""有你这句话就够了，你不会伤害我们，我知道该怎么做。""珈，我能这样叫你吗？"我红着眼点点头。

梓健托着我的脸，痛苦地说："告诉我应该怎么做，我真的不想让你难过。"我鼓起勇气，艰难地说："就当今晚，是梦一场。我们还是好朋友，你还是小雯的男朋友。"

梓健的眼眶红了，我终于明白，他心里是真的有我。

我们面面相望，艰难地无法逾越。他想吻我，却没有勇气，怕对不起小雯，也伤害了我。我们再一次紧紧相拥，来证明彼此内心想表达的情感。

"梓健，你该回去了！"我知道，自己要有理智，该放他走了。

他的手机响了，是小雯的来电。我猛地放开梓健。房间内异常安静，我能清楚地听到电话那头传来小雯兴奋的声音。"亲爱的，你在干吗呢？""我刚回家，准备休息了。""我后天回来，记得想我啊。""嗯，我会想你。那后天见了，你注意安全。再见。"

"你真的该走了。"我必须得赶他离开，否则，我很难保证自己会不会失控。我知道，他亦是如此。梓健两手托着我的脸颊，深情地望着我，在发鬓处轻轻地吻了下。他不舍地说："早点休息，我走了。"说完，头也不回地离开。直到汽车发动，我的心彻底落地了。

我明白自己不该奢求什么，我们只不过是人生中的过客，不会有任何结果。假如，梓健长得不像边宇，我还会喜欢他吗？不，我不能做对不起小雯的事，我不能伤害她！

一个人的夜晚，原来不只是清净，更多的，还有冷清与彷徨。

宣　布

2007 年的最后一天。

再次见到小雯，她的脸上洋溢着幸福的笑容。白皙的皮肤透着红光，像个可人的芭比娃娃，我感到无地自容。一旁的梓健，低头不语，他并没为小雯的归来而感到兴奋。

饭桌上，一芬打开了话匣子："我们的柳大小姐，出差了几日，有什么好消息和我们宣布？""你们猜。"小雯鬼魅地眨了下眼睛，浓郁的睫毛把她映衬得格外动人。看得出，小雯今天是有意打扮了一番。

魏波说："猜不出，你就别卖关子啦。"小雯害羞地低下头，看看一旁的梓健："我有两个好消息要宣布，一个是台里委派我去北京的电视台合作一档新栏目，为期四个月。"魏波笑着说："这是个好消息啊。回来后，你就是大功臣啦。"一芬问："小雯，你决定去北京了？""嗯，有这打算，现在不正和你们商量着吗？如果梓健支持，你们也觉得合适，那我就过去。"

魏波耸耸梓健的胳膊："兄弟，怎么样？给个意见啊。""啊，哦，只要小雯愿意，我都支持她。"小雯翘起小嘴："说到底，原来你还是舍得我走的。""我不是这个意思。你有发展，我们肯定支持你，高兴还来不及呢。再说你就去几个月，又不是不回来了，对吗？"

小雯一合掌："那，大家都同意的话，我就决定咯。珈珈，怎么都不说话呢，不为我高兴吗？""哦，当然为你高兴了，祝贺你。只是大家要分别，难免有些不舍。""我知道你们都是我最要好的朋友，我会一直把你们放在心上的。五月份，我就回来啦。"

"那，第二个好消息是什么呀？"一芬迫不及待地问道。小雯转过头，微笑地握住梓健的手："我父母说，这周末让我和梓健回家吃饭。"一芬兴奋地说："啊哈，小雯，可以啊，漫长的革命工作终于有了成效！"

魏波问："这么说，你爸妈已经接受梓健了？""嗯，看这样子应该快接受了吧。"梓健并没有显现出很高兴的样子，反而有些尴尬，也不主动发话。魏波耸耸他的胳膊："喂，兄弟，你应该开心啊，怎么沉默不语啊，掉魂啦？""没有。"他握住小雯的手，"好，这周末我陪你回家吃饭。"小雯幸福地靠在梓健身上，宛若一个小女人。

一芬问我："珈珈，今天好像有心事？"我笑着说："没有，这两天没睡好。"她直直地望着我，像要看穿我的心思："不会是在想谁而失眠吧？""哪有啊，没有啦。""那，你就不为他俩开心？""当然开心啊，来，我们为小雯和梓健干杯。祝你们早日修成正果！"我一口喝完杯中的啤酒。

"来，我们干了。"梓健也一口喝下酒。小雯鬼魅地说："喂，今天你们两个怎么回事？搞得跟决绝似的，气氛不对哦。"魏波打趣道："呵呵，小雯，这你就不懂了吧。男人嘴上不说，但心里就是舍不得你。""是吗，亲爱的，你真的会舍不得我吗？""嗯，会。""那好，我们把杯中的酒都干了。"

饭后，借着小雯去上洗手间，一芬问梓健："怎么感觉今天不太对，不开心啊？""哪有啊，挺开心的。""感觉这段时间你和以前不太一样了。""有吗？哪里不一样？""女人的直觉，这个你自己清楚。""你们女人的直觉往往都是错觉。""是吗，那也有可能啊。对了，小雯出差的这几天，你都干什么了？"

"工作、吃饭、睡觉。""那，你都和谁吃饭了？"一芬一副质问人的样子，听得我心里直发虚。"你这个鬼丫头啊，还真会问。""我是替小雯着想，你自己可要注意点。"一芬凑近梓健悄悄地说，"有人可告诉我，你和别的女孩一起吃饭了。"

梓健叹了口气："就是吃饭而已，谈正事。一芬，你也想太多了吧。又是那女人告的状！""是告状了，你承认了？""只是吃饭而已！""好，那算我八卦，你可别让我揪到你的小辫子。要不然，绝不饶你！"虽然是一句玩笑话，语气中却不乏挑衅。

我站在一边，觉得很无趣，像个被人唾弃的小丑。

逾　越

2008 年 1 月 1 日，新的一年就这样开始了。

我再也不能混乱下去了，和梓健的这一页，应该彻底翻过去了。他仍旧是小雯的优秀男朋友，大家心目中的好弟兄。只是对于我，将不再有任何关联。

我赶往医院看望阿欣，在病房门口，却看到一个熟悉的身影在和阿欣静静地聊天，是梓健！

"你怎么来了？""今天是元旦，我过来看看欣姐。""不用陪小雯吗？""她有自己的事情。"看着他给阿欣端茶送水，照顾有加，我的心一下子又软了。

离开医院，梓健开车送我。我问："刚才阿欣都和你聊什么了？""她很为你考虑，让我对你好一点。""这个女人，怎么和你说这些。如果是因为阿欣的话让你为难，那我替她收回。我不需要任何人的同情！"

"没有人在同情你。我，只是想来看看你。""看我做什么？你就不该来医院，这个时候你应该陪在小雯身边，她很需要你。昨天看到她回来后这么开心，我恨不得从这个地球上马上消失。看样子，你们快修成正果了，我应该祝福你们。"

我想下车，车门却被锁上了。我大声叫道："请让我下车！""我不会让你这么走掉的，你一个人要去哪里？""去哪里都行，就是不能和你在一起。""我不放心，你不能走。"

我万分矛盾："放不放心和你有什么关系，你关心的应该是小雯而不是我！""我的脑子里现在全是你的影子，怎么能说和你没关系？""我为什么要相信你的话？""你跟我回家就明白了。"

梓健二话不说，驱车往家的方向开去。

他把热牛奶递到我手中："快暖暖身子，今年冬天太冷了。"许久，我发话："你究竟要给我看什么，想证明什么？"梓健二话没说，顾自打开笔记本电脑。桌面的照片正是那次游玩的合影！上面有小雯、梓健、魏波，还有我，每个人都笑得很开心，一种青春活力与朝气瞬间充满了整个桌面。

"你知道我为什么要放这张相片吗？""人多，热闹吧。""不，因为那上面有你。我不想欺骗自己，虽然我知道这很没用。""小雯看到了怎么说？""是她鼓励我用这张相片的，没她的坚持，我还没有勇气……"梓健颤抖着声音说，"小雯说看着这张合影，让她觉得青春，特别美好……"

我的眼泪无声地掉下来，摇摇头："你不该这样做，这是对小雯的不尊重，也是对我的侮辱。""珈，我没有在侮辱你，自始至终我都不想伤害你。"

梓健握住我的胳膊："你知道吗？我也忍得很辛苦。从第一次和你见面，我就清楚，我们之间也许会发生些什么。只是，我不想伤害小雯，所以一直没有正面对待你。"

我颤抖着嘴唇说："所以，当我和你在 KTV 见面，你没有拆穿我们曾经见过。当我们后来接二连三地巧遇，你也没有拆穿我，还在你女朋友面前很好地维持了你的风度。当我生日那天说出我喜欢你时，你那种视而不见的态度，还在我面前一再强调你是我好朋友的男朋友……我觉得那是在我身上抽鞭子，一个字就是一鞭。现在，只有我们两个人，你又说你……告诉我，我该相信你说的话吗？"

梓健用手捋过我散落的刘海，红着眼说："你应该相信。"我们狠狠地相拥，瞬间，万物消失不见了。他温柔地抹去我脸上的泪痕，一遍遍吻着我湿润的眼睑。我闭上双眼，感受他的温度。吻一下，心就跟着抽动一下，很疼。我无声地流着泪，像个委屈的孩子。

此时，道德、意念、理智、友情通通抛到了脑后。我像踏在棉花上行走，如梦幻般轻柔。若不是梓健抱住我，我会立马瘫软下去。我不愿放开他，心甘情愿地让他一点点将我融化。

这一秒太短暂，这一生又如此漫长。时光不够，我们又能拿什么去填补！

梓健缓缓地说："假如，我在两年前遇到你，也许，事情都不会是这样了。""没有假如，两年前我根本不会来上海，你也不可能遇到我。也许，这都是命里注定的。""那我们，就听天命吧。"

战争爆发

一阵门响瞬间把我们拉回了现实，猛地回头，竟发现小雯开门站在那儿。她手上拿着一个礼盒，诧异地看着我们："梓健、珈珈，你们……你们在做什么？"

我猛地推开梓健："小雯，你听我说，不是你想象的那样。""小雯，你别误会，我们没有什么。"梓健的解释苍白无力，没有任何底气。

"听你说，是啊，听你说假如两年前遇到的是她而不是我，对不对？"小雯的眼里泛起泪光，步步逼近，"什么叫命里注定，什么叫听天命？我不懂，你们给我解释一下。没有我，你们是不是就可以双宿双飞了？"

梓健摇头："小雯，你误会了，不是这样的！"

"你给我闭嘴，梓健！别人怎么评价你，我根本不信。我相信我所看到的，相信你只爱我一个。两年了，我哪天不在做家里人的工作，就是为了让他们早一点接受你。前段时间，一芬叫我看紧你，我还骂她神经质，说你不会对不起我。可就在我出差的时候，你们却在偷偷约会！你知道人家是怎么说你们的么？说你们很亲密，你给她夹饭菜，比对我都温柔！我像个小丑，被蒙蔽了这么久。到今天才知道，你居然和我最要好的朋友搞在一起！"

小雯的眼里满是仇恨与伤心。

梓健解释："小雯，我们真的什么都没有。那天在医院陪欣姐，然后就在外面吃了饭。你不要听别人乱说！""是吗？我现在才明白，你把电脑桌面换成那张相片是什么寓意。我想呢，原来里面有她啊。我真是傻啊！"

"小雯，那只是一张照片，并不能说明什么！"

小雯把目光猛地转向我："司徒珈，我当你是我最好的朋友。你来到上海后，我样样事情都想到你。吃饭叫你、活动叫你、逛街叫你，就连应该和男朋友过的节日也都想着你。我那么相信你，还给你介绍男朋友。可你为什么偏偏就……一芬的话没有点醒我，我根本没有想到那个狐狸精会是你！你抢你最好朋友的男朋友！"

"小雯，你错怪我了，我根本没有想过要抢你的男朋友。""怪不得昨天吃饭总觉得哪里不对劲，我说呢，原来是心中另有佳人啊。原来是我从中破坏了你们的气氛对吗？一边是无话不说的好朋友，一边是朝夕相处两年的男朋友。你们，你们真的太过分了！"

"小雯，求求你别说了！"梓健大叫道。

小雯不断掉着泪，呆呆地说："我今天来，本想给你个惊喜。没想到，你给我的惊喜更大，更让人意外。2008年的第一天，你们送了我这么好的新年礼物。梓健，这是我见过，你送的最好的一个礼物。我会永远收藏它的。司徒珈；我们的友情到今天这一刻，彻底结束了！梓健，我不后悔曾经爱过你，但我现在对你只有恨！"

说完，小雯狠狠地瞪了我们一眼，伤心地夺门而出。

梓健看看我："我去追小雯，怕她想多了。"我着急地说："快去吧，把她追回来，告诉她我们什么也没有！""珈，让你受委屈了，真的对不起。是我伤害了你，我会赔给你的。"

梓健追了出去，屋子里弥漫着硝烟的味道。三个人的战争，必定有人先退出。毋庸置疑，那个人只能是我。我是第三者，是破坏大家关系的罪魁祸首！我没想到自己会变得那么坏，为了心中的那个影子，伤害了最不应该伤害的人。

我在心中对小雯默念千遍对不起，对不起，对不起。我有罪！友情、爱情，在这一瞬间，化为了乌有。

回到家，我没有开一盏灯，怕光亮会更加照射出我的丑恶，只有黑暗才适合现在的我。我给小雯发了短信：对不起，小雯。我自始至终没有想要抢你的男朋友，请你相信。也不要误会，我们不是你想象中的那样。梓健他爱的是你！如果你爱他，就要相信他！再次对不起！

这个简讯一点底气都没有，但还是得告诉她，我并没有真的想抢走她最珍贵的东西。

手机屏幕上一遍遍地闪了又落，是梓健的来电，我没有接的理由。他来了短信：小雯回家了，她没有见我，是我伤了她的心。一切的一切都是我的错，我伤害了两个无辜的女孩，哪一个我都于心不忍。所有的错由我一人来承担吧，我会向小雯解释清楚的。你不要有任何压力，没有我，你们不会伤了感情。真的对不起！我只想说，我对你所做的所说的全是出自真心，可没想到真心也会伤害到你，再次对不起！

我回了信息：我们之间没有开始，一切都结束了。没有我的出现，你们的感情不会出现任何问题。是我破坏了你们，我本不该认识你们。好好对小雯，她值得你去爱。不要再找我！保重！

发完信息，我关了机。

　　我没想到，我的自私给大家造成了这么多麻烦，还伤害了我最要好的朋友。我该拿什么去偿还？

活　该

　　也许像我这样倒霉的人注定是得不到太平的。

　　芳芳一直陪在我身边，在花坛旁，我没办法再隐瞒下去了。"芳，我爱上了一个人，一个我不该爱的人。""你爱上谁了？""我爱上了我好友的男朋友。""最头痛的就是这种关系，你应该摆正自己的位置。假如你知道和他没结果，就尽快抽出身来。"

　　"我没有想过要和他怎么样，可我伤害了我最好的朋友，我不该这么做的。""没有人愿意去伤害谁，你也是不得已的。如果不是情到深处，你绝不会背叛你的好朋友。""背叛，很贴切的词。我来到上海，唯一做错的一件事就是认识了他。不认识他，所有的事情都不会发生。"

　　走到办公室门口，看见一芬正在那里等我。我尴尬地上前："一芬，你怎么来了？"她不容我反应，上前就给我一个耳光。我愣住，泪水在眼眶里涌动。

　　"你怎么动手打人啊？真没素质！"芳芳上前扶住我，质问起一芬来。"我没素质，我要告诉你们到底是谁没素质！我要问问司徒珈小姐，问问你的良心到哪去了，我要找它评评理！"一芬的眼里，满是气愤和怨恨。我明白，她要为死党出一口气。

　　"一芬，我们有话到外面说，这儿是办公室。"她一把甩开我的手，大声地说："怎么，你也怕丢人啊，怕丢人就不要做那些见不得人的事啊！""一芬，你误会了，我没有。""你还要狡辩，亏小雯把你当最好的姐妹，你却这样伤害她！""我不是有意伤害她的，我和梓健什么都没有。""够了！你这个狐狸精，表面装着挺文气，骨子里原来这么风骚，专会勾引别人的男朋友！梓健也是个软骨头，几句话就被你吹了过去！"

我没想到，一芬会当众这样羞辱我。周围的同事不出声，静静地观看一场好戏。

她再次扯大嗓门说："你们身边这位美丽动人的司徒珈小姐，表面看上去斯文，会做人，背地里却和她最好的姐妹的男朋友搞在一起！"

芳芳上前："你乱说什么，不许这样中伤别人！""没有让你在这里充当好人。司徒，小雯是单纯，她把所有人都想得很好。她那么相信你，而你却利用她的天真这样伤害她！我早说过让她把梓健看紧点，她没放在心上。"一芬用手指着我的脸，"其实我早就看出你心怀鬼胎，嘴上什么都不说，那是因为你会演戏。真的被我料到，你喜欢上了梓健！放着魏波那么好的条件你不要，非得去缠你好朋友的男朋友！你到底有没有廉耻心？真不要脸！"

我的眼泪静静地掉下来："你们误会我了，事情并不是你们想的那样，有机会我会向小雯解释清楚的。这是我们三个人之间的事，和别人无关。""我当然要替她说句公道话。你们都背叛她，让她这么伤心。小雯不会再相信你了，她相信她所看到的。她把自己关在房里谁也不见，你以为说句对不起就完事了吗？没那么便宜！告诉你，小雯她说了，这辈子都不想再见到你们两个！你自重吧！"说完，一芬像风一样地跑了出去。

我不敢看四周，这已是我第二次在同事面前被人辱骂了。芳芳劝道："珈珈，别听那个疯婆娘瞎说，她在发神经。""是我的问题，你不要管我，我想冷静一下。"

我只有离开，才不会被人耻笑。他们一定早就等着看这出好戏，表面微笑恭维，私底下却想看到我闹笑话。我是自作孽不可活，没有人逼我。明知险境可怕，却情愿跳进苦海悬崖。背负一身的债，伤害了别人，也绝不放过自己。

高贵的欧式洋房

晚上，刘明要我参加应酬，我答应这是离职前最后一次。要不是考虑到没有招好人，我不会委曲求全还多赖在汇意一分钟。我重复着机械的工作，躯体在行走，灵魂却飞远了。

下午四点前，刘明匆匆离开公司，说去机场接客人，让我六点半准时到饭店。五点整，我接到老板电话，说晚上要用一份重要文件，放在他家，让我打车去取，钥匙在办公室抽屉的第三格。我没多想，按刘明的意思照做。

走到门口前台，只见芳芳埋着头，也不和我打招呼。我凑上去："嗨，想什么呢，魂不守舍的？"芳芳抬起半个头，不看我的脸："哦，我打表格呢！""我先撤了啊，去刘总家取文件。"芳芳一抬头："什么，你要去刘总家？""放心啦，他去机场接客人了。我走了，晚上有应酬。""哦，那你路上小心。"

高峰期，听着周围滴滴的声响，心里很是焦急。我致电刘明："刘总，我还在路上，很堵，恐怕六点半赶不到饭店了，怎么办？"电话那头传来十分平静的声音："赶不上点没关系，你慢慢来。"

今天的刘明有些反常，如此重要的应酬，竟让我慢慢来？手机里没有传来干扰声，显得异常安静。我特意问："刘总，您在机场吗？""是啊，在等人。""那我尽快吧，抱歉。""没事，你只要拿到文件就行。我等你。"

6点25分，车子终于艰难地来到刘明所住的92号别墅，一幢三层楼的洋房。这神秘的宅子，里面究竟是什么样子，我不得知。我拿出钥匙，小心翼翼地打开大门。房间内忽然亮了起来，整个客厅顿时金碧辉煌。真神奇，莫非这是高级功能，进屋就会有自动感应装置？欧式的风格，花纹地毯、沙发、桌椅、壁炉……还有酒柜和烛台，在水晶吊灯的折射下，呈现得绚丽多彩。

壁炉的正上方，挂着古希腊月亮女神的油画。屋里的摆设雍容华贵，彰显出主人的尊贵气势。看来刘明还挺会生活，应该是比较有素养的。只是他的为人，还有我所闻那卑劣的手段，与这房子简直是天壤之别。

穿过客厅，我往扶梯走去。不知从哪里传来轻柔的钢琴声，是肖邦的降 E 大调夜曲。我全身的毛细血管都被抽动了一下，屏住呼吸不敢喘气。原来真的有人在家，会是谁呢？

"咣……咣……咣……"突如其来的声响吓了我一跳，原来是墙上那褐色的古老大钟在报时。

我试着喊了声："请问，有人在家吗？我是刘总的助理，来这边拿份文件，马上就走的！"我是担心，会不会有什么女人穿着性感的吊带裙从卧室里慵懒地走出来。我往楼梯上看了看，确信没有动静才战战兢兢地走上去。

来到二楼左边的书房，在书桌上找到了那份重要文件。确认无误后，关上门准备下楼，却瞥见对面的房门虚掩着。我慢慢走过去，用颤抖的手轻轻推开房门，里面没有人，我舒了口气。宽大的床铺，两旁摆放着漂亮的欧式烛台，墙上正中央挂着一幅早期欧洲宫廷人物油画，一旁的立柜上则放着一尊裸体女人的雕塑。

一种伪高雅的感觉涌上心头，表面富丽堂皇，内心不知深浅。在这样的老板底下做事，看不清他本人的真面目，迟早都会出娄子的。幸好，我已清晰，决定别离。

诱　使

我走下楼梯，望一眼宽敞、亮堂的客厅，它是尊贵的象征，也是低级的奢侈品。

经过沙发旁，"咣当"一声，我的大衣碰倒了国际象棋。从地上拾起水晶做的棋子，确定无损后放回原位。我的心跳得厉害，一种不祥的预感袭上心头。在这所大房子里，会不会有人正躲在某个角落审视我的一举一动？优雅的音乐让我发毛，皎洁的灯光像要看穿我的心事。

我必须马上离开。

正当我要开门的瞬间，一个熟悉的声音从背后传来："这么快就走，不多留会？"我猛地回头，是刘明！他怎么会在家中？我震惊了。

刘明笑着看我，眼神中透露着一股欲望。

我变得没有底气："刘，刘总，您，怎么会在这里？""呵，这是我的家啊！""可是，您，不是去机场接客人了吗？""哦，对，刚才是去了。但是飞机晚点，所以就先回来了。"

我确定，刘明在撒谎！五点半我和他通话时说在机场，一个钟头即使飞也到不了家，何况是高峰期。这时，音乐里放的是激昂顿挫的贝多芬月光奏鸣曲。我和他通话时，也从电话里听到这首钢琴曲……

我的背脊一阵凉意，仿佛看到了刘明即将狰狞的变脸。此时，我需要冷静。

我慢慢后退："刘总，文件放在这里。我还有事，先回去了。再见。"说完，我转身去开门。没想，大门被上了锁，无论我怎么扭转就是打不开。我呼吸急促，闭上双眼，知道自己终究逃不过这场劫难。

"既然来了，为什么不多待会呢，干吗急着走？"我慢慢转过身，刘明正用慈善的目光望着我。"都到我家了，怎么样也得欣赏一下，再评个分，给点意见。""刘总，您的房子真的很有品位，很漂亮。""是吗，我也觉得很漂亮，就是缺少一位女主人当家。"

"刘总，房子我参观过了，我可以走了吗？""既然来了，饭总是要吃的。这附近可没什么小店，到市区起码也得一个多小时。要不同事们该说我这个领导不地道，下属来家里做客，还要饿着肚子回去，太说不过去了。""我看，还是下次吧。""我都准备好了，你不赏个光吗？"说罢，他推开餐厅的移门，餐桌上摆着洁白的台布，点着蜡烛，漂亮的餐具和美食，还有红酒。

"请吧……"刘明这个男人，太会搞花样了，我该如何应对？

"那这样吧，这次晚餐就当是我来刘总家做客，非常感谢您。但我用完餐一定得走了，我男朋友还在等我。如果他找不到我，说不定还会报警。""哦，是吗？男朋友？好啊，那用完餐我把你送回到男朋友手里，保证不让他着急。""没关系，我打车。""请用餐吧。"

黑桃木的餐桌上放着可口的牛排、蔬菜汤和红酒，可我一点也没胃口和心情吃，只想应付完马上走人。刘明拿着事先倒好的红酒说："来，司徒，我们干杯！""刘总，今天能不喝酒吗？我们又不是做生意，免了吧。"

"错了，这西餐吃牛排，怎么可以少了红酒呢。你不会这么不给我面子吧。喝几口没事的，而且美容养颜，能预防很多疾病。这个道理你还教给别人过呢，忘了？"当时对谢震贪酒喝而改为红酒的意见，现在全变成了喝酒最充分的理由。

"我就喝几口，您也知道我没什么酒量。"在刘明的诱使下，我硬是喝下了大半杯红酒。他笑笑："尝尝这牛排味道怎么样？"此刻，我根本不会再问他是什么时候回来准备晚餐的，问了也是无济于事。

我切下一块牛排，勉强地放入口中，艰难地挤出笑容。

"你们女孩子吃还是熟一些较好，像我，五成就可以了。"刘明的那一份牛排，掺着明显的淡红色血丝。我怯怯地问："不觉得生吗？"他附一口红酒："味道真不错，我喜欢带些血腥的感觉，很新鲜。来，再干一下。"

刘明放下酒杯："这个房子全是我自己设计装修的，欧式的风格，你喜欢吗？""客人喜不喜欢并不重要，重要的是主人居住的感觉。""是啊，我也这么觉得。只是一切俱备，只欠东风。""刘总这么有才华，怎么可能会欠东风呢。"

"我刘明至今单身，没有结婚。像我们这些奔四的男人，把精力都花在事业上，忽略了自己的终身问题。我承认，爱慕我的女人是很多。可让我真正心动的却只有一个。"刘明直愣愣地盯着我看，我低头躲避他的目光。

圈 套

突然，我的头开始晕眩，眼前的刘明变成了两个。我靠在餐桌上，用手扶住头，眼皮在慢慢下沉。头脑混沌不清了，身体感觉疲惫不堪。

我听到一个远远的声音："司徒，你怎么了？""我头很晕，没力气，不知道是不是喝了酒的缘故。"不知不觉，我整个人趴在了桌上。"司徒，司徒，你没事吧……"声音越飘越远，渐渐的，我什么也听不到了。

再后来，我便失去了意识……

待我苏醒过来，身体酥软地躺在大床上，头脑昏沉晕眩。我努力回忆刚才发生的事，难道这酒有问题？这不正是刘明的卧室！壁柜上的那座裸体女人雕像，似乎还在对我微笑。天哪，该不会？幸好，我的衣服还穿在身上。

我被刘明下了圈套，这个无耻的混蛋！就在我竭力想坐起来的时候，刘明身穿睡袍走过来，他的脸，那么狰狞。一双大手伸了过来："宝贝儿，你醒了？"

"别碰我！你在酒里放了什么？""别紧张，只是半粒安眠药，想让你好好地睡一觉。""你不是人，想趁我昏睡对我下手是吗？你真无耻！"

"不要这样说我，司徒，我会心痛的。我没有恶意，什么都没对你做，我对你是真心的。难道，你还看不出来吗？""你的话让我恶心。""不不，我一定要把我的真实想法告诉你，不然我会憋死的。这么久了，还是第一次如此近距离地和你说话。你真美。从看到你的第一眼起，我就喜欢上了你。我工作上照顾你、生活中关心你，还为你除去绊脚石。我那么尊重你，就是想让我在你心里留个好印象。你要多少钱，我都可以给你，只要你和我在一起。"

"你休想！你的钱，我拿在手里脏。""不要拒绝我，我是真的喜欢你。"刘明把头伸过来，手在我脸上不断抚摸。

"你放开我！无赖！禽兽！""你现在说什么都没关系，反正你在我这里是逃不出去了。你就是我的了。无数个夜里，我幻想着和你在这张大床上尽情地享乐，抚摸你可爱的面容和玲珑的身体。最终只有我的左手陪着我的右手。你知道我有多孤单、多寂寞。好多次，我都想抱住你、吻你。可我还是忍住了，我知道你不会喜欢那样的我，对吗？""你变态！难道你这样，我就会喜欢么？"愤怒的眼泪顺着我的眼角缓缓地流下来。

"我暗示过你好多次，可你永远在拒绝我，永远无动于衷！我对你温柔，对别人严厉，你不是没有感觉，可你连正眼都不瞧我，这让我很失落。我对你的怜爱惹得多少女同事争风吃醋，你知道自己树了多少敌，你一点感觉都没有吗？"

"可是，你又不缺女人，干吗非要针对我？董晓敏，不也成了你的牺牲品么？""董晓敏，哼，她是看重了我口袋里的钱！像她这种女人我见多了。给点好处，就屁颠屁颠地往我身上靠。她不仅要钱，还要借我上位。这种货色太廉价，我根本不会看上她。"

"那你以前那个助理呢，为你流产也是在利用你了？""司徒啊司徒，你知道的还不少啊。""做了就不怕被人知道。""她说她爱我，要和我结婚。时不时和我寻死觅活的，真他妈烦，倒贴的货没一个好的。"

"那颜总，她为你付出了这么多，你又是怎么对她的？""原本以为你很单纯，没想到肚子里还藏着这么多小秘密。""这还算是秘密吗？在公司，这应该算是大家皆知的秘密吧。"

"我承认，那么多年她是为公司做了不少贡献，对我也不赖。可我没少给她啊，她还是不满足，经常要和我闹事，觉得我对不起她。"

"可她毕竟跟了你那么多年，她是公司元老，难道这不是她应得的吗？""哈哈哈，颜晴把你们每个人都骗了，她和我在一起是另有目的的。她真正的目的不是要得到我，而是要得到我的钱、我的权、我的利，还有汇意这整间公司！你太简单了，根本不懂那女人的诡计。女人啊，一旦跟钱有了关系，动机都不单纯了。"

既然刘明把话都摊开了，我也不避讳地说出自己的真实看法。

"你身边的女人，她们确实付出了那么多，难道就应该受你的伤害吗？""那是看重了我口袋里的钱。若我是个穷小子，她们还会像蜜蜂一样围在我身边转吗？早他妈逃得远远的了。可你不一样，你真的和其他女人都不一样。我刘明活到今天还没有征服不了的人，唯独你。"

"像我这种女孩很有挑战性。""是啊！""越是被动、越是退缩和拒绝，你就越是有动力？你要慢慢地接近我，慢慢地侵犯和占有我。让我一点点心甘情愿地接纳你。是不是这样？"

刘明的脸色立刻变青了："臭丫头，原来你是假装睡着，你听到了我们的谈话？""我是天真，以为自己的努力才换来谢震对我的信任，没想到是你在从中作梗。没有你的搅和，那60万元的订单是不是就真落在董晓敏的手里了？"

"不错，我是做过谢震的工作。可你如果没点实力，他又怎么会把自己的生意白白交给你呢。""他交给谁做不都一样，只要你刘明一句话，还有什么事办不到的。"刘明的嘴脸变得更为凶恶："告诉我，你还听到了什么？啊？"

"我当时都喝醉了，还能听到什么？"我隐去了听到刘明剽窃的事实，对于眼前的处境来说，这是火上浇油。

"错错，你误解了，我真的是看好你的。我想让你先做助理，然后再成立个宣传策划部让你做主管。这样别人就不会说闲话了，你也可以发挥优势大干一场。这个设想我早就和颜晴讨论过，但被她否决了。她当然嫉妒，怕你抢走了原本属于她的东西。不过，你迟早都是我的人。我认定了你，就不会放弃。"

"你休想，虚伪的混蛋！没有人会相信你的鬼话！""啧啧啧，那么生气干吗，看把你的小脸都气绿了，我会心疼的。""你给我滚远点！我的男朋友在等我，他知道了一定会来救我的。""那好啊，我倒要看看你哪个男朋友会来救你。那就是我啊，我来救你了。""你变态的，你走开！"我拿起床边的话筒，却被刘明一手推翻。

"你打啊，你打给谁啊？别骗人了，你根本就没有什么男朋友，你在上海没一个亲人！"我害怕地哭了。他贴近我的脸："你不是说辞职要回广州吗？可为什么还是留在上海？因为你根本就没打算回去，只是为了要离开公司，离开我！对不对？"

我彻底蒙了。

"我还听说，你投了简历给一家公司，他们在招聘外语过八级的翻译是吗？"我心里发了毛，这个消息我在公司对谁都没有提起过，除了芳芳。

"你真卑鄙，你雇了私人侦探是吗？我是去过那家公司，可那是在决定回家之前的事，我根本不会再去应聘了。你白浪费时间了。"

"你认为像我这样的身份还需要动用私人侦探吗，我稍微挥挥力气，别人就都交代了。你所有的事情，我都知道！"

"还没想出来吗？我替你想，董晓敏？应该不可能，你们彼此都有成见，不可能坦诚相对。杜新？也不可能，你和所有男同事都保持一尺距离。颜晴？那更是不可能了，我知道你们有几次单独相处的机会，不过你的警觉性那么高，不会随意透露私事。至于还有谁，你自己心里应该比我更清楚吧？"

刘明那张虚伪阴险的脸孔让我恶心，我感到胸口一阵发闷。

出　卖

他到底是在考验我的耐心还是掌握了讯息？难道，他说的就是芳芳？公司里除了她，我没有再好的朋友了。

"你不要恶意挑拨我和别人之间的关系，你休想！""我挑拨，有必要吗？我好像记得你家住徐汇区，还是在桂林东街。那个门牌号码是……""够了，刘明，你究竟什么意思？你是跟踪我还是派人来调查我，你直说吧。反正横竖都是死，就明了点。"

"我怕说出来你会伤心，我不想看到你得知好朋友出卖你后那心痛的样子，那样我会更难过。""别卖关子。男子汉大丈夫，说一不二，别冤枉好人。"

刘明闭了下眼睛："你眼里所谓的好朋友何芳芳，她把你的一切，都卖给了我。"

我使劲地摇头："不可能，芳芳不会这样对我的，她不会的！""别天真了，你们的感情再好，还是敌不过人民币的诱惑。看来友情和金钱比起来，的确是廉价了不少。"

"不会的，绝对不可能，芳芳不是那样的人！""你还有个同校的师哥，对你一直不赖，可你不喜欢人家。最后居然爱上了好朋友的男朋友，还被当众侮辱，那个男人是个孬种。你喜欢我不就得了，换了是我，看谁还敢在你面前撒野。他连最起码的保护都给不了你，还配和你在一起吗？我真替你不值啊。"

"够了，够了！别再说了！"我疯狂地喊起来，只觉得世界万物都坍塌了。

"现在知道了吧，你最信得过的朋友居然也会出卖你。你在我面前是一览无遗的，就像脱光了衣服一样。"

原来，我一直坚信的友情竟如同一堆废纸，一吹便散尽。我眼中的芳芳，我那么相信她、在意她，居然会为了利益出卖我！

　　"所以，你最应该相信的人是我，我会珍惜你、心疼你，不让你受半点委屈。答应我，好吗？做我的女人，这里的一切都可以是你的，你可以享尽荣华富贵。"

　　"呸，去你的荣华富贵！豪宅、名车、产业，还有那会骗人的外表，都是掩饰你真面目的华丽外衣！无论你多有财富，在我心里你始终是个虚有其表的伪君子，阴险的小人，无耻之徒！像你这样的混蛋，总有一天会得到报应的！"

　　"你少跟我装蒜了，其实你心里也喜欢我对不对，也很想和我上床对吧？那些贱女人我玩多了，像你这样清纯的还是头一个。来吧。"

　　我一动不动地躺在那里。他看见我如此冷静："怎么了，宝贝儿？""你为什么不趁我昏睡时对我下手？那样还更干脆些。""我说过不喜欢强迫，我喜欢有互动，这样不是更好吗？""就算全世界的男人都死光了，我也不会喜欢你这样的人！""为什么？""因为，他们活得比你真实！"刘明一拳打在床沿上，脸上露出了凶神恶煞的表情。

　　"我现在一点都不怕你，来吧。我想，和一具冷冰冰的木头做爱，你也不会痛快吧。""你……""怎么，不敢了？"刘明红着眼问："你真的一点都不喜欢我？"

　　我恶狠狠地说："是，从我第一眼见到你的时候，我就讨厌你、恶心你。你那么卑鄙无耻，我恨不得早一点离开你。就算今天让你得到我的人，也永远得不到我的心！"

　　我拿过一旁的花瓶朝刘明的额头猛烈地砸去。"啊……"鲜血立刻从他的头上渗了出来。

救　星

　　我艰难地下了地，拿过外衣跌跌撞撞地开了门。告诉自己快清醒，好有力气逃出这里。刘明趴在床上，被突如其来的疼痛弄晕了。我在心里说:"司徒珈,要坚强。边宇,你要保佑我逃过这一劫难。"我扶住楼梯,几乎是连滚带爬地滑到一楼。

到了客厅,门被反锁了。就在情急之下,门外有动静。我使劲敲门:"外面有人吗?救救我!""是司徒吗,你在里面?"是颜晴,她的声音让我看到了希望!我有气无力地说着:"颜总,是你吗?快一点,救我,救救我!"

我翻开皮包,钥匙已被刘明收走了。"颜总,我没有钥匙!""你别急,我有。""刘明在里面把门反锁了,快,他要下来了。快啊!""这样,你到沙发后面那,把小窗户打开,它可以开三分之一,我把钥匙扔进去。"

我打开窗户,颜晴把钥匙一扔。我如获至宝地拾起它,跟跄地打开大门。看到颜晴,好比看到了大救星。我抓住她的胳膊疯狂地喊着:"颜总,快,救我!救我!"

颜晴扶住跌撞的我:"司徒,你怎么样?""刘总,他……"刘明跟着下了楼,我像见了魔鬼般躲到颜晴身后。"快带我离开,求你,带我走,带我走……"说完,我便瘫软地昏了过去。

隐约中,听见一个很远的声音在喊我:"司徒,司徒,快醒醒!"我有意识,却醒不过来。浑身无力,只有缥缈的声音在耳边萦绕。

"你的头怎么流血了?""不小心磕的。""你对她做了什么?""你来干什么?坏了我的好事!""刘明你真是禽兽不如,你欺负她了是不是?""这丫头机灵,我还没对她下手呢,你就出现了!不会是你们串通好的吧?""混蛋!我要带她走。否则,我把你的好事全抖出来,让你这辈子没法在圈子里混!"

"颜晴,你有种,老子不怕你。看看到底谁斗得过谁?我有本事把白的变成黑的,就有本事把黑的再变回白的。你想整我,恐怕还嫩了点。""我懒得和你这种畜生废话。总之以后你别再碰司徒,别再打她的主意,她还是个孩子!""你们究竟是怎么了,这么互相帮对方,给什么好处了？""因为我们都是女人！"

我隐约感觉到，颜晴把我扶到车里，一声引擎声划破寂静的夜空。之后，我便没了任何知觉……

等我苏醒过来，正躺在医院的观察室里，手上正输着液。"司徒，你醒了，感觉怎么样？""颜总，谢谢你，谢谢你救了我！"刚才的噩梦还在我面前浮现，惊魂未散。

颜晴握住我的手，关切地问："刘明他把你怎么了？快告诉我！"我哭着说："颜总，刘明他，他不是人！他把我骗到家里，在我的酒里下了药，想趁机侵犯我。""这个畜生，连你都不放过。他有没伤到你？"

"我不是很确定，喝了红酒什么都不知道了。醒来后，我与他周旋了很久。从他的话语中感觉，应该还没有。幸好颜总您来得及时，不然，我……"

"现在没事了，别怕，司徒，要勇敢。对这种人不能软弱，你越退缩，他就越是欺人太甚！刘明一直耿耿于怀，觉得你是他心头最难克服的一个猎物。像他这样的男人，没有什么女人征服不了的，唯有你。直到昨天，他说漏了一句话，说自己如同一匹脱了缰的野马，蠢蠢欲动了，再也不能放过最后一个机会了。我知道，他要实施阴谋诡计了……"

今天下午，刘明说要去机场接客户，晚上在酒店请客吃饭。可颜晴知道，他今天根本就没有安排。忽然联想起前几天，她陪他去超市。刘明挑了上等的红酒和牛排，还有蜡烛。颜晴问："你要招待客人吗？""我要做一顿别具一格的晚餐，来招待我的贵客。"

然后他又跑到医院，找人配了一瓶安定。颜晴怀疑地问："你买安定做什么？""最近老是失眠睡不好，买来试试。"颜晴太清楚了，刘明根本没有失眠的症状，睡得比谁都死。

今天下午我离开公司前，颜晴还特意问我，是去酒店陪客户吃饭吗？我说是，不过得先去刘明家拿份文件再赶去酒店。颜晴知道我有可能会落圈套，但不确定。

傍晚，颜晴去电问刘明是不是去机场接客人，他说是，可电话里的背景声很安静，传出贝多芬的月光曲。她知道刘明在说谎，这是他在家经常放的音乐。颜晴预感事情不妙，再打电话便是关机。她不放心，急忙赶去别墅。

"其实，我有两次和你谈话都暗示过你，就是想告诉你，刘明并不是一个你想象中的好人，要格外当心。""我明白，我知道颜总是为我好。我想我快辞职了，再忍几天，没想到被他算计了。明天我会去公司收拾东西。"

"明天，我来送你。""颜总，帮我保守秘密好吗？""一定，我答应你。"

凌晨，颜晴驾车把我送回家，我对她表示深深的感谢。

原来颜晴骨子里也有着热血和正义的一面。下车之前，我还是鼓起勇气说："颜总，离开刘明吧。您和他在一起没有好结果的，他会害了你。"

我和颜晴之间的心结终于在这场劫难后被打开了。

"我为他付出了这么多，说离开就离开，哪有那么容易。八年了，哪个女人会跟着他从起步到现在？我为公司为他做了多少贡献，可我得到了什么？"

颜晴第一次在我面前流下眼泪，突然觉得，她和阿欣身上有着相同之处，为了男人，都可以委曲求全地活着。

"您明知刘明的为人，为什么还不肯正面对？你那么有能力，离开他照样可以打下自己的一片天，为什么还要这样？""我不甘心，不甘心呐。你知道一个女人的八年意味着什么？是青春，女人能有几个八年的青春？我把最好的年华都给了汇意给了他，你让我就这样走掉？我不服气，真的不服气！"

"可你宁愿这样活着，也不愿离开他？""很多事你不明白，我也不好和你多说。总之，刘明在汇意不能没有我，而我，也不能没有他。所以，根本分不开啊。"

原来双方的利用价值就在于此，少了谁都不能呼吸。鱼少了水源，就有可能在一瞬间干涸灭亡。

"也许，我不太懂这其中微妙的关系。但我知道，玩火最终还是会……""没办法了，司徒。我已经点着了火星，想随时熄灭，太难。就看这火把，多久会燃尽。等到那一刻，我的使命也结束了。"

颜晴的车在寂静的上空划出响亮的声音，我的心被刺痛。伤感注定要在她的身上烙下痕迹，那么深刻与浓烈。只是，她从来不愿承认，内心却比任何人都清楚这疼痛的代价背后，付出的是什么。

我和颜晴的这场交流，每一句都是话里有话，谁也不愿把它真正点破。我能感觉出她的无可奈何。人生不就如此吗，明知不可以，却愣是不畏风险一意孤行。于我、于她，还有阿欣。

任何人，只要和情字沾上了边，都会如此。其实道理是一样的。

报 应

使我感动的是，家里还亮着灯。

刚出院的阿欣半躺在床上："宝贝儿，你怎么才回来，打你手机没反应，去哪儿了？"我上前抱着她痛哭："欣姐……""怎么了？"

良久，我才缓过神来："我刚去了医院。""什么，我刚出医院，你又进医院？""人有点虚弱，输了液，现在好了。我就是很累，很想睡很想睡……"我的眼泪不断掉下，滴在阿欣的被子上。

"到底发生什么了，好好的怎么会进医院呢？快告诉姐！""我只是觉得，比起你，我真的太没用了。"

我很想说：我背叛了最要好的朋友，伤害了最信任我的人。失去了自己喜欢的人，没有了友情，也同样得不到爱情。然后，友情又相继出卖了我，在我的心上狠狠地划了一刀。新年当头，我却在同一时间失去了两个好朋友和一个喜欢的男人。接着，被恶人算计，误入虎穴，差点落得万丈深渊。

这又算不算是罪有应得，一报还一报呢?

最终，我没有说出口，阿欣已不堪重负，我于心何忍!

我抹抹眼泪："你刚出院需要静养。明天我给你煲乌骨鸡汤。""明天，我等你下班回来。""明天，我就自由了!"

我背对着阿欣，眼泪簌簌，无声落下。

我径直进了房间，没有开灯，怕看见镜中那苍白毫无血色的脸，只比死人多了一口气。我无法面对这样的自己，憔悴、不堪一击、卑微，似个懦夫。手上还弥留着一股难闻的苏打水味，我感到恶心。我要好好洗个澡，洗掉那些肮脏与丑恶，它不能一直跟随着我的身体。否则，会越积越多，罪孽深重。我本是善良的，可为何会变得如此自私。也许就是这样，上天也报复我，认了。

此刻，我想念在家的日子，想念依偎在妈妈的身边。没有忧愁，不会孤单，更不会害怕。因为，那里是家，一个没有伤害的地方。

我走进卫生间，任淋浴蓬洒出的水花肆虐地敲打我的脸。让热气蒸发我的思绪，让热水冲刷身体的罪恶吧。我一遍遍地清洗，越是擦拭，心就越是撕裂。

想起那年初夜，处女膜破裂时带来的疼痛，也不过如此。那是幸福的象征，疼并快乐着，因为我是完整的。而现在，我散架了，只有空旷的躯体和缥缈的灵魂。我有伤，在心里最深的那个位置。无论怎样清洗和冲刷，它始终存在，并且加倍疼痛。

躺在床上，身体感觉在慢慢下沉。疲惫像与生俱来一样黏贴在我的肌肤上，每块骨头像散了架一样松软无力。药物的效力仍未散去，继续发挥着它的余热。我的意识开始模糊，不受自己控制。身体突然漂浮起来，轻盈而柔软。我好像看到了边宇，他在对我笑，对我挥手，叫我要勇敢别害怕。

之后，我便沉沉地睡去……

终　结

这一觉不知睡了多久。

饭桌上摆好了饭菜，我问："你怎么能自己做饭呢？要卧床休息。"阿欣说："是他做的，吃吧。""真看不出，光头这样的人还会做饭。""晚上回来，我和你商量些事。"隐约中感觉，阿欣有消息要和我宣布。

我来到公司，周末，同事们还在有条不紊地加班加点，没任何异常现象。我来到桌前，开始收拾东西。

选择今天辞职，因为我一分钟都等不及。我要马上、立刻和那混蛋划清界线，分清所有！我要在所有同事的眼皮底下离开，这样会更安全。从这一刻开始我再也不会受他的控制，因为，我把老板炒鱿鱼了！

颜晴悄悄走过来："司徒，你来了？他在办公室。""颜总，我收拾好了，进去和他说一声就走。"我确信，这是最后一次敲开刘明办公室的门。他看见我，立马从沙发上跃了起来，头上贴着白纱布。"司徒，你来了。昨天，我酒喝多了。你，你没事吧？"

我挺直腰板冷冷地说："我是来和你告别的，东西已经收拾好了。违约金就是我这个月的工资和奖金，你放心，你的钱我一分也不会要。我们扯平了。听清楚，从现在开始，我们不是雇佣关系，你没有任何理由和借口再来接近我！请你自重！"

刘明上前抓住我的胳膊："司徒，都是我不好，我真该死！我是因为太想你了，才把你骗到家里的。我发誓，我只给你吃了半粒安眠药，没有毒，我没有害你的意思。只要你肯留下，我什么都答应你。好不好，留下来？"

此时的刘明，求起人来的那副嘴脸，活像一条狗，令人厌恶。无论他说什么，我都不会再有任何反应。

我冷冷地甩开他的手，镇定地说："刘明先生，请你记住，我现在和你已经没有任何关系了。""怎么没有关系，我和你是老板与下属的关系。""可现在已经不是了。记住，这一次，是我炒了你。""你终于还是要走了，真的要离开汇意，离开我？"刘明表现出十分不舍的样子，脸上尽是委屈与失落。

我屏住眼泪："你别假惺惺地来这套，我在同事面前没有揭穿你的真面目，是给公司面子。汇意不能没有掌舵人，可你并不是一个真正的好舵手。和你一起前行，最终都会失去方向。昨天的阴谋诡计，我足以让你上法庭。假如真的让你这个混蛋得逞了，我一定不会让你有好日子过，就算你有天大的本事。我始终坚信，邪不能压正！你带给我的噩梦，就在这一刻画上句号吧。我们到此为止，自重！"说完，我头也不回地径直走出去。

"司徒，司徒，你听我说！"碍于面子，刘明没有再追出来。身为老板，在员工的心目中应该树立一个完好的形象。只是在我眼里，他已经什么都不是了。

我像只骄傲的孔雀，不听任何人使唤，我自由了。我把属于自己的东西放进箱子里，眼前的办公桌宽敞整洁，犹如新的一样。我把这个位子还给了刘明，以后由谁来接替？我没有心思去思考这些问题，离开对我来说是一件多么重要的事情！

我抱着箱子，尽量不惊动周边的同事。走廊那头，出现了董晓敏的身影："珈珈，你真的要走了？""我走了，保重吧！"晓敏的眼里欲言又止。不知从哪里传出一个声音："司徒要走了！"全体同事起身站在原地目送我。

我被眼前的景象所感动："大家保重了，我走了，我会想念你们的。"虽然只是同事，但真到了离别一刻，心中还是不舍。毕竟，这是一起作战的兄弟姐妹，算是同呼吸共命运过。无论有什么心结和矛盾，这还是一个完整的大团队。

"司徒，保重！""司徒珈，别忘了回来看我们！""珈珈，记得打电话给我！""愿你有更好的发展，我们等你的好消息！"

我的眼眶还是红了，点点头说："我会记得大家的，愿你们一切都好。保重，再见！"说完，我转身离去，身后鸦雀无声。

走到大门口，背后一个熟悉的声音叫住我："珈珈，你真的要走了？"我停下来，是芳芳。我没有回头，冷漠地说："这不正是你所希望的吗？你的目的达到了。""珈，你误会了，不是这样的，不是的。""我们之间没有误会。"

感觉她要哭了出来："你听我解释好吗？""不必解释，你的行为就是最好的解释。""我不是故意想伤害你。我，我是被迫的……""什么都不用说了。从此以后，我和你再也不是朋友。我们之间的友情，完了。"

"不要！我不知道我所说的话给你造成了多大的伤害和损失，但是我保证，我绝不是有意伤害你的，请相信我！""相不相信已经不重要了。我只看清了一点，就是，你长着一张会骗人的脸。"

我抱着箱子面无表情地进了电梯，关门的一刹那，听到外边传来哭泣的声音，有些凄惨和楚楚可怜，听得让人发毛。我的心随着电梯的快速下滑而下沉，闭上眼，泪水滑了下来。

这一刻，我和这里的人、事、物，做了最后终结。

来到大厦门口，颜晴在那里等我："我在这里送你，可以吗？""真的谢谢你，颜总。""不要说感谢的话，我们都是女人，何必互相为难。""我还是要感谢你。因为除了说谢谢，我不知道还能用什么方法来表达我的情感。"

"呵呵，是选择回广州还是留在上海？""应该，还留在上海。""那就等你找到好工作，请我吃饭吧。""好，一定！""随时保持联系，祝你幸福！""您一切保重，颜总，万事小心！"

考虑到颜晴身处的环境和位置，有些话，我没有说出口。虽然是忠言逆耳，但却会不利于他人。

"放心，我有数。我只能送你到这里了，一会还要召集营销部开会。""颜总您忙，我走了，保重！"

我往前走去，回头望一眼高楼大厦。阳光折射在反光玻璃上，它刺进我的眼里，让人躲闪不及，有些生疼。

这里的一切，从此与我，再无任何交集。

寻找出口

晚上，我炖了新鲜的乌骨鸡给阿欣补身子。

"哎呀，人都在医院里躺麻木了，回家真好。每天闻着苏打水味，一点胃口都没了。""那现在，你要多补充营养，恢复快一点。""再补充也一样，该没的已经没了。"

一时间，房间里变得异常静默。

"身体是你自己的，要懂得爱惜。如果连你自己都不知道保护，那又有谁会真正心疼呢？""很对。不过从现在起，有人会心疼我了。"阿欣低下头，露出了久违的笑容。

"你说光头吗？""是他。""还算有点良心，这是他的责任。""那么，我的一生，是不是也要他来负责呢？""你说什么？""其实我想告诉你，光头他说……想和我结婚。"阿欣的话，让我震惊不已。

"阿欣，是真的吗？你要和我说的，就是这个消息？""嗯，那天他在医院说，看到我这样很不容易，想照顾我，让我嫁给他。所以，我想听听你的意见。"

我叹了口气："结婚，是一辈子的大事。我想没有任何人可以干涉你的想法，你要自己拿好主意，想清楚了。""在医院待了这么多天，我也想了很多。也许这就是我的宿命，上天安排好的。你说我一个不完整的女人，有人愿意在这样的情况下娶我，已经偷笑了。还想奢求什么，嫁谁不都一样。不管他是出于同情或是其他，能够愿意用一生做承诺，也是需要付出勇气的。你说呢？"

我不知道经过这次事件，阿欣的想法是不是也跟着变了。变得越发顺从，顺从意愿，甚至可以是顺从婚姻。

"自从我出事后，确实看到他和以前有了很大改变。他对我的照顾和细心，这在以前是想都不用想的。也许，这是我因祸得福呢？"

"可是，你爱他吗？这是最重要的问题。"阿欣没有正面回答我，而是摆弄了一下桌边的盆栽，停顿了一会。"看着他的样子，像个大孩子，挺可爱的。关键的是，现在光头肯接纳我，我想这比什么都重要。我不小了，也想有个家了。一个女人漂泊了这么多年，该是个头了。"

我上前抱住阿欣，知道她并非心甘情愿。她只是在找出口，无论结局如何，她都认了。

"我希望你能幸福。如果觉得自己的选择是对的，我会尊重你。""谢谢你，我的好姐妹！我知道你会支持我的对不对？"我的心一阵刺痛。

"你呢，你的问题怎么样？和梓健……""不要再提他了，我们不会再有来往，一切都结束了。""怎么会这样？你们吵架了？""欣姐，我不想再说他了！""好好，我们不提他。""我今天辞职了。从明天开始，我要找新工作了。祝福我吧！""加油，我知道你一定行的。"

扶阿欣睡下后，我走到阳台上。寒冷的夜风中，嘴里的热气在月光的照射下，显得更为缭绕。黑暗中，靠那仅有的月光支撑起整片夜空。但比起世间的黑暗，却远远不及。和那些肮脏与污浊相比，黑夜的空气显得纯净太多。它虽冷，但清新。我庆幸，自己还能闻到这样干净的空气。

我如释重负，终于可以喘口气。放下了，身体会很轻松。许多东西，终究要说声再见。人、事、物，亦是如此。

又能怎样

我找到一家外商独资企业，利薇达时装贸易有限公司，他们正在招聘全日制院校英语专业毕业的翻译员。这天我正准备前往黄浦区应聘，出门时，看见梓健在花园的台阶上坐着。

"你怎么在这里？什么时候来的？""中午前。我知道你不会接我电话，所以只能在这里等你。""等我，你等我做什么？我们之间本来就没有什么，你不要来找我。你浪费这些时间在这里等我，还不如去向小雯解释。你应该和她说清楚这一切，说明我们之间没有什么！"

"小雯没有见我，她去北京了。""什么，她已经去北京了？什么时候回来？""大概过年的时候吧。""要去整整一个月？这么说，你没向她解释清楚？她是带着误会走的，这样拖着真不好，越拖对她的伤害就越大。""我没机会向她说明，不过这样也好，让她冷静下。工作充实了，自然可以忘记一些不开心的事。"

"那你还来找我干什么？""我，想来看看你，想当面和你说声，对不起。""不必了，你没有对不起我，是我伤害了小雯。""都是我的错，我没有处理好这些问题和关系。可是，我真的有很多话想和你说。"

"还要说什么，说你喜欢的是我，而不是小雯？或者说你两个都喜欢，你不知道该如何做选择？因为小雯走了，所以现在你只有来问我的意见，是这样吗？""不是的，珈，你不了解，你真的不了解！""我不想和你多说，我现在要去新单位应聘，不想带着情绪。先走了。"

"祝你好运。我会在这里等你回来的。"我背对着梓健："我没有那么快回来，你不必等我。""没关系，到天黑我都等你，你先忙吧。"

梓健，你要我说什么好，我明明那么喜欢你、在意，可我们却不可能会有什么，也不能够有什么。你别耗尽我最后一点耐力，你知道我在你面前会很感冒，我对你没有多少抵抗力。你别再威胁我那薄弱的意志了。

我斜过头说了句:"欣姐在家里,你若是真要等,就去楼上坐坐吧。我走了。"

我来到新公司,接待我的是行政部的负责人。利薇达主要经营成年女性时装,成品销往中国台湾地区和欧美各国。公司需要英语专业本科毕业,能处理对外贸易的相关翻译和业务事项。

她看了简历与听了我在学校期间的成绩后,似乎很满意我的表现。当问及我的上一份工作时,我如实说了在一家医药公司做总经理助理。

一来一回,天色已渐暗,万家灯火。走到小区门口,依然看到熟悉的身影在那里等我。梓健用外套裹紧身体,坐在台阶上沉思。一月的天,寒风冷得刺骨。他就这样在楼下等了整整一天!

"珈,你回来了?"我没有看他,快速上楼。我问阿欣:"我走了以后,有人来过家里吗?""有啊,刚才光头来过。他说怕看到你,就先回去了。"

"还有别人来过吗?""没有,怎么了?""梓、梓健,没有来过吗?""他没有来过,怎么了?"

我快速跑下楼,站在他面前:"你就在这里一直等我?都不上去坐一下吗?""这样也蛮好的,很久没有这么长时间呼吸新鲜的空气了,阿嚏!"

"在这里多冷,你会冻感冒的。""没事,我年轻,冻一冻没关系。看到你一切都好,我就放心了。没别的事了,你上去吧。我,回去了。"

我没有说话,只是望着他,欲言又止。

梓健,你可知道,我不好,一切都糟透了!生活对我来说已经变成了一种负担,只是在履行生命的本义。你不了解我的过去、不了解我的想法、不了解我心里的痛,这些你通通不了解。可我又能把你怎样,我怪不了你也怨不了你,只有怪自己。

"应聘情况怎么样?你很棒,一定可以录取。""三天之内等通知,但愿吧。""好,到时候我请你吃饭,为你庆祝。我走了……保重。"

看得出，梓健也有很多话想对我说。只是我们都没足够的勇气，这和软弱无关。在友情、爱情和道德面前，我们只能选择退缩。看着他远去的背影，我只能在心里默默地说：梓健，保重。

直至看不见他为止，我的眼前是一片模糊的景象。

骚 扰

三天后，我接到了利薇达贸易公司的录取电话，让我去单位谈一下细节问题。翻译员的职务范围是商务沟通、会议翻译、客户来访及口语翻译，对公司服装面料测试部分所做的报告及专业资料进行翻译等。对录用的员工，公司将提供优异的晋升机会和福利待遇，试用期一个月。

行政部黄经理带我参观了公司，并介绍了工作流程。临走前，她微笑地伸出右手："非常荣幸司徒小姐成为利薇达的一员，欢迎你加入我们的大团队。"

师哥知道我找到新工作，很是开心。我多想把这些时间来发生的事情原委通通向他宣泄。可，我不好过也就罢了，不能再去连累他人，伤及无辜。我不能永远像个长不大的孩子，遇到挫折就哭哭啼啼找人解难，不能永远在别人的庇护和安慰中过活。路，始终要靠自己去走。

我将用崭新的面貌和精神去迎接新工作，从前的一切，都滚蛋吧，都过去了。

可就在去新公司的第一天，我犯了个非常低级的错误。提早半小时出家门，却还是迟到了半小时！上班第一天就误点，实在是不应该。

下班回到家，阿欣奇怪地问我："第一天就加班啊，那么晚才回来。""唉，别提了，上班第一天就迟到。高峰期还真是赌，耗在路上的时间太长了。"

"上海就是大，一开始我也不习惯，慢慢就好了。""哦对了，今天下午,有个男人来家里找过你。""谁?""你前医药公司的老板,姓刘,这不,名片还在这儿呢。"

"欣姐,你让他进家了?""嗯,难道我还把他关在门外不成?他带了水果花篮和礼品。""欣姐,你怎么可以让他进来呢?""怎么,人家诚心来看你的。"

我不由分说拿起东西扔到门口。"好好的东西扔掉干吗?""他的东西,我觉得脏。他和你说了些什么?""没说什么,看你不在,坐了会就走了。"

我郑重地扶过阿欣:"欣姐,拜托你,以后无论是谁来找我,不要再轻易开门,好吗?""怎么了,有麻烦?""……总之,会对我不利。所以……""他盯上了你,所以你选择辞职?""其实,最主要的还是想找份和专业相关的工作。"我躲过了她的问话。"我知道了,下次有谁来找你,我都不开门。那如果是梓健呢?""他……只会在楼下等,不会进门。""你们……""我们什么都不会再发生了。"

晚上,保安说有一份挂号信,让我去领。我到了传达室门口,竟看见刘明站在那里!我本能地向后退缩,眼里充满了仇恨。我恨透了那个叫何芳芳的女孩,真想砸碎她那副咖啡色的眼镜。在那背后,躲藏着一双看似无辜的眼睛,一双会撒谎的眼睛!

她卖了我们的友情,也买走了我对她的信任。

"司徒,你来了!"刘明镇定地说,"我们不要打扰保安的工作,去外面谈吧。"原本二十四小时值班的保安此时却躲进了里屋,再没有出来。我清楚,又是刘明耍的花招。

我走到大门口,这里人来人往。

"你真卑鄙,连这种损招也能想到。"刘明得意地皱皱眉、歪了下头,耸了下肩:"没办法,谁让我想你呢。""几日不见,你的招数倒好像退步了,显得很拙劣啊。""是吗,此话怎讲?""不如这样吧,你给保安一笔钱来做个交换,让他们放大假,你在传达室顶替他们的工作。

这样，你二十四小时都可以监视我了，不是更好吗？"

"哈哈哈，这个方法不错。只不过，这汇意上上下下那么多口人，还要张嘴等着吃饭呢。不像这里的人，给他们一点好处就躲起来睡大觉了。这么不负责任的保安，怎么保证小区的安全啊，你说是不？"

我紧握拳头，骨骼间发出咯嘣响的声音。

"是啊，汇意的人都离不开你，都需要你。可是我可以。我不但可以离开你，还可以活得比从前更好！""是吗？可我看你的小脸蛋怎么越发瘦了呢，吃不下还是睡不好？"

刘明上前摸我的脸，我一把甩开他的手："你别碰我，不然我喊人了！""OK，工作怎么样？如果找不好，我可以替你张罗。""免了。"

"唉，你说，这公司的人怎么就那么服我呢，从上到下，就没有人像你这般有个性，永远都是言听计从。"

"怎么，怪我没被你迷上是吗？我既然可以从你家逃出来，就可以逃得出你的魔掌，你别想一手遮天！"

"我对你做了什么，天地良心，你冤枉我！""刘明，做过的事自己心里有数。你不是信佛吗，不怕佛祖在看你的罪行吗？别人收拾不了你，总有一日老天会收拾你的。"

"你怎么可以这样看我，我是个好人，是个好人呐！""如果你是好人，天底下就没有好人了。""真没想到，原来我在你心里这么不堪，真失败。""我最后一次警告你，不要再来找我，不要再来骚扰我！否则，我真的会报警，连最后一点面子也不会给你。"

"算我怕你，行不？不管你有多讨厌我，我还会等你，等着你！改天再来看你。""无赖，混蛋！给我滚，滚！"

刘明上了轿车，离开之前，还丢下一句话："司徒，你不和我在一起，迟早有一天会后悔的。"我拿起地上的石头，狠狠地往远处砸去："滚啊，滚！杂种！"

阿欣看到我哭着回来，很是惊讶："又怎么了，你不是去拿挂号信了么，这么久？"我抱着她："欣姐……""遇到谁了？梓健？""不是，是那个混蛋！混蛋！""谁啊？""前两天来过这里的那个畜生！"我发疯一样地叫喊着。

我从没有像现在这样如此憎恨一个人，刘明的到来又给我蒙上了重重的一层阴影。感觉自己被恐怖的气氛笼罩着，睁眼闭眼全是那张魔鬼的脸。我该往何处逃？

这个家已不再安全！这一刻，我想要逃离！

你一定要幸福

经过两天的深思熟虑，我终于决定搬家，原因有多种。

第一，住处离公司较远；第二，我不想再看见不想见的人。梓健，我并不讨厌你，可我不能再继续迷恋你。这是种毒，我要把它彻底戒掉！

阿欣知道我到处找房、看房，一下变得失落许多。"是不是因为我的缘故，影响了你的生活？""阿欣，怎么会这么想呢？我们现在亲如姐妹，要好都来不及。"

"你不怪我吗？""怪你？为什么？""由于我的原因给你造成了很多大大小小的麻烦，像光头、小六子，还有那些酒肉朋友。你嘴上不说，可我心里都明白，你是为了顾及我的感受才一直忍着。"

我握过阿欣的手："阿欣，你是我来上海后遇到的最好的一个朋友。我早已把你当成自己的亲姐姐了，你的每一点动静和变化都牵扯着我的心。其他都是次要的，你的幸福才是最重要的。"

我们紧紧拥抱，相信彼此的眼泪是最真实的写照。

"我走了以后，你要照顾好自己。健康是第一位的，不要总仗着自己年轻。你老说底子好，怎么说也快三十的人了，要懂得心疼自己。快嫁人了，一定要做个漂漂亮亮的新娘。"

"我会的，到时候你来做我的伴娘，好吗？"我点点头："一定！""你是个好姑娘，会得到幸福的。只是你的感情太过忧愁和脆弱，可是你的骨子里一点都不软弱。你总是一人承担所有的事情，不去麻烦任何人。"

"其实我已经麻烦了很多人，也连累了很多人。我的问题，应该自己面对和解决。""虽然欣姐没有太大的能力，也不能为你改变什么。只要你有困难，我会尽自己的全力去帮助你、保护你。"

"谢谢，阿欣，我真的舍不得你。以后看不到你在我身边抽烟喝酒的样子，我倒有点不习惯了。""傻瓜，我们又不是不见面了。别忘了，你还欠我一个约定，早晚都得还。""我答应过你，等你康复了，就给你买红酒和香烟，给你做一顿丰盛的大餐，然后和你聊上一整晚的天。"

我真的很想说：你这个傻女人，总是在为别人而活，这到底是为什么？你何苦白白浪费自己的眼泪和青春呢，甚至要赔上一生的幸福？你是个极其有个性的女人，你那么强硬和独立，为什么偏偏在男人面前，会显得如此微弱？你根本就不爱光头，只是在为自己的后半生找借口，生怕没人会理你。你像抓救命稻草一样抓住眼前的这个人，倘若在这种情形下换成别的男人，你照样也会嫁！就像你自己说过的，嫁谁不都一样。

最终，我把话咽了回去，鼓励她说："你一定要幸福。等我下次再见你的时候，一定是个在家打着毛线、喝着咖啡、溜着小狗的幸福太太，好吗？""我答应你，我会幸福。你也要答应我，要坚强地走你的每一步。"

阿欣，你说你会幸福，可你真的会幸福吗？你要让我坚强，我会努力去做的。我会依靠这个小小的自己，像蜗牛一样，带着身上仅有的外壳一点点往前挪移，直到拖不动为止。

难缠的房东女人

程辉知道我要搬家，执意要陪着一起看房。

来到黄浦区南京西路一带，这是个较老的居民小区，一室一厅的小户型居民房。只是地理位置优越，交通方便。

眼前的中年妇女从椅子上慵懒地站起来，她身材丰腴，三围极其突出。说好听点是丰满，说难听点那就是肥胖。头发仍旧停留在上世纪九十年代后期的盘发造型，土黄的颜色、坚硬的摩丝，包裹严实，活像个火鸡。眉毛、眼睛全是整过的，在她那布满白粉的脸上，显得极为做作。那飞扬的手上是左带玉镯右带金戒，粗壮短小的手指涂着鲜艳的大红色。嘴里不停地嗑着瓜子，还不时发出"叽叽叽叽"的声响。

"我这个房子呢，58 平方米，一室一厅一厨一卫，家电俱全，南北通透，交通十分便利。月租 2000 块，你看怎么样？""2000 块？太贵了吧，你这可是老小区啊。""老小区，我这可都是精装修过的啊，还带家电。那么市中心的房子，到哪里去捡这个便宜啊。你去看看周边的房子，像我这样的平方，怎的都要叫个两三千吧。"这女人一见我犹豫，立刻像机关枪一样为自己的房子做起了推销。

"可是像我以前的那个小区，80 平方米也不过 1800 块。""你那是什么位置？""徐汇区桂林路。""那里也很不错。不过比起黄浦这里呢，还是稍微逊色了点。南京路可是够繁荣的，值这个价。"她的眼里，满是不屑。

我小声地嘀咕："原来，你们上海人也这么分等级啊。""啊，你说什么？""没什么。""怎么样啊，小姐，看好了就尽快决定下来，这里的房子很俏的。你到底是几个人住啊？"她斜着眼看了看我和程辉。"我一个人住。""一个人住啊，那好商量的呀。"

程辉开口："这样吧，胡女士，我们看看如果合适就租下。""叫我胡太太好哇？""哦，胡太太。""嗯，你们，是男女朋友？""我是她哥哥。""哦，是哥哥啊？亲哥哥还是……""表哥！""是表哥啊。"

程辉说："你给个最低价，我们看看。""那好吧，1900块。""1900块？太贵了。""1900块还贵？我看你姑娘家清清爽爽的，才愿意和你谈，一般人我还看不上呢。这房子本来准备留给我儿子的，现在他上私立学校，我就把它装修下拿来出租。我也不想租给那些乱七八糟的人，租给你们这种单身小女生最合适了。"

程辉把我拉到屋外："你看那女人说话的腔调，让人真不舒服。还到1600，如果她肯，我们就租下。""1600？这么低她肯吗？一看上海人就门儿精的。"

程辉一把拉我进屋："胡太太，我们商量过了。一口价，1600块，我们马上付定金。""1600块，开玩笑啊，这是抢房子吧，你们也太能砍价了。年轻人怎么那么拎不清的呀，我这可是精装修的，电视、空调、冰箱、洗衣机、热水器全是现成的，搬过来直接就可以住。你们真的不太了解现在的行情噢，哪有这样还价的啊。"

"那，打扰了，我们再去别处看看。"师哥拉着我便往外走。"哎，别走哇，有事好商量。"见我们要离开，那女人马上紧张起来："这样吧，大家折中下，1800块行不？"程辉看了我一眼："胡太太，1600块是我们的底线。我们再看看吧。"她立刻拉过我们，摇摇头："真当是败给你们啦，那么能砍的啦。我2000块的房子居然被你们砍到这么低，真当是一个上海人都叫不过你们外地人啦，现在的世道真变了。"

胡太太嘴里一边唠叨着，一边拿出了租房协议。

我和师哥一阵苦笑。

善意的伪装

师哥把我送到小区门口，我又看到了那辆熟悉的轿车，是刘明！我上前挽过师哥的胳膊，有意挡住后面的视线，不想让他看见那张肮脏的脸。

"呦呵，这是谁啊？"身后那个可恶的声音传了过来。程辉停下脚步问："这位是？"我低下头："这位是我以前的老板。"刘明伸出手，装出一副中庸的模样："你好啊。我姓刘，是司徒上一任公司的老板。"程辉笑笑："你好，幸会，我姓程。""我正好路过这里，来看看司徒。这位程先生……""哦，他就是我一直说的那位男朋友，刘总您不知道吗？"师哥一眼明白我的意思，朝我笑笑，拍拍我的手背。

"哦，是吗，一表人才，真不错。程先生是从事哪行的？""建筑。""这专业好啊，吃香！""哪里，您过奖了。""你女朋友以前在公司，那可是很有潜力啊，表现非常不错。""是吗？那还不是多亏了您刘总的栽培和指点。"

"可惜啊，当我正想力挺司徒，她却选择了辞职。""她还是个小孩子，很多不懂的地方还亏得刘总您包涵了。司徒本身就不学这专业，也算是自我突破了吧。""程先生，司徒在我们公司可是很多同事追求的目标呢！"刘明越来越过分，幸好，程辉可以应付自如。

"是吗？司徒是个好女孩，确实人见人爱的。""本来呢，有一位很优秀的女孩，我也非常喜欢，不过她现在离开我了。""相信你还会遇到更好的。""是吗，不过我觉得她就是最好的了，再也找不到像她那样让我心动的女孩了。"

刘明的那副嘴脸，着实令人愤恨。

"不打搅你们二人世界了，我先走一步。司徒，祝你一切顺利，有空回公司看看。我呢，要去加把油，追回我那心爱的姑娘，祝我马到成功吧。再见！"我在心里念叨："这个无赖，变态狂！总有一天会遭报应的。"

程辉和我一起上楼："你这位老板，倒挺有意思的。""他现在已经不是我的老板了。""看得出，他好像挺关心你的。""哼，是很关心，对我，还真是不错呢。"

程辉见阿欣躺在床上，便问："欣姐的身体不好吗？""是的，前些天有些不舒服，要多休息。""严重吗？""现在好一些了。"

程辉看着我："我发觉你来上海后变了很多。""哦，是吗，是变胖了还是瘦了？"我应付地回答，知道师哥在想什么。"你知道我指的是什么？"程辉直直地盯着我，一眼，便能看穿我所有的心事。我倒水、泡茶，心虚得彻底。

"你变得，越来越会伪装自己。变得，不愿意对我说真心话。""哪有，哥，你怎么把我说得那么坏。""你把自己包裹起来，不让任何人来读你。怕伤害自己也麻烦别人，所有一切自己默默承受。"我背过身整理衣物："你不是坐在我面前，监视着我的一举一动吗？难道，这还不够吗？""你是个不会撒谎的家伙，你的笑太苍白，它早就出卖你了。"

我转身，对他挤出一堆笑容："那你看我这样笑，是假的吗？"师哥盯着我，严肃地问："为什么要辞职，真正的原因是什么？""我不是都说过了吗，做翻译一直是我的理想。""可是你之前，一直说原先的工作不错，还很喜欢呢。"

"是啊，它可以挑战自我。但有一份更适合自己的工作，我当然义无反顾地选择后者。""真的是因为这个原因？我看刘总挺器重你的。他好像很喜欢你，很舍不得你，对吧？""他对手下的员工都这样，对每个人都很好。"

程辉走后，我感觉很疲惫，整个人瘫软在床上。和他的这番谈话是需要付出气力的。卸下一层重重的盔甲，脱去后，如释重负。

搬家这一天，上海下起 2008 年的第一场雪。原来天空也用飘雪花的形式赶来为我送行。

我带上行李，与阿欣和这所房子告别。这里有我的呼吸、我的梦、我的眼泪和欢笑。这里，将留下珍贵的回忆，不会尘封，也不带走，就留在原地，让它自然挥发。终有说声再见的时候，它承载着我太多的念想，挥挥手，已不能如昨。

阿欣一直把我送到巷口，我们拥抱，眼泪模糊一片。她摸摸我的脸："傻妞，又不是不见面了，哭成这样，小花猫！""你还不是一样，那黑眼线闹的，流出的都是黑色的眼泪。"我们为对方擦拭脸上的泪花，这一刻，我是如此疼惜眼前的阿欣。

"阿欣，要保重，保重啊！""你管好自己啊，记得晚上不许偷偷躲起来哭！记住了没？""我听你的。再见！"车子慢慢启动，只见她背对着我一直招手，身体却在不停颤抖。

看着窗外的街景，被雾气模糊成一片。这样的雨雪天，很符合我现在的心情。选择离开，是勇敢还是懦弱，谁知道呢。

我要和从前告别，做全新的自己。可是，又能真的从心底和那些人、那些事告别吗？也许时间是最好的良药，它能让你慢慢恢复伤口，最后不留任何疤痕。只是这过程，该有多久远啊！

我所做的一切，都是为了边宇离开我之前的那句话：好好活着。

第四季　有事之秋

欲望，会迷惑人们本不明亮的双眼，在你得到一点满足后又增添新的欲望。可谁又知道，它的杀伤力也会不知不觉将你吞没！

远道而来的大客户

在这间不足六十平方米的新家里，楼道里经常可见三五成群的老头老太坐在那里唠嗑。每每经过，我都会成为他们口中的话题和焦点。而我总是尴尬地一笑，快速溜回自己的小窝，像个犯了错的孩子。

终于有了自己的空间，不会被人打扰，倒也落个清净自在。也就因为这样，独处的时间总觉得格外漫长。夜晚，我对着天花板发呆，窗外的月光洒进来。这时总想着，赶紧闭眼入眠，这一夜便会很快过去。

今天迎接远道而来的丹麦大客户：亨利·安德森。我尾随在祝总、设计总监和黄经理的身旁，听从指挥和安排。公司的领导非常好相处，不像汇意那样紧绷和充满压力。也许是常和外国人接触，为人处世显得大气。

我用流利的英文为客户讲解公司的发展及流程，对生产流水线作了详细的介绍，包括生产准备、服装裁剪工艺、粘合工艺、缝制工艺、熨烫、整理及产品包装，到最后的产品储运一系列程序。

他们惊叹中国的服装产业规模和形式在近十年来产生了巨大的变迁。整个交流过程非常顺利，两方谈得甚欢。而我，成为为双方搭建桥梁的人。就像黄经理在面试时对我说的，翻译员起着举足轻重的作用。

一路上，我和那位叫亨利的男士友好地沟通着。他这次是应父亲的委托来中国考察市场和签订单。他很喜欢中国的历史文化，对上海也非常喜爱。

我用英文对亨利说："喜欢中国就学习中文吧！"没想到，他眯着眼朝我坏坏地一笑："我会说一点中文。"亨利嘴里蹦出一句生硬的中国话："你好，吃饭了吗？谢谢，再见！""说得真棒！"眼前的这位八尺男儿，活像个脱离世俗的大孩子。和先前的考察谈判相比，完全是两个截然不同的样子。

女儿红与臭豆腐

晚上，公司邀请客户在大饭店用餐。我作为翻译，将全程陪同。

我问："安德森先生，您想喝点什么？""大家都叫我亨利。你们也喊我亨利吧！"当服务员端过一瓶茅台时，亨利却对我说："我们能不能喝点特别的酒？不要喝像白开水一样颜色的酒。"大家齐声笑了出来。祝总问："那就来瓶上等的红酒！是喝长城、张裕还是王朝？"

没想到亨利耸耸肩，把嘴一翘："红酒我常喝，有没有你们中国特色的酒？"祝总想想说："白酒不喝，红酒常喝，总不至于喝啤酒吧。那么喝黄酒？"

我想了想，对服务员说："小姐，你们这里有没有女儿红？""有的，需要吗？"亨利问："女儿红，是什么酒？""是我们浙江绍兴一种有名的黄酒。"

亨利对我的解释产生了极大的兴趣："那好啊，就来女儿红吧。""请问各位要几年陈酿的？我们这里有三年、五年、八年、十年、十八年的。"亨利歪着头，眼睛转了转说："要不就来十八年的，你们中国不是讲究要发吗？哈哈！"大家都被亨利的幽默劲逗乐了。

当亨利品尝酒后，连连竖起大拇指："甜甜的，很滑爽。真香，好酒！可是，我不懂，为什么叫女儿红呢？"面对亨利的疑问，我给他讲了一个故事。绍兴是驰名中外的黄酒之乡。从前有个裁缝师傅，取了妻子想要儿子。妻子怀孕后，酿了几坛酒，准备得子时款待亲朋好友。不料妻子生了个女儿。裁缝师傅气恼万分，将几坛酒埋在后院桂花树底下。女儿长大成人，把裁缝的手艺学得精通，裁缝店的生意越来越旺。裁缝一看，生个女儿也不错，决定把她嫁给最得意的徒弟。成亲之日摆酒请客，裁缝师傅想起十几年前埋在桂花树底下的几坛酒，便挖了出来。一打开酒坛，香气扑鼻，色浓味醇，极为好喝。于是，大家就把这种酒叫"女儿红"。

"原来如此，原来这么好喝的黄酒还有一个这么美丽的故事啊。""是不是也不输给你们欧洲的葡萄酒？""太棒了！比那白开水的烈酒好喝多了，哈哈！"

晚餐在轻松诙谐的气氛下进行着，亨利在品尝了中国的各种美食后，仍表现出意犹未尽的样子。当他去完洗手间回来，显得异常兴奋："我刚在外面闻到了一股很特别的臭味，服务员用盘子端着。那是什么？"

很臭的，很特别的？莫非是臭豆腐？我问："是不是样子一小块，金黄色的？""对对，就是那样的，是什么东西？可以吃吗？""对，那叫臭豆腐，一种风味小吃。臭豆腐闻着臭，吃着香。""那我也要来一份臭豆腐尝尝。"

领导们互相看看，惊讶地望着亨利。他满脸笑意，一副等着品尝的神情。他们一定认为这是道不太雅的菜肴，端上桌面请客有损主人的颜面，也会引起客人的反感。

看亨利兴致勃勃，我笑着叫服务员又加了一份臭豆腐。"请问臭豆腐又有什么由来呢？""这个，我怕说了以后您就不一定会吃了？要不，等您品尝后我再说。""现在说吧，我很想知道呢。只要是我没有尝试过的，我都想亲自体验。这个臭豆腐，不会也是放了很多年的吧？"

"相传在清朝康熙八年，落榜的王致和靠做豆腐沿街叫卖维持生计。到了夏季，卖剩下的豆腐很快发霉，无法食用，但不忍心扔掉，就把它抬到后院。过了几天，他看到豆腐长了黑毛，又有臭味，就将豆腐切成小块，稍加晾晒，放进小缸用盐腌了起来。

"过了很久，他想起那缸腌制的豆腐，打开缸盖，一股臭气扑鼻而来，取出一看，豆腐已呈青灰色，尝了下，臭味之余蕴藏着浓郁的香气。虽非美味佳肴，却也耐人寻味，送给邻里品尝，都称赞不已。

"王致和开始弃学经商加工臭豆腐。他创造了独一无二的臭豆腐，又经多次改进，名声更高。传说慈禧太后也喜欢吃它，将其列为御膳小菜，但嫌名称不雅，按其青色方正的特点，取名'青方'。"

"哦，原来是这样，这么说，豆腐是发霉后做成的？""准确来说，应该是发酵做成的，里面有很多微量元素，有许多预防功效。但也不能多吃。"

当服务员端上一盆臭气熏熏、金灿灿的炸臭豆腐时，亨利本能地捂住鼻子。我笑着问："是不是很臭？"他用生硬的中文说："好臭。""闻着臭，吃着可香了。假如不能适应，我们就放弃吧！"

亨利为难地看了一眼盘中的食物，表情有些生畏，一副很无辜的样子。他似乎在说："这臭乎乎的东西真的可以吃吗？"我灵机一动，夹起一块臭豆腐，在碟里蘸了一点红色的辣椒酱，然后放入口中，慢慢地咀嚼回味。

亨利问："怎么样，好吃吗？""味道好极了！""那我也来尝尝。"亨利鼓起勇气，学着我刚才的样子。

"好吃，很香！"亨利竖起大拇指，示意身边的同伴也一起吃，"尝尝，味道很不错呢。"大家这才拿起手中的筷子。不一会，盆中便一扫而空。亨利问："没有了？我可以再来一份吗？""还想吃吗？""嗯，中国不是有个成语叫'意犹未尽'吗？我想，我还意犹未尽呢。"

最后，亨利一人吃完了一整盘臭豆腐，导致整间包厢内都弥漫着浓浓的熏臭味。他用毛巾抹脸，还不忘用舌头舔舔嘴唇。这顿饭，大家吃得很开心，没有生意场上的虚伪恭维，只有朋友间的轻松自在。

离开前，亨利还不忘对他的同伴说："这是我来中国尝过最好吃的食物。"同伴笑着问："是今晚的大龙虾和生鱼片吗？""不，是女儿红和臭豆腐。"

食物中毒

深夜，我们将客人安顿在酒店后，便打道回府。

当我准备休息时，接到亨利的电话："司徒小姐，我此时感觉人不舒服，全身无力、头晕，请问我这是怎么了？"

我立刻问："什么时候感觉不舒服的？"他说："半个小时左右，同伴也不知怎么办才好。""你别紧张，我现在就过去看你。"作为东道主，亨利又是我们公司的大客户，我有义务帮助他们解决困难。

来到酒店房间，只见亨利靠在沙发上，一副虚弱的样子。同伴们在一旁拿毛巾和热水为他不停敷脸。我问："亨利是不是病了？"他们一摊手，耸耸肩，很无奈地说："我们也不知道他怎么了，刚才还活蹦乱跳的。"

我倚在亨利身旁，摸摸他的额头，轻声问："亨利，你现在感觉怎么样，很难受吗？"他皱皱眉头："是的，我感觉不太好，头晕、出虚汗，一点力气都没有，就连眼皮都快张不开了。""你以前有过这种情况吗？"两个同伴异口同声："他平时身体好得很，健壮得像头牛。"

我分析，难道是水土不服？我仔细回忆，把焦点集中在今天的晚餐上，不会是吃了不干净的东西吧？翻来想去，大家吃了都没事，为什么就是亨利感觉不舒服呢？我把菜肴一道道在脑子里过了遍，最后落在了那盘臭豆腐上。糟糕，该不会食物中毒了吧？

我对他们说："有可能是食物过敏了，赶紧送医院吧。"亨利望着我，很无辜地问："这么严重？要上医院？我会死吗？"我笑笑说："别担心，不会有事的，去看下医生比较保险。"

到了医院，我陪着亨利挂号、看急诊。医生询问了亨利的状况后说："是轻微的臭豆腐中毒。"亨利诧异地问："啊，吃臭豆腐也能中毒？""会的，就是肉毒梭菌中毒。臭豆腐在制作过程中若操作不当，很容易大量繁殖肉毒梭菌。它毒害神经系统，严重的还会引起中毒者死亡。不过别紧张，这和食入的量和个人的体质有关。还好你没吃得太多。"我悄悄在他耳边说："幸好你没有再叫第三份。"亨利瘪瘪嘴说："看来，我对臭豆腐过敏。"

原来真的是臭豆腐搞的鬼，它是元凶，是罪魁祸首！

来到输液室，护士让亨利把袖子卷高。他紧张地问："要扎针？""是啊，你怕吗？""不怕，只是很少扎这玩意，来吧！""亨利，挂盐水需要一些时间，累的话就躺在观察室里休息一会。""我现在好些了，你一定累坏了吧,休息时间还要麻烦你。要不你躺一会？""呵呵,不用,我陪你。"

亨利告诉我，他来自丹麦的首都哥本哈根，著名的古城，也是安徒生的故乡。我说，自己从小就是听着安徒生的故事长大的，最喜欢的是《海的女儿》和《卖火柴的小女孩》。亨利说，他从小也是在安徒生童话的熏染下长大的。

我问："那你现在的年龄，是多大？""1977 年出生，你呢？""哦，你属蛇！我比你小八岁，1985 年生的，属牛。"亨利边说边用手学着蛇和牛的模样："哦，你们中国还讲究属相，我是蛇？你是牛？哈哈。真不可思议，我们那里只讲星座。"

他问："那为什么没有猫？没有鸟？没有鹿？没有象？还有你们中国的国宝熊猫，很可爱的那个？"亨利眼里充满了新奇与童真，似个求知欲极强的孩子。我笑笑，对他娓娓道来了中国流传已久的十二生肖故事。

就这样，我和亨利在医院度过了难熬的几个小时。凌晨离开前，他附在我耳边悄悄地问："为什么医院半夜的生意都这么好？还有这么多人来挂瓶？"我回答他："因为，像你这样喜爱吃东西的人太多啦，吃多了，就对身体不好了。"

"哦，原来如此，我可不喜欢医院的味道，下次不想再来了。""只要你不再乱吃东西。""我没有乱吃东西，只是多吃了几块臭豆腐。""那下次，你还会再吃吗？"亨利头一歪，皱着眉头想了想说："嗯……那我就少吃几块好了，哈哈哈！"

交　流

第二天来到公司，祝总和黄经理直夸我表现优秀。他们十分满意我的业务和公关能力，能和丹麦最大的客户建立良好的合作关系，为签订单垫下了稳固的基础。更重要的是，我尽到了一个东道主的责任与义务，在没有上层领导的指示下，能勇于承担责任，陪同客户解决实际困难。

原来，亨利在他们面前大大赞扬了我一番，把昨天半夜发生的事告诉了领导，把祝总和黄经理说得乐呵呵的，脸上撑足了面子。

亨利还向他们请示："我可以单独约司徒小姐吃饭吗？想当面表示谢意。"祝总开心地合不拢嘴："当然可以，只要她本人愿意。"祝总对我说："司徒，这周公司就不给你安排其他工作了，你的任务就是陪同亨利，做好公关。"

晚上，亨利请我吃饭。他看上去精神抖擞，一点没了昨晚那虚弱的样子。

"亨利，你今天看上去精神不错，好了吗？""OK，我没问题啦。身体里灌了两大瓶水，已经恢复啦。司徒小姐陪了我一晚上，辛苦了。看在你的面子上，也要快点好啊。""呵呵，你好了我就放心啦。下次，可不敢给你推荐这么特别的东西了，以免你再多吃。""哦，那这样，只能再麻烦司徒小姐陪我去医院啦。""瞎说。"

亨利告诉我，丹麦是纺织品和服装的贸易大国。他出生在哥本哈根一个贵族家庭，三代经商。亨利延续了家族的传统模式，读完名牌大学后进入父亲的集团公司工作。他从基础做起，通过自己的努力，一直做到现在的总监位置。

他说丹麦人和中国人生活的节奏不太一样。丹麦人永远把美满的家庭摆在第一位，一般在下午四五点就下班了。他们回到家里，制作丰盛的晚餐，全家人一起享受天伦之乐。而在中国，人们往往会拼命工作，为多赚一点钱，经常加班。对亨利来说，这是不可思议的事。把时间留给工作，而忽略了与家人共处的时光，那么多赚一点钱又有什么意义呢？

"所以你看到朋友如果很晚回家，而他说是在加班，一点都不出奇。这在中国是十分普遍的现象。"我说。亨利喝下一大口咖啡："那不都成工作狂了。天哪，太不可思议了，我无法想象！""那你看，我现在，算是在加班陪客户吗？"

亨利眨眨眼："当然不算，走出公司，就和工作无关了。我们在约会吃饭，聊和工作以外的事。我现在没有把你当客户，像是和老朋友聊天聚会一样。难道，你还把我当成谈判的对象吗？""呵呵，在台上是客户，在台下当然是朋友啊。"

"在中国，像上海这样的大都市有着快节奏的生活方式。但在杭州、苏州、三亚……你可以看到更为舒适的生活。""是吗，那我要去。我知道杭州，有个美丽的西湖，对不对？白娘子与许仙还在断桥上约会呢！""呵呵，是啊，你很了解中国哦。""当然，我很喜欢中国，喜欢中国的人文地理和历史，喜欢中国的美食，也喜欢中国的姑娘。就像，喜欢美丽动人的司徒小姐一样。"

"谢谢。杭州离上海很近，有空可以去看看。""如果我想去，司徒小姐可以做我的导游陪我去吗？""只要公司允许，我可以考虑陪同。""你三句两句都是领导、公司，什么都要听他们的，一定要经他们允许吗？"

"当然，我是公司的员工，下级当然要听从上级的指挥和安排，这是规矩。""哦，在我们丹麦十分讲究平等，身份平等、机会平等，不论对于谁。上级与下级是很友好的关系，老板绝不可能让员工给他倒水。"

"哦，可是在中国，员工有义务要为老板做这些琐事，而且是理所应当。""不，在丹麦，没有理所应当的事，都是亲力亲为。就连丹麦王室里的女王都要自己上超市买东西呢。"

"太棒了！可惜，这是在中国。""有机会，你去丹麦看看，也许会爱上那里哦。""呵呵，一定。""司徒小姐，和你聊天真开心。跟你在一起，觉得很亲切、很踏实。""我也是，感觉很轻松。"

"那，你觉得我这人有意思吗？""还真有意思，心地好，真实又亲切。工作时很认真，生活中活像个大男孩。""我继承了丹麦人的传统，凡事喜欢按部就班，规规矩矩的。所以，你看到我办起事来会比较缓慢，谈判的时候，必须从头到尾按照说明来一遍。不会觉得我很傻吧？""怎么会。那很好啊，说明你对工作负责又仔细，是件好事啊。"

亨利点点头："我延续了丹麦人的血统，讲究平等、民主、宽容。""亨利，你真是个可爱的大男孩，谦和中还带点小小的骄傲，真好。""哈哈，也许这就是丹麦人的性格魅力所在。"

我们天南海北地聊着，领略和吸收着两个国家的文化精华。感谢我的英文！亨利丝毫没有架子，没有拐弯抹角和冠冕堂皇的客套话，一切显得真诚自如。

旗袍模特

亨利悄悄告诉我，他要在上海待半个月，除了考察中国的市场和签订合同外，很重要的一点，就是寻找他生命中的另一半。亨利虽出身名门，但家庭很民主，对婚姻也很谨慎认真。他欣赏东方女人独立、善良、清新的气质。他的梦想就是娶一位心仪的中国太太。他说自己的爱情和婚姻观非常传统和保守，并不像外界看西方人那么开放和直接。

西方人喜欢真实地表达自己的想法，不像有些中国人那样虚伪、阴险、狡猾，又爱算计别人。下午，公司会客室摆放着参观样品，中式旗袍、唐装、礼服等。亨利被那套红色的旗袍迷住了，连连说："太美了，我非常喜欢。"

祝总说："这是公司首席设计师 Alice 在今年新推出的旗袍款式，还没上柜呢。""太棒了！我梦寐已久的旗袍，以前在电影里见过，张曼玉不就是穿着美丽的旗袍漫步小巷吗？""把中式旗袍带回丹麦，让那里的女士们穿上它，会显得更有风韵。"

亨利点头，后又皱眉："但是，这属于中国的文化，中国女人穿上它才最合适。我非常想看贵公司的模特儿穿上旗袍后的效果，一定很美。"

祝总问设计师 Alice："今天公司有模特吗？""祝总，Amy 人不舒服请假了。""那 Carol 呢？""她去北京参加时装发布会了。""那怎么办，公司没有现成的模特。"

祝总对亨利说："不好意思，亨利先生，现在公司的模特都外出了，暂时没有现成的。要不，等过两天她们回来了，再给您演示。""可是丹麦那边有点急，想先看样品。"

就在大家一筹莫展的时候，亨利说了句："这里就有一位现成的模特！"他把目光扫向我，手指着我这边。我惊讶地问："是说我吗？""对，就是你，司徒小姐。""那怎么可以，我不是专业的模特，身高也不够标准。不行啊。""你就是最好的模特。如果不介意，能穿上旗袍为我们展示一下吗？"

祝总："好啊，这是个不错的提议。司徒，快答应吧。""我行吗？""行，你没问题。""那我试试吧。"设计师 Alice 配合我换服装："现在是你表现自我的大好机会，要抓住这个瞬间。你这可是代表了公司的形象啊，这次生意全看你的啦。""Alice，我很有压力。""放轻松，你是最棒的。"

她把我的头发盘了起来："真漂亮，你是个十足的美人胚子，身材真棒。""Alice，这旗袍包得会不会太紧啊？""这样才能显示出玲珑的身材，多好看，去吧。"

当我一身红色旗袍出现在大家面前时，亨利目不转睛地盯着我看，赞叹着："太美了，我心中的天使。"黄经理也连连夸道："太漂亮了！司徒，这件旗袍真适合你，好像是为你量身定做的一样。"祝总笑着说："你这一打扮，真可以做公司的形象代言人了。"我害羞地站在原地，脚上那双高跟鞋微微摇晃着。这可是我生平第一次穿旗袍，还是下摆开叉至大腿的那种。

亨利的助手拿出相机准备拍摄，他一手夺了过去："我自己来！"亨利不停地对我按下快门，从不同的角度拍摄，我顺应着变换了不同的姿势。

亨利拿过一件男士黑色唐装，上面印着一条金边的龙。"太帅了，这是男士的吧，我可以穿上试试吗？""当然可以。"祝总看亨利来了兴致，笑着回答。

当亨利穿上唐装站在我们面前时，大家纷纷鼓掌，他的助手连连竖起大拇指，并拍下照片。亨利一把拉过我："来，我们合影！""合影？""来吧。"

助手按下快门时，我听他们小声地嘀咕着："真美，亨利先生和司徒小姐看上去很登对呢。"祝总乐开了怀："不错不错，假如你们的照片摆在橱窗里，人们一定会以为是新婚夫妇的结婚照呢，很般配啊。你们说是不是？""嗯，是很般配啊！"我害羞地喃喃："祝总！"

在亨利的提议下，我又换了宝蓝色、白色及花色图案不同的旗袍，亨利也更换了几种款式。现场变得轻松自如，大家开怀地笑着、评论着，一点也没有谈判时的严肃气氛，倒像是一场别开生面的时装表演秀。

那一刻，我笑得很灿烂。

临睡前，收到亨利发来的短信：今天的你很动人、很美丽。今天的我很可爱、很幸福。

申诉的机会

亨利将照片发给丹麦的公司，他们看后非常喜欢我们的产品，说把中国女性特有的气质和美感通过旗袍毫无保留地展现了出来，衣服美，人也美，并问这位旗袍女士是哪里请来的，是选美小姐吗？亨利说是公司的翻译员，他们又是一阵惊叹。

开会结束时，亨利凑近我悄悄地说："不过我还是觉得，衣服美，人更美。"

睡觉前，我洗了热水澡。拿毛巾擦拭湿发时，看到手机上显示芳芳的号码。我平静地接了电话。过去的司徒珈已经死了，不会再哭，也应该不会再痛了。

电话那头传来芳芳低沉的声音："是珈珈吗？我是芳芳，请先别挂电话，听我说完。我知道你现在很恨我，但我必须要给你打这通电话。除了想当面说一声对不起，还要告诉你实情。我知道自己犯下了不可饶恕的错误，不奢求得到你的原谅，你恨我是应该的。可这其中有隐情，我想你应该知道真相。我们约个时间见面好吗？如果你给我这个机会的话。"

我不知她想说什么，我想自己还是善良的，至少可以给别人一个申诉的机会。

"明晚，咖啡店见吧。""好，谢谢你肯答应我，谢谢。明天我们不见不散。"

整通电话，我只说了一句话。

第二天，我赶到咖啡吧时，芳芳已在临窗的位置等候。看到我来了，她立即起身："珈珈，你来了，请坐。""你好。"她一直站着不抬头，双手不停地揉搓。

"干吗站着，坐啊。""我不知道，自己还有没有这个资格和你坐在一起。""坐吧。""知道你喜欢喝卡布基诺，给你点了一份。可以吗？""谢谢。"

我们两人搅拌着眼前的咖啡，只听见小勺子和杯子清脆的碰触声。我问她："最近怎么样，还好吗？"芳芳变了，圆润的脸颊瘦了一圈。

我说："你瘦了。""你也瘦了。"芳芳流泪了，我递上餐巾纸。她不知如何把那个难以开口的话题打开，显得很紧张，手指不停触摸着杯子。

"你不是有话对我讲吗？想说什么就说吧，我听着。"她的眼泪涌了出来。"珈珈，对不起，真的非常对不起……我，我不知道自己犯下的错误后果有多严重，我无法想象。你可以不原谅我，可以不再把我当朋友。但请你相信我一次，我真的不是故意出卖你的！"芳芳握着我的手，激动地边哭边说。

我平静地抽出双手："好，你说吧。""是他，是刘明逼我说的，我并不想告诉他你的情况。""他逼你？他是什么样的人你应该很清楚吧？""他不是正派的人，我知道他对你有想法，大家都看出来了。可我没有想到，他真的会把苗头指向你。我无法想象，太可怕了。"

我木木地说："你想不到的事还多着呢。""那个混蛋究竟对你做了什么？告诉我！""没有什么，都过去了。""他一定对你做了什么，不然你不会提前离开公司。我现在还清楚地记得，你离开时的那个眼神。"

"迟早都是要走人的，现在说这些还有意义吗？""不，我一定要说。不然，我会被愧疚折磨一辈子的。珈珈，刘明他，他威胁我！是他逼我说的，要我老实交代出你的情况。否则，否则就……"

芳芳如实道出了前因后果，整个过程都在哭。她说，这是她有生以来最难熬、最痛苦，也是最恐怖的一天。芳芳终生都不会忘记，像厄运一样缠绕着她的一天，和要毁灭她的致命语言，还有刘明那凶神恶煞的嘴脸。

内情

那天芳芳下班，被刘明骗上了车，说是去客户那里跑一趟。然后他把车子开到偏僻的郊外，没有人烟，芳芳开始害怕。刘明把车门上了锁，不让她下车，她感到事态严重。

"刘总，您带我来这儿干什么？我想回去。""可以，等我问完你一些事情后，自然就会放你回去。"芳芳的背脊开始发凉："刘总，您到底想问什么？我在公司努力工作，没犯什么错，更没得罪过什么人。我一直都很崇敬你，为什么要找我的麻烦？"

"你别紧张，事情和你本身并没有关系，我想问的，是你身边的人。""我身边的人，谁？"刘明朝她阴险地笑笑："你俩不是很要好么。有什么话都会和对方说，她的事情你一定最了解。"

芳芳十有八九猜到是谁了，可她并未动声色。"刘总，我不知道您在说谁。在公司，我和大家都挺要好的。""好了，别掩饰了，你们整天形影不离的，没事就喜欢粘在一起。"

芳芳想借此转移目标："那么，是，董晓敏？""她那么有心机，你们怎么可能无话不说。""那么是恬恬？""也不是。恬恬看谁都觉得不顺眼，看你会顺眼吗？""那要不，是徐华丽？""她又不是小姑娘，年长你们，怎么可能有共同语言。""那，一定是肖萍了。""她那么古板，你们能合得来吗？"

芳芳呼吸急促，刘明威逼着她最后一点耐力。她终于忍不住哭了出来："我不知道，我不知道，我真的不知道！"

"是吗，不知道？没关系，我让你看看你知道的东西。"刘明从包里拿出几张照片，是芳芳和公司同事在搞活动时的合影。刘明把手指向照片上的一个人。芳芳清晰地看到照片上的我在和恬恬做游戏。

"刘总，你到底想证明什么？""我不想证明什么，只是很喜欢我的员工，想了解了解他们的生活，好更加从实际出发给予关心和照顾。"芳芳听出刘明话里的意思，她感觉毛骨悚然，身体开始发抖。

"可是我发觉自己一点都不了解我的员工，我不知道她喜欢什么、有什么想法、有什么朋友、有什么过去，还有她心里喜欢的人，我全然不知。从我的观察来看，倒是你很了解她。人们不是常说老板就是员工的衣食父母吗，我想，我应该尽尽自己的责任了。"

"你到底想知道什么？对，我们是很要好。可对于她的私事，我没兴趣打听，也根本不了解。""其实，我们可以交易。你把司徒的情况一五一十地告诉我，我就把这笔钱给你，顶上你好几年的工资了，我想这够你用一阵子的了。"

"你想用钱买我和司徒之间的友情？""是交易！你把她的情况告诉我，相当于我在买你的信息，这很公平。""你真卑鄙，真无耻！""现在都什么社会了，还有人像你这样信奉友情的？也许她早把你忘得一干二净了，而你还在这里像傻瓜一样守护着所谓的友谊。这年头，友情值几毛钱？要想在江湖上混，别提什么狗屁情谊，根本不存在！"

"原来你是这样的小人！""哎，先别急着下判断么，看看这张照片是谁？"芳芳看到上面的正是自己和杜新的合影。她紧张地问："你这是什么意思？""我看你俩还挺登对的。哎，你说现在这电脑的技术这么发达了，把两个头像换成……你想换谁的身体，啊？"

"你威胁我？你……无耻！你到底想怎么样？""如果把这艳照发布到网上，让同事和网友看到，你说效果会怎样，我想一定很轰动吧。这样你们就成名人了，哈哈哈。""刘明，你这个伪君子，流氓！"

"先别急着骂我啊,再看看这是什么?"刘明拿出一张 A4 纸,上面密密麻麻布满着打印出来的文字。芳芳惊呆了,这是她和杜新在网上聊天的内容,里面不乏她向杜新表白的暧昧文字!

"你在监视我?""若要人不知,除非己莫为。原来你暗恋杜新啊,怪不得每次开会你总是坐在他的身后。我要是把信发出去,让公司同事知道了,会是什么效果?哈哈哈!""我真是瞎了眼了,怎么会在你手下工作?"

"你应该知道杜新快要结婚了吧。你说要是他未婚妻看到了这封信,还会不会无动于衷呢?哦,对了,听说杜新他老丈人在上海可是当大官的,他们家有权有势,我怕你这个普通家庭不太容易斗得过啊,你这不是明摆着鸡蛋碰石头吗?"

"你不是人!汇意怎么会有你这样的老板?""错了,是因为有了我,才有了现在的汇意。没有我,怎么会有公司?怎么会有你们这批等着吃饭的员工?你连这主次关系都分不清,怪不得只能木讷地做个前台小姐!"

"原来我们都是你口中的羊,任你摆布!你太阴险了!这种下三滥的事情只有你做得出来。你变态的!"

"何芳芳,你骂我没关系,不过我还是劝你想清楚,到底是你的清白重要,还是你和司徒之间的屁友情重要。如果你的名誉就这样被毁了,多可惜,以后还有谁敢娶你当老婆,你这辈子就完了。"刘明将照片放在鼻子上,眯起眼,"想想你父母痛哭流涕的样子吧。""你……"

芳芳由强硬转为软弱,说话声音没了底气。对于一个没有背景的女孩来说,她又能拿什么去捍卫自己的尊严?这一刻,她万念俱灰。

刘明说得出做得到,倘若那样,她在社会上无法再抬起头,名誉扫地、清白被毁、人格被侮辱,还要饱受"第三者"和"狐狸精"的不白之冤。她将不会得到心上人的宠爱,这一辈子就完了。

想到这些，芳芳的脑袋快炸了。她发疯地叫喊着，使劲拍打车门："放我出去，放我出去！"刘明抽着烟，不作理会。芳芳苦苦地哀求："求求你放了我吧，求求你了！"刘明狡黠地一笑："放轻松，别激动。只要你乖乖地告诉我，我就放你走。"

芳芳找不到出口，比起自身的清白和名誉来说，友情是不是就逊色了点呢？

最后，芳芳咬咬牙，说出了我的实情。她在心里不断地忏悔：珈珈，对不起，我不是有意要伤害你的。我无从选择，无路可退。我现在只能祈求老天宽待你，让你不受伤害和痛苦。

芳芳哭着叫喊："刘明，我全都告诉你了，求求你不要去找珈珈的麻烦，不要去伤害她好吗？我求求你了！""你放心，我怎么可能会去伤害她呢，疼她都来不及呢。""我真的恳求你，她是个好女孩，不要去伤害她！""她的确是个好姑娘，我不会伤害她的，我会好好地疼惜她。放心吧，你们的友情还在。"刘明摸着芳芳散落的头发说。

"不、不，求你！不要去伤害她，不要……"芳芳不住地摇头、哭泣。

刘明把十万元现金摆在芳芳面前："拿着吧，你可以走了。记住，不要声张。""我要辞职！马上！""可以，不过得等些时间，等我找到了人，就放你走。否则……""我明白！明白！""好了，你走吧，带上你的钱。"她踉踉跄跄地跳出车，跌跌撞撞地奔跑在夜色中……

最后，芳芳没有拿走那十万元现金，如果她拿了，就真的卖了我们的友情！她保持住了最后一点清醒，只想快点离开这个地方，离开这个可怕的魔鬼！

之后，芳芳还要面不改色像没事人似的面对刘明，遇到他还要像平时一样尊敬地叫一声：刘总，您好。她觉得自己很虚伪。看着他的脸，心里充满了怨恨和惊恐。夜里，她经常做着噩梦惊醒。心中满是愧疚，她觉得自己快崩溃了……

面对哭得稀里哗啦的芳芳，我也早已是泪流满面。

"珈，我知道自己很自私……""不，你这样做是对的。"我握住芳芳的手说，"你没有错。如果你选择了守口如瓶，那后果更不堪设想。而活在愧疚里的那个人，就一定是我。假使你什么都不说，刘明照样也会对付我。与其让两个人受伤害，不如保全一个，也是不幸中的万幸啊。"

而让我觉得庆幸的是，我和任何人都没有道出心底那个不能说的秘密，我还是有所保留的。

面对芳芳的一再盘问，我没法隐瞒下去。她听后，趴在桌子上哭了很久……

这一刻，我和芳芳同时捡回了友情，虽然，它已被摔得支离破碎。当我们再次重拾它时，又觉得友情是如此珍贵和脆弱。

即将离别

十天的相处和交流，亨利爱上了中国。他留恋中国的美食、文化、服装和人。由他代表丹麦的贸易进出口集团和利薇达签下了一笔价格不菲的订单。

临别前一天，我们在大酒店为他们践行。

吃饭时，亨利十分不舍："我想我是爱上了中国，真的不想这么快离开。如果不是总部有需要，我一定会再逗留几日，再请司徒小姐带我到处转转。我还想去杭州看许仙和白娘子约会的地方呢，如果能在断桥上和心爱的人相会，那将是一件多么美妙的事！"

祝总连连说："中国和丹麦建立了深厚的友情，如果亨利先生喜欢，随时可以过来，我们将一如既往地欢迎。""是吗？那如果我再过来的时候，还能请司徒小姐做我的私人翻译和导游吗？""当然可以，只要司徒小姐本人同意。"

"司徒小姐，你愿意吗？""我想，我很愿意。不过，得看公司是否愿意继续用人。"亨利笑笑："祝总，像司徒小姐这么优秀的员工你们要是挽留不住那将是多么可惜的一件事。""哈哈哈，亨利先生说得对，我们也觉得司徒珈是一位不可多得的好员工，我们正要给她加奖金呢。""哦，真不错。"亨利笑着点头，在我们对望的一刹那，我看见了他眼里和别人不一样的神情。

吃完饭，我们准备离开。走到电梯口，居然又看到那张阴魂不散的脸。我示意让自己镇定，不要乱了阵脚。

刘明从电梯里出来，看到我，很是愕然。他奸笑一声："哎哟，这是谁啊，司徒小姐。真是巧啊，居然在这里又见到了你了，看来我们真是很有缘分呐。"公司其他人已经坐电梯下去，只剩我和亨利。

我假装挽住亨利的胳膊："你好，刘明先生。""这位外国朋友又是谁，你的新男朋友吗？""司徒，这位先生是谁？"我小声在亨利耳边说："他是位很难缠的人，我很想摆脱他。""明白。"

我对刘明说："他是我的朋友。"亨利对他点头微笑，握住我的手，然后说了一句话。刘明看着我问："他在说什么鸟语？""他说，请这位先生不要耽误我们约会的时间。没有你的出现，我们会更快乐，先走一步了。"我挽着亨利按了电梯键。

只听他在后面说："没想到这么快，我们司徒小姐就改变口味了，居然喜欢起外国种来了。"我握紧拳头，没有回头看他。我不想脏了自己的眼睛，这酒店还是很漂亮的。

进了电梯，我舒口气，放开了亨利的手。"谢谢你，亨利。""没事，请问，那位难缠的家伙是谁？""他是我以前的老板，很难缠。我非常讨厌他。""哦，是这样。他爱上你了，对吗？"

面对亨利的猜测，我如是说："亨利，爱是分很多种的。有些不合乎情理，是不正常的。爱的前提，起码要两情相悦，对吗？""非常对。""真不好意思，刚才借用了你的手。""没关系，如果你愿意，可以继续握着。""亨利，你是个好人。""我想我的确是好人，你也是啊，善良美丽的中国姑娘。"

亨利深情地望着我，深邃的眼眸透露着迷人的英气，像海水一般的蓝。我们默契地对望着，欲言又止。门开了，有客人进来，我们的眼神被打断。

走出酒店，亨利问我："明天我要离开上海了，你能陪我去外滩走走吗？""可以。"海风虽然冷，但我愿意与亨利漫步前行。我们默默地走着，亨利突然变得沉默寡言起来。一时间，谁都没有开口说话。

"司徒，你喜欢吃巧克力吗？""巧克力？喜欢啊。""真的吗？你喜欢吃巧克力？太好了！""怎么了？""如果你不介意，愿意和我回酒店一趟吗？我从丹麦带了巧克力过来，想亲自送给你，可以吗？"

"送给我？为什么，有什么特别原因吗？""来中国前，我准备了两份礼物。一份是送给贵公司的，另一份想送给有缘的人。""所以你来上海之前，并不知道有缘的人是谁？""是的，我想，我现在是遇到了。""可是，亨利，你马上就要回国了。在每个地方，都可以遇到不同缘分的人。只要相识就是缘分，但为何要送巧克力给我呢？"

他用生硬的中国话说："因为，你是中国姑娘，善良、美丽的中国姑娘。""中国的姑娘都是善良美丽的。""是的，可我偏偏就遇到你了。"我明白亨利想说什么。

"你不能不承认，你就是那个和我有缘的人。大千世界，为什么就让我在上海遇到了你呢。十天，足以改变我的人生！""亨利，非常高兴能认识你，和你相处很愉快。我们是好朋友，对吗？""是的，不仅是好朋友，还是合作伙伴。可是我想，假如是另一种身份，也许会更令人心动。"

我笑笑，亨利在暗示我。

"我想，你应该有理由收下这份礼物，至少代表丹麦人对中国人的尊敬与友好。"亨利很快用幽默的方式调节了将要尴尬的气氛。我笑着点头："呵呵，这个理由我接受。"

走进酒店大堂，我特意将自己的帽檐压低，不让旁人注意到我。亨利笑着说："你这样倒更让别人注意你啦！""是吗，为什么？""像个大明星，哈哈哈，很显眼呢。""哦，那我还是把它抬高吧。""我帮你。"

我的视线正好瞄向远处的大堂吧，无意中看到一个熟悉的身影，是梓健，他正坐在那儿和人谈事情。我赶紧转身，低下头和亨利进了电梯。

来到房间，亨利为我泡了丹麦带来的咖啡，并把一个紫色包装纸的大礼盒放在我面前。"这是丹麦非常著名的黑巧克力，送给你。""亨利，非常感谢，我很喜欢。""不客气。吃黑巧克力，应该不会把你白皙的皮肤变黑吧？""呵呵，你真幽默。我很喜欢吃，吃了这么多年巧克力也没变黑。""你答应我一件事好吗？等我明天上飞机后，你再拆开礼物。""……好。"

亨利深情地望着我，我似乎可以从他清澈的眼睛里看见另一个自己。

他捋了下我散落的刘海："你是一个天使，神奇地飞进了我的心。""亨利……每个女孩都是天使。""但能走进我心里的唯独只有一个。""哦，我是不是太幸运了呢。""那，你会喜欢我吗？"

"亨利，你是个好人，我非常享受和你在一起的时光。我承认，我确实对你很有好感。我喜欢你，就像喜欢身边的朋友一样，像亲人一样的感觉。""哦，像亲人一样的感觉。""对。""这样就不是男女之间的那种喜欢了？"

"我想，东方女性还是比较内敛和含蓄的。""对，我就是欣赏中国姑娘对感情的认真和矜持。""我想，对感情，人人都应该抱有谨慎和认真的态度，那是对双方的尊重和负责。""司徒，我非常欣赏你，做事很有原则，其实我也是这样的。"

"亨利，时间不早了，我该回家了。谢谢你的礼物。""好，我送你回家。""不用了，门口就有计程车，你早点休息吧。""那我送你到楼下。"

来到一楼，亨利绅士地说："你在这里等我，外面风大，我去拦出租车。"我有意识地向大堂吧方向看去，梓健仍坐在那里喝咖啡，和别人聊天。他放下杯子时，目光落在我身上。梓健站起身，迟疑了几秒。他刚想往前走，亨利跑了进来："走吧。"我回过头，不舍地看着他。

亨利笑着说："明天你们会来送我们吧。""当然，这是一定的。""我有个小小的请求，可以拥抱你一下吗？"我想了想，点点头，这是友谊的拥抱。亨利抱着我说："真希望时间能停止，我还不想那么快回丹麦。""以后有机会就飞过来啊。""好，一定的。"

坐上计程车，我回头和亨利挥手，心中竟也掠过些许不舍。我抚摸着搁在腿上的巧克力礼盒，感觉沉重。我对亨利并不是没有好感的，他真诚、幽默、善良。只是，喜欢与爱之间有着很大的差距。更何况，爱需要时间来磨合。

有时候，爱，也并非说得那般容易。

信

第二天上午，我们来到机场。临别前，我把一份礼物送到亨利手上。他很惊讶："这是什么，送给我的吗？""送给你的礼物。""我真是太幸运了，能知道那是什么吗？""等你上了飞机再看吧。""好，谢谢。我收了贵公司的茶叶、茶壶还有中国字画，已经满载而归了。现在又收到司徒小姐的礼物，真是太激动了。"

亨利凑到我耳边问："请问这是你代表公司送的吗？""哦，不，这是我个人送的。""是吗？太棒了，我会好好收藏的。"

祝总说："亨利先生，欢迎你下次再来中国，再到上海考察和游玩。""我一定会再来的，这里有美丽的风景、食物。不过最重要的，还是这里的人。"亨利盯着我说。

祝总笑笑："如果你愿意，也可以留在中国发展啊。""哈哈，这是个不错的提议，我会好好考虑的。"

亨利与大家拥抱，最后走到我面前："司徒，我走了，你会想我吗？""我想，我会的。""我也会想你，我会把你放在这里。"亨利拍拍自己的胸口，"回了丹麦，我还能和你继续保持联系吗？""当然可以。认识你真的很开心。"我们彼此相拥。

"这次我来中国的最大收获除了工作就是能遇见你，真的。我会好好珍惜这段美好回忆的。""我也是。再见，亨利先生。""再见，中国的朋友！再见，上海！再见，美丽善良的中国姑娘！"

飞机起飞的一刻，我想亨利此时正在机舱内看我送他的礼物吧。那是一盒红色的印泥和一个刻有译音"亨利"名字的篆体字印章。希望他能把中国的文化带回丹麦，并记住他有一个中国的译名叫"亨利"。

回到家，我打开礼物，还有一封粉色纸张的信件，上面写道：

> 司徒小姐，有些话我想只能在信纸上和你倾诉，请原谅我这冒昧的做法。来中国十余天，让我感受了这里的风土人情，也感受了你们的好客与热情。再一次表示感谢，我心中深受感动。
>
> 这次来中国收获颇多，除了两方达成了友好协议（我想工作上的事是顺其自然、水到渠成），更让我觉得幸运的，是我遇见了你。我不知该如何表达我的感情，怕说多了说错了伤害到你的情绪。从我在公司看见你的第一眼起，我的心就加速跳动。我想我对中国姑娘有着一种特殊的情结，看到司徒小姐，我的心里乐开了花。我在中国的每一天都是快乐的，包括医院的那晚，因为有你的陪伴。满脑子都是我们度过的幸福片段，这些回忆将会陪伴我一路成长。
>
> 我想，我已经找到了心中的天使。我相信缘分，相信时间

会证明一切。虽然我们远隔两岸，但我的心早已留在了上海。我想，我会在不久的将来，再去中国看你们的。而让我更感到激动和幸福的是，司徒小姐同意和我继续保持往来。这样至少可以证明，我并不是个很讨厌的人。

最后，祝美丽、善良的司徒小姐天天开心，工作顺利。希望再次相遇时，还能看见你灿烂的笑颜。

亨利·安德森

2008 年 1 月 28 日

我握着这封温暖的信，沉浸了许久，它湿润了我的双眼。

意外的孩子

送走亨利，也结束了这一段的工作行程。

再过几天，就是中国农历的新年了。爸妈说要来上海看我，我谎称去外地出差，有任务。

这天，我在医院陪阿欣复查。结果看来还不错，医生说要继续用药和保持，注意休息和营养。最重要的就是还有两个月要禁止同房，阿欣点头答应。她对我说："希望这两个月快点过去。"

从阿欣的眼神中，我还是能感觉出彷徨不安，因为她心里没底。

我在妇科楼梯口等阿欣出来，一个女孩戴着帽子从楼下正对我走上来，酷似董晓敏。她一抬头，正好看见我。"晓敏！""司徒！"她不好意思地低下头，手里拿着的化验单立马塞到身后。

"这么巧，你来医院看病吗？""你呢？""我来陪朋友复查，你身体不舒服吗？""我，来看下妇科。""你现在好吗？""我……"晓敏斜过头，眼里布满了血丝。她下意识地摸自己的小腹，显得很伤心。

一位中年妇女匆匆下楼梯，横冲直撞过来，险些撞倒了她。晓敏一个踉跄，快速捂住肚子，带着哭腔说："别碰我的肚子！"我上前扶住她："晓敏，小心！你没事吧？"她摇摇头，手里拿的化验单掉在地上。我把它捡起来，上面清楚地写着尿液显示呈阳性。她赶紧抽回了单子，尴尬地说："给我吧。"

我惊讶地问："晓敏，你怀孕了？"她没有看我，低头不吭声。"你和你男朋友结婚了，是吗？""我……我……"晓敏抬起头看我，终于忍不住哭了出来："我……""怎么了，出什么事了？"晓敏不回答，只是低着头。

"难道，这孩子不是你男朋友的？"晓敏哭得更厉害了，她使劲地摇了摇头。"难道，是……"她上前一把抱住我，眼神中充满了惶恐："珈珈，我该怎么办？我该怎么办啊！"

我一下被点醒，原来，董晓敏真的怀了刘明的孩子！我愣在那里，大脑一片空白。阿欣从洗手间出来，我说："欣姐，我遇到以前的同事，想和她聊聊。如果你可以的话，先回家。我稍后过去好吗？""没问题，你和你朋友聚吧。我在家等你。"

我与晓敏来到茶餐厅，正值中午，便点了些食物和水果。晓敏面色苍白，眼前的东西一点也没有入口。我劝道："好歹吃点吧，你的身体那么虚弱，怎么撑得住。"她眼里含着泪花，不住地摇头。

我把一块苹果递到晓敏面前，她尝了口便跑向洗手间。我跟了上去："晓敏，晓敏，你没事吧？"她冲到洗手池不断地干呕，没有东西，全是水。我拍着她的背："没事了，吐出来就舒服了。"她用水拍打着脸，呜呜地哭出声来。整个洗手间充斥着流水和哭泣的回声，凄凉至极。

回到位置上，晓敏大口喝下热橙汁："现在胃里感觉舒服多了。"她眼里的忧愁无法抹去："我真的不知道该怎么做。我真的很后悔，后悔自己的愚蠢行为。"

晓敏终于在这一刻对我袒露了心声。

晓敏出生在河南郑州一个普通的工人家庭，高中毕业没有考上大学，便来到大城市打工。面对灯红酒绿的上海都市，晓敏觉得自己格格不入。她羡慕别人穿着光鲜亮丽的时装，可以出入各种高级娱乐场所，每天都有名牌轿车接送。

她的心开始痒痒，琢磨着，自己也该改头换面了。

她从最初的单纯，慢慢被这个社会同化成现实与虚荣。她一心想在上海立下脚跟，出人头地。她开始变得有心计，学会了阿谀奉承和拍马屁、学会了在男人面前撒娇、学会了向他们投怀送抱、学会了借用别人的力量上位。

晓敏看出了老板的心思，还抓住了刘明先前的风流艳史，她觉得自己的时机成熟了。为了引起刘明的注意，她开始变换穿衣的风格，包臀裙、黑丝袜、高跟鞋，性感又妖媚，趁机勾起他那好色的欲望。借用工作之名，晓敏时不时找个机会往他的办公室跑。

那一次，晓敏去刘明办公室送报告，她特意把手搭在桌上，身子往前倾斜，让刘明注意到她的低胸衣领。然后转身，扭着翘臀晃了出去。十分钟后，刘明又把晓敏叫进办公室，说文件有错误。

晓敏用娇嗲的声音说："刘总，这份报告我可是花了一晚上辛苦打出来的，校对过三遍呢，不可能有错误的。""哦，是吗？那也许是我眼花了呢。"刘明站在一旁，身体紧贴她，手触碰到晓敏握着文件的右手，她没有退缩。

刘明见她没有拒绝，便更加放肆开来。他摸着晓敏的双手，从后面慢慢环绕住她，嘴巴贴近她的耳垂，轻闻她的香气。晓敏撒娇地说："刘总，您要干什么？""你说我要干什么。"刘明一把将晓敏翻转，倚在桌边，两个人缠绵起来。去年那次展览会，晓敏与刘明发生了关系。

打这以后，晓敏经常收到刘明给她准备的各种礼物，私下坐着他的轿车，一起出入高档饭店和娱乐场所，这让晓敏觉得很风光。面对别人的猜疑，他们的一致口径便是谈业务。公司的流言逐渐多了起来，也传到了颜晴的耳里。

晓敏并不怕她，想着只要有本事抓住刘明的心，就一定能事半功倍。她们明里暗里争斗，颜晴有什么看不惯的，晓敏便会向刘明撒娇告状。"刘总，您看，又有人看我不顺眼了。""没事，我的小可人，有我在，你就安心吧。"

刘明经常载着晓敏回她家，第二天再一前一后地到公司。同事们看在眼里，放在心里，谁也没有大肆喧哗。

晓敏觉得很骄傲，虽然牺牲了一些东西，但至少可以获得老板的心，能得到自己想要的东西。接着，她要求刘明给她业务机会，并能在公司升职加薪，晓敏早已烦透了当个小小的销售业务员。

正当晓敏要抓住谢震这条线，想好好地做一笔生意时，却没料到刘明把线放给了我，并让我做成了业务。晓敏当着大伙的面公然和我争吵，言语里带着挑衅和攻击。

刘明在同事面前严厉地批评了晓敏，使她觉得丢尽了脸面。晓敏又恨又气，不停地缠着刘明给她介绍业务单位和生意。他渐渐地感到厌烦。后来，刘明有意把晓敏推给了谢震。趁酒醉不清的情况下，谢震和她半推半就地发生了关系。醒来时，晓敏后悔莫及，却也无可奈何，她恨极了刘明。

从这以后，晓敏徘徊在刘明和谢震两人之间，觉得自己像个玩偶，被人游戏和利用。晓敏说，男人就是如此，时间久了，玩腻了，自己就没有任何利用的价值，你也别再想从男人身上捞到任何好处。照刘明的话说："像你这样到大城市来找活的女孩，多了去了。你这种姿色，我见多了。"

刘明对晓敏没了兴趣，只是在寂寞的时候才会想起她。晓敏还是没有真正得到自己想要的东西。她仍旧和从前一样，只是销售部一个小小的业务员。

虚荣的代价

前些天，晓敏的身体出现异样，从药店买来验孕纸一测试，两条红杠呈阳性。晓敏找到刘明，说自己怀了他的孩子。谁知，他把晓敏一推，冷冷地说："笑话，谁知道你说真的还是假的，这年头，都说自己怀孕了。""你太过分了，难道这种事情也有假吗？我为什么要拿自己的生命开玩笑？""可是我并没有看到啊，凭你说一句怀孕了我就要相信你吗？"

"好，我过两天去医院化验，把单子拿给你看！""哼，像你这么有心机的女人，什么事做不出来。""刘明，你还是人吗？""好，就算你怀孕是真的好吧，可又有谁知道你怀的是谁的种？别忘了，你没那么单纯，可不止我一个男人。"

"丧心病狂的家伙，这种话你也说得出来。"晓敏上前想打刘明，没想被他一把抓住胳膊，推翻到沙发上。

"你是不是还想以怀孕的名义再讹诈我一笔，这种伎俩太小儿科了。""不是讹诈，那是我应得的。我付出了这么多，到头来什么也得不到。等我把单子拿给你，你得赔给我一笔精神损失费！""精神损失费？亏你想得出来！都是出来混的，你情我愿，谁也没亏待谁。要知道，你从我身上也得到了不少好处，还想和我提条件？"

"刘明，你混蛋！""既然出来玩，就得明白游戏规则，要知道见好就收。像你这样没完没了地闹腾，哪个男人会喜欢。学得聪明点，或许还有点价值。学不聪明，倒还不如回家做你的乖乖女！"

"可是，怀了你的孩子总是事实，对我来说这是个不小的伤害。我也要上医院做手术，还要买东西补补身子。这些都需要钱！你总不能见死不救吧？""你这个女人真是有够烦的，好了好了，别老哭丧着脸，晦气死了。"

刘明从钱包里掏出一叠钱，扔在晓敏面前："拿去，这里一共是

2000块，够你上医院打个胎，买点补品了。"刘明你，你好狠心。你拿这2000块打发叫花子啊？""不要，不要拉倒，我收回了。"晓敏抢过钱，狠狠地说："我陪了你大半年，这利息还不够呢。这本来就是我应得的！"

"董晓敏，你别自命清高了，你以为自己值多少钱？"刘明抓住她的脸拍拍说，"像你这样的身材和脸蛋，夜总会的小姐摆出来站一排，个个都比你好，还以为自己是天仙？我点到你，那是我刘明看得起你，你别自以为是了！"

晓敏哭哭啼啼："原来你说的好话全是骗我的！""你们这些女孩，就是耳朵根软，说几句好话就飘起来了，连爹妈是谁都不认识了。从你第一天靠在男人怀里就应该明白，你和那些三陪小姐没多大区别。你拿你的姿色在贱卖，而我，用铜臭味买你的身体和青春。你情我愿，很公平嘛！"

"刘明，你这个骗子、大骗子！你玩弄了我，玩够了就来侮辱我！我不要做第二个葛慧！我不要！""错，你不是第二个，准确来说，应该是第七个了，还不包括外面的那些。""你……你真是无恶不作。刘明，你迟早会有报应的！"

晓敏愤愤地跑出公司。她恨透了，被刘明骗了青春和姿色，到头来连句公道话都没有。

第二天，晓敏的干哥哥找了两个弟兄把刘明教训了一顿。他边擦嘴角的血迹，边打电话给她："好你个董晓敏，敢教训起我来了。老虎不发威，你他妈以为我是病猫啊！"等晓敏再次到公司，同事们投来了异样的眼光，在背后指指点点。

她来到办公桌前，传真机上放着一张匿名纸。晓敏定睛一看，上面写着："董晓敏，二十四岁，未婚先孕，却不知孩子的父亲是谁。同时拥有几位不固定男友，关系混乱复杂。期间，还勾引有妇之夫，扮演第三者的角色。如今，她要找到孩子的亲生父亲是谁，让他站出来相认。请大家一起来帮帮忙。"

晓敏傻眼了，一把抓过纸撕个粉碎。晓敏和刘明当面对峙："刘明你不是人！你这是诽谤，是侮辱！你怎么可以这样做？无耻！你要置我于死地，你太残忍了！"

"是你太难缠，我也不想的。我想你郑州的父母和男朋友那里，应该也收到传真了吧。""什么？你……你怎么可以这样，你怎么可以骚扰我的家人？你太卑鄙了！""我说过和我斗，没有任何好处。"

晓敏接到母亲打来的电话："晓敏，那份传真是怎么回事，是真的吗？你怎么这么作践自己，做出这种败坏门风的事，我们董家的脸都给你丢尽了。这么年轻就未婚先孕，以后看谁还敢娶你，你要怎么办才好啊。"

"妈，你听我说，不是那样的！"无论晓敏怎样辩解，都无法解释清其中的误会。晓敏母亲无奈地说："海刚也无法接受这个消息。他坐明天早班的飞机过来，要当面问清这件事。海刚对你一片痴心，就算要他死心，也要问个明白。你这不争气的娃儿啊，妈也拿你没办法了。我早说过你去大城市不会有什么好结果，那里诱惑多，不适合你。本来在家多好，做个小生意，现在都和海刚结婚了。你就是心野，想要全世界的风光。到头来怎么样，还不是把你一口吞掉。唉……你的事情我和你爸无力管了，你好自为之吧。海刚能等你这么多年不变心，也算是可以了。明天，你自己和他说吧。"

"妈，妈……你听我说，听我说啊！"晓敏绝望了。她拿起桌上的花瓶，朝刘明砸去。他一躲，花瓶砸在墙壁上，摔个粉碎。她抡起弱小的拳头，砸向刘明的脸。他一把抓住她的手腕："想动我，没门儿。你给我识趣点，否则，没你好果子吃！"

悔不当初

看到相恋多年的男友海刚，晓敏趴在他的腿上哭了很久。海刚问这孩子究竟是谁的，她只是哭泣不说话。晓敏说不出口自己和老板有染，可越是不说，她和海刚之间的误会就越深。他真的会相信连晓敏自己都分不清这孩子到底是谁的。

海刚也绝望了，他没有责骂她，只是沉默。

海刚颤抖着声音说："你要我怎么接受一个都不知道父亲是谁的孩子！""这是孽种，我会马上打掉的！海刚，你还会等我吗？如果你能原谅我，做完手术我马上辞职。然后和你回郑州，我们结婚好吗？"

海刚推开晓敏的手，缓缓地说："你离开家的这几年，我一直努力做生意攒钱，就是一心等你回来。可自你到了上海，整个人都变了。你每次回家，言行举止、穿衣打扮都不是你自己了，连看人的眼神都不一样。尽管我还一心等你，可你正眼都不愿瞧我。没关系，我可以忍受，只要你还没有结婚。我想等你出去打拼够了，累了，就会回心转意。可我发现找不到原来的你。你听过我们的劝了吗，你总是一意孤行，总认为外面的世界比家里的好。你越来越看不起身边的人，甚至是轻视我们的存在！"

"我也是想多赚点钱，早日回来和你们团聚。""算了吧，收起你的眼泪。别让你的虚荣心替你假惺惺地演戏了，你已经不是原来的董晓敏了。我做了该做的一切，还是不能挽回你的心，现在我的义务和责任也尽到了。"

海刚说完，从包里拿出一个厚厚的信封："这是你爸妈还有我给你带的钱，应该够你花一阵子。他们年纪大了，白头发越来越多，攒下这些钱不容易。"晓敏拿着信封，后悔地痛哭不已。

"把身子养好，找一个疼你的人，嫁了吧，不要再伤害自己了。""海刚，海刚，你是最了解我的呀！你最明白我的心！为什么连你也不肯相信和理解我？""说这些太晚了，所有的事情都是自己选择的，没人逼迫你去这么做，你要为之付出代价。现在没有必要去探究原因，那都已经不重要了。晓敏，祝你好运。再见！"

"海刚，海刚！你听我说，听我说啊！"海刚扔下晓敏，走到门口，他转头流泪说了最后一句话："没有想到，我等了这么多年，换来的竟是这样的结果。作为一个男人……最后给我留点尊严吧！保重！"门关上的那一瞬，晓敏彻底绝望了。

她抱着那个信封，痛哭了一整晚……

我流泪听完了晓敏的遭遇："每个人，都有追求幸福的权利，可是你的代价太大了。有些人能承受得起，有些人并不适合走这条路。晓敏，早知今日，又何必当初呢？""我现在什么都没了，工作没了、朋友没了、爱情没了、亲人不理我、我的名誉也没了。我真后悔，悔不当初啊。如果不是虚荣心作祟，我不会落到今天这个地步。"

我握住她的手："晓敏，振作起来！既然已经受伤了，就不能继续沉溺下去。把孩子打掉，重新做人！我相信凭你的能力，一定可以找到一份好工作！不要依靠别人，不要受他人支配，要坚强和独立，你可以拥有自己的一片天空！"

"可是，珈珈你知道吗，我心里恨啊！这将是我人生中一个永远不能抹去的污点。我太傻太天真，被别人利用还踹上一脚。现在想想，真是太不值得了。我以前嫉妒你，认为你要比过我。其实你是对的，你坚持自己的原则，独立，不受他人左右，如果我能像你这样该多好。"

"相信我，只要心中有意念，就不会被打败。坚强起来，女人不需要靠男人而活。""谢谢你，珈珈。谢谢你到今天还把我当朋友，谢谢你能听我说这些不堪的历史。""晓敏，不要说这些，只要你有需要，我都会站在你这边。答应我，不要放弃自己，好吗？"

把晓敏送上的士，我的心开始下沉。

刘明这个疯子，无时无刻不在缠绕我和身边的人，他利用了周围可以利用的每一个人！一个女孩，如果连起码的自尊自爱都不知道，那么她的下场一定比可怜之人更可悲！

如今，已经清醒的晓敏，知道后悔是不是为时晚了些？如果当初她能清醒些，心态能放平些，不被眼前的区区小利所诱惑，也许，根本不会落到今天这个下场。

欲望，会迷惑人们本不明亮的双眼，在你得到一点满足后又增添新的欲望。欲望无止境，贪念无止境。人们永远对现状不满，永远都在追求更高层次的欲望。可谁又知道，它的杀伤力也会不知不觉将你吞没！

在你爬得越高的时候，你没有看到这陡峭的悬崖背后是无尽的深渊，也许结局会把你摔得粉碎。世上永远没有后悔药，唯一的方法就是停止犯错。如果要弥补过失，也许真要花上一辈子的时间。

未来的太太

到了阿欣家，看见她正在准备晚饭。其实这个傻女人，完全可以做一个贤妻良母，在家相夫教子，何必总在风雨里出风头。我上前抱住她，阿欣被我的突然袭击吓了一跳："怎么了宝贝儿，是不是一段时间没见，想我了，变得依恋我了？""欣姐，我真希望你马上变成家庭主妇，那样，你就可以安定了。"

"这么想让我当煮饭婆？呵呵！""我不想你那么辛苦地奔波，这不适合你。""看来，我只适合在家里煮饭？""不，你明白我的意思。""我的前半辈子已经这样苟活了，后半辈子，当然不能委屈自己。虽然，我和完整的女人不太一样，可我仍然享有幸福的权利对不对？我还是要做个美丽的女人、美丽的新娘。"

"欣姐，你是我见过最坚强、最独立的女人。你一定会过得比谁都幸福。""谢谢宝贝儿。你是我见过这世上最善良的孩子，上帝会赐予你平安和快乐的。来，吃饭吧。"

桌上，我看到了一盒烟，烟缸里还有两个烟头。"阿欣，你抽烟了？身体还没恢复呢。""没有，昨天小姐妹来看我，她抽的。"阿欣顺势把烟缸拿进厨房："怎么样，今年春节回家吗？""不回去了，在上海过。""那好啊，我们一起过。""还有我师哥，他也不回家，到时候我们一起吃团圆饭。"

"你，和他联系过了吗？"我摇摇头："没有，我们已经一个月没有见过面了。""怎么会这样？""他始终是别人的男朋友，我们不应该再有瓜葛和来往。这样，对小雯太不公平。"

"话是这么说，可爱了就是爱了，没什么错的。""这和爱本身无关，我不能这么自私。""看得出，梓健他对你有感情。不如给他些时间，让他来做决定。""不可以，这样太残忍了。我退出是最好的结局。""你打算，就这样永远不见他了，让他永远也找不到你？""也许，就这样吧。"

阿欣在电脑上给我看了结婚的礼服，中式和西式的各款。我赞叹："真美啊，太惊艳了。""亲爱的，你帮我选选哪款好看？""都很漂亮啊，你的身材那么好，穿什么都合适。""行了吧，别把我捧上天了，我知道自己几斤几两。这样吧，过几天我去婚纱店选礼服拍照，你陪我去啊，帮我参谋参谋。""没问题。""呀，都10点啦，我该回去了。""你的房间东西都在，要不我给你铺个床，就在这儿睡吧。""不了，别麻烦了。"我正穿鞋要出门，光头回来了。他脸色绯红，一股浓重的酒气扑鼻而来，醉醺醺地说："哟，这是哪位贵客啊，司徒小姐啊。""嗯，我来看看欣姐。"

阿欣上前扶住他："今天是珈珈陪我去医院复查的。""多谢你照顾阿欣啊，你们是好姐妹，我心里会记得你的。哈哈。"阿欣问："你怎么又喝那么多酒？""陪建筑公司的老余吃饭，他们说等我结婚那天，一定会送份厚礼。哈哈。""好了好了，看把你高兴的，快去洗洗吧。"

光头挥挥手对我说："司徒小姐，不送了，路上小心啊。""欣姐，我走了，你们早点休息。"

关门后，我听到里屋传来光头的声音："怎么样，身体恢复得差不多了吧，可以亲热了吗？""你就那么心急啊，医生说了还有两个月。""还要那么久啊。""废话，你还想怎么样，都已经成这样了，还不肯放过我？""别说这么难听么，我洗澡去了。"

我站在走廊上，任寒风袭来，灼伤我的脸，只觉得又疼又辣，难以睁眼。

欲罢不能

下班回来，看到远处有个熟悉得不能再熟悉的身影，梓健在花坛边站着等人！我惊奇地问："梓健，你怎么在这里？""我……""你怎么知道我搬家了，阿欣和你说的？"

梓健低下头："对不起，实在找不到你，我只能去找阿欣。你不要怪她，是我求她说的。我就是想来看你一眼，看看你过得怎么样。"眼前的梓健，和原先判若两人。他没有打理自己，嘴角和下巴长满了胡渣，眼睛里布满疲惫与血丝。那么忧郁，让人心疼。

"你的胡子这么长了，也不知道刮一下。""呵呵，长了就长了，反正，也没人会关注。阿嚏！这天，还真冷。"

看到梓健被冻红的鼻子，我没法再赶他走。我低下头："上楼吧，外面太冷。""我可以上去吗？""上去吧。"

我说："饿了吧，想吃什么？我给你做。""我来吧。"梓健从冰箱拿出菜，麻利地准备起来："你现在一个人住，习惯吗？""挺好的，清静，离公司也近。""工作顺利吗？""还不错，对口了。""真好。那天，在酒店大堂看见你……""嗯，真巧。""是很巧，我正好和客户在那里谈事……那个外国朋友，是你的男朋友吧？我看见，你们上了楼。"

我放下手里的菜："你是在质问我吗？""哦，不，对不起。我没有资格问你。""他是我们公司的大客户，从国外来考察市场的。那天，我的确是去他的房间，不过是去取东西。""可是……出来的时候，我看到你们在大门口拥抱了。"

"这只不过是临别前的友好拥抱，怎么，你吃醋了？""我哪有资格吃醋，如果你和他能幸福，我会祝福你们的。"我大声地说："我都说了，他是我们公司的客户！"

"对不起，算我多话了。""没关系，你女朋友什么时候回来？""她有可能就回来几天。北京电视台正好要搞个春节晚会，也许，就回来过个年三十，然后再过去。"

"你们通过话了？""是一芬告诉我的。小雯到了那里就换了北京的号码，上海的号码暂时不用了。""你应该去北京找她的，至少不要让误会加深。""很多事你不会明白的。我炒菜了，你出去吧，油烟大。"

这顿晚餐，我们吃得很憋闷。梓健每每往我碗里夹菜，都会有一种无形的罪恶感。"来，你不是爱吃鱼吗？多吃点。"我的眼眶红了："小雯也爱吃鱼，她比我更爱吃。最喜欢吃你做的红烧鱼，最喜欢吃你夹给她的那一口。"梓健不说话，只顾往嘴里扒饭。

饭后，我和梓健面对面坐着。我起身："桶装水没了，我去烧点水给你泡茶。"梓健说："水已经烧好了。""我去给你泡茶，再洗点水果。""水果我洗好了，放在桌上。""那，你要什么？是梨还是苹果？""不要梨，苹果吧。"我顿了顿："那好，你吃苹果，我吃梨。"

我拿来一个苹果，削了皮递给梓健。削梨的时候，我背过身去，默默地说：吃吧，把梨分成两半，吃过后，就可以和你分离了。

我拿着刀正要把梨切开，梓健上前阻止："不要分梨！"我放下小刀："好，我不分。"我拿起冰冷的梨，往嘴里送去，狠狠地咬了一大口。泪水在眼眶中涌动，我却要假装轻松："这梨，好冰啊。"

梓健上前一把从背后抱住我，手一松，梨掉在地上。

他的拥抱打倒了我所有防备，也卸下了我最后一层盔甲，我无力反抗。你知道人在脆弱的时候，都不堪轻轻的一击。何况是你！梓健，我被你打败了。

这一搂，彻底搂住了我的心。我转过身，死死地抱住他，我还是不能骗自己。我们那么近，却又百般疏离。梓健，我想记住你的味道，把它刻进我的心里，融入我的血液和骨髓里。

我们都流泪了。

"珈，不要再骗自己了，你明明忘不掉我，为什么不肯承认，为什么？""我承认，我被你打败了，我瞒不过你。""我实在骗不了自己，也骗不了你。我的良心，还是不允许我说谎。"

当我俩的双唇轻轻触碰在一起，我感到了前所未有的炽热，全身的血液沸腾了。原来一个人的亲吻是那样让人心醉！

有多久没被人这般温暖过，就算是游戏，也认了。可我不是爱到极致，又怎会失去自我？梓健若不是对我动了真情，又怎会如此疯狂？我是一个有理智的人，梓健也并非没有原则，可为何就会变得这般痴缠？

我流泪脱离了他的双唇："你的胡须太扎人，我找个剃须刀给你刮胡子。"我从抽屉里拿出一个礼盒，这是我在元旦买的男士专用剃须刀，准备当面送给梓健。那天的情形，我没能拿得出手。

"你怎么会有男士剃须刀呢？""这个，本来是送给你的。"

梓健沉默。"来，我给你刮胡子，别动。"他闭上眼，泪水弥留在眼角。随着剃须刀发出的吱吱声，我听到了两人的心碎声。我小心翼翼地刮掉了他嘴角和下巴周围的胡须，用手摸了摸："这样才清爽，不会再扎人了。"

梓健，你知道吗？你的这张脸有多美，多让人心醉。看着你的眼，我的心也跟着碎了。我踮起脚尖，闭上眼，将自己的唇送了上去。两个人，四行眼泪，就这样悄然滑落。你的吻，彻底将我融化了。

"珈，我想，一些事情的原委，我必须找合适的机会告诉你。毕竟，有很多事你并不知情。""那你相信我吗？我没有想过要伤害任何人。我想让你明白，我并没有要求你什么。""我明白。不论结果如何，不论别人怎么评价我，我都会做真实的自己。"

我们窝在这间房子里，空气中弥漫着酸楚的味道。夜色迷雾，它也该学着如何不慌乱。如果可以这样厮守，我宁愿时间被停止。我怕错过这仅有的分分钟，错过你，错过我们的人生。这一秒，我忘记了你和边宇之间那微妙的关系，不是别人，就是你自己。

我想在这一刻，绝非有人忍心拆散我们。因为我相信，天使也是会流泪的。

梓健与小雯的相遇

第二天，梓健找到我，说要带我去一个地方。他载我来到静安区威海路一带。我纳闷地问："梓健，你带我来这里干什么？""我们下车走走吧。"他深沉地将双手插进口袋，低头往前走去，眼里满是心事。我跟在一旁，静静地看他，没有说话。

梓健看着远方："最开始，我和小雯就是在这条街上认识的。"

三年前的一天晚上，梓健和一帮朋友从饭店吃完饭出来。几个醉醺醺的家伙东倒西歪地走出来，门口经过三个女孩。一个男人看见其中一个女孩便上前拦截："小妹妹，去哪儿啊？陪哥哥玩玩啊。"

男人顺势把自己的咸猪手搭在女孩肩上。三个女孩同时尖叫起来："你想干什么，放开我！"那男人没松手，只管在她身上肆意乱摸。其他两个女孩大叫："你再不放开她，我们喊人啦！""嘘，别喊，我带你们去玩，好不好？"

梓健看到这一幕，立即上前拿掉了那男人的臭手："这位仁兄，你想干什么？""你是谁啊，管我的闲事？""我是她哥哥！"女孩惊讶地看着梓健，露出了一丝希望的笑容。

"哥哥？喂，小妹，他是你哥吗？"女孩灵机一动："对啊，他是我哥哥，公安局的，还是跆拳道教练呢。""哦，这样啊。"男人的脸色立马改变了。梓健恶狠狠地说："你是不是还要玩啊，不如我陪你玩，怎么样？""那算了吧，我们走。"男人识趣地离开了。

三个女孩看着梓健，对他投来了感谢的目光。女孩说："谢谢你。""不客气。""小雯，你什么时候冒出来一个公安局当跆拳道教练的哥哥，我们怎么不知道啊？哈哈！"

另一女孩感激地说："谢谢啊，帅哥，帮我们解了围。""不客气，你们自己小心点，我走了。""谢谢你啊，再见！"女孩目送梓健的背影。只听后面的女孩起哄："小雯，他好帅啊，英雄救美女啊，看你盯着你的英雄不放！"

之后的日子里，小雯心里一直惦记着帅哥英雄，看到梓健的第一眼起，就对他萌生了好感。一个半月后，魏波约小雯和那两个女孩吃饭，顺便把梓健也叫来了。两女孩惊喜地喊："帅哥英雄！是你啊！"

小雯惊呆了，她没想到那天从咸猪手里把自己拯救出来的人原来就是魏波的好兄弟、好同事。

"菠菜，你有这么优秀的朋友，怎么早不带来给我们看？"说话的正是林一芬。梓健被女孩叽叽喳喳的评论说得不好意思起来。而小雯则静静地坐在那里，望着他，眼里充满了谢意与欣喜。此时，梓健恰好单身。

魏波看出小雯的心思，他经常找机会安排各种活动。在接触中，小雯对梓健的好感越发浓厚。她心中暗生情愫，言行举止中无不透露出对梓健的爱慕。而梓健本人，也并未反感这位比他小五岁的女生，一个长着娃娃脸，皮肤白皙，谁看了都不会厌烦的女孩。

好感与喜欢的差距

梓健承认对小雯有些好感，可这和喜欢不同。在梓健眼里，小雯更像一个邻家小妹，和自己心中的另一半相差甚远。

大半年过去了，随着魏波和身边朋友不断暗示撮合，小雯心里已经默认了和梓健是一对。小雯单纯地认为，谈恋爱是水到渠成的事。

小雯的生日聚会上，大家纷纷庆祝，气氛达到了高潮。魏波借助酒兴说："梓健，怎么样，你可以做表示了哦。"梓健问魏波："做什么表示？""装什么蒜啊，表白啊。"小雯娇羞地低头看梓健，等待他的答案。

大伙不断簇拥："表白，表白！"梓健不好意思地挤出一句话："我觉得，小雯像是我的亲妹妹一样。"全场的气氛瞬间凝固了。她脸色大变，失落地低下头，伤心地离开了。

魏波责怪道："梓健啊梓健，你在搞什么啊。让你表白，你怎么说这么不中听的话呢？"一芬也说："梓健，没想到你还摆臭架子啊，小雯可是女孩子啊，禁不住打击。你这样说，多伤她自尊啊。"

大伙劝道："快啊，去把她追回来啊。"梓健被迫追回了小雯，她的泪水在眼眶中转动："也许，是我多想了吧。"

事后，魏波生气地说："我没有想到，你竟然在大家面前这么说，小雯是个好女孩，你不要伤她的心。""我没想过伤她的心。""可你已经伤害她了。"

"我知道这么说是有些伤人，可你有没问过我，我到底喜不喜欢柳雯，想不想和她发展成男女朋友？你们按照自己的意愿，总认为你们觉得合适，我就要认可。可你们是你们，我是我。"

"难道你不喜欢小雯？""小雯是很可爱，但即便如此，并不代表我一定会爱上她。""原来是这样……可是小雯已经……""所以我不能违背自己的意愿，不喜欢还要欺骗她。这是对感情的不负责，更是对她的伤害。"

魏波说以往都是别人追求小雯,这是她第一次这么认真地对待一个人。

那晚,天下着大雨,小雯来到梓健的住处。"梓健,我就问你一句话,你到底对我有没有感觉? 只要你一句话就可以。"

梓健扶着小雯:"小雯,别这样好吗? "小雯极力挣扎:"告诉我,你是不是真的只把我当妹妹? 告诉我! ""小雯,算我求你了行吗?别闹了,我送你回家! "

梓健不想伤害她,又不想违背真实的意愿。可拒绝她也是伤害,欺骗她更是伤害。小雯又会接受哪一种伤害呢? 梓健觉得进退两难。

一次,梓健在篮球比赛中不慎脚腕骨折。小雯得知后,火速赶往医院,并主动承担起家庭护理员的责任。她每天往返于学校和梓健家中,照顾、料理他的生活起居。

梓健见她一副热心肠,也不好多说什么,只得任由她在自己家中来去自如。在小雯的精心照顾下,梓健的脚恢复得很快,两人也变得越来越有默契。

一天,小雯在家多吃了几个芒果,身体出现了严重的过敏,不得不去医院就诊。等梓健、魏波、一芬赶到医院时,小雯正躺在床上输液。见梓健也来了,她立刻用被子捂住脸:"我现在丑死了,没脸见人了,知道你们都会嘲笑我的。""怎么会呢,我们的小雯最漂亮了。"一听到漂亮两字,她哭得更凶了。

梓健问:"小雯,你今天吃了多少芒果? "小雯伸出右手摆出一,又用左手摆出二的姿势。大家齐问:"什么,你吃了十二个? "小雯点点头:"是小的。"一芬责怪道:"你喜欢吃也不用一口气这么拼老命吧,怪不得要过敏呢。"

魏波坐在床头,看着小雯笑着说:"这丫头从小就爱吃芒果,小时候也因为多吃而引起过敏,所以她爸妈每次都控制着她。今天正好赶上周末，她爸妈去外地了。这下可好，她一人在家偷偷猛吃了。给我打电话的时候，吓得大哭，说自己的嘴巴肿成红香肠了。看吧，这就是吃独食的下场，你要是叫我们来吃就不会过敏了。"好你个魏波，你再说我，和你绝交。你就别气我了，嘴里全是水泡呢。"

梓健坐在床边，温柔地说："来，小雯，让我们看看你。""我现在丑死了，你们快走吧，不要看我了。"一芬取笑说："呵呵，是害怕某些人看到该不喜欢了吧。"小雯不停地蹬脚，嘴里发出呜呜的声音。

梓健温柔地说："小雯，别担心，过敏是暂时的现象，马上就会没事的。你这样盖着被子不闷吗？来，没关系，别怕难为情。""那你们保证，看了不许笑我、不许讨厌我、不许嫌弃我！"

"怎么会呢，你再怎么变，都是我们眼中最可爱、最美丽的小雯。"小雯慢慢把被子放下，大家看到了一张浮肿的脸，面部布满了红疹，嘴唇肿得像根腊肠。

魏波和一芬忍不住笑了出来。小雯把被子盖到头上："我就知道你们要笑我啦！"一芬打趣："小雯，你可以啊，我看你这副模样可以和外国的茱莉亚·罗伯茨媲美了。"魏波笑着："我看，更像安吉丽娜·朱莉，对不对？""大嘴美女，真不赖！"

"魏波、林一芬，你们现在不是我朋友了，你们可以走了！"小雯开玩笑地说。魏波笑："那我们走了你怎么办？不怕吗？""不怕，小雯，有我在呢，还怕没人是吧！"梓健赶忙接话，他们的手顺势握在了一起。

一芬捂嘴一笑："我看，我们在这里确实多余啊。魏波，咱们要不回吧。""我看也是啊，我们在这里多碍眼呐。""别，你们别走，都留下来陪我好吗？"魏波说："小雯，你可真够贪心的啊，有了梓健还不够。""不是啊，妈妈出门前买了很多好吃的给我，想叫你们一起过去分享我的独食啊。"

这天晚上，梓健、魏波、一芬三人在小雯家待了一夜。他们吃零食、打游戏、听音乐，好不热闹。到了午夜零点，他们窝在沙发里看电影《午夜凶铃》。恐怖、惊险、刺激，还时不时发出令人发指的尖叫声。看到可怕的镜头，小雯就抓住梓健的衣角，闭上眼整个人窝在他怀里，像只受惊吓的小猫。

梓健摸着小雯的头："小傻瓜，怕了还要看。"她喃喃地说："有你在，怕了也敢看。"虽然，脸上的红疹还未褪去，嘴里的水泡还在隐隐作痛，但她觉得自己是世界上最幸福的人。

从这以后，梓健和小雯走到一起。一走，便是两个年头。梓健说，对小雯是一种责任多于喜欢的感情，可小雯却爱他爱得彻底。

梓健说，两人之所以能维持到现在，是因为小雯的一再坚持。小雯总是沉浸在幸福的感觉中，丝毫没有察觉出梓健眼里的变化。

很多次，梓健都想问："你不觉得我们之间缺少些什么吗？"他甚至想过分手，可面对小雯那纯真、善良的脸，还是不忍心说出那句残忍的话。

"其实，我也不知道是对是错，只是清楚，我对小雯是有责任的。""可是她父母一直不同意你们在一起。""是的，面对父母的反对，小雯依然竭力捍卫着这份感情，不容许任何人来破坏。"

梓健最终还是被小雯感动了，他决定把那句话深深地埋进肚里，让它腐烂发霉，再开出新生的枝芽。他决心好好照顾她，尝试着用心去爱她。梓健想着，也许，就这样和小雯一辈子了，直到我的出现……

不是追到，是遇到

我红着眼睛说："我的出现真不合时宜，打乱了你们的幸福生活。"梓健用脚踩灭烟蒂，皱着眉头说："也许是上天注定的，谁都没有错。走，带你去我的母校看看吧。"

在宽阔的操场上，我们沿着跑道走着。梓健看着远方，若有所思地说："知道吗？你的出现，好比唤醒了我沉睡多年的心灵，就像初

恋时心动的感觉。像复苏了的春天，在经历严冬的寒袭后，终于看到
了一抹明媚的阳光。也许你会笑我，这个男人，竟然会说出这么肉麻
的话。可是，这就是我内心的真实感受。"

我沉默，不再反驳。

"作为一个男人，真实的情感却不能表达。珈，我忍得很辛苦，
你懂我的感受吗？"我的眼泪掉下来："我明白，我和你一样，也忍
得很辛苦。"

"在你生日会上，你亲口告诉我那句话，我当时也很想应允你。
可我没办法，只能按原则说话。我知道那样坚决会伤透你的心，你肯
定恨透我了。唉，要怪就怪吧，你应该怪我的。"

我摇摇头："我怎么会怪你呢，你没有错，你现在依然是我好朋
友的男朋友。我没有资格怪你，更没有理由恨你。"梓健抱头蹲下身
沉默。看到心爱的人痛苦，我忍住情绪说："我不怪你，更不会逼迫
你做出选择。只能说，我们遇见的不是时候。"

梓健起身，紧紧地抱了抱我："我去跑一圈，等我。"他脱去外套，
奔跑在空旷的操场上。看着梓健远去的背影，我感受到他的内心在呐
喊、在宣泄、在撕裂。

一圈过后，梓健未停止脚步。他越跑越快，越跑越远。一圈、两
圈、三圈……梓健像被上了发条一样停不下来，好像永远跑不到头了。
我好似看到了附在梓健身上的边宇，是他在促使他前行。

我冲远处叫喊："梓健！别跑了，停下来！别跑了！"他依旧没
理会我，脸上流露着痛苦的神情。

我上前跑起来，想试图追上他的脚步。可是越跑，感觉自己离梓
健越远。我们之间的关系，那么远又那么近。为什么我要在后面苦苦
追逐他呢。我来到跑道另一边，反方向逆行而上。这样，我就能和梓
健面对面遇上了。

我奋力迈开步子向前行，我多想冲到他面前狠狠地抱住他，告诉

他我爱他! 能拥有梓健的怀抱,是件多么奢侈的事!

梓健看到我从对面跑来,震惊地站住,以更快的速度朝我这里飞奔而来。我喊道:"梓健,我来了! 我来了! "正当我们还差五十米时,我的脚下变得松软无力,膝盖猛地跪倒在地上。临了临了,却还是要摔跤。这道坎,还是要将我绊倒。所有的痛苦和委屈,在这刻一泄而出。

"珈珈! 你没事吧? "我抬起头,坚定地说:"你不要过来,不要替我跑,让我跑完属于我的最后一程! "我起身拍拍膝上的尘土,拔腿跑起来。当彼此间的距离只剩下一米,我们冲上前紧紧相拥。

"梓健,我还是追到你了,对不对? ""就算你追不到我,我也会停下脚步等你的。何况,你不是追到我的,是遇到我的。"

我们深深拥吻,在蓝天和白云的见证下,忘记了身在何处。仿佛天地间只剩下我俩,隐约听见远方传来阵阵呼叫和口哨声……

守口如瓶

我收到晓敏的消息:珈,我决定把这个孽种做掉,谢谢你给了我活下去的勇气。我会重新做人,重新选择新的生活,一切从头来过。谢谢你!

我回复:加油,晓敏,相信你一定能克服困难! 有任何需要,我都会义无反顾地帮助你、支持你。正义永远大于邪恶!

晚上,梓健约我在日式料理店吃饭。包厢内,我们面对面盘腿而坐。鳗鱼蛋卷、金枪鱼、刺身、寿司、清酒,应有尽有。我说:"点这么多,会不会太奢侈了? 这儿消费可是很贵的。""没关系,我们已经不能奢望改变事实了,吃些好的,也是应该的。来,尝尝! "梓健把一块金枪鱼放在我的碟子中,自己则仰头喝下一杯清酒。

我夹过一个蛋卷,正要放进梓健的碟子里,没想他用手指指嘴巴,微笑的嘴角还不忘上扬。包厢的门被打开,服务员上前。

梓健撒娇地张大嘴巴："啊……味道真不错。"他微笑地看我，眼里很是满足。一阵风吹进来，我们同时往门口望去，只见魏波经过这里，愣在门外。梓健用纸擦拭下嘴角："菠菜，这么巧，你也在这里？"我赶紧放下筷子，低下头，觉得自己像个罪人。

魏波勉强挤出一点笑容："是巧啊，我请客户吃饭。你们也在这里？""要不，坐下一起吃？""不打搅你们了。梓健，你出来下。"梓健对我说："你先吃，等我回来"。

几分钟后，梓健走进来，又灌下一杯酒。

我问："魏波……和你说了什么？""他说，小雯后天回来。""这样，你可以和她见面了。"梓健又倒过一杯酒，灌下。我说："你们，一定要好好谈。"梓健盯着我，眼里布满了血丝。

"我，应该把实情告诉她……"我握住他的手阻止："不要，梓健！不可以！""为什么到这个时候还是不让我说真话？难道这样，对小雯就没有伤害了吗？"梓健点上一根烟，重重地吸起来。

我摇摇头："不能这样！""也许小雯已经不会接受现在的我了。我想，该向她坦白了。真正为她好，是不能欺瞒真相的。""梓健，你太自私了。你和小雯坦白，那只会让她更伤心，说不定会绝望的。既然不是因为爱，为什么还要牵手？你让她幸福了两年，然后又要告诉她其实这一切都是假的。让她上天堂的是你，让她下地狱的也是你！你真够狠心！"

"事到如今，我承认自己很自私。也许这是个错误，开始了，就停不下来了。"我郑重地说："如果可以，希望你能瞒她一辈子！答应我，守口如瓶！"梓健沉默，灌下一杯酒："用一辈子的人生，去弥补犯下的过错。呵呵，很好。""难道，你一点都不愧疚？既然你选择了，就应该负责到底的。否则……""我是在履行责任，难道你还看不出来吗？"

我的情绪上来了："哼，你们男人，对女人不都是有所图的吗？她付出了，你得到了，反之，你当然要回报啊，这很公平！天下没有白吃的午餐！""司徒珈，你……""我什么，难道不是这样吗？"

梓健摇摇头："你还是不了解我……没关系！""我是不了解你，我不了解你们男人在得到女人之后又要说不是那么回事！你以为是在玩过家家的游戏吗？""我没有在玩，我没有在游戏！""玩了就是玩了，勇于承担那才是男人！"

"原来你是这样看我的？你不明白，你一点都不明白！""是，我是不明白！我只知道，我们女人不喜欢你们男人欺骗、玩弄感情！善意的也不可以，行不行？既然骗了，那就骗到底！"

我越说越气急，无名的火一下子冒了上来，而梓健，无辜地成了我口中的牺牲品。我起身："我不想和你说了！""你干什么？去哪里？""我缺氧了，去透透气！"

是的，我需要透气！我快憋疯了！原谅我梓健，原谅我对你那么不客气地讲话。

阿欣出局了

我穿过长廊，往大门口走去。路过其中一个包厢，里头传来欢畅的声音。几对男女混乱在一起，场面不堪入目。我竟看见了光头，他正搂着一个妖艳的女人在玩乐！我都能看到她那低胸装下显露的双峰。这个女人，比阿欣更年轻、更有魅力，也许，更能吸引男人的胃口。

我的眼泪在眼眶里打转，为那个傻女人感到悲哀。阿欣在家里守等这个混蛋，他居然兴致高昂地在这里喝酒作乐玩女人！我的胸口发闷，一阵怒火蹿了上来。不管三七二十一，我气急地冲进了屋，里面的人吓了一跳。此时的光头，正喝得大醉，与那女人调情得正欢，并没看见我的到来。我拿起桌上的一杯酒，不由分说地朝他的头上倒过去。

"啊！"旁边的人被我的举动惊呆了。

光头抬头看我："司徒珈，怎么是你？"旁边那女人发话了："你是谁啊你，干吗呀？"我狠狠地说："你给我闭嘴！"旁边的男人站了起来，龇牙咧嘴地说："你这丫头怎么回事啊，敢发脾气到我们老大头上！快向他道歉！"光头赶紧起身劝解："没事没事，你们先吃，我们有话出去说。"

来到走廊上，我大声地质问光头："你怎么回事？那个女人是谁？""女人，小姐妹咯。""你，你明天就要和阿欣拍婚纱照了，春节就要结婚了，怎么还在这里玩？还是改不了的臭毛病？你，你到底是不是真的想娶阿欣？"

谁知光头不屑一顾地说："大家都是出来玩的人，何必这么当真呢？""你混蛋！阿欣为了你已经失去了一个做女人的权利！你怎么可以这样对她？你不是答应过她会改邪归正吗？不是答应过她从今以后收心和她好好过日子吗？那你又搂着别的女人在干什么？"

我推搡着他，在人来人往的公共场所。我为阿欣叫屈，为那个傻女人不值。

梓健跟了过来，搀扶住我："你在这里？""又是你啊小白脸！你现在成了护花使者了啊！""你少给我废话！""怎么，要一起教训我是吗？"

我愤怒地说："阿欣在家里满心欢喜地等你，等着做你的新娘，而你却在这里喝酒作乐玩女人！阿欣为你做了那么多牺牲，她把一生的幸福都交给了你！你明不明白？"

梓健抱住我："珈，冷静！""我无法冷静！我无法再忍了！这个混蛋夺走了阿欣的快乐，答应过会好好补偿的，还是狗改不了吃屎！你让阿欣怎么活？"

梓健一把将光头按在墙上："你老实说，到底有没有想过和阿欣结婚？有没有？""实话告诉你们吧，我压根就没想过要和那女人结婚！"我倒退了两步，呆呆地愣在那里。其实，我早料到会是这样。

"像她这样的货色，怎么可能当老婆。她出生卑贱，有过那么多历史，沾染过那么多男人，你说我能容忍吗？玩玩就算了，当老婆，不太可能吧。""那你为什么要骗她？为什么？你在医院亲口说要照顾她一辈子的，你说会和她结婚的，为什么还要骗她？"

"那不是看她身体虚弱安慰她而已，没想到这小儿科的把戏她还当真了啊！""你……"梓健在光头的肚子上狠狠地来了一拳。他没有还手，捂着肚子说："真没想到像她这样的女人也会把婚姻当真。我哄哄她，给她做几顿饭，她还真的想和我约定终身了啊。"梓健又在他肚子上来了重重一拳。

光头还是没还手，他笑笑："你也是男人，你应该明白自家人的感受。男人和女人在一起，本来就是互补的关系。像她这样动过手术，你说我对她还会有什么兴趣。要让我三个月都憋着，怎么可能受得了，我是个正常男人啊！更何况等她恢复后，也不是个完整的女人了。你说，她还能吸引男人吗？""混蛋，无耻！"梓健又在他的脸上来了一拳。

光头抹了下嘴角的血迹："我有女人，那也是正常的事。其实阿欣她心里明白，自己有几斤几两。我能这样对她，已经不薄了。你们不知道，我每个月还要额外给她一笔不小的生活费，让她寄回去当家用。她那个赌鬼老爸，欠了一屁股的债，还不是靠我的帮助！没有我，他们早就家破人亡了！我有恩于她，她心里很明白的。还要怎么样，还要我张正雄怎么样？"

我吼道："你们这是交换，是交换！""没错，就是交换！阿欣也是混了这么多年的人了，这个规矩她一直明白的。""阿欣用自己的青春和你做交换，太不值了！""哼，你以为她是什么清纯少女吗？她陪多少男人睡过，恐怕连她自己都数不清了吧。我能看上她，算是她的福气。要知道，周幼欣，她不值什么钱的！"

"你给我闭嘴，你没有资格这样说她！没有你们这些臭男人，阿欣怎么会变成现在这个样子？是你们害了她，是你们毁了她！""是她自己！她愿意卖，男人当然愿意买。这个社会本来就是买卖的生意，她不靠卖还能做什么？世上女人漫天遍野，不是只有周幼欣一个！"

"你别说了，别说了！"

"司徒珈，你回去告诉那婆娘，我是绝对不会和她结婚的，她想都别想！我早就厌烦她了！我有那么多女人，干吗非在她这个残花败柳上浪费我宝贵的时间！让她去投靠别的男人吧，我受够了！今天你们对我的教训，我收下，就算我对她的补偿。但是，我不欠她的！"

光头一把挣脱梓健的臂膀，拉了拉衣服，转身往包厢走去。我快步走向包厢，里面的狗男女还在吃喝玩乐，丝毫不减刚才的雅兴。我的火已烧到了头顶，我没法再忍下去。

梓健上前拉住我："你冷静点行不行？""别拉我，放开我！放开我！"我不知道哪来的气力，一下挣脱了他的束缚。

我一脚踏进去，上前把桌上的盘子和酒瓶一股脑儿推翻在地。顿时乒乒作响，酒水和食物散落在地，现场一片狼藉。大家站了起来："他妈的，你这是来砸场子的吧？你谁啊你？这么嚣张！""我是谁不重要，重要的是，我姐妹的老公居然在这里和别的女人调情！"

那女人上前质问："他有老婆，我怎么没听说？喂，你到底有没有老婆？"光头拿毛巾擦脸："我怎么可能会有老婆，笑话！""怎么没有，你忘了，明天可是你和你老婆拍结婚照的日子！"

女人抓住光头的衣服："啊，什么？你骗我？你说你没有老婆的啊！""没骗你，爱信不信。司徒珈，我够给你面子了，你存心跟我过不去是吧？"

梓健冲了过来："我们走，别和这群废物说话！""你他妈的说什么啊！""怎么，想动手吗？"一群人围攻过来。"够了！都他妈的别闹了！"光头一声响亮的吆喝，全场安静下来，"司徒珈，就算我对不起她，行了吧，你们走吧！""一句对不起就完了？你可真够轻松啊！""喂，你这臭三八还要干吗？我们老大都说了对不起了，走啊！"

"好，我让你们吃，吃，吃！"我朝着那小矮桌重重地踢了两脚，拿起空瓶往地上狠狠砸去，"一帮蛀虫！吃狗屎吧！混蛋！阿欣要是有什么事，她做鬼也饶不了你！"光头摸摸自己的脸："呵，好啊，我倒要看看她变成鬼是什么样子！"

我跑出包厢，梓健在身后跟着。服务生上前："先生，您那桌还没结账！""对不起，多少钱？""四百八。""拿好，五百，不用找了。珈，你等等！你慢点！"

我发疯地奔跑着，心中万念俱灰。冷风刮着我流满泪水的脸，蜇得我刺疼。"司徒珈！司徒珈！别这样，求你了！"梓健追上我，一把将我拥入怀中。

我哭喊着："梓健，阿欣该怎么办，她该怎么活下去？她已经遍体鳞伤，再也受不起任何打击了！"哭阿欣的同时，也哭出了自己悲愤的情绪。"哭吧、哭吧，哭出来会舒服些。我知道你压抑了很久，是我不好，对不起！对不起！"

我们依偎在大桥边，任高涨的江水不断袭来刺耳的寒风。

梓健把我送回家，已接近零点。我给阿欣打电话，探听她的口气。那头传来慵懒的声音："宝贝儿，都这么晚了还没睡啊，快睡吧。""光头，他不在吗？""他有应酬，喝酒去了，关机。对了，别忘了明天上午，在婚纱店集合啊。""……哦，好，我们一定准时到。""晚安，亲爱的。"

我和梓健望了望，沉默。他为我热好牛奶，铺好床。"快把牛奶喝了，晚上，你几乎什么都没吃。""你不也一样，光喝酒了，我再去热杯牛奶给你。""别去了，这是最后一杯，你喝吧。""一人一半。"

我喝了口牛奶，问："明天，还要照常去吗？""对，照常去。""太残忍了，我受不了。真的不敢想象，明天阿欣知道光头不来后，会是什么样子。""我相信欣姐，一定可以挺过去。她连那么大的苦难都熬过来了，她很坚强。"

"可是梓健，阿欣再坚强也始终是个女人。她希望有个家，有个爱人。当最后的梦想变为泡沫，你让她怎么活？女人，不能一直这么动荡地活着，太累了。"

"没事的，一切都会过去的。你现在安心睡觉，明天有个好精神面对阿欣。"我明白，和梓健的相处，只有短短的一天了。过了明天，小雯回到上海，我将不能再拥有他，拥有那温暖的怀抱了。听到楼下那响亮的引擎声，我的心在下坠。

明天，是阿欣的世界末日，也是我和梓健结束的日子。

掩　饰

第二天上午，我们到婚纱店的时候，阿欣和她的姐妹阿丽已在那等候。

"亲爱的，你们来了，我太开心了。""欣姐，今天你是全世界最漂亮的新娘。""是吗？我昨天还去美容院做了美容和护理，就是为了今天上镜能好看点。你看，我的美甲漂亮吗？"我忍着情绪："漂亮，你不保养都很美呢。""来，帮我挑选衣服。"

那么多漂亮的婚纱展现在面前，可我根本无心欣赏。阿欣问："你们，在一起了？""没有，欣姐，你别误会啊，我们只是朋友。""朋友，行了吧。""真的，他还是小雯的男朋友。""好了，不抓着你问了，开心享受现在的每一刻吧。"阿欣转头，"阿丽，把我手机拿过来，我再给他打个电话，恐怕又睡过头了。刚才还关着机呢，昨晚肯定又喝多了。"

我和梓健对望着，担心接下来将要发生的事。梓健立马上前接过手机："欣姐，我来打吧，你们多些时间选衣服。""那好，反正你们也见过。你让他快点，别误了时间，下午还要拍外景呢。"

一分钟后，梓健进来。我悄悄问："怎么样，开机了吗？""没有，还是关机。""总之，不要让阿欣拿到电话，也别让阿丽给她电话。""好，我们只能这么做了。""随机应变吧。"

阿欣拿着一套纯白的婚纱问我："这套怎么样，还行吗？""很漂亮，你先去试穿吧。""电话打通了吗？"梓健接上："通了，光头说正在来的路上，堵车。""好，那我先去试穿。"

阿欣穿着婚纱站在大家面前，我愣住了，眼前的她是如此婉约、美丽、端庄，透露出高贵的气质。我上前："周幼欣，我今天终于看到了最真实的你，这才是你，太美了！""真的吗？真的美吗？"我点点头。

"新郎官来了吗？"摄影师在叫唤。阿欣回答："他还没赶到，堵车呢。""那，我们先拍新娘子的。"阿丽尾随身边，看着阿欣沉浸在幸福的感觉中，我的心如刀搅般疼痛。

一组照片拍完了，阿欣又换了身旗袍："怎么还没来，你再打打看，我先进去拍。"我拨了重播键，电话终于通了，传来长长的嘟嘟声。梓健问："怎么样，通了吗？""通了，没人接。"

待阿欣再次出来，她脸上的表情明显变得不一样了。我上前堆出笑容："又拍好了？""嗯，拍好了，我换这件，好看吗？""好看。"

阿欣穿着一件黑色收身鱼尾晚礼服，脸上的笑容是僵硬的。

"欣姐，你的身材真是太棒了，好羡慕哦。""呵呵，是吗？不过，也许没人懂得欣赏了。""怎么可能，你一站在外滩，一大批男人都会簇拥上来。""行了，我进去拍了。"

我拿出自己的手机按了号码，终于，那头传来光头懒散的声音："哪位？""是我！""是你？一大清早干什么？"我压低声音："你说干什么？你真的忘得一干二净了，混蛋！""我说了不会去的，小姐，还要我重复几遍，真他妈烦！""张正雄，你到底有没有良心？阿欣已经在婚纱店拍了好几组照片，还是没有见到你的人。你就算是演戏也过来一下，帮她圆了这个梦，总不能让她一人唱独角戏吧。"

"她唱她的独角戏，关我什么事。她唱的那出戏，还会有很多男人看的，不差我一个。司徒珈，昨晚的事，看在你还是个丫头的份上我才没和你多计较，你别得寸进尺啊！"

旁边传来女人的声音："谁啊，亲爱的，那么一大早就来烦你。""还不是昨天那个丫头咯！""把电话给我！……臭三八你有完没完，昨天闹不够，现在还要来烦人啊！"

"你给我闭嘴，小贱人！没你说话的份！你也只不过是男人手中的棋子而已，你以为自己能鲜活多久？张正雄只是在玩你，没多少时间你就会被他给踢了，还是管好你自己吧！"

"你，你是个什么东西？敢教训起我来了！""像你这样的低级货，不就是出来给男人买的吗？你别得意！"

"司徒珈，够了啊，你有完没完！敢动到我女人的头上来了？别以为我不敢对你怎么样，我那是给你面子，你别敬酒不吃吃罚酒！""张正雄，你迟早有一天会死在女人堆里，就让你的那些烂女人陪你一块送葬吧。我们阿欣才不稀罕！"

"别骂了，宝贝儿！"

我愣住，背脊一阵发凉。身后传来阿欣低沉的声音："和这种畜生说话，脏了你的口。"我木木地转身，黑色鱼尾礼服把阿欣的身体包裹地凹凸有致。只是，她裸露的肩膀太过纤瘦，锁骨突兀明显，颈上那条明晃晃的钻石项链，显得单薄又寂寞。

她眼眶泛红，勉强挤出一丝笑容："来不了了是吗？我早料到是这样……""光头，他……他说他睡过头了……""不要替他掩饰了，我都听到了。"

阿欣的眼里，闪烁着迷离的目光。她缓缓走来："把手机给我吧！"我把手机放在她手里："欣姐……"她没有理会我，径直朝门口走去。

垂死挣扎

"欣姐，你要去哪里？""我去透透气……就回来。"阿欣没有回头看我们，只顾往前走。她的声音让人窒息，没任何表情，只有死寂一般的语调。我和梓健对视，拿起大衣紧紧地尾随其后。

二月的寒冬，冷风刺骨，可阿欣丝毫没有感觉。她僵直着往前挪移，绷紧的礼服包裹着阿欣的身体，她迈不开步子。鱼尾拖在地上，被她硬生生地向前拉扯着，像个开了花的大毛笔。

我把羽绒大衣从背后披在阿欣身上，它随着瘦削的肩膀滑落下来，掉在地上。阿欣没有理会，似乎感觉不到冷，还是继续向前走。

"欣姐，穿上吧，你这样会冻感冒的。""我好热，我不需要衣服。"她又把它脱下，扔在地上。我只有再捡起，拿着衣服跟着她。

街上的人们纷纷投来了惊奇的目光，司机放缓了油门速度。阿欣好像什么也看不见，只是不停地向前走。高跟鞋不小心踩到裙摆，摔在地上。她索性脱下鞋扔在一边，赤着双脚往前走。

我捡起鞋子，继续跟着她。经过路口，阿欣不管是红灯还是绿灯，直接从斑马线上走了过去。周围响起了刺耳的喇叭声，大家探出脑袋看个究竟。场面变得混乱不堪。

我和梓健用手拦了拦周围的车子，把阿欣搀扶到人行道上后，她继续向前行，仿佛生命在这一刻只能逆流而上。

经过一个报刊亭，阿欣问老板："你这里有剪刀吗？"老板被她的扮相吓了一大跳："你要剪刀干什么？"她冷冷地说："你怕什么，我又不会杀了你，只是借用一下。"她面无表情，眼里黯淡无光。老板疑惑地问："你没事吧？""你觉得我就这么像个疯子？""我不是这个意思。"

老板看着眼前这个满脸浓妆的女人，怯怯地从身边拿出一把剪刀。阿欣接过后，快速地从鱼尾裙底部向上剪至大腿部。老板被她突如其来的举动吓住了："你这是做什么？""这裙子妨碍我走路了，谢谢你的剪刀。"说完她往前走去，我和梓健赔上一个尴尬的笑容。

阿欣露出白皙的大腿，走在人来人往的大街上，任男人惊艳、任女人嘲笑、任老人轻视、任路人谩骂。一位年长者经过她身边，用眼撇了撇，放下一句话："这女人脑子有毛病，穿成这副德行在路上招摇过市，真够下作的。"

我喊道："不是这样的，不是！"我上前将衣服盖在阿欣身上，"我不要别人这样看你，我不容许别人这么说你，不可以！"

谁知阿欣丢下衣服，在马路上奔跑起来。她跌跌撞撞地穿梭在涌动的人群中，不顾自己那疯癫的形象。像只惊慌失措的丛林鸟，从古堡中垂死挣扎地逃离出来，渴望被好心人获救，带她脱离困境，重拾对生活的信心。她只能到处瞎晃，像抓救命稻草，在乱世中寻求那微乎其微的可能性。

我和梓健在后面追赶着奔跑的阿欣，三个人，偌大的城市，可笑的画面。

四岔路口，车来车往。阿欣不顾红灯，直冲而撞上去。"阿欣！小心！看车！"一辆货车快速朝这边驶来，她没有理会。梓健追上去，一把抱起阿欣。她歇斯底里地叫喊着："放开我，放开我！让我下去！让我走！"阿欣尽自己最后一点气力死命地奋力挣扎。

我抱住她哭着说："欣姐，求你醒醒吧！不要折磨自己了，求你了！"阿欣的脚底被划出口子，淌出鲜血。她终于看了看我，大声地哭了出来："珈，珈！我没希望了，我什么都没了，什么都没了……"我紧紧地抱住她："不，你还有我们，还有我们啊！你不会没有希望的，相信我！"

把阿欣送回家，我们安抚了好久，她才倒在床上沉沉地睡去。我无奈地说："事情还是在我们的预料之中，阿欣想躲都躲不过。光头再也不会出现了，唯一的希望破灭了。"

"要向前看，阿欣不能把唯一的希望寄托在那个臭男人身上。""其实问题不在光头身上，是阿欣自己，她很清楚。我只希望她不要因此而想不通。"梓健不断宽慰我。

我忍住眼泪："梓健，明天小雯回来，一定要和她好好谈。"他抱紧我，不说话。"答应我，无论如何都不能让小雯伤心，好吗？伤她的心，就是伤我的心。"梓健点点头："我答应你，答应你！"

　　我在心里说:梓健,让我最后再抱抱你吧,让我再感受下你的拥抱。我,爱你,但是必须离开你。

　　"你该走了, 还有那么多事等着你处理。今天, 我住在这里陪欣姐。""要不, 我留下陪你们吧。你一个人, 我不放心。""你走吧, 你不该留在这儿。年三十,你不回南京过年吗?""不了,今年就不回去了。这么多事, 我回去也不安心。"

　　我把他推出门外:"快走吧, 时间不早了。""那, 我真的走了, 有什么事打电话给我。"梓健再一次把我抱住,摸了摸我的头。我的泪,滴答滴答地掉在他的外套上。

　　明天, 梓健将回到小雯的身边。我不怨他, 更不会恨他。准确来说, 我并没有抢走梓健, 我还是完好无损地把他送还给了她。

摊　牌

　　黄昏时, 阿欣醒来, 见我还在, 意外感动。脱去盔甲后的她显得很虚弱, 没有任何防备, 也禁不起一点打击。但比起没了子宫时的那种苍白, 这还略显好些。

　　"谢谢你,宝贝儿,在我这么落魄的时候还关心我,不离不弃!""哪里的话, 好姐妹, 是永远不会分开的。""让你们看笑话了, 对不起。今天就和我一起睡吧, 床单是我早上新换的, 刚买的, 没有任何人用过, 你不介意吧? "

　　我再次抱住阿欣:"我怎么会介意呢, 我不会!""我知道我很肮脏, 我也很讨厌这样的自己。我每次对自己说, 什么时候是个头,可我没任何办法。没人能理解我的苦衷,所有人都认为我这是自找的。我也觉得自己很轻贱, 怎么会落到这个地步。""不, 这不是真实的你,你不是这样的, 不是的! "

　　阿欣看着我, 欲言又止。

这一晚，我们相拥而睡，给予彼此仅有的一点温暖，各自揣着心事。我哭阿欣，也哭我自己。天那么冷，我却那么想念他。

过了明天，就是大年三十了，一切都将结束。

第二天醒来时，整个房间找不到阿欣的影子，桌上留了一张字条：珈，我出去办点事，可能会晚些回来，不要找我！

这最后的四个字让我感到不妙。打她的手机，不在服务区。我出门，却不知该去哪里找她。

我想找梓健，可我不能在这个时候再去打扰他。今天，他面对的不该是我。我只能找程辉："哥……你忙吗？""珈珈，怎么了？""我没事，是欣姐，她出了点状况。我现在找不到她，怕她会有事。""你别急，我马上过去。"

我在路口迎风等着程辉，看到他，禁不住泪如雨下。

这一刻，我再也无法向程辉隐瞒下去，把阿欣的情况如实告诉了他。他听后十分震惊："她牺牲那么大，太不值了，她理应活得幸福的。""帮帮阿欣吧，我们不救她，她真的会无路可走的。"

我打给阿丽，早上阿欣和她通过电话，说是要在今年的最后一天了结一些事情，然后便匆匆挂了电话。再打，便是无法接通。

我按捺不住打给光头，也许，阿欣会去他那里交涉。电话通了，那头传来光头呵斥的声音："你给我听好了，那臭娘们得寸进尺，这是我最后一次和她摊牌！从今以后，我们没有任何关系，她别再想从我这里得到一分一厘！"我知道，阿欣去找过他，他们一定大闹一场，大动干戈。

我只能和程辉坐在车里，等阿欣回来。夜幕落下、路灯闪亮。人们都沉浸在新年倒计时的兴奋中，而我，却没有一点兴致。

"珈珈，真抱歉。明天年夜饭我不能陪你们一起吃了，公司有聚餐。吃完饭，我过来和你们碰头，好吗？"我摇摇头："没事啊，反正每天都是吃饭，一样。"

　　程辉把我搂进怀里："在上海，我就是你的亲人，有任何事记得找我。在我心里，你是我的家人。甚至，比家人更亲。""哥，谢谢你。我很幸福，在上海还有你这个家人。""你要是真的幸福就好了，哥也不用那么担心。"

　　我沉默。

　　时钟接近晚上九点，我终于拨通了阿欣的手机。

　　"阿欣，你在哪里？""我回来了，在路口。"我赶紧下车，看见她提着一个黑色大包，戴着墨镜走过来。昏黄的路灯照在她身上，显得那么孤单。

　　我扶住阿欣："你急死我了，到底去哪儿了，电话也打不通？""回家说。""你戴着墨镜干吗？"阿欣低头不看我们："上楼说吧。"

　　程辉说："那我要不先回了，你照顾好欣姐。""也好，谢谢哥陪了我大半天。"

　　回到家，阿欣摘下墨镜，眼角有淤青。我问："怎么会搞成这样？"阿欣把那个黑色大包重重地往桌上一扔，拉开拉链，从里面掏出一叠一叠人民币放在桌上。我惊讶："阿欣，你从哪里弄来这么多钱？"

　　她一屁股坐在沙发上，点上一根烟，缓缓地吸了一口。

　　"这些钱，是我从那些臭男人手里一点一滴要回来的。""阿欣你疯啦，这样做行吗？""怎么不行，这些钱都是我应得的。我和他们讲清楚了，把我应有的拿回来。从此一笔勾销，再无瓜葛。""他们？你都去找谁了？找光头了是吗？还有谁？还有谁？"我跪在地上，使劲摇晃阿欣的胳膊。

　　她喃喃地说："我去找他们，那些利用过我的混蛋，向他们讨回属于我应有的东西。""你和光头摊牌，然后，他打你了，对不对？""呵呵，呵呵……"阿欣靠在沙发上，不住地笑，眼泪就这样顺着淤青红肿的眼角流下来。

　　"你说话啊，说话啊！为什么到最后你还是要用这样的方式对待自己？你要来这些钱，委屈了自己，值么？"

阿欣一把甩掉手中的烟头，瞪起眼说："值，当然值！这是交换，是我应有的！我去找他，向他理论。他和那个婊子一起，一起侮辱我！没关系，为了达到目的，我可以忍受，我只要拿回属于我的钱就行了！"

我握住她的手，喃喃地说："你挨了打受了侮辱才要回这些钱，你拿着它不疼吗？你的心不疼吗？""再疼也要去！我已经什么都得不到了，只剩下钱还能争取一些回来，难道我还要嘲笑它带着铜臭味吗？""你这是自取其辱！"

"我没得选择。终究是要问他一句，为什么临了还要骗我？你可以不答应我，可以不给我承诺，可以转身就走掉，但为什么还要骗我？""可他就是骗了你了！你还想怎么样呢？""我，想怎么样？还不是听到他说，你这种女人，就是拿来被男人骗的。我不就是要这个答案么，哈哈。"

"还有呢？你还去找谁了？""找那些没有算清账的人，到他们公司，拿刀威胁了。年终不是都要追账么，我也是啊。没有结清的款，当然要了结清楚。他们也是有头有脸的人，不想撕破面子，被人捅了篓子，只好乖乖地把钱从会计那领给我了。我说过的，我要现金！"

阿欣就是以这样的方式保护着自己最后一点尊严，不落魄，很勇敢，但极度悲哀。当她拿出利器威逼男人的那一刻，她也觉得自己很英勇。我能想象她当时的状态，外表威力，内心流着鲜血，每一滴都是如此尖刻和疼痛。

"了结了，都结清了。从今往后，我和他们全都没有任何关系了。我自由了……"阿欣看着我，整个人疲惫地仰躺在沙发上，眼泪不断流过她的脸颊和嘴角。我给不了任何帮助，只能用热毛巾敷阿欣的脸。

今年的最后一天，阿欣用尽全身最后一点力气，挽回了自认为属于她应得的东西。

挂 念

大年三十。我收拾屋子、化妆、穿新衣，如同往年过节一样，把自己精心准备一番，来迎接这"盛大"的新年。我给远方的亲朋好友带去祝福，告诉他们我过得很好。

妈妈的来电让我异常感动："孩子，过新年了。妈妈不在你身边，不能给你买新年礼物。你和朋友去商场买喜欢的东西吧。不要节约，钱不够家里再给你汇。"

我屏住眼泪："妈，我够用。我好想你们，想爷爷奶奶和外公外婆，你们都好吧？""我们都好，全家人都在一块呢，就少了你一个。妈妈还像往年一样，给你包了牛肉馅的饺子，做了蒜香排骨。奶奶还说，上海那里做不出家里的味道，让我给你寄过去呢。我和她说，寄过去就坏了。等我把手艺练得再精湛些，等着你明年回家吃。"

我用手捂住嘴巴，不让妈妈听到我的哭腔。

"珈珈，你听着，奶奶要和你说话啊。""珈珈，是珈珈吧？"那头传来奶奶清脆的高音，带着一口浓重的广东腔。"奶奶，是我，我是珈珈。您和爷爷好吗？我好想你们啊！""我们都好，你爷爷也好，就等着明年你这个长孙女回来给他过八十大寿啊。"

"好，好，等我多赚些钱就回来给爷爷过大寿啊。奶奶，先前寄的那个医疗仪器你们用了吗？""用了，用了，效果还真的不错哦，你爷爷的风湿好多了。珈珈，你去了半年，怎么口音也变成上海腔了啊，说句广东话给奶奶听听，看看还是不是我们的乖孙女。"奶奶就是这样，永远风趣和乐观。"阿嬷，我是珈珈，我好挂住你地啊！""哎，这就对了，是我们可爱的珈珈。"

妈妈说："孩子，你那里情况怎么样，有人陪你一起吃年夜饭吗？"我立马把电视声音开响，放出音乐："妈，你听，家里好多人，他们在我这里玩。晚上我们在外面吃年夜饭，还要去放烟花呢，多热闹啊。"

"热闹就好，我就怕你一个人会冷清。过年就要开开心心地玩，什么也别多想，知道吗？""知道了妈！"电话后面传来奶奶的大嗓门："要是边宇那孩子还和珈珈在一起，今年就会来家里吃团圆饭了。""妈，您别瞎说了。"

奶奶还记得边宇！记得那次见过他后，她笑得合不拢嘴："这个男孩，我喜欢，长得像外国人。最重要的，是对我们珈珈好。谁对我的宝贝孙女好，我就喜欢谁。"在弟妹们眼中，如果我们没分开，边宇就是他们口中念叨的姐夫了……

我赶紧说："妈妈，你们多保重，不说了。""要不让我和你朋友说两句，谢谢他们关照你。""不用、不用，他们准备出门了，在叫我呢。不说了啊，妈妈再见！"我匆匆挂断电话，关掉电视。屋子里瞬间变得寂静，空旷，让人害怕。人是个奇怪复杂的动物，心虚的时候，任何一点风吹草动都能将你吞没。

我告诉自己，不能低头，不能卑微地活着，要笑着面对身边所有的人。

今晚，在这座迷幻的城市中，又多了一个外来人过节。我在这里，在没有你的地方，寻求着那一点点的快乐。

为了钱

我如约来到阿欣楼下的银行，她提着那个黑色大包缓缓向我走来。她穿得很美，像一位不食人间烟火的女子。黑色大衣、米色鸭舌帽、皮裙、皮靴，当然还戴着墨镜，眼角的淤青没那么快褪去。

我们拿号排队，坐在椅子上等候。阿欣没有拿掉墨镜，手一直护着腿上的大黑包，怕别人看穿她的秘密。阿欣小声对我说："你知道这里有多少吗？"我摇摇头。

她伸出三个手指。我捂住嘴："这么多？""三个男人，30万。""这样可以吗？要出问题的！""当然不会，我又不是在抢钱，不犯法。""可是，我觉得很不妥。"阿欣拿掉墨镜，盯着我说："不妥什么？这是我赚的！我花了那么大代价辛苦赚来的，难道我不该拥有吗？"

她的眼神，看得让人心里发虚，我沉默。

"我用这30万，拿掉了自己的子宫，难道我不该拥有这些钱吗？啊？"我红着眼，摇摇头。

"人活着是为了什么。平时都他妈说得好听，为了理想、为了事业、为了爱情、为了生活，哼！其实，就是为了钱而活的。你看来银行的这么多人，不都是为了钱来的么？有什么不好意思的，只要不偷不抢，都没有问题。我拿出5万，存入你的户头，就算欣姐在新年给你的礼物吧。"

"你这是做什么？绝对不可以的。""你嫌少吗？""周幼欣，你再这样我走了啊！""对不起，宝贝儿。我知道你嫌这些钱脏。钱确实很臭，但少了它活不了命。不给咱们用，也会流入别人的手里。欣姐帮不了你什么忙，只能用钱来代替。希望，你不会觉得这是在侮辱你。"

"不属于我的，我一分都不会拿。""那好，不勉强你。你还真讲原则。""是的。""不累吗？"阿欣的这一句，问得我哑口无言。

"欣姐，你说得轻巧了。""好了，我知道了，我和你不是同类。但是，可以互相理解对方的感受，不是吗？"我握住她的手，低头不语。

叫到号了，她拉着我的手："一起过来。"来到柜台前，阿欣打开黑包，拿出一叠叠的人民币："小姐，我要汇钱和存钱。""汇多少？""10万，汇到这个账户。"柜台小姐看了眼阿欣的脸，她立刻低下头去，"其余的，全部汇到这个账户。"

在清点了所有的钱款后，柜台说："总共是30万，对吗？10万汇到这个账户，其余20万存进另一个账户？""对。"

走出银行，阿欣一身轻松。她站在阳光下，露出了久违的笑容。"好了，都解决了，没问题了。""那笔钱，你是寄给家里的吧？""嗯，弟妹要上学，需要用钱。家里开销大，也需要钱。10万块，真的不算什么，没多少时间就会用完的。"

"比起你，我真的幸福太多了，至少不用为家里的生计而到处筹钱。""宝贝儿，有些事你不了解。我是没办法，迫不得已。""我懂。""呵呵，你要是真的懂就好了，傻瓜。走吧，趁商场还没关门，姐带你去买衣服，算是我给你的新年礼物。"

我们大包小包地从商场出来，直奔下一站目的地。饭店里，一番热闹的景象。此刻，上这儿来的顾客都是和家人欢聚一堂。而我，只能和朋友。

年夜饭

包厢内，一起的还有阿欣的三位朋友：阿丽、阿魏、阿强。他们都是阿欣在上海最好的兄弟姐妹，来自五湖四海。除了阿强，阿丽和阿魏我都见过。他们十分讲义气，可以为对方两肋插刀。五个人，一桌菜。

刚坐下，手机响，是梓健，我走到外面接听。"珈，新年快到了，你和欣姐在吃年夜饭了吧？""是啊，刚到。你呢？"

"我和朋友在一起吃饭。晚一点，我来见你好吗？""不要了。我一会要和师哥见面，说好一起守岁的。你和小雯见面了吗？""见了！不过，今天我们不会再见了，她要和家里人一起。""那你和朋友一起守岁吧！不说了，他们等我呢。祝你新年快乐，再见！"

我匆匆挂掉电话，怕再晚一秒，我的嘴巴就会出卖自己的心。

桌上摆着好菜，还有热气沸腾的火锅。可为什么我的胃，没有半点饥饿的感觉。阿欣拿起杯中的酒说："来，我们干杯！迎接新年！""干杯，新年快乐！"随着杯子间的碰撞声，我听到了自己的心碎声。

阿丽问："司徒，今年，是你在上海过的第一个年吧？""是啊，第一个年头。""一开始，是会很想家的。我们在这里，已经过了五个年头了。是吧，阿欣？"

阿欣笑笑，点上一根烟说："我、阿丽、阿魏、阿强，都是五年前来到上海的。在不同的场合下我们认识，成了最要好的朋友。这五年的春节，我们都是在一起度过的。"我问："你们春节都没有回家过年吗？"阿强灌下一杯啤酒，低头："没有，家对我们四个来说意义不一样。我们，已经把上海当成第二故乡了。"

气氛一下子由刚才的热烈变得凝重起来，只听见火锅那沸腾的咕噜咕噜声。

我们吃着火锅，喝着啤酒，互诉衷肠。表面很和谐，每个人的内心却在暗自神伤。五个人，五个酒杯，四支烟同时燃起，寂寞缭绕。为了打破这寂静的气氛，我说笑："你们看我，一副置身事外的样子，好像和你们不太相配啊。既然聚在一起，就要统一，是不是？我也加入你们的烟囱大团队吧。"阿强大笑："哈哈，说得好，来，我给你点上。""原来都是一家人啊，哈哈哈！"阿丽也开心地笑了起来。

阿欣借势挽过我的肩膀，笑笑："珈珈可是个好女孩，都是我不好，是我把她教坏了。"我浅笑："你永远不可能成为一个坏人，所以，你教不坏我。"阿欣愣了愣，感动地笑了起来。

阿魏笑笑："说得好！"大家鼓起掌。阿强举起手中的烟："来，为了我们美好的明天，碰一下！"五个人，将五支烟触碰在一起，烟雾顺着火锅的沸腾向上缥缈。

我们喝酒、抽烟、吃菜、聊天，沉浸在欢声笑语中。其实彼此都明了，这是掩饰内心寂寞的最好方法。

饭桌上，谁都没有主动问起阿欣脸上的伤是怎么回事。

许　愿

走出饭店，大致已经醉了五六分。程辉准时赶到，邀请我们一行人去他家守岁。我清楚，他让阿欣的朋友一起去家里聚会，实际上就是为了不让我觉得冷清。

来到程辉家，他的朋友小鲁热情地招待了我们，水果、茶、饮料、零食，应有尽有，还有麻将。阿强："程兄，你还真是想得周到啊，连长城都准备好了。""是啊，过年嘛，大家玩一玩。谁来啊？"阿丽、阿魏、阿强顺势坐了下来。程辉说："我先陪你们打两圈。"阿丽说："阿欣，你今天怎么不打了？""我一会打，歇会，你们先玩。"他们问："司徒，你来吗？"程辉帮我说了话："我们来吧，她不会这玩意。"

小鲁在厨房里和面，我和阿欣上前："需要我们做点什么吗？""哎，不用啦，你们出去玩。我弄这个拿手。"阿欣卷起袖子说："我也拿手呢，一起吧。""呵呵，那好。"看着她熟练擀面的背影，听着麻将那劈里啪啦的声音，我一人走到阳台上。

今夜，路边的灯光将不再昏黄。全中国的人都在为此庆祝、沸腾。放远望去，烟花重叠，转瞬即逝，在天空中折射出一道道绚烂夺目的光彩。我点上一支烟，与城市同步。徐徐青烟中，看见了自己虚无的影子。

梓健，此刻，你一定和朋友在守岁吧。小雯回来了，你们可以团聚了，记得一定要忘记我，不要再让她伤心。虽然很痛，但我会远远地祝福你们。远方的家人和朋友，我想念你们，希望一切平安、快乐。

边宇，今年的烟花只有我一人欣赏了。幸好，师哥在上海，他会替你承担我的忧愁。

"干什么呢？一个人也不进去看电视？"程辉走了出来。"哥，你怎么不接着打牌？""让欣姐打吧，我手生。"我说，"今年的春节，好像不太一样。""的确很不一样。人和物都不同了，环境也变了。""是啊，这里的空气也不一样，少了那么多熟悉的味道。""那些味道，至今还留在我们身边，不会消失，也不会被替代。"

我转过头问他："哥，你想他吗？此时此刻。"他看了我一眼，又转头看远方："那你想他吗？这句话，其实我一直想问你。"

我的眼眶红了："我……怎么会不想呢，尤其是在这样的时刻。"他搭着我的肩膀，并排看远方。

零点，新年来了！我们一行人在空地放烟花，双手合十，默默地许下愿望。

我希望远在广州的亲朋好友身体健康、平安幸福；希望阿欣能摆脱苦影，不再为了别人而活，重新开始新的旅程；希望小雯和梓健重归于好，不受外来因素的牵绊，能够真正幸福；希望师哥和肖薇最终能修成正果，喜结连理；希望芳芳能找到一个好的开端，更上一层楼；希望晓敏能摆脱恶人的阴影，在了结一些事后，忘记过去从头来过；更希望颜晴能有一天不受他人的控制，彻底脱离恶人的摆布，找到属于自己的那一片天……

阿魏问："大家都许了什么愿？""我们啊，还是把愿望放在心底。来，放烟花！"此时的阿欣，像个快乐的孩子，苦难在她眼里，好像都已经轻如鸿毛了。

程辉问我："许了什么愿？"我把愿望告诉他，他听后点点头："谢谢你，愿望里也有我。可是为什么没有你自己？"在新年的第一分钟，我竟然忘了给自己祝福。

"你真是无私！""那，哥许了什么愿？""我也替你许了！"他望向远处的烟花，"我，程辉，对司徒珈没有任何祈求，希望从这一刻开始，能让她的眼泪变得少一些，笑容多一点。让那个远在天边又近在眼前的家伙，给她少一些烦恼和忧愁。"他转过身，"希望他带给你的，不只有痛，也有快乐。"

我感动地说："哥，谢谢你的愿望，我会好好收藏的。"

花生、糖和枣子

我的手机收到了许多条短信，值得欣慰的是，远在大洋彼岸的亨利也带来了问候。他的声音，让我受宠若惊！

令人感动的是，小雯发来了祝福，并约我大年初一在咖啡店见面。听到她的声音很亲切，这是自我们关系破裂后的第一通电话。

"走吧，上楼吃饺子咯。"小鲁一张罗，大家蜂拥而上。我们围坐在圆桌前，小鲁端出煮好的饺子："同志们，虽然我们都是南方人，但也不忘中国老百姓的习俗，吃饺子。"

阿强拿起盘里的饺子就往嘴里送。小鲁说："既然你先吃了一个，那这盘就给你。饺子每人一盘，不能混着吃。"阿强问："还有这讲究啊？"小鲁神秘地一笑："吃了就知道了！"

每人拿过一盘，开吃起来。小鲁说："每人的盘里一共有十个饺子，吃完了不够再下。"大家连连赞道："不错啊，味道真好，很鲜！""是吧，芹菜牛肉的和白菜猪肉的，你们觉得哪个更好吃？"大家说："都好吃啊，很香，超级棒！"阿欣骄傲地说："可不是，这里面还有我的一半功劳呢，是吧小鲁？"阿强说："阿欣，我们知道这里面有你的功劳，你和面了呗。""错，是擀面，哈哈！""你牛！"

阿强忽然奇怪地问："咦，怎么饺子里还有花生啊？吓我一跳，以为吃到了石头呢，哈哈！""你吃到了花生，说明你的人生健康长寿。"小鲁笑着拍拍阿强的肩。"哦，原来小鲁还设了个甜蜜的陷阱啊，有创意。"大家赞道。

阿丽也叫了起来："我也吃到一个呢，不过不是花生，好像是糖吧？""呵呵，吃到糖的人，来年的日子甜甜美美。"小鲁解释说。"哈哈，多谢了！太开心了！""你们每人盘子里都有一个特别的幸运饺子，大家快吃！"

阿魏问："我吃到了，是枣子！那是什么意思？"小鲁神秘地一笑："吃到枣子的人嘛，是要早生贵子啊。""哈哈哈，是吗？这个有趣啊。"阿强挤挤眼睛："阿魏，那你还不快马加鞭，追上阿娟，不就可以早生贵子了嘛！""好，借你吉言。"

小鲁说："哈哈，我也吃到了！"大家问："是什么？""哈哈，是花生！"程辉说："花生好啊，健康长寿可是人类最根本也是最高的需求。"

阿欣似乎也吃到了那个饺子，只见她眉头微皱，嘴巴合着不动了。阿魏抢先问："是不是欣姐也吃到了，是什么？快告诉我们！"阿欣看了看我："珈，你过来一下。"

她拉着我的手进了厨房。"欣姐，你吃到了什么？"她看看我，张开嘴，吐出一颗暗红色的枣子放在掌心上。我愣住，问："阿丽他们，都知道你的事吗？""阿丽知道一些，阿魏和阿强，我没有多说。""我明白了。""这样吧，一会我就说，我吃到了糖，好吗？""嗯。"

阿强问："喂，你们两个女生嘀嘀咕咕地躲着我们说什么悄悄话呢？"阿丽好奇地追问："阿欣，你吃到了什么？"阿欣尴尬地一笑："呵呵，是，糖！"小鲁一拍手："好好好，欣姐来年的日子甜甜美美。大家继续！就剩程辉和司徒珈了。"

当我埋头吃下最后一个，盘空了，却依然没有任何动静。"你没有吃到吗？"小鲁战战兢兢地问。我低着头，勉强露出笑容："没有。""公司聚餐我吃太多了，现在吃不下那么多饺子。这些都给你吧！"程辉不由分说把他那四个饺子一股脑儿倒在我的盘里。"哥，这本来是你的，我不能要。""有什么关系？你吃就行了！"

小鲁见状，赶紧说："大家别急，我再去下一些，保准人人有份啊！"过了一会儿，小鲁笑着从厨房走出来："你们看我糊涂得。司徒，最后一个饺子被我落在锅里了。来，我给你补上！"程辉拍拍小鲁："没事，难得糊涂嘛！"小鲁说："来，吃吃看，是什么？"

所有人都看着我，想知道我最后一个饺子的答案。"呵呵，是……甜的！"阿丽猜测："甜的，有可能是枣子和糖哦。""没有核，是糖！"小鲁说："好啊，你来年的日子将更加甜美！"大家欢呼。

"程辉兄，你可要快点啦，就剩你一个了？""好好，我吃，有了！""是什么？""也是甜的。不过好像是带核的！""哈哈，你来年将早生贵子啊。祝贺！这里最有可能先实现这个愿望的，就是你了！"小鲁说得程辉不好意思起来。

当阿欣遭遇红枣

小鲁想了想："好像不太对啊。"大家问："怎么了？"小鲁疑惑地说："我记得，自己明明是在饺子里放了两颗花生、两颗糖、三颗枣子，一共是七个人吧。可是怎么会变成两颗花生、三颗糖、两颗枣子了？"

小鲁统计起来："阿强和我吃到的是花生，阿魏、程辉吃到的是枣子，而阿丽、阿欣和司徒吃到的是糖。那么就是说，在你们三个人当中，其实有个人说了谎，那个人应该吃到了枣子，却说成吃到了糖？"

大家不解地说："对啊，这是什么原因啊？是谁呢？"

阿丽连忙摆手："反正不是我啊，我吃到的的确是糖啊。""那是……"阿欣突然开口："好了，大家不要互相猜疑了，是我吃到了枣子，却说成吃到了糖！"阿丽捂住嘴，像是意识到什么，脸色渐变："欣姐……当……当我没说过好了。"我和程辉无奈地互相看看。

"阿欣，这就是你的不对了，吃到枣子不是挺好的么，干吗骗我们说吃到糖了呢。早生贵子啊，不正是你所希望的吗？好啊！"阿强自顾自地鼓起了掌。阿魏说："是啊，阿欣，加油啊，我们还等着做孩子的干爹呢。"

阿丽瞪了他们一眼："好了好了，都别说了！"阿魏挠了挠头："怎么了，这是高兴的事啊？"阿丽急了："我让你俩闭嘴行么，少说一句会死啊。"阿强说："阿丽，你干吗呀，大过年的，说什么话呢？""我让你们不说话行么？"

看情形越发激化，我连忙开口："哎呀，好了好了。大家别争了，都是我不好，是我吃到了枣子，不好意思，就谎说吃到了糖。和欣姐没关系的。""哎呀，都是我的不是，本来想包几颗给大家喜庆一下的，没想到……"小鲁站起身，准备去厨房。

"小鲁你坐下。"阿欣说，"阿丽，给我递根烟。"她深深地吸了两口，郑重地说："真正吃到枣子的，是我，不是司徒。""那你干吗说自己吃到的是糖呢，难道，你也是不好意思么？"小鲁也茫然了。"原谅我做了这个小动作，大家不会因为我而破坏了气氛吧，对不起。"

阿魏说："阿欣，你就给我们一个枣子换成糖的理由。""是什么？"大家等着阿欣说出答案。我喊道："阿欣……"

"我，没有了吃枣子的权利……"大家齐问："这是什么意思？"我想阻止："阿欣，你非要说么？""今天当着大伙的面，我就告诉你们实情。本应该说些喜庆的话，但我不想因为这件小事而隐瞒你们背后的那个真相。我在年前，做了子宫切除手术。我的子宫没了，以后都不能生小孩了……"

房间里一片寂静，没有人发出半点声响。大家都屏住呼吸，听阿欣讲出了这个残忍的实情。

蔷薇立心

阿魏问："周幼欣，你知道自己在说什么吗？"阿强惊呆了："怎么会变成这样的？""人流后，一次疏忽造成的。"阿魏又问："谁干的？"阿欣低头不语。"我问你是谁干的？"阿魏向阿欣吼道，脸上露出了愤怒的神情，拳头咯咯作响。

阿丽小声地回答："是，是那个混蛋……"阿强拍着桌子大声呵斥："哪个？说清楚！都他妈的给我说清楚！"阿丽怯怯地说："是，张正雄。"阿强瞪起泛红的双睛，咬牙切齿地说："他妈的，又是那个杂种，我非剁了他不可！"

阿欣冷冷地说："算了，事情都已经出了，再追究有什么用？"

阿强盯着阿欣："算了? 你这个笨蛋,就这样轻易放过他,让他逍遥自在吗? 就是因为有你们这些懦弱、愚蠢的女人,才会造就了天下那么多混蛋! ""那能怎么办? 我还能怎么办? 你们告诉我,我有的选择吗? "阿欣叫嚷着,泪水在眼里涌动。

阿魏喊道："怎么办? 你阿欣混了这么多年,天不怕地不怕。今天那畜生把你害成这样,你倒什么辙都没了,你还是我们认识的那个周幼欣吗? "

阿强握紧拳头："妈的,他既然敢把你伤害成这样,就让他看看老子是吃什么长大的! ""怎么,还想杀了他不成? ""我倒是很想这么做! ""可就算把他灭了,我的子宫也回不来了,明白吗? "他们沉默了。

"阿魏、阿强,你们是与我共患难的兄弟,我不想看到你们任何一个人有事。如果今天,因为我阿欣而使你们其中哪个捅了篓子进了局子,我这一辈子都会良心不安的,懂吗? "阿欣挽过他俩的胳膊,三个人低下头,默默地哭了起来。

新年第一天,因为几颗花生米、糖和红枣的关系,让阿欣说出了这个惨痛的事实,也更加坚固了彼此间深厚的友情。按阿魏的话说,他们四个人的情谊,有过于家人般的亲密,比爱情更为透彻,是杀出来的感情,甚至可以为了对方付出生命。这样的友情,让人震撼、让人敬畏,哪怕他们出生卑微与贫寒。

四个不同地方的人,四种不同环境,却背景相同、经历相同。不同的境遇,同样的坎坷。来到同一个环境下,造就了四个同呼吸共命运的人。阿强、阿魏、阿丽、阿欣,他们四个取了名字里一个字的谐音,形成了一个组合体:蔷薇立心。按照年纪,阿欣老大、阿丽老二、阿魏老三、阿强老四。

四人之间有爱,跨越生死。他们是拜了把子的患难之交,他们在祖先面前发过誓,做一辈子的好弟兄、好姐妹,不离不弃。遇到任何挫折和困难，四个人都要一起迎头而上共同解决。

蔷薇花生于路旁和田边，它的花瓣代表着希望。盛开的蔷薇是对爱情的憧憬，然而在他们心中，却有着对信仰的憧憬、对未来的渴望。花虽然会凋谢，但对于他们来说，深刻的信念、彼此的情谊与不死的精神却会永垂不朽！

变　化

大年初一，睁开眼意识到，年就这样过去了。我过得并不轻松，很累。我想，阿欣及她的朋友、师哥、梓健、小雯、芳芳、晓敏、颜晴，也都如此。包括远在广州的家人，没有我的团圆，昨晚的年夜饭还算是团圆饭么？

过年，代表了什么？喜庆、团聚、成长，又或者是自省？其实我们都不愿那么快成长，我们只是被时间硬生生地拉扯着长大。我们明明很怕过年，却又被迫去接受事物的不断重演与变迁。年复一年，日复一日，我们由儿时长成壮年，而父母和长辈，却在我们的不停折腾下渐渐老去。

岁月真残忍，它没有看到我们在笑的背后却在暗自哭泣吗？我们想让时针走得慢一些，再慢一些，这样，就有足够的时间去陪伴身边的人。

而现在，我只能勇敢和坚强。就像断了尾巴的壁虎，即便再恶劣的环境，也能在夹缝中坚毅地成长、活命。

午后，我准时来到咖啡店。顾客不多，没有多少人会在大年初一的下午兴致勃勃地来这里喝咖啡。我不是来喝咖啡的，准确地说，是来"谈判"的。

我找了临窗的位置坐下，不知以何种心情和状态来对小雯。我接连喝下两杯白水，脑子里不停地想着见面的情形，还有该对她说些什么。

我向周围望去，却看到一个熟悉的人走了进来，是梓健！

"梓健，怎么是你？""珈，你也在？小雯约我来这儿。""哦，她也约了我。""原来是这样，坐吧。"看得出，为了今天的见面，梓健精心打理过了一番。他穿着小雯喜爱的休闲装，刮掉了留在脸上多日的胡渣，面目清秀，只是眼里，还有未褪去的血丝。

我和梓健面面相对，一言不发。我木木地坐着，不敢正视他的脸，不敢与他对话，心虚的我怕背后还有一双眼睛在监视我俩的一举一动！

梓健先开了口："小雯是有意这么做的。""你们谈得怎么样？有结果了吗？"梓健摇摇头："没有，小雯的态度，是拒人于千里之外，我说不了什么。"

半个小时过去了，门口进来一位女子，穿着大衣、高跟鞋、戴着鸭舌帽和墨镜，缓缓向我们走来。到了面前，她摘下墨镜："你们好，让二位久等了！"我忽地起身："小雯，你来了！来了就好！"小雯笑笑：好久不见！梓健，你坐过去，我坐这边。"梓健停顿两秒，见小雯坚决，只得起身坐到我旁边。我特意往里挪了挪。

一坐下，小雯便解开大衣，露出了低领的毛衫，这和她以前的着装风格简直是天壤之别！她化了浓艳的妆、咖啡色眼影、黑色眼线、暗红色唇膏，手上还涂抹了深红色的指甲油。只是脸色，还是一如以往的嫩白，也许是涂脂抹粉的缘故，显得比从前更为苍白。加上那对比鲜艳的冷妆，整张小脸在日光的照射下显得有些诡异。不仔细看，我一时间还认不出这就是清纯的小雯。她的打扮成熟、妩媚、冷艳，让人有距离和压力，也让我害怕和退缩。

她笑笑："不好意思啊，让你们等了这么久。"我尴尬地说："没关系。小雯，你瘦了。"

她下意识地去摸脸颊，笑着说："有吗？瘦了吗？呵呵，那证明我减肥成功喽。"梓健说："不要为了刻意减肥而伤害了身子。""我哪有，只是工作辛苦嘛。别忘了,女人是把减肥当终身事业来做的。"梓健说:"在我眼里,你还是个女孩。"

小雯沉默,继而又说:"别说我了,珈,一段时间没看到你了,不也变得更瘦了。""我,天生这样,胖不起来。"

小雯利索地拿过单子:"服务员,我们要一杯卡布基诺、一杯摩卡、一杯哥伦比亚,然后再要一个大果盘。""好的,三位请稍等。""如果我没记错的话,梓健爱喝哥伦比亚,珈珈爱喝摩卡。我呢,依然还是卡布基诺咯。"她的淡定自若,让人更觉尴尬和窒息。

梓健说:"没错,你的记性很好,没有忘记每个人爱喝什么。""那当然,我的记性怎么会不好呢。我还清楚地记得,那一年,有个人和我说,要照顾我一生一世呢。呵呵,结果怎样,还不是不算数了么。这半生半世都没过完,怎么这人就不见了呢,哈哈!"梓健吞吞吐吐地说:"小雯,你别这样……其实……"

"啪!"小雯在我们面前拍了一下手掌。"啊哈,怎么了嘛,我开玩笑的,还当真了呀,别介意啊!"她从皮包里拿出一盒烟,抽出一支,并用打火机点上,娴熟地抽了一口。我问:"小雯,你……学会抽烟了?""呵呵,很奇怪么,我抽烟的样子很难看吗?""你知道我不是这个意思。"

小雯的话语、行为及眼神,和原先大不相同,变得轻飘和从容,让人难以琢磨。

"抽烟很平常啊,男人可以抽,为什么女人就不行?这个社会是平等的。"我明白,小雯在极力表现自己,不让我们看穿冷眼背后那个真实的她。

"哎呀,其实没什么啊。我去了北京,学到了很多,真的是看开了很多。见识广了,思路也就不像原先那么闭塞了,明白很多事情并不是强求就是好的。以前我总固执地认为,坚持到最后总会有结果,其实现在想想,那时候真是幼稚和天真啊。我去了台里才发现,以前的视野有多狭隘。原来任性并不是一件好事。不听大人的劝，最后吃苦的还是自己。我现在真是后悔了呢，当初怎么没听父母的安排。说不定我现在啊，都已经出国嫁人了。"

小雯手中的烟灰变得很长，她熟练地抖落掉，又重重地吸了两口。虽然，小雯是话里有话，暗示性极强。但能感觉出，这也是发自她内心的真实感受。

"咖啡来了，大家喝吧！好香的卡布基诺，去北京一个月，都没有再喝过呢。"小雯见了钟爱的食物，露出一个天真的笑脸。也许有些东西是无法掩饰和隐藏的，它会在你最不经意间，悄悄地背叛你一下，然后自然地流露出来。

小雯喝一口咖啡："我就喜欢卡布基诺的味道，丝丝香甜，让人回味。如同我喜欢幻想，往往会先甜蜜，然后像这咖啡上的泡沫，很快会化掉，最后只剩下咖啡的苦涩。"

小雯用小勺把泡沫和咖啡混为一体，然后快速地搅拌均匀。我说："小雯，你杯里的泡沫没了，你不是最喜欢喝的么？""是啊，我是喜欢喝。可它是泡沫，转瞬即逝，我就算想留，也是留不住的。""你如果喜欢喝，我再叫服务员帮你加奶。""不必了，再怎么加，都不是原来的味道了。"我低头沉默。

"怎么样，梓健，我给你点的哥伦比亚，还是原来的那个味道吗？""嗯，很好。谢谢。""哥伦比亚，甘甜的香味，酸中带清，只能慢慢地细品。你喝了好几年，还是没有改口吗？"梓健低着头，不说话。

"那珈珈呢，摩卡怎么样？""味道不错，很醇。""是吧，这是咖啡中最花哨的一种了。喝的时候，还能感觉出辛辣味。事实上它是咖啡的一种变形。照这么说，喜欢喝摩卡的人，也就意味着是千变万化的吧？"

小雯盯着我看，眼神中带着锐利，心虚的我只能低头。我又说："其实，比起摩卡，我更爱喝卡布基诺。"小雯笑了笑："不只我喜欢卡布基诺，你也喜欢。原来，我们喜欢的东西是一样的。"

我连忙解释："我只是觉得，摩卡对我来说，味道重了些，而卡布基诺，它刚刚好。""那这么说，你以后会改口了，只喝卡布基诺而不要摩卡了，对不对？"面对小雯的厉言威逼，我只能选择看向窗外，沉默。

小雯的庄伟进

许久，一位成熟的男人走了过来："你们好！"小雯笑着："我来介绍一下，他是我的现任男朋友，庄伟进。""你们好，不好意思，打搅你们的聚会了。""这位是司徒珈小姐，这位是……她的朋友，梓健先生。""你好。"

"要喝点什么，亲爱的？"小雯喊这个男人亲爱的。"你喝的什么，宝贝？"他们两个一来一往，她挽着他的胳膊。"那我就来蓝山吧。很高兴认识你们。"

他立马从包里掏出两张名片，起身递给我们："二位，见笑了！"上面写着××控股股份有限公司宝马4S店销售总监庄伟进。梓健说："真不好意思，庄先生，今天放假，我没有带名片的习惯。见谅！""哦，没关系没关系，认识就好。请问梓先生是吗？您从事哪一行的呢？"

"我从事外贸出口电子产品。""不错啊，外贸，电子，很适合现在的趋势。""哪里，都是混饭吃。""哦，如果以后你们想买宝马车的话，尽管来找我，我可以私下给你们拿到一个最低的折扣。""近些时间应该不会买吧，消费水平有限。""那没关系啊，以后再说好了。不过你也可以介绍身边的朋友来我们那看车，我照样可以给他们折扣的。""好的，没问题。"

"请问，这位美丽的……""司徒珈小姐。"小雯在他耳边轻轻说。"哦，对，司徒小姐，您现在是读书呢，还是已经就业了？""我工作了。""已经工作了，看起来好年轻啊。""我比小雯大一岁。""是吗？她没告诉我她多大。"

小雯耸耸他的胳膊。庄伟进傻笑着："刘雯在我眼里啊，还是个小孩子呢！"小雯在他耳边轻轻地说："不是刘，是柳！""对不起，一时间忘记了，哦不，是没说准，柳雯。呵呵，我从小普通话不是很标准，大家别介意。""嗯，我亲爱的，一见到美丽的姑娘呀他就口齿不清了，连我的名字都会叫错。""是啊，亲爱的！"男人把手搭在小雯肩上，他俩对视微笑。

"刚才说司徒小姐已经工作了，在哪儿高就啊？""我们美丽的司徒小姐可是外语高材生啊，现在做总经理助理呢，是吧？""我年前已经换了工作，在外贸公司做翻译。""是吗，已经换好工作了？这是你的理想，恭喜你！""谢谢小雯。"

庄伟进问："真是年轻有为，才女，了不起啊。你们俩，是同个公司的吧？"我立马摆手："哦，不是，我们不是一个公司。""那，小雯，他俩是一对吗？"

小雯的脸色渐变："这个，你要问他们本人了。"我立即解释："我们，我们不是一对，别误会。"那男人说："不好意思，算我多话了。我就觉得你俩挺登对的，男才女貌。是吧，小雯？""呵呵。"小雯不发话，只顾喝咖啡。我的手不停地揉搓，不知该如何应对这尴尬的场景。

我借故去洗手间，打开水龙头让自己镇定。直觉告诉我，那个什么庄伟进，一定不是小雯的男友，他连她的全名都说不清。更何况小雯身边的朋友，梓健全都认识。这个男人，八成是新认识的。或者，是她故意拿他来做文章，演戏给我们看的。好乱，我该如何面对小雯？

出了洗手间，正巧遇到梓健。"梓健，你认识那个男人吗？""不认识，以前没见过。""你觉得，小雯和他是真的一对吗？""我不知道……我不知道她心里是怎么想的。""直觉告诉我不是！他连小雯的全名都说不清，怎么可能会是一对呢。""那就静观其变吧。""怎么，

你愿意看到小雯和那样的男人在一起？这样你就开心了？""我不是
这个意思，走吧，别让他们久等。"

小雯极力要请我们吃饭，而后去酒吧聚会。"我初四就回北京了，
大家再一起聚聚吧。魏波、一芬，他们都来。别推辞，你们一定要去。"

晚上的这顿饭，我们自然是吃不痛快。虽然小雯表现出很开心，
和男人很亲昵，但我和梓健都能感觉出，她并不是真的开心。只有那
个庄伟进，兴奋地不停说着自己的光荣历史，丝毫没有察觉我们之间
脸色的变化。买单时，他执意要做东，我们也不好多加勉强。

艰难的八人聚会

去酒吧的路上，庄先生和小雯一辆车。可我无论怎么看，都不觉
得他俩有哪一点相配。那男人的年龄，看上去都能当小雯的小舅舅了。
老成、庸俗，还有些发胖。

我无法理解："他们，怎么可以相配！""你说什么，你说小雯和
庄先生吗？""我无法想象。""没有什么事会一成不变！""梓健，你
这是什么态度？你难道真的希望他俩在一起？""我只是，尊重小雯
的想法和行为。如果她愿意，我也不能干涉她什么。"

"尊重？你看到小雯领了这么个男人过来，你就给自己找了台阶
下。你有借口了，可以脱身了，然后你沉默不语，还说这是对她的尊
重？""司徒珈，求求你不要一副咄咄逼人的样子好吗？我求你！"

"梓健，是我在求你，小雯就快要被那个老男人抢去了，你怎么
还是一副无动于衷的样子？""你告诉我能有什么反应？当着那男人
的面，告诉他其实小雯是我的女朋友。让我把她抢回来，然后带回家，
是这样吗？"

"你真自私！""我自私，我现在所做的一切都是为了尊重小雯的
意愿，我在顺着她的意思行事，你知道吗？""我不知道！""总之现

在我们只能这么做。在她身边看着她，总好过比什么都不知道强！"

"你行，我要下车，我不想去了！让我下车！""别动！这里是禁区，不能停车！""你到前面的路口停一下，我不去了！""求你不要这样，别任性好吗？""我任性？你认为我是在任性吗？我根本没办法面对小雯，我忍得很辛苦。"

"我说话重了，对不起！很明显，小雯这是做给大家看的。真心也好，假意也罢，我们都要尊重她，陪她演完这最后的一出戏。至于以后的，就留给老天来做决定吧。""梓健，我不想演这出戏，我做不到！一会去了酒吧，魏波、一芬他们都会来。我会无地自容的，你知道！""罪人不是你，是我！你做自己就好，其他什么也别管，让我来承担余下的一切。"

梓健，你可明白，你的确是为了我们两个都好。可就是因为你，才会变成如此尴尬的局面。我和小雯，又该以什么样的姿态来面对你，面对心中的所爱呢？

来到新开的特色酒吧，门口一字排开的花篮还未拆去。踩着满地的红色鞭炮，随着服务生的"欢迎光临"，我的心开始下坠、沉重。

魏波、一芬和两个朋友已在那等候了。一芬上前拥抱她："小雯，你来了啊，见到你太好了！"我想和一芬打个招呼，至少是微笑一下。可她似乎不见我的存在，看都没看我一眼，自顾自地拉着小雯上一边聊天去了。

我十分窘迫，呆呆地站在原地不知如何是好。魏波迎了上来："梓健，司徒，你们来了，坐啊！"虽然魏波友好地迎接了我们，但从他的眼神中还是可以看到尴尬和不自在。也许，再也回不到从前那个感觉了。

"我给大家隆重介绍一下啊，这位是庄伟进先生，我的男朋友。""大家好啊，我是庄伟进，多多关照！"小雯说："哦，差一点忘了，还没给你们介绍这两位新加入的成员呢。"面前的一男一女，分别坐在一芬和魏波的身边，"要不，你们自己介绍吧。"一芬不好意思地低下头："这位，是我的男朋友黄斌。""大家好，初次见面！"

"这位是司徒珈，小雯的好朋友。这位是梓健，魏波的好朋友。"一芬替他们介绍了我俩。我问："一芬，你有男朋友了？祝福你们。"我鼓起勇气，拿起一杯酒。"谢谢，干了！"一芬嘴上不说，脸上还是掠过冷漠与不屑。

魏波说："一芬，你终于还是把心上人晾了出来，早不带出来给我们看。是吧，黄斌？""呵呵，她先前没好意思把我带出来，是因为我还没正式合格呢！""嗨，他一直苦心追了我好几个月，我也没多理人家。这不都到 2008 年了么，要开奥运会了，想着是不是也该给黄斌一个什么身份。看在他对我还不赖，就答应了，给他通过了。"

黄斌搭着一芬的肩膀："是啊，所以现在，我才能荣幸地用正式的身份和大家见面。""不好意思啊，亲爱的，以前怠慢你了，别介意。"他挽着一芬的胳膊，两人对笑着，太过幸福，看得让人羡慕。

小雯继续介绍："还有这位，美丽动人的李青，是我们魏波的女朋友。菠菜，赶紧介绍啊，还要我费口舌啊。"魏波不好意思地点点头："这位是青青，原先是我公司的客户，现在也是我的女朋友了。"梓健说："呵呵，菠菜，你真能藏啊，原来青青现在是你女朋友了？怎么我一点都不知道呢，你这保密工作做得可是够好的啊。""呵呵，我不是不好意思么，青青小姐一直没正式回复我。再说你那么忙，我哪有时间告诉你！"他俩互相看了一眼，心领神会。

无地自容

"太好了，我今天真是太高兴了！"小雯倒过一杯酒，"看到我最好的两位朋友有了所属，我这心也能安了。就算我们真的分别了，我也会笑着祝福你们的。"魏波说："小姐，别弄得和生离死别一样好吧，你只不过是去北京嘛，又不是不回来了。"一芬说："小雯，别说得这么煽情好不好，受不了这个刺激啊。""我是高兴嘛，激动不行啊！"

魏波举过酒杯："好了好了，不要触景生情了，为我们的相识干杯！来！""干杯！"我也拿过一杯酒，艰难地喝了下去。黄斌问："那这么说，今天来的朋友都是成双成对的？"青青也问："魏波，司徒小姐和梓健先生也是一对吧？"

魏波的脸瞬间变得尴尬，他看了看对面的我、梓健、还有小雯。"这个……那要问他们自己了。"只见小雯不停地往嘴里灌酒，一杯又一杯。我抢先说："哦，不，不是，我们，我们只是朋友。"黄斌补充："那不好意思啦，我还以为你们……"

青青说："原来是朋友，不好意思啊！我也觉得你们很登对，刚开始真的以为你们是情侣呢。是不是啊，魏波？""嗯，呵呵。"青青凑到他耳边小声说："你不是和我提过梓健有个谈了好两年的女朋友吗？原来不是司徒小姐啊？那我是不是说错话了？梓健的女朋友没来吗？""这个……"现场的气氛变得异常尴尬，我们都陷入了窘境。

青青又说："梓健，你怎么没把女朋友带来？""我……我现在没有女朋友。""对不起，当我没说过吧。"大家静了下来，在这个嘈杂的地方，显得极为不搭调。

"走，我们去跳舞！"小雯忽然站起身，挽住一旁的庄伟进。小雯、一芬两对进了舞池，留下魏波、青青、梓健和我。"对不起啊，梓健，我不知道你的情况，见谅。来，我先干一杯，算我给你赔个不是！"青青拿起一杯酒，顾自喝了下去。"没事，别这么说。"魏波搭着他的肩膀，如释重负地说："来，梓健，我们也干一杯。"

青青看着舞台："魏波，你看，小雯跳得多开心啊，她男朋友对她可真好！"魏波拿着酒杯低头说："是吗？我怎么没看出来。""没有吗？看得出，那位庄先生可是对她爱护有加啊。"

此刻，小雯正和他们在池中心跳舞，她先是抱着一芬跳了一会，继而放开她又抱起了庄伟进。他们贴在一起，像两块牛皮糖。小雯的身体扭动得像根麻花，头甩得极其厉害，感觉再激烈些便会散了架。不经意间，小雯还会抱着他回头往我们这里看。

她肆虐地笑、挑衅地笑，笑得让人心里直发毛。她犀利的眼神，直戳我的心脏最深处。让人无地自容。

我实在坐不下去了，直奔卫生间。我往脸上拍打水花，小雯那眼神不停地在我面前浮现，快要把我逼疯。水龙头哗哗地流着水，可我看见的全是小雯的眼泪！

"喂，小姐，你不用水可以把龙头关上吗？这样很浪费啊！"一旁打扫卫生的阿姨发话了。我朝她吼道："我到这里是来消费的，不是来被你们管制的！"她吓了一跳："来消费，也不能这样浪费水，多可惜啊！""我要你管啊！"第一次，我在公众场合对陌生人发了火。

"你这姑娘怎么这样说话啊，你们是有钱人，消费得起。不像我们，拼死拼活也就赚几个钱。唉，真是饱汉不知饿汉饥啊。"阿姨边拖地边嘀咕。原来人在倒霉的时候，清洁大妈也要来讽刺我。

我从包里掏出两张百元人民币放在水池台上："这样可以了吗，可以了吗？这些钱，够付我刚才浪费的水了吧！""姑娘，你这是干什么？我不是这个意思啊，你这是怎么了？"我没有理会，径直跑了出去，任由她在后面喊我。

回到卡座，只见小雯跳着跳着抬起了头，用手捂住脸和鼻子。一芬见状，赶紧扶她下了舞池，大家簇拥而上。一芬说："快让小雯躺下，她流鼻血了！"

魏波问："流鼻血？怎么好好的突然流鼻血了呢？"小雯用纸巾堵住鼻孔："没事啦，一点点而已。"一芬生气地说："还说没事，流了那么多，吓死我们了！"庄伟进自责地说："亲爱的，都是我不好，没好好照顾你。"

"哎呀，你们别太在意了。今天开心，我躺一下就没事啦！"小雯刚塞的纸巾不一会儿又染成了红色。一芬说："来，再换个，拿块毛巾给你。是不是前段时间太忙，累的？""没有啦，可能是这里的空调太热了吧！"魏波说："不会啊，你穿得这么少，还热吗？"

"哦，我想起来了，这两天我妈让我补身子来着。大概，是我吃多了桂圆，上火了吧。哎，你们别都愣在这里看我啊，像看怪物一样，都围在我面前，闷死了！"魏波说："我们担心你啊！"

"哎呀，我又没什么，不就流点鼻血嘛，你们玩你们的啊。我去外面透口气，这里太热了！""我陪你去，亲爱的！"一芬站了起来。"你陪黄斌，不用管我。""那我陪你，宝贝儿。"庄伟进也站了起来。"哎，都不用陪我，你陪他们喝两杯，我马上就进来。"一芬关心地说："把大衣穿上。"

小雯拿起烟和打火机，走了出去。

他们继续玩起来，梓健则坐在一边不停地抽烟、喝闷酒。我对他说："我出去看看小雯。""也好。"

来到酒吧门口，只见小雯披着外套，眼看前方，站在那里默默地抽烟。她的背影，在路灯下显得更加弱小和单薄，和着那缕缕青烟，像是一朵将要凋零的夜玫瑰。

"小雯，你在这儿？"我从背后叫她。她回过半个头，知道是我，淡定地应了一声，继续抽烟。"少抽点吧，对身体不好！""没事。"她缓缓往路边走去，我在后面跟着她。

"你出来做什么？""我来看你。""看我？我有什么好看的？都已经没人愿意看我了！""小雯，别这样好吗？""我怎么了，我只不过把大家都叫到一起，想聚一聚而已，我做错了吗？"

"你知道我不是这个意思。""那你是什么意思？现在你和他都可以安心了，不需要有那么多后顾之忧了！为什么你还是那么不开心的样子，装给谁看？""小雯，我没有那么想。真的，你了解我的感受吗？"

小雯转过身，扔掉手中的烟头："我不了解，你那么高深！像我这样的女孩，怎么能看得透你？"我摇着头哭着说："不，小雯，真的不是如你所想！""不是如我所想？哼，我以为去了一个月，回来会看到你俩成双成对的样子，看来我想错了！你们没有在一起吗？""小雯，你怎么可以这样想我，我不是那样的人。梓健也不是。"

"哈，你承认了？那为什么当初要让我看到你们那个样子？""我不是故意的。""你不是故意的，那梓健呢？难道他也不是故意的？你们都不是故意的？那你们在干什么，难道是我看错了？"

"真的是有误会。梓健，他是好人，是善良的人，你不要逼他，求你了！"小雯猛地转过头，眼睛犀利地望着我："你心疼了是吗？看见我这样折磨他你心里不好受了是吗？""不，小雯，求你不要这样想可以吗？你怎么说我都行，但是请你不要这样看梓健！"

"好，你们都能为对方考虑，你们都是好人！那我是恶人，好吧。又有谁会心疼我？你们有没考虑过我的感受？"小雯哭着敲打自己的胸口。"不，不！"我从身后抱住她，"小雯，我们都很尊重你，都不想让你受到伤害！你应该明白的啊！"

小雯一把挣脱我："我不明白，我永远都不会明白！你们一直在欺骗我！""没有人愿意欺骗你，是你在欺骗你自己啊！""我在欺骗我自己？""不是吗？你问问自己的心，现在快乐吗？你有了那个姓庄的男人，你就真的快乐了吗？"

小雯低下头，恍惚地说："这，这和你们没关系，那是我的事，只要我乐意就行了。""你的眼神出卖了你。你根本不快乐！你是在和我们赌气对吗？"

小雯听到这句话，终于蹲在地上，呜呜地哭了起来。我扶着她："告诉我，那个姓庄的男人，不是你真正喜欢的。什么庄伟进啊，我看就是净会伪装。他连你的名字都说不清楚，又怎么会是你男朋友呢？"

小雯马上意识到什么，甩开我的手站起身："不用你在这儿装好人，我和谁好，不关你们的事，你们管好自己就可以了！"小雯一阵晕眩，站立不稳。我上前扶住她："小雯，没事吧？"

"我没事，起得太猛了，头有点晕！""你的脸色不太好，真的没事吗？""我没事，没事！""你瘦了很多，脸色很苍白，真的不要紧吗？"小雯甩开我的手："我都说了我没事！"

庄伟进跑了出来："亲爱的，你在这里啊，怎么那么久？""没事，透会气，我们进去吧。"

再进酒吧，卡座上不见了小雯的踪影。"你们看，小雯在那儿！"随着青青的一声吆喝，我们往舞池中心看去。只见她上了领舞台，脱去外套，只剩下那件低领的无袖毛衣。她的领口很低，几乎能看见呼之欲出的双乳。小雯与那些领舞女郎一样，狂妄、轻佻、妖艳。她摆弄自己的身姿，挑逗着台下红男绿女的神经与眼球。

随着台下人们的欢呼雀跃，气氛变得更加激烈。小雯像一个上了发条的机器，停不下来了。我知道，她在发泄。一芬摇摇头："这丫头一定是疯了，没见她这么疯狂过！"魏波若有所思地说："今天，难得她这么开心，就让她疯狂一次吧。"

台下那些好色的男人，簇拥在小雯脚下。嘴里不时地吹着响哨，手伸向台上，挑衅着小雯迷失的意识。其中一个男人上了舞台，和她面对面跳起了激情舞。他俩紧贴一起，男人的手在小雯的大腿和腰间不停地抚摸，不断吻她的颈项。小雯似乎意识不到什么，只是很惬意地配合着。

一芬气愤地说："这丫头真的是疯了，过了，过了！"魏波说："看来，再不把她拉下来，她一定会更疯狂的！"此时的庄伟进，却像个没了主意的人："怎么办，我的小雯跟别的男人一起跳舞，还搂搂抱抱的，怎么可以这样？太混乱了，我看不下去了，我需要冷静下。"他倒过一杯酒，灌了下去。

"这个孬种，没用的家伙。"魏波没有多想，冲上舞台，从那男人手里抢过小雯。男人问："你干什么？来拆台的是吗？"魏波瞪起眼大声地说:"她是我们的朋友,她喝多了!你放手!"此时的小雯正陶醉在激情的状态中,她甩开魏波的臂膀:"干什么?走开,别拦着我跳舞!我要跳舞!"

"你还跳,再跳你就完蛋了!给我清醒点!""我很清醒,我要跳舞,要跳舞!"她挥舞着双手,和台下的人示意。"够了!够了!"魏波一把横抱起小雯,朝台下走去。"你干什么?魏波,你放开我!放开我!"小雯竭力反抗着,她不断敲打魏波的背部。舞池中,唏嘘声一片。

魏波把小雯放倒在卡座的沙发上。她继续发着疯:"为什么不让我跳舞?难道我跳得不好看吗?还不如那些舞女吗?""够了,小雯!你喝多了,冷静下!""我没有喝多,我就是想跳舞,想跳舞!你明白吗,魏波?"小雯直直地望着天花板,眼角的泪水慢慢滑下来。

"我明白,都明白!可现在你不要再折腾了好吗?不要在这么多人面前丢脸了!""我给你们丢脸了是吗?"一芬蹲下身子:"小雯,我们怕你出事啊!""可我还想跳,还想喝,我还没玩够呢。时间太少了,真的不够了!"小雯眉头紧皱,哭出了声音。

魏波说:"等你下次回来,我们再好好聚,好吗?""可是,我不知道什么时候才能回来……"魏波抱着她:"没事的,小雯,我明白你!""魏波,你懂我对不对?""我懂,我懂,我都懂……""魏波……"小雯抱着他痛哭。

一芬抱歉地对大家说:"真的不好意思啊,各位。小雯因为马上要回北京工作,所以想让大家聚一聚。没想到,她情绪一上来,就很难收尾了。"黄斌理解地说:"我们明白,小雯是重感情的人,你们也是!"青青叹了口气:"大家又要分开了,难免会伤感的。"

此时的庄伟进,只是远远地坐在那里,远观而不敢近临。也许,他真的是被小雯的举动给吓到了。这个男人,不坏,但懦弱,不够勇敢。

决 绝

走到门口，背后有人喊我，是刚才打扫卫生的阿姨。"姑娘，我知道你今天心情不好，才会说那些话的对不对？这些钱你拿回去，阿姨没有别的意思，你不要伤心了，好吗？"

看着面前慈祥的阿姨，我的眼泪哗哗地掉下来，上前一把抱住她。阿姨手足无措地问："怎么了，姑娘？""谢谢你，阿姨，你刚才骂得对。浪费水是不对的，是可耻的。而浪费自己和别人的感情，那更是不可饶恕和原谅的！"

她拍着我的背，安慰说："好了，好了，咱们不难过了啊。大过年的，要开心才对！希望下次你来的时候，是带着笑容的，好吗？""好，谢谢阿姨，真的谢谢你！"我把那两百块钱又悄悄地塞回了她的口袋。

到了门口，梓健站在那里迟迟不挪动半步。魏波上前拍拍他的肩："梓健，你就负责送司徒回去吧。我送小雯和青青。黄斌，你送一芬！就这样，下次见了！"一芬上前抱住小雯："宝贝儿，要坚强，别和自己过不去，不值得！"

魏波扶小雯上车的那一刻，她回头看我们，眼神中流露出不舍和责怪。车发动了，小雯还是回过头来看我们。我知道，她在看梓健。她的内心深处似乎在说，其实根本不想和他分开，她一如既往地爱着他，从未改变。今晚，小雯的泪都是为了梓健一个人流的。

人走了，只剩下我和梓健寂寞的身影。在路灯的折射下，显得更为悲凉。

"珈，我送你回去吧。""不必了，我自己回去。""怎么，又不让我送你了？"梓健无辜地望着我，面对他的态度，我真的快崩溃了。

我气愤地质问："怎么了？你到现在还问我怎么了，还是这么一副无动于衷的样子？你是真傻还是装傻？""我……""你现在送的不应该是我啊！""你也都看到了，小雯疯成那样，又是喝酒、又是跳舞、又和男人搂搂抱抱的，还流鼻血了。你以为我心里就好受吗？""谁心里都不好受，你难道看不出来她这是做给我俩看的吗？""我明白，她这是在向我示威，向我挑衅！"

"不，是我们！""你不要硬把自己扯进去好不好，她真正恨的人是我！""我抢走了原本属于她的幸福，还要说我一直很尊重她！我觉得自己很虚伪，我怎么会变成这样？"

"我说了，这不是你的错，是我不好！""不要再错上加错了，求你了梓健！我们都已失去太多，难道还要继续失去更多吗？""那你要我怎么做？"梓健的一句问话，深深地镇住了我。

"梓健，我没有想到你是这种人。到今天这个地步，你还要问我怎么做？你喜欢我，经过我允许了吗？经过小雯的同意了吗？你还不是自作主张地就做了决定！"

"是，我承认自己是爱上了你，难道爱一个人也有错吗？"梓健朝我吼道。我知道，他已接近崩溃。我忍着眼泪说："爱一个人是没错，但爱的时机不对、场合不对、对象更不对！这种爱是伤害，不能继续。这是错爱，是没有生命的！"

"哼，难道天下这么多男男女女，都不会犯错了？两个人相处，身在心不在，这样就不算背叛吗？那这么多第三者又是从哪里来的？你告诉我啊？难道这样就要背上无耻的名分吗？那些背后真正的爱情是不是就永远见不得光了，是这样吗？"

"啪！"我给梓健一记重重的耳光，"你混蛋！我没有想到你竟然会说出这种话来！"梓健被我突如其来的举动怔住了。我吼道："我没有想到，你不仅软弱，还很无耻，亏你说得出来！要是被小雯听到了，她会怎么想？会怎么想！"

梓健红眼低着头："是，我承认我就是无耻了！但我起码可以勇于面对自己的感情！不像有的人，明明心里深爱着，却还要装出一副救世主的样子！"我上前又是一记响亮的耳光。

"梓健，你要我说什么好呢？你真自私，你太狠心了！"我朝他吼道，死命地敲打他的胸膛。"你打吧，如果这样能让你消气，你就狠命地打，不要手软！"我哭着叫嚷："梓健！我原本以为那个什么庄伟进的狗男人，会是什么大好男人呢。结果还不是一个孬种，一个懦夫！可我没有想到，你比他更懦弱！你甚至没有勇气面对小雯，甚至都不敢上前拉她一把！"

梓健盯着我不说话，我知道，说这些其实是在中伤他，他根本没办法在这种情形下做出任何举动和选择。但我还是忍不住说了，梓健，你能明白吗？我恨啊！

梓健含着眼泪："我终于做到了，让你们两个都那么恨我。谢谢你们能恨我，至少可以证明，你们心里都装着我！"我又是一记耳光给他。我知道梓健在给自己找台阶下，他不会真心说的。

"梓健，你给我听好了。我郑重地最后一遍告诉你，无论小雯走或是留，选择哪个男人都好，我是绝对不可能和你在一起的！绝不会！你可以自私，但我做不到！"

甩下最后一句话，我跑到路中央拦了出租车。我哭着在心里默默地说：原谅我，梓健，原谅我！

我的手心散发着火辣辣的疼痛。三记重重的耳光，打在梓健的脸上，也狠命地打在了我的心上。梓健，你可知道，我的心在流血！为你，为小雯，为我们三个人！

大年初二的凌晨，我与你决绝。没有留下任何痕迹，只有一地的心碎声。

第五季　　鸟啼花怨

不一样的女人，不一样的情感困惑与险境，却有着同样的悲痛与决绝。这一生，究竟要犯下多少错才能停止？

巧遇颜晴

大年初二下午，我才从睡梦中醒来。做了乱七八糟的噩梦，每一个都触目惊心。翻开自己的掌心，那股火辣的疼痛似乎还没消除。

我知道，自己伤人了。

我决定上商场转转，挑款化妆品，为自己苍白而虚伪的脸，做些补充，好让别人觉得，我并不是那么讨人厌。

来到南京东路，繁荣的商业大厦吸引了我的眼球。她繁华、新颖、独特，富有时代气息，好像天生就是为了女人建造的。

我来到化妆品柜台，各种品牌的香气聚集在一起，令人微醉。一款咖啡红的口红吸引了我，我拿过试用装在手背上抹了点。这个颜色，要是出门参加聚会或是去酒吧应该很合适。

"小姐，这款口红的颜色很适合你，防水的。现在过年搞活动，满就送。需要来一支吗？"我想了想说："那好，给我包起来吧。"

抬头，看见一个熟悉的身影正和专柜小姐对话，是颜晴！她手里拿着一瓶香水，闻了闻。"是颜总吗？"她回过头："啊，司徒珈？这么巧？""颜总，您不是回老家过年了吗，怎么这么快就回来了？""是啊，事多，今天上午就赶回来了。你一个人？""一个人。"

颜晴的面前，放着三两瓶香水。"你帮我看看，选哪一款好？""这个吧，淡雅一些，不过颜总您自己喜欢最重要。""我倒是有些喜欢这个，你看呢？"

　　柜台小姐见颜晴心有所属，立刻堆上笑脸介绍："小姐，您真是有眼光。这款香水是新上市的，散发柑橘与香柠檬的幽香。代言人是明星辛迪蕾拉，她颠覆了传统的形象，如黑色的玫瑰，在午夜绽放，散发致命的香气。所以，也叫午夜蓝毒。小姐要是用了这款香水，一定更能迷惑您的心上人，让他为你彻底征服。"

　　"哦，真的会这样吗？""您气质优雅，成熟性感，这款很适合您。现在我们搞满就送活动。""那好吧，就要这一瓶。帮我开票吧！"

　　颜晴转头问我："司徒，你一会还有事吗？""没有。""那要不，去我那坐坐，家里带了很多特产，还有我妈妈做的菜，晚上在我家吃饭吧。""不好意思吧，这样行吗？""没什么不好意思，反正你也是一个人。""那好。"

　　来到颜晴家，那是一个环境颇好的高楼公寓。屋内布置得很温馨，很特别。简约的风格，舒适的格调。柜子上摆着她和两位老人的照片、她和男孩的照片、她和姐妹的照片。

　　"随便坐，我给你泡茶。""谢谢，颜总。""这是我和爸妈的合影，他们都在绍兴呢。这是我儿子，现在随他爸，在上海。""您儿子好可爱啊。""谢谢啊。他叫小宝，现在 6 岁了，明年就上小学一年级了，皮着呢。""男孩皮好啊，聪明。""呵呵，孩子是很聪明，不太像他爸。性格上可能像我比较多。"

　　颜晴为我泡了一杯清新的毛峰，她点上一支烟，伴着舒缓的轻音乐，我们坐在沙发上聊起了天。

　　脱下职业装，生活中的颜晴显得平和许多，没有犀利与高人一等，而是一个居家女人的简约模样。

　　"颜总，您过年没和儿子见面吗？""见了。最近我前夫准备结婚，我工作又忙，只能把孩子先放姥姥家。""你儿子那么小，能适应那种生活吗？"

　　"我何尝不想多陪陪自己的孩子，他是我的骨肉，我怎么可能不心疼。可我要工作，要有事业，光靠他爸一个 IT 编程员，怎么能负担起所有的家庭责任？"

颜晴前夫是个内向、深沉、木讷的男人。他只懂电脑程序，不善交际、不善开拓，每天只是按部就班地做着重复的机械工作。久而久之，不同的人生和价值观，让他俩的差距越拉越大，夫妻间的距离越来越远。这让颜晴觉得没有实质的安全感，更看不到未来。

她只有选择独立，开始一条艰辛的创业道路。宝宝出生后，压力也随之而来。颜晴的上一代是普通工人家庭，所以她立志要出人头地。

三年前，他们协议离婚，结束了 9 年的婚姻生活。孩子最后判给父亲，那年，小宝才 3 岁。

说着，颜晴眼里泛起了泪光。"我现在还记得小宝和我分别时那个无助的眼神，我觉得欠他的太多了。"

年三十晚上，小宝抱着颜晴的脖子说："妈妈，我不想和那个阿姨生活在一起，爸爸现在只喜欢她了。假如以后，阿姨也像童话里的继母那样对我狠毒，我就坐地铁偷偷跑到你这里，再也不回去了，急死他们！"

颜晴听完，抱着他流泪。孩子摸摸她的脸问："妈妈，你怎么了，为什么要伤心？我已经长大了，有能力保护你了。是不是那个叔叔又惹你生气了？我帮你教训他！"

颜晴摇摇头："妈妈是担心你，心疼你！""那既然妈妈心疼我，为什么还要和爸爸分开，我觉得爸爸比那个叔叔好。可是，你为什么还是喜欢那个叔叔呢？""小宝，大人的事情小孩子不懂，我们不合适在一起，只有分开。现在，爸爸找到合适的人了，你应该感到高兴才对，就像妈妈也会找到自己合适的人，你也会为我高兴的对吗？"

"会，但不要那个叔叔，我不喜欢他！""好，以后妈妈找一个小宝喜欢的叔叔好吗？""好，要对妈妈好的人，我才喜欢。"颜晴泪涌不断："不管爸爸妈妈选择了谁，我们绝不会让你受半点委屈的。你要记住一点，爸爸妈妈永远最爱小宝。"

颜晴眼里含着泪水，烟缸里顿时多出了好几个烟头。

"珈珈，以前我在你的印象里，是不是个特别不好相处的人？""不是啊，我觉得颜总您特别干练，对工作一丝不苟，可能就给人有种敬畏的感觉。""我知道在汇意，上上下下这么多人，表面上装得很尊敬我，其实背地里都在偷笑我，一身的骂名啊！""颜总，别这样说。不管别人怎么议论你，在我眼里，您是位非常优秀的领导者，我很佩服您。"

"是么，我在你眼里真的有这么好？来，去参观下我的厨房。"颜晴穿上围裙，麻利地做起菜来。

得到与失去

在我们一来一往的说话声中，颜晴就把一桌菜做好了，荤素搭配、色彩鲜艳。"哇，颜总，您手艺真棒，让人好眼馋啊！""来点黄酒吧，我刚从老家带来的，喝两口，图个喜庆。""行，我陪您喝一口。"

我尝了干菜扣肉，油而不腻，味道香甜、鲜美，让人馋涎欲滴。"颜总，这个菜真是太好吃了，好鲜啊。""很香吧，这个霉干菜扣肉，是我们绍兴有名的家常菜，几乎家家都会做。""我以前也吃过，不过都没有您做得好吃，地道！"

"是吗？给我这么高评价，好吃就多吃点。来，尝尝绍兴的熏鱼干，也很地道呢。""颜总，大年初二我就来您家蹭饭吃，真不好意思，本来这个时候您应该和家人在一块的。""哪儿的话，你来这里吃饭，我才巴不得呢。让这个冷清的家，也好多一份喜庆和热闹。"

颜晴说，身边的朋友确实很多，在闲暇时也会邀些好友来家里吃饭做客。但在这背后，还是掩饰不住空虚与寂寞。人走茶凉。

"你看这房子，是我和老公离婚后买的。厨房设施一应俱全，可这几年真正在家里做饭的次数，屈指可数。不是在公司忙就是应酬，回到家里累得倒头就睡。有时觉得这个家，就像一个旅馆，夜晚归来，面对四壁，我连个说话的人都没有。有得必有失，这话一点不假。我虽然通过自己的奋斗，得到了一定的地位和经济基础，却失去了我最向往的。"

颜晴把我当成知己一般，毫无掩饰地讲述了她这些年来的经历与情感世界。当然，也包括了刘明和汇意。

"你一定想不到吧，我在 28 岁的时候认识了刘明，那时我和前夫刚刚新婚一周年。"

1999 年，刘明寻思着开一家医药器械公司，创建属于自己的品牌。他正好在找合适的人选，而颜晴也正想另谋出路。他们的想法几乎是不谋而合，便一拍即合地干了起来。

"我跟刘明一起策划、筹备，可以说是和他一手把汇意创办起来的。"

从最初的跑工商局、跑银行验资、选址、注册公司、招兵买马等一系列繁杂的筹备工作，她都是亲历亲为。最初由于资金短缺，公司利用别人废弃的工厂改造而成。厂房很小，简陋又破旧。办公室也挤在不足 50 平方米的房间里，十几个人组成了汇意的班底。

颜晴至今还记得，有一次约客户吃饭谈销售，喝酒喝到最后在洗手间吐得爬不起来。泪默默地流，苦往肚里咽。因为她清楚，只有拼了老命，才能谈下业务，才有资金进账，才能撑起汇意，才能让自己和家人过得更好！客户佩服颜晴的好酒量，当场便签下了订单。可她后来也因此在医院挂了三天的点滴。

而当男人的手第一次在颜晴的身上游离时，她忍住了。若是稍得罪了客户，便可能前功尽弃。那人提出上酒店，她拒绝了。第二天，颜晴把这事和刘明一说，他立即瞪大眼睛："好啊，那可是我们头一次接那么大的客户啊。他能看上你，是你的荣幸，就答应人家陪他一晚。你可是汇意的大梁啊！我保证不会亏待了你。"

颜晴的心凉到谷底，以为刘明会帮她一把完成业绩，没想到他竟然为了目的不惜把身边的人往火坑里推。颜晴进退两难。当她和男人走进酒店时，觉得羞愧难当。虽然自己不是什么黄花姑娘，也不冰清玉洁。但要用身体来交换，颜晴觉得这比一夜情来得更肮脏和丑恶。

当她和男人躺在床上时，眼泪悄无声息地流下来。这一刻，她想到了自己的丈夫，一个老实且中规中矩的男人。日子虽过得平淡，但也安心自在。想到老公此时正坐在电脑前喝着茶，耐心地等她回家，她只有把眼泪往肚里咽。

第二天醒来，颜晴在床边看到了一纸合同。它轻得几乎没什么分量，可拿在颜晴手里却又如千斤万两。握着它，颜晴哭了很久。当她把这份沉甸甸的合同丢在刘明面前，脸上没有任何表情。

"我就知道你可以，我就知道你有这个本事把那难缠的家伙给搞定了。放心，我刘明绝对不会亏待你。"他把自己的臭脸贴上来，暧昧地吻住冷漠的颜晴。这一刻，她彻底领教了刘明的为人。

颜晴说，从一开始和刘明相遇到创办公司，她只想借用他的平台建立属于自己的管道。可没想到，颜晴不自觉地爱上了刘明，并且变得一发不可收拾。

颜晴以为自己的付出多少会感动刘明，可没想到他是个风流多情种，不会因为任何一个女人而收心。他以有女人为乐趣，以有众多女人为荣耀，以有数不胜数的风流艳史为资本。面对这样的男人，颜晴还是爱了；面对一个利用自己的男人，她还是深深地爱上了。

说到这里，她眼里带着恨意："你知道吗，若是当初没有我颜晴，他刘明能有汇意吗？能有今天这么大的厂房和高级写字楼么？能有这么多人叫他刘总么？能开名车住豪宅么？能有这么多女人天天围着他转吗？他刘明压根就是个臭流氓，是个十足的无赖，是个彻彻底底的混蛋！"

颜晴笑笑，眼眶湿润。手里的烟燃了灭，灭了燃，周而复始，一支又一支。

"珈珈，既然你都不在汇意了，我也不怕告诉你其中的真相。"颜晴在我面前毫不避讳地说出了关于汇意的真正内幕。

黑暗内幕

颜晴在刘明的指示下操持着公司。她承认，每个人都有私心。在利益的驱使下，颜晴不惜一切代价帮助刘明从中作梗。为的，是能得到更多的好处，同样，也为了赢得他的心。

有时候爱是疯狂的，也是畸形的。颜晴承认，她爱他爱得离谱。

颜晴说，刘明那 50 万元原始资金的来路并不光彩，加上股东投的 30 万，还有自己垫的 20 万。以 100 万作为启动资金注册了公司，法人代表是刘明。公司的财务，每一笔支出和收入的账目全都由颜晴一手操办。

当刘明第一次把两本账目放在颜晴面前时，她明白了。刘明利用他俩之间的关系，唆使她做假账。

"刘明，你要我做假账？""聪明！""可是我们这样做，能行么？""怎么不行？只要我们在账目上做得干净、漂亮，汇意照样可以瞒天过海。难道，你就不想多赚一些，买更大更好的房子么？"颜晴想了想，既然已经到了这一步，想退，恐怕是难了。

"你那个实诚的傻老公，如果按现状，怕是一辈子都赚不了什么大钱。""不要这样说他，他至少还是我的老公。""老公是老公，可你那个老公顶用吗？要是他有能耐，你也不会上我这儿来！"

"我不想靠男人，只想靠自己的实力。""说得好！我就知道你颜晴有野心，不想当将军的士兵不是好士兵。只有心中有欲望的人，才能和我合拍。你要知道，我们可是同类。"颜晴清楚，踏进泥潭里的脚就算是伸出来，也洗不干净了。

汇意利用账外账，开始了偷逃税款的艰难历程。私下进行虚假的纳税申报，少缴应纳税款。所有的票据、账簿全由刘明和颜晴两人负责。他叫来了自家亲戚，承担公司的出纳工作，负责收入、保管、核对与上交，不专门设置账户进行核算。

而颜晴负责账务管理，对企业的经济往来业务进行核算，月末编制会计报表。每月底前，颜晴都会制定两套账簿，一套用电脑记账，真实反映公司的经营状况；另一套用手工记账，专门用来对付税务机关。

公司在多家银行开过户，却只向税务机关提供一部分账号，而将大量的实际收入放在小金库里隐藏起来。刘明将实际的销售收入不计入销售账户，直接冲减产品成本。他在购进固定资产时，要求销售单位将增值税发票开为材料配件或办公用品等，直接计入当期费用，这样既偷逃了增值税，又偷逃了企业所得税。

"你知道公司有一条不成文的规定，员工之间的工资和奖金待遇是不对外公开的。"颜晴告诉我，一是给刘明认为信得过的或是有目的性的人多发工资和奖金，以作鼓励和诱惑；二是为了偷逃税款，用工资表虚增人员或随意增大办公和生产的费用。公司只把一部分打到工资卡里，其余差额再用现金补给员工，工资没差。类似还有很多蒙混过关的手法，都是常人无法想象的。

颜晴说，这样做虽然麻烦，但很隐蔽，一般在面上不会查出来。面对如此狡猾的奸商，颜晴还是同流合污了。

"颜总，做假账、偷逃税款那是非法的，情节严重的是要判刑的！""我当然知法，作假、偷税，哪个情节不严重。可我还是做了，没有退路，义无反顾。""知法犯法，那不是更可悲。""是啊，是可悲，可悲到没人会可怜的地步。"我不知该说什么，明知山有虎，偏向虎山行，结局必是祸不单行。

"汇意按照刑法绝对够判刑了，而且还不轻。不，应该是刘明和我。""为什么选择这样做？你的行为可是构成从犯了，这有多危险你知道吗？假如被查出来，你怎么办？你的孩子和家人怎么办？""我已经走了这条路，没得选。"

"大概的数目有多少？""从2000年到2008年，偷逃税款加起来怎么说都有两三百万了吧。""两三百万？这么庞大的数字？难道你不害怕吗？""当然害怕，你以为我和刘明一样冷血无情吗？我第一次做假账的时候，写字时手都是发抖的，失眠了一整晚。"

颜晴和刘相互利用对方，特殊关系让他们成了最佳的合作搭档。刘明利用颜晴的身心与智慧，让她为自己卖命；而颜晴，利用刘明的地位和关系，赚取更多想要的东西。可她再怎么努力，却还是得不到他的专一和用心。

背地里，刘明又搂着其他女人进出娱乐场所。颜晴吃醋、嫉妒、吵闹、罢工，甚至还以自杀威胁刘明，可这些似乎都无济于事……

"刘明，你到底要拥有多少女人才肯罢休？我为你做的那些事，是你身边的女人做得了的吗？她们只要扭扭小蛮腰、动动嘴皮子，你就会把钱送上去。你别忘了，你送给那些小婊子的钱有一半可都是我的心血！这样的女人天下多了去了，有什么含量？玩十个、玩一百个都没任何区别！"

"你讲得没错，既然玩一个也是玩，十个也是玩，那为什么不玩呢？人生在世短短几十年，不玩多可悲，玩不起的人更可悲。既然要玩，就得玩到底。颜晴，你玩得起吗？还要继续玩吗？"刘明奸诈地盯着颜晴问。

颜晴绝望地说："我没有在玩，我所有做的一切你心里都明白。反正我再怎么做，都感动不了你的心。""你为我做了这么多，我的确很感动。可你在我这里拿得并不少啊。假如你离开了，我也没有意见。我不强留人，强扭的瓜不甜嘛。你颜晴照样可以在外面找到自己的一席之地，照样还可以让别人称呼你为颜总。可是，外面的油水可不会像在汇意这么多，因为那里没有我啊。你能保证，还能找到第二个刘明吗？可我在汇意，还是可以培养出第二个颜晴、第三个颜晴……你在这里的一席之位，很快就会有人代替。到时候你想要再回来，恐怕就很难了。你可要考虑清楚，掂量轻重一番，是留的代价大呢，还是走的代价大。"

颜晴闭起双眼，皱皱眉头，一咬牙："我……留下。""乖，这样才对嘛！你跟着我啊，绝对亏待不了你。"与其让别的女人代替自己多年来好不容易争取到的位置，倒不如选择留下，继续镇守堡垒。

离　婚

颜晴和刘明那暗地里的情人关系，再掩饰，也照样会被眼尖的人看出破绽。纸包不住火，也渐渐传到了颜晴丈夫的耳朵里。为了这事，他们吵过、闹过、大动干戈过。

"这些年来，我一直信任你、包容你、给你空间和自由，其实我是在放纵你啊！你带回来的这些钱，原来都和他有关。没有他，你哪来这么多钱，啊？"

颜晴扭过头大喊道："这些钱都是我赚的，你有什么理由来质问我？就凭你每天在电脑前晃悠，够我们娘俩吃喝吗？不靠我每天拼死拼活地去卖力，能有今天的生活吗？小宝能上这么好的幼儿园吗？我们能住上大房子吗？你能每天开着车、穿着名牌去上班吗？你能听到同事当着面夸你能干，娶回一个这么有本事会赚钱的老婆吗，能吗？"

"我不需要那么会赚钱的老婆，我只想安安心心、踏踏实实地过平淡的日子！""没有钱，怎么安心和踏实？我们两个都不是事业单位编制，要是哪个生了病，不都需要钱？我不赚，难道你去吗，你会吗？如果你去开公司，做生意赚大钱，我天天在家里做贤妻良母、当全职太太伺候你们。可我现在连当个煮饭婆的权利都没有！"

"我承认，我是不如别人能干。可是，我可以去努力啊，只要给我时间！""给你时间，到什么时候，七老八十吗？""可是，你靠着那个男人，还能靠一辈子吗？""我不管靠多久，总之，我不能没有这份事业。好不容易争取来的位置和资源，不能就这么废了。这个社会最需要什么？是人脉、是资源、是平台，还有地位！"

"哼，这些对你来说就真的这么重要吗？""我在汇意的地位是靠我一点一滴争取和积累起来的。这种关系为我所用，我也为它所用。如果我离开了汇意，什么都不是了，你懂吗？"

"我不懂，我只懂赚钱要靠实力、靠自己，要赚良心钱！""我怎么没靠实力啊，我颜晴能在今天赚到这么多钱那就是我的本事！没本事的人，只能在一旁说风凉话，而帮不上任何实质性的忙！""好，我没本事，那我走行了吧！这个家，留给你自己住。我把小宝接去奶奶家。你一个人可以有本事赚更多的钱了！"

"不许和我抢小宝，他是我的！""小宝也是我的。让他跟着你，我还真不放心。""怎么不放心了，我是他妈！""妈妈？你还好意思说，你尽到一个做母亲的责任了吗？我想哪里每天这么忙，原来你都是在应酬你们老板啊！""不应酬，你今天就不会住在这个房子里！""我不稀罕，留着你一人去享受吧！再见！""混蛋，你混蛋！"

颜晴摔碎了眼前的东西，倒在沙发上痛哭流涕。

分居两个月后，颜晴收到了律师行寄来的离婚协议书。她再三考虑，这样的婚姻其实早已名存实亡。

离婚后，颜晴把原先那套房子留给了前夫和小宝，她觉得欠他们的，理应有些补偿。虽然小宝爸爸很介意，认为这是用不正当的钱换来的。颜晴说："买房子的钱，全是我做销售一笔笔赚回来的！你们应当住得心安理得。等小宝成年了，这房子就转到他的名下，留给他结婚成家用。"

前夫离开颜晴后，反倒变得更加努力和上进了。去年，他和朋友合伙开了一家电脑公司，自己做起了老板。也就是在那时，前夫认识了现在的爱人。他说，她贤惠、善解人意，甚至把自己在银行的稳定工作辞了，到公司操持内务。

颜晴抽了一口烟，红着眼对我说："也许，是我让他成长了。他也终于意识到，钱和事业对于一个男人来说意味着什么。看到他们那么和睦，我既感动又心痛。本来那个人，应该是我。"

我说："如果没有刘明，你们也许会过得更幸福。""也许吧，这就是宿命。人都有欲望，金钱的欲望、权力的欲望、地位的欲望、情的欲望、占有的欲望，所以……"

我上前，握住颜晴的手："颜总，收手吧，该结束了。你离开他，照样可以打出自己的一片江山！""我也想收手，可是还差一点，我不甘心……""什么还差一点？再下去有多危险，你知道的呀！"

爱之深、恨之切

颜晴眼里含着泪："我在等机会，我要抓住刘明的把柄！我恨透他了，恨不得马上让他去坐牢！""这样你也逃不了干系！""我明白。你知道吗？刘明家的电脑里，其实还有一套帐。上面清清楚楚地记录了他这些年来偷逃税款、私自窝藏小金库的证据。在那台电脑里，还存了刘明剽窃他人发明的大量资料。只要找到这些证据，我就有十足的把握起诉他！"

"起诉他，意味着你自己……""大不了同归于尽，只要把他弄进去了，刘明这一辈子都别想再翻身了！""爱的尽头就是恨，仇恨的代价太大了！""是他逼我的，我背弃了那么多东西跟着他，到头来，什么名分都没有。这是对他的惩罚！他理应还给我！"

我无法设想接下来发生的一切，只觉得危机四起。

"颜总，您刚说刘明剽窃的成果，是不是年前出产的电子针灸按摩器？"她惊讶，疑惑地望着我："你怎么会知道？莫非……""我……我知道……那天和刘明在夜总会，我喝多了酒，听到了他们的谈话。原来那个技术并不是汇意开发的，是他从竞争对手那里剽窃过来的！"

"原来你真的知道！不错，刘明从对方手下那里花50万元买来了技术，偷梁换柱，变为汇意的一项高科技研发产品。这个缺德的人，为了钱什么事都能做出来。"

"也就是从那一次，我知道了刘明早已把我当成口中的猎物，为我设好了重重陷阱，就等着我往里跳。我已经很小心了，可没有想到他太狡猾。幸好，颜总您救了我。"

"刘明还是人吗？他连畜生都不如！所以，我更要找到他的证据，好好地报复他！你要知道，董晓敏因为他的关系，在公司的名声有多败坏。她被迫辞了职，还怀了他的孩子。可是，连个说法都给不了。以前我很嫉恨她，可现在，我觉得她很可怜。""晓敏是很可怜，如果当初她能醒悟得早一些……"

"这样的混蛋，究竟要害多少女人才罢休？假如我真能制服他，也算是替天行道了。""不，颜总，这样太危险了，你不可以去冒险。""我有他家钥匙，趁他出差，我可以去他家行动。不过，我可能需要帮手。珈珈，你可以帮我吗？""我……"

"我知道这很危险，但除了你，没人知道这些事，除了我的一个朋友。"我哭着说："其实，我也恨透了他，恨不得他马上受到惩罚！他就像幽灵一样纠缠着我，到哪里都不肯放过我。我答应你，哪怕背负一身的险峻。"

"好妹妹，现在我们是站在同一条战线上的。我们的目的只有一个！我保证，绝不会让你受到丝毫的损伤，我有把握。"我和她的手紧紧地相握。

颜晴的手机突然刺耳地响起，打断了我们之间这难得的默契。她看了下来电，用手在嘴上做了个动作："嘘，是他！"我本能地屏住呼吸，走到一边。

颜晴深吸了口气，按下接听键："亲爱的。我今天刚回来，在家呢，自己啊，在吃饭。啊？你要过来，快到我家了，这么急啊？那好吧，我等你，你慢点开！"

我大惊失色："怎么，他要过来？"颜晴焦急地点点头："是，他马上就到了，你快离开这里，别让他撞见。他不知道我们一直保持联系。""那这里……""没事，我收拾一下。你赶紧走吧，他快到了。"

"那我下去，会不会刚好撞见他？""这样，你出门下一个楼层坐单号电梯下去，我家是双号，他一般都会坐双号电梯上来。出电梯后尽量小心。你戴着这顶帽子，万一在楼下遇到他，你就低头赶紧走！知道吗？"

戴着颜晴的帽子，我进了 15 层的电梯。

"叮……"电梯门被打开，我刚想迈出脚，看见外面的玻璃墙上反射出一个人影，正往里走进来。是刘明！我把身子往里靠，把脸沉沉地低下去。只听他接起电话："我到了，正等电梯上来，等我啊！"正巧，这边有人进电梯。看了按键，是直接到 15 层的。电梯门打开，有人走出去，我也快速地逃出电梯。

站在原地，听见楼上传来颜晴的声音："亲爱的，你怎么那么快就来了？""难道，你不希望快点看到我么？""呵呵，我还没来得及准备呢，上午刚回来。""是不是在家里私藏了什么男人？""哪里的话，进来吧。"

听到门被关上的一刹那，我的心被刺痛。我径直从 15 楼快速地跑跳下去。

这是个危险的地方，随时都会爆发可怕的事。夜色已深，小区的路灯亮起。我想起什么，一摸包，糟糕，手机落在沙发上了。完了，要是被刘明发现，那还了得！

我对执勤的保安说："师傅，这幢房子 1602 的住户是我朋友，我现在不方便过去，你借我打个电话，帮我个忙行吗？"保安拨通电话：
"喂，是颜女士吗？你好，我是小区保安，有一份您的挂号信放在我
这里，麻烦您现在亲自来取一下好吗？"我示意保安把电话给我。

我接过电话，压低声音说："颜总，是我！"那边传来颜晴高八
度的声音："哦，是保安啊，有我的挂号信，那我现在下来取。""颜总，
我的手机落在您家沙发上啦！"

"好的，我马上去拿！谢谢！"

两分钟后，颜晴匆匆赶到保安室。"珈珈！""颜总！"我们就像
地下党交换秘密文件一样小心、默契。颜总从口袋里摸出手机，递到
我手上："拿好，别再丢了。""谢谢。刚才急死我了，他发现了吗？""没
发现。我用最快的速度把你的碗和杯子洗掉了。他只是问我一个人吃
这么多菜干什么。我说，不是想着也许他要过来，就多准备了。""还
好没被他看见，他没有怀疑你下来吧？""应该没有，不过他做事很
谨慎，每次都会多问几句。我让他先洗澡，就下来了。"

"我刚才到一楼看见刘明了，差一点啊！""有惊无险！我得赶紧
上去了，时间长了会被他发现的。你自己小心点，到门口打个车回家。"

"知道了，颜总，你万事小心。""我会的。你也是。"看着颜晴匆
匆离去的背影，我的心万般纠结。

坐在出租车上，我把车窗摇下，让冷风直吹我的脸。刺骨的冷
风蛰得我眼睛湿润。司机很好心，递过几张面巾纸："小姐，你没事
吧？""我没事，谢谢师傅！""过年，想家了吧，慢慢就会习惯的！"
想到家，我的心更痛了。

这一刻，我像心疼阿欣一般心疼颜晴的遭遇。不一样的女人，不
一样的情感困惑与险境，却有着同样的悲痛与决绝。这一生，究竟要
犯下多少错才能停止？不断地犯错，不断地重蹈覆辙，周而复始。

只为了，还一世的情与债。

纠　结

大年初三，我接到小雯来电，语气很沉重："珈珈，明天我就要回北京了。今晚，我们最后再聚聚，一起吃顿散伙饭吧。请你务必要来。""好……我来。"

今天是最后一个让柳雯和梓健相处的机会。如果不能让他们复合，我这辈子都会背负深深的歉疚。

我们一行八人围成一个圆桌坐在包厢内。小雯永远是群里的主角，而我像个丑小鸭，只能远远地坐在一旁，不动声色。

她拿起酒杯，兴奋地说："今天，是我们相聚的最后时刻，大家忘掉一切烦恼，尽情地喝酒、吃饭、唱歌！今天我请客！干杯！"魏波举杯："干杯，为了我们的缘分，为了我们的再次相聚！"坐在斜对角的梓健，沉默寡言，如我一样。

小雯笑着说："今天大家可是都到齐了，很圆满！"庄伟进说："错，有两个人还没圆满。"大家相互看看，明白了其中的意思。他又补充："我们这里有三对，还有两个人没有修成正果。魏波，要不要让李青坐到你左边，和梓健换个位置？"魏波看看我们，又看看小雯，她只顾往嘴里夹菜。

李青解围说："那要不，魏波，我就和梓健换个位置吧！"一芬说："哎呀，都坐得好好的，干吗换来换去的，麻不麻烦！"庄伟进说："嗨，一芬，这你就不懂了。你看我们三对都坐在一起，却把司徒和梓健分得那么开，都要望穿秋水了，是不是？"我恨透了这个死胖子，没想到他不仅胆小，还很三八。他不说话，能憋死么？

小雯往他碗里夹了菜："亲爱的，尽想着说媒了，吃菜。""呵呵，我吃，我吃。宝贝儿给我夹菜，我当然吃。"庄伟进边说边往嘴里送菜，"不过我说啊，这距离也可以产生美，是不是啊，各位？"他嘴里嚼着菜梗，唇边露着明晃晃的油水。此时此刻，我真想上前一把掐死这个胖男人！

　　小雯想了想说："你要真觉得他们合适，那就换吧。梓健，我想，你也同意的吧？"庄伟进笑笑："宝贝说换，你们就换吧，隔得那么老远，说话也不方便！"我尴尬地坐在那里，不动声色。李青主动起身，拿过碗碟："梓健，我和你换个座位吧，省得有些人操心。"梓健犹豫了一下，起身拿过碗筷，走到我的左边坐下。

　　"好了好了，大团圆了，这样多好，哈哈！"只有庄伟进一人在那乐呵。正好服务员小姐进来，他又说："小姐，麻烦你，帮我们拍张集体照，你们背面的就转头吧！"面对他的热情，我们只好迎合。

　　"来，大家看这里，笑一笑！""好啊，再来一张！"庄伟进拿过相机，开心地说："你看，多好，集体大合照，很难得的呀！"

　　庄伟进丝毫没看出小雯眼里的变化，他开心地拿着相机挨个给我们大家分享。小雯眼里，有不屑的笑容，看得让人心虚。她笑了笑："我去唱首歌，你们吃！"

　　她独自唱起了《她比我懂你吗》，旋律一起，我的心就开始纠结。想必小雯和梓健的心里也是如此。小雯说不出来，就让她在歌里发泄吧。

　　那歌词道出了她的心里话，也把我推入万丈深渊："终于我们无言以对，只剩下沉默，不开口的你比争吵更让人难受。到现在我还不懂，想想爱你的结果，为何到不了你心最深的痛……你说她只是朋友，最了解你的朋友，怎么有些心里话只对她说。她比我懂你吗，等不到你的回答。只要一句话即使那是谎话，也想过装傻……"

　　"好，唱得真好！"大家拍手鼓掌，我和梓健坐在桌前沉默。

　　"唱得好，唱得好啊！"庄伟进一直鼓掌，却没有看出小雯眼里的泪花。梓健则坐在一边，默默地喝酒。我实在听不下去了，走上前说："小雯，我陪你一起唱吧！""好啊，我们点一首《到不了》，你也会唱的。"两个人面对大大的屏幕，心里揣着各自的心事。而主角，只有一个人。

　　"你眼睛会笑，弯成一座桥，终点却是我永远到不了。……我什么都不要知不知道，若你懂我这一秒。我想看到我在寻找，那所谓的爱情的美好。我紧紧的依靠紧紧守牢，不敢漏掉一丝一毫，愿你看到……"

放不下

我们几乎哭着唱完了整首歌。我和小雯的手，不自觉地拉在一起。

"小雯，对不起，真的对不起。"此时的小雯，眼里没有了犀利，只有真诚。我低声说："我没有抢走你的梓健。从来都没有，他还是你的。"小雯靠在我肩上："现在，他也不是我的了。"沉默代替了苍白的语言。

小雯顺势拉着我跑出了饭店："珈珈，我知道，梓健喜欢的是你。我，再也不会和他在一起了。""小雯，这其中有误会，我不可能和他在一起的。""如果你们真心相爱，就好好在一起，不要辜负我的一片心意。"

我使劲摇头："雯，你不能这么想，我和梓健绝对不可能的。你和他才是真正的一对啊。""你在担心我是吗？我已经放下了，要不然也不会和庄伟进在一起。""可我看得出，你并不爱他。""我爱他，只是你们都看不出来。等我从北京回来后，也许会和他结婚。所以，你要好好把握住梓健，不要放开他，不要让别的女人带走他！"

这是事发后我和小雯第一次心平气和地谈话，她对我已没有原先那么有敌意了。至于对梓健，也许她根本无法摆脱。有多爱，就有多恨。

"小雯，我们还是朋友吗？""是，我们还是好朋友。这一辈子能真正交到的好朋友并不多，你是其中一个。不要因为一个男人，而使我们之间有了屏障。人生并不只有爱情，对吗？"我相信这个拥抱是真心的。她像是经历风霜后大彻大悟一样，对人生，又有了新的见地。

"原来你们在这里。"是梓健！他还是有勇气走到我和小雯的中间。我笑了："小雯，梓健有话和你说，你一定要听。我进去了！""别……"

她拉住我的手,"你别走。梓健,有什么话就当着我们两个的面说吧。"

我急着说:"梓健,你不是有话要对小雯讲吗? 你不是说,想让她留在上海吗? 快说啊!""司徒珈……"这对梓健来说是种折磨,在两个女孩面前表态,他无论说什么都会于心不忍。

"怎么,说不出口了,是吗? "小雯轻视地说。梓健鼓足劲回答:"小雯,我希望你考虑清楚再做决定。"

小雯回过头,用愤恨的眼神盯着他:"梓健,你这话什么意思,是在警告我吗? ""我没有在警告你,是关心你! ""哼,你关心我,关心一个人原来是这样的? 我要做什么,难道还要经过你们每个人的允许吗? ""小雯,做任何事,确实不需要经过每个人的同意。你可以有主见,但至少不要违背自己的意愿和良心。"

"笑话,我不管做什么都是我的事,和他人无关。和你,就更无关了。你有什么资格这样说我? "其实小雯根本放不下梓健,对于我,她是给我面子。

"我只是想告诉你,工作不是为了躲避,交男朋友更不是为了赌气。请你对自己负责,也对你身边的人负责,请慎重考虑。"

小雯气急地大声喊道:"什么叫去工作是为了躲避,我躲避什么了? 我现在不照样站在你们面前,好好的。我只是去工作,我需要工作,难道要我待在上海腐烂发霉一无是处吗? 是这样吗? ""好,如果你是真心对待工作,我们都没话说。可是交男朋友,不要和自己赌气,好吗? "

"我赌气,我赌哪门子气? 我柳雯从小到大是一个和自己过不去的人吗? 我会为了谁而违背自己的意愿,和不喜欢的人在一起吗? 梓健,你太小看我了! ""难道不是吗? 至少,要找一个自己喜欢的人去爱,对吗? "

小雯看着梓健,沉默了。

"其实,你根本就不爱庄伟进,对不对? "小雯吼道:"你闭嘴,你凭什么说我不爱他,凭什么来干涉我的私生活,你凭什么? "

"就凭，我是你的前任男朋友！""可惜现在不是了，你没有资格再来过问我的任何事，我的一切和你无关！""小雯，你能不能不糟蹋自己的幸福？""梓健，你混蛋，你凭什么污蔑我？凭什么说我糟蹋自己的幸福？明明是你糟蹋了我的幸福，是你！梓健你给我听好了，我柳雯爱庄伟进，我爱他！等我从北京回来后，我们就会结婚！你听明白了吗？"

一句话让梓健愣在那里，久久说不出话来。他握住小雯的胳膊："你说什么？小雯，你真的要和那个姓庄的男人结婚？"两年的时间，就算梓健对小雯没有深刻的爱情，但感情也一定是浓烈的。

小雯仰头瞪着他："是，还需要我再重复一遍吗？"她甩开他的臂膀，像只高傲的花孔雀。"如果，这是你心里真实的想法，我无话可说。只希望你能开心、幸福。别的，我没有奢望。""我当然开心，当然幸福，拜你所赐了！"说完，小雯狠狠地瞪了梓健一眼，转身走进饭店。梓健站在原地，一动不动。

我红着眼说："梓健，这就是你想要的结果？这下你满意了，你真可恶！"我没有像在这一刻，如此讨厌这个懦弱的男人。

放 空

包厢里，小雯和庄伟进腻在一起，很暧昧，却毫不相称。小雯拍拍手说："大家注意啦，我要宣布一个消息。我和我亲爱的，将在下半年举办婚礼。到时候你们都要来喝喜酒，要祝福我们哦！"一芬说："这真是个天大的消息，你怎么没告诉我？""现在，不是告诉你们了，你们可都是我俩爱的见证人。"

说罢，小雯扭过庄伟进的脸，两人热吻起来。现场顿时沸腾开来，气氛达到了高潮。我无法看下去，这分明是在作秀！

我拿起话筒，唱起了《Dear Friend》："……跟去年说再见，转眼又是冬天。才一年看着世界变迁，有种沧海桑田无常的感觉。Oh friend，我对你的想念，此刻特别强烈，我们如此遥远……"

曲调很忧伤，歌词很感慨，它像是为我而写的。我想起了边宇。我在去年夏天和你告别，对你的思念有增无减。才过了一年，就发生了翻天覆地的变化。如果我们那时依然相恋，现在一定不会是这个情节。我也不会来到上海，和这些人相遇。边宇，我对你的想念，此刻特别强烈，我们真的，如此遥远。

面对眼前的梓健，我无力抗衡，却又没法容纳，进退两难。边宇，是你派他来降服我的吗？是你让他来代替你爱我的，对吗？这份爱太沉重，重得我没法接住它。原谅我梓健，原谅我以这样的方式远远地爱着你。也许，我们注定只能是这样一种关系。

走出饭店，大家都喝高了。我看见小雯通红的脸，欲哭无泪。她向我们挥手："再见了，朋友们，期待下一次的相聚，我会想念大家的。记住，你们要幸福，一定要幸福！"小雯红着眼，用颤抖的声音和我们作最后的告别。

我上前抱住她："小雯，不管发生什么事，我们永远是朋友，对吗？"她紧紧搂住我，似乎在回答我的问题："是，我们永远都是最好的朋友！珈，再见了，保重！替我和他说一声再见吧，希望，他也能幸福！"

从小雯的眼里，我看到了一种近似生离死别的神情。

我依然没有让梓健送我，只是淡淡地说了句："梓健，再见了！"转身，眼泪夺眶而出。小雯走了，我也得走。我没法将一切放空，然后跟你走。

我不能留在原地，原谅我。

求　饶

大年初四，午后。

　　我在房间内拉开窗，看着天空，听到飞机划过的声音，在心里和小雯告别。之前，我发短讯给她，她没有回我，希望在飞机落地后能看到我的祝福。

　　我准备出门，去逛逛超市，也许阿欣和师哥指不定什么时候就会跑过来吃饭。一阵急促的敲门声传过来，让人的心噔噔直跳。

　　"欣姐，你还真是动作快呢，我正准备去买东西。"眼前的阿欣头发凌乱、神情木讷，面色疲倦地站在我面前。她上前一把抱住我："珈，珈！""怎么搞成这样？""出事了！""你说什么？"

　　阿欣面对我，眼泪不住地掉下来。我扶她坐在沙发上，倒了一杯白水。她一口喝掉杯里的水："再来一杯！"喝下后，她抹了嘴巴，从包里拿过一支烟，点上。

　　我握着她的胳膊："阿欣，告诉我，到底出什么事了？"她拿烟的手在瑟瑟发抖，吸进一口，又断断续续地吐了出来。平息一下，她喃喃地说："阿，阿强，被，被关进去了。怎么办……怎么办……""啊？阿强，前几天不还好好的吗，出什么事了？"

　　阿欣哭着说："都是我不好，是我惹的祸，闯大祸了。阿强去找光头拼命。那天他扬言不会放过光头，我劝他千万不要冲动。可没想到，阿强还是去了。他……他把光头的腿打断了……粉碎性骨折。现在，人家说要告他，要让他坐牢！怎么办，阿强该怎么办？"

　　第一次，见阿欣这么手足无措，就连取掉子宫时也没有那样害怕和惊恐。她的眼神迷茫无助，像只受怕的小羊。

　　"没事的，我们一定能想办法救阿强！""现在找谁都没有用了，就算用黑道也无济于事。人家躺在医院里，放话要告阿强故意伤人罪。更何况，光头的势力那么大，我们斗不过他的。"

　　"没事，你不要慌，我们一起想办法。真不行，我可以请我们公司的法律顾问，他很有名，应该可以帮到你们。""就算找律师打官司，胜算也很小。阿强的行为的确是故意伤人了，是主动性的，恐怕这很难。没有别的路了，我去找光头。"

"你还要干什么？""求他放过阿强，求他看在我们曾经在一起的份上，放他一马，给他一条生路！""你还要去找他，还找那个畜生干什么？""不找他，阿强会死的！他不能坐牢，不能！阿强是因为我犯事的，如果真进去了，污点会永远跟随着他，也会折磨我一辈子的！我的良心该往何处安放？珈，你说，你说！"

阿欣使劲摇我的手，她恐慌，她无助，她不知该如何面对这一劫。

"走，我们去找张正雄，去向他求情，求他大人有大量放过阿强。""阿欣，你认为现在去求他，有用吗？"阿欣使劲摇着头："除此之外，我想不出别的办法了。我只能去求他饶了阿强。"说完，阿欣起身拿包，径直往门口走去。

来到病房门口，只见光头半躺在床上，整条右脚被打上了厚厚的石膏，挂在半空。有个女人在悉心照顾他，像是上次在日本料理店看到的那位。

"欣姐，万事不要冲动，我们已经付不起这个代价了，再不能出乱子了。""我明白。这一次我不会冲动，无论他说什么，我都不会还嘴。我的目的只有一个，就是救阿强。"

光头看见我们，对身边的女人说："我想吃鸭血和猪肺汤，你帮我去买吧！"那女人瞥了我们一眼："好吧，但希望我回来后，不要看到这里还有别人了。""你买你的东西，少废话！"

待女人离开后，光头发话了："怎么，来看我这个瘸子的洋相了？这下，你满意了？"他摸摸自己的脸，眼角和唇上有明显的伤痕。

"二哥，我来看看你……伤得怎么样？要紧吗？""要紧吗？你看我都成这样了，能不要紧吗？""对不起，我没有想到会发生这样的事。真的很对不起。"第一次，看见阿欣低三下四地和人道歉。

光头边吃苹果边嗤之以鼻地说："一句轻飘飘的对不起，我的腿就会不治而愈？是不是看到我毁婚，你就如此嫉恨我？找人来教训我？""绝对没有！你要我做什么都可以，我听你的。求求你放过他吧！""哈哈，放过他，你现在是替他来求我吗？你知道，他可是打断了我的一条腿！你说我张正雄，能这样轻易放过他？"阿欣低着头，不说话。

我看不下去了："张正雄，你别忘了，阿欣可是因为你而没了子宫。比起这个，哪个付出的代价大？""那不能全怪我，她自己就没有责任吗？不要把所有问题都归结到我头上。""可是，这是事实啊，你还得起吗？拍婚纱照临阵脱逃、悔婚，这就是你对阿欣的回报？你带给她的伤害还不够多吗？""珈，别说了！"

"就因为这样，合着你们就要把我做了？你以为我张正雄不发威，好欺负是吧？别忘了周幼欣，你那刚拿去的 10 万元，估计现在又得做我的精神损失费了。"

"没问题，你要多少我都可以给你，只要你答应放了阿强。"我急着说："阿欣，他那是变相地勒索你，难道你看不出来么？""珈，闭嘴！够了！"我明白，阿欣为了救出阿强，可以忍受眼前的一切。

光头斜眼看她："你那么拼老命要救出阿强，莫非你和他也有一腿？""他是我拜了把子的兄弟，他的事就是我的事。更何况，他是为了我才会这么冲动做了傻事。""可我怎么感觉，这条腿也许不会好了呢。你想，这样阿强可以坐上几年牢？就算我放过他，我家里人还有那些弟兄会放过他么？"

阿欣"咚"的一下跪倒在光头面前，哭着哀求："求求你，求求你了二哥，求求你放了阿强吧！放他一马，他还年轻，不能坐牢！求求你看在我们以前的情分上，看在我为你付出这么多的情分上，求你放过他吧，我会报答你一辈子的。"

"一辈子，说说这么简单？你怎么报答我？给我做小老婆吗？可我大老婆不同意怎么办？再说了，你都不是完整的女人了，又不能为我生孩子，能怎么报答我，啊？"

阿欣跪在地上挪移到光头面前，握着他的胳膊："我可以为你做牛做马，做什么都行。只要你同意不告阿强，我一辈子随你，随你使唤！""哦，是吗？做牛做马都可以？可是现在不需要耕地，也不需要驮东西。做牛做马你是派不上用场了。"

"那我去你家做保姆也行。""你去做保姆，那我家阿姨怎么办？你去抢她的活，让她做了这么多年再突然下岗？开玩笑！""那，你说，你要我做什么，我都做！"

"现在什么都不缺。不过我在这里少说也要待上十天半个月的，又不能下地，闷得慌啊。我现在就想看表演，面前就缺个给我逗乐子的，哄我开心。这样，我的病也许会好得快点。"

"好，我表演，你说要我怎么做都可以，只要你答应放过阿强。""做牛做马你是不需要了，做狗的样子应该不难吧？你看你现在，活像一条求饶的可怜狗。"可恶的光头诡笑着露出了嘴里的那颗大金牙。

"好，我做！""不要，不要！"我上前阻止。阿欣跪在那里，丝毫没有动弹。她冷静地说："你先出去，在外面等我！""阿欣，不要这样，不可以！"阿欣强忍住心中的悲愤，吼道："我让你出去，出去！"

阿欣不希望我成为解救阿强的阻碍。她可以卑微屈膝，用尽最后一点尊严与人格，来乞求这个混蛋的原谅与宽恕。

耻辱的"伺候"

我只有走出去，把门留出一条缝隙看里面的动静。我用手捂住嘴，眼里淌着泪。

光头用手指着阿欣："你学狗叫绕着我的床爬一圈。还要说，我是张正雄的玩偶，是你的小狗。我这条狗很温顺，会听你的话。主人说什么，我都会照做。""好，我做。""假如你把我哄开心了，说不定会放阿强一马。"

　　阿欣把两手撑在地上，用膝盖前行，嘴里发出汪汪的声音。她红着眼，用颤抖的声音说："我周幼欣是张正雄的玩偶，是你的小狗。我这条狗很温顺，会听你的话。主人说什么，我都会照做。"

　　光头吃着苹果，脸上露出狰狞的笑，还不时发出嘎嘎的笑声。"好，不错，继续表演，我喜欢！把屁股翘得再高一点，左右摇摆，哈哈哈。"光头说什么，阿欣就照做什么。我的心，随着阿欣的动作和光头的耻笑声，在一点点下坠，撕裂。

　　这是耻辱！尊严与人格被肆意地践踏。这不是旧社会的刑罚，精神上的折磨比肉体上来得更为残忍和可怕。我知道阿欣也不愿如此，可她真的走投无路。自己的错误还没了结，又要让拜把兄弟替她承受更多的苦痛。她又怎能要别人来承担她的错误？

　　"我的小狗，到床底下把尿盆拿出来，我要撒尿。""是，遵命。"阿欣拿出尿盆，放到光头身下。待他完毕后，阿欣再拿出尿盆，准备去倒掉。"慢着，小狗不是都喜欢用鼻子闻一闻主人撒过的尿吗？"阿欣明白光头的意思，手拿尿盆把脸凑过去。我正想推门而入，光头喊了一句："算了算了，把它倒掉吧，熏死我了！""是！""那什么，我的右脚被包得严实不能动，左脚很酸，你帮我按按。"

　　阿欣翻开光头的被子，用手按摩他的左脚。"这里、这里，还有这里！舒服，舒服，你的手还是这么有劲。我的脚趾好像也很痒啊，你帮我挠挠。""好的。"阿欣仔细地抓挠着光头的每一寸皮肤，生怕有哪个地方错过了。

　　光头看看柜上的蛋糕："把它给我拿来！""是！"阿欣拿过一块巧克力蛋糕，递给他。光头阴险地笑笑："这是主人赐给你的食物，吃吧！""我不吃，主人留着吃吧。""哪有这样不赏脸的狗？""好，我吃。"

　　光头奸诈地笑笑："哈哈哈，来，我喂你吃。"阿欣将脸凑上去，光头故意把手抬高："来啊，来吃啊！"她好不容易用嘴碰到蛋糕，顿时，整张脸几乎糊满了巧克力色。

光头兴奋地咯咯大笑："哈哈，怎么样好吃吗？"阿欣点点头："好吃，好吃！"

我实在看不下去了，冲进去，从背后抱住阿欣。我哭着说："不要这样，不要这样！求了你二哥，求你放过阿欣吧。看在她可怜的份上，不要告阿强了，求你了！"阿欣脸上流着泪，却一声不吭。

"好吧，今天的表演我也看够了。看在阿欣今天这么老实的份上，我饶他一马！"阿欣抬起头："真的？二哥，您肯放过阿强，不告他了？"光头没有回答，拿过一旁的手机："那事先暂时搁一搁，把人给放了。少废话，照做吧。老子不想惹事，不要闹大了，我他妈也有责任。行了，照我说的去办，其他事我自己会处理。"

挂掉电话，光头对着阿欣说："行了，通过了。你的阿强，没事了。"阿欣再次给光头磕头："谢谢，谢谢您二哥，谢谢您这么宽宏大量，好人有好报，您的腿一定会没事的。谢谢，谢谢，谢谢！"阿欣跪在地上不断地给光头磕响头，每一记都刺痛我的心脏。

光头奸笑一声："不过，我还有个条件。""您说，只要我能办到的，我都照做。""我的精神损失费，得你赔给我，连本带利这个数。"光头伸出两个粗手指。"20万？""不错，假如你拿出20万作为我的精神损失费，我们之间的恩怨全部一笔勾销，怎么样？这个要求不为过吧？"

阿欣考虑了一下，说："行，等我筹好这笔钱，就汇入你的账户。""好，一言为定，三天之内兑现。如果三天后我看不到钱，说不定，我还会再上诉的。""谢谢您二哥。您大人有大量，菩萨会保佑您的。""你可以走了！"

这时，那女人拎着两个袋子进来："怎么，你们还没谈完？""谈完了，我这不正打发她走嘛。""那女人嘴上沾的黑乎乎的是什么？""巧克力。""那是我给你买的蛋糕，很贵的呀，怎么给她吃了？""不就是块巧克力蛋糕么。好了，你们走吧！""二哥，您好好养伤，我再来看您。您说的要求，我尽快去办。再见！"

光头拿过两张纸巾，瞥了她一眼："擦擦你的嘴，脏死了。""谢谢，不用了。"出了病房，阿欣快速前行，不断用手抹嘴角剩余的奶油污渍。我跟在阿欣身后，默默地掉泪。

忍　辱

走到门口，我拉住她："欣姐，去洗洗脸吧。"

我拿过纸巾，沾上水，擦阿欣脸上的污渍。我边哭边说："我们把它洗干净，不要让别人发现。"阿欣的泪哗哗地往下掉："我是不是真的很肮脏，连看起来都让人觉得不干净？"我摇摇头："没有、没有！求你不要这样说！"

她挤出洗手液抹在脸上，用力揉搓："我要把它洗干净，洗干净！这样能洗干净吧！"阿欣用清水不断冲洗，一遍又一遍。"可以了，可以了！很干净了，不要再洗了阿欣！"哗哗的水声，流出了她心底的悲哀。

阿欣拿纸巾擦拭，又转头问我："怎么样，干净了吗？不干净，我再洗。""不要了，很干净了。"我伸手去摸她的唇："你看，你那么用劲，把嘴唇都洗裂了。"

我拿出唇膏，涂在阿欣的唇上。她抱住我，呜呜地哭起来："阿强没事了，他真的没事了！"

这一刻，我真想变成一个男人，用温暖和爱化解她心中那不能言说的悲痛。

到医院门口，阿欣摸着脸问："我这个样子，还好吧？"我点点头。她拉起我的手："走，我们接阿强回家！"

来到派出所，我们看到了阿强。三天三夜，他就被关在这里没有出去过，脸上胡子拉碴的。一个警察说："算你走运啊，原告这下撤诉，不准备告你了。可你要记住，自己在这里是备了案的。如果有任何问题，我们还可以逮你回来，明白了吗？""明白。""在这里签个字，你可以走了。"

出了派出所，阿欣抖动着嘴唇，上去就给他一记重重的耳光。阿强低下头，眼泪掉出来："对不起，阿欣！"

阿欣猛地抱住阿强，狠狠敲打他的后背："你要是有什么事，我怎么办？你要我怎么办？"阿强抹着阿欣眼角的泪："对不起，对不起，对不起！以后再也不会了，再也不会了！"

阿欣摸着阿强的脸："你看你，三天没刮胡子了吧？""你一定受了很多委屈，你看你，那么憔悴。""只要你没事，我阿欣就不会死！"他们紧紧相拥。

阿强疑惑地望着阿欣："告诉我，他怎么会突然把我放了的？"她逃离开他的问话："好了，出来就好了。走，我们下馆子去，你三天没好好吃饭了吧？"

在饭店，"蔷薇立心"全都到齐了。整顿饭，大家吃得很沉闷。阿强放下酒杯："告诉我，那个混蛋怎么会说放就放了我的，你去求他了是不是？"阿欣放下筷子："他也不想把事闹大，何况，我曾经也是他的女人。我劝劝他，他就答应不再追究了。""真有那么简单？""真的，我和他那么久了，多少都有些感情。"

趁阿欣上洗手间的空隙，阿强问我："珈珈，你老实告诉我，那混蛋怎么会突然放了我的，阿欣到底做了什么？""我……"我不知该如何告诉阿强这背后的真相。阿强握着我的胳膊："司徒珈，如果你真的把阿欣当朋友，就告诉我真相，你也不想她吃亏对吗？""阿强，我……我不知道该怎么和你说……阿欣她……"阿强使劲摇晃我的胳膊："阿欣她怎么样？你说啊！说啊！"

"珈珈！"阿欣走过来，"走了。你忘了，还要陪我去个地方。"

她转向阿强："阿强，我说了，我有本事说服他，你还怀疑什么？""我不信，他不会这么轻易放过我的。""信不信由你，我该做的都已经做了。"

阿强握住阿欣的胳膊："阿欣，你就不能对我说句实话吗？你知道这样，我晚上都会睡不着觉！""知道睡不着觉，以后就不要逞能，不要做收不住尾巴的事！我知道你为我好，但你犯了事，还不是要我给你擦屁股！""他对你做了什么？你告诉我！告诉我啊！"

阿欣冷冷地甩掉他的手："你看到面前的我了吗？我是少了块肉，还是掉了骨头？告诉你他已经同意放了你，我也没有任何损失，你还要怎么样？"阿强抱着阿欣的身子，人慢慢地滑落下去。"阿欣！"阿强埋在她的身上痛哭起来。

阿欣红着眼："我真的没事！只是以后，不要再这么冲动了。要想想自己，知道吗？"阿强点点头。"阿强、阿魏，还有阿丽，你们都听好了。以后不管我们几个发生什么事，都请管好自己的手和脚，还有嘴巴，别再惹事了。像我们这样的人，惹不起，也躲不过。所以，还是安分守己比较好。为了我们大家……都能活得久一点。"

包厢内一片寂静。

"如果大家同意的话，来！"阿欣把手背伸出来，"说过的话要做到，不要违背信义！"阿丽把手搭在阿欣的手背上，阿魏也搭了上来，阿强看了眼大家，也把手搭过来。

"还有我最好的妹子，我知道你为我做了很多事，但我希望不要因为我而让你再受伤害，好吗？来！"最后，我也把手搭在"蔷薇立心"的手上。大家抱作一团，痛哭流涕。

分手后，阿欣拉我去酒吧。我吼道："你还要喝酒，你会死的！""没事，我的身子我有数，命硬着，死不了。""那也不能这样伤害自己！""我知道，就陪我去那坐会。你阿欣姐，这里难受，这里闷！"她拍拍自己的胸口。

"好，好，我陪你。但你要答应我，不能再喝醉。""我答应你，不喝醉。"

逃　脱

个性酒吧，轻柔的音乐，橘黄的灯光。人不多，他们三三两两地围坐在小圆桌边，喝酒、聊天、玩骰子。我们坐在吧台，那里相对安静些。

阿欣认识这里的调酒师："维尼，好啊！""欣姐，好久不来了啊！""这不，来看你们了。""你还是那么漂亮、性感，不过好像又瘦了些。""哦，是吗？瘦了好啊，穿衣服好看。"

"这位是？""这是我的好姐妹。""你好啊，美女，想喝点什么？""给她来杯天使之吻吧。"阿欣替我点了单。"好的，那你呢？""给我来墨西哥吧，加雪碧、七喜和苏打水。""好的，稍等。"

"来，尝尝维尼的手艺。""会不会很浓烈？"维尼说："不会，你尝尝，来这里的女顾客每次都要我为她们做天使之吻。"

我尝了下："不错，口感很柔滑，还有奶香味。"维尼笑笑："这是用红石榴糖浆加蛋清和白兰地混合而成的，上面还有奶油。不错吧？""很好，可惜，我不太会喝酒！"

"这个没事，欣姐那个才厉害呢。""亲爱的，来一口。""哇，好烈啊，和白酒差不多。"维尼说："是啊，这种酒相当于茅台，容易上头，酒量好的才可以喝。你们先坐，我去忙了。"阿欣端起杯子，喝下三分之一。

"欣姐，你真的要给光头那20万？""是的，没办法，必须给他。可我刚存进的那些钱，还要分批寄回家。一拿出，就又没有了。也许，男人的钱注定是留不住我的口袋的。"阿欣一口喝完杯中的烈酒，狠狠地吸了一口烟："维尼，再给我来杯伏特加。"

正聊着，背后一只手搭了过来，是个陌生的中年男人。他把两只手分别搭在我和阿欣的肩上，全身散发着一股浓烈的酒气。我和阿欣同时说:"你谁啊?放手!"

"哈哈,是我啊,不认识我了啊?"那男人顺势摸我的后背。阿欣拉掉他的手:"你给我规矩点,想干吗?别对她动手动脚!""美女,手劲还挺大。你们谁肯陪我一晚,我就给你们10万,怎么样?"我说:"走远点,把我们当什么了?再这样我喊保安了!""别啊,有话好商量。你觉得我没钱是吗?我有的是钱!怎么样,你俩谁愿意?"

"20万!20万一晚,我和你走!"阿欣喝下杯中的酒,镇定地说。

"什么,你开价20万?凭什么说你就值20万呢?你要是说出充足的理由,我就答应你的条件。""我就是值这个数,你要是不愿意就立马滚蛋!"我摇摇她的胳膊:"阿欣,你这是干什么?"

"20万,可以。不过我也有个条件,你们两个加起来,20万一晚,怎么样?""做梦吧你!""怎么,反悔了?让你两位美女伺候我一晚,拿20万,好多人排着长队等着呢!"

"狗屎的男人,吃屎去吧你!"阿欣把剩余的小半杯伏特加倒在他脸上。男人摸了一把脸,抓住阿欣的下巴:"妈的,你骂我是狗屎,还敢泼我酒,真不识抬举!也不看看我是谁!"

阿欣一激灵,拿过身边的一杯冰水就往他的下身倒去。男人一哆嗦,松开了手。

"我管你是谁,在我眼里,你就是一堆臭狗屎!""臭婆娘,你今天死定了!"阿欣在台子上放下两张票子,拉过我的手:"快走!"我们快速地冲出酒吧。只听身后有人喊:"快!快抓住那两个臭娘们!别让她们跑了!"

我们从这条巷子穿梭到那条巷子。跑了很久,直到双腿发软无力,直到甩掉了他们为止。

巷子口,所有的店面都关着。没有人,只有昏暗的路灯,还有屋檐漏水"滴答滴答"的响声。我们靠在铁闸门上,大口大口地喘气,然后慢慢地蹲下身去。

我们对笑着，然后，四行眼泪就这样掉下来。

为什么？为什么？为什么？

整条巷子显得很安静，只有我们的哭泣声穿梭在周围，凄凉与决绝。

"阿欣，假如那男人真的肯出 20 万，你会跟他走吗？""呵呵，我虽然不是妓女，但又不是没和男人睡过。只要咬咬牙坚持一晚，或许就可以拿到钱替阿强还债了！"

"原来你还是会答应？所有事情只要能达成目的你都可以去做！""答应？哼！你以为那男人真那么简单，陪他睡一晚，就会乖乖拿出 20 万来给我，可能吗？你太天真了。这世上哪有这么好的事，20 万呐。他那是酒后胡言。我知道，自己根本不值 20 万。"

我愣住了。

"可我怎么能那样做呢，我绝不允许那混蛋来碰你一下！"

我抱住阿欣，敲打她的后背："阿欣，为什么要这样虐待自己，为什么？为什么你要承受那么多委屈和痛苦，到最后连个心疼的人都没有，这是为什么呀？你告诉我，究竟有什么难言之隐，要你拿自己的生命来交换？你如果什么都没有，有了钱又有什么用，有什么用？"

我撕裂着嗓子叫喊着，为阿欣感到屈辱。

"我……我是万不得已，无路可走。你以为我希望拿自己的尊严和生命开玩笑吗？拿了钱，我又能去干什么？我也是个女人，我也希望得到温暖和爱。""你明明知道，那为什么非要用这种手段作践自己，为什么？"

"你以为我不想好好生活吗，可是我能吗？从我 12 岁那年开始，我就知道我周幼欣的人生彻底完蛋了。只要一想到那一年的那一天，我到现在还是会痛，恨得咬牙切齿。可我能怎么办？我还是要长大，还要继续做人，还要生活。所以注定我这一生都不得安宁，永远得不到该有的幸福。"

我抱着阿欣的胳膊："在你的童年，究竟有什么阴影让你摆脱不掉？难道，你是在用儿时的错误，来惩罚你余下的一生吗？是这样吗？"

"我……犯下的错误，怎么去弥补？无论我怎样洗刷都抹不掉那个阴影，它会伴随我一辈子的。""人要向前看不是吗？你不能因为一时的错误而永远沉溺下去，你就这样自暴自弃？就这样作践自己的身体？就这样打算靠一个男人接着另一个男人过一辈子吗？"

"我12岁时被人强奸了！"阿欣的一句话，让我震惊了。

沉默许久，我开口："阿欣，你说什么？你再说一遍！""你知道，12岁的小女孩被人强奸了，是什么感受吗？""阿欣……你被人强奸，12岁？"阿欣的眼泪滚下来："对，12岁，被我的继父强奸了。"

阿欣点上一根烟，重重地抽起来。她流着泪，向我讲述了发生在17年前亲身经历的故事。

变故与灾难

阿欣11岁那年，父亲因为操劳过度得了严重的肺结核，离他们而去。无奈，阿欣母亲只有拖着三个儿女改嫁他人。

万万没想到，母亲的第二任丈夫是个不折不扣的酒鬼和赌徒。白天他在镇上做工，晚上回家就开始喝酒。吃完饭后，就外出和一帮不务正业的痞子聚众赌钱。不仅不管家里的琐事，还时常和母亲吵架。

当阿欣第一次看见继父的拳头挥在母亲的脸上时，她的内心受到了巨大的震撼。她用弱小的身体挡在母亲面前："叔叔，别打我妈妈了。你要想出气，就打我吧。""你这丫头片子，还要护着你妈。明明是她犯了错，还死不承认！我出去打牌怎么了？一个大男人难道要我在家里绣花么？该打！小孩子走开！别在这里掺和大人的事！"

"不，妈妈的事就是我的事，你打妈妈就是你的不对！""你这丫头还挺拧是吧，你再搅和，连你一块打！"弟妹吓得躲在门口不敢出声，只能偷偷哭泣。

继父说着，上前去拽阿欣，无意中触碰到了她的前胸。正值青春发育期的阿欣，微微隆起的胸脯让他馋涎欲滴。继父眼里立马放出了色迷迷的光。他咽了口口水，心里打起了歪主意："好吧，今天先饶过你这臭婆娘，以后要是再敢乱顶嘴管我的闲事，看我不打断你的腿！"说完，他又出门打牌去了。

母女俩抱作一团，痛哭起来："阿欣啊，妈妈真是嫁错人了，害苦了你们三个娃啊！你那可怜的阿爸啊，要是他知道我们现在过得这么不如意，他在地下也不会安宁的。""妈……妈……"弟弟妹妹跑过来扑到她俩身边："妈妈……姐姐……""可怜的娃啊，都怪妈妈不好，没看清这人的真面目。真是作孽，作孽啊……"

之后的几天，表面看似风平浪静，继父嘴上不多说什么，心里却暗自打起了阿欣的主意。阿欣吃饭的时候、写作业的时候、做活的时候，他那双贼溜溜的眼睛都盯在她的脸上和身上。阿欣感觉到了异样，每次面对继父时，都小心翼翼地从他身旁经过。

一天晚上，母亲去镇上卖东西没有回家。阿欣准备上床睡觉，刚脱下外衣，听见门口有动静。"谁啊，是妈回来了吗？"门口没人应声。"到底是谁在外面？"依然没人回答。阿欣披上外衣下床，开门一看，是继父。

"叔叔，是你？""小阿欣，还没休息呢？""正准备睡了，叔叔有什么事情吗？"继父露出了令人厌恶的坏笑，快速地蹿了进来，关上房门。阿欣害怕地后退："叔叔，你要干什么？我要睡觉了，请你出去！"

"睡觉是吗？叔叔不放心你一个人睡觉，来看看你。"说着，他把双手伸向阿欣。"叔叔，你干什么，干什么啊？""干什么，叔叔教你怎么变成大姑娘，好吗？"继父一把抱住阿欣，把脸贴在她的脖子上乱亲，双手在她身上乱摸起来。

"叔叔，不可以，不可以啊，你放开我！我要喊人了！""喊吧喊吧，反正你妈还没有回家。"阿欣哭喊着："你放开我，求你了，求你了！"继父一把抱起她放到床上，整个人压了上来。他顺手撕开阿欣的背心，胡乱地亲吻起来。

阿欣大喊："救命啊，救命啊！"她只听见门口弟弟妹妹嘤嘤的哭泣声。"你喊吧，今天就是天王老子在，也救不了你。你就乖乖的，配合叔叔一次。叔叔让你感受一次做女人的快乐……"

"你这个坏蛋，妈妈真是瞎了眼了，才会和你这样的人在一起！""你妈那个傻女人，已经老了。不合我的胃口，像你这样亭亭玉立的女孩子，正是我喜欢的。来吧，叔叔会让你快乐的！""走开，你放开我，放开我啊！妈，妈……救我，救我……"

正当继父要脱阿欣的裤子时，门被撞开了。母亲看到屋里发生的一切，顿时傻眼了。她扔下手中的东西上前去打继父："你放开她，放开她！丧心病狂的家伙，怎么可以对我的女儿下手？她才12岁啊！"

"妈的，你怎么回来了？"母亲捶打着继父的胸膛："要是我再晚回来一会，我女儿就没救了。你这个畜生，禽兽不如！平时喝酒作乐打牌赌钱，我已经受够了。你居然打起了我女儿的主意，你这可是要遭天谴的，是要遭报应的啊！"

继父一把推开母亲："那你要我怎么办？你现在来那个，又不能和我同房，我是个男人啊。我憋死了，对你有什么好处，啊？""混蛋，你给我滚，滚啊！"继父拿起衣服出了门。

阿欣躲到母亲怀里哭喊着："妈……妈……""孩子，我可怜的孩子！妈妈对不起你，对不起你啊……"

耻辱的噩梦

从此，阿欣的噩梦就这样开始了。她说："我这辈子都忘不了那一天，永远都忘不了，那可耻的一幕。"

那天晚上，母亲外出做活还没回家。阿欣听到门用钥匙打开，一个可怕的黑影蹿到她床前。继父一把拉开被子，整个人跳了上去。阿欣极力做着最后的反抗："你要干什么？你走开，放开我啊！妈……妈……"

继父压在她身上，一只手捂住她的嘴巴，威胁说："你再喊再叫，我明天就打断你妈妈的腿，不信咱试试！"阿欣惊恐地摇了摇头。"不想你妈妈有事，就乖乖地陪我干完。不许喊，听到没？要是你想一家人平安无事，就老老实实地顺着我。否则，有你们好果子吃！"

阿欣的眼泪悄然滑落。为了保护母亲，阿欣默默地忍受着。当继父粗暴地进入阿欣那尚未发育完全的身体时，一阵近似钻心的疼痛布满她的全身。她惊恐不安，下身撕裂般疼痛，嘴巴却被捂住，发不出声音。

小床在继父的摆动下"哐当哐当"晃动得厉害。阿欣转头看那扇窗户，两个人影在一上一下剧烈摆动着。泪水淹没了她的眼睛，忍着疼痛和难受，阿欣度过了一生中最难熬的一刻。

继父享受完阿欣的身体后，满意地离开了。阿欣望着床单上那一团鲜艳的血迹，吓得用被子捂住自己的身体和嘴巴，躲在墙角哭了一整晚。

第二天，母亲来喊阿欣起床上学。进屋看见她神情恍惚地躲在角落里，便上前询问。当她看到床单上的那团血迹时，疑惑地问："欣啊，你不是刚来过例假吗？怎么现在又来了？"阿欣不说话，只是一个劲地哭泣。

母亲意识到什么，脸色大变："怎么了，告诉妈，你说话啊！"阿欣只是使劲地摇头。"告诉妈，这不是例假，对不对？"阿欣哭喊着上前抱住母亲："妈——妈——"

这一声惨烈的呼喊，叫得母亲撕心裂肺。

"妈的，混蛋，我非杀了这个禽兽不可！"母亲来到厨房，拿起菜刀冲进房间，"我要杀了你，杀了你这个杂种，禽兽不如的家伙！我和你拼了，混蛋！"

瘦小的母亲哪是大个继父的对手，三两下就被他夺过了刀子。继父一手抓住母亲的胳膊："你还要闹是不是？想做了我，没那么容易！""你这禽兽！还我女儿清白的身子！""没错，我是要了你女儿的身子，怎么样？谁让你满足不了我！你看你现在这个样子，和疯婆娘有什么分别？换了哪个男人，都不会喜欢你这样的。给我滚开！"继父把母亲推倒在地上，扬长而去。

阿欣抱住母亲："妈！妈！""孩子啊，妈对不起你。你今后该怎么办，该怎么做人？真是罪孽深重！你爸爸怎么能瞑目啊！要是他在就好了，就不会变成现在这个样子了……"

阿欣清楚地记得，母亲给自己洗身子的情景。阿欣坐在水盆里，妈妈在她身上打了很多肥皂。她哭着说："孩子，咱们不怕。妈妈给你洗澡，把身子洗干净。来，我们洗脸、洗脖子、洗手臂、洗肚子。"

母亲边洗边哭："妈妈对不起你，对不起你！"

母女俩心里都清楚，就算再怎么清洗，心里的那道创伤永远也刷不掉了。

致命的罪恶

从这时起，阿欣的心里充满了对继父的仇恨，对男人的仇恨。这种恨，深深埋藏在她的心里……

阿欣眼里淌着泪，地下的烟头一个接一个。她绝望地说："有了第一次，就会有第二次、第三次……那个混蛋变本加厉，更加肆无忌惮地欺负我。"

任凭母亲怎么打骂他、制止他，都无济于事。继父往往趁母亲不在家时，悄悄跑到阿欣的房间，完事后又再跑回自己的房间。每当这时，阿欣总是哭泣到天明。

母亲不敢去上告，也不敢对外声张。她斗不过他，怕他借机报复全家，殃及无辜。一上告，全村的人都会知道。他们在指责的同时，还会说阿欣全家乱伦，说她小小年纪作风不正派，勾引继父此类难听的话。说母亲是睁只眼闭只眼，管教不严，居然连这种败坏门风的事都能容忍，有怎样的母亲就有怎样的女儿。

阿欣重重地吐出一口烟说："所以，女性在农村的地位还是很低，而且相当弱势。"

有很多次，母亲都想狠下心用农药毒死自己的丈夫。可一想到三个可怜的孩子，她还是忍不下心。

"如果妈妈坐牢了，三个孩子怎么办？我们就真的成了孤儿。那混蛋就抓住这点，一直威胁我们。直到14岁那年，一次我的例假不来了。我知道，自己出事了。"

母亲带着阿欣上镇里的卫生院。听到检查结果，母亲如五雷轰顶倒在椅子上。"孩子，你，你怀孕了。"阿欣觉得天塌下来了。上手术台的那一刻，她觉得自己和死没有分别。

这时，流言蜚语在村里铺天盖地蔓延开来，未婚先孕，那可是不道德的行为。自此，阿欣的一家就在别人的指指点点中屈辱地过着日子。虽然，外人并不知道事情的真相。

因为这件事，继父收敛了很多，也规矩了很多。母亲警告他："你要是再敢动我女儿一下，我就死在你的面前！不信试试！"阿欣懂事地摸着母亲的脸："妈，要是我是个男孩子多好，我就可以保护你和弟弟妹妹了。""孩子，做女人不好。下辈子，如果你还认我这个妈，我给你生个男儿身。好不好？"

15岁时，阿欣遇到了生命中第一个喜欢的男孩。这个男孩，就是一开始阿欣向我诉说的，她的初恋。

阿欣对我说："我上次和你说的，其实隐瞒了一些真相。那个男孩打骂我和教唆我去卖淫，是因为他发现我不是第一次。他很震惊，他怎么能接受自己不是他爱的女孩的第一个男人。所以，他恨我，后来就都变了。可是我又不能说出真相，不能说明这一切。"

之后，阿欣发觉自己爱错了人。她割脉，想了结自己的生命。她痛恨男人，痛恨周遭的一切。可是，她又被他救了回来。

"你手腕上的那个伤疤，就是那时留下的吧？""对，我很想死，很想了结这一切，可是连老天都不让我死。直到我怀上了男孩的孩子。同样的遭遇，还是打掉了。"

如果不是因为男孩对阿欣不好，她说自己也许真的会生下那个孩子。我说："可是，你那时候还很小！""农村和城市不一样，15岁都可以做人家妈了。"

全家人在那个混蛋的阴影下过着凄凉的日子，很卑微。就这样，阿欣度过了人生中最悲苦与屈辱的几年。直到上高中，她终于有机会从家里逃出来，逃出那个贫困、伤心的村落，她终于可以在这一刻将所有的屈辱丢掷脚下，没有什么困难可以再阻碍她了。

阿欣抹了一把泪："我那个懦弱的母亲，她和那混蛋离不了的婚。我恨透了。"可是，继父在家变本加厉，赌博的钱都要母亲一人担负。最后，阿欣只有到处辛苦打工赚钱，来替母亲承担这些债务。

"这些年，生活状况比原先好了，那混蛋又不老实起来。他背着我妈在外面养小情人，用的钱全是从家里拿的。弟弟妹妹的学费也全靠我们娘俩承担着。为了防止继父再对我小妹下手，妈妈把她送到镇上的寄宿学校读书。所以，费用就越加多了。"

我愤愤地说："他怎么可以这样欺压你们全家？真无耻！"

阿欣颤抖着声音说："我妈是个老实的人，她知道自己斗不过他，只有乖乖守规矩。可对我来说，这就是一个填不满的无底洞。我又不能去偷、去抢、去卖，哪儿来那么多钱？我赚、我借，甚至是高利贷，可还不够我还债务的。这些压力，我又能和谁去说？这么多年了，我的苦又有谁能理解？母亲总以为我是在公司做了主管，销售提成拿得多。她哪知道这些钱，都是要我和一个男人一个男人睡过来得到的！"

世俗的眼光压得阿欣喘不过气，没有人能真正从心底看得起她。

"我一次次和自己说，我不是在卖，只是交换，我和那些妓女不一样！我痛恨这样的自己，我觉得很肮脏，这不是我的本意！我要不这么做，我的老母亲该怎么办？她会被那个混蛋活活打死的！"

阿欣抱着头，痛哭流涕地说。

再回首

我抱住阿欣："对不起，对不起阿欣，以前我真的误解你了。现在我终于明白，你这一路是怎么走过来的。你那么不容易，却没有人可以帮你！对不起……"

"这个秘密，我对谁也没有说过，连阿丽、阿强他们都不知道。他们只知道我家里有个爱赌钱的老爸，要我时常寄钱回去。这是耻辱，是我人生永远的污点，我不想别人用痛恨的眼光之余再来怜悯我。珈，你能明白吗？"

"我明白，全都明白。你太不容易了，但你还是坚强地挺过来了。那些都过去了。相信我，你会得到幸福的。""像我这样的人，又有什么资格去谈幸福，去谈爱呢？""你有，你有！任何一个女人该享有的幸福和爱，你周幼欣都有权利拥有！"

"珈，我好累，好累……"阿欣靠在我的肩头缓缓地说。

"老天不会没有眼，它会眷顾周幼欣的。别怕，一切都会好起来的……"

阿欣盯着我问："珈，那你呢，为什么你的眼泪也这么多？像你这样的年纪，不应该有这么忧郁的眼神。你和我不一样，不需要为生计发愁，你是温室里长大的一代，应该享有最幸福的笑容。可为什么我看不到你快乐？青春年华，我却看到你眼里的深重。为什么？"

我流着泪，再也瞒不了她了："欣姐，我……""说吧，说出来，一半的痛苦就没了。我知道，你心里也苦。"阿欣拉起我，离开了这条寂静得让人恐怖的巷子。积水的地面，只剩下一堆寂寞的烟头。

我们在 24 小时便利店买了红酒和香烟，又外带了夜宵，打车赶往我的小窝。这样冰冷的深夜，实在不适合两个女人露宿街头。到了住所，我把屋内的灯全部点亮，好让阿欣觉得这里像个家，还能感受到温馨的气氛。没有音响，我就在电脑上放了轻柔的音乐。

此时，早已过了零点。

我们在大床前席地而坐，那里铺着烟灰色的圆形地毯。我经常在下床时，因为没有找到拖鞋，要赤脚踩在冰冷的木质地板上。我不想再给自己增添更多的凉意，至少这样，我能觉得温暖些。现在，它瓜分出一块很好的空间，很适合在凌晨，两人面对面静静地聊天。

这样的冬夜，已够冷。

我们在地毯上摆好红酒、香烟和食物，还有酒杯和烟缸。它们像是两对必不可少的兄弟，红酒不能没有酒杯，少了杯子它便无处释放自己的魅力；香烟也不能没有烟缸，少了烟缸它便无处安放燃尽的尸体。它们相辅相成，互相依赖。

当杯子与杯子互相碰撞，我听到了彼此内心深处那一记最初的渴望。

"现在，可以告诉我你的故事了吗？如果你伤心，希望我可以替你分担一半。""我承认，自己并不是一个没有过去的人。我的故事并不复杂，但太深刻，一辈子都无法抹掉。"

这是第一次，正视自己内心的隐秘。

那年，一个单纯的女孩在大学校园里，遇到了她生命中第一个男孩。这是他们的初恋。男孩和女孩彼此深爱着，度过了人生中最美好的一段时光。他们彼此约定，不离不弃。女孩甚至天真地认为，这个男孩就是上帝派来保护自己的天子，他会永远陪伴在她的身边，不离不弃一辈子。

就在女孩心心念念等着毕业的时候，突如其来的变故改变了原来所有的一切。男孩食言了。

说到这里，我已是泣不成声。

我颤抖地说："男孩最终没有履行对女孩的承诺，他甚至再也没法亲口对她说一句，我爱你。"

男孩因为一场意外的车祸，不幸身受重伤。五天五夜的痛苦，折磨着他和身边的每一个人。最终，他没能躲过这一劫，永远地离开了大家。就在男孩出事前，女孩还在和他怄气。她甚至没有来得及说一句对不起，也就是这唯一的一次吵架，竟成为他们之间最后别离的话语。

女孩哭得死去活来，她无论如何都不敢相信天人永隔。女孩陷入深深的自责中，认为是自己的任性和倔强，犯下了永不可饶恕的罪过。男孩去了，女孩也跟着病入膏肓。每天，她都以泪洗面，无法原谅自己的错误，更无法从阴影中摆脱出来。到任何一个地方，都会有男孩的声音和影子存在。女孩快被逼疯，她无法在这座城市再待下去。

最后，她选择离开这座城市，去了另一个地方疗伤。

女孩来到大都市，以为换了一个新环境就能忘掉眼前的一切。可她万万没想到，离开单纯的校园，迎面而来的是复杂的社会和难处的人际关系。她遇到人生中的第一个老板，她曾经看到了一点希望，却又因此看到了背后更多肮脏不堪的东西。

女孩的老板对她暗设圈套，女孩的另一个好朋友因为害怕老板的威胁，被迫出卖了她。

在这同时，她遇到了另一帮朋友，其中那女孩的男朋友，竟和她死去的男友长得一模一样。她想要逃避，却又三番五次地遇到他。她最终还是没躲过一劫，女孩爱上了他，成了人们眼中的第三者。

女孩很累，如果不是因为初恋男友离开了人世，她根本不会来到上海，也不会遇到这里的人和事。

我流着泪感慨地说："女孩在上海，遇到了人生中最要好的一个姐妹。她心疼这个朋友，想用自己的力量去帮助她，可是她连自己的问题都一团糟。她只能用仅有的一点力量去温暖她、鼓励她，陪她一起掉泪，陪她一起默默地心痛。这个姐妹，叫周幼欣。"

说到这里，两人紧紧地抱作一团。

"宝贝儿，我真的没想到，原来你心中也拥有这么深刻的爱！""阿欣，我很想念边宇，我真的很想他，很想他啊！""姐都明白。我早就看出来你心里有痛，你只是一直压抑着。现在说出来，是不是觉得轻松一点？"

"我无法忘记他，我从来都没有忘记过他！从来都没有！""那梓健呢，你也爱他吧？""我承认，我是爱上了他。以前我以为是错觉，而现在，我是真的舍不得他。我爱他，我爱他，我是真的爱他啊！"我毫不避讳地哭出了心里的悲痛。

"两个男人，快要把你折磨疯了！""是，边宇已经在我体内生了根，赶都赶不走了。他永远停留在我的内心深处，没有任何人可以取代。梓健，他让我为他痴狂，为他心碎，让我欲罢不能。我深爱他，却又不能拥有他！我痛，我痛啊！"

当我翻开电脑的一个私密文件夹，把边宇的照片给阿欣看时，她为梓健和边宇的相像惊呆了。

"太让人震惊了！你男朋友长得这么像梓健，哦不，应该是梓健长得像边宇！只是他比边宇多了几分成熟和稳重，其余的，几乎都一样。我很难分辨，我以为他就是梓健！""所以，我会活得比别人累。""梓健，他知道这一切吗？""我没有对他说，他什么都不知道。"

"如果可以，还是不知道为好。""真的难为你了，你很坚强。""不，我一点也不坚强，我脆弱得很，经不起轻轻的一击，我强撑的。"我疲惫地说。"明白，你的师哥，他也明白吧！""他是这个世界上除了父母对我最好的人，他不会揭我的伤疤，会很好地维护我。到现在，他心里明了，却始终只字未提。"

"看得出，他也爱你，对么？""哥有一个很好的女朋友。所以，我更不能那样对他。""司徒珈，原来你心里这么爱，这么爱啊！"

我们就这样，从凌晨聊到了天亮，喝完了整瓶红酒，抽掉了两包香烟。终于累了，我们爬到床上，两个人相拥而眠。闭眼之前，我们在对方的额头上给予一吻，给彼此信心和意念。也因为这样，彼此再也没有任何情感上的距离和屏障。

我们抹着对方的眼泪，沉沉地睡去。睡梦中，还有一丝微笑。

新年晚会

这一觉，我睡得很沉很长。睡梦中，又见到了边宇，梦见他在人世间的最后时光……

2006 年 12 月 31 日，学校举办一年一度的迎新年元旦联欢晚会，边宇邀请了王奇亮、秦海、杨超雷三人同台演出。早在大一，他们就开始组建乐队，经常在学校的大型活动上登台亮相。惹得女生疯狂、男生眼红。

礼堂内，当灯光亮起，四位男生帅气地展现在大家面前。台下一片欢呼，掌声四起。对于音乐，他们都很执着；对于青春，他们同样珍惜。

"……今天只有残留的躯壳，迎接光辉岁月，风雨中抱紧自由。一生经过彷徨的挣扎，自信可改变未来，问谁又能做到……"

台下的同学在欢呼、尖叫，惹得我的耳膜阵阵发痛。杜欢大声叫："你们说，今天台上的四位小伙子，谁最帅、最酷？"娇娇满眼期待：

"那还用说，当然是我们家雷雷啦，看他弹贝司的样子，酷毙了。"杜欢痴迷地看着台上的男友："少来，明明是秦海好不好，他打鼓最酷了。你看他多认真，多卖力，好像再重一点这鼓皮就会被他敲破了。"贺炎陶醉地说："我看，还是阿亮稳健，键盘手最能体现一个音乐人的修养。"杜欢不屑地说："得得，咱们都好，行了吧，一个比一个能说。"

而我，始终不参与她们的抢话，只是默默地注视着台上，与边宇四目相交。我向她们做了个手势："嘘，此时无声胜有声！"

他们不仅在歌唱、在呐喊、在抒发、也在表达。边宇身上那种勇于前进的力量和不服输的精神深深折服了我。有了这种信念，什么事都不再难倒我们。

台下的观众热烈地呼唤着他们的名字。四人对着麦克风齐声说："大家好，我们是雪狼乐队！""我是鼓手秦海！""我是贝司手杨超雷！""我是键盘手王奇亮！""我是吉他手兼主唱边宇！"台下的观众欢呼雀跃，不停地喊着心中偶像的名字。

边宇说："我们四个人的名字代表着大海、雷鸣、光亮和宇宙。"王奇亮说："宇宙万物无不处于生生的状态，不断衍生出万事万物。"杨超雷接上："前赴后继、生生不息，永不凋零。"秦海说："就像我们不灭的梦想与希望，勇往直前、永无止境。"四人齐声道："你就是这个世界的主宰，你就是这个宇宙的创始之神！"

观众的呼声一浪高过一浪，他们高亢、激动，现场沸腾了。边宇用手指在嘴上做了个动作，现场立刻鸦雀无声。他就是这样，众人之中的星星，天生的领导者。

"刚才的一曲《光辉岁月》，首先献给原唱 Beyond 乐队和纪念已逝的黄家驹大哥。因为有了 Beyond，才有了我们为之前行的雪狼。在他们的歌中，我们更加学会珍惜这来之不易的岁月。同时也把这首歌，献给我们的青葱年华。今年是我们在大学度过的最后时刻。让我们在这里，共同留下最后的光辉岁月。谢谢！"

王奇亮说:"《真的爱你》,献给辛勤培育我们的老师,你们辛苦了。是您见证了我们每一次的进步与成长,不管我们好与坏,你们从未放弃过我们。感谢老师!"

杨超雷说:"同时还要献给我们美丽的校园,四年同呼吸共命运,每一寸草木,都让我们留恋万分。这里留下了我们太多的欢笑与泪水。我们将用一辈子的时间去保存这份珍贵的记忆。"

秦海说:"最后献给你们,可爱的同学和朋友。因为有你们的存在,才让我们更有信心去坚定自己的理想和信念。当我们灰心和疲惫时,是你们一直拉着我们的手,告诉我们不要放弃。谢谢大家!我们爱你们!"

"……沉醉于音阶她不赞赏,母亲的爱却永远未退让……是你多么温馨的目光,教我坚毅望着前路,叮嘱我跌倒不应放弃。没法解释怎可抱尽亲恩,爱意宽大是无限,请准我说声真的爱你。"

音乐落下,同学们呐喊:"雪狼万岁!雪狼、雪狼、雪狼……"随着观众的齐声呼喊,边宇说:"最后带来《海阔天空》,献给所有为了梦想而努力奋斗的人,祝你们拥有属于自己的那一片,海阔天空。"

随着激昂奋进的音乐,现场的气氛再一次达到高潮。全场观众站了起来,在头顶整齐地挥舞双手,齐声合唱。

"……原谅我这一生不羁放纵爱自由,也会怕有一天会跌倒。被弃了理想谁人都可以,那会怕有一天只你共我……"唱到激情处,四姐妹的眼泪同时溢了出来。我被你们感动、被现场的同学感动、被青春感动、被信念感动。这不仅仅是演出,更是一场盛大的演唱会!而主角是你们!明星是你们!

She

音乐落幕,全场沸腾开来:"雪狼、雪狼、再来一个!再来一个!""雪狼不走、雪狼不走!"

当全场再次安静下来，边宇朝我们这里看来。他认真地说："今天是一个特殊的日子，我在这里还有个小小的私心。借助今天的晚会，把一首歌献给我生命中最重要的一个人。我不说她的名字，想必大家也都知道是谁了。"

全场骚动，大家都把艳羡的目光投向我这里。我的脸变得滚烫，心跳加速。

边宇深情地望着我："四年前，我们在这里再次相遇，并且有缘携手。我们即将走出校园，依然还会携手走下去，并且度过这一生。有了你，我更加确定将来要走的路和方向，是你让我有了新的动力！我要感谢你，《She》，献给心中最爱的那个你。同时，也希望大家能拥有自己心中的所爱。"

轻缓的音乐响起，边宇坐在椅子上，静静地弹着吉他。用一口流利的英文唱着："She,may be the face I can't forget……"（她或许是我不能遗忘的脸庞……她能够让每一天变成天堂或地狱……她或许是那不能期待持续的爱，将由过往阴影走向我，让我将永远记起直到逝去那日。我将带着她的笑声及泪水，把她变成我一生的纪念珍藏。她往哪里我就必须跟随，她是我生命的意义。）

边宇，你的深情再一次出乎我的意料！你究竟要带给我多少惊喜和感动？我怕自己的心脏负荷不了这沉重的爱，你将我淹没吧！我恨不得立刻跑到台上抱住你，告诉你，我是多么的幸福，我是多么多么的爱你！

娇娇羡慕地说："好感人啊，边宇真酷，珈珈好幸福啊。我的雷雷怎么就没那么浪漫呢？"杜欢说："浪漫只能是边宇这样的人才适合做，因为懂浪漫。像你这样常挂在嘴上的，能叫浪漫么？"贺炎点头："就是，浪漫是种感觉，是靠悟出来的，不是表面做文章。"杜欢轻轻撞了一下娇娇说："你看珈珈，他们都用眼神交流，用心灵对话。这就叫浪漫的意境，娇娇，学着点啊。"

我知道，自己已被淹没在幸福里，也淹没在众人的嫉妒与羡慕中。

下台后，我悄悄走出礼堂。我知道边宇一定会拿着吉他站在那里等我。他站在月光下，微笑地等待我的回答。我快速扑到他怀里，拥抱代替了彼此的言语。

边宇吻着我的头发："这首歌，是我今生第一次唱，也永远只会唱给你一个人听。"我流着感动的眼泪，不住地点头。

那一晚，夜空的月亮，很圆、很亮。光洒在地面上，映衬出两个幸福的影子。

小夫妻生活

2007年元旦，趁着父母外出旅游的空隙，我约边宇去家里做客。公车上，我和边宇坐在靠窗的位置。多云转阴的天气，我把头靠在边宇肩头，闭上眼，听着他喃喃的声音，慢慢地睡过去……

到站后没走几步路，天开始飘起雨点。边宇不由分说把自己的外套脱下，披在我头上。到了家里，边宇已淋得像只落汤鸡。他进了洗手间："亲爱的，哪块是你的毛巾？""最可爱的那块就是我的。"边宇拿来毛巾，赶紧往我头上擦："看看，还是淋湿了吧。快擦干，要不会感冒。""边宇，你都淋得透透的了。""我没事，你重要！快去洗个澡吧！""也好。你把头发吹干。"

我进了浴室，把龙头打开，水蒸气立即弥漫了整个空间。

"边宇，你在外面吗？""在呢，公主有什么吩咐？""公主命令你把床上的浴巾拿进来。""遵命！"边宇很礼貌地在门口敲了两下："公主，我现在可以进来了吗？"我开了一条缝，边宇很知趣地把浴巾递了过来："公主，请慢慢享用！"

当边宇想关门时，我一把将他拉了进来。他被我的举动吓了一跳，靠在门上惊奇地望着我："公主，有什么指示？""公主命令你，现在吻我！"在这个狭小的空间里，我感觉自己又被他融化了。

洗完澡，边宇把我抱到床上："来，坐好，我给你吹头发。"他拿起吹风机吹我过肩的长发，一阵阵的温热感袭上心头。我感受着他的指尖掠过发丝的轻柔感，温和而细腻。就像儿时，父亲为我吹头发一样。

"边宇，你不觉得为女孩吹头发是件麻烦的事吗？""你说什么？"由于吹风机的干扰声，他特地暂停，"你刚才说什么？听不清楚。""我说，为我吹头发，你不觉得麻烦吗？尤其是吹像我这样的长发！""怎么会麻烦呢，这是我的荣幸啊。很愿意为您效劳。"

在他面前，我就是公主。当然，他也是我的王子。

"好了，终于吹干了，真漂亮，我可爱的公主殿下。"他捋着我的长发感叹，"真美，可以去拍洗发水广告了。"

"也让我帮你吹一次头发吧！""我的头发一会就干了，不用吹。""现在是冬天，要吹干。要是你感冒，还不是我遭殃。""呵呵，公主说得有理。那我很荣幸咯。""很荣幸为你服务。"

边宇的头发三两下就吹干了。他用手捋了下柔顺、飘逸的发丝。"谢谢公主为我吹发，十分感谢。""亲爱的，你也可以去拍广告了呢，飘逸的头发。"

边宇揽着我的腰："倒不如我们一起拍，男主角，少了女主角怎么行？"

你也是我的男主角，永远的王子。

边宇参观起我的房间。他拿过柜子上的合影说："你爸妈长得可真年轻，你爸爸帅气，你妈妈漂亮有气质。怪不得能生出你这么优质的品种。""你这张嘴还真会说话呢。""是真的！你妈妈年轻时，一定有很多人追求吧？""那可不，加起来有一个连呢。""你爸爸那时候应该也有不少人追求。"

"是啊，我爸年轻时那可真是一表人才呢。有好多人给他介绍，可他都没看上，就看上我妈了。那时候他们就说，我爸我妈是郎才女貌，天生的一对。告诉你，他们感情好着呢，二十多年几乎就没吵过架。"

边宇握过我的手："我们也能像你父母一样，不红脸、不吵架。"我笑着甩了一下他的手："怎么可能，两个人在一起，没有争吵和分歧，那是不正常的。现在这个社会，大家的立场都很独立，怎么会不闹别扭？""当然有可能了，我就多让着你一点，不和你对着干，不就都OK了。"

"这倒也是，只要一方顺从另一方，那就没有太大的问题。像我爸就是迁就我妈，哪怕我妈有点小脾气，他顺顺她，哄一哄，就都没事了。"

"所以说，夫妻间是没有隔夜仇的，床头吵床尾和。只要双方心中有坚定的爱，一辈子都可以风平浪静地度过。"我忽然冒出一句："是吗？那有第三者插足怎么办？现在的诱惑可比那个年代多多了。"

"第三者、诱惑，这都与我隔缘。就算在我面前，我也能杀他个片甲不留。""哈哈，你就吹吧，到时候在你面前，看你怎么办？""怎么办，不怎么办啊，赶尽杀绝，不留存半点念想。要让他们知道，我边宇是你一个人的，谁也抢不走。"

边宇从书柜中抽出那本《鲁滨孙漂流记》，翻看了一下："这是本幸运的书。""是的，所以我要好好收藏，再也不会把它弄丢了。"边宇握过我的手："你也要把我好好收藏，不要丢下我。如果你开心的话，我可以看着你笑；如果你伤心，麻烦也告诉我，我可以为你抹掉泪水，陪着你一起痛。"

我娇嗔地说："那你也不能丢下我，不能让我找不到你。假如有一天你要消失，麻烦一定先通知我，不要擅自离开。这样，可以让我有足够的时间来痛骂你，然后笑着看你走出我的生命，好不好？"边宇摸着我的头："我不会消失，不会离你而去，我用自己的生命向你保证！"

夜幕降临，边宇亲自下厨为我做了一顿丰盛的晚餐。他包揽了所有的家务，买菜、做饭、打扫卫生，甚至是洗碗，都不让我承担琐事。

我靠在厨房门口："边宇，为什么不让我动手？""你得让我有个表现的机会啊，等以后正式见了你家人，也好露一手。你的任务呢就是把这双玉手好好保养着。至于脏活累活，以后都交给我来做，好不好？"

"那我们说定了，未来的好老公！""一言为定，未来的好老婆。你的任务，就是吃、喝、睡、玩，然后给我生一屋子的宝宝。""哈，我成什么了，成母猪了！哈哈！""你就是我的小母猪，呵呵……"

这一天，我们过了情侣该过的生活，准确地说，是小夫妻的生活。逛超市、牵手散步、做饭、享受美好的家庭生活。我们窝在一起看电影、打游戏、吃东西、听音乐……还有，做成年人的游戏。

穿帮

第二天下午，我们正准备出门逛商场，接到了妈妈的电话。

我立马对边宇说："糟了糟了，我爸妈回来了。""真的啊？那我现在赶紧离开。""哎呀，来不及了，他们已经坐电梯上来了。这样吧，你先躲起来，等有机会我再放你出去！"

"那行，听你的！我躲哪儿？""躲我的大衣橱，也就那里可以装下你这个大活人。"边宇脱了鞋进了衣橱，微笑着对我做了个 OK 的手势。我把门关紧，把拖鞋放在门口。

门开了，我上前迎接："爸、妈，你们回来啦，这么快！""宝贝女儿，想我们没有，一个人在家乖不乖？"我帮他们拎东西："想想想，就是没想到爸妈这么快就回来了。""看妈妈给你买什么了。你爸爸说啊，非要早一天回来，要不然就看不到女儿了。""爸，以后我要是嫁人了怎么办？""那爸爸，就说服你老公，和我们一起住。""完了完了，彻底没自由了。"

妈妈问:"女儿,你这两天一个人在家都吃什么了?""好着呢,爸妈喝茶。""乖。""你们在那儿好玩吗,累吗?""不累,挺好的,就是你妈睡不惯酒店的床,就恋着家里的大床了。"

妈妈边说边去开冰箱:"家里还有什么菜?没有我去买,晚上咱们在家做点好吃的。""冰箱里都有呢,我刚买了。""这么多菜,还有水果。孩子她爸,你看你女儿挺会过日子的嘛。咱俩不在家,还知道自己买菜做饭。""那可不,我们女儿最棒了,上得厅堂下得厨房,还有什么能难倒她。谁要是娶了我们家闺女,那可真是一辈子的福气。"

妈妈从洗手间出来,手里拿着一副眼镜对我说:"闺女,这是哪儿来的?咱家好像没人戴这种眼镜吧。"我上前一看,糟了,边宇的眼镜落在洗手间忘记放好了。

我拿过眼镜,高声说:"哦,我忘了,是我们班一女同学的。她那天和我出去逛街,放在我包里忘记了。""是吗?看起来倒有点像男式的嘛。""妈,现在的眼镜男女都能用,没规定。""孩子她妈,你呀,落伍喽。"

刚坐下,便听见我屋里传来一阵音乐声。妈妈敏感地一回头:"什么声音?从你房间发出的?""对了,是我的手机铃声响了。""是吗,好像不是这个音乐?""我刚换的,我先进去,你们看会电视休息下。"

我跑回房间,边宇的挎包还放在椅子上,我赶紧拿出手机按掉。我悄悄开了衣橱,用气声说:"亲爱的,你的包在外面,先放里边,把手机关了吧。""差点忘记了,你爸妈没发现什么吧?""还好,你的眼镜落在洗手间了,我已经帮你圆过去了。再忍忍啊,他们在客厅呢。一会我想办法把他们支开。""没事,刺激。""你渴吗,我拿水给你喝。"我拿过水杯递给边宇,"对不住啦,再坚持一会,马上放你出来。""没问题,我坚持得住,就是有点闷得慌。"我朝他尴尬地笑笑。

关上门,我又自如地打开房门,假装拿着手机说:"行,没问题,回学校我们碰头商量。好,再见!""女儿,同学电话啊?""是啊。""哎,对了，我们家怎么又多了双鞋，是你爸的吗？"妈妈眼尖，看见门口摆着一双男士棕黄色休闲鞋。坏了坏了，边宇的鞋落在门口，忘记拿回房间了，慌乱中竟忘记了这个小细节。

妈妈拿起一只鞋，左右看了看，问我爸："你买过这双鞋吗？""没有啊，这是年轻人的休闲鞋，我怎么可能穿这么时髦的款式！""也是啊，你穿41码，这是42码的。"我刚想转身，被妈妈叫住。

"女儿，这鞋哪来的，走之前我们还没看到过呢？""这个，呵呵。是我买给同学的生日礼物，等着回学校送人家的。我想看看样式和大小，就拿出来比划比划，忘记放好了。"

妈妈怀疑地望着我："你送同学礼物送鞋子？""他说喜欢这种款式，我看到合适的就帮他买了。""男朋友？""不，是秦海，他要过生日了。"

"这鞋看着倒是不错，可鞋底怎么还有泥啊？这鞋面上怎么还有小黑点，像是雨水溅起的污渍？难道你买的，是旧鞋？""啊哈，嗯，对对。我买的是折价的断码鞋。这鞋贵着呢，原价要800多块。昨天正好看见商场门口搞活动，在卖断码鞋。我合计着质量都一样，就是卖相差了点，就把它买回来了。才280，便宜吧。你看这鞋子每天风里来雨里去的，能不落灰尘么。我去用布擦擦，照样和新的一样。"我转身，想躲开妈妈的视线。

"是吗？那是什么商场，能把这种样品卖给顾客？""这个款式合适的尺码只有这一双了，要不也不会卖这么便宜。""哦，那改天你也带我去看看，合着也能把人的脚丫味给一起带回来。""妈……""女儿啊，还瞒着老妈呢？"我知道穿了帮，再也瞒不过她的慧眼了。妈妈盯着我，等待我老实招供。

我尴尬地说："妈，你得答应我，说了你们不生气，不怪我，也不骂我。""干吗要骂你呢，除非，你做了什么亏心事！""没有没有，我没有做什么亏心事，就是……在家里私藏了一个人。"爸妈齐声问：

"私藏了一个人？"

"唉……"我走到房间，敲敲大衣橱的门，"出来吧，穿帮了。"

认 可

边宇小心翼翼地从柜子里钻出来，头发乱糟糟的，光着脚站在地板上。

"啊，女儿，这是？"突然在房间里冒出这么一个大活人来，父母都被吓了一跳。边宇低头尴尬地说："叔叔，阿姨，你们好。我叫……边宇，是珈珈的同学。不好意思，让你们见笑了。""哦，这……""爸妈，边宇刚才来我家，准备接我去逛街的，没想到你们这么快就回来了。他没一点准备，我就让他暂时先避一避。"

"有什么不好意思的，来了就来了，干吗让人家躲在衣柜里，多难受啊。"看到父母没有生气，我的心也宽松了下来。

"爸妈，这就是我和你们说的，建筑系的边宇同学。"妈妈笑着说："你就是边宇吧，珈珈给我看过你的照片，小伙子长得真精神。""叔叔，阿姨，真不好意思啊。头一次来你们家，也没给你们带点东西。"爸爸说："带什么东西，来了就好，来了就好！别光站着，坐啊。""光顾说话了，你连拖鞋都没穿，地板多凉啊。"妈妈说着给他递上拖鞋。

"谢谢阿姨。""不客气，正好，晚上一起在家吃个便饭。""阿姨，我帮您一起吧。""不用，不用，你要是空着，就陪你叔叔下盘棋吧。""行，叔叔，那我陪您下两盘。""太好了，我啊平时正愁没人陪我下棋呢。你阿姨不喜欢，女儿又不在家。我啊，只好上网打打牌，不过还是来实物比较好。"

看着边宇和老爸下起象棋，我乐呵呵地进了厨房。妈妈边摘菜边问："女儿，原来这就是传说中的边宇啊，男朋友？""是啊。""小伙子真不错，你早该带回来让爸妈过目的。""不是没好意思往家带嘛，怕你们说东说西的。"

"你不带回家，我们才要瞎想呢。一直只闻其声不见其人的，今天算是看到了，真不错啊。""妈，您也觉得不错？""当然了，小伙子一看就聪明善良，招人喜欢。"

"边宇啊，是学生会干部，成绩优秀，为人又好，领导能力特强，追他的粉丝多着呢。""一看就是，他那么英俊，追求他的人一定不少呢吧？""那当然了，边宇可是学校出了名的偶像加校草。"

"呦，女儿，那你得看紧些，现在的女孩儿都厉害着呢。""妈，您就对您女儿这么没信心啊。您怎么不想想我也是有一大帮爱慕者的，他边宇才紧张呢。""这倒是啊，我们女儿是最棒的。不过看你们，还真是天生的一对。""妈妈，这么说，你同意我们交往了？""嗨，你们都秘密交往了那么久，难道我们一直阻碍你们交往了吗？"

"呵呵，我就知道老妈最明主了。不公开，是想在合适的机会下正式告诉你们。现在，不公开也得公开了。只是没想到是以这样的方式让你们见面。""妈妈只要看到你开心，对你好就行。何况，这是只绩优股，要好好把握啊。""您要对女儿有信心啊。边宇对我真的很好。这些菜和水果，都是他买的。""我想呢，你一个人在家也不会有闲情逸致去买菜做饭。这小伙，真不赖。"

边宇为了表明诚意，进厨房做了两道小菜。饭桌上，妈妈开心地为他夹菜："边宇，就把这里当成自己家一样，别客气。""好的，阿姨。"爸爸拿出酒杯："正好边宇在，陪叔叔喝一杯。怎么样？新年嘛。"

"好啊，叔叔，我陪您喝一杯。"边宇拿着酒杯起身，"那我就祝叔叔阿姨身体健康、万事顺利、天天开心吧。""好好，谢谢，谢谢！那我们也祝你学有所成，将来当个大建筑师。""谢谢叔叔阿姨，过奖了！""那我们也祝宝贝女儿能实现自己的心愿，成为一名出色的翻译家。""谢谢爸妈，也祝你们身体健康，天天都有好心情。"

妈妈开心得合不拢嘴："好好，都好。"爸爸问："对了，毕业后

是准备考研呢还是直接工作？""叔叔，我想，暂时不考研了，直接
上岗学习锻炼吧！""也好，现在很多拿到硕士学位的，文凭是很硬，
可如果没有实践操作经验和能力，竞争还是很大的。现在有落实的实
习单位了吗？""正在找。学校方面也会帮我们物色一下。""你是准
备留在广州还是回深圳发展？""留在广州。""嗯，好。"爸爸若有所
思地笑了下。

"最后一个学期，要交毕业作品了吧？""是啊，作业是抽签命题
的。我知道叔叔您是建筑专业的前辈了，到时候我有什么问题可以请
教您吗？""前辈倒称不上，帮你指导一下倒是没什么问题。"

"爸，您就别谦虚了。边宇，我爸他可是国家一级建筑师呢！""那
是老前辈了，我真荣幸，先敬杯酒给老师！""呵呵，好！干了！对
了，你的作业是什么？""命题的是从废墟到乐园，设计文化中心的
概念。""这个不错，可以好好发挥。下次你把设计图和构思方案拿给
我看，我可以好好帮你策划下。""真的吗？那我先谢谢叔叔了，哦，
应该是前辈导师！"

"呵呵，要成为一名建筑师，不仅要具备工程师的力学知识，还
要兼备艺术家的审美眼光。假如超出现实范围，那就不可能实现真实
的建筑。优秀的建筑师要有很好的口才和公关能力，要说服投资方才
行。历史上很多有才华的设计，就是因为不能满足这些条件而没有成
为真正的建筑。"

"前辈就是前辈，今天我算是长见识了。叔叔，干杯！""来，吃
菜吃菜，多吃点。你做的两道菜真不错呢，还会下厨，真好。""只是
简单做做，以前在家也会帮妈妈做饭。""边宇啊一看就是好孩子，孝
顺！以后空了就常来，阿姨给你做好吃的。只是啊，不要躲在珈珈的
衣柜里了，她的衣服塞得满满的，透不过气的。呵呵。""谢谢阿姨，
我听您的。"全家人乐呵地笑了。

这一餐饭，大家吃得很开心。主角，全是边宇。嘴上不说，我心

里却乐开了花。在送边宇去车站的路上，我们手拉手，再也不用在父母面前遮遮掩掩了。

"今天，是我过得最美的一天。"边宇笑着说，"有惊无险的一天，你爸妈应该会喜欢我吧？""何止喜欢啊，就快把你当干儿子了。你看他们那热乎的劲。"

路灯下，边宇搂着我的肩，认真地说："珈，我觉得自己真幸福，能被你的父母认可，这是一件多么庞大的任务啊。""你也不能骄傲啊，要时刻做好工作！""遵命！你的父母就是我的父母，以后就是一家人了，他们的事就是我的事。"

"呵，你倒是快啊，现在就变成你爸妈啦。那你爸妈就不管了？""当然管啊，不过岳父岳母要先维护好。以后万一我和你闹别扭，他们可以向着我。""哦，你这个坏蛋，原来早有预谋啊。""开玩笑的啦，对了，你准备什么时候和我回家见父母？""毕业吧，放暑假的时候，我和你回家，见你父母，好吗？""那一言为定了，不准反悔。""说定了，不反悔！"

把边宇送上车后，我独自走在回家的路上。第一次，觉得这条路这么温柔，空气中都带着甜甜的味道。收到边宇的短信：亲，今天是我过得最丰富的一天，也是我人生中一个新的启程。为了不辜负咱爸咱妈对我的希望，我要好好努力。要让你过上真正幸福的日子，为了我们共同的心愿，加油！

我回给他：我也相信，你就是我生命里那个必须出现的人。这辈子，你都将和我捆绑在一起，无法再分开了。

烟花的承诺

此后，边宇在空闲时就会打电话到我家，给父母问个好。周末，他带上礼品到家里，并把自己的设计方案带给父亲看，俨然不把自己当个外人。妈妈看了心里喜欢，爸爸看了也直称赞。这和谐的画面，是我今生看过最美的景象。我用相机记录下其中的点点滴滴，这一辈子，我都要将这幅难得的画卷好好珍藏。

又一年的情人节来临，边宇细心地陪伴左右，只为博得我的一个笑颜。

为了哄我开心，边宇花了一个多小时站在游戏机前，耐心地为我钓起了12个不同款式的绒毛玩具。硬币一个接一个投进去，眼看一次次快要成功的时候，娃娃又掉了下去。我很想拉住边宇，告诉他有一个就够了，我不需要那么多。

"为什么还要钓下去？我已经有喜欢的Kitty猫了，这样多累人！"边宇盯着玻璃柜说："有一个Kitty猫陪你不够啊，我怕你会寂寞。看这些娃娃多可爱，有它们陪着你，多好。""可是你不累吗？已经很久了，没人像你这么执着，玩一玩就走了。""要坚持，坚持！再给我些时间，我就都能钓上来。"看着他那副认真的模样，我不忍心再打断。

那些静静躺在角落里的娃娃，就这样被边宇一个一个地钓了上来。流氓兔、小公仔、机器猫、维尼熊……每当钓起一个，我们就会开心地击掌并拥抱。

一旁的游客羡慕地说："亲爱的，我也要像他们一样，你给我钓娃娃。""啊？那样多累人啊，我们还玩不玩其他项目了？""可是，我很喜欢这些娃娃，你帮我钓啊。""钓多麻烦，不如我给你买，好不好？""不好，你一点都不浪漫，买来的有什么意思啊。这样才有意义，说明你爱我嘛！你看人家钓这么多都没怨言，多有诚意啊。"

当我把这些娃娃抱回家放在床头，妈妈惊叹地说："太浪漫了！孩子她爸，改天你也为我去钓娃娃，就钓一个，好不好？"

2007年，除夕。

今年的大年三十与以往不同，我们的大家庭中又新添了一位成员。

凭借边宇的为人和这张甜嘴，全家人十分喜爱这位新成员加入，尤其是奶奶，早盼着我能带回来一位未来的孙女婿。她握着边宇的手说："小伙子，我看你啊，人好，又聪明，长得还像外国人，真不错。我喜欢。""奶奶，您要是看我顺眼呢，以后我常来看您和爷爷；如果看得不顺眼，也请指出我的不足之处，这样我可以继续改进。"

我将茶水递给他："你倒是挺大方，丝毫不害羞啊。自己先给自己要了个及格，还没听奶奶的意见呢。"边宇向我眨了下眼，坏坏地一笑："那奶奶说，您希望我再来看您和爷爷吗？""希望，当然希望。你来，我们就开心。宝贝，这个孙女婿我跟你要定了，要是下回你不带他来，我可跟你急啊。要是以后你带别人回来，我都不接见啊。我只记得边宇，高鼻子，大眼睛。记住了吗？"

"记住了，奶奶，您的意志力可真薄弱，这么快就被收买啦。告诉我，边宇给您什么好处，让您那么喜欢他？""凭着他的一颗心。"

奶奶的这句话，一直印刻在我心里。边宇和家人相处得如此融洽，他可以把每个人都逗乐。就连弟弟妹妹见到他，也都下意识地喊出了姐夫、姐夫。不得不承认，这个男人确实可以掌控天下很多事。

当十二点钟声敲响的时候，我们在楼下空地上放鞭炮和烟花。边宇从背后紧紧抱住我："现在我终于确信，今后每年的春节，我都能和你一起度过了，不是吗？"

"我们真的可以毫无顾虑地在一起了。我们家每个人都被你吃了定心丸，告诉我，你是怎么做到的？""我爱你，所以，也爱你身边的每一个人。他们是你生命中至关重要的人，没有他们，就没有现在的你。我理应尊敬他们，更要好好珍惜和关爱他们，因为这是我的责任。"

我转身抱住他，激动地说："你是上天派来保护我的对吗？我已经变不回原来的自己了，你已经将我完全宠坏。""那就一生都不要变，做我羽翼下的那个天使，让我守护你，带着你到处去远行。你愿意吗？""我愿意，就这么说定了。你不能丢下我，否则我会摔得粉身碎骨……"

边宇深情地吻住了手足无措的我。这一刻，天空中的烟花，灿烂而夺目。

油菜花下的期许

大家很珍惜四年的同窗生活，转眼，分手在即。我们踩着彼此走过的脚印，回味着一路来的青葱岁月。吃饭、压马路、喝啤酒、看星星……在学校外那条通往田地的道路上，留下了我们的歌声和笑声。

纪念日这天，我们跨上背包、带上相机，来到了幽静的山间小路，一个恬静的小山坳。没有商业化，周围满是绿化、小山和漂亮的村庄。

在那里，我们看到了一整片金黄色的油菜花。它们在日光的折射下，显得灿烂夺目。我迫不及待地喊了出来："边宇快看，漫山遍野的油菜花，太漂亮了！"黄灿灿的油菜花，娇艳得让人惊叹。它们的生命仿佛就是为了春天而生，虽然短暂，但却让人留恋一世。

伴着温暖的春风，轻微的晕眩感，我觉得自己快醉了。

我闭上眼，仰头伸开双臂，感受着人与大自然的亲密接触。边宇拿起相机，为我记录下这珍贵的一刻。我站在花海中，呼吸着和城市中不一样的空气。清香的泥土味夹杂着浓烈的油菜香，这是我喜欢的味道。

蓝天、白云、花一样的海洋，我，深深陷入其中。这广阔的油菜花，将我狭小的身躯包容在它庞大的臂弯之中。我的身体飘了起来，很轻很轻。一旁的蝴蝶在翩翩起舞，蜜蜂簇拥着嗡嗡作响，它们也在享受这花海带来的惬意。小路两边的麦田里长满了一片片高大的芦苇草，金黄而浓密。春风一吹过，它们快速地向上生长。

我拿过相机，捕捉下边宇每个活跃的瞬间。眼前的男儿笑容灿烂逼人，与自然的花田美景形成了一幅柔和的画卷。假如能永远这样看着他，那该多好！

边宇牵起我的手，沿着这条细小的田地，穿越在片片高大的芦苇丛中。在大自然中，我们就是两粒散播快乐与祥和的种子。

"边宇，假如我们以后吵架、闹别扭了，怎么办？""不是说好不吵架的吗？""我是说，假如。""如果我们真的闹别扭了，也一定是我惹你不高兴了，我会向你先检讨错误。""那，如果不是你惹我生气也闹别扭呢？比如说，是我误会你了？"

"这样啊……那也是我的错，是我让你产生了对我的误会，还是我不对啊，还是要向你检讨！""边宇，你这样要把我宠坏的！""宠你是我的责任啊，更是我的荣幸！作为一个男人，不能让自己的女人幸福，那有多悲哀！"

边宇摸着我微烫的脸，深情地吻了我。在夕阳的余晖下，只见两个幸福的剪影。

第六季　一悲一喜

这里是家，我们的家。所以你在这里等我，大可以安心。不管我在哪里，天亮之前，我一定会回家。

受伤了

这一觉似乎真的睡了很久，像过了一年。

如果可以用这样的方式来悼念逝去的你，我愿意每夜在梦里与你相会！

我和阿欣似乎找到了一种很好的自救方式，在大喝、大抽、大聊、大哭之后，狠狠地拥抱着大睡一觉。这种近似歇斯底里的疯狂真的很好，在累尽之后放松了捆绑在身上的重重束缚。也许只有这样，才能挽救一个人即将丧失的自省能力。它让我们深刻地体会到，生命对于我们来说是何种意义！

阿欣为我做了可口的食物，吃过后，她便离开。她说，还要去见些人，处理些事务。我清楚，阿欣要去筹那 20 万款子还给张正雄。三天之内，钱到销账，否则，阿强还会再进去。阿欣觉得这还不算最糟，至少还可以用钱解决问题，也算是不幸中的万幸了。只是这一切，永远不会让阿强知道。

阿欣并不富裕，她先前存的那些钱要寄回老家，那个可怜的老母亲和可恶的混蛋，他们需要她！因此，她必须再借 20 万。旧账未了又添新账，一账接一账，何时是个头？只是我不知道这一次，阿欣又要依附于怎样一个男人。

大年初五。再过两天，又到了工作的日子。晓敏要去医院做手术，芳芳要从汇意辞职去新的单位工作，我要帮助颜晴完成那艰巨的任务，师哥的女友肖薇要来上海，远在大洋彼岸的亨利会在近期再来中国……还有，忘掉梓健！

傍晚，梓健忽然来电，我还是没勇气按掉。"珈，是我，你还好吗？""我……我还好。""你忙吗？""我，不忙，在家。你在哪里？""我也在家呢。""可听上去好像很吵，在外面吧？""哦，对，在我家楼下呢。""有事吗？""没事，就想给你打个电话，问个好，没别的意思。"

梓健的声音在颤抖，听得出，他也在压抑。我该对他坚决吗？为什么一听到他的声音，我就没了拒绝的本领。甚至，不能像在酒吧门口那样严厉地说一句："你不要再来找我了，我们绝对不可能在一起！"

他要一次次地瓦解我、剥夺我，占有我那颗脆弱不堪的心！

电话里，彼此沉默着。只听那头很喧闹，还有路人、车声与鸣笛声。我问："你在家附近干什么呢？""刚出门办点事，正好到家楼下。"

一阵急促的救护车声在对街疾驶而过，刺耳的鸣声划过阴霾的天空，也划过我的左耳和右耳。接着，我又听到楼下传来老师傅每天在小区门口用喇叭吆喝的声音："旧家电、废品回收！"可我在电话那头，竟也听到了这个声音！

我关上门匆匆下楼，电话拿在手里，还未挂断。"珈，你在干什么？""你别挂电话！别挂！"跑到楼下，我一眼便看见那个熟悉得不能再熟悉的身影！他就站在路口，拿着电话，背后是一片车水马龙的景象。我的眼泪涌了出来。

我站在离他十米远的地方，两两相望。梓健惊讶："你怎么知道我在这里？"我挥挥手中的电话："我当然知道你在这里，是它告诉我的！"

我向他走去："救护车和那个卖废品的大叔，他们帮了我的忙。"梓健恍然大悟："对不起，我没有别的意思，就是来问个好。"我鼓足勇气说："你跑到我家楼下来做什么？监视我吗？""没有没有，我不是这个意思。你千万别误会！"

"怎么，得不到小雯，就回头来找我，是这样吗？""不是你想的那样！真的很抱歉，打搅你了。对不起。我走了。"梓健的左手放在背后，表情有些痛苦。"怎么，听到我这么说，很痛苦是吗？"我在责怪他、在怨他，为什么又要再一次来降服我！

"对不起，我不该来的！"梓健低头，眉头紧皱。我的眼泪刷刷流下来："你走吧，梓健。没有你，我真的会很开心。""我明白，我不给你增添负担。保重，我走了！"

说完，他握着左手转身离去，地上留下一滴滴深红色的印迹。我上前："等一下！"梓健定住，身体向前微曲着，两手握在前方。我紧张地说："梓健，你转过来。"他定了定，转身又把手缩回到背后。

"你怎么了，干吗把手放在身后？""没什么！"他刚要转身，我上前拉他的手，掌心顿时感觉湿漉漉黏糊糊的。

"怎么会这样，怎么会这样的？"血顺着指尖慢慢地往下流淌，落到地上。我发疯地叫嚷："你的手一直在流血！这是怎么回事？""没事没事，你别慌，我回去包扎一下就好了。""什么叫没事？和我上楼！"

我用清水洗掉血迹，用干净的纱布做了包扎。可没多久，血又顺着纱布渗透出来。我摇头："这样不行。伤口一定很深，我们上医院！""男子汉受点伤没什么，不用去医院！""家里没有专业的药，这样处理伤口是不行的。和我去医院！"我大声地命令他。

梓健开了车门，让我进去。我问："怎么，手伤了还想开车吗？""自己开吧，打的万一弄脏了车子，更不好。"梓健执意要自己开车，看他发动、转盘，我担心地说："这样多疼！""我的伤在手背上，不在手心，没事的。"

梓健，你可知道我的伤，正中下怀，在心的最中央，上面刻了你的名字。

"怎么会受伤的？""不小心弄的。"我故意说："不小心？莫非你是想引起我的注意，故意把手弄破，想让我心疼吗？""呵呵……你认为我还是未成年的孩子吗，为了得到心上人，不惜自残身体？我想我不是那样的人。"

原来，梓健刚才开车到我家楼下的那条路，准备等红灯右拐弯时，发现后视镜上有块漆好像被蹭掉了，他用手摸了摸。这时，前行的一辆车为了赶最后几秒绿灯，快速地朝他的左方经过。车子和梓健的车靠得很近，车的右方后视镜从他的左手边擦过。梓健当时感到钻心的疼痛，手上立刻划开了口子，血流了出来。

那位司机连忙下车道歉，说自己的车在昨天被撞了，右方后视镜上的玻璃被撞破。今天他正准备把车拿去修，没想到竟出了这样的事，还一再请梓健和他去医院看看，可梓健根本没心思去医院，于是开着车离开了。

"其实，我是想来给你送饺子，想让隔壁的大妈转交给你。这样不碰面也就不会尴尬。"我流泪了："你给我带饺子了？你宁可给我送饺子，也不肯先去医院是吗？""这不已经到你家门口了吗，中午和朋友在家包饺子，知道你喜欢吃虾仁馅的，就多包了点。"

"谢谢，不过麻烦你以后不要这样了好吗？""饺子在后座的袋子里，用饭盒装着。你也饿了，拿来吃吧。应该还温着呢。"梓健温柔地说。

我的眼泪纷纷落下："梓健……""怎么了？""我现在哪有心思吃东西？""那也得吃啊，去完医院出来很晚了。""我不饿。""你不饿，那我可是饿了。你要知道我流了血，少了能量，你得给我补充啊！""哦，对对，我忘了。"

梓健很细心，饭盒外面用一件衣服包裹着。"你做了多少饺子？""呵呵，四十个。""四十个？这么多，够我吃四顿的了。""快，尝尝味道怎么样，我亲手包的。"

到了医院门口，车停下。我拿起一个饺子，慢慢地放进嘴里。梓健笑笑问："怎么样，好吃吗？"我含泪点点头："嗯，好吃，很好吃。""来，也给我吃一个。"我喂给他一个饺子，他笑笑："啊，终于有能量了，能再来一个吗？"看着眼前的梓健，还能这样笑着面对我，心里的感受异常复杂。

进了医院，挂号、急诊，医生给梓健做了伤口清洗与消毒处理。医生皱眉说："伤口需要缝针！"我急着问："要缝针？"梓健笑着对我说："你在外面等我。""不，我要在这里陪你。""听话，出去等我。缝针不好看。"

半小时后，梓健左手包着纱布出来了。他依然微笑着："好了，没事了。""很疼是吧？""我是男人，这点疼受得起。""告诉我，缝了几针？""六针。"我的眼泪刷刷地掉下来，梓健一把搂过我："傻瓜，打麻药了，不疼。"

医生嘱咐道："缝针后不要弄湿伤口，不要喝酒。少吃海鲜和肉，否则容易留疤。总之，以清淡为主。多补充蛋白质食物，不要吃色素的东西。"

我急了："那刚才吃了虾仁怎么办？"梓健笑笑："那几个虾仁，没什么！"医生继续说："前三天吃消炎药，已经打了破伤风。后天来换药，七天后来拆线。"

回到梓健家后，我为他打点了一下。我嘱咐着："这几天，你要好好休息，不要吃发的和刺激的东西，也不要吃醋和酱油。记住了没？""我听你的。对不起，让你受累了。""没事。""没事？你眼里都是血丝。""那是因为，昨晚在我家和阿欣聊天聊得晚了，天亮才睡。"

"欣姐她还好吗？""最近出了点状况，不过我相信，她一定会渡过难关的。""如果有什么事我可以帮忙，一定记得叫我。""我看现在，还是先顾好你自己这个病号吧。""我身强力壮，三两天就好了。欣姐有事，你可别一人扛着。""好，你早点休息，我回去了。"

"不要走！"梓健拉住我的手，"不要离开，留下来陪我好吗？就算，是照顾我一下。"我闭上双眼，心，再一次受到撞击。

梓健，你这是在恳求我吗？恳求我留在你身边是吗？

"你是手受伤，又不是脚受伤，可以自己照顾自己。"我知道，他只是想多留我一会。我何尝不想留在他的身边，看着他，哪怕什么也不说不做。

"你一个人回去我不放心。""没事，现在是春节，小偷小贼都回家过年了，安全着呢。"说完，我转身出门，不给梓健留有任何挽留的余地。

我下楼，抬头望向梓健家，他正倚在窗边看我。我的心中万分不舍。

火

大年初六。

午后，我意外地收到了小雯的短信：亲爱的珈，一切可好？那天我忙着处理事情，没来得及给你回信息。我真心希望，你能和梓健在一起。我和他，这辈子都不可能了。我现在一点都不恨他，真的。

我立即回复：为什么要如此坚决，不能给彼此留个余地？雯：没有机会了，不可能的了。我回复：机会是你不肯给。雯：我没得选择，事实已成定局。何况，我已经不爱他了。我回复：小雯，你在网上吗？雯：不好意思，这段时间恐怕都上不了网，很忙。抱歉！好好珍惜他，就当是替我爱他好吗？梓健，他真的是个好男人。你们一定要幸福！

我打给小雯，电话那头却传来关机的声音。小雯为何要跟我这样说？她的语气如此决绝，好像在隐瞒什么。她无可奈何，没得选择。难道小雯知道了梓健对她的感情和态度？还是她真的忘掉了他？不可能，直觉告诉我不是！

哪怕小雯不在上海，哪怕她不在我们的视线之内，哪怕她真的和那个庄伟进走了，总觉得小雯就在我的眼前，就在我和梓健的中间，她在不远处看着我们！她让我觉得自卑，让我有罪恶感，让我觉得连想念也是万恶的。

距离阿欣还款的日子还有两天，不知道那边的情况如何。我给她打了电话，她告诉我再努力一把，钱就能筹到。我不知道这一次阿欣又是以何种方式去说服身边的那些男人。只希望，不再是眼泪陪伴着她。

晚餐时间，我刚做完饭，收看市台的新闻，突然听主持人说："今晚6时20分，上海市××小区居民房发生火灾，三名房主被困在里面，火势严重，现已危及左右居民的安全。现已出动三辆消防车赶往事发现场。附近居民已隔离到安全地带，火警人员正在奋力进行抢救。"记者的背后，是一片忙乱的景象，只见浓烟滚滚，火焰正在迅速蔓延。

××小区，那不正是梓健租住的那片居民区吗？我立马拨了梓健的手机，居然关机。不会就是梓健住的那个单元失火了吧？我放下手中的碗筷，披上外套出了门。

出租车上，我一遍遍拨打梓健的手机，依然是关机。此刻，我恨透了电话里那个女人机械的声音。没办法，我只有打给魏波："魏波，不好意思请问下，梓健今天和你联系了没有？""这两天我在忙家里的事，还没和他联系，他也没联系我。出什么事了吗？"

"那算了，没事！""到底怎么了？""我……我刚才看新闻说梓健住的那个小区着大火了，我联系不上他。我很担心，现在跑去看看。""真的？你先别急，也许他正好没电呢，我现在就过去。一会我们在小区门口会合。""好，不见不散。"

下车后，只见小区里好多群众在围观。我挤进人群中，看见着火的并不是梓健住的那一幢楼房，心才放下来。

场面很混乱，二楼的厨房明火虽是扑灭了，但浓烈的烟雾迟迟没退却。它缭绕在整幢居民楼之间，化成一团团灰色弥漫在空中，让人看不见夜色中的天。高压水枪喷射出透明水柱，还有那落了满地的水迹，明晃晃的一片，让人晕眩。

我问了一旁的居民，他们说是煤气管道老化泄漏导致的失火，用户在厨房使用电焊焊接防盗网，因没有采取防护措施，电焊产生的火星点燃了泄漏的煤气，导致了着火。

这时，背后有人喊我的名字："珈珈！"我欣喜地回头，原来是魏波："魏波，你来了！""还好不是梓健这幢。这火这么厉害！""大火已经扑灭了，还有很多浓烟。住在这里的居民真不幸，太可怕了。""是啊，真的要格外小心。""糟糕，不会梓健家的煤气管道也漏气了吧？""走，我们去他家看看。"

我们不断敲门，却始终没人回应。我越发着急："不会是煤气泄漏，梓健他……"我贴紧门缝，使劲闻里面的味道。魏波安慰我说："应该不会，你别慌，我们再等等。"

我靠在门上，带着哭腔说："怎么办？梓健要真有事该怎么办？他的手还受着伤！""他的手怎么了？""昨天他的手划伤了，流了很多血，缝了六针。""怎么会这样，这么不小心？"

我蹲下身，愧疚地说："都是我，都是我！梓健要不是为了专程来看我，他的手也不会受伤。他要是不来，什么事都没了。""这是意外，谁也不想的。你们，真的在一起了？"

"没有，之前我们一直没有见面，也没有联系。我根本不知道他会来，我也不会主动去找他。""可就算你们互相不见面，心里却还是在一起的。互相思念着对方，这样也很辛苦吧？"

魏波一句话说到了我们的要害。"就算是这样，他也不是我的，我也不是他的。""他也永远不会是小雯的了……""那也不会改变事实……"我站起身，继续敲门。一阵一阵，刺进我的心里。

"别敲了珈珈，梓健一定不在屋里。""那他会去哪儿，会去哪儿呢？""我们还是去楼下等他吧。"来到小区门口，着火的那幢楼前，人群还未散去。整间厨房已被烧得面目全非。

我找了个空位，蹲在地上。魏波很体贴，他从小店买来热咖啡，让我暖身子。

魏波也蹲下身来。他看着眼前的情景，缓缓地说："同样是南方，这里的冬天冷很多。快喝吧！"我握着温暖的杯子，感动地说："谢谢你，魏波，真的感谢你！"

魏波抽着烟，看着前方："不要这么说，大家都是朋友，何需说谢谢呢。你一个女孩子家只身来到上海，很不容易的。我理解！""谢谢你那么宽容我！""你的这一声感谢，说得我心里有些难受。你是个好女孩，只是，我没有这个福气啦！"

"青青，她也是好女孩，你们很合适。""是，她不错，对我也很好。只是，她爱我多过我爱她。因为我的初衷，本来是想给另一个女孩的。""魏波……要好好珍惜这来之不易的感情。两个人分开也许只要一句话，但在一起，却要付出很多的努力。好好待她吧，你们会幸福的。"

魏波将烟头踩在脚下，笑笑："我会记住你说的话的。对了，我们可能在今年10月登记办酒，到时候你来参加我们的婚礼吗？""10月，这么快？""呵呵，我妈都等着抱孙子呢。""那先恭喜你们啦。10月，我还不知道自己在哪里。如果在上海的话，我一定来！"

"你还要去别的地方吗？""不知道，像我这样居无定所的人，也不知道下一站会在哪里。不过我争取！""如果可以，和梓健一起来吧！"

纠结的疼痛

魏波起身："哎，你看，进门的是不是梓健啊！"只见梓健正拿着一袋东西往门口走进来。我放下手中的咖啡，跑了过去："梓健！你去哪里了，你去哪里了？你让我们担心死了！"

"珈珈，你怎么来了？这里发生火灾了吗？"我上前一把抱住他："刚才一直打不通你电话，新闻说这里着火了，我就跑过来了，魏波也来了。"

"哦，真对不起，让你们着急了。我手机没电了，就在家充电，也忘记开了。傍晚出门去超市，想着在家附近就没带手机。这不，刚回来。""梓健，梓健，我以为再也见不到你了！"他拍着我说："傻丫头，你怎么会见不到我呢，不会的，不会的。"

我把梓健从头到脚看了一遍："你没事吧，没事吗？""我没事。对不起，让你担心了。""你知道这家为什么会着火吗？是煤气管道老化造成的。"

梓健把我一搂："真对不起，以后我一定得带手机。魏波，你也来了？""珈珈刚才担心你，找不到你急哭了，就打给我。你的手怎么样，要紧吗？"

"呵呵，一点小伤，没事。"我急着说："还说没事，昨天流了那么多血！""哪有你说得那么严重，魏波，别听她说的。女孩子家，遇到一点事情就大惊小怪，受点伤很正常。""你这人说话怎么这么不负责任啊，受伤还是好事啊？"

魏波搭着我们的肩："你们两个啊，我真服了！""这家住户真不幸，全烧没了！""还说呢，一定要引以为戒啊。"

魏波帮梓健认真地检查了厨房的设施，确保没大碍才走了出来。他问："梓健，这几天有吃的吗？""你看，我去超市买了这么多。""要是真不行，你就去我那住几天，免费给你做保姆。"

"不用，又不是什么大毛病，只要左手不沾水就行了。""那你可要注意啊，换药和拆线我陪你去。""至于吗？""别逞能了。""行，到时候你给我护驾。""那好，我先回去了。"听魏波说要走，我也趁机找个借口离开："那，魏波，我也和你一块走吧。"

他看了看我："我还要去别的地方，今天就不送你了！""那我和你一起下楼！""嗨，你就留着多陪会梓健吧。行了，我先走了，你们好好聊。"魏波说着去开门，我在他背后道了句："谢谢你，魏波。"他没转身看我们，挥了下手："再见了！"

梓健把我搀扶到沙发上："你吃饭了吗？"我摸摸空空的肚子："我，吃了。""对不起，今天让你受惊了。我答应你，以后都把手机带在身边，把电充得满满的，不让你担心，好吗？"

我站起身："你又不用跟我保证什么！"梓健抓住我的手："我需要和你保证！通过这件事，我知道原来你是这么在乎我。""任何一个朋友发生什么，我都会紧张啊，像欣姐、像小雯、像师哥，还有你不认识的那些朋友，我都会啊！"

梓健一把拉我坐下："到现在你还不肯承认？你心里明明有我，为什么不肯面对？我问你，假如没有小雯，你还会这样吗？还会这么距人于千里之外吗？""我不知道……"

其实梓健心里明白，他都明白。

他皱着眉头说："看到小雯那样的态度，我心里也不好受。今天，她给我发了短信，很坚决。""她也给你发了？""嗯，也发给你了是吗？""对。"

梓健若有所思地点点头："我知道她会这么做的。她的态度很肯定，说已经放下了，也不再恨我了。她希望我俩在一起，说你是个难得的好女孩，让我好好对你。""小雯是这么和你说的？""嗯。""她也是用这样的口吻和我说的。"

梓健叹口气："也许，她是真的想通了呢？""不。"我摇摇头，"我觉得不像，总感觉小雯有什么难言之隐。那天在饭店门口分别，我觉得她的眼神和平时不一样。"

梓健愣道："是强装开心吧。""不仅仅是这样，还有一种生离死别的味道。""有那么严重？""对。虽然她离开了上海，但我感觉并不轻松。""也许小雯，真的是想重新开始吧。你不需要有压力，这不是你目前应该有的状态。"

我起身准备走："梓健，你休息吧，我真的要走了。""真的不再坐会？""不了，我还有事，先走一步。""要和男朋友见面，是吗？""啊，哪来的什么男朋友，我哪有资格再去谈男朋友。""那你告诉我，我是你的谁？"

"梓健，求你别逼我了行吗？让我轻松地离开，我们还是朋友。""在你心里，我真的只是你的朋友吗？因为看到小雯过得不开心，所以你矛盾、你内疚，你和自己作对！但这样你就真的会开心，真的会轻松吗？做到回避我、不见我，心里就真的放得下吗？就算是不见面，你的心，也早已经出卖你了。"

我的眼泪再一次决堤，我承认，你把我看得透透的！

"梓健，求你不要说了！""如果你真的能忘掉我，再见我的时候无论发生什么，你都应该不会再掉眼泪。"他站在身后，用左手轻轻搂住我的肩。闭上眼，眼泪滴在他的白纱布上，心里刀绞般疼痛。

你这一搂，让我矛盾万分！

"不要这样！"我下意识甩开他的手。"啊！好疼！"梓健痛苦地呻吟着。"怎么了？""你打到我的手了。""对不起，对不起！我不是故意的！"我连忙扶梓健坐下，握着他受伤的左手。

"梓健，我不是故意的，弄疼了吧？对不起！"梓健摸着我的头说："不疼，不疼。"他每一个轻微触碰，都能刺痛我的神经。

热面与冷饭

我忽地起身："梓健，你好好照顾自己。再见！"

走到门口，我的胃一阵痉挛，疼痛使我整个人萎缩了起来。梓健上前搀扶我："你怎么了？快坐下。""没事，胃疼而已。""胃疼？是不是没有吃晚饭？""我吃了。""一定没吃对不对，还没吃就赶到我这里来了对不对？""我……""你等着，我给你煮面。""梓健……""不许再跟我说不！"

梓健端来一碗热气腾腾的番茄青菜鸡蛋面，还加了很多虾仁。他笑着说:"快,趁热吃了。"我的眼泪一遍遍流进嘴里:"我吃不下。""吃不下也要吃,这样身体要垮的。快,听话。"我拿起筷子,却不肯动口。

"怎么,要我喂你吃吗?我的右手没有伤,你是要我喂你吃是吗?"梓健在"命令"我。我点点头:"我吃,我吃。"

梓健坐在一旁看我,微笑地说:"这样才对,多吃点。你看你现在瘦的,一定都没好好吃饭。"梓健用自己的左手,捋了捋我掉落的刘海。

我再也控制不住自己,把额头靠下去,声泪俱下。梓健安慰我:"想哭就哭吧,哭出来会好些。我知道,你心里疼!"我握着梓健的左手,摸了又摸:"我知道你的手很疼,对不起,是因为我才弄成这样的。"梓健温柔地摸我的头:"不要这样说,为什么都要把责任往自己身上揽呢。傻瓜!"

我用唇轻轻触碰梓健包满纱布的手,吻了又吻。"告诉我,到底疼不疼?""本来是不太疼的,可是你的眼泪如果继续顺着纱布流进我的伤口里,那就会疼了。""对不起,我不是故意的。"

我抬起头,见梓健红着眼眶。他伸开臂膀,深情地召唤我:"来,到我这儿来!"我一头扑进梓健的怀抱:"梓健!梓健!对不起,上一次,我把你打疼了。我是被你气的,我无心的,我向你道歉。""你没做错,是我说了混蛋的话,你恨我是应该的。真的很对不起。""到现在,我的手心还是烫的。"梓健握过我的手,放在他的脸上。

这一刻,我还是卸掉了装备。我做不到伪装,做不到掉头就走,做不到视而不见。我想,我还做不到将你忘记。小雯,原谅我。

拥抱了许久,我们才慢慢分开。

梓健问:"真的要回家?""嗯。"他起身:"我送你。""你休息吧,我自己走。""听话!现在很晚了,我不可能让你一个人回去的。"面对梓健的执意,我没有再拒绝。

进了家门,梓健看见桌上放着一碗冰凉的白饭和两碟菜,愣在那里，然后转过身把我抱住。我挣脱开梓健，忙着去整理桌上的碗筷：
"我把它收拾掉。"他拦住我的手："不要，好好的饭菜，都没有动过呢。
我又饿了，热一下我也要吃。"说着，他拿着碗进了厨房。

梓健大口大口吃着我做的饭和菜，直说："你做的饭就是香，好
吃！"原来，他的快乐很简单。有我，有他，还有我做的饭菜，哪怕
是剩下的。

最后，桌上剩下三只空碗。

他擦擦嘴巴："啊，满足，很满足！""你晚饭是不是也没吃，所
以现在才会饿得像头狼一样？""我当然是吃了晚饭的，不然早晕过
去了。""那干吗吃我的剩饭？"

"呵呵，因为是你做的，我就是想吃，不行吗？""行，当然行。
如果你真要吃，我可以给你做新鲜的饭菜，不用委屈地吃我吃剩下的。"

深夜，梓健再次离开。我的心里，有着别样的感动与温暖。热面
与冷饭，有着强烈的对比，但同样都是因为爱。

矛 盾

大年初七，魏波开车接梓健去医院换药。我们三人一起吃了饭。
我主动问："魏波，小雯去北京后和你联系了吗？""哦，小雯啊……"
他的脸立刻变了，继而又恢复笑容，"嗯，她在北京挺好的，叫我们
不要担心。"魏波倒过一杯啤酒，几口喝下。从他的眼神中，我看到
了沉重的忧郁。

魏波抿嘴："小雯，她希望你们在一起。"梓健问："她也是这么和
你说的？""对，她的态度很坚决，她是真心希望你们走到一起。"魏
波又倒过一杯酒，猛地喝下。包厢内一片寂静，谁都没有说话。

急促的电话铃声传来，是魏波的手机。他看了下屏幕，马上站起
身："喂，哦，我在外面吃饭。是吗？要紧吗？那好，我一会过去……"

挂了电话的魏波，表情显得很凝重。

梓健问："谁的电话？""哦，一个朋友，你们不认识。吃完饭我还要去别的地方，可能来不及送你们。""没事，我们自己走，你忙你的。"

出了饭店，魏波开车匆匆离去，剩下我和梓健两人。他说："我们走走吧。"梓健顺势拉我的左手，紧紧地握着。我说："不要，被人看到多不好。""就让我霸道一次，好吗？"我想甩开梓健的手，告诉他这样不合适，我们并不是一对真正意义上的情侣。他微笑地看着我，手上的劲很大，我甩不开。

"珈，知道明天是什么日子吗？""明天，该上班了，假期结束了。""知道是几号吗？""哦，有点过糊涂了，只记得明天是初八，让我算算。""不用算，明天是2月14日。"

我愣了一下，马上平静下来："哦，14号啊。""明天下班后，你有约吗？""呵呵，除了上班，没人约我。""那我约你，行吗？明天下班，我来接你。""去哪儿？""明天你就知道啦，就这么说定了，不见不散。"

路边的行人越来越多，我甩开梓健的手："明天再说吧，我先回去了。你自己回家，再见！"我拦上一辆出租车，仓皇而逃。

虽然爱，但怕自己的一言一行会暴露在众目睽睽之下。我有罪，尤其是看到魏波的时候，看到他就会想起小雯。那双忧郁无辜的眼睛，躲在背后默默地注视我们，看着我俩是如何一点一滴地背叛她、伤害她。

意外的玫瑰花

2月14日，情人节。

上班时，大家还沉浸在假日的喜悦中，美美地回味着过年时的喜庆。那些尚未出嫁的女同事，个个把自己打扮得光鲜亮丽。办公桌上，速递员送来一束又一束的鲜花。她们的脸，被玫瑰映衬得格外动人。

一女同事张静问:"司徒,你男朋友还没给你送花吗?""呵呵,我哪有什么男朋友啊,你们知道还问。""别骗人了,你还会没有?""真的没有。"

她加大嗓门:"各位单身男士注意了啊,我们美丽可爱的司徒珈小姐目前还是一个人哦。大家可要抓住这个好时机哦。""你是在给我打广告吗?呵呵。""我愿意为你做长期免费的广告,呵呵!"

电话铃响:"你好,是司徒珈吗?我是前台,有一位速递员送花来了,你过来签收一下。"到了前台,一大束粉色玫瑰展现在面前。"请问,这是谁送的?""这个我不太清楚,那位先生是用电话预订的,请签收。"

回到办公室,不用多想,立刻遭来一大片羡慕的声音:"哇,这么大束玫瑰啊。司徒珈,还不肯承认啊。""我真的不知道是谁。""要不就是有人暗恋你啊。"

我正想看看花丛中是否夹杂着小纸片,手机响了,是亨利的来电。我用英文和他交流:"嗨,是亨利吗?""司徒珈,情人节快乐!""节日快乐。""收到我的花了吧?喜欢吗?""哦,玫瑰是你送的。""呵呵,你喜欢吗?"

我走出办公室:"亨利,这怎么好意思呢,让你那么老远给我订花!""只要你喜欢就好,我没别的意思,就想给你一个节日的问候。你一切可好?""我很好,谢谢你的关心,也谢谢你的花。""你喜欢就好。过不了多久,我和父亲就会到中国考察!到时候,我们又可以见面了!""是吗,好啊。那我在上海等着远方的贵客。""一定等着我们。节日快乐,好心情!"

亨利的祝福对我来说是意外的感动,很温暖。从他的言语中,我能感觉出他的一腔热情,并没有因为地域空间而有所阻隔。我能看到,他那一张真诚、善良、可爱的脸,在对我微笑。

我们的情人节

今天是个特殊的日子，和梓健会面，就意味着和他一起过情人节。只是心里的另一个自己，会原谅我这么做吗？

出公司时，我没有带走那束粉色的玫瑰。就让它在我的桌上，静静地盛开吧。

下楼后，看见梓健的车停在路边。"梓健……"我惊讶地望着眼前的白玫瑰。他走上前："收下吧，请接受我诚心诚意的祝福。从现在开始，希望你脸上的笑容多一些。""谢谢，谢谢你的花和祝福。"

"我们这是要去哪？""去了你就知道了。"梓健用右手握住我的左手："今天你什么也别多想，也别有压力。我们在一起，好好过属于我们的第一个情人节。我和你的！"我含泪看着他，努力地点了点头。

街头街尾全是一副节日的繁荣景象，微笑、鲜花、礼物……城市中，到处弥漫着爱情的味道。

来到一家西餐厅，我们牵手走进去。优雅的音乐、美酒、可口的西餐。我失落地说："海鲜与酒，你都吃不来，岂不是很亏。""吃什么是次要的。关键在于，和什么人吃。干杯，司徒珈小姐，情人节快乐！""同乐，希望你的手能恢复好，不留一点疤痕。""谢谢，保证听你的，不留疤痕。""你的手那么漂亮，怎么可以留下痕迹。""哦，如果是爱的痕迹，我愿意留下。"

我们和身边共进晚餐的情侣一样，享受着温馨美好的时光。梓健忽然起身："你先吃。我上个洗手间，一会就来。""好，我等你。"

顶上的灯忽然暗了下来，音乐声也安静下来。前方传来一位男士轻柔的声音："大家好，今天是情人节，很荣幸，我能约到心仪的女孩在这里共进烛光晚餐。"

这不是梓健的声音吗？他正坐在台中央朝我这里看。抒情的背景乐缓缓响起，充斥着这间浪漫的西餐厅。

"当你无助的时候，Cry on my shoulder（在我的肩膀上哭泣）。我会在你身边，用爱与你分享。"

"If the hero never comes to you……"（如果你的天空是灰色，请告诉我，在遥远的天堂，一定有属于我们的某个地方……当夜晚渐渐寒冷渐渐变得令人忧郁，当生活变得更加艰辛，我会一直陪在你的身边。我保证永远不会隐藏我的真爱，让爱指引前路。）看着梓健在台上深情地演唱，我的内心受到了强烈的撞击，激动的眼泪跃了出来。这首经典的励志歌，抒情却不失激进，感人至深的歌词，鼓舞人心。

一曲完毕，梓健激动地说："谢谢你，我的女孩。不管遇到任何事，在这个世界上依然有我的存在。我会一直在你身后，默默地支持你，给你力量与信念。《The Reason》（理由）希望你能接受我的心声，谢谢！"

"I'm not a perfect person，As many things I wish I didn't do……"（我并不是一个完美的人，做过许多不该做的事。对不起我伤害过你，至今我都历历在目。你为我承受的伤痛，我希望我能全部带走……这个理由我想告诉你，你并没完全明白我。我所做的只有一个原因，那个理由就是你。）

梓健用尽所有力气在歌唱，宣泄心中的情感，像是一场别开生面的酒吧演唱会。

"再来一个，再来一个！"顾客变成了观众，拍手不停地叫好。

我爱你，我爱你，我爱你！

"谢谢大家的热忱捧场，今天借用情人节的大好机会，把《There You'll Be》（有你相依），送给在座每一对甜蜜的情侣，愿真诚、纯美的爱情陪伴你们一生一世。也献给我心中最可爱、最善良的姑娘。我想让世界万物都知道，我是真的爱你！谢谢！"

"When I think back On these times，And the dreams We left

behind……"（忆起这段日子，和我们留下的美梦，我觉得很欣慰，能在一生中遇到你，实在是我的福气……我这辈子都会在心里，为你留下一个位置……现在我要用尽千方百计，去向你传达满腔谢意。你就在那里守候着我，一直都在那里。）

全场的朋友起身为梓健鼓掌。在荡气回肠的音乐里，在梓健尽情的演唱中，挥洒着热情与真诚。这一刻，与他相遇的每一幕全在我的脑海里游走。洗尽铅华后的真实，从未有过的肯定，在心里向我召唤。

我鼓起勇气跑上台，给予梓健深情与感谢的拥抱。

这一次，我放下了所谓的自尊与骄傲，放下了压力与内疚，放下了世俗的眼光。我们的亲吻，见证了真实的爱情！这一秒，我不再逃避、不再懦弱、不再游离和矛盾。

我要勇敢地告诉大家，我爱梓健！

周围一片鼓掌与欢呼声，一遍遍掠过我们的耳边……

出了餐厅，我们的手再也没有分开过。没有人知道，我们经历了怎样一种情感历程、怎样的心理波动与困惑、怎样痛苦的纠葛与徘徊……

虽然我很感动，但我并不是为了爱可以抛开一切的人。所以梓健你知道吗？这份爱和感情对于我来说，有着多么沉重的意义和不舍！

现在，我能放下一切与你缠绵，能勇敢地面对自己的爱情、面对你。你应该知道，从前的过往，我走得有多艰难！面对你、害怕你、逃避你、思念你、心疼你、责怪你、怨恨你……都只因为我太爱你！

你的一个眼神和动作，都让我痛不欲生！你是我的爱，甚至是我的命！没了你，我真的不能呼吸。你只要给我一口氧气，我就可以存活很久。没了你，活着也是死寂的。

所以，我怕和你生生地错过，错过我们的这场际遇。如今能握住这双铿锵有力的大手，就像握住了整个世界！这一刻的我，不再孤单和害怕！

你牵着我的手穿梭在上海拥挤的马路上，幸福地想要世人都知道我们是一对情侣。

该拿什么去偿还

阿欣给我来电："珈珈，告诉你个好消息，我那 20 万终于搞定了，已经打入张正雄的账户了。这下，阿强真的没事了。""阿欣，你说真的吗？真的筹到 20 万了？"

"放心，没事了。""那，下一笔账，又该拿什么来偿还？""呵呵，这个……这样吧，今天下班你来我家吃饭。""行，不过，有可能会多一个人。""是梓健吧，呵呵，太好了，我等你们。"

晚上来到阿欣家，她已准备好一桌丰盛的饭菜。见梓健也来了，阿欣很是高兴。他送上补品："欣姐，好久不见，身体恢复得好吗？""还不错，托你的福啊。当初要不是你们，我早就没命了。"

"欣姐，千万别这么说，我们都希望你好。""明白。对了，你的手怎么了？""没事，一点小伤。""那不能吃海鲜了，梓健你先坐。珈珈，和我来下厨房，马上开饭了。"

阿欣拉着我的手问："你们在一起了？"我低头不语。她笑着说："终于勇敢地踏出了这一步。在爱情面前，你们选择了前行，祝福你们。""阿欣，我是有顾虑的，你明白。""我当然明白，但面对真正的感情，你们还是奋不顾身了，对不对？"

"奋不顾身？很贴切的词。可是我们，只是相爱，很纯粹。对于以后，我不敢幻想。""这还不够吗？真正地爱一次，轰轰烈烈地爱一回，哪怕短暂也应该珍惜。""这份爱很沉重，我也是考虑了很久才接受的，很痛苦。"

"姐明白你的感受，但最主要的，是你自己内心真正的想法。我看得出你是爱他的，不是谁的影子，就是梓健，对吗？"我默认。"你能做到不联系、不想念吗？如果可以，你也不用那么痛苦了。"阿欣说到了我的内心深处。

"别犹豫了，既然踏出这一步，就要勇敢。梓健是个好男人，真爱难求，不是每个人都能得到的，好好享受这过程吧。来，吃饭。"

饭桌上，阿欣为梓健夹了很多菜："梓健啊，你手受伤，就不能吃发的东西了。不过要补充营养，好快速愈合伤口。""谢谢欣姐，我年轻，底子好，受点小伤没什么。"

"是啊，年轻真好。""你也年轻啊，欣姐。""我？都奔三的人了，年轻什么啊。"我补充："错了，欣姐，你这个年龄，可是最有韵味的。"

阿欣愣了下："是吗？谢谢。珈珈，你还记得去年有一次，我带你去那家西餐厅吃饭吗？""记得，很早以前。""那个吴老板，你还有印象吗？"

"吴老板，有印象。看上去快 50 岁了吧。""对，你觉得他人怎么样？""我和他只是一面之缘，看不出什么，不过总体觉得他还是蛮热情的。""其实，他人还不错。改天去那里吃饭，介绍你们认识。""欣姐，你……""呵呵，实话告诉你们吧，我的忙，就是他帮的。"

"是吴老板帮你的？""对，款子，就是他借给我的。""他那么快就能借给你，那这些钱，以后又该怎么还呢？""呵呵，吴老板人真的不错，他没有让我急着还钱。""是吗？那么简单？"我心里嘀咕着，阿欣又要再一次赴汤蹈火了。

"可就是那么简单，说了你都不信。我和他说遇到了棘手的问题，他想都没想就开了支票给我，告诉我有什么困难就记得找他。只要在他能力范围之内，他一定会帮忙。"

"那，接下来呢？"阿欣耸耸肩："接下来？顺其自然咯。"我默默地往嘴里送菜，不知该庆幸还是悲哀。阿强的款子算是还上了，可是将来的日子，她又该拿什么去和男人交换。除了用身体，还能用别的代替吗？

　　临别前，阿欣送我们到楼下。我接了程辉的电话："珈珈，这几天过得如何？公司忙，也没来得及和你碰面，能照顾自己吗？"我转头看看梓健，他正和阿欣说话。

　　"哥，我可以照顾好自己，别担心。""那就好，昨天，过得还好吗？"师哥的意思是在问我情人节如何度过的。"过得还不错，呵呵。""那这么说，我们的珈珈昨天不是孤单一人咯？""算是吧。哥呢，肖薇姐什么时候来看你？"

　　"快了吧，等她办完手上的案子就过来。你现在忙吗？""我在欣姐这里，准备回家了。""那你回去路上小心。""哥放心，我会照顾好自己！"

　　到家楼下后，车灯熄灭，我和梓健走出来。楼梯口站着一个人，是师哥！

　　"哥，你怎么在这儿，在等我吗？""珈，你回来了？"师哥见我和梓健一起回来，眼里闪过一丝惊讶，又马上缓过神来。他上前礼貌地和他握手："是梓健先生吧。你好，好久不见。""你好，程先生，真的好久不见，最近还好吧？""还行，就是工作忙，也没专门抽时间来看珈珈。"

　　"哥，来了怎么也不和我说一声，等很久了吧？这儿多冷啊。""呵呵，还好。""上去坐坐，喝杯茶。""算了，时间不早了，不打搅你休息了。反正离你近，随时都可以过来。"梓健见罢，马上说："要不，我先回，你们聊着。"师哥连忙摆手："没事，我先走一步。再见。"他立马上车发动引擎。

　　"梓健，你也早点回去休息吧。""那我回去了，明天来接你上班。"

　　就这样，他们一前一后，分别和我挥手告别，穿梭在这并不宽敞的小区中。

　　我已做好了准备，对于程辉表面不说，心中的重重疑惑，我会一个个真实坦白地替他揭开。

精神分裂症

　　清晨，我拉开窗帘，看见梓健的车正停在下面。

　　我一路小跑来到梓健面前，他正拎着一堆早点等我。"你要先吃哪个？""这么多啊，都不知道该吃什么了。""要吃，早餐是一天中最重要的，没有能量怎么工作。来！"

　　隔壁大妈从一旁经过："珈珈，看你真幸福啊，男朋友来接你上班，还给你带早餐。"梓健热情地问："呵呵，大妈，您吃过早饭了吗？""吃了，吃了，小伙子真不错。"梓健回头得意地看我："怎么样，连大妈都说我不错了。""臭美吧你，嘴抹了蜜吗？"

　　到了公司楼下，我们正要拥抱分别，张静从一边走过。"帅哥专车接送啊，好羡慕啊。""这是同事张静，这是梓健。"我没有在梓健面前加上男朋友的字眼，因为还不习惯太张扬。

　　张静挽着我的胳膊说："你真是好福气啊，有这么帅气的男朋友，还对你那么好，羡慕死了。""你男朋友不也对你很好吗？天天电话短信关心着，还不满足啊。""可还是没有你男朋友细心啊，一大清早送你上班。明天，我也要让他接送我上班。""行啊，只要你张静一声令下，他还敢不担待着。"

　　爱情是有魔力的，它能让人的心情变得开朗、愉悦。任何困难，只要遇到了爱情，好像都显得微不足道了。

　　一天的工作似乎都很顺利，想着在一个钟头后或许更早能见到梓健，心里泛过一丝甜意。杯中的茉莉茶，感觉放足了蜜糖，甜到心坎里。

　　手机响，芳芳来电。我欣喜地接起："芳啊，这么好给我打电话？"电话那头，传来她低沉的声音："珈珈，你在吗？""我在公司啊，你呢，辞职了吗？是不是已经去了新单位？""我还没有离开汇意，不过快了。""你怎么了，不高兴吗？还是，他又对你做了什么？""没有……告诉你一个不幸的消息。"

我屏住呼吸："怎么了？""董晓敏……""你说晓敏，她怎么了？"芳芳沉默了一会，用近似死寂一般的语调说："晓敏……她疯了……"

我的脑子瞬间变得空白，木木地愣在原地。在我心心念念期待好消息的时候却迎来了令人如此震惊的噩耗！

"你说晓敏她怎么了？""晓敏，她被那个混蛋……逼疯了！"我像散了架一样坐在椅子上，泪水在眼眶里转动。

"不会的，不会的，晓敏怎么会变成这样？""我们都在医院，晓敏，她是真的疯了！珈珈，你听到她的叫喊声了吗？这就是现在的董晓敏！"电话那头传来歇斯底里的哭喊声，一阵又一阵，听得让人毛骨悚然、撕心裂肺。

跑出公司，坐上电梯，我整个人蹲了下去。心脏异常难受，又憋又疼。晓敏凄惨的哭喊声还在我耳边围绕，在我的心上划了一刀又一刀。我抱住头，狠狠地哭起来。

到了精神卫生中心，我在楼道里见到了芳芳、颜晴，汇意的同事和晓敏的朋友。

芳芳握住我的手，哭着说："晓敏，她真的太可怜了！"颜晴低沉地说："晓敏，被那个混蛋害惨了！"透过病房门上的小窗户，只见晓敏头发散乱、神情惊恐、歇斯底里地叫嚷着。手脚不停地挥舞摆动，情绪躁动不安。她被医生强行按压着，整个人处于十分混乱的状态。

芳芳说："晓敏，她和真正的疯子没什么两样。"颜晴呆呆地看着窗户内："她已经是个疯子了。"

医生从病房里走出来，一行人上前："医生，患者现在情况怎么样？""患者情绪很不稳定，我们已经为她注射了镇静剂，现在睡着了。经确诊，患者得的是精神分裂症，典型的抑郁或躁狂症状。两种症状同时存在，或先后在发病中出现。"

"精神分裂症？这么严重？""是比较严重，不过就她目前的情况比较特殊……患者怀着身孕，她是在手术台上突然发作的，诱发应激因素，急性起病。现在最关键的是，胎儿还在患者的体内，她本人已经完全失去了自主的意识。要等患者的家属来，再开始治疗方案。"

"晓敏的家人坐今天的火车，明天就到。""目前，要杜绝刺激她的一切事物，包括问话、人物和事件。患者出现幻觉和妄想，觉得有人和她说话，在威胁她、想谋害她。这种混合型的状况比较麻烦，需要家属和朋友的配合。所幸，患者还暂未出现自我伤害和攻击他人的行为，所以需要尽快治疗。"

绝　杀

颜晴望着里屋的晓敏："她现在睡着了，很安详。"我看着晓敏熟睡的样子，眼红了："年前我们还见过面，她说会把孩子打掉，重新做人。为什么，为什么会突然变成这样的？"芳芳流着泪向我们讲述了之前发生的事。

年前，晓敏还没离开公司的时候，状态已经很不好了，行为和以前有很大不同，常常忧郁、不说话，神情茫然。

自过年前，刘明用了狠毒的暗招，发诋毁名誉的传真到公司和晓敏家人那里，致使全单位人尽皆知。晓敏找刘明理论，碰了一鼻子灰，又与家人、男友闹翻，接近崩溃。过年前最后一天，她来公司办理辞职手续。

在所有同事面前，刘明又当众侮辱了晓敏："大家把手头的工作停一停，听我说句话。汇意有名誉、有地位，像我们这样有头有脸的大公司，绝不允许被一些不良风气的行为影响和侵害。可为什么有些人会借此平台，利用公司的名誉来达到自己的目的呢？贪念！虚荣！

它导致人的本性变恶，甚至可以不择手段来获取自己想要的东西。"

晓敏坐在办公桌前，低头不说话，忍受着刘明对她的侮辱和恶意中伤。

"大家不要因为这些丑恶的表象而影响我们纯洁、正直的大家庭。我们要严守战线，杜绝一切不良因素在汇意继续肆意蔓延。不要让一只老鼠坏了一整锅的粥，不要让一些人的贪恋欲望来影响身边的人。我们要靠自己的双手获取劳动果实，而不是利用恶劣手段来博取同情。"刘明摸摸鼻头继续说，"这说明什么？庸俗！我们要用正确的人生观来对待事物，不能让欲望迷惑自己的眼睛。看看有些人的下场是什么，大家都看见了吧！想踩在别人的肩膀上立脚，最后却还是踩到了自己的尾巴，惨痛吧？所以，如果你们还想继续在汇意待下去，就请牢记我的话，做好自己分内的事。让我们踏踏实实地做人，勤勤恳恳地做事，用事实去说话吧！"

刘明高调地宣扬着自己的理论，趾高气扬，像在作一场严肃的报告会。

颜晴实在听不下去了："刘总，差不多了吧，汇意的人都不是傻子，用不着你在这里高谈阔论。大家都有分寸，何必把话说得那么难听。能不能对即将离职的员工仁慈一点？"

刘明扯高嗓门说："呵呵，要是有谁心里觉得别扭，那是因为他心虚！他们有愧于我，有愧于公司！难道我说错了吗？"

晓敏整理好桌上的东西，哭着跑出了公司。刘明挥手轻笑："哈，看到了吧，什么叫落荒而逃的老鼠，就是这样。好了，大家继续工作，不要让一些人影响你们的情绪。"颜晴气愤地说："刘明，你太过分了！"

春节过后，晓敏又来到公司。芳芳上前叫她："晓敏，你来了！"她没有理会，面无表情，目光呆滞地走了进去。

晓敏敲开刘明办公室的门，坐在沙发上。刘明阴阳怪气地说："呦，要来向我兴师问罪吗？"晓敏不作声，一动不动地坐在那里。刘明把脚搁在桌子上，点上一根烟："是不是还不肯罢休，还想从我这里捞好处？告诉你，我什么都给不了你！"

晓敏狠狠盯着刘明看，一言不发。刘明感到不对，换了个口气："听话，乖乖把孩子做掉，你还是一个黄花大闺女。你不说，别人照样看不出来。"晓敏起身，慢慢走到刘明跟前，看得他心里发虚。

"很恨我是吗？我也不想成为别人憎恨的对象，尤其是女人。女人要么爱我爱到发疯，要么恨我恨到骨子里。爱我，不是我逼的，是你们自愿的。所以有些女人爱我，也是一种悲哀。她们应该知道，爱上我的下场是什么。如果不能妥协，后果就会变得很狼狈。"

晓敏终于开口了，冷冷地说："你认为，我是爱你吗？""呵呵，多少有一点吧。不过，你更多的是爱我的钱。"晓敏死寂一般地说："哼，以前，我是很爱你的钱和地位，所以也就要了你这个人。可现在，我不爱这些了，也不要这些了。"

刘明放下脚："是吗？真的不爱了，也不要了？""不要了！""哦，那就好，那你现在还要什么？""你说我要什么？""哼，像你这么有心计的女人，我哪知道你心中的欲望！"

"那我现在告诉你我要什么！我……我要你的命！"

她从包里拿出一把明晃晃的菜刀，架在刘明的脖子上。他被突如其来的举动吓坏了："董晓敏，你这是干什么！你疯了吗！快把刀放下！""是啊，我是疯了，被你逼疯的！你把我害得好惨，工作没了、朋友没了、爱人没了，连亲人都不理我了！还在同事面前诋毁我的名誉和清白，你要我怎么活，怎么活！"晓敏发疯似的吼叫，"肚子里还有一个孽种，是他在惩罚我对不对？是你让他惩罚我的，对不对？"

"董晓敏，你先把刀放下，放下！""你把我害得这么惨，总要为之付出点代价吧。""所有做的这一切没有人逼你，都是你自愿的，怨得了谁！既然出来混，就要懂得游戏规则。假如不懂，当初就不应该拿你的身子出来贱卖！""你闭嘴，混蛋！我现在什么都没有了，一命换一命，值啊！"晓敏抓狂了，她把刀刃贴在刘明的脖子上。

"行啊，你有本事把刀按得重一些，就算把我杀了，你的孩子也见不到亲生父亲了！""你配当父亲吗？配吗？你连人渣都不如，谁当你的孩子那是耻辱，是耻辱！"晓敏边哭边说,陷入深深的痛苦之中。

刘明一机灵，趁晓敏不注意反手打掉了她手中的菜刀。"咣啷当！"刀子掉在地上，发出清脆响亮的声音。两名保安冲了进来，把晓敏整个人抬起来。她发疯地叫着："放开我，放开我！你们抓我干什么？我要为民除害！应该抓他！刘明，我要杀了你这个混蛋！败类！放开我啊！"

凄惨的哭喊声回荡在整间办公室内。

好多同事都在围观。颜晴、芳芳站在那里，看得傻了眼。刘明起身,摸摸脖子,抖落下不整的衣襟:"哼,想做掉我,还嫩了点。"保安问刘明:"刘总，要把她送 110 吗？""算了算了，不要把事情搞大。以后，不准她再进这幢大楼一步。"刘明做了个挥手的动作，示意他们把晓敏抬出去。

芳芳跟下去。到了一楼，保安把晓敏扔到外面，她重重地摔在地上。保安指着她的鼻子："你别敬酒不吃吃罚酒！刘总是宽宏大量，看在你以前是公司员工的份上，没把你交给 110！以后不许再来这里胡闹！疯婆娘，快滚吧！"

保安把大门紧闭，透过玻璃，晓敏不住地敲门："开门！让我进去，让我进去！难道连你们也被那个混蛋收买了吗？总有一天，你们的下场也会和我一样！"

芳芳上前："我们是同事，让我和她说！""小姐，她现在像个疯子一样，能行吗？""开门让我出去！"芳芳出门搀扶起晓敏："晓敏啊，别敲了，没用的！你真傻，你这样只会害了自己，让那个混蛋得逞！""芳芳，我恨啊，我恨啊！"两人抱在一起痛哭流涕。

疯　了

2月16日，芳芳和晓敏的两个朋友陪同她上医院，准备实行人流手术。在进手术室前，大家安慰晓敏："敏啊，你很坚强，进去睡上半个钟头就好了。""一点都不疼，你别紧张。""等你出来后，我们带你去吃好吃的，买漂亮的衣服，好不好？"

晓敏没有表情，呆滞木讷，眼角还有泪痕。她像个小孩，脚步迟缓地往前挪移。即将关上手术门的那一刻，晓敏回头看她们。委屈、无助、茫然的眼神，撕碎了她们的心。当门正要关上时，晓敏突然冲过来，抱住她们哭着说："我不要手术，我不要！我怕，我怕！"

"别怕，一会就好了！""我不要，我不要！他们都是凶手！好可怕，好可怕啊！"

护士说："病人情绪不稳定，你们派位代表和我们一起进去，帮助她缓解情绪。有朋友在，她会感觉好一些。""好，我和你们进去吧。"晓敏的一位朋友说。

芳芳上前："晓敏，你是最勇敢的。别害怕，我们等你出来。"再次进去，她仍旧回过头，很无助地看着她们……

芳芳对我说："晓敏当时的眼神和表情，我这一辈子都忘不了。她进去之后，就发生了谁也没有预料到的事。"

另一朋友和芳芳在手术室外聊起了晓敏："我早说过，这种事不适合她，可她就是一意孤行，认为有钱就是硬道理。现在的男人，哪个玩不起。比她漂亮、优秀的女孩多了去了，晓敏这是拿鸡蛋碰石头。到最后，受伤的还不是自己。"芳芳沉默地听着。

"晓敏昨天回家后情绪很不稳定，光洗澡就洗了一个多小时。她说要洗掉罪恶和肮脏，不能让自己的孩子看到这样的妈妈。说话时而清醒，时而木讷，还语无伦次。吃饭的时候，她硬是吃了三大碗。说不多吃点，小孩怎么有力气生长。我们觉得不对劲，商量等她做完手术，带她去心理科检查，是不是患了抑郁还是什么。""对，要去看，晓敏受了这么多刺激和侮辱，她心里一定承受不了。"

正说着，就听见手术室里传来晓敏发疯的声响："我不要手术，我不要手术！你们都是凶手，是杀我孩子的凶手！放开我，放开我啊！"只见晓敏冲了出来，赤着双脚往走廊跑去。医生和护士跟了出来："糟糕，快，追上她，她的精神受刺激了！"晓敏快速地跑着，医生和护士在后面狠命地追赶。

一行人追上晓敏，把她架回来。周围的人纷纷投来了惊奇的目光："呦，这个人好像疯了一样。""精神受刺激了，不正常了！"

晓敏大声哭喊、反抗着："放开我，放开我！你们这些刽子手，想趁我不注意把我的孩子做掉！我要告诉海刚！你们真黑心啊，我要把医院告上法庭！哈哈哈……"

芳芳和晓敏的朋友们愣住了："晓敏，你知道自己在说什么吗？告诉我们，这个孩子是谁的，他是怎么来的？""这是我和海刚的孩子啊，孩子现在还没见到爸爸，你们怎么这么残忍啊！"医生一抬头："马上送精神卫生中心！"

晓敏的朋友傻了："进去的时候，晓敏很害怕。她一直握着我的手发抖，手心里全是冷汗。"

上了手术台，晓敏的神情不对了。她问朋友："他们这是要干什么？这么恐怖？"朋友说："给你动手术啊！""动手术？给我动什么手术？""晓敏，你这是怎么了？现在要给你做人流手术啊，难道你不知道吗？"

她一下发疯地说："我不要动手术，你们这是干什么？我不要，我不要！你们都是凶手，是凶手！"她下了床，几个护士没能拉住她，就这样跑了出去……

病床上的晓敏，在镇静剂的作用下睡得很香。我蹲在床边，握起她的手，眼泪纷纷掉下："晓敏，晓敏，还记得我吗？我是司徒珈啊！

你这是怎么了嘛？你不是答应过我要重新生活的吗？怎么食言了呢？你真傻，真傻……"

此时，我想自己的心情和他们一样，在惋惜和悲痛之余，也恨透了那个混蛋。是刘明一手把晓敏摧残成这样的，他是罪魁祸首！我们这么多人，却奈何不了他一个！

到了明天，我们面对晓敏的父母，该如何向二老讲述事情的原委……

有　罪

回家时，已是深夜十分。我木然地走上楼梯。到门口，发现梓健靠在墙边，他在等我！

"梓健，你怎么在这儿？"他直直地盯着我不说话。我握住他的手："你的手怎么这么凉，在这里等很久了吗？""你的电话呢，为什么一直都打不通？""我的电话？"我从包里拿出手机，"对不起梓健，手机没电了，我没有注意。"

"你没有注意？你不知道下班我会来接你的吗？""我，我忘记了。""忘记了？从下班到现在，你都忘记了？我赶到你公司，他们说你提前离开了。手机打不通，你也不和我说一声，想急死我吗？"梓健握着我的胳膊责怪道。

我真的忘记了，忘记下班后梓健要来公司接我的。晓敏的事，让我把他忘得一干二净了！

"梓健，你生气了？""我当然生气了，气得快发疯了！""对不起，对不起，我真的忘记了。"梓健红着眼，大声地呵斥："你到底去哪里了？一点消息都没有！如果你有事该怎么办？我要到哪里去找你，啊？你再不回来，我都要拨110了！现在世道这么复杂，你想让我担心死吗？啊？"

我抱住他哭着说："真的很抱歉！因为临时有急事，一直在忙。对不起！""到底发生了什么，让你这么失魂落魄？""梓健，怎么办，该怎么办？"

梓健把我扶到沙发上，递上牛奶："发生什么事了？"我呆呆地说："我以前公司的同事晓敏，疯了，被老板逼疯了！肚子里，还有个见不得光的孩子。现在，她只能在精神病院待着。"

"你说什么？你的同事疯了？被老板逼疯的？还有个孩子？""她今天从手术台上跑下来，疯了。精神分裂症。""精神分裂，这么严重？""看到晓敏那个疯癫癫的样子，实在太心痛了。好好的一个女孩，被糟蹋成那样。是刘明！是我以前那个老板把她害成这样的！"我激动地握住梓健的胳膊。

"好好，你冷静下。现在医学这么发达，医生会给晓敏治疗，一定能医好她的病。"我用颤抖的声音说："可是，她已经疯了，这是改变不了的事实。她还这么年轻，这一生，就这样完了。""谁都不愿看到这个结果。现在要做的，是正确地去面对。像晓敏这样的女孩，要给予她更多的关爱和帮助。"

"梓健，你知道吗？我心里很不好受，看到晓敏那个样子，我感觉快窒息了。""作为她的朋友，要勇敢面对。否则，更会加重她的病情。"

"梓健，你不懂。我……我心有愧疚。我有罪，我愧对晓敏。"

"你在说什么？晓敏的事和你有什么关系？为什么要把自己也牵扯进去？"这一次，我没有再向他隐瞒……

"她真的很可怜，太悲哀了。只是她认识到错误晚了些，如果她早点意识到，能够醒悟，也许后果就不会这么严重了。"梓健感叹道，"可是，这和你有什么关系呢？你只是个旁观者，你并没做错什么。"

"不，不，我有罪！虽然当时很气愤，可我做了什么，我不但没有阻止晓敏，反而还像透明人一样当什么都没看见。可它就在我的眼皮底下！我太自私了，为了保全自己，眼睁睁地看着晓敏往火坑里跳。

我居然还庆幸自己能看得下去。我在这个公司学到了什么？学会了做人，学会了什么该说什么不该说，学会不八卦，学会了见人说人话见鬼说鬼话。在汇意，我居然学会了圆滑！"

"请别这样说自己行吗？""不，我要说，让我说！"我哭着忏悔道，"我一次次看见董晓敏和刘明在一起，一次次见她上了刘明的车。可我，却没有做出任何举动。是因为我不够喜欢她吗？如果换了是芳芳，我一定会干涉和制止。可因为是晓敏，我并没有那么做。她变成现在这样，我是有责任的。我后悔死了，如果当初我能上前拉她一把，如果我能正面地说服她……也许她今天还会好好地站在大家面前！"

梓健紧紧把我抱住："你在胡说什么，你太傻了！这和你没有任何关系，你干吗非把责任揽到自己头上？""不，我有责任，我是个凶手！如果说刘明是主谋，那我就是帮凶，帮助凶手让晓敏一步步走上绝路的！"

"够了，司徒珈！不要再胡乱说话了！难道你也要跟着一起疯吗？就算当时你阻止了晓敏的行为，你能阻止她心里的想法吗？你能阻止她的欲望吗？你管得了人，管得了心吗？你能 24 小时步步监视她吗？她是个活人！她有权利支配自己的行为和意愿。连她父母都说服不了她，你一个外人，又能说服得了她什么？晓敏如果铁了心要走这条路，就是天王老子也拉不回她的脚步，晓敏仍旧可以一意孤行。而你又在内疚什么！"

梓健说得很对，我管得了人，管得了心吗？晓敏如果执意要这样生活，我又能说服得了她什么？可是我的内心，却挣扎得要命。

"倘若当时我能试图努力挽回晓敏，就算最后她还是一意孤行，但至少我努力过了。现在，我的行为是不是也构成犯罪了呢？就像眼看在深深的悬崖边苦苦哀鸣的求救者，我明明可以拉她一把，使她免于一死。可我没有伸手，眼睁睁地看她在我的眼皮底下跌落万丈深渊。然后才感到内疚和遗憾，才在崖头狠狠地发出忏悔。"

梓健深沉地说："只可惜，晓敏并没有向你哀求，她没有给你发出任何信号。所以，你没罪！"

梓健，我真的有罪！我在心里默默地自责，我的良心终于在这一刻感到不安，可惜太晚了！

洗刷罪恶

第二天，在医院我见到了晓敏的父母。他们年纪不算太大，但因操劳，皱纹和白发过早地出现在他们的脸上和头上。身边还有一位男士作陪，想必那就是海刚。

"阿姨，叔叔，你们好。""你也是晓敏的朋友吧，多亏了有你们这些好心的朋友，我替晓敏谢谢你们了。""阿姨，别这么说。你们坐。"

晓敏母亲神情痛苦，老泪纵横："我们的晓敏啊，从小就倔强，喜欢自作主张，从不听大人的劝。结果呢，被自己的性格给害惨了。"

"都是我不好。"海刚自责地说，"是我没给晓敏解释的机会，我不该丢下她不管的。如果我肯听她解释，一直陪在她身边，或许事情就不会变成现在这个样子。"

晓敏父亲拍拍他的手背："海刚啊，你已经做得够多的了，可以了，你对晓敏真是仁至义尽啦。是我们家女儿不懂珍惜，是她配不上你。""叔叔，您千万别这么说。现在的任务，是要救晓敏的命，让她做回一个正常的人。"

我和晓敏的朋友互相看了看，沉默不语。

医生走过来："病人现在醒了，情绪基本稳定。家属要和她说些温和的话，不能再有刺激的言语。还有，患者肚子里的孩子，按照规定，是不能生下来的。"母亲连连点头："对，要做掉，赶紧做掉！""我们决定今天做手术，然后实行治疗方案。""医生，我们都听您的。"

晓敏的家人走进病房，母亲用颤抖的声音说："敏啊，爸妈来看你了，海刚也来了。你还认不认得我们啊？"晓敏呆呆地看着他们，不说话。父亲上前："晓敏，这是你妈，我是你爸，这是海刚，你应该认得吧？"海刚握住她的手："晓敏，还记得我们当初的约定吗？我答应你，要为你披上美丽的婚纱，你忘了吗？"

晓敏开口说话了："嘘，你们别吵，一会吵醒我家宝宝了。""晓敏啊，知道宝宝的爸爸是谁吗？""宝宝爸爸？海刚啊，海刚。""晓敏，你看看我，我就是海刚啊。"晓敏一把推开他："你不是，你不是！我的海刚长得没这么难看，他很精神的。不像你有这么多胡子，难看死了。"海刚摸摸脸上的胡须，转身走了出去。

母亲不断掉泪："晓敏啊，等你的病好了，我们就接你回家！""我没有家，没人理我，没人爱我了。""我们爱你，我们都爱你。我们再也不会丢下你不管了！敏啊，我的敏啊，你怎么会变成这样啊？"母亲抱住晓敏，痛哭流涕。

海刚跑进来，他去医生那里借了个剃须刀，刮掉了脸上的胡子。"晓敏，来，用你的手摸摸，看看我还是不是你的海刚？"海刚把晓敏的手放在自己的脸上，轻轻地抚摸着。"你是海刚？""是，我是。我是和你从小一起长大、一起读书、一起玩耍的海刚。我答应你，要娶你做我美丽的新娘，还记得吗？"晓敏看着他，眼里红红的。海刚流下泪，看到他伤心，晓敏也哭了起来。

"海刚，海刚，你怎么才来？你再晚来一点，我们的小宝宝就要被凶手杀死了！"海刚抱住晓敏痛哭："我来了，我来了！我再也不走了，再也不离开你了！"

大家被眼前的一幕深深感动了。

医生和护士走进来："我们现在要带她去手术室。"看到穿白大褂的人要带走自己，晓敏慌乱起来："你们要干什么，干什么？"海刚："晓敏，我们去另一个地方，一会再回来。""不，我不离开，不离开！回来后海刚又不见了，你又走了。""不会的，晓敏，我陪着你。"

晓敏被医生抬上病床，护士在她耳边小声地说："晓敏，我们去一个好玩的地方，不过你先要睡一觉，睡醒之后就看到了，好吗？"她似懂非懂地点点头："好。"在推去手术室的路上，晓敏被打了麻药，渐渐地睡过去，她要在沉睡中和自己罪孽的骨肉告别。

同样是见不得光的孩子，却不能亲口说一声再见。流掉那部分罪恶的血后，是否就能拯救失落的灵魂？扼杀掉欲望和虚荣后，晓敏的意识能否被催醒？没有了凌辱与威胁，她的心最终能否归于平静？没有了魔鬼的唆使和为难，她的命运，是否真的能得到安生？

晓敏被推出来时，脸色苍白，睡得很沉。医生摘下口罩："手术很成功，麻醉还没有那么快过去。先把病人送回病房。"晓敏的妈妈流着泪说："敏啊，解脱了，你终于轻松了，他不会再来纠缠你了。"

虚伪的探望

我们在走廊上坐着等待。颜晴接了一个电话，起身走到角落："你来干什么？还害得她不够惨吗？真无耻！"颜晴走回来，看看我："他过来了。"

几分钟后，刘明拎着水果花篮大摇大摆地出现在安静的长廊里。所有人站起来，眼里充满着愤恨的目光。再一次看见这个无恶不作的家伙，我的拳头握得紧紧的，真想上去给他几个重重的耳光。

颜晴上前："你来干什么，看到她变成这样，你开心了？""你怎么这么说我，我也是一片好意嘛。作为公司的员工，我这个做领导的，当然得来问候一下。看到晓敏这样，我也很难过。""你少来假惺惺的这一套，虚伪！"

海刚走到刘明面前："你就是那个老板？""我是刘明，你们好。我来看看晓敏，她怎么样了？"晓敏母亲忍住情绪："不用你来假好心了，我们晓敏不想看到你！"

海刚揪起刘明的衣领大喊道："你这个混蛋，就是你把晓敏害成这样的！你把好好的一个女孩，变成了一个疯子！你毁了她的一生！""谁都没想到事情会变成这样，我的心里也很不好受。这些钱，就当给她的医药费，请你们收下。"

海刚甩掉刘明手中的信封："谁要你的臭钱！我们就是再穷，也不会伸手问你要一分钱！晓敏就是太傻，所以才会落入你的圈套！当初，你就是用这些臭钱诱惑她的吧？"海刚拿起地上的信封，掏出一张张红色的人民币，愤愤地丢在刘明脸上。瞬间，钞票像天女散花般从天而降，落了满地。

刘明站在原地不动："要是晓敏当初不那么浮躁，也许不会变成这样！""你还说，就是你害的！狗屁的大上海、狗屁的好生活、狗屁的金钱……就是这些诱惑，迷住了我们晓敏的眼睛！"

"海刚，别和混蛋废话，把他的东西拿走，拿走！"晓敏的父亲上前来拉海刚。刘明假惺惺地上前："叔叔，您消消气啊，看到晓敏这样我也很心痛。""你，你给我滚！滚！""叔叔，您看，我好心来看晓敏，你们竟然……"

海刚大声喊着："晓敏的父亲让你滚，你听到了吗？滚！"他把花篮一股脑儿地拆散，花瓣洒落下来，五颜六色染了一地。水果重重地掉了出来，滚了满走廊。晓敏的妈妈捂住脸，痛哭地嘶喊着："滚——滚——"空旷的走廊里，围绕着凄惨的回音。

"你走啊，还不走！"颜晴上前推搡刘明。晓敏的朋友说："大家都不想看到你，叫你走还不走！"刘明看了看我，又看了大伙一眼，深深地鞠了一躬。我的眼里布满了泪水和愤怒的仇恨，拳头攥得更紧了。

刘明从我们身边经过，皮鞋的嘀嗒声响，回荡在空旷的走廊中。海刚抓起地上的花和水果，朝刘明的方向狠狠扔去。

"啊——"他声嘶力竭地大叫道，发泄着心中的悲愤。晓敏的父亲不停地叹气，母亲哭着说："作孽啊，作孽啊……前世的冤孽，今生该拿什么来偿还……"

蜕 变

陪同梓健拆完线后，我们来到西餐厅，阿欣已在那里等候。

"欣姐，吴老板。""来，我给你们介绍，这是吴老板，你们可以叫他老吴。这是司徒珈，我最要好的姐妹，你们见过的。这是梓健，是她的男朋友。""在下吴军祥，我的名片，请多多指教。你们喊我老吴好了。司徒小姐，我们以前见过。这位帅气的先生，是第一次见。""不敢当，这是我的名片。""哦，电子贸易公司部门经理。年轻有为啊，不错。"

梓健说："欣姐，吴老板还这么年轻……""呵呵，我们都这么叫他，老吴。""是啊，随便叫。来来来，尝尝我们这里的招牌菜。"梓健问："吴老板经营这家西餐厅很久了吧？""嗯，六年了，所有的心血都在这里。我开了五家分店，这是总店。"

我说："吴老板，您真厉害啊，平均一年一家。""呵呵，哪里啊，我也是因为以前做期货亏了，所以才转战餐饮界的，累人呐。不过看到店里的生意这么火爆，客人们喜欢，哪怕再累也心甘情愿。"

梓健笑着问："什么时候也向我们传授下生意经，以后我也想自己干。""是吗？你们要一起做生意吗？只要用得到我的地方，尽管开口。"我连忙说："哦，不，我没和梓健做生意，我有自己的工作。""听阿欣说，你在外企做翻译，不错啊。你们可真是郎才女貌，以后可以合并两者的能力，打拼自己的事业了。"我低下头说："呵呵，暂时，我还没这么想过，还是以自己的工作为重心吧。"

"呵呵，现在的女性啊，都很独立。你看阿欣，我认识她这么长时间，一直是这样。"阿欣说："今天请你们过来，是想和你们宣布一件事。"

我心里一咯噔,该不会是阿欣又要宣布结婚的消息吧?男人有恩于她,她说不定又会搭上后半生的幸福。

吴老板微笑地看着我们:"我马上就要开第六家分店了。"我和梓健齐声:"恭喜您,吴老板。""我想请阿欣管理徐汇区的新店。"我和梓健惊讶地相视一笑。

我问:"吴老板,这是真的吗?""当然是真的,阿欣还享有原始股份。""是吗?欣姐,那你的意思呢?"阿欣低头笑笑:"难得吴老板这么看重我,他诚心聘请我,还给我这么好的待遇,我怎么好再三推脱呢。我已经答应了。"

"真的?那房产公司的工作怎么办?""我准备递辞呈。""你真的决定了?"阿欣叹口气:"嗯,该和那个破单位说再见了,我也是时候换换新环境,和从前做个了断了。否则,我永远走不出那个怪圈。"吴老板拍拍阿欣的肩:"没事了,一切都会好起来的。这个店,以后就交给你喽,还烦请您多费心呢。"

看着阿欣和老吴,我不知接下来带给这个女人的又将是什么?是同情、帮助、解脱,还是重生?只觉得这一次,阿欣的脸上,带着从未有过的淡定笑容。

梓健笑着说:"来,我们干杯,祝贺吴老板新店开张,生意兴隆!也祝愿欣姐,成为一名优秀的经理人,从此有了属于自己的一片天。以后徐汇那里的客源,我们包一部分。"吴老板高兴地说:"好啊。其实这家店就是阿欣的了,是她自己的生意。""干杯!"

阿欣在洗手间,看着镜子:"怎么了,宝贝儿?你是不是想问我,之前向老吴借的那20万,要用我以后的人生去偿还他?告诉你,老吴他是真心愿意帮助我。看到我目前的窘迫,那款子,他不但没让我还,还把自己新装修好的西餐厅交给我来打理。"

我怀疑地问:"他真的这么好心?"阿欣凑到我耳根,小声说:"你知道吗,到今天为止,他都没有碰过我。""什么?""看不出来吧,他不仅没占我便宜，还把股份也分给我。呵，想不到天底下，居然还有这样的男人，甘愿帮助一个不给他任何回报的女人。""……"

"老吴在生意场上，算是不多见的好男人了。""他，有家庭吧？""离了，有一个儿子，今年要高考了。""欣姐，但愿这一次，真的是一个新的改变。"阿欣将擦完手的纸巾狠狠地扔进纸篓，坚定地说："不是改变，是蜕变，我要彻底和自己的从前说再见了！"

"加油！以后，我们就要改称呼了，要叫你周老板了！""呵呵，什么老板，我就是你的欣姐，你们没事就过来吃饭。开业那天，别忘了来捧场哦。""一定的，开业时，还要叫上身边的朋友来吃饭。"

"没问题，你和梓健还有师哥来，全免单。你们的朋友来了，一律半价。""哇，那不亏本啊。""开业嘛，涂个热闹、吉利。""我们到时还要送你大花篮呢。""呦，这么快就是我们、我们了？""欣姐……""姐也希望你开心，你和梓健过得幸福，我也会欣慰的。好好把握！""我会的。"

我们的家

和阿欣、老吴告别后，我们驱车返回。

我感慨："看到阿欣有个新开始，我真替她开心。""相信欣姐，一切都会从这一刻好起来的。我们要对她有信心，不是吗？""梓健……""嗯？"其实我想问，那对于我们之间，又该抱有多少信心呢？对你，对我，对这份感情。

回家后，我们坐在床前的地毯上。

我认真地说："梓健，我要给你一样东西。""什么东西，是吃的吗？""你就知道吃，刚才在西餐厅还没吃够吗？""开玩笑啦。不过，我确实很想吃你做的食物。""没问题，只要你需要，我都做给你吃。我现在要给你的，是这个。"我将一把钥匙交到他手里。

"钥匙？为什么要给我这个？"梓健惊讶地问我。

"这是我房门的钥匙，我给你也配了一把。以后，你随时可以来我这里。不需要请示，不需要报备。假如我不在家，你又临时找不到我，就上这里来等我。以后，你再也不用心急地在门外傻等我了，那样多冷，我会心疼的。你可以在家，跷着二郎腿躺在沙发上看电视、玩电脑、吃东西、抽烟、喝酒，不需要拘束。要是累了困了或是冷了，你可以窝在床上睡大觉。你可以做一切想做的事，就像是在自己的地盘上一样。这里是家，我们的家。所以你在这里等我，大可以安心。不管我在哪里，天亮之前，我一定会回家。"

梓健一把搂过我："谢谢你，珈。我很感动，你让我说什么好。我拥有了天底下最难得的幸福，我会好好的、用心收藏这把钥匙的。把我们的家，放在这里。"梓健握过我的手，放在他的胸口上。

借着灯光，我们拥抱、亲吻，感受彼此的温度。梓健摸我的刘海："我心中的女神，只要看着你，我就觉得幸福。你那么让人心疼，看着你，我的心也跟着碎了。"

梓健的眼眶红了，我忍不住流泪。眼前的这个男人，是我深爱的，也是最难取舍的。抱着他，我也同样感觉心痛！

梓健温柔地吻我的眼睛、脸颊、嘴唇、颈项，我积极地回应他。梓健轻声问："今晚，我可以要你吗？""梓健……""假如你不愿意，没关系，我尊重你。""对不起，我，还没有做好准备。""我明白，我不给你压力。我会耐心地等你。"

梓健，你可知道，在你之前，我有边宇。我的身体里还残存着他的余温，内心深处没法忘记他！如果我接受你，是不是也就意味着背叛了你？假如你要了我后，却发现我身上还有其他男人的体温，你又能接受这样的我吗？就像你拥有过小雯一样，你说对她的感情和爱情不同，但你在行为上还是要了她。你认为，我也会一点都不介意吗？

我们都是俗人，并不高贵。脱去白天那件矜持的外衣，我们也渴望在夜晚穿越对方的身体。拥有彼此的肉身与灵魂，是人类心中不灭的欲望。我们崇尚单纯却也极度自私，总想成为对方心中和身体上的那个唯一。事实上，在我之前你拥有小雯，在你之前我拥有边宇，这是改变不了的事实！

"梓健，谢谢你能尊重我。""不要这么说，我已经得到了最珍贵的东西，是天底下最幸福的男人了。对于那方面，只能说是情到深处，自然流露的表现。你不接受，并不代表你不爱我，对吗？"

我摸着他的脸，深情地说："梓健……你知道的，我有多么爱你，多舍不得你。"我抱住他，任眼泪纷纷落下，滴在梓健的后背上。

"我当然明白你对我的用心。所以，无论如何，我都要感激你。""那，你对小雯呢？你对她，也是这样的方式吗？"梓健定住了，不说话，而后转身，平躺着，双手放在额头上。

"对不起，也许我不该这么问。"梓健叹了口气，"你认为……我会对小雯怎样？""我……我不知道……""如果到现在，你还认为你和小雯一样，那你错了。""难道不一样吗，不都是让人想得到的女孩吗？"

梓健转过头，惊讶地盯着我看。

"就像你想得到我，当初，也是这样想得到小雯的吧？"我知道自己的问话有些残忍，对于他们之间的隐私，本不该问。可我还是不由自主地说了，我想问问梓健是怎么看待我和小雯的。

"唉，不早了，睡吧。"梓健拍拍我的肩膀，转过身去，没有再理会我。

这一夜，我睡得很不踏实。

醒来时，发现桌上有准备好的早餐。房间里，不再有他的身影。

我喝了口牛奶，还有余温。吃了面包，其中的果酱他都为我精心准备了。梓健没有走多久，只是，他又丢下我，再度离开了吗？我拿起手机，拨通他的电话。有音乐回旋在房间，一看，他的包还完好无损地放在沙发上。我笑了。梓健没有走远，他没有丢下我！

20分钟后，门口有动静，只见他开门进来，手里拿着一大篮子的菜。

我穿着睡衣跑上去，狠狠地抱住他："梓健，我就知道你不会丢下我的，对不对？""傻瓜，我怎么舍得丢下你自己跑掉。""你去买菜了？""是啊，宝贝，先松一下。你勒死我了，让我先把菜放进厨房。""我不放，我就不放。""好好，你不放，继续抱着，我把菜搁一下。"

我抱着梓健，说什么也不肯撒手。

梓健看着我："怎么不穿外套，着凉了怎么办？早餐吃了吗？""吃了，一直在等你。""是吗，等多久了？""20分钟，像过了一个世纪。""我也一样。所以我用最快的速度飞奔到你跟前。还想睡吗？"

我摇摇头："睡了多浪费时间啊，少看了你很多细节呢。我要把你每个细节都欣赏一遍，然后记在心里。当我一个人独处时，再拿出你的样子来好好回味。"

梓健为我披上外套："好，那你盯着我，一眼都不放过。不过这样，你可是要好好进补一番，要不，怎么把我那么复杂的一个人全都记住呢，是不是？""啊，你很复杂吗？""还好，一般复杂咯。""看看你哪里还深藏不露？""呵呵，来，还是先看看我给你买了什么吧。"

梓健拉我进了厨房。我一看："是乌骨鸡啊！""喜欢吗？我用党参和红枣、枸杞炖来给你补身子，好不好？""我又没有坐月子，不一定非要吃这么补的。"

梓健边说边忙活起来："谁说的，这你就不懂了吧。但凡是女人，都需要进补，靠化妆品倒不如直接食补。不是都说，由内而外的美才是真的美。吃了我的爱心乌鸡汤后，保准让我们的司徒小姐，面色红润，容颜亮丽。别人一定会问你，用的是什么牌的化妆品。然后你自豪地告诉她们，用的是自家祖传秘方。"

"呵呵，真有你的！""那可不，到时咱爸咱妈见了自家宝贝的脸色不红润，还以为我欺负你了呢，是不是？"咱爸咱妈？梓健已经把我的父母当自己的家人来对待了，就像当初边宇对待我的父母一样。

"那好，你的心意我收下。只是，你要用什么器皿来做呢？我家没有炖锅。""不用担心，我给你准备好了。"梓健从袋子里拿出一个瓦罐："用这个，乌鸡会炖得很香。""你买的？""是啊，我看你搬家后也没有这些东西，就给你买来了。"

我感动地搂住他："梓健，你太细心了，真会持家。是不是来上海时间久了，也慢慢被感染了，变成上海男人了？呵呵。""傻瓜，我本来就很会持家。"

我从后面抱住他，把脸贴在他的背上。"怎么了，宝贝？""我就想抱抱你，想记住你的味道，怕隔夜便闻不到了。假如以后我找不到你，就可以寻着你的味道来找你。好不好？""呵呵，好。我一定忍着不洗澡，你来找我的臭味啊。""没问题，天涯海角，我也要找到你。"梓健转过身："不用天涯海角，我就在你眼前。你不会找不到我。"

饭桌上，梓健盛起一勺汤，递到我的嘴边："来，尝尝我的爱心乌鸡汤。""很鲜，真好喝。"梓健给我的碗里夹了很多菜："来来来，多吃点，我要把我们的小司徒养得白白胖胖的！"

看着他为我忙前忙后，又不断给我夹菜，一阵心酸。"怎么了怎么了，好好的怎么哭了呢？是不是我做的菜不合你胃口？"我摇摇头，感动地说："我尝到了家的味道，谢谢你为我做的一切。也只有家人，才会对我真正的好！"

梓健笑笑，摸摸我的头。

我连忙给他夹了乌鸡："你的伤口刚拆线，你应该多吃。""我喝汤就行了，你吃。""你不吃，那我也不吃。""好啦，败给你了，一起吃。"

甜蜜情侣写真

午后，伴着温和的阳光，我们手拉手漫步在淮海路上。时尚商业街，一副现代气派，充斥着浓厚的文化氛围。我们感受着两个新上海人在这座城市中相处的味道。

经过一家摄影工作室，橱窗内摆着大幅新人的照片。我停下脚步，呆呆地望着它，看得入了神。门口一位店员问："两位一定是甜蜜的情侣吧？"

梓健搭着我的肩膀，对她说："不错，你眼光真好。""先生、小姐，我们现在是开业大吉，正在进行优惠活动。两位如果是即将步入礼堂的新人，不如来我们工作室看看，说不定会有你们喜欢的答案。"

"我们……"我正想和她说我们不是准备结婚的新人。梓健立马拉过我的手："是，我们正想看看有什么系列合适我们的。""梓健……""走啊，进去看看。"

"两位，如果你们想拍结婚照呢，我觉得这几套都比较适合。你们先看看。"小姐把几本印刷精美的样本照片递给我们。

我象征性地拿在手里，有些别扭。趁小姐跑开，我小声说："喂，你这是干吗啊，我们又不拍婚纱照，走吧！""既然来了就看看嘛，不一定非要拍婚纱啊。现在很多情侣都拍写真来留念，你不想吗？"

"两位，看得如何，有喜欢的吗？"梓健笑笑："有，我喜欢情侣写真，这套，还有这套。""这几天，我们开张优惠，凡是拍照一律七折。假如两位有兴趣的话，不妨我们定一下单。"

"可以啊，我们没有拍过情侣照，想来体验一番。""那好，哪位和我来前台一下？""我来。"

梓健主动和小姐去签单。我心里默念：这傻瓜，凑哪门子热闹。冲动型消费，商家真是高兴坏了。

"先生，我们这里拍照是要预约时间的，您看，需要和您女朋友商量下拍照的日期吗？""小姐您看这样行不行，我们择日不如撞日。女朋友刚刚和我闹别扭，到现在还生着气呢。我这是为了哄她开心，如果今天不拍，下次她更不会来了。你帮我安排一下吧，破个例，今天就拍。"

"这样啊，如果先生一定要拍，我先帮您看一下。""好，拜托了。"梓健转身，兴奋地看着我。我埋怨道："喂，你这是做什么啊，还非拍不可了。""对啊，我就是想拍，难道你不愿意吗？""你……""那就是同意咯。"

小姐面带笑脸地走出来："先生、小姐，你们的运气可真好。我们的首席摄影师本来今天休息，他来工作室看样片。我刚和他商量过了，他愿意抽出休息时间来给你们拍照。"

梓健兴奋地一拍手："真的吗？那太好了，谢谢！""我叫化妆师先给你们化妆，我们先拍外景，赶在太阳下山之前取光。"我悄悄说："傻瓜，他们商家为了争取生意，当然会这么说。"

下午，我们随同摄影组一行人，在室外取景，淮海路、南京路、铁路边……都留下了我们幸福的身影。梓健先前悄悄地对我说："忘记今天的拍摄任务，把它当成一次快乐的旅程。"我由先前的抵触情绪和不自然慢慢进入了角色。每拍完一张，梓健都会给我一个鼓励的拥抱。

夕阳来临，我们手拉手走在铁路边。摄影师田枫每一次按下快门，我的心也会跟着起伏一次。服装虽然单薄，但心情却是暖暖的。你微笑着对我说："宝贝，我用左手握紧你的右手。你要知道，你就在离我心脏最近的地方。你只要一伸手便可以感觉到，我强健有力的心脏在为你跳跃。每一记心跳，就是一声'我爱你'，直到我的生命终结。"

我望着他，泪水在眼眶中闪动，他的话深深感动了我！

能握住爱人的手，能永久地保留这一刻笑容，多好、多美！哪怕此生不能与你走多远，不能牵手做夫妻，不能与你白头偕老……能拥有这难忘的一幕，我已知足。

工作人员调光时，梓健为我披上大衣，然后从身后紧紧地将我抱住，并不断揉搓我那冰冷的双手。"这样有没好一点？""很温暖。谢谢你。"我们看着远方，梓健握住我的手，两人看得出了神。

不知是谁鼓起掌，回头一看，原来田枫趁我们不注意，把我们最真实的样子偷拍了下来。他竖起大拇指："这是我拍到的最美丽的画面，真实！"一旁的助理说："你们二位刚才的状态真是堪称完美，夕阳也被你们陶醉了。"

我们笑笑："谢谢，谢谢你们为我们记录下真实的一面。"田枫拍拍梓健的肩膀："我要谢谢你们，是你们让我找到了久违的灵感。"

返回工作室，田枫草草地在电脑上给我们看了样片，说处理后的效果一定会更好看。他兴奋地说，是我们焕发起他最初的创作灵感，我和梓健是最佳的模特拍档。他主动邀请我们吃晚饭，一是为了感谢，二是为了庆祝能结识到如此有默契的情侣朋友。

小小的谎言，大大的失望

回家后，已是深夜。我们像两块牛皮糖，怎么也分不开了。

我问梓健："告诉我，为什么执意要拍情侣照？""我是真的想拍，想留住我们的这一刻。"其实我明白，梓健的心里也一定会不安，我们究竟能走到哪里，他没有十足的把握。梓健从来没有在我面前承诺过要永远在一起的誓言，我清楚，他在矛盾什么。

我们拥抱、亲吻，他不停喘着粗气，我知道，他忍得很辛苦。梓健忽地从床上一跃而起："我还是睡沙发吧。你睡吧。"

他拿过被子和枕头，跑到我旁边的沙发上躺下。我下床走到梓健面前，轻轻地将他抱住："如果你真的想要，我给你。"梓健转身，背对着我："司徒珈，你这是做什么？你认为，我会把这方面看得这么重吗？"

"你不是很想要我吗？那，我给你。""不要闹了，去睡觉。""我没有闹，我是说真的，我愿意。""我说的也是真的，去睡觉！""……""快去，不想冻感冒的话就乖乖上床去！"我蹲在地上还是没起身。他叹口气："听话，今天大家都累了，早点休息吧。"

看到梓健如此执意，我只能沉默地上了床。他心里还是不开心了，我知道这样对他来说有些不公平。但我的心里，放不下边宇，也忘不掉小雯的影子。

第二天醒来，梓健不在房里，早餐放在桌上。还有一张字条："珈，我先回家了。两天了，我也该收拾收拾。有事情打电话给我，我随时会到。梓健。"

他还是走了。

我们之间，又横添出一道新的屏障。梓健一定是认为我不够爱他，所以才会对他有所保留。我何尝不想把自己完完整整地交给他，心与身体都只属于他一个人。可是，又有谁能体会我心里的苦衷呢？

我又想到了阿欣对我说过的话："你们终于勇敢地踏出了这一步。在爱情面前，你们选择前行。真爱难求，难道这还不够吗？真正爱一次，轰轰烈烈地爱一回，哪怕短暂，也应该珍惜。"

我们这一路，确实走得很辛苦。从认识到现在，经历了反复的波折，好不容易才表明心意在一起，为什么又要让幸福悄悄地从身边溜走呢。阿欣说得对，真爱难求！

既然我们勇敢地踏出了这一步，为什么还要在乎所谓的肌肤之亲？爱一个人，就应该完整地把自己交给对方。我必须马上告诉梓健，我是真心愿意付出一切，而不是为了任何回报。

我立刻赶往梓建的住处。在的士上我打电话给他："梓健，你回家了吗？""你醒了？""嗯，刚起。""我已经回家了，得收拾一下。你先在家待着，我忙完就过去，好吗？""好。"我没有告诉梓健，想给他一个意外的惊喜。

到了梓健家，我轻轻敲门，没人理会。敲了很久，依然没人开门。"梓健，梓健！你在家吗？你在里面吗？"大门冰冷地关着，没任何动静。

我拿起手机，一串长长的嘟嘟音，没人接听。我没有想到，梓健也会骗我。他明明不在家，为什么非要和我说已经回家了？

他嫌弃我了？厌烦我了？还是对我失望了？没有得到我的人，他就不开心了？我兴冲冲地跑来想告诉你，我是真的愿意付出真心与爱，没想到却让我空欢喜一场！

我又按了重拨键，依旧是长音。

你口口声声说真心对我，却连这点小事也要欺瞒。我突然看不清你这个人，到底是真爱我，还是因为得不到小雯，才回头来找我？

你亲口告诉我，对小雯不是爱情，那为什么还是要了她？男人都一样，得到情感是其次的，只要先得到这个人，是不是真心，那都不重要了。那我又是什么？得不到我，所以就生气睡沙发？得不到我，所以就掉头离开？得不到我，所以就编造谎话来欺骗我！哪怕是渺小的一个谎言，却也拆穿了你虚伪的真面目！

我慢慢起身，看了大门一眼，心凉到谷底。

再次回家后，只觉屋里死气沉沉。不足60平方米的小屋，却感觉如此空旷。看着沙发上叠好的被子和枕头，我上前触摸，似乎还有他的余温。

好不容易熬到下午，梓健回来了。

他兴冲冲地进门："我回来啦！"我坐在床前的地毯上，看着电视，眼睛一眨不眨。

"宝贝，干吗呢？"这一声宝贝，我觉得很假。"看电视。"我没有看他。"新鲜的黑鱼哦，晚上给你做黑鱼豆腐。"梓健进了厨房。

我心想：哼，一条黑鱼就想打发我，就想掩饰你的谎言吗？

梓健坐到我身边："大半天，你都干什么了？电话也关机？"我冷冷地说："没干什么，呆着。电话不想开，省电。""呵呵，没有出门转转吗？""出去了，又回来了。""怎么了，看我们珈珈的小脸都挂下来了，不高兴了吗？"我不响。

梓健捧起我的脸转向他："哎呀，真的不高兴啦？到底怎么了？""没事。""还说没事，是不是因为我没接你电话，生气了？""昨晚，你为什么要睡沙发？""……因为，我不想不尊重你。我答应过你，只要你不同意，我都不会越雷池一步。"

"那你今天为什么要趁我没醒来之前就走掉？""我很早就醒了，躺着睡不着，起来又怕吵醒你。就先回家整理房间、洗洗衣服，想着下午再过来找你。"

"你上午回到家是几点？""大概8点多吧！""你是几点从家里出门到我这里的？""应该2点吧。我去菜场买菜，还去了超市一趟，现在正好是3点30。""你确定？""差不多是这样的，呵呵，怎么了？搞得跟审讯一样，怕怕的。"

"你怕了？心里没什么，怕什么呀。"梓健调侃道："我是没什么呀，随你发问。只是你的脸，有点包公的味道。不过我又看好你一点，你去当律师一定也很优秀呢。"

我冷冷地说："是啊，我是有这打算。师哥的女朋友就是律师，这不快来上海了吗。我正想着向她学艺取经呢。""呵呵，好啊。""我问你，从你回到家后，一直到2点出门前，都在家吗？""对啊，都在家，中饭也是在家叫外卖吃的。"

我沉默了，他还在骗我。他把每个数字都周密地设计好，就是为了不让我抓住把柄。可是，他还是露馅了。

"我再问你，大概11点的样子，你在哪里？""我……当然是在家里啊，到底怎么了？你别这样好不好，真的让人心里发慌呢。"

我转过身，委屈的眼泪流过唇边："你发慌了？那是因为你心虚！我要问问你，为什么要骗我？"

梓健惊讶地望着我："司徒珈，你这是怎么了？我为什么要撒谎？""你还要装蒜？你还要对我说你11点的时候在家？""没错，我是在家啊！"我哭着质问："你还要狡辩？11点的时候我赶到你家，想给你个惊喜，告诉你我是真心愿意和你在一起，不是勉强。敲了很久你都没开门，电话也一直不接。你明明就不在家，为什么还要骗我？你在哪里，告诉我你在哪里？”

我的激动惊呆了梓健。

我委屈地说：“是不是因为我不给你，你就开始嫌弃我，认为我不够爱你，所以你就离我而去？没关系。今天，只要你老实地告诉我你在哪里，说完，你可以离开。我不拦你，我会放你走！”

梓健摸着我的脸：“你怎么会这么想呢？我怎么可能骗你？怎么可能因为那个原因而嫌弃你？这完全都是你个人的猜测！”“难道不是吗？”梓健生气地说：“当然不是！”

“那你到底在哪里？”“你来找我了？让我想想，11 点的时候，你打电话没人接，我没有开门……哦，对了，一定是我收拾完屋子，觉得脏了就去洗澡啦。出来后，一看手机有两个你的未接电话，打过去，你却关机了。我还在想呢，你为什么又突然关机呢。不信，你现在打开电话试试，11 点 15 分左右我给你打了好几个电话。”

我打开手机，果然有梓健的来电显示。“这又能说明什么呢，说明你在家？”“噢，你一定是误会了，以为我故意离开，生你的气，然后谎称我回家，其实去了其他地方。所以，你就浮想联翩了，对不对？”我委屈地掉泪。

梓健一把搂我在怀里：“对不起，对不起，让你着急了。我保证，自己说的全是实话。我真该死，洗澡怎么就没想到把手机也带进去呢？让你白跑一趟，还叫你担心了。以后，我一定把手机带在身边，24小时都带着，好不好？”

“你真的是在家里洗澡？”“不信你闻闻，我头上和身上还有香味呢。”“该不会是你想掩饰，故意拿这个来敷衍我的吧？”“不会，我没那么复杂啦。我想想，要怎么才能让你相信我呢。”

看着梓健一副真诚的样子，我有些相信他了。

证　人

梓健突然眼睛一亮，煞有介事地说："对了，有个人可以证明。10点半我叫了外卖，那家外卖店我经常叫饭来吃。快11点，他把饭送来。我正好脱衣服准备洗澡，听到门铃，就穿着睡袍去开门。那个伙计和我很熟，他还问：'怎么刚起床啊？''没有，早起了。刚收拾完屋子，灰大，准备洗个澡。钱在桌上，你自己拿。我先进去了啊，冷。走时帮我带上门。'他说：'好嘞，你洗澡吧，别冻着了。'"

我疑惑地问："真的是这样？"梓健拿出手机翻看："我给他电话，让他做个证。""啊，你真要打电话？""是啊，为了证明我的清白，为了不让你胡思乱想，为了证明我没有说谎。"

我低头："我看算了吧，大不了相信你就是了。那样，很糗的。""什么叫大不了？你还是不相信，我一定要打。我开免提，以免你说我作弊。"

电话通了："喂，请问小吕伙计在吗？""我是，哦，梓健兄，怎么了啊，是不是晚上还要叫外卖吃啊？""外卖先等会，我问你，上一次你送我外卖是什么时候？""上一次，你不要紧吧？不就是今天中午吗？""嗯，大概几点？""好像是10点50的样子送到的吧，你10点半叫的，怎么了？"

"你来送外卖的时候，看到我了吗？是个什么状况？""喂，老大，你不会吧，说这么无聊的问题。""不是，你一定要完整地说出你看到的情况。我和我女朋友有些误会，她不相信我当时在家，以为我骗她呢。所以你现在，一字一句说给她听，她就在旁边。"我拉拉梓健的胳膊："你这是做什么啊。"他做了个手势："好好听着啊。"

"哦，原来是这样。那嫂子，你听好了啊。梓健兄是在10点半叫的栗子炒鸡和番茄炒蛋外加一盒白饭。我大概是10点50分左右赶到那里，开门时他正好穿着睡衣。我说你刚起吗？他说收拾屋子什么的，想洗个澡。然后，他就进洗手间了。我就把饭放好，收了钱，然后离开了，就是这样。嫂子，汇报完毕。"

"小吕，谢谢啦，和我描述的是一样的。好，下次再叫你外卖。""行，但愿你快点哄好嫂子啊。挂了。"

梓健拿着手机看我："听到了吗？""梓健，你……故意让我下不来台，说得我和什么似的，这么不通人情！""那不这样，你会相信我吗？""我都说了信你了。""你那哪是相信啊，分明就在怀疑嘛！"

"好啦，现在你胜利了。""我不是胜利，而是想告诉你，我不会欺骗你，不会丢下你，更不会嫌弃你！抛开那些假想论，它在我们身上都不会成立。以后，我会把手机都带在身边，哪怕是上厕所。好吗？""没那么夸张啦，我也不是这么霸道的人。只是，我很怕会再一次失去。"

梓健抱着我安慰说："我知道你在顾虑什么，我明白。""梓健，你真的明白吗？""嗯。"其实，你只明白了一半。

真男人

梓健抱着我，叹了口气："现在，我不得不跟你讲一个故事了，这样，你就都明白了。"

"那一年，一个可爱的女孩因为两个流氓的骚扰而遇到了一个男孩……"梓健说的是他和小雯。他们后来交往着，男孩把钥匙交给了女孩，是为了不愿意看到她为自己苦苦地等门。可是，他们始终没越雷池一步，不是女孩不愿意，而是源于男孩的一再坚持。女孩很想把自己献给对方，认为这样才是身心的结合。可男孩对她更多的是亲情，若男孩真要了她，他认为，那才是真正的欺骗和背叛。

他觉得这样至少可以做到不伤害女孩。女孩很纳闷，终于有一次，她忍不下去了。

女孩问：“你这是什么意思，为什么对我这样？”“怎么了？”“你说呢，你和其他男人都不一样，很反常啊。”“反常，有吗？”女孩哭着说：“以前，喜欢我的男孩，他们都想自私地拥有我、得到我、霸占我。可越是这样，我越是不会接受他们。可唯独你不是！你是唯一一个，想让我付出全身心的男人。现在，我把自己摆在你面前，为什么你都不肯要我？为什么？”

“这样不好吗？”“不好，不好，当然不好！我们这样算什么真正的男女朋友？一点关系都没有！”“那你说，怎么样才算是真正的男女关系？”“就是……就是既要有感情、有真心、有爱情，也要有实质的身体关系，这样才算真正在一起。”

男孩感到愧疚。他对女孩有感情，也是真心，但不是爱情，这点他很清楚。

“是不是我的身体不够吸引你，你对我不感兴趣？”“你能不能不这么说？难道没有身体接触，就不是真感情了吗？这样不是更好，我只是不想伤害你！”

女孩不再说话，她更加认为，男孩是深爱自己的。两年来，他们始终保持这样单纯的关系，它一直被男孩维系得很好。男孩甚至会想，就算哪天离开女孩，也能走得洒脱一些，至少不会带着深深的自责而内疚一辈子……

听完，我满是歉意地摸着他的脸：“对不起，我误解你了，真的对不起！”

梓健把我心疼地搂在怀里：“看来，有些事情真的不能欺瞒太久，我的解释是有必要的。要是不说清楚，我的小司徒就会认为我是故意躲着她、欺骗她，而和其他女孩在一起，对不对？”我摇摇头：“没有。”

“还不肯承认？你看你刚才一副审讯人的样子，多严肃。”“那，我也是因为担心。”“担心自己魅力不够大，担心我被别的女人抢走了是不是？傻瓜！就算再多的美女在我眼前晃呀晃，我也无动于衷。因为我的心里只装得下你一个，再也容不下别人了。"

我们在房间的每个角落点上蜡烛，让爱意充满每一个角落。我摸着他的脸，熟悉又遥远。梓健的眉间，像极了边宇。同样的双眼皮，深陷的双眸，眼神中透露着那股英气。就这一眼，便能看穿我的心。

我用手指轻轻抚摸那挺直的鼻梁，轮廓鲜明的嘴唇，嘴角一上扬，露出两个浅显的梨涡。不同的是，边宇略显青春活跃，而梓健多了几分沉稳和忧郁；边宇多了一副金丝框眼镜，梓健多了嘴角的那一抹胡须。

我从抽屉拿出一副眼镜，对他说："试试好吗？""我又不近视，为什么要我戴眼镜呢？""这是我新配的，为了工作方便，很浅的度数。你帮我试试？""没问题。"

我把眼镜为他轻轻戴上，他朝我微微一笑，我的眼泪大颗地落下。这不就是活生生的边宇吗？太像了！原来边宇没走，他一直就在我的身边，默默地注视我、关心我、照顾我。我上前轻轻在他唇上吻了吻，紧紧搂住他，想把这个男人揉进自己的心里。我立马意识到自己错了，我不该这样对他。我摘掉梓健脸上的眼镜，放回抽屉。

梓健问："还不错，记住不能经常带，要不，会有依赖性的。"那我，是不是也不能经常见你，要不，也会有依赖性。我承认，我离不开你了。一旦爱上，便无法自拔。我想，你亦是如此！

这一刻，我不再畏怯、不再迟疑、不再矛盾。

我摸着他的胸口，那里，少了一颗痣。我在梓健胸口的正中央，轻轻地吻住，然后抱住他。

梓健吻我的颈项，我热烈地回应着。他亲吻我的每一寸肌肤，温柔而轻盈。梓健温柔地问："亲爱的，我来了，你要我吗？""我要你，我要完完全全的你！梓健，将我淹没吧，我心甘情愿地被你俘虏！""我爱你，珈，我爱你，我爱你……"伴着梓健的轻声呼唤，我陶醉了。我们十指紧紧相缠，用尽全身的温柔与爱，深陷其中。

当彼此的身体真正交融时，眼泪滑过枕边。今夜，我们终于融为了一体。我能确定，眼前的是梓健，不是边宇！梓健，你彻底征服了我！你用自己的行动和心意向我证明，你坚定而炽烈的爱，在为我守候！

边宇，这一次，我不再为你坚守了。我要勇敢面对自己的爱人，虽然他不是你。曾经，我把最珍贵的东西献给了你，你应该感到幸运。你是第一个拥有我的男人，我也是你生命中第一个女人。至此，我都将是你唯一的一个！我们同样幸运！只是，你不能继续承载对我的承诺，那么让另一个人来代替你，应该可以吧？你也希望我能幸福，对吗？

梓健，我们好不容易才走到一起，多么难得和珍贵！身与心的结合，灵与肉的交融。这一刻，我们交换彼此，在对方的身体里留下印记。我们是富有的，彼此爱过、痛过、伤过、彷徨过……不管快乐有多短暂，只要能留住这一刻，便是永恒。不管将来身在何处，只要彼此真心的付出，就算下一秒天崩地裂，那又如何！

激情过后，梓健把我抱在怀里，温柔地吻我的脸颊。突然间，他哭了。

看到心爱的人流泪，我的心碎了。"珈，你知不知道，拥有自己深爱的人，是什么感受？"我点点头："我知道，我也和你有着同样的感受。""后悔和我在一起吗？"我激动地说："不后悔，不后悔，我不后悔！"

梓健紧紧抱住我，用颤抖的声音说："我们，能走到今天真的不容易。没人能体会彼此心中的感受，只有我和你。抱着你，却还是觉得不够，还是舍不得，还是很心疼。"

梓健，我也是！我何尝不和你一样，拥有着却又害怕失去。拥抱着，却也同样感觉深重！

我抚摸着他的头，此刻，他像个需要母爱的大孩子。男儿有泪不轻弹，此时他却毫不掩饰地流露出真情。

原来，梓健拥有一颗最柔软的心！

我在原地等你

梓健在我怀里安静地睡着了，而我，久久无法平静。我有感而发，在白色的文档上，写下了想对他说的话：

> 我时刻做好了准备，知道吗？我在这里等你，在原地等着你。见面时，我要紧紧地拥抱你、吻你，告诉你，我有多想你。这一刻，我终于等到了你。我摸着你的脸，说着你的胖与瘦。还会深情地望着你，和你四目交融。然后，我们互相依偎，互相缠绵。
>
> 在酷热的炎夏，我们可以激化出盛宴的火花；在冰冷的寒冬，我们可以互相取暖，用你的双手抚慰我冰冻的四肢。我们紧紧相拥，紧贴着对方的心脏。
>
> 我要记住你的味道，若干年后万一发生战乱，我可以毫无错误准确地找到你。在你熟睡的时候，看清你迷人的双眼，然后抚摸你的眼帘，帮你抹去忧郁和压力。还要偷偷地吻你，在你不知情的时候侵犯你。
>
> 如果你在临睡前喜欢用手搂着我的腰，我会觉得欣慰，可以把自己当大枕头送给你。如果你还可以再搂紧我一点，我会觉得，你此时非常需要我，就像需要自己的生命一样。如果还有那一天，我希望自己可以长眠不醒。那样，我们就能永远相依。
>
> 亲，我们就这样说定了。假如一辈子不再相见，也要把彼此放在心里最深的那个位置。假如还有缘分再见，我们也要珍惜眼前的这每分每秒。因为彼此都知道，时间对我们来说有多么奢侈。
>
> 我们彼此约定，谁都不会成为永远的谁，谁也不会阻碍谁去

寻求远大的幸福。我们之间，有着最美的契约。没人知道，我们有着怎样纯真的情结！

我答应过你，在丰富的内心世界留一块属于你的位置。没人可以替代，你永远是你。那你呢，也能像我对你一样对我吗？在你的心里，也留一块我的位置，那个名字叫司徒珈，好吗？

我的爱人，我深深眷恋你。你的大爱将我弱小的身躯包裹在安全地带，有了你，我不会再害怕。没有你的日子，我依然会为你祈祷。如果你能拥有快乐和幸福，那就是我的幸福，此生无憾！

亲，我就在这里等你，在你我相遇的地方等你！有一天，等你再次来迎接我，并对我说："宝贝，我用左手握紧你的右手。你要知道，你就在离我心脏最近的地方。你只要一伸手便可以感觉到，我强健有力的心脏在为你跳跃。每一记心跳，就是一声"我爱你"，直到我的生命终结。

亲爱的，我在原地等着你！

我一气呵成地写完了它，眼睛里，有感动的湿润。假如明天再也不能相见，我也能记住我们曾拥有过的一切。

竞争者

拥着梓健幸福地入睡，梦境中，再一次看见了边宇……

即将离开学校的我们，大家都在认真地准备论文和答辩。转眼到了美丽的五月。流言，也随着时间的流逝传到了我的耳里。很多同学告诉我，说低年级的国经贸女生杨莎莎和边宇走得很近。每次，我都只是一笑而过："那不挺好，说明我们边宇人缘好啊。"我是个极其要脸面的人，任何的风吹草动，在台面上我都可以显得处事不惊。我一直不愿去面对，是不想承认些什么。

那个女生有事没事就去找边宇，以让他辅导英语为借口，其实就是想接近他。这我知道，边宇都和我老实说了，我相信他。只是对于那女生，我是真的摸不透。

5月10日是边宇的生日。照例还是一帮同学吃饭、聚会，只是这一次又添了一位新成员，杨莎莎。吃饭的时候，边宇把她安排在我们这一桌，正好，在我的正对面。

"来，我给大家介绍一下，这是大二国经贸的杨莎莎同学，这些都是我最要好的兄弟姐妹，你们都认识了。""大家好，我是莎莎，很荣幸能参加你们的聚会，请大家多多包涵啊！"

她的声音细腻、娇媚，还带有攻击性。我这是第一次这么近距离地看她，皮肤白净，单眼皮，却有着一双会勾人的大眼睛。她把目光扫到哪里，哪里就会产生火花。吃饭间隙，那双火辣辣的眼睛一直盯着我和边宇看。有好几次，我都看见他俩四目相对。

来到KTV，一行人开始点歌、唱歌。边宇很开心，连连唱了好几首。莎莎主动上前，也点了一首《给我你的爱》。只见她对边宇深情地唱道："记不清从哪一天起，悄悄地爱上你。我知道我配不上，却还爱着你。我知道你不在意，或是装作不知。我也从不表白，就是怕你生气。我知道我爱你只是一场梦，可是我总有做梦的权力。我爱你，我知道无法得到你。我只求，每天都能见到你。只要心中有爱，也是一种甜蜜。"

边宇边听歌边喝酒，并朝她微笑。娇娇不服气地说："这算什么啊，表白吗？看了就让人讨厌！"杜欢撇嘴："一看就是个小狐狸精，那么嚣张，你看她的眼神，分明就是在勾引边宇！"贺炎说："哎呀，人家过生日，唱首歌又不代表什么，你们别瞎起哄好不好？"

我沉默，不停往嘴里灌啤酒。边宇转头说："珈，少喝点！"他似乎没感觉到半点异样，人虽然坐在我身旁，眼睛却一直看着唱歌的杨莎莎，完全忽视了我的存在。

杜欢愤愤地说："听那小狐狸精唱的歌词，什么我爱你，我知道无法得到你。我只求，每天都能见到你。真肉麻！"娇娇盯着前方说："珈，你别泄气，看她能弄出什么花样。平时去找边宇也就算了，现在还唱出这么直白的歌，分明是在向你挑衅。"杜欢说："别担心，你的边宇，她抢不走的。有我们在呢。"贺炎安慰我："没事也要被你们说成有事了。珈珈，别听她们的。"我笑笑："没事啊，不就是唱首歌嘛。"

一首歌唱罢，莎莎得意地说了句："献丑了，请大家多多包涵。"边宇鼓掌："呵呵，唱得不错啊。"我对她们说："我去趟洗手间，你们先玩。""我们陪你。""不用，我自己去。"杜欢高八度地对边宇说："边宇，珈珈说她要去洗手间，不知道怎么走！""我陪你去。"

我转过头冷冷地说："不用了，你今天是寿星，怎么可以随便离场呢。有些人看不到你，该不高兴了。"边宇起身拉过我的手："真的不用我陪？""我说了不用，难道没有你我还能迷路不成！"话一出口，全场的人都盯着我们看。我甩开边宇的手，径直走出去。

挑　衅

来到洗手间，我好好地洗了个脸。想到刚才莎莎唱的歌，她看边宇那暧昧的眼神……那边宇呢，心里是不是也对她有同样的想法？眼看着快毕业了，却突然来了个竞争者，还是个骄傲、难缠的女孩。

擦手时，杨莎莎进来了。我从镜中看她，一副得意的样子，眼神中满是不屑与挑衅。她边洗手边说："珈珈姐！你刚才出来的时候，也不知道是谁把那首《She》移到了前面。本来呢，边宇哥是说留着唱给你听的，可你不在，他就把这首歌献给在场所有的女孩子了。所以现在，他不是只唱给你一个人听喽。"

我站在那里忍着不说话。她照照镜子，摆弄了下头发："你知道吗，珈珈姐。其实，我和边宇哥是老乡，我也是深圳人。而且我们还是一个高中的呢。所以说，我们早就认识了。"

"是吗？那恭喜你咯，在这里又遇到老乡了，有没两眼泪汪汪啊？""呵呵，老实告诉你吧。我是因为边宇哥在这所大学，所以才特意考到这里的。只是在高中的时候，他不熟悉我，可我却对他很了解。那时在学校，他可是我们女生追捧的大明星呢。功课好，会打篮球、会唱歌，还会弹吉他。他的风采，不知迷倒了多少女生。现在他知道我也是那个高中的，还很兴奋地和我说：'我们真是有缘分呢，在这里也可以相遇！'你说，我们是不是很有缘分啊？"

我说："任何人都可以产生缘分，不过看是哪一种了。""哦，忘了告诉你。其实在元旦晚会上，边宇唱的那首《She》，第一个听众并不是你，而是我。"

"你什么意思？""你一定不知道吧，当初边宇在选歌的时候，还问过我的意见。他说，自己选不好唱哪首歌给你听，说你很挑剔又爱完美，让他很是头疼。我说，就唱《She》吧，女孩子都爱听。边宇哥在我面前弹吉他，不知唱了多少遍呢，真是太深情了。"

听到莎莎说这些，我的手脚开始发抖，告诉自己要保持应有的风度，要不她就得逞了。

我朝她笑笑："那又怎样，能证明什么？就算他在你面前唱了再多遍，实际上也都是唱给我一个人听的，又不是给你唱的。""可是那天，在场所有人都听到了他唱这首歌，你能说，他是单独唱给你的吗？而我就不一样了，我是边宇哥的第一个听众，也是唯一的一个。你说，我们的区别在哪里？"

"杨莎莎，你到底什么意思？你想说明什么？""没什么，我只是为边宇哥感到不值。""不值什么？""不值在你身上花这么大的代价。人人都知道那个程辉对你是一片痴心，你这边还有边宇，两个男人你都不放过！"

"你不要乱说，我和程辉纯粹是好朋友，没有你想的那样！""是吗？边宇哥可说你们特别要好，嘴上他说不介意，那是给你们面子。一个是女朋友，一个是好兄弟，他能说些什么？可是心里，边宇哥一直不平衡，这我都知道。表面上你很爱他，可你根本不知道他心里到底在想些什么，需要些什么。你只是一直在索取他对你的好，对你的关心和爱护！对于他的感受，你很少会在乎，甚至是忽略！你在众人面前，宣扬你有一个好男朋友，而且还是那么优秀，说明你很有本事，能让男人围着你团团转。你知道学校有多少人在背后嫉妒你吗？"

杨莎莎明目张胆地和我挑衅，她居然向我示威！她的话句句带刺，我怎能软弱地被她打败！

"怎么，照这么说，你也算是其中一个了？""我？我是替边宇哥感到不值，为什么他偏偏对你这般痴情？""那我就不知道了，你得去问他自己，问问他为什么就只爱我一个，而都不爱你们！"

"你……实话告诉你吧，边宇哥说，他和你在一起其实很累，但是因为责任，他不能脱身。他说和我在一起的时候，觉得前所未有的轻松。""杨莎莎……"

门口有人进来，是杜欢："喂，大小姐，上个洗手间那么久，边宇都要进来敲门了。""杜欢，我们出去吧。"推开门，只见边宇站在那里："珈，去了那么久，没事吧？""没事啊，觉得热，洗了脸。""都把我等急了呢！"

回到房间，大家依旧在热闹。而我的心情，却低到了谷底。边宇把话筒递给我："来首歌吧。""我嗓子不舒服，你们唱吧，我喝点水。"杜欢拉住我："你去了这么久，是不是那个小妖精和你说了什么？""没什么。""没什么？骗人，她一定和你说了什么不该说的。"我沉默。

"她向你挑衅了？""欢，别说了，让我安静下吧。"娇娇问："她一定是去找你的麻烦了，对不对？"贺炎说："如果有，就说出来。"

"没有，你们别瞎想了，好好玩吧，别扫大家的兴了。"杜欢说："你这人就是这样，死扛着不放，最后吃亏的还是自己。""大家都是同学，她也算是我们的师妹，干吗那么不客气呢。"贺炎说："算了算了，今天是边宇生日，我们就别在这里瞎添乱了。不过，得时刻严防她的恶意攻击。有我们在，没事。"

我依旧和刚才一样，聊天、唱歌、点蜡烛、吃蛋糕，每一个细节，都做到了微笑。莎莎时不时地盯着我，她想看我当众出丑，没那么容易。我搂着边宇说话、合唱，丝毫没有刚才的半点情绪。

零点后，一行人打车回家，学校已经不开门了。边宇回秦海家住，在送我回家的路上，我只是沉默。

"珈，今天好像不太开心啊？""没有啊，挺开心的。""那怎么感觉和平时不一样？""哪儿不一样？""感觉怪怪的。""那是你自己心里有什么想法吧。""我没什么想法。"秦海说："边宇啊，是怕你不理他了。"

"怕我？要是心里没什么，干吗要怕我？"秦海说："刚才他唱了She，可惜你去了洗手间。""那为什么不能等我在的时候唱呢？""也不知道是谁把歌换了上来，边宇就只能先唱了。后来，他不是又补了首《一路上有你》吗？"

由于秦海在车上，我不能多说什么。我下车："我到了，你们回吧。""早点休息，明天，我在学校等你。""明天我在家准备论文，不回学校了。""那好，通电话吧，晚安。"

看着车子在我面前驶过，憋了一晚上的眼泪终于不争气地掉下来。不管杨莎莎说的是真是假，对我来说，她都是个不小的威胁。

那边宇呢，他会怎么想？会承认些什么？如果真的如莎莎那样所说，我想我和边宇，就真的走不下去了。我没办法接受一份不单纯的感情，就算是再多的甜言蜜语，对我来说也都是伪装的欺骗。

"边宇，我要你给我一个合理的解释，边宇、边宇！"我追着车子跑起来，可怎么也追不上。"边宇、边宇！你把话给我说清楚，告诉我我们之间其实没什么，对不对，边宇……"

"宝贝儿，你怎么了？醒醒啊。"我睁开眼，原来我在做梦！

"梓健，梓健……"我抱住他，眼角还有泪痕。"怎么了，做噩梦了是吗？好了好了，没事了。梦到了什么，很可怕吗？""我记不清了，乱七八糟的。""你刚才，好像在叫谁的名字？""哦，大概乱说的吧。""你看你，满头大汗的。睡吧。"

躺下后，我的眼泪又一次夺眶而出。

起 航

今天，是阿欣接管的西餐厅开业大吉的日子，我、梓健和程辉应邀前去捧场祝贺。

餐厅门口放着一排彩色花篮，吴老板正在招呼前来的客人。阿欣一身职业装，俨然一副老板娘的架势。"吴老板，欣姐，恭喜你们啊。"我和梓健送上花篮，"祝你们生意兴隆、财源滚滚！"

"哈哈，你们来了，谢谢啊。""呵呵，司徒小姐，现在你应该改口了啊。""哦，对了，应该喊周老板了。""亲爱的，你想怎么叫还怎么叫。"梓健忙说："那这样，在西餐厅我们喊你周老板。私下，还是喊你欣姐。"

"好啊，怎么样，我还像个老板么？"我说："当然了，你天生一副领导人的气势，这一把手啊，你绝对能做好。"梓健说："欣姐，恭喜你成功转型啊，我们顶你。""哈哈，借你们吉言啊。随便转转，一会点餐吧！对了，程辉还没来吗？""他一会就到。"我笑答。"我先去招呼客人，你们随意。""你忙。"

看着阿欣里外招呼着，我的心里很是感慨："欣姐，终于改头换面了。这一次，应该是个好兆头。"梓健也说："是啊，好不容易熬出来了。其实，这才是欣姐真正的人生。""老吴是个好人。""欣姐这次是遇到伯乐了。"

"珈珈，梓先生！"程辉拿着花篮向我们走来。"哥，你来了，欣姐在那儿呢。""我去和她打个招呼。"程辉和阿欣说了会话，又走到我们面前。"哥，最近单位很忙吧？""嗯，忙呢，好不容易抽出中午的休息时间。""呵呵，我们也是。"

我很顺口地就把"我们"给带上了，话一出口，顿觉不妥。

我补充："我和梓健也刚好到，顺路的。"梓健立马伸出手："程先生，你好。珈珈经常在我面前提起你，说你对她非常关照。""呵呵，是吗？她呀，没在你面前嫌我啰唆就好了。""怎么会呢，她一直记得你的好。"

"我们别那么见外了，就喊我程辉吧。""那叫我梓健吧。""我说咱俩到底谁大啊？"梓健笑笑："如果按年龄，应该还是我大一点。""是吗？"梓健笑着对我说："但是，你可不能叫我哥哥啊。"我看看程辉，只见他低下头，喝了口水。

梓健上洗手间，我主动向程辉坦白："哥，我想告诉你……""想告诉我，你和梓健在一起了是吗？""我……""哥不会说你什么，如果那是你心里真实的意愿。不要管别人怎么看，做自己就好。但是，你不要把梓健当影子，这样对他，不公平。"

"哥，我没有！我没有当他是任何人的影子！在我心里，他就是梓健！""你真能这么想？""是的，我很清楚自己在做什么。我也清楚，我现在爱的是谁。""好，如果真是这样，那个小子也一定会祝福你的。只是对于梓健……""怎么？"

程辉严肃地对我说："如果可以，最好永远也不要告诉他那个秘密！"他叹一口气，"你和边宇的那一段，让它就此埋葬吧。虽然我知道，他不会走出你心里。""我明白，我就是努力在这么做的。""那就好，你和梓健，就一直纯粹地走下去。也许这样，你们才会真的幸福。""我们很纯粹，无论有没有秘密，我们都很真诚。""那就好，祝福你们！"

"谢谢你，哥。如果可以，我一定会守住那个秘密的。""兄妹之间，是不需要说谢谢的。看着你幸福，我知足了。"

"你们聊什么呢？"梓健走过来。我低下头："哥说，要我们好好对待彼此。"梓健微笑："会的。虽然我比程辉大，但还是要随着珈珈，喊你一声哥。"他郑重地对着程辉说，"哥，我答应你，会好好地待司徒。因为我们都知道，能牵起对方的手有多么不容易。"程辉搭着梓健的肩膀："我相信你梓健！相信你，同样会给她带去幸福。"

我上前："好啦，今天的主角不是我们，是欣姐。我们是借用了她的场地，在这里履行诺言吗？呵呵！"程辉双手搭在我和梓健的肩上："呵呵，走吧，剪彩开始了……"

看着阿欣满脸的笑容，我们都相信这一次微笑，是发自内心深处的。西街餐厅，是阿欣人生起航的地方。她终于在这一刻，获得了新生。

两个人的童话世界

晚上，我们来到摄影工作室。当那一张张精美的照片呈现面前，我和梓健连连赞叹："真美，太漂亮了！""真梦幻，好像回到了童话世界一样。"摄影师田枫说："你们看，这张怎么样？"我们一看，正好是那张偷拍的照片。

"我把这张照片取名为童话。黄昏时，男主人公抱着女主人公，幸福地说着他们之间对美好未来的向往，宛如进入了一个世外桃源。周围有蓝天、白云、飞鸟，没有任何人，只有他俩。怎么样，够不够身临其境？"梓健搭着他的肩："田枫，你真厉害，我们不经意间的感觉，居然也能被你捕捉得如此完美。谢谢你。"

田枫说："我还有个请求，不知二位能否答应？""请说。""我想用你们其中的一组照片，作为我们摄影工作室的宣传样片，二位觉得合适吗？"我问："宣传样片？是放在工作室做宣传吗？""没错。选出你们其中一组最为合适的照片制作成宣传相册。还有，我想把这张照片放大，做上相框，放在我们工作室的橱窗内，不知二位能否接受这个提议？"

梓健看看我："这个……"田枫说："哦，对了。关于费用问题，我们只是象征性地收取你们一小部分工本费，余下还有一部分的费用我们会按规定退还给你们，作为宣传样照的补贴。我想听一下你们的意思。不过这完全属于自愿行为，你们有权不把这些照片公开，毕竟这是个人隐私。"

"请问，你们为什么会选择我们的照片作为样照呢？"我们异口同声地问。

田枫深情地看着照片说："我们一致认为，你们二位本人很出众、也很上镜，非常登对。你们给人一种非常特别的感觉，好像看到照片，就能想到很多美好的事物，并能想得很远很远。"

我和梓健相视一笑。

田枫激动地说："看你们的眼睛和表情，我们像进入了另一幅画面和世界。我要感谢你们，是你们让我找到了久违的创作灵感。别人的照片，一看就是为拍而拍的，很僵硬很做作。而你们，却颠覆了传统的拍照模式，把繁杂的拍摄过程当成一种享受。你们看。"

田枫拿着照片翻阅："其实你们并不是在拍照，而是在享受生活、享受大自然、享受美好爱情的感觉。"他沉浸其中，出神地看着，"你们彼此依偎，淡淡的笑、开朗的笑、深情的笑，全都是发自内心的真情流露。从你们的眼神中，我看到了一种渴望。一种对生活、对未来、对梦想、对信念的最初渴望。你们还原了拍照的本质，真实、清新、纯粹。这就是我对照片的评价。"

梓健笑笑："原来是这样，没想到我们不经意的合作，还能给你们增添这么多灵感。珈，你觉得怎么样，可以考虑吗？"我笑着看他，不说话。梓健握住我的手："那我们就留下这珍贵的一刻吧，为了纪念！这里，也是见证我们爱情的一个驿站！"

"是吗？你们同意了？太棒了！"田枫兴奋地一拍手。

梓健点点头："不过，我有个小小的请求。""你说。""假如一旦有人问起，你们就说，这是工作室请来的模特，而不要透露我们之间的关系。这样可以吗？"

"没问题，这是我们工作的职责，有权保护二位的隐私。""那多谢了，就照你们说的办吧。""我们还要多谢你们呢，也算是我们摄影工作室 2008 年的形象代言人了。"

我们走出大门，彼此相视一笑。梓健指着左边一大片透明橱窗说："你看，过不了几天，这里就会摆上我们的照片了。每个经过橱窗的人，都能进入我们的童话世界。多好啊！"看着梓健幸福的笑脸，我拉过他的手："对，属于我们两个的童话世界！"

此刻的梓健，没有了平日的沧桑和忧郁，兴奋得像个可爱的大孩子。如果真有那么一天，我也愿意牵着你的手，进入属于我们两个人的童话世界，就这样，一辈子……

几天后，梓健迫不及待拉上了我，还带上相机。来到工作室门口，一幅巨大的金框镶嵌的照片展现在我们面前。我愣在那里，感动地说不出话。

我们的宣传相册放在前台的桌上，任客人参观欣赏。大厅正好有一对新人在选款式。当看到我们的相册时，女客人说："老公啊，我们选这套怎么样，真漂亮。看着它，好像又回到了当初我们恋爱时的感觉。""是啊，好像初恋一般，就选这款吧。"

我和梓健笑笑，牵手走出去。门口有三三两两的行人经过，看到橱窗里的相框，都纷纷停住脚步。"拍得真美！""好梦幻啊！""他们是专业的模特吧？感觉真默契！""不对，他们一定是要结婚所以来拍写真的，郎才女貌，多登对啊！"

我们经过他们身边，来到街对面，转身看对面的自己，会心地一笑。

不可能完成的任务

傍晚，我接到了颜晴的电话。

"珈，明天你有时间吗？""应该有。""明天，我们可以实施计划了，你做好准备了吗？""我……可以。""明天下班，我来接你。"挂掉电话，我的心还是不自觉地提了上来。为了获取刘明的犯罪证据，明天，我们就要背水一战了，但愿能平安、顺利地度过。

临睡前，我对梓健说："明天，我要完成一个不可能完成的任务。""不可能完成的任务？是什么？""是一场考试，是我以前从来没有经历过的考场。""这么神秘，到底是什么？""这一次，我要挑战自己，挑战极限。""这么刺激？""嗯，祝我考试顺利吧！""是公司的考试吗？""嗯。"为了不让梓健担心，我撒了个善意的谎。

第二天下午，颜晴准时来接我，开车的是另一位男人。"我来介绍，这是钟跃，这是司徒珈。"他戴着墨镜，看样子，好像似曾相识。我突然想起，那次和师哥在餐厅，巧遇颜晴和一位男士在吃饭聊天，那个男人，好像就是他！

颜晴坐在副驾驶上，同样戴着墨镜。她转头对我说："刘明昨天出差去了天津，估计要好几天回来。钟跃协助我们，万一有什么风吹草动好及时帮助我们。"

她拿出手机："别出声，我打个电话给他探探口风……喂，刘总，你到天津还顺利吗？我，在公司楼下呢。一切都好，放心吧。你大概还要几天回来？三天，好的。公司的事我会处理。再见！"

来到别墅大门口，颜晴朝保安笑笑，他向我们行了礼，看看车里的人。我的心提到了嗓子眼，手心冒出虚汗。这本应该发生在电影里的剧情，居然出现在现实生活中。

到别墅门口，颜晴拿过一个大包，对钟跃说："阿跃，你盯着这里，假如我们办不好，你再上来。""好的，你们一定要小心。""珈珈，我们下车。"

　　天色开始昏暗,我低着头和颜晴走上台阶。这里到处都装有监控,一不小心便会露馅。颜晴拿出钥匙,定了定,轻轻地开了大门。进房间后,颜晴从包里拿出两个鞋套:"把这个套上。""颜总,你想得真仔细!""既然要行动,就得万无一失。如果留下什么蛛丝马迹,我们就功亏一篑了。"

第三只眼

　　颜晴朝大厅里扫视一遍,确定没任何动静,才拉着我蹑手蹑脚地上了楼。推开二楼书房的门,颜晴把整个房间环顾一番,然后从包里拿出一个黑色的小工具。一头是短小细密的电线,一头连着小方块针头。这应该就是传说中的无线针孔摄像头。

　　"我们把它装在离电脑最近的地方。这样,我就可以看到刘明的键盘,看到他输入的密码了。"

　　我们观察了下书桌,电脑放在靠近左边的地方,台子上有台灯、花瓶、笔筒,旁边是一排书柜,还有连接电脑的小音响。

　　颜晴的电话响起:"我已经在房间了。你现在过去,看看放在哪个位置比较合适。""是钟先生吗?""嗯,他去附近的一个公寓,无线摄像头在三公里以内都能收到信号,但要电源一直处于供电的状态。如果刘明关掉了总电源,摄像头就无法正常工作了。我们需要发射器、采集卡和接收器,然后连接视频线到监控器上。这样,24小时录取的文件就会自动存到硬盘里。"

　　我似懂非懂地点了点头。颜晴边琢磨边说:"按照方位,我们应该把针眼放在书桌的右边。""这个位置最合适,视角最广。"我和颜晴同时把目光放在一旁的音响上。"你认为呢,珈珈?"我穿过椅子,走到放音响的地方,对它观察一番。

"颜总，音响外形设计严实，没有什么可乘之机。""装在灯罩里也不是不可以，但很容易露出破绽。"我们又把目光同时放在右边的阶梯式书柜上，隔着透明玻璃，里面摆着书、文件夹、装饰品，还有一些看似名贵的收藏品。

"这里几乎都是刘明的藏书和收集的工艺品。平时，他一般不会动的。让我想想……"

我们打开书柜的玻璃门，把摄像头放在其中一些书的夹缝中，再用其他书籍作掩饰。颜晴打电话给钟跃："现在好了，你试一下监视器，可以看到吗？""位置还行，不过不算最好。"随着小红点的亮起，我和颜晴从房间内走了出来，再试着走进去，坐到电脑前。

我说："不去注意是不会看到的，但这些书的外壳大多都是浅色的，对比有些明显。假如刘明要找书，很快就会发现。"我们又把摄像头转移到那堆文件夹中。颜晴说："更不行，文件夹是蓝色的，和黑色对比很明显。"

我们又换到那个黑色的木质工艺品里，小镂空的地方正好摆下摄像头。"阿跃，这个位置呢，怎么样？看得清电脑键盘吗？"电话里的钟跃说："你坐到电脑前，试一下键盘。不行，角度有点偏，不太看得清。""那只有换这里了。"颜晴指了指陶瓷花瓶。

那个陶瓷花瓶的位置最为隐蔽，瓶上镶嵌着深色的花纹，深色的干花杂乱地簇拥着，正好起到了混淆视觉的效果。"珈珈你看，这个角度一般不会去注意。花瓶，一般也不会随意挪动。这样看得出吗？""这个位置好，看不出。"

"阿跃，这个视角怎么样？""这个可以。""好，那就在这里。"颜晴身手利落地开始安装。我不解地问："颜总，摄像头不是都可以看到画面吗？为什么有些角度却看不清楚？""针孔的体积很小，不能调整焦距。拍一般画面没问题，但我们要近距离看到刘明输入的密码，那就比较困难了。"

我们把移动过的痕迹处理了一下，东西按部就班地摆好。关上玻璃门，最后仔细检查了一番。颜晴点点头："很好，几乎没有任何反差。我们走吧。"

我们把整间书房扫视一番，轻轻关门下楼。站在宽大的客厅里，颜晴说："再下一次，是更为艰巨的任务。司徒珈，你愿意和我一起挑战吗？"我握住颜晴的手，坚定地说："我愿意。"

出了门，钟跃把车开了回来："怎么样，一切顺利吗？""OK，多亏珈珈和我一起。""现在去哪，颜总？""回公寓！"车子开到距离别墅不远的一处公寓。走进去，我看见桌上放着电脑、电视还有监视器。

我问："就是用这个监视器，可以看到刘明家的一举一动吗？""对。""这个房子，就是为了这次任务而准备的吗？""没错，这里是我们行动任务的大本营。来，看看我们的成果。"

从屏幕上，我们看到刘明书房广阔的一角。书桌、电脑、各式摆设尽收眼底。

颜晴盯着监视器，眯着眼说："我们从这个小小的监视器中，就可以看到刘明输入的密码。有了这第三只眼，我们才有机会找到那些犯罪证据。他这个人很狡猾，我在的时候，从来不主动开电脑，处处提防着人。这一次，刘明一定想不到，家里还会有第三只眼在看着他。"

颜晴对着电脑看得出了神，她镇定自若，似乎很有把握。可我的心里却感到非常不安。这种架势，比间谍来得更为惊险。更何况，我们太业余了。是福是祸，只能看老天爷的眷顾了。

晚上，颜晴和钟跃在饭店请我吃了饭。

"珈，真的要感谢你。在你的心里，装满了正义。来，我们敬你！""颜总，说实话，我也希望他能受到应有的惩罚。可有没想过，在找到证据后，你下一步该如何走？"

"只要拿到有利的证据，刘明一定逃脱不了，他死定了。再怎么样，他都是主谋，我是帮凶。""抓他的把柄，其实就是出卖了你自己。""我明白，既然都要死，不如赌这最后一把。我知道刘明在小金库里还私自存了很多钱，我用他个人账户的名义从中捞他一笔，一点都不为过。然后，我就和钟跃出国。"

"那小宝怎么办？""我最放心不下的就是他，按照现在这个状况，也只能定期回来看他。等我们在国外安定下来，就把小宝接过去。"

对于颜晴的规划和设想，想想也确实是最后唯一的出路了。我虽然嘴上没说，但心里清楚，这孤注一掷的下场，往往只会落得船翻水淹。面对浩瀚无情的海水，哪怕是不会游泳的三脚猫，也只能迎头而上了。

需要勇气

我来到西街餐厅，阿欣正在前台和服务员交代事情。看到我来了，立马笑着上前："宝贝儿，你怎么来了，吃过饭了吗？""吃过了。""就你自己？""就我自己。""梓健呢？""他在我那里，我刚好在外面办完事，想你就过来了。""坐，想喝点什么？""咖啡，谢谢。"

阿欣陪我坐下来："你还好是现在过来，再早一点，我忙得不可开交，根本没时间陪你。""欣姐，我看到了和原来不一样的你，自信、独立、充满活力，这才是你的舞台！"

"我也这样觉得。虽然每天忙得团团转，很累人，但很充实。以前我想尽一切办法找机会，现在，从天而降的幸运，当然要把握好了。""这样，会不会太辛苦？""不会，我只要照顾好店里的生意，做好公关，就不怕没客人。西餐厅的影响力已经在了，我只是起了推波助澜的作用。是老吴给了我重生的机会，他是我一辈子要感谢的人。"

我握住阿欣的手："欣姐，不管是报答还是感恩，都要做到不再委屈自己。虽然这对你来说，也许已经麻木。但如果还有一线希望，我还是觉得你要从中跳出来。""这次不一样了，老吴他真的是不多见的好人。他是对我表示过喜欢，愿意无偿帮助我。说出来你都不信，他对我到现在都没任何要求，甚至还很尊重。"

"你说的是真的？""姐什么时候骗过你。所以说，像我这样倒霉的人，也能够绝处逢生。唉，该知足了。你呢，又为什么愁眉苦脸的？和梓健吵架了？"

"没有，我们很好。前些天，去淮海路一家新开的摄影工作室拍情侣写真，出来的照片被他们要求做宣传相册。改天你路过的时候，还能从橱窗里看见我们的照片。""真的假的，这么有意思？他们一定是看你们太登对了。改天我一定去看看。这不是高兴的事吗，为什么还心事重重的？"

"能给我一支烟吗？"阿欣点点头，为我点上一支烟。她看着我："你很不开心的时候，才会抽烟的。""欣姐，我有些害怕。""害怕什么，不知和梓健能走多远？""这个担心确实存在，可今天，我和你说的并不是这个。"

我实在是困惑当头，把前去帮助颜晴的事告诉了阿欣。当然，对刘明的为人也一并作了描述。只是，隐去了我和他之间的那些事。

"天哪，原来你们老板是这样的人，怪不得你要离开！可是，这和你有什么关系，干吗要拼了命去做这么危险的事情？你以为这是在拍电影吗？""我知道很危险，我心里也很怕。他伤害了那么多人，还把晓敏给逼疯了。我实在看不下去，我恨透了。"

"傻瓜，你再恨，那都跟你没关系。万一被他发现了，你想过后果吗？我劝你立刻停止以后的行动，不要逞英雄。现在没有什么那是最好，万一发生什么事，你要我和梓健怎么向你爸妈交代啊。"

"有你说得这么夸张吗？""怎么没有，你是个大学生，用常理去分析一下好不好？""可我不能言而无信。这也是我答应过自己，必须去完成的一项不可能的任务。"

"司徒珈，你别傻了，这种事情不适合你做的。其实你心里很清楚，所以才会来找我。梓健一定不知道对不对？那我一定要告诉他，还有程辉。"

"千万不要啊，求你不要和他们说。我只要到那一天完成了任务，我的使命就结束了。面对这种恶势力，我需要的是勇气。"

"勇气？你有多少勇气啊？""所以我来找你，希望你给我一点鼓励。""妄想！我不同意！梓健他们也绝不会同意你这么做的！""欣姐，就算我求你一次，我真的很想帮颜晴最后一把。我没有其他可以做的，只有这样，我心里才会好过一点。"

"你求我，拿自己的生命安全在求我？你让梓健和程辉怎么办？""我知道他们不同意，所以才和你一个人说。要不然，我真的会支撑不住的。""你明知道这浑水不好蹚，你为什么还要搅进去？"

阿欣不知道我心里有多恨那个混蛋，她当然想不通我为什么要花大力气去冒风险。但无论这一次有多危险，我都要搏一把，我要亲手抓住刘明的证据！

"放心吧，颜总那边不会出漏子的。她会趁刘明出差时去行动。""那也危险！""我说没事就没事，花不了多少时间。你要是告诉梓健的话，我们就不是朋友。"

"司徒珈啊司徒珈，你真是……那这样，行动当天我去那边接你。不然我真不放心。""只要任务一结束，我就出来和你碰头。""就这么说定了。"

回到家，已是凌晨。房里的灯还亮着，梓健躺在床上睡着了，手里还握着一本书。床头留了字条：亲，微波炉里给你留了牛奶和点心，你热一下再吃。如果我睡着了，记得叫醒我。

我在他的额头上轻吻了一下，为他盖好被子。我抱着梓健，希望他能带给我好运和平安。

你很勇敢

早晨起来，梓健问我："昨晚，我实在困了就先睡了，你回来很晚吗？""还好。""看你眼睛都是血丝，单位的考试顺利吗？""还算顺利。下周，国外有大客户过来，所以，又要忙了。""你要注意休息。""过两天，我想再去看看晓敏。""好，我陪你去。"

三天后。

下班前，颜晴打电话告诉我，前天他们又去了刘明那里，在卧室也装了摄像头。颜晴说："反正装一个也是装，两个也是装。既然都干了，就要下手狠一点。假如能录到什么有利的画面，那刘明在我手上的证据就更多了。到时候，不怕他不求我。""颜总，别太过了。刘明那么狡猾，万一被他发现就糟了。""没事，你别担心。我们安装得很隐蔽，他不会发现的。"

"我现在去看晓敏，你去吗？""我今天还有好多事情，刘明回来了，就不过去了。你要不问问芳芳，看看她去不去。今天，她好像递交了辞职报告，估计过两天就会正式离开公司了。"

我给芳芳去了好几个电话，一直是无人接听。梓健接上我后直奔医院，在车上，我又打给芳芳，依然还是长音。再打，便是关机，心里感觉有些异样。

"怎么，打不通吗？""是啊，本来说好一起去看晓敏的，芳芳怎么会忘了呢。""说不定，是有其他什么事呢？""颜总说芳芳今天递交了辞职报告，不知道怎么样了，也不给我来个电话。"

"也许，是在忙离职和交接的事吧，忙起来就忘记了呢。""可我之前打去公司总台，没人接电话。""那在忙的时候，是不会一直在那里了。""我们先去吧。芳芳忙完应该会给我电话的。"

来到医院，晓敏刚吃过晚饭，海刚和母亲陪同在左右。我把鲜花和水果交到他们手里："阿姨、海刚，我们来看看晓敏。""孩子啊，你们可真是有心啊，又来看晓敏了，太谢谢了。这位是？""他是我的朋友，叫梓健。""阿姨好。""你好，快坐吧。"

"阿姨，晓敏这几天状况怎么样？""时而清醒，时而狂躁。不过还好，她认得我们了。""是吗？那太好了！""不过，是在清醒的时候，只要一发作，她又是那样。""这有个过程，现在医学发达了，一定会治好晓敏的。"

"只是到现在，晓敏还不知道自己肚子里的孩子没有了。那几天下身流着血，我就骗她说是来例假。总之，不能刺激到她就对了。""阿姨，真是辛苦你们了。你们现在住哪里？""我们暂时在医院附近租了个房子，晓敏他爸爸在这里先找份兼职，可以补贴点家用。等到晓敏情绪稳定后，我们就带她回老家治病。上海的费用太贵了，我们实在担负不起。海刚真是个难得的好孩子，在郑州放下手头的生意就过来了。""我们都会帮助晓敏渡过这个难关的。"

母亲转头看晓敏："孩子啊，你看着这么多人为你操心的份上，也要快点好起来啊。""阿姨，我和晓敏说会话可以吗？""你们聊，聊些以前她开心的事。我们出去转转。"

"晓敏，我来看你了，还认得我吗？"看着神情有些呆滞的晓敏，我的眼眶泛红了。她看看我，笑笑："你是？""我是司徒珈啊，晓敏，还记得我吗？""司徒珈？"她努力回忆着。

看着晓敏没有排斥，我握着她的手："对啊，我是司徒珈，你一定有印象，对吗？"她若有所思地望望我，把手轻轻在我脸上摸了摸："司徒珈，美丽的司徒珈。"我轻轻点点头。

晓敏斜眼看一旁的梓健："这位先生是谁？他长得真好看，但是为什么不笑，好冷。"梓健立刻附上一个微笑。"忘了给你介绍，他是我的朋友，叫梓健。"晓敏看看我："他是你的……男朋友吗？""嗯，是。"晓敏低下头，撅起嘴："原来你有这么好看的男朋友……""海刚长得也很好看，也很帅呢。""就是他老要留胡子，难看死了。""那，等以后你给他刮胡子好吗？""好。"

我把苹果递给晓敏，她看着我说："司徒珈，你是个好女孩，对吧？""你也是好女孩啊。""好女孩，为什么他们每天都要给我吃药，给我打针？一定是我不够好，所以要这样对我是不是？""不是你不够好，是大家都想把你变成一个全新的样子。你只要听医生的话，乖乖地接受治疗，打针吃药。不久以后，你就会看到一个和从前完全不一样的自己。"

"不一样的自己？""对，一个脱胎换骨的晓敏，一个和过去彻底说再见的晓敏，一个自信、独立、勇敢、人见人爱，不被任何人左右的晓敏！""真的吗？我真的会变成那样吗？会人见人爱吗？""当然了，只要你对自己有信心。""那个时候，海刚就会回到我的身边，他再也不会离开我了，对不对？"

我抱住她："晓敏，海刚就在你的身边。"晓敏推开我，苦着脸说："他没有，他经常不理我。是不是我听话一点，他就会回到我的身边？"我含泪点点头。

"哈哈，太好了！我只要听话，海刚就会回来。到时候，我们的宝宝出世，就可以一家团聚了！""你说得很对。晓敏，你好好休息，我们走了。改天再来看你，好吗？"

晓敏似懂非懂地看看我们，点点头。我站起身："那你要乖哦，要听话。记住我和你说的，你是最棒的。"我向晓敏竖起了大拇指，她也笑着向我竖起了大拇指。

走到门口时，晓敏突然喊了声："珈珈！"我定住，眼泪掉下来。我转过身，扑到晓敏面前："晓敏，晓敏，你认得我对不对？你一定认得我！"晓敏流泪了，她干净利落地说出三个字："谢谢你。"

我控制不住自己，眼泪纷纷落下。她拿过自己的袖子在我脸上抹了抹："不哭，我们不哭，我们是这个，对不对？"她竖起自己的大拇指。我点点头："对，我们最勇敢，你是最棒的。"我紧紧抱住她，小声说：

"晓敏，你就在这里好好待着。你放心，我一定会替你报仇的，一定。"

说完，我转身出去，没有再回头。

杯水车薪

来到走廊上，我把一个信封交到晓敏母亲手里。"阿姨，这是我的一点心意，请您收下。"她一摸，马上塞了回来："这怎么行，绝对不可以的，你拿回去。""阿姨，我和晓敏是姐妹。现在她有困难，我当然要帮忙了。你们收下吧！"

"不行不行，你也是孩子，在上海工作不容易，我们怎么能拿你们小辈的钱？你们来看她，我们已经很高兴了，钱是万万不能拿的。""阿姨，钱本身就是拿来应急的。反正我也花不了这些钱，你们就先收着。晓敏的医药费和你们的生活开支大着呢，我这点心意也只是杯水车薪。阿姨如果不嫌弃，就请收下吧！"

阿姨哽咽了："孩子啊，瞧你说的。我们真是不忍心啊！""请收下吧。我改天再来看晓敏。你们保重身体，我们走了。再见！"

我拉着梓健匆匆离开，只听阿姨在背后说："孩子，你的钱，我们一定会想办法还的。谢谢，谢谢，谢谢！"这一连三声谢谢，从这位老母亲的嘴里说出，就像在我的心上划了深深三刀。

天下起雨，我坐进车里，眼泪不自觉地掉下来。梓健搂过我："我知道你很难过，但是这责任，真的和你没关系。请不要再自责了好吗？""看到晓敏那样，我心里真的很难过。除此之外，我想不出还能帮上什么忙。""你给了多少？""没多少，意思了一下。"

到家附近，梓健顿了顿说："我去买盒酸奶，家里没有了，你有零钱吗？"我忙拿出自己的钱包递给他："我有零钱。"梓健拿着我的钱包出去，两分钟后，他上了车，把钱包递给我，脸上没了笑容。梓健拿着一张单子问我："告诉我，这是什么？"我一看，正是那天我从银行取的一万元现金的存根。这笔钱，我把它给了晓敏的母亲。

我忙上前："还给我吧。"梓健心疼地说："你这样，自己够用吗？""我不花什么钱的。""明天我把钱给你打过去。""梓健，我不需要！我怎么可以要你的钱？我真的够用！"

"你忘了，你是我的女朋友。""感情，是不能用金钱来衡量的。我们之间，不需要用这样的方式来证明。我知道你对我好，有你的心意，我就很满足了。"

"话虽这么说，可生活是现实的，它可不跟你讲什么感情。你的钱，不也是这么一分一厘辛苦赚来的吗！租房子不要钱吗？吃饭、交通不要钱吗？生活上的各项开支不需要钱吗？你是在上海，不是在你广州自己的家！"

"呵呵，我除了必需的生活开支外，还真没用过什么钱。""你多久没有买过衣服了？"梓健一句话，说到了我的心里。来上海这么久，还真没有好好在商场像样地买过衣服，除了刚到的那次和过年阿欣带我去的那次。

"麻烦你在考虑别人的同时，也请想想你自己好吗？"梓健大声地说道，然后一脚油门冲了出去。我不再说话，心里充满了感激与暖意。梓健，谢谢你能这样心疼我。有你的爱护，就算天塌下来，我也不害怕。

第二天，芳芳给我回了电话，她已递了辞职报告，下周等新员工来了之后，就可以正式离开汇意了。那天我打电话时，正好在开全体员工大会，手机没带在身边。之后手机没电，在公司加班到很晚。

第七季　穷途之哭

爱情其实就是一瞬间的事，你不努力，也许下一秒钟它就消失了。不要妄想谁会爱你不变，没有一个人会永远站在原地等你。

学会接受

周末，梓健开车带我来到大商场。他不由分说上前就开始挑衣服："看看，喜欢哪些，去试一下。""可是，我没打算买衣服。"他推我进了试衣间："我打算给你买啊！"

出来后，梓健大赞一番："真美，太好看了。再去试试这件。"我又换了一件。"这件也不错，看来我的眼光还是不错的。小姐，这两件都要了，开票吧。""梓健，这个牌子很贵的。""没关系啊，我买单。""不要你付钱，这样不好。""你是我女朋友，让我这男朋友给你买衣服，很丢人吗？""我，不想让你破费而已。"

他一把拉过我："来，再看看化妆品，你喜欢什么牌子的？护肤品也需要用吧，虽然你的皮肤好，不过还是要记得保养啊。""梓健，有你的心意就好了。""心意和实际行动可有区别。你不需要为我省钱，女孩子就是要打扮的。这些，我都买得起。总有一天，我也会买得起这里所有的东西。到那时候我给你的，就不仅仅是几套衣服和化妆品而已了。"

我看着他，眼里满是真诚。若不是在大庭广众下，我会上前抱住他！

"梓健，谢谢你为我做的这一切。""我知道你喜欢的并不是这些表面的，但它却是生活的一部分，你不能排斥它。"

"那我只有服从了是不是？""不是服从，是接受。就像你接受了我对你的爱，其中也包括了这一部分。如果不懂得拒绝，就学着去接受它。这些，你本该拥有。""那好，我接受。你也在男士柜台选几样喜欢的东西，我买给你。"

"唉，你想错了。感情不是回报，更不是等价交换。如果你真的想回报我，那么就去换上漂亮的衣服吧，还有，带上你美丽的笑容。不是说，马上有大客户来上海吗？是该有个崭新的面貌来迎接你的工作了。"

我打趣道："难道我这样的形象很丢脸吗？""当然不是，只是希望你更加与众不同。""上班期间我们都有工作服。何况，我们公司自己就是做服装的。""那你不是说下了班也要陪客户吗？总不能都穿工作服吧。春天来了，油菜花都开了，你还不得改头换面，更新换代一番啊。"

我换上新衣服，低着头问："下一站，我们去哪里？""当然，是去填饱肚子了，走！"

来到附近一家韩国餐厅，我们选了靠窗的位置坐下。刚拿过菜单，便看见一个熟悉的人往这边走过来，又是刘明！他斜着嘴笑笑："呦，司徒珈小姐，这么巧，在这里又碰到你了。"

"是啊，是很巧。"我冷冷地说。梓健看看我，又看看刘明，对他点了下头。"你好啊，在下刘明，是司徒上一任公司的老板。""哦，你好，刘先生。""司徒，请问这位是……""他是我的朋友。""哦，男朋友吧。"我沉默不答。

刘明奸笑着："司徒啊，没想到，你离开公司时间不长，换男朋友的频率可是够快的啊。让我算算，这是我看到的第三位了吧，呵呵！一位是什么自称你哥哥的，一位又是身上还没进化干净的老外。这个嘛，长得倒是不错，不过他不会就是传说中你好朋友的男朋友吧？司徒，我还真是小看你了呢。在公司别的本事没学会，倒学会抢别人的男朋友了，而且，还是自己最好的朋友啊。哈哈哈哈……"

梓健生气地站起身："请你说话放尊重点！"我握住他的手："梓健，不要和这种人废话，脏了你的口。""呵呵，被我说中了是吗？看来，我的眼光还是很准的。只是没想到我们的司徒珈，胃口还真是不小啊。哈哈！"

"你到底想干什么？""看到老朋友，自然很开心。一不注意说漏嘴了，真不好意思啊。这说明我们还是有缘分呐，在哪里都能遇到，是不是？好了，不影响你们小两口约会了，后会有期！"

看着刘明那春风得意的背影，我紧紧地握住杯子，压抑住心底的愤怒。

"他就是你以前的老板？那个可恶的家伙？"我红着眼眶，冷冷地说："是，他就是那个……把晓敏活活逼疯的混蛋！""他就是这样骚扰你的？他以前是不是也这样对待你？""他对辞职的员工都很不满，认为刚培养起来的苗子又离开了。他并不是针对我，别在意。我们走吧，去别处吃饭。"

梓健你不知道，我表面一直微笑，可内心却在淌血，你又能了解多少。假如有一天我能得到心灵上的解放和自由，是不是也意味着生命将被终结？如果是这样，我宁愿自己背负一生的痛楚，永远也不让你看见我心里的伤痛。

至少这样，你可以过得比我幸福。

大维先生

新的一周到来，梓健因为公务要去苏州出差几天。远在丹麦的亨利及父亲大维一行人也从大洋彼岸飞到了中国上海。在机场，我见到了亨利的总裁父亲，一位很绅士、很慈祥的丹麦老人。

我用英文对他说："大维先生，欢迎您来到中国，但愿上海能给您留下美好的印象。""哦，你就是司徒珈小姐？你好，亨利经常和我提起你。""真的？""他说在中国遇到了一位天使。""是吗？谢谢他的鼓励。"

再次见到亨利，彼此感觉如同以往的亲切。"亨利，欢迎你再次来到中国！""哦，我又见到了我的天使，太好了！"我们给予对方深深的拥抱。

大维先生没有我想象中的严厉，一副和蔼可亲的面容。他俩交流时，丝毫看不出是一对父子。他们更像一对朋友，或者兄弟。

晚饭宴请，亨利主动提出再上一盘臭豆腐。我笑着问他："你不怕再进医院了吗？""呵呵，这次我学聪明了，我只吃几块过过瘾，主要介绍给我的父亲。"

待臭豆腐上桌后，大维先生皱起眉头，脸上露出尴尬的表情，随即用手捂了下鼻子。亨利告诉他，这是中国最棒的小吃。大维疑惑地看着亨利，又看看一旁的助手，他们只是微笑不说话。大维只有把目光集中到我身上，想从这里寻求一点真实的答案。

"司徒小姐，你的意思呢？"我看了眼亨利，笑着对大维说："亨利先生很喜欢吃，不知道大维先生的口味是不是也一样呢？""哦，那我就尝试一下吧。"大维拿起一块，艰难地放进嘴里，随即露出了笑脸："嗯，闻着臭，吃着还是很香的，有意思。"

一旁的助手说："总裁，上一次亨利总监来上海，一口气吃了两盘臭豆腐，感觉不舒服。幸亏司徒小姐及时带他去了医院，并抽出自己的休息时间陪伴亨利先生。""对了，我正要为这事好好感谢司徒小姐呢。亨利回来后和我讲了这件事，我说下次有机会要亲自向你道谢呢。""呵呵，大维先生，这都是我应该做的。"

大维笑着对祝总说："贵公司能有司徒小姐这样称职的员工，可真是荣幸啊。"祝总点点头："是啊，司徒在我们公司确实是位不可多得的好员工，不仅业务优秀，而且很勤奋。最重要的是，她热爱自己的工作，把它当成生命中的一部分来看待。态度决定一切，司徒的前途一片光明。"

"祝总，瞧您说的，我只是尽到了一个员工应该做的。""哎，该肯定的就要肯定，该表扬的还是要表扬啊。""好，为了不辜负大家对我的期望，我敬大家一杯，我干了。""好！"

大维先生欲言又止，我清楚，自己带给亨利的那种真实感也同样感染到了这位六旬老人。回到酒店，大维拉着我的手说："司徒小姐，你的确如亨利所说，是一位下到凡间的天使。中国姑娘，真棒！"

我笑笑："大维先生，您太过奖了，其实每个女孩都是天使。您只是看到我帮助了亨利先生而已，这并没什么。换作是别人，也同样会那么做的。"

"不，不！司徒小姐，并不只是这样。我看到你的第一眼，就知道你和别人不一样。从照片上我就可以感觉到，你和亨利，和我，甚至是我们丹麦的整个家族和集团，并不只是工作上的合作关系那么简单。也许，还会变得更为友好。""呵呵，大维先生，您还真是幽默，我会好好考虑您的话的。今天您一定累了，明天见，晚安！"

大维先生话里的意思我都明白。亨利回国后，一定和他讲了许多关于我的事。只是对于两个不同国界的人来说，就算互相持有好感，爱情的距离依然遥不可及。

糟 蹋

两天来，大维先生参观了公司与生产厂房，两方谈论甚欢，并有意开发新的合作项目。

下班前，我接到芳芳的电话。正沉浸在工作成果中的我，眉开眼笑地说："芳，是你啊。是不是想告诉我，你已经离开汇意了？"没想到那头沉默了几秒，传来十分低沉的声音："珈，你在哪里？"我顿时觉得不对："芳芳，你怎么了？""我现在马上要见你，马上！""芳芳，你说现在要见我？""我要马上见到你。对，就现在！""出什么事了吗？""不要问了，你快来，我在江边等你！"说完她便挂了电话。

我的心跳得厉害，预感有不好的事发生了。芳芳颤抖的声音里透露着一种决绝，让人觉得恐怖。

赶到黄浦江边，芳芳木木地站在那里，表情十分阴郁。

"芳，那么急叫我来这儿，出什么事了？"她眼睛直直地盯着江边，没有说话。我摇着她："芳芳，你告诉我，到底出什么事了？你别这样，别吓我啊！"

芳芳只是汹涌地流着眼泪。

"求求你告诉我出什么事了？你说出来，才好有解决的方法啊！""从今天开始，我何芳芳的人生，彻底完了……"我不解地问："什么完了，你的人生怎么可能完呢？"

她忽然转过头，眼睛直勾勾地盯着我，死死拉住我的胳膊，发疯似的叫喊着："珈，你相不相信，你相不相信啊？""我，我不相信，不相信！""好，那我告诉你发生了什么。只是你听了以后，不要惊讶、不要害怕。"

芳芳边流泪边用颤抖的声音说："我……被人给糟蹋了……"

我的思绪一片空白："你说什么？你再说一遍！""我被人强奸了，被那个混蛋强奸了！"我愣在那里，眼泪流下来："是谁，是谁？""就是你也恨，我也恨的那个混蛋，就是那个禽兽不如的家伙把我给强奸了！"

我的脑子一阵晕眩，全身发软差点倒在地上。芳芳扑到我怀里大哭起来，断断续续向我讲述了事情的来龙去脉。

上周，也就是我下班前打电话给芳芳的那天。下午，她递了辞职报告，当时觉得刘明看她的眼神有些怪异。

"你真的想清楚了？""是的，刘总。下周，我会去新单位报到。""呵，动作还蛮快的嘛。其实，在这里晋升的机会还是很大的。你就不想和他们一样，每个月都有提成和奖金吗？""我不适合做销售，所以选择了其他专业。""那好，是你自己不愿意留在这里的。那我也没办法了，就按规定执行吧。"

芳芳走出办公室后，总觉得有些不对劲。刘明的眼神和以往都不一样，让芳芳觉得浑身不自在。但究竟是什么感觉，她自己也把握不准。

虚伪的"绅士"

之后，他们开全体会议。结束时，芳芳还在处理一些繁杂的琐事。等她忙完手上的活时，公司同事陆续走光了。正当她整理东西准备离开时，刘明从办公室出来了。

"芳芳，这么晚了还没走呢？""刘总，就走了，我刚在处理手上的活。""我也走，送你一段吧。""不用麻烦了，我自己搭地铁回去就可以。""没事，反正我要往你家那个方向去办事，一起好了。"

进电梯时，刘明很绅士地请芳芳先进去，然后他直接按了地下一层："还是我送你回去吧，现在那么晚了。女孩子一个人，不安全。"芳芳心想：只要不和你这只老狐狸在一起，都是安全的。

"没关系，我自己可以回去。""你是不是还在生我的气？那我今天当着你的面，向你说一声，对不起。"刘明边说边鞠了个躬，"那次，我是太过分了，对不起啊。我也是因为一时糊涂，所以才对你说了那么多混蛋的话。""好了，都过去了，不要再提了。"

"关于晓敏的事，我知道你们对我都很有成见。假如当初她没有那么多贪念的话，也许事情不会落得今天这个下场。晓敏变成那样，我心里也很不好受啊。再怎么说，她曾经是我的员工。所以，女孩子还是要独立。就像芳芳你这样，用自己的劳动去换果实，反而让人觉得尊敬。你说呢？"

芳芳不说话，低着头。"所以，这次就当是我赔罪，对不起了。"

芳芳礼貌式地点了下头。趁着说话时间，芳芳竟忘记按一层，电梯直接到了地下车库。"走吧，我送你，反正是顺路的。""没事，刘总，我自己回去，再见！"说完，芳芳转过身径直往反方向走去。地下一层是车库，没有什么特殊情况，芳芳都不会走这里的通道。"芳芳！"刘明从后面喊了一声，空旷的停车场传来一阵回音，吓住了她。

"啊？什么？"芳芳转过身看刘明。他笑笑说："你走错了，出口在那边！""哦，我忘了方向，再见！"

走出停车场，天下起大雨，芳芳没有带伞。她用包遮住头冲了出去。刘明的车经过，他摇下车窗并按喇叭："芳芳，上车！这么大的雨，你想淋成落汤鸡吗？""刘总，你回去吧，不用管我！"

刘明下车，走到芳芳身边："你想让别人说我这个老板无情吗？都要辞职了，因为加班而淋雨生了病，快上车！"

单纯的芳芳没有拒绝他的理由，只能上了刘明的车。她抹抹头上的雨水说："谢谢啊，刘总，真不好意思，还要让您送我。""没事，应该的。你说我一个老板开着车，好意思让自己的员工在街头淋雨吗？"刘明拿过一盒餐巾纸递给她："快擦擦。"

芳芳的底子很薄，淋了一会雨便连连打了好几个喷嚏。

"你看，冻着了吧。"刘明马上打开暖气，并把出风口对准芳芳，"这样会不会好一点？我看，你还是把外套脱下来放在椅背上晾一晾，先穿我放在车上的外套。"

趁着红灯间隙，刘明拿过放在后座的外套，披在芳芳身上。"谢谢刘总。""不客气。"芳芳没想到，刘明还有着如此温婉细腻的一面，这让她的戒备心在此消除了一点。

"芳芳，你到公司也快两年了吧？""对，到5月就满两年了。""时间过得真快啊，我记得当初你来公司的时候，还是个生涩的小女孩。面试时，你说自己刚毕业，什么都不会。不过你很努力，表现也很好，所有繁杂的事务都归你一个人包了。你不仅能熟练地掌握公司各部门流程，样样事情还都能想在前面。”

“呵呵，做得再好也只是个前台而已，不值得一说。”“不，说是前台，倒不如说是秘书，而且还是我的好助手呢。不仅是这样，公司上上下下少了你，那可真就乱套了。你把事务安排得井井有条，有时候大家都还要听你的指示呢。我这个老板，不也是每次都遵循你的意见吗？”

“刘总，其实我在汇意也确实学到了不少东西。”“社会就是这样，它可以教会你很多东西，那都是在课本上学不到的。不论以后你到哪个工作岗位，都可以借用以前吸取的经验，一定会很受用的。”

其实芳芳的意思是，自己在汇意学到了做人，学到了如何做一个看得见和看不见的双面人。所有事情在眼前经过必须马上过滤，否则就会给自己沾染上很多麻烦。就这样，芳芳从一个天真、幼稚的女生，日渐变成成熟、稳重，心思缜密的前台文员。

对于公司的事她知道很多，也总是小心翼翼。她不得罪别人，也很好地保护了自己。即使再看不惯，她都只是笑笑，然后把它放在肚子里发霉腐烂掉。即便，她仍旧是个单纯的大姑娘。因为她白净脸蛋上那几点褐色的小雀斑，是不会因为时间的推移而退化的。

“刘总，我到了，您在这儿停就可以了。”“这儿，不行啊，雨那么大，你下车不也淋个全湿。我送你进去。”“可是这弄堂太小，车又多，怕把刘总的车给刮坏了。”“嗨，这到底是人重要呢，还是车重要啊。车子只不过是代步工具而已，都是身外之物。”

刘明一直把车开到芳芳家门口。“谢谢啊，刘总。我把衣服还你。”“没事。记得回家洗个热水澡，把头发吹干了。”芳芳愣了下：“谢谢刘总，我下车了。”“再见。开门小心车。”

芳芳心想：两年来，自己也坐过不少刘明的车，为什么这一次，会觉得有所不同？这样看似绅士的成熟男人，能处处为他人着想，谁都不会料到在他欺人的外表下还隐藏着如此卑劣的性情。也许刘明再怎么掩饰，他的骨子里归根结底还是一个恶人。他嚣张、他自大、他好色、他恶俗、他最为虚伪。这狡猾的狐狸，就是用这心细的一面，迷惑了众多奋不顾身的怨女。就算他再坏，却还是有那么多女人为他痴缠，不能自拔。也许这就是自身的魅力所在，男人不坏、女人不爱；男人坏得彻底、女人也同样爱得彻底。

这让芳芳非常矛盾，虽然他们之间并没有任何关系，但她还是陷入了迷惑中。这一晚，芳芳睡得并不安稳。她的脑海里一直浮现着刘明的多面性，总是猜不透他到底是个什么样的人。她也知道自己没有理由去深究他的为人，可就在自己离职之际，却又增添了新的困惑。

迷魂药

周末过后，芳芳迎来了在汇意最后的工作时间。照例，她还是像以往一样处理手上的杂事，影印文件、到各个部门发放资料、收取文件……还是如此忙碌。

刘明下午到公司，他打内线给芳芳："今天我的助理怎么没来？""刘总，她给您请假，说发烧去医院挂瓶了，不过您上午都关着机。""我下午急着要去接客户，颜总呢？""颜总到广告公司收款子去了。""那这样，你和我一起去！"

刘明匆匆从办公室出来："走，芳芳，时间差不多了。""哦，我们去哪里接客户？""去南站，客户从杭州过来。"刘明开上车，快速地往大路驶去。遇到红灯时，他接到一个短信。

"天哪，这齐总还真是的。""怎么了？""他说坐晚两个小时的客车到这里，现在手上还有些事情。""这样啊。""他还说，这次过来不想再住酒店了，想去我家里住。""啊，真的吗？""是啊，我和齐总关系不错。以前我去杭州出差，也住过他家。反正都是别墅，有的是房间，这样就方便交流了。"

"刘总，我们现在去哪儿？"刘明把方向盘一打："先回我的别墅，你帮我一起打理下房子，一会我们再去接齐总。"芳芳心里泛起嘀咕：
"刘总，这样合适吗？""有什么不合适的，只是去整理一下，又没什
么，怕别人说闲话吗？""哦，那也不是。""那你在担心什么？怕我
把你吃了？呵呵，别想太多，走吧。"

芳芳心想：也是，自己又不是什么天仙，也不会成为刘明口中的
猎物。这时候，她倒为自己平凡的面孔感到几分侥幸，松懈了对外人
的警惕。

来到刘明的92号别墅，芳芳尾随其后。"进来吧，芳芳，你随便
坐，想喝点什么？""刘总，我不渴。""进门便是客，哪有来了不喝
东西的道理？你是要橙汁还是可乐？""可乐好了，谢谢啊。"

芳芳环顾这所漂亮的大房子，这是她第一次来刘明的别墅。"刘总，
您的房子真漂亮啊！""是吗？谢谢，这可都是我自己设计的啊。""是
吗？真的很棒！""谢谢夸奖。"刘明把一听可乐拿到沙发前的茶几上，
打开后倒进透明玻璃杯里。他递给芳芳："来！""谢谢。"

"我琢磨着，在家里搞些公司聚会什么的，逢年过节请些员工来
家里玩玩。反正房子大，热闹。""这样挺好的。""只是你也要辞职了，
不过没关系，以后我邀请你过来玩，你可不能不赏脸啊。""呵呵。""这
样，我先去收拾，你在这里坐下，一会我叫你。""好的。""我给你放
点音乐。"

芳芳喝着可乐，听着舒缓的钢琴曲，欣赏着客厅里的角角落落。
过了几分钟，刘明在里屋说："芳芳，你过来一下！"她顺着刘明的
声音来到二楼。"刘总，您在哪儿呢？""我在这儿呢，你过来吧。"
芳芳走进一间房，看见刘明正在收拾。

"哦，这是给客人准备的卧房，平时都没人住，我整理一下。""刘
总，这里挺干净的。""是啊，每周阿姨都会过来打扫房子，所以没太
多灰尘。但让客人住，会不会显得太单调了？走，去我房间看看，拿
点摆设过来。"

芳芳跟着刘明进了他的卧室，她被眼前的摆设吸引住了。

"哇，刘总，您的卧室真漂亮。""还行吧，其实人在一天中，三分之一的时间都是在床上度过的。我是个讲情调的人，当然要花些心思，是不是？""我们要拿些什么过去？""把这个壁画、装饰灯、花瓶、还有这个靠枕都拿过去吧。这样房间会显得温馨很多。"

刘明和芳芳把这些东西依次拿到卧室，然后全部就位。他拍拍双手："怎么样，还不错吧？""挺好的。""今天真是谢谢你了，芳芳。""哦，没事。"

这时，芳芳突然觉得眼前有些模糊，脸变得滚烫，浑身开始燥热起来。"刘总，我觉得好热啊。""是吗，你的脸好像有些红，是不是有些累了？在床上靠一会吧。"

芳芳顺着刘明的意思靠在床上，她的头越来越晕眩，神智也变得模糊起来。"芳芳，你感觉怎么样，没事吧？""刘总，我感觉很难受，很不舒服。"刘明凑近她问："你哪里难受啊？""我，我浑身发热，头晕。"此时的芳芳已完全不受大脑的控制，她躺倒在床上，顺手去扒自己的衣服。我好热啊，好热啊！""是吗，很热吗？那我帮你脱啊。""好啊，你帮我脱。"

原来，刘明在她喝的可乐中放了迷魂药。只 15 分钟的时间，就开始起药效了。单纯的芳芳怎么也没想到，狡猾的刘明利用工作之便把她骗到家中，再用药物迷倒她。在药性的作用下，使其产生幻觉，神志昏迷，强烈控制人体的中枢神经。而芳芳对于自己所说所做的一切，却并不知晓，因为她已在刘明的操控下进入了另一个迷幻的世界。

芳芳觉得眼前的刘明变得模糊，身上的燥热感在不断增强。"芳芳，现在感觉怎么样？还有哪里难受？"她摸着自己的胸口、腰身、和大腿："呵呵，我……我这里难受，这里，还有这里！""好啊，让我来帮你，你会感觉很奇妙的。"刘明边说边脱她的衣服。芳芳整个身体像被火燃烧了一样，她呼吸急促，发出阵阵的呻吟声。

　　刘明双手抚摸芳芳的身体，她几乎没有做一点反抗。刘明眼中露出即将捕获猎物的得意。兴奋的芳芳面对眼前的刘明，好像看见了自己的初恋情人。她抱住他，热烈地狂吻起来……

　　之后发生的一切，芳芳完全没有了意识。

替代羔羊

　　等芳芳清醒过来，发现自己全身赤裸地躺在刘明卧室的床上。她赶紧用被子裹紧全身，对着出浴室的刘明说："混蛋，你对我做了什么？我怎么会成这样的？""我对你做了什么，那要问你自己了。"芳芳哭着说："你真卑鄙，你不是人！"

　　"小可人，刚才玩得很尽兴啊。你那么兴奋求着我，我怎么可能不满足你的需求呢。""畜生，混蛋！"芳芳一巴掌打在刘明脸上，"我的头为什么这么痛？还是很晕。""想知道怎么回事吗，看看你刚才的表现吧！"刘明打开电视，放出了一段画面。

　　芳芳惊讶地看到，电视中出现一男一女亲热的镜头，竟然是自己和刘明！她眼睁睁看着自己意识模糊地躺在床上，再到自己脱衣服，直到最后和刘明勾搭在一起的全部情景，她捂住脸大声地哭了出来。芳芳这才醒悟，她是中了刘明精心设计的圈套！

　　"你真够卑鄙！你在可乐里给我下了药对不对？""呵呵，可乐是你自己喝的，我也没逼你。""无耻！我要去揭发你，告你迷奸我！""是吗？你有这个胆量？刚才你可是玩得很开心啊！"芳芳又想给刘明一巴掌，却被他用手挡了回来。

　　"怎么，想告我吗？好啊，我把这个录像交给法官，看看谁的把握更大一些。看看他们是会说你勾引的我呢，还是说我强奸的你。你也不是小孩子了，那么大一个人，我怎么把你骗到床上？不是你自愿的，我会强迫你吗？刚才那么主动，没想到我们的何芳芳表面看上去挺保守，其实在床上，原来也可以这么疯狂啊，哈哈哈！"

"你……为什么要对我下手，为什么？"刘明凑到芳芳跟前，狰狞地握住她的脸："为什么？你说为什么？因为，你是我没有尝试过的！""为什么？我只是一个小小的前台而已，不是你口中的猎物，为什么还要对我下手？""因为你也是女人。女人，本来就是拿来给男人享用的。况且，你刚才也很享受。"刘明点上一支烟。

芳芳抱头痛哭："我后天就离开公司了，从今以后我和汇意再也没有半点关系，为什么临了还是不肯放过我？你有那么多女人，为什么还要设计我？"

"其他女人我都玩过了，一个样，没劲。可你不同，你单纯、善良，又很保守。你在我面前晃了两年，现在要离开公司了，是你炒了我，你总得给我一点补偿吧。"

"那司徒珈呢，她也和我同样，你又得到她了吗？"一听到这个名字，刘明猛地瞪起眼珠。他大声呵斥道："不要在我面前提起她！""怎么，心有不甘吗？被我说中了是吧？你这么有能耐，却还是没有得到她！"

刘明气愤地说："那个小贱人，上次我也是用同样的方法把她骗到家里。可我的心不够狠，居然让她逃了。所以现在我学聪明了，我给你用了迷魂药。你就是有天大的抗药性，也逃不过我的手掌心。看来这药不是白买的，值这个价。"

"你……你真是天底下最无耻的混蛋！"

"那小丫头片子很有性格，居然砸伤我的脑门逃了出去。最重要的是，她竟然有贵人相助。颜晴的及时赶到，破坏了我的全盘计划。我早说过这丫头不简单，不能小看她。不过总有一天，她也会像你一样，乖乖地听我的指挥，会主动成为我口中的猎物。勉强真的不好玩，像刚才一样，大家不是都很享受？"

"呵呵，珈珈不会上你的当。她有男朋友，他们很好，你是妄想！""对啊，那个小白脸是吗，叫什么梓健的对吧？""你怎么知道？""我怎么知道，我亲眼见到的。实话告诉你吧，本来我不想这样对你的，可我三番五次地碰到她。看见她身旁那个小白脸，我就全身不舒服。本来，她应该和我在一起的。得不到她，那我就只能先找你咯，你不是和她最要好吗？看到你，就像看到她的影子。只可惜，你做了那小贱人的替身，做了替代羔羊！我也只能在你的身上，找寻一点她的影子。对不起了。不过，我们芳芳的皮肤和身材，同样也很好呢，也让我欲火焚身啊。"刘明摸着她的脸蛋说。

"你，你原来还是不肯放过她，所以就找我出气！可就算如此，你还是没能得到她，你也永远得不到她！""我会得到她的，我一定会得到她！就像你怎么也想不到，我根本不会把目光放在你身上，可在两年后，就在你要走的时候，我却占有了你！没有什么事情是做不出来的，想到的事未必可以做得到，做得到的事情未必就能想得到。小可人，只要你乖乖听话，我还是会对你好的。你不声张，没人知道在这所大房子里发生过什么。我们还是可以心平气和地在一起聊天、喝茶，不做上下级关系，也可以做朋友。"

芳芳彻底绝望了，离开刘明的别墅时，已是凌晨。

这一次，她的口袋里装着刘明开给自己的 10 万元支票，她没有拒绝。芳芳想着，既然斗不过他，也拿不回录像带，收他 10 万元算是便宜那个混蛋了。

芳芳的人生，从这一刻彻底完了。她的身上，从此有了永远无法抹去的污点。芳芳的心里满是仇恨，如果要说后悔，也一并被包容进去了。就是自己的一不小心，放松了对恶人的戒备心理。

世上真的没有后悔药。这一刻，芳芳感到绝望。

遗　书

芳芳流泪向我诉说了她的惨痛经历，也万万没想到自己竟也会成为刘明手下的一颗棋子。

我使劲摇头哭着说："都是我，如果不是因为我，他也不会对你下手！对不起，对不起……""珈，你不需要自责。就算没有你的出现，他还是会做出那种下三烂的事情。没人能斗得过他，我们都是受害者。你记住，以后如果遇到他，千万要提高警惕，别听信他的任何话。不要被他得逞了，不要再走我的老路！"

我抱着芳芳痛哭："都是我的错，我没有能力保护你，没能保护好你的安全！我是个罪人，芳芳，是我害了你！""不要和我说抱歉，这跟你没关系。刘明是无恶不作，跟他有关的人都不会有好下场，尤其是女人。我现在，真的恨不得杀了他，我杀了他都不解恨啊！"

"芳芳，你千万不能做傻事。我们说说也就算了，你不能再毁了自己的前途。""他已经把我毁了，我还有什么希望？前途，被他一刀斩断了。""恶人会有恶报的，我们也会逐步找他的证据，他总有一天会得到应有的惩罚。"

"惩罚，对于这样的人来说有用吗，要等到什么时候？正义对邪恶，也许到最后都会把自己给搭进去。白碰黑，最后也会变成黑的了。倒不如，快刀斩乱麻，一刀下去，简单又明了。"

芳芳的语气已完全没有了以往的柔和，冰冷、决绝，近似死亡的恐怖气息。"芳芳，别这样，你千万不能做傻事。为了那个混蛋，不值得！""没什么不值得，反正都是一死，大不了同归于尽。"

"芳芳你疯了吗？你的人生才刚刚开始，不要像晓敏一样一错再错行不行？""我是疯了！他糟蹋了我，我的人生已经到头了！你不明白，只有经历过黑暗的人，才觉得自己没有什么事情不能经历的了。这一次，我绝对不会放过他！你看着吧，我一定会收拾他的。他害了那么多人，就让我来给他做个了断！"芳芳最后的这一句，说得决绝，眼神中充满了杀气。

我拼命地劝阻她、安慰她，希望她不要再走晓敏的老路。可是芳芳似乎已经下定了决心，对于我的劝慰，她根本听不进去。

和芳芳分别后，我一个人在路上走了很久。因为我，那个小人残害了芳芳大好的青春年华。如果可以重来，我宁愿当时受迫害的人是自己！可是说什么都晚了，再多的眼泪和忏悔也无法改变事实的真相。

整个晚上，我给芳芳发了很多短信，劝她不要迷失自我，千万不能轻举妄动。她最后只回给我一条：我和你不一样，没有经历过黑暗的人是无法感受我此时的痛楚的。只希望你好好生活，保护好自己。不用担心我的安危，我已学会了该如何解脱。

我给芳芳打电话，只听那头传来："您好，您所拨打的电话已关机。"就是这个女人的声音，陪伴了我无眠的长长一夜。

第二天，我不断打电话给芳芳，依旧是客服讨厌的声音。我感到崩溃，一种不祥的兆头笼罩全身。

第三天下午。我接到颜晴的电话，她的声音一响起，我已感到大事不妙。

"珈，你在单位吗？""是的，颜总。"颜晴的语气变得低沉："我现在需要和你见个面，有件事要告诉你。""出事了，对不对？""……我现在过来接你，去一个地方。""麻烦你先告诉我，是谁出了事？""珈，你听了一定要顶住。"

我屏住呼吸，红着眼眶："您说。""是……是芳芳……出事了……"如我所料，芳芳真的出事了！我颤抖着声音问："芳芳……她……出什么事情了？""芳芳她……她自杀了……"我的脑袋一瞬间被炸开了。我万万没想到，芳芳竟然选择这样的结局，走上了一条无法回头的不归路！

颜晴作为领导和代表，我作为芳芳生前的好友，向她的家人献上花圈和沉重的哀思。看到芳芳父母哭得红肿的双眼，我的心如同刀割。芳芳的父母，上一次见面还正值中年；如今再见时，已是一夜苍老。白发人送黑发人，他们怎能接受这突如其来的噩耗！

在灵堂前，面对芳芳的遗像，我泪如雨下。

芳，你怎么这么傻？为了那个混蛋赔上自己的生命。我还是没能劝住你，还是不能挽回你赴死的决心！

你的父母，失去爱女的痛苦，他们又该如何面对将来的生活？芳芳，现在说什么都晚了。你是带着仇恨走的，你到了天堂依旧还有恨意。你到死都不明了，为了那种卑鄙小人，你成了最无辜的牺牲品，你太傻了！现在，作为你生前的好友，我只能说，余下的事情，就留给我们活着的人来做吧。总有一天，你会看到坏人得到应有的惩罚！

芳芳的父母，到现在都不知道女儿真正的死因。给父母的遗书中，她清楚地写道：

> 亲爱的爸爸、妈妈，请允许我这个不孝的女儿最后再叫你们一次吧。从小到大，我几乎没给你们添过什么麻烦。可是这一次，我却要让你们失望了。
>
> 我一直过得不开心，甚至抑郁、失眠、焦虑，这些我都没和你们说起。我活得很累，甚至找不到人生目标。我很压抑、很疲惫，但在你们面前，我从未表现出不好的状态。因为不想让你们担心，我只能一人默默承受。
>
> 而现在，我没办法再忍下去了，太辛苦了。面对生活，我觉得崩溃。活着对我来说，是种折磨。我终于找到了一种解脱的办法，我知道，自己的做法是世界上最残忍的，也是最不孝的。我没能尽到一个做女儿的责任，不能孝敬你们的晚年生活。给你们带去了莫大的悲痛，女儿深表歉意。但即便如此，我还是觉得离开人世会比较好一点。虽然很痛苦，但至少以后我不会再迷茫了，不用再承受任何伤害和打击了。
>
> 我解脱了！
>
> 请不要为我过度伤心，我在那里过得很好。女儿先走一步了。

你们一定要保重身体，这样我才能安心。

　　我最最亲爱的爸爸妈妈，这辈子我不能做你们的好女儿，那么下辈子、下下辈子……如果还有来世，我一定会做你们的乖女儿，一定会为你们亲手抹去脸上的泪痕，一定会陪在你们的身边。就这样，一辈子。

永远爱你们的女儿：芳芳　绝笔
2008 年 3 月 9 日

生前最后一件事

　　握着这封滚烫的遗书，我泣不成声。听颜晴说，芳芳的尸体是在公司大楼的停车场发现的。清晨，保安人员听到一声巨响，在空地上看见一女子从高楼顶上坠下，当场死亡。据目击者说，死者停止呼吸的那刻，眼睛还是半张着的。

　　离开芳芳家，我和颜晴抱头痛哭，因为只有我们两个知道事情的真正内幕。颜晴带我去了她的大本营，给我放了一段录像。他们在刘明的卧室装了摄像头，没想到却意外地拍下了他迷奸芳芳的镜头。颜晴看见录像时，已是事发后的第二天晚上。那段录像惨不忍睹，我流泪喊了停。

　　"告诉我，芳芳在自杀前做了什么？"颜晴断断续续向我讲述了芳芳在生前做的最后一件事。

　　就在芳芳和我见面的第二天，也是她在汇意的最后一天。颜晴说，芳芳来得很早。她和平时不一样，穿得很女人，脸上化了妆，嘴唇涂了浓艳的口红。颜晴觉得有些怪异，但想到也许是最后一天当班，特意精心打扮一番的。

　　中午，刘明、颜晴准备在海鲜城宴请大客户。走到公司门口，刘明看见芳芳的妆扮便说："芳芳，你今天的打扮很漂亮。这样吧，我的助理生病还没好，你就和我们一起陪客户吃饭吧。"芳芳朝刘明笑笑说："好啊。"

在海鲜城，一桌人谈论、吃喝，很是畅快。芳芳变得极为主动，在饭桌上热情地和客户敬酒、公关，和从前判若两人。她又来到刘明身旁，盯着他说："刘总，感谢汇意给了我何芳芳机会，感谢刘总两年来对我的关照。这杯酒，我敬你！"刘明笑笑，一口喝下杯中的酒。

整顿饭，刘明吃了大量的海鲜，尤其是虾，这是他最喜欢的。散场之前，刘明觉得口很渴，便让服务员点些饮料让大家喝，服务员却给大家上了一壶白水。客户说："白水就白水吧，反正大家也吃得差不多了，不要再喝饮料了。"

回到公司，刘明还是不过瘾，大量的海鲜和白酒让他觉得口干舌燥。他问芳芳："休息间还有什么喝的？""好像有橙汁，您要吗？""好的，给我来杯橙汁吧，渴死我了。"

五分钟后，芳芳进了刘明办公室，递上一杯橙汁。"谢谢你啊，芳芳。""不客气。今天是我在公司的最后一天，让我为刘总做完最后一件事，也是我的荣幸啊。""呵呵，好。"

他尝了一口，皱起眉头："哇，这么酸啊。""橙汁都是这么酸的，刘总，您喝不惯吗？""呵呵，味道挺好的，不错。""酸才有营养呢。刘总您先喝着，我忙去了。"刘明疑惑地看着芳芳，没多想，一口气喝下了整杯橙汁。

大约一小时后，刘明感觉头晕、恶心、心慌得厉害。他跑到洗手间狂吐一番后，只见镜子里的自己脸色苍白、发青。回到办公室门口，他感到全身无力，忽然晕倒在地上，口吐白沫。

同事吓了一大跳，立马围了上来。颜晴扶起刘明："刘总，刘总！你怎么了？快，快打120！"所有同事都乱了套，唯独芳芳冷冷地站在一边。

经过医院的一番抢救，刘明总算是有惊无险。他在急救室挂点滴，颜晴和另两位同事在外面询问医生。

"医生，中午吃饭他还好好的，下午回来怎么就突然晕倒了呢？""患者中午吃了什么？""我们在海鲜城吃的饭，我们吃了都没事，为什么他会这样？""根据患者的呕吐物化验，他是吃了大量的海鲜后又服食了大量的维生素 C，产生了急性砷中毒。"

"中毒，这么严重？""维 C 和海鲜同吃会产生化学作用，特别是虾类。维 C 是强还原剂，会把高价的砷还原成低价的化合物，从而生成一定量的三氧化二砷，也就是砒霜。严重的还会使呼吸和循环系统衰竭而导致死亡。幸好，你们送来及时。患者经过呕吐，已把胃里大部分的化学物质排出，所以没有生命危险。不过，还需要在医院观察一夜。"

"太恐怖了！他吃了维 C？我们怎么都不知道？""那一会等患者醒来后好好问问他。这是常识，大家都得记住。吃过海鲜两小时以内，都不要服用维 C 和含有大量维 C 的食物。"

刘明醒来后，百思不得其解，他明明记得自己没有吃过维 C。

颜晴问："你回来后，吃过什么？"刘明仔细回想，进公司后到发病前，只喝过一杯饮料。他这才反应过来，原来是芳芳给自己的那杯橙汁里出了问题。

他对身边的员工说："你们回去吧，这里有颜总陪我就行了。""可是刘总，您还要在医院观察一晚上呢。""去吧、去吧。"刘明向他们挥挥手，"我没事，不用担心。"

趁着只有刘明和颜晴，他们把话摊开了。"有人想害我，想置我于死地！""你指的是谁？""何芳芳，她一定是在我喝的橙汁里做了手脚。""她平白无故的干吗要针对你？明天她就走了！"

刘明顿了顿："我把她给睡了。""你……刘明，你居然连一个小姑娘都不放过！""既然她要走了，那就陪我玩玩再走咯。很公平，我也给她好处了。""你真是卑鄙到家！"

颜晴连忙赶回大本营，当看到那段录像时，她趴在监视器前痛哭了很久。

晚上，刘明打电话给她："何芳芳，你好大的胆子，竟然想置我于死地！""呵呵，还不是拜刘总所赐，我都是从您这儿学来的。你既然能用迷魂药灌我，我也可以让你在医院睡上一觉。你敬我一尺，我还你一丈。很公平。""哈哈，说得好。只可惜，我命大，你没能把我给毒死。"

"哦，那是我下手不够狠，心太软了。早知毒不死你，我应该在你的橙汁里放些剧毒的药。没过多久，你就会一命呜呼了。""老天都不让我死，你一个臭丫头又能奈何得了我什么？"

"我是没有办法把你怎么样，可是老天迟早会收拾你的。""好啊，那我等着。不过，明天的报纸都会刊登汇意员工企图谋害老板未遂的头条新闻。你说，谁是真正的受害者？""行啊。不过，在你的新闻刊登之前，还会有个更大的新闻出现，你就等着收我的尸吧！"

"喂……喂……你在胡说八道什么，威胁我吗？你用死来威胁我，别以为我会吃你这套！""好啊，那我们看看，明天最后是谁威胁谁，谁会成为最后的赢家。刘明，我们走着瞧！我这辈子做人不能制服你，做鬼，也一定不会饶过你！哈哈哈哈……以后每天半夜12点，你会看见窗户外有双眼睛在盯着你，你可要小心啊！哈哈哈哈哈……假如以后还想见我，就来阴间找我吧，我会在那里等着你！哈哈哈哈……"

"喂，喂？你吓唬我是吗？哼，我从小到大就是被吓大的，还怕吃你这套！"刘明气愤地摔掉手机。他表面镇静，内心还是有几分害怕的。毕竟亏心事做得太多，他也怕命运报复。对于芳芳的最后一段话，刘明听得是心有余悸，全身直冒冷汗。整个晚上，他都没有睡好。

第二天清晨，保安便看到了女子坠楼的惊心一幕。等110和120赶到的时候，芳芳已经停止呼吸和心跳了。警方初步鉴定为自杀，估计死亡时间是在7点40分。等到芳芳的父母发现女儿房间没人，在桌上看见遗书后立马赶往出事地点。经确认，坠楼身亡的死者正是自己的女儿。

芳芳走之前没有留下任何话，只留下了一封遗书。

告别芳芳

在殡仪馆，大家依次排队向遗体告别。亲属们号啕大哭，连连哀声，回荡在空旷的大厅里，凄凉至极。

芳芳，此刻，我多么希望你只是安静地睡着了。乱世让你痛得睁不开眼，你需要用睡眠来平息内心复杂的情绪。只有沉睡能让你免除痛苦与喧嚣。等你睡够了，终将还会有醒来的一天。

可任凭我们声声呼唤，你为何还是无动于衷？你用死向我们证明，你的坚贞不屈。所以你觉得去天堂是唯一的选择，因为那里没有伤害！

那么，我只有在心里默默地和你告别：我知道你走的那刻并没有瞑目，你不甘心！但是请相信活着的人，我们一定会替你讨回公道！你有多少委屈，记得托梦给我。如果有更好制裁坏人的办法，也一定告诉我。我会在人间替你洗刷冤屈，让你在天堂的灵魂得到安息。芳芳，一路走好！你永远都是我最爱的朋友！

转身那一刻，我们看到刘明也在芳芳的遗像前深深地鞠了一躬。我小声问颜晴："他怎么也来了？""他刚到，来送送芳芳。"仪式结束后，在场的人纷纷退场。

走到殡仪馆外面，刘明站在角落里抽烟。我上前质问："你来干什么？你还嫌害得芳芳不够惨吗？还要来侮辱她？让她走都不能安心？""我来送她最后一程。""你还有脸来？是你害芳芳走上绝路的！芳芳什么都和我说了！"

刘明甩掉手中的烟头，转过身凶狠地对我说："芳芳什么都和你说了，那她有没告诉你，其实她本来不会这样的！你知道吗？到最后她还是护着你！她只是做了你的替死鬼，她是代罪羔羊！忏悔的人应该是你，是你！"

我发疯地大声叫喊："不要说了，不要再说了！你给我闭嘴！""刘明，你干什么？"颜晴上前扶住接近崩溃的我，"你走吧，大家都不想看到你。你给芳芳留点尊严，让她走得安详点！""刘明，你总有一天会得到报应的！我们绝不会放过你！"颜晴使劲拉我，小声说："别沉不住气，冷静点！刘明，你还不快走！"

"司徒珈，其实芳芳根本不值得这样……她是为你而死的！"刘明盯着我说完这句话，便开车离开。

"颜总，他怎么可以这样？我该如何向芳芳忏悔？""你没有错！那混蛋的话你不要在意。我们有证据，只是时间问题，等我们的计划一实施，全部的真相都会水落石出了。我会把录像带交给警方，他们一定会盘查的。可是现在不行，还不到时候。你要沉住气啊，不能让我们的行动功亏一篑！"

我撕裂地叫喊着："那芳芳的家人怎么办？就忍心看他们蒙在鼓里？你能做到，我做不到，我会良心不安！""你听我说。芳芳的家属都觉得她不可能会自杀，死因有蹊跷。芳芳平时都好好的，而且新工作都落实了，怎么突然间就会轻生呢。所以他们都认为，仅一封遗书，不足以说明芳芳的死因。家属一致决定，芳芳的遗体暂时不火化。他们要从她的遗物中寻找出蛛丝马迹，需要第三方的鉴定帮助。"

"你的意思是……芳芳的家属决定对她的遗体进行深度检查，是吗？""对，他们同意法医为遗体进行解剖。""如果芳芳的父母知道她生前被人迷奸过，该有多么心痛。"

颜晴说："她太傻了，如果当时能去医院做鉴定，查出她是被灌了药的，那真相就大白了。""可芳芳没有这么做，刘明就是抓住了她柔弱的心理。事发之后，他威胁她公开录像带。芳芳没有背景，斗不过他。事情暴露后自己会没法做人，就算要告他，没有第三方证人，怎么说得清是刘明强奸她。录像带里，放的明明是芳芳主动，而不是被动。事情曝光后，她在社会上将无法抬起头做人。所以，她用死来向大家证明。"

颜晴抱住我坚定地说："放心，刘明一定会受到应有的惩罚，我们等着瞧吧。"

识　破

夜幕降临，我来到阿欣的西餐厅。

"宝贝儿，吃饭了吗？""我不要吃饭，来杯酒，我渴！""你怎么了？""我要喝酒、喝酒！"我整个人趴在桌子上。我一口气喝完杯中的酒："再来一杯。"

阿欣问："到底出什么事了？""今天上午，我参加了朋友的追悼会……"我趴在桌子上痛哭，"她是我以前的同事，是我最要好的姐妹。她那么年轻就走了，走得很无辜、很冤枉。"

回家后，梓健来电："亲爱的，我马上就要回来了。这几天过得怎样？没有我在你身边，会不会无聊？工作很辛苦吧？"我捂着嘴流泪，不让他发现我的悲伤。

"怎么了，不开心吗？""没有，我只是，很想你……"无力的遮掩还是被心细的梓健听出了异样。"我也很想你，不要哭，我就回来了。给你带了礼物，我们马上就要见面了。"

挂掉电话，阿欣拍着我的背："为什么不跟他说呢？都要自己一人承受痛苦？""我不想给梓健增添负担，这和他没关系。我的痛苦已经够多了，不想让他再为我担心。""你可真是大爱，哪有恋人只分享甜蜜，而不分担痛苦的。"

"那我，是不是就必须来麻烦你？""傻瓜，你和我还说麻烦，今晚我陪你。"

第二天趁上班空隙，亨利和我上了天台。

他问我："你这两天好像很忙？看起来很憔悴。""前些天去处理一些朋友的事。""解决了吗？"我的眼眶红了："我的朋友……她……走了。""走了？去哪儿了？""她离开我们了。"亨利不解地问我："离开你们，是去哪儿？离开上海，去别的城市了吗？"

我转身认真地对他说："亨利，在中文里，走和离开有两种意思，一种是去了别的地方，我们暂时见不到了；还有一种，就是死，永远地离开了我们。而我的朋友，正是后一种。"

"哦，对不起，我让你伤心了。"一句话，让我泪如雨下："亨利，我再也看不到我的朋友了，她还很年轻……"亨利心疼地说："想哭就哭吧，我知道失去朋友的滋味非常痛苦。""是的，亨利，我真的很伤心，可是她再也看不到我流泪的样子了……"

亨利扶过我："我能看到。无论何时，只要你需要，我的怀抱都为你展开。"我靠在他的肩头默默哭泣。顶楼的风很大，亨利用他那宽大的臂弯搂住了我瘦弱的身躯，替我遮挡住刺骨的寒冷。

周末，天气很好。肖薇姐来到上海，梓健也出差回来了。一周不见，更增添了彼此的思念。

中午我去商场给肖薇挑选礼物，接到梓健电话。"亲爱的，你在哪儿呢？""我出门了，给肖薇姐选礼物。""我已经快到家了，以为你在呢。""你不是有钥匙吗？那先回家等我吧。""你在哪个商场，我过来陪你一起选吧。""不用不用，你出差那么多天很累了，不要跑来跑去。你就乖乖在家等我，我买完礼物就回来，然后一起去西餐厅。""那好，我在家等你。"

看着琳琅满目的物品，我感觉快挑晕了。我打电话给程辉："哥，肖薇姐最喜欢什么？你给个建议吧，我实在选不好买什么。""不用买礼物了，还要你破费。""我已经在商场了，总得意思一下吧。"

"那要不你自己问她？""我问她，那还要问你干吗，就是想给她个惊喜嘛。唉，算了，我还是自己选吧。""不用太麻烦，肖薇不会介意你空手见她的。""你怎么当人家男朋友的？你不介意我介意。挂了啊，晚上西街见。"

最后，我看中了一条很别致的水晶项链。我带着礼物兴冲冲地赶回家，一开门，屋内一片寂静。

"梓健，我回来了！"只见他坐在电脑前，一动不动。我从身后搂住他的脖子："亲爱的，我回来了，想我吗？"梓健仍没有理我，坐在那里一声不吭。我蹲下身，挽过他的脸："怎么啦，不开心吗？看你眼里都是血丝，是不是出差太累了？要不你先休息会，傍晚我们再过去？"

他转过身，神情冷漠。

"你到底怎么啦，为什么突然就不高兴了？""我没事，我很好。"他站起身，指指桌上的东西冷冷地说，"这些，是我出差给你带的礼物。我还有点事，晚上就不陪你吃饭了，你自己去吧。聚会的时候，我会过去见他们。先走了。"说完便转身离开。

"等一下！梓健，你这是怎么了？刚才还好好的，为什么突然对我这么冷漠？"他斜过头："有吗？我不觉得。""你这是怎么了嘛，为什么这么不开心？我到底做错了什么？""你没有做错什么，是我错了！抱歉，先走一步。"说完，他夺门而出。

我傻傻愣在那里，泪眼模糊。梓健这是怎么了？刚才电话里态度还好好的，为什么一回来就变了呢？这中间发生了什么？我回想进门时，看见梓健一直对着电脑发呆。难道，他是看到了什么？

我立刻移动鼠标，保护屏被打开，原来梓健用过电脑。我仔细搜索着桌面上的每一个文件夹，猜测他是否看到了什么不该看的。最顶端的一个新建文件夹，上面没有注明，我也忘了里面是什么内容。近段时间一直忙于各种琐事，很少有时间用电脑。

我点开文件夹后，里面的照片一一跳出，那个熟悉的身影让我目瞠口呆。我用手捂住嘴巴，眼泪纷纷落下。那是边宇和我的照片！我懵了。莫非，梓健无意中看到了我的过去？

我怎会如此大意，把它放在了桌面上？曾经，我试图让自己努力忘掉，可还是没勇气将这些画面永久删除。我保留了起来，小心翼翼地放在很隐蔽的文件夹里。为什么这一次，它却无情地出卖了我？

终于想起大年初四过年那晚，阿欣来我家聊天，我和她说出了心底的那个秘密，也把照片从文件夹调到了桌面上。看完之后，我没有及时把它归位，也没再多想这件事。没料到就是这个无意的举动，竟让梓健看到了这个说不出口的秘密。

怎么办？我究竟该怎么办？

梓健一定伤心了，打他的手机永远无法接听。看着桌上他带回的礼物，我只是趴在那里无助地哭泣。之前的好天气，瞬间变得阴郁。

天突然下起大雨，我全身湿漉漉敲响阿欣的家门。"宝贝儿，怎么淋雨就过来了？梓健呢？""欣姐……"

"又出什么事了？""我，我犯了个很愚蠢的错误，梓健不会原谅我了！""你又和他怎么了？""他发现了我电脑里的那些照片，这次完了！""你是说，你和边宇的……天哪，怎么会这样？"

"上次和你看完照片后，忘了把它放好。""哎呀，都怪我，非要看那些照片干吗，相信你不就完了吗？真是好奇心害死人！对不起啊珈珈，我们一起想办法。梓健现在还不知道真相，我去和他说。等他了解清楚后，一定会谅解你的。"

"不要，不要！不要向他解释！他什么话也没留下就离开了。他一定恨死我了，觉得我把他当成别人的影子，觉得我骗了他。可是我没有，我没有！我没有！"阿欣抱住歇斯底里的我："姐明白你，姐都明白你！"

"面对梓健，我出卖了边宇；又因为边宇，我背叛了梓健，是这样吧？""傻孩子，你那是什么逻辑。瞧你活得那么累，两个男人，都快把你折磨成什么样了！""我是不是很失败？忘不掉边宇也得不到梓健，得不来他的同情，又把自己捞上一身的罪名。我该死，真该死啊！"

阿欣抱着我，安慰了很久。我想身边如果没有她，我真的会死。

残忍的是到了西餐厅，我还要面对他们。只是那个座位上，少了一个最重要的人。阿欣、老吴、师哥、肖薇、我……梓健，缺席了。

程辉问我："珈，梓健呢？""他说临时有事赶不过来。""是吗？工作很忙吧？""是啊，不过一会聚会，他应该会来。""哦，那就好。"

再次见到肖薇，她还是动人如昨。"肖薇姐，你还是那么漂亮。""珈珈，好久不见，你还是这么清瘦。""呵呵，我就这样子。""你来上海大半年，还习惯吗？""还行，就是忙了点。"

我们互相赠送了礼物。"肖薇姐，这是给你的见面礼，希望你会喜欢。"肖薇打开礼盒一看："哇，好漂亮的项链，一定很贵吧？""还好，觉得合适肖薇姐，就买了。"肖薇转头对着程辉："你帮我戴上。""好。"看着师哥为肖薇细心地戴着项链，我表面微笑，内心却是阵阵酸楚。

"谢谢珈珈，看看我给你准备的，喜欢吗？"我打开礼盒，是一对漂亮的花式吊坠耳环。我挤出笑容："真漂亮，谢谢肖薇姐。""呵呵，你知道吗？亏得我当时特意问了程辉，问你有没有耳洞。这样，我就可以买夹扣式的。如果他不这么了解你，我就要送错礼物喽。""谢谢！"我拿起饰品，身边却没有一个可以为我戴耳环的人。

阿欣问："要我帮你吗？""谢谢，我自己来。"我戴上耳环照镜子，显眼、漂亮，但寂寞。

阿欣夸赞："哇，真美。你的样子真适合带这款。小小一个点缀，就把你的气质完全衬托出来了！"肖薇问程辉："我的眼光还不错吧？""很美，很适合，还是女人了解女人的心思。"肖薇斜过头微笑地对他说："你也很了解女人的心思啊。"

梓健，师哥为肖薇戴上了项链；可你，却没有亲手为我戴上那一对亮丽的金耳环。

肖薇笑着对我说："其实我觉得，你和程辉还蛮有缘分的。你前脚来了上海，他后脚就被派到这里来做项目了。"程辉抢先说："呵呵，是很有缘分。""这大半年，他没少给你添麻烦吧？"我看了眼程辉："哪里的话，肖薇姐，平时都是师哥照顾我。""哪里，我每天忙着公司的事，哪有时间来照顾你。肖薇，你现在看到的，可不是几年前的那个司徒珈了。现在这丫头独立性可强着呢，根本不需要任何人插手了。"

阿欣说："来，我们为远道而来的新朋友干杯。程辉，你可真是好福气啊。"肖薇笑笑："欣姐，程辉在这里还要待上一段时间，你们可都要帮我盯着他哦。""没问题，程辉啊，他真的很不错。"

我明白肖薇话中的意思。其实我们三人都清楚，程辉对我还有一份无法取舍和替代的感情。无论过去多少时间，他始终都在不远处守望我、照顾我、关心我。只要我有需要，他都会义无反顾地站在我身旁。这些，肖薇都知道。

替身与路人甲

饭后，我们一行人来到 KTV 唱歌。

包厢内，音乐响起，我的心开始下沉。梓健到底会不会出现，他会不会给我留最后一点面子？阿欣看出了我的心病，凑过来："别急，我帮你打个电话。"我喝下一杯冰红酒，在心里默默祈祷：梓健，只要你能来，只要能让我看到你，什么都可以！

阿欣进来拍拍我的肩："梓健马上就到。没事，有我们在呢。"我连忙去了卫生间，好好洗了脸。镜中的自己，是如此卑微和落魄。

梓健，你曾经那么懂我，可为什么这次，你连一句话都不肯听？我知道，那个影子重伤了你，可这并不是我的初衷。要如何才能说明我对你的感情？

　　经过走廊，见梓健匆匆赶来。他手上捧着一大束漂亮的鲜花，非常起眼。我和他迎面而过，两人定住。我鼓起勇气开了口："梓健，你终于来了！""嗯。""这花好漂亮。""抱歉，这花不是送给你的。""我知道。""进去吧。"我默默地跟在他身后。

　　"对不起各位，我刚才有急事不能参加你们的晚餐，抱歉。这是送给肖薇小姐的，愿你青春永驻。"阿欣说："哇！梓健，你可以啊，真够浪漫的。"当肖薇和梓健四目相对，她整个人呆住了。肖薇一定认为眼前的就是边宇！她见过他，曾经，我们四个人还在一起吃饭、聊天、唱歌……

　　肖薇回头惊奇地望向程辉，希望能从他那里得到想要的答案。师哥马上介绍："肖薇，这位是梓健，珈珈的男朋友。""梓健？""对，梓健。"梓健笑笑伸出自己的手："你好啊，肖薇小姐。早就耳闻大名，今天终于见到真人了，荣幸。来，我先自罚一杯。"

　　梓健拿起酒，一饮而尽。他又满上："这杯酒敬你，美丽的肖薇小姐，希望你在上海的旅程愉快。"喝下后，梓健又倒了一杯："这杯酒，敬给在座的各位。祝大家，友情常在！"

　　阿欣说："梓健，你也单独敬下珈珈啊，她等你很久了。""她不会喝酒，敬酒就免了吧。来，干杯。"拿着酒杯，我无地自容。梓健喝下的是苦酒，我也一并吞下杯中的酒，就让我陪着你一起苦吧。

　　"来来来，大家点歌。"阿欣缓和着气氛。而梓健忙于和程辉、肖薇聊天，他冷落了身边的我。阿欣说："梓健，坐过去啊。""我去点歌。"他逃离开了我。

　　肖薇问："这是谁点的歌？张宇的《替身》？""我的。"梓健拿起话筒，随着激进的音乐唱了起来："我知道，那是他最爱的颜色……你留着，代替失去的部分……他一定曾经让你如置天堂，才值得你到现在念念不忘。我的爱一开始就被分享，谁的多谁的少你有答案。你不能因为他让你遗憾就把我当成他，我和他不一样，没有谁可以当谁的替身。"

那歌词，字字刺痛了我的心。我明白，梓健是特意唱的，他在宣泄，我理解。大家鼓掌："真棒，梓健，再来一首！"

屏幕上又出现动力火车的《路人甲》，梓健说："不好意思，这首也是我的。"阿欣紧紧握住我的手，给我安慰。我坐在那里，忍着眼泪继续微笑。

"……一个好心的路人，胜过十个伤我的爱人……惩罚我拿昨天往心里砸，我是你转头就忘的路人甲。凭什么要你陪着海角天涯，爱过了就算了吗。太难就别回答，短暂交会的旅程就此分岔。我这个没名没姓的路人甲，只是忘了地址该怎么回家……那个擦不去的吻，是不是为了离别做的留念。"

看梓健唱着如此决绝的歌词，我的泪水在眼眶里涌动。再是伤心，也绝不能掉泪。我勇敢地拿起话筒，随着悲伤的旋律哼唱起来："I am thinking of you，In my sleepless……"

《My all》（我的所有），是首难度颇高的歌，并不容易唱。但旋律和歌词却代表了我此时的心声，用英文唱出我的感受，梓健他听得懂：如果爱你是一个错误，那么我宁愿永远错下去。我沉溺于你，但并不想自拔，因为有你在我身边。我愿用一生的所有，换取另一个与你共度的夜晚……但你却如此遥远，像一颗变幻的星。

老吴拍手叫好："哇，真棒，再来一首！"阿欣搭着我的肩："那当然了，我们珈珈可是外语系的高材生呢，唱英文歌那是小菜一碟！"

我又点了一首《Stay》（停留）："I've must have been blind，Not to see you look away from me……"

歌词句句正中心思，虽然很痛，但也同样代表了我那坚定不移的心：我一定是迷失了，没看到你无视我的存在。只要你说你仍爱着我，我一定是疯了，没注意到你从我身边溜走……我找不出话语让你重新爱上我，我没有勇气让你走。即使我们之间没什么好说的，就算日头下山我也绝不说再见。即使我们行同陌路，在我心间你总停留……我仍然相信我们的爱情存在。

唱完最后一个音符，眼里饱含的泪水终于忍不住掉下来。我不得不承认，自己是忘不掉死去的边宇，他仍在我的心底。可我也爱梓健，倘若没有边宇，我也同样会爱上他。只是这一切，我如何向梓健说明？

我控制不住自己的情绪，起身跑出包厢。阿欣追过来，我扑在她身上："我忍得很辛苦！可是他不明白，他都不明白！"阿欣轻拍着我的背，柔声说："我知道你很坚强，就是因为你的勇敢，才能和他走到一起。如果是真爱，就不要轻易放手，我相信你们都是对感情十分认真的人。我想他会明白的。"

再次走进包厢，又见梓健唱起了《缠绵游戏》。为肖薇接风洗尘，却变成了他的专人演唱会。

"夜夜也没有像这夜那么静，似听见这颗心滴血声。回味着你昨晚像噩梦似的话，你给我的竟不是爱情。是你说从来无人，像我在做尽傻事，竟然仍然认真对这玩意。多年来从未真正去被爱，来来回回，我只站在门外……是事实并没有真爱，或根本我未看透。"

梓健每唱一句，像在我的心上深深地刺了千刀万刀。那些揪心的歌词，绝望地将我打入地狱。

悲伤的旋律和歌声充斥着整间包厢，大家陷入了沉思。这一刻，没有人再划拳喝酒，没有人再说笑聊天，只是静静地坐在那里聆听他的演唱，每个人都感伤起来。也许太过投入和动情，梓健的嗓音透露着沧桑和沙哑。唱到最后，他的声音开始颤抖。我知道他内心很痛苦，在不断挣扎。

我听不下去了，再次走出包厢，靠墙哭了起来。梓健也出来了，他靠在墙那边。我们互相转头，他哭了，眼神中带着怨恨和不解。我没有勇气走到他面前，我们之间隔着一堵透明的墙，谁都跨越不过去。

梓健往对面走，望着他的背影，我叫住他："梓健！"他定住，没回头。我不知该说些什么，只能轻声地喊他："梓健，梓健……"他没有回应，径直往前面走去。"梓健、梓健……"我痛心地叫着，直到发不出声。这哽咽的呼唤，一定叫得他心如刀割。除此之外，我再也说不出什么了。

回到包厢，师哥看我不说话。他拿起手机按了会，我的手机响：怎么了，气氛很不对，出什么问题了吗？我回给他：他已经知道了，不给我解释的机会。他回复：既然知道了不妨说出来。错不在你，不需自责。我相信他是个明事理的人，会谅解你。有我们在，你不要害怕，大家都会帮你。我回过去：谢谢你们一直在我身边，不离不弃。师哥：我永远都是你最值得信任的人。

梓健进来后，我看出他洗过脸。他想洗掉矛盾和痛苦，不想让这纷扰继续纠缠他。

梓健再次拿起话筒："最后一首歌，献给大家，《今生不再》："恨这晚歌声悠扬，当中多少秒钟可跟最爱来分享。种种恩恩爱爱，可伸展多少世代仍在唱……不可多得的美丽但无常，怎么可设想……"

梓健对我有恨、有误解，但我能从歌中听出他内心的感受。他也曾期盼过、翘首等待过、执着守护过，不顾一切珍惜拥有过。难道，这还不够吗？

影子、影子、影子！

深夜散场，梓健还是很绅士地为我开了车门。一路上，彼此没有说话。到家门口，车子熄火、大灯关闭，一切都安静下来。我们沉默，寂静得只听见梓健手表上秒钟的转动声，还有，车外的雨滴声。

他说："你到家了。""……你不上去吗？""不了，这里不是我的家。"

我忍着眼泪："那……就算是送我上去好吗？"他默默地上了楼，我心想：下一秒，无论如何都要抓住他。

进门后，我转身抱住他："梓健，不要放开我！请不要丢下我不管！"他顺势拉我的手："不要这样，我觉得很假。"一句话让我震惊。我摇摇头："你对我有误会，你什么都不了解！"

他上前一步，关上大门，红着眼说："我对你有误会吗？我还要了解什么？是，我是什么都不了解，因为我根本不了解你这个人的本质。""梓健，你怎么可以这样说我？""原来我是世界上最傻的那个人！所有人都知道真相，大家都瞒着我。我像个傻瓜一样守在你身边，而你却想着另一个人！你把我当什么？啊？"

"梓健，你真的误会我了！""我误会你什么了？要不是今天我在电脑上无意看见那些照片，我想我这辈子都不会知道真相！我就是这样被你耍得团团转的。到现在我才明白，我只是他的一个影子。你一直在利用我来进行对他的想念，就因为我们长得像对吗？所以你就假装接近我、假装和小雯做好朋友、假装爱上我，然后装可怜来博取我对你的同情，最后让我奋不顾身地爱上你！让我为你着魔、为你付出真心，最后再残忍地给我一刀！你所有做的这一切都是另有目的的，你的目的就是为了想念另一个人！原因只有一个，就是你根本忘不掉他！"

我使劲摇头："不、不、不！不是这样的，不是，不是！你怎么可以这样看我，这是对我的污蔑！"

"污蔑？事实不就是这样吗？第一次看到我，你那么惊讶和兴奋，你以为自己又看到了他。第二次，你觉得连老天都在帮你，竟然让你又遇到了我。你看我的眼神、对我的表情，不是暗示是什么？你就是这样一步步把我勾引住的对吗？就因为我们长得很像，你把我当成了他？我是个替代品而已，做得再多也只是徒劳。"他哽咽低头，"你总是看我看得出神，因为你在我的脸上找他的影子！你虽然拥有了我，但你心里拥有的却是别人！你演戏演得真好，可以掩藏得那么高深，让我看不透你。司徒珈，你可真有心计！"

当梓健残忍地说出这些话时，我的心彻底凉到了谷底。

"梓健，原来我在你的心里是这样一个人……""是你让我明白了事实！你的电脑里还存着那么多和他的照片，你们笑得这么甜美、这么幸福，那你为什么不再去找他呢？为什么还要来找我？"

"梓健，就因为一些照片，你就能对我如此决绝。你甚至不会听我说一句话，甚至不给我解释的机会！"

"你觉得这是一点小事吗？只是照片这么简单吗？那是一个实实在在的人，是有鲜活记忆的！你怎么能让我对他的存在视而不见？我不是介意你以前的事，每个人都有历史，我不是小气的人。但问题就出在，我们长得那么像，连我自己都大为吃惊。"

我拉着梓健的手："你就这么介意你们长得像吗？难道你对自己一点信心都没有？原来你这么不懂我！""也许我真的不懂你，不知道你心里在想什么。面对这样的事，你能让我无动于衷吗？能让我不觉得你这是在找影子找安慰吗？事实就是如此，我做不到不介意，对不起。"

我哭着点点头："好，那我坦白告诉你。他叫边宇，是我上大学时的男朋友，我们感情一直很好……""够了！我根本不想知道你们之间的来龙去脉，我也没兴趣听。""彼此，我也从来没想过要告诉你什么。"听梓健这么说，本想全盘托出的话，被他无情地打了回来。我就是再想得到他的谅解，自尊，我还是要的。

梓健含泪盯着我说："所以，你承认是在骗我了？你隐瞒了事实真相，因为你根本没把我放在心上。然后你现在要告诉我，你们很相爱对吗？没关系，这很正常，每对恋人在交往的时候都是相爱的。"

"梓健，每个人都有过去，你也有啊。在小雯之前你也有过去，那我计较过了吗？""确实不该计较对方的过去，但这件事的确重伤了我，我觉得自己很悲哀。抱歉，我不能像有些人那么伟大地说出：'没关系，他不和你在一起，那你就把我当成他的影子，让我替他来爱你。'

真的对不起，我无法说出那样的话。感情本来就是自私的，我还没有无私到这种地步。因为，我深深爱过你。对不起！"

说着，梓健从口袋里掏出一串钥匙，取出其中两把放在桌上。

"这两把钥匙，曾经和我是一体的。那个时候，我认为自己是世界上最幸福的人，因为你给了我最完美的礼物。现在终于要分离了，没想到这么快就结束了。你给我编织了最美丽的梦，梦醒了，我也该走了。保重！"

梓健说完夺门而出。我傻傻站在那里，泪眼一片模糊。他还是走了，还是不肯听我说一句就离开了。他把我对他的爱全盘否决了。不行，不能让他带着误会离开！否则，我们之间的隔阂会越来越大。我的边宇，当初因为我的固执和任性而永远地离开了我，从此天人永隔。我甚至来不及向他亲口说一声对不起，我一辈子都将活在深深的愧疚中。

我们输不起，输不起命运和时间。我和梓健那么不容易才走到一起，丢下身边的一切，奋不顾身地去相爱，甚至被烙上一身的骂名也在所不惜。而我们又为了什么？如果不是因为爱，我们为何要这样拼命厮守！真的没有下一次了。我不要让这样的事情在我和梓健的身上重蹈覆辙！它同样是致命的！

我追出去，只见梓健走在雨地里，背影很模糊。

我大声喊道："梓健！"他停住脚步，没有转身。我在心里默念：如果你爱我，你一定会回头，一定会！

他伸手去开门，快速地钻进车里。我站在原地，雨水模糊了我的双眼。梓健发动油门，车灯亮起。忽然，他又推开车门，拿出一把雨伞跑到我跟前。

"梓健，我知道你是爱我的，你舍不得我对不对？"我上前去抱他。没想他一把推开我："对不起，我承认我爱过你，但现在我不能再骗你骗自己了。我们只能分手，对不起。照顾好自己，不然你的他要伤心了。再见！"

他把雨伞塞到我手里，快速地上车，发动油门。我扔下伞，在雨地里追逐着喊道："梓健，梓健！你不懂我，你一点都不懂我！"他踩油门加速，消失在我的视线中。

我跪倒在雨地里，疯狂地拍打地面积起的雨水："梓健，你不了解我的心，你一点都不了解我！边宇！你为什么不肯放过我？我失去了梓健你知道吗？因为你，我失去了他对我的信任！你已经不在这个世界上了，为什么还要来折磨我？求求你放过我吧，放过我！求你，求你……"

病　痛

等待到天亮，还是如昨夜的大雨。滴滴答答，浇湿了我的心。

彻夜未眠的我，眼睛哭得很肿，几乎痛到睁不开。我给梓健去电，依然关机。来到他家，怎么敲门都没人应。这一次，他是铁了心不会再理我了。

我蹲在门口打电话："魏波，梓健和你联系了吗？""怎么了珈珈，又出什么事了吗？"我边抽泣边说："我，我把梓健弄丢了，他不要我了……""怎么会这样？他没有和我联系，你找不到他？你们吵架了？"

"一两句很难说清楚，魏波我拜托你，如果他和你联系，你一定要马上告诉我。我要当面和他说清楚事实的真相！""没问题，你别急。如果你们之间有什么问题，把话摊开来一定能说清楚的。我会一直帮你联系他。"

我来到小区对面，买了水和面包。空腹的我，已是头晕目眩。阿欣来电："宝贝儿，昨天后来情况怎么样，没事了吧？我就知道梓健在乎你，他不会扔下你不管的。"

"欣姐，梓健不要我了，他不要我了……""怎么会呢，你在哪儿？

我们来找你。""不用找我，我是全天下最麻烦的人，你们和我沾了边，都会惹上麻烦的。""你在胡说八道什么，你在哪里？"

我挂掉电话，不想再让无辜的人为我担心。我是个彻头彻尾的罪人！

边宇因为我的任性和误会，意外地死在我眼前；梓健又因为不解，伤心地消失在我眼前；晓敏堕落在我眼前，最后变成了疯子；芳芳遭恶人迫害，又悲惨地冤死在我眼前。我到底是谁？我害了身边这么多人，我是个灾星，我罪不可赦！

我坐在楼下的花坛边，等待梓健回来。我从现在开始等起，他迟早都会回家的。我喝着水、吃着面包，嘴里全是苦味。周围的人来来往往，车子压过的水花肆虐地溅在我的身上，也顾不了那么多了。

阿欣和程辉的电话一个个打来，我没有接。三月的雨天，还是很阴冷。全身湿透的我，被冻得直哆嗦。梓健，如果你真的爱我，你一定会回来找我。你说过，你不会丢下我不管！你当着我的面亲口说的，你怎能说话不算话？

不知过了多久，程辉的车开进小区，阿欣和肖薇都来了。他们是最懂我的人，找不到我，知道我会来这里等梓健。"珈珈，你在这里干什么？"阿欣和师哥下车来扶我。

"不要管我，你们走，你们走！"我哭喊道，"我要在这里等梓健，我要等他回来。我要告诉他，我爱他！我爱他！"阿欣怒声道："你不能在这里折磨自己，上车！""我不走，我不能离开！梓健回来要是看不到我，也许这辈子我们都不能再相见了！"

程辉冲着我大喊："司徒珈，你这是做什么？边宇带给你的伤痛还不够吗？还要让梓健再来折磨你？""哥，你都明白的呀，边宇就是因为我对他的误解而离开我们的。我已经付出了沉重的代价，我不能再一次失去梓健。我一定要和他说清楚！"

程辉红着眼："那你上车！我们陪你一起等！我相信梓健不是一

个绝情的人，他不会丢下你不管的。"

"梓健恨死我了，他说了很多绝情的话，深深刺向我的心脏。我痛啊！"我使劲拍打自己的胸膛。程辉抱着我，心疼地说："哥明白你！哥陪你一起等！我们都不会丢下你不管的！""哥，你们不要管我了。你快带肖薇姐离开这里。你们走，你们走啊！"

我起身，推开他们快步离开，淋着雨奔跑在路上。程辉和阿欣上车跟过来。我感觉天旋地转，眼前模糊一片。雨水和泪水让我看不清前进的方向。我抬头仰望灰蒙蒙的天空，好像看见了边宇和梓健，他们对我笑，笑得很好看。我也朝他们笑。一阵光打来，深深刺向我的眼睛。我一闭眼，脑子一空，失去了知觉……

隐约中，听见程辉的叫喊声："她晕倒了，快送医院！阿欣你开车，我抱着她。她浑身都湿透了，那么烫，一定是发烧了！珈珈、珈珈……你别睡啊，别睡着！哥带你上医院！肖薇，你还愣着做什么？快拿纸巾给她擦脸！我抱着她，给她取暖！"我听得见他们的说话，但却没有一点力气睁开眼……

再次醒来时，我躺在医院的观察室里，手上挂着盐水，我感觉浑身难受，阿欣、程辉、肖薇都在一旁。

"欣姐，我好难受，浑身疼痛。"她心疼地抚摸我的脸："傻瓜，你发烧了。你淋了雨生了病，当然很难受啊。你要好好休息，现在什么都别多想。"

程辉红着眼眶望着我："你能不能不这样折磨自己？"我抓住他的胳膊："哥，你看见梓健了吗？你们把我带到这里，他找不到我怎么办？""哥答应你，一定会想办法找到他，当面和他说清楚。""那你们现在就去找他，你们去找他啊！不要管我！快去啊……"

"好好，你安静点，我让肖薇留在这里陪你。你不要乱动，好好休息。我和阿欣去找梓健。"趁他们出门时，我顺势拔掉了手上的针头，跳下床跑出去。

肖薇在身后喊我："珈珈，你这是干什么？你去哪里？""不要管我，我要去找他，去找他……"我赤脚跑在冰冷的走廊上，感觉全身松软，像散了架一样无力。

眼前一黑，我再次晕了过去……

之后的两天，程辉、阿欣寸步不离地守护在我身边。待我清醒后，肖薇说，在我昏睡不醒时，是师哥一手扶着我，喂我吃药、喝水，照顾我。我说真是抱歉，让你看笑话了。本应该是你们相处的时间，却来照顾我这个外人。

我又见到了公司的领导、亨利和大维先生，他们送上鲜花和水果前来慰问。没想到，自己处于危难时，他们也能来我的身边给予我鼓励。

亨利握着我的手，久久舍不得放开。这个阳光帅气的八尺男儿，面对病榻前苍白的我，竟也心疼地落泪了。

"亨利，我现在是不是特别丑？难看死了。""不，你在我眼里，永远都是天使。你很美。只是你现在很憔悴，需要好好静养。""谢谢你，亨利，这个时候本来应该我陪在你们身边，很抱歉！""不要说这些，我们是好朋友！我希望你快乐。可是这一次，我却看到了你那么多泪水。"

我流泪了。亨利靠近我，轻吻了我的前额。他深情地看着我："如果你需要，我可以把自己的肩膀借给你依靠。我不在意你对我怎么看，只要你愿意，我随时都可以借给你。"

亨利的话让我更伤心，我抱着他，狠狠地痛哭。我在心里默默地说：如果可以，我真的愿意借你的肩膀。

守着死人的回忆，活该当影子！

回家后，我没有马上投入工作。领导让我再休息两天。等病痊愈后，让我和亨利去杭州玩玩，就当散心。

　　阿欣一直陪在我身边，她不放心，开玩笑说怕我会做傻事。我告诉她，自己还有很多事没完成，不会这么快就走的。我还没有当面向梓健说清楚，怎么能带着误解上路呢。我从来就是一个讲原则的人，就算要离开，也是在和梓健说完再见的下一分钟……

　　第二天，梓健终于来到我家。我兴奋地拉过他的手："梓健，我知道你会回来找我的！"他转过身，满脸的胡渣："司徒珈，我以为我们是真心相爱，没想到，你竟然背叛了我。""我没有背叛过你，从来都没有！""你还不肯承认？你爱的到底是谁？""梓健，你忘了我们是怎么相爱的吗？我们那么不容易才走到一起，这些，你都忘了吗？"

　　"就是因为你，我辜负了一个好女孩。因为你，我背叛了小雯，我觉得很对不起她。我以为你也会真心爱我，到头来，我只是别人的影子。为什么你要这样对我？为什么？"梓健使劲摇我的胳膊。"我没有，我是真心爱你的！我没有欺骗你，从来都没有！"

　　梓健掐着我的脸说："你长了一张天使的脸孔，却有着魔鬼一样的心肠。你把我们每个人都骗了。""我没有，我没有！""如果我和边宇长得不像，你还会爱上我吗？""我会，我会！""你不会！你只是把我当依靠、当寄托！你这么忘不掉他，为什么不再去找他？"

　　"边宇，他已经不在了……""你说什么？""我说，我的前任男友，他已经死了……"我蹲在地上哭了起来。

　　"你说他已经死了？开什么玩笑！""梓健，你觉得我会拿一个人的生命开玩笑吗？拿生死开玩笑？原来你真的不懂我，你果真不如边宇懂我！""那他懂你，你去找他啊！""我说了他已经死了，死了！"

　　"所以，你要把他珍藏起来，留着他的记忆过一辈子对不对？""难道，你连我想念的权利也要剥夺吗？我是个有血有肉的人，不可能和橡皮擦一样抹去以前所有的一切，我办不到！"

　　"所以你就忍心来伤害我对吗？用一个死人来伤害一个活着的

人！""我不许你这样说他，不可以！""你为了一个不存在的人和我
争执，你宁可守着一个死人的回忆不放，也不肯接受一个活着的人的
情感！"

"啪！"一个重重的耳光打在了梓健脸上。

"你不可以这样说他！我不允许任何人对边宇不尊重！不允
许！""你为了他打我？难道我的情感，还比不上一个死去的人让你
觉得珍贵，是这样吗？"

"啪！"又是一个耳光。

"梓健，你怎么会变成这样？边宇都是一个不存在的人了，你为
什么还要这样伤害他？你就不能尊重下他，尊重下他死去的灵魂吗？
你要让他死也不能安心吗？"

"我在想，你和我亲热的时候，是不是也在想着他。你的身体给
了我，但灵魂却给了那个死去的人？你把我当作了边宇，对不对？""你
真混蛋，这种话居然也能说得出口。你不是我认识的那个梓健，他不
会这样不尊重我的！"我死命捶打他的胸膛。

"我也终于明白，他对你来说有多么重要！"我狠狠转过头："对，
边宇对我来说的确非常重要。我承认我就是爱他，我承认就是忘不
掉他！那又怎样？你就是比不过他！你一个大活人就是比不过一个
死去的人！你活该当影子！活该！"我没有想到自己深爱的男人竟
会恶毒地说出这些不堪入耳的话。我知道，自己的话同样深深刺痛
了梓健的心。

"好。我懂了。我成全你，司徒珈，你就守着一个死人的回忆过
一辈子吧！没有人会可怜你、同情你。因为死去的人，是不懂得情感
的。你也同样是个不会懂感情的人。你就抱着空气、守着回忆，苍凉
地度过你的余生吧！"说完，他夺门而出。

"梓健，你混蛋！你混蛋！啊——"我摔翻了桌上的东西，包括
他送的那些礼物。

"啊——""珈珈，珈珈，你怎么了，怎么了？"猛地睁开眼，原来我是在做梦。

阿欣问："梦到梓健了吗？你在梦里和他争吵？看你满头大汗的。""梓健，他是个混蛋，他是个混蛋！"我靠在阿欣的怀里，伤心地流泪。

强　硬

第二夜，我又梦到了边宇，梦到了他在人世间的最后光景。

自边宇生日后，杨莎莎的影子和那些话一直在我脑海中浮现，我感到窒息。在餐厅，边宇特意为我打好饭菜。一坐下，便见莎莎从远处向这边走来。

"边宇哥、珈珈姐，你们在这儿啊。"边宇一抬头："哎，莎莎，这么巧。"她一出现，我立马感到威胁的力量正向自己逼近。

"师哥，不介意我坐这里吧？你看，其他位置都坐满了。""没事，坐啊。""那珈珈姐不会介意的哦，我没有打搅你们小两口吧？""嗨，怎么会呢。这是公共场所，大家随意。"

我低头不说话，只顾吃饭。

"边宇哥，你今天怎么吃这么少啊？""下午有篮球对抗赛，不能吃太多。"莎莎看看我碗里的这些菜："那也不能一点荤菜都不吃，营养不够怎么办？"我替他说了话："是我没带饭卡，边宇的卡里又快没钱了。所以他把菜都给了我。"

"原来是这样啊，那正好，我这里多打了一份饭。本来是带给同屋吃的，她现在出去吃饭了，那就给边宇哥吃吧。""不用了莎莎，你自己留着吃吧。""我哪能吃下两份饭啊，你就别客气了。"

边宇看看我，我对他笑笑。莎莎说着把饭菜直接倒在他的饭盒里："快吃吧，要不就凉了。""那就谢谢莎莎了。"

她得意地看着我,笑里藏着刀。我实在吃不下去了,拿着饭盒起身:
"边宇,我先回宿舍了。""吃完一起走啊。""不了,你们在这里慢慢吃吧,
我说好上楼和炎炎她们一块吃的。""那下午在体育馆见喽。"莎莎得
意地伸出手说:"师姐,再见咯。"

我转身离开,只听背后传来莎莎与边宇的说笑声。到餐厅门口,
我回头看他俩的身影,俨然一对甜蜜的小情侣。我愤愤地离开。

宿舍里,几个室友都在讨论下午的比赛。时间快到了,她们催我:
"大小姐快点啊,篮球赛快开始了,你怎么还磨磨蹭蹭的?""你们去
吧,我就不去了。"杜欢拉着我的手说:"干吗不去啊,这可是毕业前
最后一次对抗赛了,秦海、边宇、王奇亮、杨超雷都参加,你怎么可
以不去?"

"我还想看一下论文。"杜欢说:"哎,你怎么回事?是不是还在
生边宇的气?你越是不去,就越是让那个小狐狸精得逞。"娇娇扯着
我往外拉:"你这算什么呢,让位吗?傻瓜,走啦!""我真的不想去!"
贺炎气得使劲儿点了一下我的额头:"你这个人,就是死脑筋,一张
面子就这么重要啊。"杜欢在后面推着我:"你是不是还想死撑着,到
最后拱手相让啊,走啦。"三人拉我出了门。

到了体育馆,比赛已开始。人群中,只见莎莎坐在离赛场最近的
那个位置,拼命为边宇鼓掌加油。一个回合下来,中场休息。娇娇她
们都去场内给自己的男友鼓劲加油,而我,还是坐在原位。高高在上,
却也略显孤独。

当一群女孩簇拥在男孩面前,递水、擦汗、给予拥抱,觉得他们
很幸福。边宇的身影出现在我视线中,刚想站起,却见旁边出现了杨
莎莎。她忙递上矿泉水,又拿过毛巾轻轻地为边宇擦去脸上的汗珠。
她看他的表情,分明是在示爱!

我愣住了,那个看客竟然是自己!

莎莎甜蜜地望着他,边宇微笑地回应着。两人很默契,一切都显

得很和谐。我的内心纠结着，笑问自己。贺炎说得对，我就是死脑筋，一张面子最大。我为了维护自尊，硬是要死撑到底。看似清高的外表下却包裹着一颗小心眼，任何一点风吹草动都能将我窒息。

其实我比任何人都在乎，只是我从来都不说。

对于身边那些敢于表达爱情的伙伴，我羡慕她们。她们毫不避讳，该出手时就出手，该维护时就维护，该抗衡时就抗衡。面对威胁，她们同样能勇敢地迎头而上。

杜欢曾经说过："爱情其实就是一瞬间的事，你不努力，也许下一秒钟它就消失了。不要妄想谁会爱你不变，没有一个人会永远站在原地等你。你不争取，就算再浓烈的感情也会有淡薄的一天。在爱情面前，人人都是平等的。"

我承认，我不够她们勇敢。在感情面前，我是脆弱的。只不过，想保护自己的自尊心，是这样吧？

当她们回到座位，一齐诧异地问我："你怎么不下去迎接边宇？又让那个小狐狸精得逞了！""我为什么要过去？既然他们那么合拍，那就让他去好了。"贺炎说："你看你，就只强硬了一张嘴巴。"我继续抵触："难道，还要我去恳求他吗？"娇娇叹了口气："你怎么那么死心眼呢？就是因为要面子，所以才被人乘虚而入占了上风。"

贺炎语重心长地说："在爱情里，没有谁求着谁一说。任何一方的努力，都只是为了保护好这份感情。"杜欢气急地说："如果你还是要继续强硬，最后吃苦头的只能是你自己。"我红着眼说："那又怎么样，如果他真的有心于她，我难道还能拉住他不放吗？要走就走好了，我不稀罕！这样的爱情，我不要也罢！"

"你你你……你气死我们了你……"三人异口同声。

最后一局，边宇一队赢得了该场比赛。全场观众起身欢呼鼓掌。身边几个死党拉我，我就是没动身。他们欢呼雀跃、拥抱庆贺。只见莎莎在人群中，和边宇兴奋地紧紧相拥。

看着他们的笑脸，我的眼泪还是不争气地掉了下来。

之后几天，我和边宇都处在不冷不热的状态中。他问我为什么不开心，我给他的答案是一心准备迎接论文答辩。

边宇现在是怎么了，因为身边多了一个杨莎莎，就对我的态度也大为改观了吗？以前我的一个动作、一个表情和眼神，他都能看出端倪。为什么这一次，他什么都感觉不出来？是装傻还是真不懂，或是已经爱上了她？

我的脑子乱极了，无法静下心来。流言在学校肆意地蔓延开来，对于他俩的说法真可谓多种多样。我一边接受着，一边又不愿正面对待。任由身边的伙伴不停劝说，我就是无动于衷。

贺炎问："司徒珈，你这是怎么了，还和你的自尊心在对抗？"娇娇说："你再这样下去，边宇是真的要被那小狐狸精勾引去了。"杜欢说："男人的忍耐力和抵抗力是有限的，这点我们都承认。"贺炎说："当你始终不给对方任何信号，他会以为你真的是在漠视他。"娇娇说："如果这时有个竞争者紧追不放，就很容易被误导。"杜欢说："人的意志在关键的时候往往是最薄弱的。"

面对她们的激将法，我还是没有反应。

娇娇着急地问："你是不是真的有那么大度啊？一点反应都没有！"杜欢故意说："唉，算了算了，要是莎莎真把边宇追到手，看她还不急疯了。"贺炎说："其实她嘴上不说，心里可是比谁都急。"

我嚷道："我急什么，大不了放手啊。"娇娇说："呦，说得倒轻松，你做得到吗？"杜欢说："可不是，要是边宇真不理你了，你还不哭得团团转。""会吗？如果真是这样的结局，我可以选择放手，没关系。"贺炎不相信："得了吧，你嘴上说得这么强硬，心里可不会这么想。你怎么忍心放开边宇那么好的一个男朋友？"娇娇也说："就是，刀子嘴豆腐心。"杜欢点头："我们都知道，你根本舍不得放开手。"

"为什么？你们那么高估他干吗？既然你们都不相信，那我就做给你们看看。如果那是事实的话，我一定会做出抉择！一定会！"这句话，把她们三个着实吓了一大跳。本以为用激将法能让我觉悟，没想到我的态度竟会如此坚决。谁都不知道下一秒会发生什么事情。

我来到边宇的宿舍楼下，准备和他摊牌。没想到，莎莎也在一旁等他。边宇走出来，莎莎抢先一步："边宇哥，你今天有空吗？帮我辅导下外语行吗？我还是有很多地方不懂。""你稍等一下好吗？"

他走到我面前："你来找我了，为什么这几天你都不开心呢？是不是准备论文太累了？""人家在等你辅导呢，还不去？""你重要啊。""那这样，明天晚上 7 点，我在学校外面等你，我有话对你说！""明天，好。我一定到，我也有话要对你说。""那好，明天晚上，不见不散。"

说完，我转身离开。

"边宇哥，我们上图书馆好吗？""这样……行吧。"听着他们有说有笑，我的心在滴血。

原来边宇也有话对我说，看他的样子，也是有什么决定要向我宣布吧。会是什么，我不敢想，脑子乱成一团。边宇会让我失望吗？

之后的每一分钟都是煎熬，我忐忑不安地倒数着明晚的见面。深夜熄灯时，娇娇对我说："有同学看到边宇和莎莎一块从学校外面回来。他们在门口谈了很多，看表情，莎莎很难过，而边宇正在安慰她。他们之间好像做了什么决定，然后一起进了学校。到了宿舍楼下，莎莎还拥抱了边宇。""谁告诉你的？""……毛毛。""时间不早了，都睡吧。"

我没有理会，关灯躺下，眼泪悄然滑过脸颊。

分　裂

5 月 18 日，这天对我来说，是人生中最漫长的一日。

晚上 7 点，我来到学校外面的那条马路边。这条走了四年的道路，那些爽朗的笑声、痛快的哭声、飞扬的誓言、轻快的脚步……仿佛还近在眼前。如今，宽阔的马路显得寂静又苍凉。此刻，没有人会在那里经过。

我的心跳得厉害，预想着接下来发生的一切。也许今夜，将成为我和边宇最后的告别。过了今晚，他将去到另一个人的身边，从此与我再无关联。想到这里，我的眼泪夺眶而出。

"珈珈！"边宇在身后叫我。我赶紧擦去泪水，再是不舍也不能在他面前示弱。"边宇,你来了？""嗯,你不是有话要对我说吗？""对,我有话要问你。""好,等你问完,我也有话想告诉你。"

我含着眼泪问："你应该能感觉出这段时间，我们彼此出现了一些问题吧。""是的,我也这么觉得。""我们之间,出现了第三个人。""你指的是莎莎吧？"没想到，边宇这么快就把她搬了出来，是要向我示威吗？

我生气地说："没想到,你比我更在乎她！""是的……"我抬头看边宇，原来他真的在乎她！边宇耐心地解释："我在乎的，是她对你造成的影响。我觉得，她给我们之间带来了一些误会。""误会,有吗？""这段时间，我看出你很不开心，对我若即若离的，有什么心事也不和我说。"

"有必要吗？流言都在学校传得满天飞了。你每天和杨莎莎在一起，哪有时间来应付我？""你在说什么，什么应付，什么每天啊？原来你也相信那些流言蜚语？"

"我也相信？我相信我所看到的事实。""好，那你说，你看到了什么事实？不就是我给她补习了两次英语，她给我打了一份菜，在体育馆为我加油助威吗？还有什么？"

"边宇，我没有想到你为了她来反问我！你那么维护她，你们早就是一伙的了！""司徒珈,你在胡说八道些什么啊？""我哪里胡说八道了？""你看你现在的态度，分明就是要和我吵架嘛，我们就不能心平气和地说话吗？""边宇，你这是怎么了？难道你认为我看到这些后，还能心平气和对着你说话？"

"我真的不明白，你到底看到了什么？别人说归别人说，我不在乎，因为那是别人的想法。可我在乎的是你的感受，怎么现在连你也被他们一起同化了呢？你是个有思想、有深度的女孩，你应该最明白我的。我们在一起那么久，你难道分辨不出是非吗？为什么也会听信别人的谣言，你的思想怎么也会和他们一样迂腐呢？"

"边宇，你说我迂腐？那我看到、听到的是什么？啊？""那你说啊，你都知道些什么。只要你能说出来，我都一一替你解答！""那好，你要老老实实告诉我，不准骗我。""珈，四年了，你觉得我什么时候骗过你？"

我流着泪问："新年元旦晚会，你唱的那首《She》，是送给谁的？""当然是送给你的，全校的人都知道。""这首歌，你给几个人唱过？""司徒珈，你这是在考验我的耐心吗？怎么会问这样的问题？""怎么，说不出口了是吗？心虚了吧？""我心虚什么？我真的不明白你在说什么。""不要再掩饰了，我就问你，你唱给几个人听过？"

"天地良心，就你一个！""没有骗我？"边宇红着眼肯定地说："我发誓我没骗你，我只在晚会上唱给你听过，没有第二个人。"我不知道自己可以相信谁的话，一边是和我朝夕相处了四载的边宇，一边是向我示威的莎莎。我的脑子很乱，无法正常思考。

"你生日那天，为什么要突然叫上莎莎？""那天我和秦海他们在体育馆打球，莎莎也一起来了……"

原来，他们打球快结束时，莎莎来到体育馆，问边宇去哪儿，秦海说给边宇过生日。莎莎问："这是边宇哥在学校过的最后一个生日了吧？""是啊。""那以前是错过了，真是遗憾。最后一个生日，能不能也邀请我一起参加，也算我这个师妹为你们前辈送行庆祝啊。"

"这样啊……"边宇犹豫着。秦海补充："那也好啊，人多热闹。"边宇想了想："那行啊，晚上一块来吧。""好啊。谢谢边宇哥。""呵呵，没事……"

听了边宇的解释，我又问："那这么说，不是你主动邀请她的了？""当然不是，我和她又不熟。""唱歌的时候，你又点了那首歌，是唱给谁的？""当然还是唱给你听的啊，不知道是谁把它插播到了前面。那时你正好去了洗手间，所以我只有先唱给在座的人听了。"

"你说和她不熟，那不是还为她辅导过英文吗？""唉，生日前的一次，只是在图书馆恰好遇到，她向我请教一些专业术语上的问题，仅此而已。第二次，就是昨天，你也知道的。这很正常啊。"

"如果只是仅此而已的话，确实很正常。但是，莎莎可说和你很熟识的。""是吗？她怎么说的？""她说，她和你是老乡。巧的是，你们是同一个重点高中的，她比你小两个年级。那时候你很出名，很多女生都很崇拜你，她也是其中一个。"

"这个，她倒是和我说起过。难道，你也介意？""我不是介意这些，我介意的是，你的那首歌，明明就不是第一个唱给我听的！""怎么可能，我不唱给你听那是唱给谁听的呢？"

我猛地扭过头："你唱给她听的，唱给杨莎莎听的！""你又道听途说了什么？怎么可能呢？""是她亲口告诉我的，我亲耳听到的！""不可能，我怎么可能会唱给她听？荒谬！"

"边宇，你还不肯承认，你明明以前就和她认识了，为什么一直不说？""我没有！高中时，我根本就不知道有个什么杨莎莎。是她后来和我说自己是在那个学校的，我说我也是那所高中的。她说一直知道我，可我并不知道她。就这么简单。"

"这么简单？你当着她的面都说了些什么，你自己心里清楚！""我说过什么了，我真的不知道！"

我大声哭喊着："好，那我告诉你，你和她说了什么。你说，你心里很介意，因为师哥爱护我。你嘴上不说，其实你很不平衡。你很困惑，你说我很会挑剔，很让你头疼。你说和我在一起很累，是因为责任所以不能脱身。你只有和她在一起的时候才会觉得轻松！"

"司徒珈，这些话怎么会从你口里说出来的？我真不敢相信，你会捏造这样的事实！""边宇，你混蛋！你宁可相信她也不相信我，你认为我和你说这些是在捏造？我告诉你，刚才说的每一字每一句都是那个杨莎莎亲口告诉我的！"

边宇生气了，他双手握住我的胳膊："珈，我们在一起那么久，还是第一次发生这么大的误会，你宁可相信她的话也不相信我的话？""我相信的是事实，我忠于我所看到的。篮球场上，你们那么兴奋地拥抱在一起，把我当什么？"

"我还正想说，我在篮球场上一直都在等你。贺炎她们全下来为我们祝贺了，可就是看不到你。这一刻，本来应该与你分享喜悦的，可最后出现的是莎莎。""所以，你们就拥抱在一起表明心意了？""她只是给了我一个庆祝的拥抱，我也是友好地回应了她而已。"

"你不要再说了！到现在为止，你还是什么都不肯承认！"我哭着摘下手中的戒指，"这枚戒指，曾经带给我太多美好的回忆。现在，你亲手把梦打破了。边宇，我们真的走不下去了。我无法面对这样一份带有欺骗的感情，我做不到！对不起，戒指，还给你！"

我把边宇送我的戒指塞回他的手里："拿好了，你还有机会送给别的女孩。这枚戒指，我戴不起。"边宇又把它塞回我手里，坚决地说："司徒珈同学，我最后再和你说一次，我送出去的东西，是绝不会收回来的。""是啊，那是因为我戴过的嘛。你送她，轻贱了。你大可以再去买一枚新的给她。""你还在胡说些什么？你太伤我的心了！"

"边宇，我们曾经那么相爱，可惜现在一切都变了。我没有想到，你为了她竟然这样对待我！""误会，误会，全都是误会！你怎么会对流言这么执迷不悟呢？""不要再说了！够了！这是最后一次喊你边宇，戒指你拿好！"我又塞回他手里。边宇没接好，戒指滑落在地上。

我们同时往地上看去，我的心在滴血。我俯身拿起戒指："边宇，

原来你是这样对我的。既然你也不肯要，那好，把它扔了吧，一了百
了！"我狠狠地将戒指从他面前扔了出去，"边宇，再见了！"说完，
我转身离开。

只听边宇在身后喊我："珈珈，珈珈！你不明白我的心，你一点
都不明白！"眼泪模糊了我的双眼，心痛至极。我的边宇，曾经最爱
的边宇，这一次，在心里和你告别。既然谁都不肯认输，那就把结局
交给老天来处理吧。

我转身望向越来越遥远的边宇，只见他埋头在草丛中仔细找寻失
落的戒指。我有些许感动，知道他还是爱我的。我想冲到路对面，告
诉他其实我爱他，很爱很爱，可脚下却重如千斤，无论我怎样努力，
始终迈不开步伐。就这样，相隔一条马路，远远地眺望彼此。

虽然心中有千万个不舍，但我们都是要自尊的人，我们放不下这
些。要强的外表下掩藏着脆弱的情感，我们没有勇气先迈出这一步。
也许我们的缘分只能到这里，在离校前的这一刻，戛然终止。

忽然，他在我身后大声喊道："珈！珈！"我猛地回头，只见
边宇手上高举那枚失而复得的戒指。他的脸上充满微笑："我找到
了，我找到了我们的戒指！我没有丢下，我不曾放弃！我也永远
不会放弃！"

我欣喜地望着边宇，给予他一个肯定的点头。他拿着戒指："等我，
珈，等着我！"我朝他微笑，立定身体。边宇兴奋地朝这边跑来，拿
戒指的右手，还在眼前晃了晃。

祸

忽然，一阵响声刺向我的左耳。猛地回头，一辆大货车正朝这个
方向快速驶来，刺眼的大灯刺得眼睛一阵疼痛。我回头看边宇，他正
兴冲冲地朝我这边赶来，完全没有注意到右边急速而来的卡车。我扯

着嗓门喊道："边宇！小心！"他还是头也不回地朝我微笑："珈，我来了！我来了！""边宇！小心！看车！看车啊！"

我迎了上去,他更加快速地向这边跑来。眼前的大货车越逼越近,我再一次扯着嗓门大叫道："边宇,小心！看车、看车！""什么？你说什么？""小心啊——边宇——"

一阵紧急的刹车声刺向夜空,只听"砰"的一声巨响,边宇被货车重重地撞飞出去,摔向很远。

"啊——"我声嘶力竭地大喊,"不——边宇——边宇——"我整个人瞬间被抽空了,脑子一片空白,天旋地转。

我急忙跑过去,只见边宇满头鲜血,在地上艰难地向前挪动着。他从远处捡起那枚掉落的戒指,瞬间晕了过去。

我抱起边宇大声嘶喊："边宇！边宇！救命啊、救命啊！快！快叫救护车！"货车司机吓坏了,他忙拨打了急救电话。阵阵声嘶力竭的呼喊划破了寂静的夜空。

去医院的路上,我一直守在边宇的身边。他上了呼吸面罩,昏迷不醒。我的手上和身上,全是边宇的鲜血。我不能动弹他,只能哭喊着："边宇、边宇！你不能睡,不能睡啊！马上就到医院了,你一定要挺住,一定要挺住啊！"

边宇发出微弱的呼吸声,我知道他还有意识。

"边宇、边宇,对不起,对不起！我错了,我真的错了！"他轻轻动了动嘴巴,我趴下去听："不要……说……对不起……"然后,便昏了过去。

到了医院,边宇立刻被推进手术室,随着大门紧闭的响声,我的心提到了嗓子眼。边宇的班主任和同学全都赶了过来。程辉、秦海、王奇亮、杨超雷、贺炎、杜欢、娇娇……还有莎莎。

看着浑身上下满是血迹的自己,我感到崩溃,不停颤抖着。要不是贺炎她们一直扶着我,我想我会马上昏死过去。

"边宇，边宇该怎么办？全是血，全是血啊！""珈珈，没事的、没事的！边宇吉人自有天相，他一定会挺过去，一定会的！""是我害了他，我不和他吵架，什么事都不会发生！"

"医生，伤者情况怎么样？"周围的人一拥而上。"患者脑部受重创，初步诊断为颅内大出血、脑部水肿、肝脏损伤，必须马上进行颅内血肿清除术和剖腹探查术。伤者的家属来了吗？手术要签字。"

程辉说："患者家属现在从深圳赶过来。""来不及了，谁可以代表家属签字？""那我来吧。"边宇的班主任上前一步，在手术单上签下了自己的名字。每个人的心提到了嗓子眼，祈祷老天能保佑边宇逃过这一劫。

贺炎小声对我说："莎莎在外边，有些话她想亲自对你说。""她还有什么话要说，这下她满意了？开心了！""不是，看样子，她真的是有很重要的事和你说。"

我来到花坛边，莎莎站在那里等我。她一看到我过去，立马哭着说："珈珈姐，我对不起你，我对不起边宇哥！""你还想和我说什么？还嫌伤害边宇不够吗？"

她重重地跪在地上："师姐，你惩罚我吧，我对不起你们！""你这是干什么，作秀吗？快起来！""我不起来，我的良心受到了谴责，我有罪！""大庭广众的，你这是干吗？"

贺炎、杜欢和娇娇出来了，她们帮我扶起了莎莎。

"对不起，我骗了你们。我要告诉你们事实的真相。其实，我和边宇哥以前根本不认识。我是到大学才知道他的，因为很迷恋他，所以想方设法接近他。"一句话，把我们都怔住了。

原来，莎莎为了接近边宇，问了他周围的朋友，打听到他以前读的高中，还查了学校的资料。然后告诉边宇，自己在深圳和他是同一所学校，让彼此之间的距离拉近。莎莎主动接近他，制造两人在一起的机会。然后到处和同学说，和边宇是师兄妹的关系。于是流言开始广泛地传开来。边宇生日那天，莎莎特意来到体育馆，让他们邀请她加入边宇的生日聚会。

莎莎懊悔地哭泣："边宇哥给珈珈姐唱的那首歌，其实我根本就没有听过。都是我自己编造出来的，目的就是为了让你们之间产生误会。还有，边宇哥说他是为了负责任、喜欢和我在一起什么的，全都是我瞎编乱造的。我知道和你这么一说，你们之间一定会有解不开的误会。这样，我就有机会接近边宇哥了。"

昨天晚上，边宇主动找到莎莎。学校有关他们的流言很多，边宇不想让误会发展下去，影响我的心情和我们之间的感情。

"边宇哥说他只爱你一个，除了师姐他不会再对任何女孩动心。他不会让任何外界的因素来破坏你们之间的感情。边宇哥让我以后不要主动去找他了，因为我们之间什么也没有。我虽然听了很伤心，但我明白边宇哥他根本不会喜欢上我，我知道自己没希望了。正当我准备放弃的时候，真的没想到会发生这样的事。对不起，真的对不起！由于我的错误，让珈珈姐误会了边宇哥，我真该死！真该死！"

听莎莎说完这段话，我整个人蒙住了。原来边宇没有错，是我误会他了！

杜欢生气地指责："杨莎莎，你怎么会这么狠毒，用这种方式来伤害边宇和珈珈？"娇娇啧啧两声："你可够有心计的啊，我们真小看你了。"贺炎说："这下，你的目的终于达到了！你满意了？"姐妹三人围攻起莎莎来，她们也没想到一个大二的女生就因为爱慕，竟会如此的有心机。

"对不起珈珈姐，我对不起边宇哥！随你怎么处罚我都可以！我不求你原谅我，只希望边宇哥能尽快脱离危险！"我哭得喘不过气："什么都不要说了，请你立刻消失在我们面前！"

"我不能这样离开！我要等边宇哥醒来才行，我要亲口向他说一声对不起！""边宇不想看到你，你走！""我不走，珈珈姐，我不能走！""我再说一遍，你现在、马上、立刻消失在我面前！""珈珈姐、珈珈姐……""走，走啊！走啊！"我发疯似的叫喊着，神经接近崩溃。姐妹们说道："叫你走还不走，还在这里碍眼！走啊！""对不起、对不起、对不起……珈珈姐……真的对不起……"

我倒了下去，姐妹们把我扶住。我绝望地说："为什么，为什么会是这样？我错怪了边宇，我误会了他！为什么都不肯听他说呢？如果我能耐心点，能放下自尊，什么事都没有了！"

哭着哭着，我便晕了过去。

两败俱伤

醒来时，我躺在急诊室的床上，挂着大瓶。

我问身边的伙伴："边宇怎么样了，他情况怎么样了？"贺炎说："还在抢救。""我要去看他，我要到门口去等他！"程辉坚决地说："你都这样了，还想再晕倒吗？听话，先休息。边宇醒了我们一定会叫你。""边宇要是醒了看不到我该怎么办，我要和他说对不起，我要他睁眼后第一个看到的人是我！"程辉扶着我："这个时候你不能再情绪波动了，你必须给我好好躺着休息，必须！"

我实在太累了，身心疲惫。借着伙伴们的安慰，我又昏睡过去。

等我再次醒来，瓶里的盐水已挂完。拔掉针头后，我迅速跑到手术室门口。大伙依旧没走，没有一个人胆敢轻易离开。他们都一字排开，三三两两地分散在各个角落。

肇事司机蹲在角落里偷哭，看到他悔恨的泪水我更添气愤。我上前拉住他问："是你对不对？是你把边宇害成这样的对不对？""对不起，对不起！我喝了点小酒，以为没什么问题。那个丁字路口本来没什么行人，我也没多想。等我看到他时，踩刹车已经来不及了。我真该死啊！真该死啊！"

"你知不知道，他只有 22 岁，他的人生才刚刚开始！他下个月就大学毕业了！你把边宇害惨了！啊——啊——"我死命捶打着他的身体，失去理智的我已顾不了手下的轻重。程辉上来劝阻："别这样，你冷静点！"

肇事司机跪在地上："我真该死啊，我该死啊！""如果他有什么危险，你就等着蹲监狱吧！现在你最好祈祷他平安无事！""珈珈，别这样，交给警察去处理吧。你太虚弱了！"伙伴们扶住崩溃的我。

边宇的父母及亲属从深圳连夜驱车赶到广州。这是我第一次正式见他的家人。本来边宇和我一直商量着毕业后去深圳拜见他的父母。他心心念念盼着这一天到来，可万万没想到，我与边宇父母的初次见面，竟会是这样一种场合和方式！

边宇的母亲哭得痛不欲生，纤瘦的身体不停哆嗦着。边宇的父亲无声地流着泪，手扶在额头上，不让大家看到他脸上痛苦的表情。看到此情此景，我真想上前给他们一个拥抱。

"叔叔，阿姨，你们好。"他们看到我立马站了起来："你就是司徒珈吧？边宇一直和我们说起你，说你很优秀，人很好。本来还等着你们暑假一起回家的，没想到……"

"叔叔阿姨，我们都没想到会发生这样的事。对不起，我没有照顾好边宇，让你们失望了！真的很对不起！"边宇母亲抹着泪："不要这样说，姑娘，这次是我们边宇运气不好。不过这一劫，他一定会挺过去的。我相信小宇吉人天相，主会保佑他的。""对，边宇很勇敢，没有什么困难可以打败他。"

边宇的母亲是虔诚的基督徒，她相信上帝的存在，神对人类是公平的。因此，无论遭遇什么挫折都不会离弃上帝，她相信上帝总会在危难时刻拯救苍生。

边宇的母亲和家人一直在走廊上为其祷告，祈求深爱世人的主，赐智慧给医生，能治好边宇的伤；求主借这次灾难拣选他，让他生还；

求神怜悯他，使他早日摆脱魔鬼。虽然我是个无神论者，没有去深究这个世界到底有没有上帝、神灵这回事。但是此刻，我也虔诚地祈求神能挽救边宇的生命，让他脱离危险与痛苦。

终于，在经过长达 6 小时的抢救后，医生出来了。大伙一拥而上："医生，患者情况怎么样？""我们已经为患者输了大量的血，现在出血暂时控制住，腹腔也已经关闭住。但患者的脑部受重度撞击，有脑水肿现象，所以这一周都是危险期。"

"这么说，他还没有脱离危险？""是的，如果脑水肿不得到控制，再出现并发症的话，随时都会出现生命危险。大家要做好心理准备。送重症监护室。"

我哭着上前一步："医生，我能和患者说话吗？我真的有很重要的话想对他说，我一定要现在告诉他！""他刚做完手术，神智还不是很清楚，尽量不要多说，让伤者休息。"我祈求他："我就说一句，一句就行！给我一分钟，一分钟就好！"

可怜的边宇，受伤的脸部浮肿着。我走到床边，捂住嘴，尽量不让自己哭出声来。边宇，他一定不喜欢看到我伤心的样子。我俯下身，在他耳边轻轻呼唤："边宇，我来了，我来了……"

他虽然没有醒，但我知道他一定有很深的意识。

"边宇，我是珈珈啊！你要加油，不能睡太久啊。下个月，你还要穿学士服拍毕业照呢，不能耽误啊。记得吗，我们还有很多很多的约定，都要一一去实现呢。我知道你是最勇敢的，你不会被困难吓倒的对不对？"

边宇的眼睛眨了眨，手微微抬起，想要说话。"边宇，你醒了？你想说话对不对？"我轻轻握住他的手，把头贴在他的胸口，"你想说什么就和我说吧！"

边宇用气声轻轻说："珈……我……我和莎……莎没什么……"我摇摇头说："边宇，边宇，你什么都不要说了。是我错了，我什么都明白了！是我误会了你，对不起。我知道，你只爱我对不对？"

边宇微微闭了下眼，握着的手动了动。突然，我摸到一个硬物，低头一看，那枚被我丢弃的戒指此刻正套在边宇的手上，上面还沾着斑斑血迹。原来，边宇被车撞倒后，第一反应就是去捡那枚掉落的戒指。他趁自己最后还有一点意识，赶紧把它套在手指上。因为这样，我们的爱情就不会再遗落了。

我握着边宇的手："边宇，你就是为了它……对不起，真的对不起……""不要说……对……不起……我……让你……伤……心了……"

我使劲摇头，激动地说："不、不！你没有伤我的心，是我伤了你的心！是我辜负了你，都是我的错！对不起！我们以后再也没有误会，再也不争吵了，好不好？答应我，坚强地活下去！""好……我答应……你……我会坚强……"

程辉扶着我："好了，让边宇休息吧。我们先回去，明天再来。""不，我要守着他，我不离开！""现在半夜了，医院有规定。听话。""让我和边宇说最后一句话。"

我俯下身，轻轻在他耳边说出三个字："我爱你。"边宇嘴角动了动，眼角流出泪水。我上前抱住他，忍不住失声痛哭。

最后，大家把我搀扶出病房。此时，已是凌晨 2 点 30 分。

我带着悔恨的泪水离开了医院，心中万分疼痛。我的手上，还带着未被洗净的边宇的血迹。

"是我害了边宇！是我一手断送了边宇的前程，是我把他害成这样的，是我，是我！""这是意外，是意外！"大伙不住地劝慰我。

这场赌气，让相爱的人两败俱伤。

我也终于明白一个道理：爱情，有时候是需要妥协的。我只能说，赌气、抵抗，不会为双方带来任何帮助，它只会吞噬掉本来就很脆弱的情感。你只要表面再稍加柔弱一点，只要再多退后一步，哪怕再多听对方说一句，也许事情就都是另外一个样子了。可就是看似简单的一步，做起来却是难上加难！

教训是惨痛的，它让我们知道，感情的代价，是让人担负不起的沉重。结局，改写了两个人的命运。它甚至可以拿人的生命向我们抗衡！

我陷入深深的自责，懊悔不已。虽然同伴们一再劝慰我说这是意外，和我一点关系都没有。但我清楚，若是没有我、没有误解、没有争执、没有赌气，就完全可以避免一场天灾人祸！

其实，我才是那个真正的罪魁祸首，被判刑的人应该是我！

血泪戒指

大家整整守候了三天后，边宇终于有了意识，他醒了。大家分批进病房探望，给他鼓劲加油。最后，我单独走了进去。躺在病床上的边宇很虚弱，眼睛只能微微张开。我握着他的手，不断亲吻着，也碰触到了那枚冰冷的戒指。

"边宇，你感觉怎么样？"他眼睛微闭，给予我回答。我把耳朵贴近他的嘴唇，希望能听清他说的每一个字。

"珈……这辈子……我只爱你一个……假如……我不行了……你……一定要……好好地……活下去……"这句话，说得我心如刀割，声泪俱下。

"不会的边宇，你不会有事的。你不能泄气！所有人都在外面为你祈祷，你一定能挺过去的！""谢谢大家……不要……哭……不要为我……伤心……"面对边宇嘶哑无力的气音，泪眼模糊的我几乎看不清眼前的爱人。

他的手微微抬起，伸向我这里。"边宇，你要做什么？""我想……为你……擦去……眼泪……"我忙把他的手贴在自己脸上。

"不要哭……你哭……我……难受……""好、好，我答应你，我不哭、不哭！"我连忙用手抹掉脸上的泪水。

"笑……一笑……"边宇动了动嘴角。我勉强挤出一个笑容。"这样才对……戒指……戒指……""哦，戒指。""麻烦把它……取下来……好吗？""好。"我顺着边宇的意思，把戒指拿了下来。这时，程辉、贺炎几人走了进来。

"珈……让我……再吻一下……它。"我把戒指轻轻放在边宇的唇上，他闭上眼，泪水从眼角流出。

程辉走到我们面前："珈，现在，边宇要向你求婚。"我抬起头，秦海拿着一大束玫瑰花递到我面前，杨超雷拿着摄像机在拍摄。我感动地再一次失声痛哭。

我清楚，边宇知道自己不一定能度过危险，如果就这样离开，永远无法再帮我真正地圆梦了。所以，他要在这里，再一次为我实现梦想。

程辉流泪，用颤抖的声音说："边宇先生，你愿意娶美丽的司徒珈小姐为妻吗？无论好坏、贫穷、富裕、健康还是疾病，你都会爱她、尊重她、珍惜她，直到生命的尽头吗？"

边宇竭尽全身的力气肯定地回答："我……愿……意。"

"司徒珈小姐，你愿意让边宇先生成为你的丈夫吗？"我含泪颤抖地说："我愿意！我在此宣誓：无论好坏、贫穷、富裕、健康还是疾病，我都会爱你、尊重你、珍惜你，直到生命的尽头。"

"现在，让新郎为新娘戴上戒指。"秦海帮助边宇拿住那枚失而复得的戒指，艰难地戴在了我右手的无名指上。"请新娘为新郎戴上戒指。"我俯下身，把戒指带在边宇左手的无名指上。

程辉闭上眼，痛苦地哽咽着："我宣布，你们现在正式结为夫妻。愿上帝永远保佑你们，赐予你们幸福的未来。让我们祈祷！"程辉把我们的右手叠在一起，"上帝将你们的手放在一起，永不分开……"此时，在场的人都感动地嘤嘤哭泣。"现在，你们可以亲吻了。"

我凑上去，轻轻吻住边宇的嘴唇，泪水滴在他的脸上。我紧紧抱住边宇的身体。这一刻，撕心裂肺地痛。

"边宇……我爱你……我爱你……""珈……我也……爱你……"

我握着他的手："边宇，你一定要答应我，等你好了以后，要亲自为我披上美丽的婚纱。"边宇点点头，泪水再一次从眼角滑落："我答应你……一定！""那我们就这么说定了，不准反悔。我们拉钩。"

我挽过边宇的小拇指，紧紧地扣住："边宇，我等着你来迎娶我的那一天……我要做你的新娘……我等你……我等着你……"边宇哭着努力地点了点头。

用生命向命运抗衡

几天来，边宇的亲朋好友始终不离不弃。他们依次分批和边宇说话，鼓励他一定要挺过去。这让我看到了亲情的伟大、友情的伟大和爱的伟大。边宇，这么多人都在为你祈祷，你一定不会辜负他们的，对吗？

三天后，边宇的病情出现恶化，他又陷入了昏迷。由于伤势过重，导致脑部水肿情况恶化，出现胸腔出血及肺部感染并发症。边宇再一次进行了紧急抢救，每个人的心都提到了嗓子眼。

我的神经处于高度紧张中，全身不停地颤抖，好多次都虚弱得几乎要昏厥过去。我感觉自己快死了，内心的挣扎与恐惧几乎要将我吞噬。我告诉自己，一定要坚持住，要活着等边宇醒来！

5月24日晚10点，边宇又一次出现严重的休克，呼吸微弱，昏迷指数为三级。大家如坐针毡，此时只能祈求老天仁慈一点，再仁慈一点。边宇的母亲，更是整夜为孩儿祈祷。

医生让大家做好思想准备，假如过了今晚还是昏迷不醒，身体各器官将受到严重的威胁。这一晚，大家都没有离开，彻夜守候在医院。

5月25日上午8时，边宇在弥留之际睁开了双眼。医生沉重地对我们说："大家有什么话，赶紧和他说吧！患者，可能拖不了多少时间了。"

医生的一句话，如同重磅炸弹敲在了每个人的头上。他的话就是宣判！

"不会的，我的孩子不会有事的！医生，求求你再救救他，也许就有生还的可能呢？求你了！"边宇的母亲哭着哀求。大家齐声恳求："医生，再救救他吧，求你们了！他才22岁啊，不能就这么离开啊！"

医生很无奈地摇摇头："我们已经尽全力抢救了，只可惜患者的伤势太过严重，并发症已感染到身体的各个器官。你们大家都做好思想准备吧。""不……不……我的孩子……我的宇啊……"边宇母亲的凄惨喊声，回荡在空旷的走廊上，她昏了过去……

所有人进了抢救室，来看边宇最后一眼。家人陪伴在他的左右："孩子啊，你从小就是最勇敢的。这一次，你一定能挺过去。""爸爸妈妈……孩儿不孝……不能……再孝敬你们了……对不起……我走了……以后……你们还是要好好生活……爷爷……奶奶……就麻烦你们了……下辈子……孩儿还要做你们的儿子……我一定会好好孝顺你们的……"

边宇母亲被人搀扶着："宇啊，我的孩子啊。你不会有事的，不要说这些。你只是累了，需要好好休息。等你在这里休息够了，妈妈就接你回家！你是这个世界上最懂事、最乖的孩子，你不能让我们失望啊！"

边宇的同学簇拥在周围，都流泪了："兄弟，你一定会没事的！我们还等着你一同为梦想奋斗，还要看你设计的大房子呢。我们还要一起打球、一起唱歌、一起喝酒。所以，你一定要好起来，听到没！"

"你们……永远……是我……最好的……兄弟……我爱……你们……雪狼乐队以后少了我……你们三个要继续坚持下去……找一个

好的主唱……重新组成乐队……把雪狼的精神发扬下去……不要放弃心中的梦想，加油，加油……"王奇亮、秦海、杨超雷趴在边宇身上痛哭："边宇永远是雪狼的主唱，永远不变！雪狼不散、雪狼永远都不会散……"

"我的梦想不能实现了，希望你们能为自己的目标努力奋斗。为了我们四年前的那个约定，大家加油……"死党把手依次叠起放在边宇的手上："加油！加油！加油！"

他又和程辉小声说了些话，只见程辉不停地点头："你放心……我会的……我一定会的……"

我扑在他的怀里："边宇，你不要丢下我，不要丢下我们啊！你答应过我的话，不能食言啊！你看，整整七天，大家一直守护着你。这么久你都熬过来了，最后的关头，你一定要加油，不能放弃！边宇，你要坚强，要坚强啊！"

"我……真的……很……难受……"边宇的表情很痛苦，他皱着眉头，发出轻轻的喘息声。我问："边宇，你哪里不舒服，很疼是吗？我帮你揉，我帮你按摩！"

这一刻，我再也管不了那么多了，不停抚摸他的身体，希望能给他缓解一点痛苦。"这样可以吗？我知道你很痛，如果可以，我愿意代替你承受这一切！"

"千万……不要……珈……这辈子……我也许无法实现……对你的诺言了……对不起……对不起……""不要再说对不起了……是我对不起你！我们不会分开的，我们永远都不分开！"

"下辈子我……我们……不会再……分开了……""什么下辈子！我们现在就不会分开，我会守着你，一直守着你！""珈……我……爱……你……答应我……好好……活着……答应我……""我答应你，我都答应你。我会好好活着，你也要好好地活下去。求你！"

边宇朝我笑了笑，眼睛微微闭上，泪水从眼角流出。突然，他的血压骤然下降。我嘶喊着："医生、医生！快来啊！边宇、边宇！你不能睡！不能睡啊……"我们再一次被关在了抢救室的门外。

2007年5月25日上午9时40分52秒，边宇的瞳孔放大无反应，心脏停止了最后一次跳动。

"很抱歉，患者因重型颅脑损伤抢救无效死亡。大家节哀顺变！"当医生最后宣判这一结果时，我整个人被抽空了，手脚一软，倒在同学的怀里。"不……不……不会的……边宇不会死的……不——"边宇的母亲，因为伤心过度，又一次晕了过去。

伟大的神，即便我们做了再多虔诚的祷告，还是没能挽救回年轻的生命。

边宇走了。

不愿说再见的再见

看着边宇冷冰冰地躺在那里，我无法接受先前还是活蹦乱跳的你，一个有着鲜活生命的汉子，突然间变成了一具毫无意识的尸体。我怎能接受这极其难闻的福尔马林在继续侵蚀你的身体，而你却没有任何举动反抗这一切！

边宇，求求你醒来，再看我一眼好不好？我们那么有缘，十三年前就已经相遇。那时就生了根，现在不正是到了落地开花的时候吗？

你醒来嘛，你不是答应过要照顾我、保护我、爱护我的吗？你不是说要生生世世和我在一起，永远不分离的吗？可现在我们连一生一世都还没过完，你怎么就忍心丢下我走了呢？你怎么去兑现你的诺言，怎么去兑现你的生生世世？我还有那么多话想和你说，还有那么多事要和你一起做，还有那么多地方要和你一起去！

你不是说会陪我踏遍广州的每一个角落吗？我们花了三年时间，

走遍了广州五分之三的地方。那你醒来啊，醒来陪我去走完那剩下的五分之二！你这都等不及，就要离开我离开大家吗？边宇，你食言了！你说话不算数，你是个不守信用的人，我看不起你！

你是个有志气的人，你有胆量，你根本不会屈服于一切软弱的事情。可你抵抗不了生命的脆弱，抗衡不了命运的残酷，你终究还是没能幸运地逃过这一劫！

我知道你根本不愿离去，所以闭眼前一秒，手还紧紧握着拳。我甚至还能感受到你手心里的那点余温，因为你舍不得离开大家对吗？你的意识没有了，可我相信你的灵魂一定还没走远，你一定听到了我们对你的呼唤，你感受得到对吗？

你心心念念地等着穿学士服，所有努力奋斗的结果，不就是在等这一天的到来吗？四年你都熬过来了，就差这么几天，你都等不及了吗？

可这一天快来的时候，所有同学都在欢呼雀跃，而你在做什么？你在这冷冰冰的地方做什么？你甚至都没有试穿一下那套学士服、抚摸一下那顶学士帽！我真后悔，应该在你生日时，就为你披上那一身精神的衣服，让你留个影做个纪念。

到那一天，家长们都会出席毕业典礼，那是值得庆祝的事情。可为什么你却要所有人哭着先为你哀悼？生的时候没有机会穿上学士服，只有选择在你离开人世的时候为你穿上。谁都不想，我们别无选择。它完好无损地放在你的床头，就让这身衣服陪着你一块吧。至少可以让天上的人们证实，你曾经修完学分，拿到毕业证，还有学位，算是个合格的大学毕业生！

你那么优秀，那么有才华，为你的理想一直努力奋斗着。在将要实现愿望的时候，命运却和你开了这么庞大的一个玩笑。谁都没有你勇敢，你做了我们都不敢做的事。这么想来，你也应该算个英雄。是，你是英勇了，可活着的人却更为悲苦！

你的家人，抚养你、培育你二十几载的父母，还没来得及看到你立业、成家，还没有享受到天伦之乐，就要白发人送黑发人！你让你父母看到你考上大学，然后又在毕业前夕亡命，这有多残忍？你要让二位的余生都活在痛苦之中，你是在拿你父母的生命开玩笑！儿子是父母头上的天，天都塌了，他们活着还有什么意义！

如果你天上有知，一定能感受到这么多人在为你哀悼。这些悲伤的眼泪，足以化成一条河流，它们只会越积越多、越积越深，却始终流不到你那头。再多的眼泪和呼喊也唤不回你的生命和意识，可除此之外，我们还能做些什么？

我们只是常人，我们只能尽自己最后一点余力来送送你。

边宇，再见了。不愿说再见的再见！

痛失爱子

这个梦做了太久，醒来时，脸上一片模糊。对于边宇，我是有愧疚的。再次忆起，你离开我们后的情景。

边宇的遗体从广州运回深圳，家属一致认为，生是这里的人，死是这里的魂。无论身在多远，都要魂归故里，这也是对逝者的尊重。所有的师生及朋友，一同坐大巴赶往深圳。

来到边宇家，大厅已设好了灵堂。边宇，你回家了！你也万万没想到，我第一次踏进你的家门，竟是这样一种方式！墙壁上挂着你的大幅照片，你看你，笑得多精神。我们为你上了香、磕了头，祈祷你的灵魂在天上能够安息。

我们大家轮换为你守灵，看着你的照片，我在心里默默地和你对话。边宇的母亲边流泪边问："谁能告诉我，我的孩子在出事前都做了些什么？"阿姨的一句话，刺痛我的心。程辉、贺炎他们，没有一

533 穷途之哭 | 533

个先开口。边宇母亲颤抖着说："谁能告诉我？我想知道他在那一刻，过得是否快乐！"

我跪倒在边宇母亲面前，哭着说："阿姨，都是我的错，都是我的错！对不起，是我害了边宇！我对不起你们！"贺炎几人赶紧上前拉我："你这是干什么？不要乱说啊！""让我把话说完，让我告诉阿姨，边宇在出事前到底做了什么！阿姨是边宇最亲的人，有权知道他所有的真相。"

"你说什么？为什么说是你害了他？你对他做了什么？""阿姨，我要向您忏悔！边宇在出事前，我们发生了争执。因为一些事情，我对他有很深的误会。边宇是因为向我解释，才没有顾及到马路上横冲直撞的大卡车。如果不是因为这样，他根本就不会发生车祸！"

边宇母亲颤抖地问："你说什么？麻烦你再说一遍！""阿姨，是我害了边宇，是我的错！您惩罚我吧！"师哥上前拉住我："不是这样的，阿姨不是的！这完全是意外，和司徒一点关系都没有！"贺炎解释道："阿姨，这真的是意外。是肇事司机喝了酒，才来不及踩刹车的。"杜欢着急地说："学校外面的那条马路，是事故的多发地段，很容易引起车祸。"

我一把推开他们："你们都不要为我说情了，这是我的责任，应该由我来承担！"程辉急了："你有什么责任？说了那是交通意外！""是我是我，我是罪魁祸首！"边宇母亲忍着眼泪质问我："我问你，你们为什么会在学校外的马路上吵架？""是我，是我说在学校外的路边见面的。那条马路，我们一起走了四年。我没有想到，会给边宇带来这么大的伤害！"

边宇母亲上前拉住我的胳膊吼道："这仅仅是伤害吗？你害死的是一条生命！是我的儿子！为什么？你明明知道那个地方危险，为什么还要带他去那里？学校那么大，你们就不能在校园里谈话吗？非要去什么马路边？你把边宇还给我！还给我……"众人齐声劝道："阿姨，您别这样，您冷静些！"程辉怒吼："司徒珈，你就少说几句行吗？还嫌阿姨不够伤心吗？"

"说！让她说！看看我儿子口中的好女朋友，在最后的时间里，是怎么对待他的！""是我误会了他，我们吵嘴，头一次吵得这么厉害。""为什么？边宇对你那么好，他这么优秀的一个男孩子，有什么能让你误解他的？你们有什么解不开的怨恨？非要让他走上这样一条不归路啊……"

"阿姨，您杀了我吧！我罪不可赦，我知道自己得不到你们的宽恕！""我还真是想……啊……"她坐倒在椅子上，痛哭起来。

"我恨死自己了。如果可以，我愿意代替边宇承受所有的痛苦！""就算你死了，我的小宇也回不来了。"程辉劝道："阿姨，您冷静点！"她捂住脸："那肇事司机，就算坐上一辈子的牢，我的孩子，我可怜的孩子，他也永远回不来了！""阿姨，我愿意接受您的处罚，您说什么我都愿意去做！"

"你还嫌我们家不够太平吗？你就是个不折不扣的扫把星、小狐狸精！你把我们家害惨了！"边宇母亲站起身说，"先是把我们家边宇迷得团团转，然后让他为你赴汤蹈火。他是个孝顺的孩子，大学的头个学期，几乎半个月就会回家一次。可你们在一起后，他有时一个月都不会回来一次，都是在陪你。你要他做什么，他就做什么。边宇就是太老实，才会被你迷惑住的。今年居然连大年三十都不回家了，说是和你们家一起过。他还有没有把我们父母放在眼里？"

杜欢解释："阿姨，可是边宇第二天就赶回家了啊。""那能一样吗？那是大年三十！从小到大，每年这个时候，小宇都在我们身边。可是今年，他却跑去别人家里，陪别人的爸爸妈妈。你让我们这做父母的心里会怎么想？"

"你这么大声在干什么？"边宇的父亲走了过来，"我一不在，你就又嚷嚷，安静下不行吗？""你问她，问那个灾星，就是她把我们家搞成这样的！""好了好了，你还要闹不成？孩子已经不在了，你说这些有什么用？人家小姑娘已经够伤心的了，陪了那么多天很辛苦了，你还要说她。司徒也和我们一样，她失去的不比我们少。"

"老边，那能一样吗？我们失去的是骨肉，她呢？她和我们家一点血缘关系都没有！""你错了！我们失去的是亲人、是血脉，失去了辛苦养育二十几年的爱子。司徒呢，她失去的是男朋友，更是未来的爱人！她失去了将来几十年要相濡以沫的伴侣，她和我们同样心痛啊！"

边宇父亲走到我面前，握住我的手说："对不住啊，孩子。你阿姨她伤心过度，痛失爱子的心情，希望你能谅解。你就多包容点，有些话就听过算过吧！""叔叔，叔叔！对不起……真的很对不起！"

"哎，不要说对不起，这就是命。我们家小宇，没有福气娶你做老婆。他的人生才刚刚开始，可惜就这么结束了，要让我们白发人送黑发人……"边宇的父亲哽咽了。"叔叔，是我没有照顾好边宇，是我不好！对不起、对不起……"边宇的父亲不再说话，只是痛苦地摇头。

望着眼前悲痛欲绝的二老，我的心里像被划了千刀万刀。

出门透气的时候，进来一个女孩。我们对望着，然后异口同声地叫出了对方的名字："小洁！""珈珈姐！"站在我眼前的不是别人，正是边宇的小表妹范小洁！她得知表哥的噩耗后，就和家人从伦敦坐飞机赶往深圳。

"珈珈姐，前两年我回来的时候，表哥就说他有了一个特别有缘分的女朋友。那时候他一直和我卖关子，说今年如果我回来的话就能看到。他只告诉我，女朋友的名字里有个珈字。没想到真的是你啊，珈珈姐！""小洁，你哥哥……""珈珈姐，我哥怎么会这样的……"我们两人紧紧地抱头痛哭。

我也万万没有想到，再次见到邻家小妹，居然是在边宇的灵堂内！

送

2007 年 5 月 30 日，边宇出殡的日子。

约有两百人来到殡仪馆，大家都来送边宇最后一程。在最大的一个礼厅内，一字排开摆满了花圈与鲜花。正中央摆着边宇的相片，你笑得很好看。在我眼里，你根本没有离开，只是睡着了。那套学士服穿在你身上，多精神。

我的父母和家人，也特地从广州赶到深圳，来送送这位他们心目中的好小伙子。转身的那一瞥，人群中的最后一排，有个弱小的身影，是杨莎莎！她低着头，独自哭泣着。原来，她也来送边宇最后一程。亲爱的边宇，你感受到莎莎的忏悔了吗？

边宇的家属代表和学院的领导依次致悼词："今天，我们怀着十分悲痛的心情，深切悼念我院的学生边宇……"说实话，我几乎听不到台上在讲什么，只是一味地流泪、悲痛。当说出最后那一句："亲爱的边宇同学，您安息吧。"在场所有的人都忍不住哭出了声。

向遗像三鞠躬时，我的胃突然剧烈疼痛，天旋地转。是程辉和贺炎他们一直扶着我，否则，我根本没勇气支撑到最后。来宾依次和遗体告别，我的脚步每向前迈进一步，都万分沉重和艰难。

我无法面对边宇的家人。他们的哀哭声，刺痛了我的心脏。我的心中，藏着深深的愧疚与悔恨。即便流了再多的泪水，哭瞎了我的双眼，也不足以表达我悲痛的心情。

边宇，你那么安详地躺在那里，你听到所有人的哀哭声了吗？我跪在遗体面前，最后喊你一次。

最最亲爱的边宇，这真的是最后一次这样看你了。再过一会，我们就要和你永远告别，你能否感受到我们对你那不舍的心情？我真的很想留住你！知道吗，如果时间还能倒退，我一定不会那样固执和任性。我会好好守着你，守住我们的爱情！

当边宇的遗体被工作人员推进另一扇门时，我快速地跑上去。边宇的母亲拦住我："司徒珈，你要干什么？"

"阿姨，求求您，让我送边宇最后一程吧，求您了！""不可以，你不是边家的人！你不能进去！"我跪在她的面前："阿姨，我求您了，就让我最后送送边宇吧！我没有其他要求了，让我再看他最后一眼！"

边宇父亲和程辉一块扶起了我。边宇父亲叹口气："不要再苟着孩子的最后一个心愿了，太残忍了。孩子啊，进来吧，边宇也一定想让你送送他，他会开心的！""谢谢叔叔，谢谢叔叔！谢谢！谢谢！"我向边宇的父亲深深鞠了三躬。

边宇的遗体进了车间，等待被火化。我跪在他面前哭着说："边宇，我们最后来送送你。你一路走好！到了那里，所有人世间的痛苦都会离你而去。你安息吧，安息吧！"

我闭上眼，只听"轰隆隆"一阵巨响……我知道，边宇走了，这次是真的走了。

半小时后，展现在我们面前的，是一堆白色的骨头。边宇的家属亲自把骨灰捡出来，冷却后，再用绸布包扎好，放入骨灰盒。我一直被师哥搀扶着，否则，我会再次晕倒。

我无法接受眼前的事实！刚才还亲眼看见你完整的躯体，只一把火的时间，便面目全非。什么都没有了，残忍不堪。留给我们一堆尸骨，这就是你给我们的答案么？我该如何面对这样的你？你到哪里去了？你真的舍得走吗？

一个完整的生命，在这一刻彻底终结。没有了肉体的牵绊，灵魂是否也能走得安详？每个人，都要经历生死，最后都会来这里报到。只是边宇，你的生命来得太短暂。人生中，你只走过了四分之一的时间！

最后，我们一行人陪同家属来到墓地。在下葬的那一刻，阵阵哀哭声，久久回荡在空旷的山林中。我不能为你带去什么，你的母亲不让我的东西陪你一起下葬。那么，就连同我对你的思念、悲痛的心情还有我们的爱情，一起陪着你下葬吧！万幸的是，你的那枚宣誓戒指，陪着你一起去了！感谢你的家人，感谢你的母亲，让我们的誓言与爱情，陪着你永生！

你闭眼的那一刻，是伤痛随着你一起去的。现在希望你到了那里，能不受人世间的痛苦。也许天堂，是你真正可以解脱困苦的地方！

我的生命里，曾经承载了彼此所有的欢乐与梦想，你在我的世界里来了又走，如此决绝。如今，让这些回忆都随着你一起去吧！虽然你带不走我的肉体，就让我的灵魂陪着你一同去远行！至少这样，你不会觉得孤独，有我陪着你！

我轻轻哼起了你生前最爱的歌，《一路上有你》："你知道吗，爱你并不容易，还需要很多勇气。是天意吧好多话说不出去，就是怕你负担不起。你相信吗这一生遇见你，是上辈子我欠你的。是天意吧让我爱上你，才又让你离我而去……"

前来为边宇送行的同学齐声哼唱起来："一路上有你，苦一点也愿意，就算是为了分离与我相遇。一路上有你，痛一点也愿意，就算这辈子注定要和你分离……"

颤抖的歌声，凄凉的旋律，久久回荡在这片静静的山林之中。

"边宇，你安息吧！一路走好！""边宇，来世我们还是最好的朋友！""边宇，你永远活在我们心中！"

边宇，我一定会再来看你的！如果你想我了，就托梦给我，我们在梦里相会！再见了，我最爱的边宇！

出了公墓，边宇的家人一一握手和我们告别。最后，阿姨单独走到我面前，冷冷地说："司徒珈，我希望，这是你最后一次来看边宇。以后，我们都不想再见到你了，你走吧！""阿姨……阿姨……"看着边宇母亲冷漠哀怨的背影，我的心被撕裂了。

边宇父亲上前握住我的手："孩子，难为你了。以后，你什么时候想来，给我打个电话，叔叔陪你一起来看边宇！""谢谢叔叔，谢谢……谢谢……"

我坐上回广州的大巴，在心中默念：再见了，边宇！再见了，我的爱！

告别演唱会

同学们自发组织了一场"告别边宇"的演唱会，以此来缅怀对他的思念之情。操场的主席台上方，显眼的红色横幅写着"永远怀念边宇同学"的大字。大屏幕上，边宇生前的照片和录像片段被制作成一个完整的视频，一遍又一遍地滚动播放着。

雪狼乐队的三位男生，抱着吉他一字排开坐在椅子前："今天，我们怀着十分悲痛的心情，在这里举办"告别边宇"的演唱会，以此来缅怀我们对他的不舍之情。虽然，雪狼乐队从此少了一位得力主唱，但这个位置，我们将永远为你留着。希望，你一路走好！在天堂，依旧能快乐！"

三人悲伤地唱起《Tears in Heaven》（泪洒天堂）："Would you know my name，if i saw you in heaven……"（如果我在天堂和你见面，你还会记得我的名字吗？如果我在天堂与你重逢，我们还能像从前一样吗？我必须学会坚强，勇敢支持下去，因为我知道我还不属于天堂。时间能让你倒下，时间能让你屈膝，时间能伤了你的心，你还是会一直向上天祈求喜悦。在那扇门后，我相信是块和平的乐土。于是我知道，我将不再泪洒天堂！）

"雪狼不走，雪狼不走……"台下的同学齐声高喊。

当屏幕出现边宇生前在晚会上唱《海阔天空》的视频，台下发出一片哭泣声。王奇亮痛苦地说："《海阔天空》，是边宇生前最喜欢唱的歌，因为 Beyond 乐队是他的偶像。我们把《海阔天空》送给边宇。

谢谢！"

这些曾经是边宇最爱唱的歌，如今，我们只能以这样的方式用心来唱给天上的你听。我和你的一幕幕，像胶片一样在我的脑子里反复交替着。

我勇敢地站到台上，用极其颤抖的声音说："接下来，我要演唱一首《悬崖》。曾经，我们都说这是首残忍的情歌，非常好听，但都不忍心唱给对方。今天，我要把它唱给你听。要让你感受到，我们有多么悲痛、有多么想念你！"

我颤抖双手握住话筒，勇敢地开了喉："再一步爱就会粉身碎骨，坠入无尽的孤独……生命太短促痛太清楚，才让你让我爱到无退路……我不管爱葬身何处，我只求陪你直到末路。月已残灯已尽，夜黑人模糊，这一生因为爱你才清楚。"

我艰难地唱着，虽然满面泪水，但是我做到了！边宇，你听到了吗？

这一刻，我在人群中看见一个渺小的身影，是莎莎。她双手合十为边宇祈祷，悔恨的泪水布满在那张净白的小脸上。边宇，你感受到莎莎的忏悔和祈祷了吗？

同学们在操场上点起一个个心形蜡烛，双手合十为边宇祈福。我感动至极，就算唱到抽泣也绝不能有所停滞。

最后，边宇的好友纷纷上台："边宇，你是我们大家心目中永远的英雄！""边宇，好兄弟！""边宇，加油！"大家齐声合唱《真心英雄》："在我心中，曾经有一个梦，要用歌声让你忘了所有的痛。灿烂星空，谁是真的英雄，平凡的人们给我最多感动……用我们的歌，换你真心笑容，祝福你的人生从此与众不同……"台上虽都是热血男儿，但此时此刻，也抑制不住悲痛的心情，流泪挥手齐唱。

我握着话筒，泪流满面地，冷静地说："我们怀着最最悲痛的心情歌唱你，希望你听到我们的祝福。《Goodbye》，雪狼和我们，用最虔诚的心来送别你。边宇，Goodbye！"

"I can see the pain living in your eyes……"（我能在你眼中看到痛苦，而且我知道你曾艰难地尝试过……曾经对于我的生活你意味着全部，我不想让你失望、我不想控制你、我不想妨碍你，去你本来属于的地方……比起看着你哭，我宁愿伤害我自己。我不确信我值得，失去你对我是痛苦的……它伤害了我们两个，除了说再见没有其他办法了。）

最后一首歌，来自你生前的最爱《一路上有你》。边宇，我们的一路上始终有你，你的身边，永远有我们的陪伴！场下的同学冲了上来，大家相互环绕手臂，并肩歌唱："一路上有你，苦一点也愿意，就算是为了分离与我相遇。一路上有你，痛一点也愿意，就算这辈子注定要和你分离，就算只能在梦里拥抱你！"

所有人齐声："我们永远怀念边宇，再见了！"大家手里拿着一只白色的氢气球，写满了对边宇浓厚的情感。所有人同时放开手中的线，数百只氢气球缓缓地飘向黄昏的空中，形成了一幅美丽的画面。我们抬头仰望天空，双手握拳为边宇祝福。

而这些感动的画面，被全部拍摄下来，做成一张"永远怀念边宇"的光碟，珍藏在每个人的心里。

边宇，Goodbye！如果有来生，我们还要在这里相见！

用我的面容还你的魂魄

经过几天失眠的日子，我终于在痛苦与疲劳中昏睡过去。我累了，身心疲惫。

半夜，我做了一个可怕的梦。梦见一个穿白色衣服的巫师对我说："你们的日子太幸福了，对于那些清苦和饱受磨难的人们来说不公平。""我们只不过想好好生活、好好爱别人，难道有错么？"

"你们要的太多了，所以，我要从你们的幸福中抽掉一点。""你抽掉的哪是一点，是一个人的生命啊！你有什么权力这么做？太残忍了！""你是希望你爱的人变成植物人，一辈子不醒来，这样你就可以永远看到他了？还是希望他没有痛苦地离开，然后你们活着的人痛苦一辈子？"

"你真可笑！他的生命不是我给的，我没有权力支配他的人生，更没有权力来决定终结他的生命！难道你没有良心吗？"这时我发现，巫师用黑色的帽子遮住头，原来他没有脸。巫师手里捧着一颗扑通扑通正在跳动的心。"这是谁的心？""是你心上人的心，你看它还在跳动，还有生命力。说明，他根本就不想死。"

"他的人生才刚刚开始！你怎么可以这么残忍地夺走他的生命？""你很伤心对吧，你们还没爱够，他就要离开了，你的心情我能理解。""是，我们很相爱，可我再也见不到他了。我真的很想他，很想再见他一面！"

巫师问："如果你真想再见到他，唯有一种方法可以实现。""什么方法？""有些残忍，要破坏掉你身上的一部分。""没关系，拿走我身体上任何一样东西都可以！你都残忍地夺走了他的生命，破坏我身体的一部分又算什么！你甚至可以结束我的生命来换回他的生命，这都没问题！"

巫师说："只可惜，结束你的生命也救不了他。唯一的办法就是毁掉你的容颜，用你的血泪还他的魂魄。只是这样，他不会再爱你。你愿意吗？"我哭着说："我愿意，我愿意！只要他能够活过来，怎么样都可以！只要让我看到他，哪怕一眼也行！""既然你可以做到，那我就要拿走你美丽的容颜了。""好，我做好准备了，来吧。"

一束刺眼的亮光扫过我的眼睛，只觉得天旋地转。晕眩过后，我摸自己的面容，一片血肉模糊。我哭着对巫师说："我的面容已经毁了，能让我看到他了吗？"他什么也没说，只是诡异地对我笑。

"你在说谎，我根本就看不到他，他在哪里，在哪里？"巫师没理会我，渐渐消失了。"你出来啊，你让我看到他，你出来啊！"我歇斯底里地嘶喊，"你把他带去哪里了？把边宇还给我，还给我啊！边宇！你在哪里，你到底在哪里？"

我到处乱窜，跑到一片森林中，灌木丛林让我迷失了方向。突然电闪雷鸣，瓢泼大雨洒了下来。雨水淋湿我的全身，也渗透了我那血肉模糊的脸，只觉一阵火辣辣的疼痛。

经过一个水坑，我弯下身去洗手，却从倒影中看见了自己诡异的脸。它已不成形，血肉粘连，坑坑洼洼，惨不忍睹，甚至还能看到白色的蛆虫在我的脸上肆意蠕动。

"啊——啊——"我大叫道，用双手拍打眼前的水坑。我疯狂地乱跑着，像个没头苍蝇。跌跌撞撞来到了沼泽地，踏在过膝的泥地，我缓慢地向前挪动沉重的双腿。不小心，整个人摔了下去，脸上全是厚厚的泥浆水。

腿被扭伤，我只有一步步艰难地向前爬移。到了岸上，我用杂草擦去脸上的脏水，不断呼唤边宇的名字："边宇，你在哪里，你到底在哪里？求求你让我看到你，求你！"

突然，身后一个声音轻声说："我在这里，珈，我在这里！"我四处寻找声音的来源，终于在草丛中摸到一块很大的石头。"我找不到你，你在哪里？""我就在这里啊，在你的手心里。"我望着手中的石头问："边宇吗？你在哪里？为什么我看不到你？""你看不到，因为我已离开人间去了天堂。你要保重，要好好活着，幸福地活着。这辈子虽然我不能再爱你了，但是会有更多的人代替我来爱你！"

"不要，不要！我只要你，只要你边宇！你出来和我见面，就一面，我求你了！""你见不到我的，但我在天上可以看到你，我会保佑你。不要伤心，我不值得你为我流那么多眼泪。我希望你幸福，保重！""边宇，边宇！你出来，你出来见见我嘛，你忍心丢下我？你不在了，我怎么能够幸福啊！边宇……"

手中的石头在我的视线中一点点消失了。阴霾的上空，依旧瓢泼大雨。我向天空呐喊、咆哮，却再也唤不回边宇的影子，空中到处飘荡着哀哭的回音……

醒来时，脸上已是一片模糊。我摸摸自己的脸还在，手心里全是透明的泪水。梦醒了，边宇走了，只剩我一人。

你走后的那些日子

你走了以后，我几乎天天以泪洗面，把自己关在房子里谁也不见。唯一做的事情，便是看着你的照片默默地哭。坐着哭，站着哭，躺着哭，趴着哭。双眼哭红哭肿，直到疼得睁不开。

我不知道除了流泪，还能用什么方式来悼念你。

哭，已成为我失去你后唯一的发泄方式。

我找寻着边宇的影子，走在我们曾经一起踏过的痕迹。校园的教室、图书馆、体育馆、操场、食堂、凉亭……我还去了沿江路的酒吧街、游乐园、电影院、书店、饭店、KTV……那里似乎还有你的影子，还有我们那没走完的五分之二。

我走在你走过的地方，呼吸着没有你气息的空气。憋闷的盛夏快要将我吞没，我感到窒息。我在没有人的包厢里唱歌，唱你最喜欢的歌，一首一首唱给你听。唱到不能呼吸，泪水决堤。我的姐妹们就这样在外面默默地等我。

我来到我们最爱的茶餐厅，点你喜爱的小吃，当然，还有你的滚水蛋。我一直猜不透你为什么喜欢吃那玩意，在我看来，你和小野人没什么两样。我总是这样嘲笑你，然后你瘪瘪嘴，很惬意地喝了下去。

可是很抱歉，我根本没法吃下一个用开水浸泡的生蛋。面对镜中憔悴不堪的脸，和先前健康、快乐的我判若两人，我也很讨厌这样的自己。

回想过往，我是真的快乐，我的青春被你占有。四年时光，我用八分之一的时间关注你、思念你，其余时间全部拥有你。四年后，我将用尽我余下所有的时间来悼念你，以我的那四年光景为你陪葬。

又一年的栀子花盛开后，一切都已物是人非。

接下来的这些天，我几乎吃不进什么东西。做医生的妈妈直觉很准，我终于在忙完这些事情后彻底病倒了，高烧不退。

三天三夜，我只是喝了些水，吃了两个鸡蛋。因为我一看到食物就会感到恶心，继而跑到洗手间狂呕一番。当然，是没有什么实质性的东西可以吐出的，只是一些黄水而已。我的胃被抽空了，却仍然没有半点饥饿的感觉。

妈妈从医院带回生理盐水，在家为我挂大瓶。我实在不喜欢那股难闻的消毒水味，到了那里，会莫名的害怕。在我精神最低落的时候，家人没有离开过一步。

几天后，我的病情有所好转，烧退了下来。

晚上，我终于感到饥饿。妈妈为我热了饭菜，我拿起饭碗，鼓足了劲，往嘴里大口大口地扒着米饭。

"宝贝，慢点，别噎着。"我含着眼泪，直到自己的嘴巴被鼓得没有一丝空隙。我想使劲往下送，喉咙口却像被堵住了。我一阵恶心，去洗手间将刚才吃的食物全部吐了出来。

"孩子，没事吧？别吓妈妈，吃不下就不要强撑了，这样反而没好处。""妈妈，没事，我可以吃下去。"我洗了脸，重新回到餐桌上。拿起饭碗，又把饭拨进嘴里。没想到吃了几口，又感觉恶心，只能再次吐掉。

我哭着说："妈妈，对不起，我真的很想把饭吃下去。可我越想吃，就越是吃不下。对不起妈妈，让您担心了。""我的孩子，你这样，让爸爸妈妈多着急啊。心理有问题，生理也会跟着有问题。珈珈，你一定要坚强起来！""妈妈……妈妈……我心里难受啊……"

母亲把我抱在怀里："妈明白你，都明白……无论遭受什么样的痛苦，爸爸妈妈都不会丢下你。记住，人这一辈子，不可能永远一帆风顺。你要学着长大，学着面对世事。很遗憾，边宇离开了，但你不能放弃对生活的信心，不能丧失一个年轻人该有的活力与精神。只有你得到幸福，才是对边宇最大的宽慰。你经历了这么大的挫折和磨难，你会比别人成熟得更快，会变得更坚强和勇敢，也会更珍惜身边的一切。这就是人生。"

我想，我是该学着如何长大，学着更勇敢、更坚强，学着如何接受眼前的一切。我不要让爱我的人再为我担心。

我开始努力吃东西，在其他女生绞尽脑汁想要减肥时，我会在半夜抱着雪糕、巧克力、糕点猛吃，所有的甜食我都"乐此不疲"。

真的不是我喜欢吃，而是吃了这些甜食后，心里或许就不会那么苦涩了。如果还能把牙齿吃出蛀牙，那是最好。因为牙疼不是病，疼起来却要人命。那种钻心的疼痛，会让人想死。这样，可以让我忘却心里的伤痛。因为，那同样是致命的。

结果，我吃了将近一个月的甜食，蛀牙没有长，思念却像根刺一样在我的心里肆意疯长起来。我也终于醒悟，原来很多事真的是有因果报应，原来很多话真的是不能随便说出口的。

记得边宇在他的生日上，和我连说了三次"死"。虽然，他都是想极力表明对我的态度。是不是早期一句无心的话，注定了将来就要付出沉重的代价？而误会和不解，也注定了两个相爱的人，天人永隔。愧疚与懊悔，这辈子注定要在我的身体里驻足。我又该拿什么来偿还你，我的亲密爱人！

边宇，我把有关你的一切全部装进一个大箱子里，你送我的礼物、你的物品、我们共同的物品，还有对你那不能言说的思念与悲痛，通通装进去，从此尘封。而对于电脑里的那些回忆，对不起，我没法删除。我把它们全都放在一个很隐蔽的文件夹里，好好珍藏起来。也许等有一天，当看着你的相片，回忆我们的往事时，我可以学着微笑。可是现在，很抱歉边宇，我做不到。

还有这枚戒指，上面承载着你的血、你的泪、你的爱、你的誓言，还有，我的悔。妈妈说，去的人的东西最好不要留在身上，不吉利。可我真的很想把它戴在身边，就像你不曾离开我一样！这样，我就可以天天看到你，天天守着你的爱与誓言。

最终，我还是摘下了它，和那些物品放在一起。它们代表了我对你的思念与爱，永远在那里，静静地陪我成长。

你活在天堂，我暂居人间

我来到学校旁的那个路口，那个事发地点，是我这辈子永远的痛。

我在原地哭着为你哀悼！我也终于了解到，这条多事的丁字路口，此次是今年第 18 起交通事故，正好与你事发的日期吻合。最让人震惊的是，原来我们最初就是在这条路上牵手的！

2004 年 4 月 25 日，那天的"车祸"，让我和你的手再也没有分开过。我还特意把这一天称之为"重生"。2007 年的 5 月 25 日，你撒手人寰。我们牵手在这一天，永别竟也是这个日子！

看到这些触目惊心的数字，多么残忍和讽刺。虽然，肇事司机以交通肇事罪被依法判了三年刑，也因此赔付了一笔数目不小的费用。可拿着这些钱又有什么用？他就是坐上一辈子的牢，也无法挽回边宇年轻的生命了。生命的代价，又有谁能够承担得起！

我也终于相信"生命无常"这个道理，有很多事，真的是命中注定的。

2007 年 6 月 28 日，这一天，我们毕业了！当学士帽抛向空中的那一刻，我在心里哭着和你告别。这些欢声笑语中，从此少了一个最精彩的人。

一个暑假，我由标准的 100 斤体重迅速降到了 90 斤！轻了整整 10 斤！我不主动和外界联系，不做感兴趣的事，唯一的事便是心痛地思念你、悼念你。看到我这样瘦弱不堪的身体，你应该会很心疼吧。

而如今，我只能躲到一个没有你的地方，以为从此可以忘掉你。可没想到，命运如此捉弄人，它竟颠覆了我整个人生！你刺痛了我原本就没有愈合的心，创口再一次被撕开，比原先更深更大。那是一种怎样的疼痛！疼到肉里、疼到骨头缝里、疼到血管和神经里，疼得我快要窒息！你是个彻底的混蛋，让我哭你到死！

你赢了，而我却惨惨地输给了你。你带着那个化身来报复我，报复我的脆弱和愧疚。我已经逃离得那么远，但还是被你找到了。你一再纠缠我，用你的死来惩罚我！我惹不起你，注定也是躲不起你的。

你下手太恨，让我不堪一击就碎了。你让我觉得，我欠你的太多，还的太少。在你下葬的那一刻，你就知道我的心已随着你的灵魂一起被掩埋和下沉。从此，你在天堂那方享受别样的生活，而我，却要带着没有心的躯体游走人间，孤独一世。

你是富有的，我却是贫贱的。我知道，此生都不能救赎自己的灵魂。死去的人是解脱，活着的人更痛苦！

我知道你在看我，我哭了，而你却笑了。

你是天使，而我是凡人，我们怎能相提并论！你的离去让我觉得自己有多平庸，你的境界是活着的人无法超越的。上帝恩赐于你，使你免除活在人世的困苦。你那里的平静与安详，是否也有我的一半寄托与思念？

我是你的谁

而现在，我又失去了一个最心爱的人。

我的手机 24 小时开着，生怕漏掉了梓健的来电。终于，我在傍晚接到魏波的电话："梓健和我在一起，我们在台球厅。""我能来看他一眼吗？就一眼。""暂时，不要让他正面看到你。"

我来到台球厅门口，躲在柱子后，透过落地的透明玻璃注视梓健。他没有笑容，表情凝重，不说话，只是一味地打球。我拨了号码，梓健从兜里掏出手机一看，停顿会，把电话放在一边，没有再理会。

我想再看清他一些，我不想永远这样，只能在背后偷偷摸摸地注视他。穿过柱子，梓健一抬头，意外地看见了我。我们一里一外对望着，彼此红了眼眶。

许久，他背对着我，继续打球。

散场后，梓健走出来。我叫住他："梓健！梓健！"他背对着我："怎么，还有事吗？""我们，能谈谈吗？""……算了吧。""你就真的不愿意听我说一句？""没什么好说的了，对不起，先走一步。"看着他远去的背影，我只有再一次把眼泪往肚里咽。

两天后，魏波告诉我，梓健又出差了。他留着梓健家的备用钥匙，想转交给我。到了门口，我用这把钥匙开启他的家门。用手触摸他的物品，每个角落似乎还有他的余温。拿起梓健的照片，心被刺痛。闭上眼，泪水掉落在玻璃镜框上……

我又重新投入到工作中，陪同亨利和大维先生去了杭州。三天，我们游走了西湖、断桥、三潭印月、雷峰塔……喝了龙井茶、吃了西湖醋鱼、东坡肉和叫花鸡。在断桥上并没有看到许仙和白娘子的浪漫身影，却看到了一个被遗弃的孤独倒影。

我不得不承认，和亨利在一起是快乐的。不全是为这些美景，而是他的笑容和真诚，打动了我那颗冰冷的心。看到亨利，我竟也能真心地发出微笑。

再次回到上海，自己的心也像被重新洗刷过一样，生活还要继续面对。

魏波告诉我，梓健出差回来了。这个消息让我再一次看到了希望。

我整理好心情，穿上他为我置换的新装，带上我为他精心准备的礼物。这一次，我会向梓健坦白一切，表明自己的立场和心意。如果他真的爱我，一定会理解我的。

我按了门铃，心跳得厉害。半分钟后，门开了，出现在眼前的不是梓健，而是一位衣着性感、打扮时髦的年轻女子！我愣住了，脑袋一片空白。她看了我一眼，然后转头对身后的梓健说："亲爱的，这是谁啊？"

梓健走过来，把手搭在那女人的肩上。他看了看我，转头对她笑着说："哦，是我的一个朋友。""是吗？那不请人家进来坐坐啊。""司徒，你找我有事吗？""梓健……她是谁？"我差一点哭了出来。

梓健低头顿顿说："你都看到了，还用问吗？"那女人暧昧地说道："亲爱的，你不敢说吗？那我和她说吧，我是他的女朋友！""梓健……你……"他低头不语。她挽着他的胳膊："实话告诉你吧，我和梓健其实早就认识了，在你之前，只不过一直没有告诉你。现在，你都看到了。"

我的泪水终于忍不住掉了下来，没有想到自己鼓起所有的勇气，看到的竟是这样一个结局。

梓健低头轻语："现在你都知道了，你走吧……"我含着眼泪说："不用你说，我自己会走！这辈子……我最大的错误就是认识了你！"我丢下手中的手表礼盒，愤愤地离开。

我万万没想到，我深爱的人居然欺骗我、背叛我！原来梓健一直都瞒着我，他和那女人其实早就在一起了。表面上口口声声说只爱我一个，结果呢？原来那天我去他家，他真的对我撒了谎！

梓健，你曾经说我较真也好、说我固执也罢，可我就是这么爱认死理。对于一切不纯粹、不透彻的事物，我没法做到睁只眼闭只眼。可是现在，我的较真全应验了。谎言让我觉得可怕，究竟哪句是真哪句是假，我已完全分不清楚。

这一次，我穿过马路、越过天桥、走过隧道，最后来到地铁站。曾几何时，我也是在这里和你相遇的。我真的太傻，竟然会爱你爱得迷失了自己。忘了其实你并不是边宇，你只是梓健，你和边宇不一样！也许爱上你，是个天大的错误！

这辈子，我们注定没有缘分在一起。感情，说放就放，如此草率和轻飘？也许在你眼里，我只是一个可以被随处安放的玩具！开心的时候你会捧着我，伤心的时候你会扔掉我。我就这样被你重重地摔在地上，疼得连起身的力气都没有。

来到酒店，面对亨利，我抱着他痛哭。他心疼地把我拥入怀中，为我擦泪、为我泡咖啡、为我讲笑话，甚至是为我扮演各种动物的模样……所有这些，都是为了能博得我的一笑。

这一刻，我甚至有冲动把自己送给他。如果他愿意，我不会介意。我为什么要天真地守着一份根本就不真实的爱情，守着一个根本就不爱我的男人！

亨利面对我，没有做出任何不尊的行为。晚上 10 点，他还是很绅士地把我送回了家。临行前，只是在我的额头上轻轻地给了一吻。

这一刻，我再一次心如刀割。

"自甘堕落"

既然和梓健没缘分，那我也没有必要再坚守一些东西了。原则，只是我伪装自己的借口，世上哪来这么多原则，物欲横流的社会中，没有那么多人会傻到坚持一切所谓的原则。它不顶用。我决定，放下清高的外表，去尝试一些看似不可能做到的事。

我在家中好好地洗了个澡，换上漂亮的衣服，梳了一个披肩卷发。坐在镜子前，为自己化了一个浓艳的彩妆。抹上金色眼影，粘上假睫毛，涂上过年买的深色口红，装扮一新。我不是去见客户，不是去吃饭聚会，也不是去酒吧跳舞，而是要去见一个人。他不是别人，他就是，刘明！

我打电话给他，说自己已经想通了，愿意和他见上一面。但地点由我来定，他满口答应。我在徐汇区的大酒店预定了一间豪华套房。我又打电话给阿欣，告诉她我一会要去的酒店和房间号。如果有什么紧急情况，请她帮我一把。阿欣一直追问我原由，我什么也没多说，只说去见位客人。

我来到酒店，带着墨镜冷冷地上了电梯。按下按钮，反光镜中看自己的脸，活像个女特务。此刻，刘明早已在房间翘首等候了。手指碰触到门铃的一刹那，我知道自己没了退路。

"呦，司徒，你来了！快进来。你今天的打扮可真迷人！"刘明看见我，就像狼看见羊，两眼不断放着绿光。

刘明转身给我倒茶："今天怎么想明白了？是不是发生了什么事？"我坐在沙发上："没什么，就是想明白了，想来见你。"刘明把杯子递到我跟前："呵呵，是吗？来，喝茶！""今天我是自愿来的，你就不用给我喝茶了。""呵呵，你还怕我把你迷倒吗？你不信，那我先喝了它。"刘明把杯中的茶水一饮而尽。

他坐到我身边，搭着我的肩："宝贝儿，我真的没想到，你今天肯主动约我。是不是那个小白脸和你吵架了？他要是对你不好，我帮你教训他！""和他没关系，是我自己愿意的。你不是一直想得到我吗？那今天，我就成全你。来吧。"我冷冷地说着，脱去自己的外衣。

"不对，这不是我认识的司徒，这不是你。""怎么？难道我还是别人吗？""你别骗我了，你哪会这么轻易主动上钩。该不会，是受什么刺激了吧？""你哪那么多废话？该做的不做，净说些没用的。"

"你看看你，人是在这儿了，可脸上，却没有半点情愿的意思。你是在赌气吗？""刘明，你还要怎样？我今天一个大活人都站在这里任你摆布了，你还不相信什么？房间是我开的，人也是我自己过来的，你还怕我会逃走吗？"

"好了好了，宝贝儿，别生气。我相信你不就完了吗，你看你的脸。"刘明用手轻摸我的脸颊，"只是，这让我觉得很意外。""意外什么？意外我怎么会做出这种决定，你一定认为我疯了是吗？那我告诉你，我清醒得很！""好，好，我不问你原由，我相信你就是了。""那还犹豫什么，快去冲澡吧。"说着，我从包里掏出一盒避孕套扔在桌上。

"哟，来真的啊，你连这个都准备好了。""你以为呢，你以为我今天来这里，假装和你周旋一番，然后再次逃走吗？那我来干什么？只是，我不想再当第二个董晓敏；或者，是更早的葛慧。我们说好了，今天是交换！我给你身子，你给我金钱。至于具体数目，你自己看着办吧。"

"没问题，我现在就可以给你开支票。你要多少，都听你的。""不急，你先去洗澡吧，我在这里等你。"刘明激动地说："我可以这样告诉你，你是我刘明所有女人里，唯一让我心甘情愿付出一切的，唯一的一个！"

我面无表情地站在那里，丝毫没有动弹。"呵呵，你这样，我倒是很不习惯了。""那你要不要？不要我走了。""好好好，你先看电视，我去洗澡，等我啊。"刘明在我脸上亲了一下，兴奋地进了浴室。我坐在床边，拿出一根烟点上。

下一刻，我要和原来的自己彻底说再见。过了今夜，我将不再是人们眼中的清纯女孩。我和那些沦落风尘的女子一样，血液里不再干净纯粹，身体内充满了肉欲的味道。我，不再真实。

我不是为了活口，更不是为了欲望，我舍去了自尊，难道就是为了报复一口吗？在我的内心深处，依然没人可以随意走入和践踏。哪怕从今夜起，我可以堕落地和男人夜夜销魂！

我慢慢将衣服脱去，只剩一件黑色的小抹胸，显出裸露的香肩与平坦的小腹。

烟燃尽没多久，刘明便光着膀子出来了，下身裹着白色的浴巾。"天啊，宝贝儿，你的身材真是太棒了，我太喜欢了！"他从身后用手围住我的腰，脸贴近我的颈项，嗅着我身体上发出的余香。我屏住呼吸，思绪从这一刻灭亡。

"你要不要去冲个澡？这样会很舒服，我也更喜欢你出水芙蓉的样子。""怎么，我这样不好吗？不够吸引你吗？""当然不是，你很美，真的。""那还等什么，来吧。"

我和刘明坐到床上，洁白的床单发出刺眼的光芒。这一刻，我想到颜晴、晓敏、还有阿欣。曾几何时，她们也是这样用身体来取悦男人的吧。得到自己的所求和对方的肯定，难道错了吗？脱下那一件包裹严实的外衣，裸露肉体与灵魂，这样才够真实。放下高贵的自尊与贞洁，其实人人都一样。

刘明搂住我的肩，把脸贴过来。我闭上眼，等待一场戏码的降临。

正当他想拥我入怀时，门铃响了。"谁啊？这么不巧！"刘明走到门口，"你找谁？""您好，我是服务员，有东西送给你。"

刘明转头问我："宝贝儿，你叫东西了吗？""你开门看看吧。"刘明打开门，一个熟悉的声音冲了进来："你是刘明吗？""是啊，你谁啊？""司徒珈是不是在里面？""哎你想干什么？""你给我让开！"是程辉的声音！还没等我反应过来，他已经站在了我的面前。

我惊讶地用双手挡住上身："哥，怎么是你？""司徒珈！你在干什么？"他立马脱下自己的外套包裹在我身上，"你疯了吗？你这是在做什么？""我……"

刘明拦住气急的程辉："哎，你是谁啊？你私自闯进我的房间，想要干什么？""想要干什么？我倒要问问你！""我和我女朋友开房，碍着你什么事了？""闭嘴！我现在马上要带她离开这儿！""你谁啊，有什么权力这么做？我看你……好像有点面熟，我们是不是在哪见过？你是司徒的朋友？"

"你管我是谁，我现在要带她走！""你不能带她走，她现在是我的女人！""你嘴巴给我放干净点，她永远不会是你的！""我现在可是买了她的，支票都在这里！""要钱是吗？好，我还给你！"

程辉拿出皮包，除了身份证和银行卡，掏出所有的现金扔在刘明面前："这些全给你，拿去吧！""你什么意思，你凭什么带走我的女人？"程辉上前指着刘明的鼻子："我再说一遍，她不是你的！我警告你，不许再接近她、不许再打她的主意！你再敢动她一根汗毛，我绝不放过你！"

程辉拉过我就走，我回头看刘明："对不起……刘总！""司徒珈，你……好小子，竟敢拆我的台！""信不信我扒了你的皮！""你要带她走，也得先经过她本人的允许！"

"她的人生，归我负责！"程辉甩下最后一句话，拉着我离开了豪华包房。

"给我上去！"程辉狠狠把我拖进车里。他的手劲很大，拽得我生疼。

程辉一脚油门飞快地窜了出去，再一脚刹车快速地停下。停顿片刻后，他满目愤怒地看着前方吼道："告诉我，他是谁？是谁？"我流泪了："他是我以前的老板，一直喜欢我。""你就这么不自重吗？要沦落到这种地步？"我跳下车："不要管我，不要管我！你为什么要救我？"

"为什么？"他拉住我的胳膊质问，"如果不是阿欣告诉我你在酒店，如果我晚来了一步，你就被那男人给糟蹋了！""那又怎么样，他出了钱的！"程辉摇晃着我的胳膊："你……你怎么会变成这样？疯了吗？你还是我认识的那个司徒珈吗？"

我哭着叫喊："是，我是疯了！我快被逼疯了！以前的司徒已经死了，你不要妄想还会看到她！""你为什么非要自暴自弃？为什么？"

"男人不是都想得到我吗，绞尽脑汁想尽一切办法要得到我，那我成全他们啊！不就是上个床吗，有什么了不起的！为什么别的女人做得到，而我就非要在那里傻装清高？你不是也一直喜欢我吗？暗恋了我那么久，你也忍得很辛苦吧？那你要我，你现在就要我啊！我给你，什么都给你！"说着，我拉开自己的外套。

"啪！"一个响亮的耳光打在了我的脸上。我怔住了："哥，为什么，为什么连你也不肯要我？为什么你们都不肯要我？"师哥红了眼眶，一把将我搂入怀中："傻丫头，你怎么那么傻呢？"

"哥……他不要我了……他真的不要我了……""一个梓健，把你折磨成这样！值得吗？""我爱他，我是真的爱他啊！可是为什么，他连一句解释的机会都不给我！""边宇已经把你的生活彻底打乱了，现在，还要让梓健再打乱你吗？""那我能怎么办？你告诉我，我该怎么办？"

这个时候，我终于不能再强撑下去，哭着向程辉讲述了到上海后发生的所有事情。这一次，我没有隐瞒其中任何一个细小的情节，一五一十地向他坦白了一切。

他心疼地摸着我的头，哽咽地说："傻瓜，你怎么会那么傻？发生这么多事情为什么都要一个人去扛？为什么都不和我们说？你一个女孩子，究竟要承受多大的压力？"

"我不想让你们再为我担心，我已经失去了那么多，我不能再连累了你们。""什么叫连累？""哥，为什么？我也在想为什么。为什么我一个22岁的女孩却要经历这么多，要承受这么多痛苦，这是为什么？"

"是他们不懂得珍惜，不是你的问题。""不，我有罪，我是个罪人！边宇、梓健、小雯、晓敏、芳芳……我，我害了这么多人，我是不是真像边宇母亲说的那样是个扫把星？所有和我沾边的人，都不会有好下场，都要吃尽苦头！"

"你在胡说什么，为什么非要把所有责任揽到自己身上？很多事情是大家预料不到的，是意外！""只是意外吗？要是当初没有误会边宇，不和他吵架，只要我再退让一步，什么事都不会发生了。我有罪！是我亲手杀了他！你闻，我的手上，到现在还有血腥味！你闻到了吗？我只要晚上一做噩梦，就整夜整夜地睡不着。即使我做再多的忏悔，边宇永远回不来了！"

我倒在程辉的怀里大哭。我是真的痛啊！

"因为这样，我背叛了我最好的朋友小雯，我对不起她；晓敏，她明明可以好好的，是我当初没有拉她一把，要不然也不会变成一个疯子；芳芳，又因为我的原因而走上不归路，她永远听不到我的忏悔了。她死得太冤了，她是替我死的！本来死的那个人应该是我，是我啊！你说，这不是报应是什么？是什么啊！"我抓狂地拉扯着程辉的衣服。

"你冷静点！一切都会好起来的，我保证！""不可能了，伤心的人伤心、离开的人离开、病的病、走的走……我，都做了些什么？"

接下来的几天，我除了白天正常的上班，晚上就泡在酒吧里买醉。我关掉电话，不想任何人为我担心，只身一人看这灯红酒绿的天地。那些两眼放光、喝得酩酊大醉的男人，看到我就像见到了猎物一样。我有时周旋、有时和他们嬉笑、喝酒，用这虚伪的脸蛋来遮掩内心的悲痛。如果他们真要对我不尊重，我会躲在女厕所里迟迟不动声响。等到人全走后，再偷偷出来。

但有一次我竟然大意地在吧台前喝醉了，被几个男人拉上车，然后带到偏僻的地方。我被吓醒，发现危险后，急中生智地说自己是艾滋病患者，因为到了末期，才会在酒吧买醉。那些表面嚣张内心却怕得要死的男人，听我这么一说，吓得魂飞魄散，立马把我丢下了车。我赤着脚拎着高跟鞋，一边哭一边笑，走在荒无人烟的马路上。

这一刻，我觉得如释重负。这一夜，你又把我灌醉了。

还　伤

　　亨利来上海半个月，没多久，就要和父亲回国了。细心的他看出了我眼里的忧郁，我清楚，他也想为我擦去伤心的泪水。可是我最爱的那个人，却不懂我！有时想想，要坚守一些东西太辛苦了，让人看不到头。

　　亨利对我说："愿意和我去丹麦走走吗？也许你到了那里，会发现不一样的人生。"我明白亨利的意思。对于他，我不是没有好感，若是没有现实的这些负担，我想，我真的会考虑随着他一走了之。

　　面对真诚的亨利，我只能给他一个深深的拥抱，比友情浓一些，比爱情模糊些。对不起，亨利。现在，我对你只有做这么多。

　　颜晴联系了我，她说后天刘明出差，让我做好准备，我满口答应。第二天，我来到精神卫生中心，再次探望了晓敏。如今看到她，状态比上次要好一些。至少，清醒的时候会认得我，而眼神，也可以关注人了。

　　见到晓敏，我又流泪了。

　　"司徒珈，你为什么又要哭？""晓敏，晓敏……"我多想告诉她，曾经在战线上一起共事过的芳芳，永远地离开了我们。

　　"晓敏，还记得芳芳吗？来这里看过你的芳芳。""芳芳？是不是那个戴眼镜的女孩？""就是她。""芳芳怎么了？""她……她以后都不能来看你了。""为什么？她也不喜欢我了？"

　　我痛苦地忍住情绪："不，她走了。""走了，去哪儿了？""她……去了一个很遥远的地方。""真的？芳芳也走了。一个一个都走了，都要离开我。""不是这样的，晓敏。""那，你会走吗？""我不会，我不会走，不会离开你……"

　　我只能抱着她，把心痛一点点往肚里咽。晓敏抹着我脸上的泪痕："你那位好看的男朋友呢，他为什么没有陪你一起来？"我趴在她身上委屈地说："晓敏……他……他不要我了，他不再爱我了！"

"怎么会呢，他不是对你很好吗？怎么会不要你了呢？""他离开我了，再也不理我了！""那，我去和他说，说你是个好姑娘。以前在公司我当众骂了你，侮辱你，让你下不了台。然后还处处为难你，可是你都没有责怪过我啊。你现在还来看我，关心我，给我送花，喂我吃饭。你自始至终都没有放弃我，这么好的女孩，到哪里去找？"

我惊讶地抬起头望着她："晓敏，你记得我了？你记得以前的事情了？""嗯，我记得。记得我们当初认识的时候，你是个刚毕业的大学生。你很美，人善良又真诚。我打心里喜欢你，想和你做朋友。"

我紧紧抱住她，心痛万分。原来晓敏当初是真心把我当朋友，她虽然多事，喜欢是非又贪慕虚荣，但从来都没把我当外人。在这一点上，我是愧对她的！

"晓敏，晓敏，是我小心眼了！如果当初我能从内心深处接受你，我一定会干预你。我会事事管着你，那你现在就不会变成这个样子了。""怎么了，我现在不好吗？我现在很好，还等着和海刚举行婚礼呢。他说我太瘦了，让我在这里安心把身子养好。这里很好啊，不用每天面对那些乱七八糟的人，就是吃饭、睡觉、看电视、逛花园，多好啊！等我把自己养得白白胖胖的，海刚就会来娶我了。"

"晓敏……"我摸着她那张天真无辜的脸，吻着她的额头。

晓敏，你放心，那个混蛋，我们会替你收拾的。你的仇，我们一定会替你报的。也为芳芳，还有那些无辜的人。晓敏，等我！

晚上回家，我打电话给阿欣。告诉她明天我们就要实施行动了，只要找到刘明确凿的证据就可以起诉他。而如今，阿欣也知道了我所有的事情真相。我让她不要为我担心，有把握的事，是不会出漏子的。

阿欣很不安："不对，我的预感很不好，觉得要出事，我的感觉一向很准。""那你帮我算算，明天，我们是否会成功？""不要去，不要冒这个险，不要把自己搭进去。"

"不可以的，阿欣。他刘明害了那么多人，我答应过自己也答应过颜晴，一定要亲手找到他的犯罪证据，他一定要得到惩罚！""有颜晴他们不就够了，你为什么还要去？""这是责任，敢于承担的人才是勇敢的。他曾经，也深深地伤害了我。"

"傻瓜，这种责任不是人人都能担当的，它不适合你。""没得选择，颜晴她不会害我，我们有把握。""还是算了吧，我觉得很不妥。""这样吧，明天你们在刘明别墅区的路口等我。如果行动成功了，我马上出来和你们会面。假如过了时间我还没有出来，你们再过来好吗？""明天，我，还有你师哥、老吴，都会一起来。我一个人实在不放心。""别担心，没事的。"

面对阿欣的担忧，我不是没有顾虑的。这是条通往地狱的路，充满了荆棘，但它的终点，一定是光明胜利的。

败　露

这一天，我和颜晴来到刘明的别墅内。这是我们的最后一搏，只许成功不许失败。

面对保安，她朝他微笑了下。开门后，我们如同上一次，穿上鞋套，悄悄地上了二楼。进了书房，我们关上门。颜晴小心翼翼地开启电脑，等待屏幕亮起。

颜晴输入一串用数字和英文组合的密码，当她按回车键，电脑却显示密码错误。

"怎么可能？我明明看清楚了，不会有差错的。""也许，是你按得太快了呢，再重输一遍吧。"颜晴又在按键上仔细地敲打了一遍，还是显示错误。

"怎么会这样？""再来一遍！别急，慢慢输。"颜晴将输入节奏放慢，一个一个字符仔细无误地按下去。结果，还是显示错误。

"不可能，我明明看得非常清楚。他的手法我仔细研究了很多遍，也在电脑上练习了很多遍，早就背得滚瓜烂熟了，不可能会出错的。你看。"

颜晴拿出备好的纸条，上面写着一串复杂的数字与英文组合的密码。我坐到电脑前，对照密码输入。连着三遍，全是密码错误！

"怎么会这样？"我们对望，眼神中同时露出了惶恐。颜晴疑惑道："莫非，他改了密码？""难道，刘明他……"正当我们忐忑不安时，门被打开了。

我俩猛地回头，是刘明！他缓缓走过来，脸上的表情，笑得让人可怕。"呦，稀客啊。我这房子，原来是会变魔术的。我一回来，就变出了两个大活人来，有意思。"

颜晴颤抖着声音问："刘明……你……你怎么回来了？""这是我的家，我为什么不能回来？""你不是……出差去了吗？"她的问话没了底气。"本来是要出差的，但我发现，有些事情没有完成，所以回来看看。"

"这样啊，那个……我和珈珈正经过你这里，想借几本你的书看，就过来了。没有动其他东西，你别多心。那什么……我们……就先走了。"我和颜晴使了一个眼神，赶紧往前走。

"站住！"一个声音把我俩定住，"这么大老远跑到我这儿来借书，多不容易。既然来了就坐坐嘛，何必那么急着离开呢。"

"我们还有事，先走了。"刚想出门，一个彪形大汉挡住了我们的去路："想走？没那么容易！"大汉关上门，把我们推了进去。颜晴："你们想干什么？"刘明加大嗓门："想干什么？我倒要问问你们想干什么！"大汉把我们推到刘明跟前。

刘明一屁股坐在电脑前："想看我的电脑是吗？好啊。"刘明麻利地输入一串密码，回车键一按，屏幕立刻亮了。刘明揪住颜晴的头发："你们不是要看电脑吗？看啊！"我上前："颜总！"大汉一把拉住我的胳膊。"你放开我，放开我！"大汉瞪起牛眼对我说："你给我老实点！"

刘明将颜晴的头按在桌子上，重重地砸下去："想看电脑是吗？我让你看，让你看！"他恶狠狠地盯着颜晴，"你就这么想看我的资料是吗？你还想知道什么？啊？"

"不要，不要！不要这样！"我哭着使劲摇头。刘明转过头指着我："一会再好好收拾你！"他凑近颜晴的脸问："你还想知道我多少秘密？知道我存了多少钱，做了多少事，然后想整死我对吗？""对！我就是这么想的，我想让你死，让你死！""可惜，你们对付我还嫩了点。来，按住她！"大汉一手拉住我，一手按住颜晴的头。

刘明走到一旁的书柜前，打开玻璃门，从一堆书中拿出了那个花瓶。我和颜晴对望，知道穿帮了。他当着我们的面，把花瓶重重地放在桌上。刘明指着它："这个花瓶，好看吗？"我们沉默不语。他吼道："我问你们，好看吗？"

我和颜晴弱弱地回答："好看。"他从里面拿出摄像头，对准颜晴的脸问："那这个呢？这个好看吗？"她不作声。刘明把摄像头扔在她的脸上："我问你，这个好不好看？"颜晴哭喊着："我不知道！我不知道！"

"不知道？你真的不知道？"他揪住颜晴的头发，使劲往桌上撞击，并给了她的脸一巴掌。颜晴捂住头："别打我的脸！""你当我是傻子吗，颜晴，你就是用这个看我的是吗？好，我让你看，让你看个够！"他拿起摄像头摔在地上，用脚使劲地踩下去，发出"咯吱咯吱"的响声。

"很好，要不是我发现这个小东西，我还不知道你会这样对付我。"原来，一次刘明进书房想找几本书，无意中打翻了花瓶，这才发现里面有个摄像头。他料到是颜晴在背后监视他。今天，刘明谎称自己要出差，好当场把她抓个正着。

我们低估了刘明，总认为还有一线生机。

"刘明，一人做事一人当。你把我怎么样都行，但先答应我，把司徒放了！""放心，我会放了她。司徒是我的心肝宝贝，我才舍不得呢。"刘明转过头对大汉说，"先把她带到我的房间，记住，不要太动粗。""明白。"

大汉一把抱起我进了刘明的卧室："给我老实点！""你要干什么？放我出去，放我出去！"大汉将我放在椅子上："你乖乖的，完事就会放了你。"

他在我的身上贴了胶布，然后把我和椅子捆绑在一起，使得我的手脚不能动弹。"你要干什么？快放开我！放开我！""马上，马上就会放了你。女孩子家，要有点耐心，温柔些。"

"我可以告你们，这下，刘明是罪加一等！""呵呵，消消气，你一定渴了吧？来，哥哥给你喝点水。"他打开一瓶矿泉水，凑到我的嘴边。我紧闭双唇："我不喝，你们不要妄想再给我下药！""下个屁药！你喝不喝？"

他扒开我的嘴，往里灌水。"噗……"我一口喷在大汉脸上，他瞪起眼珠抓住我的脸："小样，你别给我耍花样！要不是看在我们老大要你的份上，我现在就上了你！""你们去死吧，混蛋！""你再乱说话，我把你的嘴也封上。"

"你们不会得逞的，不会的！你们把颜晴怎么样了？怎么样了？""不怎么样！只是教训教训她，让她以后放规矩点，别再搞那么多花样！""今天我们就是死了，也不会屈服于你们这帮无耻的流氓，你们不会有好果子吃的！"

"妈的，你还真不老实啊。你个丫头片子，还威胁我？"大汉干脆把我的嘴也封上，摸着我的脸说："我看你这下还怎么叫得出来。"

刘明进了卧室："好了，你去书房盯着那臭女人，这里就交给我吧。""好的，老大。""哎，你怎么把她全都封上了，不是让你温柔点吗？""老大，这丫头乱说话，我干脆就……""行了行了，你去吧，盯紧点。"

刘明走到我跟前，把我嘴上的胶布撕了："宝贝儿，委屈你了啊。"我扭过头，大口喘着粗气："你到底想怎么样，你把颜晴怎么样了？""放心，她死不了，我只是轻轻地教训了她下，然后也像你现在这样喽。""刘明，你真够卑鄙！"

他蹲下，摸着我的脸："我原本以为，你只是个单纯的女孩。没想到，原来你也不简单啊，其实你早就和颜晴串通一气想来整我了对吗？很可惜哦，你们没得逞。""刘明，你以为你的逍遥日子还有多久吗？我们治不了你，老天会来收拾你的！"

"是吗？哈，那我倒要看看老天会不会收拾我。如果它真有眼，那现在就电闪雷鸣吧！来啊！"刘明伸开双手，"怎么样，没有吧，外面照样是阳光普照的好天气。小丫头，你要整我，还嫩了点。""你到底想怎么样？""没怎么样，趁着这个难得的机会，让我们来叙叙旧。"

刘明说着，从圆桌上拿过一瓶红酒："今天，让我们两个来好好喝一杯。"他在杯子里倒上一半，递到我面前。我转过头，紧闭双唇。"怎么，你还担心，怕我酒里再下药啊？呵呵，这次，我不用骗你上钩了，是你自己主动上门来的。勉强多不好，是不是？来，尝尝这酒的味道，很香呢。"刘明摇晃着杯中的酒。

"我不喝，我死也不会喝！""那我先喝了它。"刘明一饮而尽杯中的酒："怎么样，这下可以了吗？"他又倒了一杯："来，尝尝！"我紧闭嘴巴，不让他有可乘之机。"你不喝是吗？那我喂你喝啊，让我来伺候你！"他扒开我的嘴，把杯中的酒一股脑儿地灌了下去。我一口呛到，红色的酒液顺着我的嘴唇流向脖子里。

刘明看了看我："你还真是美啊！"他又倒过一杯，"来，美人，让我来喂你。"刘明喝进一大口，想把我的嘴巴再次扒开，我紧紧地闭上。"妈的，小样，还挺犟。你张不张嘴？张不张？"刘明硬是把我的嘴拉开，把自己嘴里的酒灌到我的嘴里。

"噗……"我一口吐在他的脸上，"下流！""妈的！"刘明抹了把脸上的红酒，将酒杯砸在地上，"你不喝，好，我让你不喝！"他拿过整瓶红酒，不由分说就从我的头上倒了下来。我的脸上、脖子里、身上，全是红酒。

"哈哈，我看你喝还是不喝，哈哈哈！"刘明像疯了一样，直到把酒倒光。"啪！"他把酒瓶一砸，顺势把脸贴上来，用舌尖舔我的脸和颈项。"这样的酒，格外好喝。""刘明，你变态，你变态的！""你说什么都是多余，今天，我一定要得到你！上次，被你那朋友得逞了。其实我也知道你并不是心甘情愿，你只是在赌气对不对？这一次，你可没那么走运了！"

刘明把我从椅子上松开，我的手脚还是被固定住的。他把我抱到床上，凑近说："啊……带着红酒的胴体，真是别具一格啊。"刘明把我的外衣拉开，手在我身上肆意地摸索着，我终于忍不住哭了出来。

"你哭什么，不愿意是吗？""不是，你把我绑得太紧了，我难受。""是吗？我也想把你松了，可是一松开，你就又会跑掉。这次，我可不会再被你骗了。""可是这样，你怎么得到我，只是看看吗？""哦，不，我会脱了你的衣服的，我会慢慢欣赏一番。其实，你本来就应该是我的。"

宁死不屈

"你要得到我，也不是用这种方法。既然上次都可以和你开房，我就没有什么做不出来的。你先把我放了，我们慢慢来。""你当我傻吗？我不会再让你从我身边溜走的，我要好好守着你！""其实我也想通了，如果不能反抗，那就学着接受。可你这样把我手脚绑着，我一点感觉都没有。我没有感觉，你会有感觉吗？"

"也是。不过，我还是不能相信你。""刘明，我要上厕所，我憋不住了。""怎么了，又想出新的花招？""没有，刚才那人给我喝了很多水，我现在想上厕所。我保证上完厕所不跑，我都听你的还不行吗？"

"其实你就是想跑也跑不远，我还是可以把你揪回来。"见刘明把我的手脚松开了，我缓了一口气。"谢谢你，如果把这么漂亮的大床弄脏了，多不好啊。""快去吧，我等你。"刘明怀疑地盯着我。

我看准门口，转身猛踢刘明的脚踝，上前开门出去。"妈的，我就知道你要搞鬼！"我赤着脚快速跑下楼梯。"给我站住！站住！"刘明和大汉从后面追了下来，他们一把将我抱住。"放开我，放开我！""早料到你有这么一手。把她抬上去！"

"你们放开我，放开我！啊——啊——救命啊、救命啊……"刘明和大汉把我扔在床上："这一次，你就是喊破嗓子，也没人会来救你了。""老大，我在门口守着，有事叫我。""知道了，她怎么样？""我把她的手脚还有嘴都封上了，没问题。"

关上门，刘明上来就给我两个耳光："想逃，我看你这辈子还逃得出我的手掌心吗？我最恨别人骗我，尤其是女人！跟我玩阴的，你还真不是我对手！"刘明猛地扯开我的衣服，肆虐地狂吻起来。

我用膝盖踢向他的要害处。"啊……你个臭婊子！"刘明捂住自己的下身，一把将我打倒在地。他把我按在床头柜上，紧紧抓住我的头发："敢跟我抗衡的人，你还是第一个。司徒珈，你就从了我吧！"

"呸，我告诉你，我从来都把你当敌人。别以为我什么都不知道！""那个臭婊子告诉你什么了？啊？""你以为自己做的事别人都不知道吗？纸是包不住火的，你不可能一直得逞下去！"

我从背后摸到一块碎玻璃，刚才刘明把酒杯和酒瓶砸了一地，这个是我目前唯一能用的救命武器。他死死抓住我的头发，把自己的脸埋在我的胸口一阵乱吻。"怎么样，还服不服我？""我不服你，永远都不会服你！我恨透了你，恨不得你马上去死！"

屈辱的泪水夺眶而出，我已做好了准备，我宁可死，也不愿被刘明污辱。下一刻，我将结束我所有的使命，去天堂和边宇会合。亲爱的，你等我，我就来了！

"好，你想得到我是吗？可以。那么，先让我变成鬼再说！"刘明不解地问我："你说什么？""再见，刘明！"我朝他微笑，笑得很灿烂，很好看，眼泪顺着眼角慢慢流下来。

我把手放在背后，心里默念道："边宇，我来了……梓健，永别了，对不起……"我右手拿着碎玻璃，就这样划过自己的左手腕。只轻轻一下，顿时感觉有东西流出。我靠在床头，没有说话，只是笑着看刘明。

"你怎么了？司徒！"我感觉晕眩，眼前变得模糊起来。我好像又看见边宇温柔的脸在对我笑。边宇，这次，我是真的来陪你了！

"司徒珈，你怎么了？司徒！"刘明拉过我的手大喊道，"天哪！你这是在做什么？"他慌乱地把手按在我的手腕上。我绝望地对着他笑，轻轻地说："刘明，这下，你满意了吧……"

"司徒、司徒！你别睡、别睡啊……"渐渐的，刘明的声音离我越来越遥远……

崩　溃

等我睁开眼，又一次躺在医院的病床上，左手腕上裹着一层白色的纱布。"珈珈、珈珈，你醒了？""司徒珈，你感觉怎么样？"眼前好像浮现了很多人，颜晴、阿欣、师哥、肖薇、老吴、亨利、魏波……还有，梓健！

颜晴懊悔地哭着说："珈珈，你怎么那么傻呢？我对不起你，对不起你啊！"我虚弱地说："颜总，你说这些干什么。他有没有把你怎么样？"颜晴的眼睛和嘴角有明显的乌青。

"他打你了？""我没事，一点小伤。你流了很多血知道吗？把我们吓死了。你为什么要这么做呢？""我就是死，也不愿屈服于他。"

"真的对不起，早知道事情会败露，我根本不会叫上师。就算失败了，也是我一个人的事。没想到把你连累成这样，真的对不起！""没事了颜总，我不是没死吗？只是，我们的计划泡汤了，泡汤了……"

"你想把我们大家都吓死吗？做这种傻事！"阿欣责怪道。"对不起阿欣，让你们担心了。""傻丫头，不要再让姐为你担心了好吗？求你了！"阿欣握着我的手哭着说。

"对不起，对不起！我让大家担心了。"只见程辉和梓健冲出门，外边传来打斗的声音。颜晴低下头："刘明在外面。"我知道，程辉和梓健在教训他。只是，梓健怎么会出现的？他不是不要我了吗？难道是我出现了幻觉？

阿欣问："要报案吗？"我看看颜晴，摇了摇头："算了，都过去了。"我知道一旦报了警，所有的事情都会抖搂出来，颜晴也不会有好果子吃。毕竟，她随着刘明做了很多错事。

阿欣大叫道："你就让那个混蛋一直逍遥法外下去？他把你伤害成这样，你还能原谅他？""我承认，我非常恨他。但是现在，证据还不足以让我去指证他。报仇的方式有很多种，不一定是用控告。"

颜晴凑到我耳边，流着泪说："珈，你放心。迟早有一天，我会替你和我自己报仇的，为所有的人报仇。一定会有这么一天的！""颜总，答应我，为了你自己，不要再错下去了！算我恳求你！"

"你好好休息，我先回去了，还有很多事要去处理。"我和颜晴分开的那一刻，我清楚，过了今天，她再也无法在汇意待下去了。望着她孤独的背影，我心痛。这一次，她和刘明彻底崩了。

阿欣凑到我的耳根："宝贝儿，梓健来了，他来了！""他怎么会来的？谁让他来的？"我的眼里淌出憎恨的泪水。"是我和程辉打电话告诉他的，他知道后马上赶过来了。""你们让他来干什么！让他来看我出洋相，看我的丑态吗？""你刚才都那样了，怎么可能不叫他啊！"

　　程辉和梓健进来，他们摸摸自己的手，一定是打疼了。师哥走到我身旁："珈珈，你怎么样？那个混蛋，被我们教训了，他再也不会出现了。我保证，我保证不让任何人再来伤害你！你看，梓健来了，他来了！"我哭着说："哥，为什么要叫他来，为什么啊？"

　　梓健趴在床前，握住我受伤的手："对不起，对不起，珈！是我不好，都是我的错！是我的绝情害了你。我现在什么都知道了，我全都明白了。我向你道歉！你打我，你打我啊！"

　　我用力甩开他的手，转过头去，眼泪屈辱地流进嘴里。"你走！我再也不想看见你了！""你受了那么多苦，为什么都不和我说？我再也不生你的气，再也不会离开你了！"梓健把我的手贴在他的脸上，我又一次愤愤地甩开。"我说，我让你走！你现在马上离开这里，永远不要来见我！这辈子，我都不想再见到你了，你走吧！"

　　"珈，我不会离开你的，绝对不会再离开你了！"我的心被撕碎了，恨意充满全身。这个让我痛彻心扉的男人，在我最伤心的时候误解我、重伤我、离开我、打击我，在我的心上划了千刀万刀。把我打得遍体鳞伤，然后再来假装好心帮我抚慰伤口，算什么？我的心里，现在只有恨和绝望。梓健，你把我害得好苦！

　　我朝他吼道："我让你走！走啊！我不想再看到你了，永远不想！你走、你走！你走啊！"这个男人要把我逼疯了。

　　梓健上前压住我的身体："司徒珈，不要这样！不要！请你冷静点！求你！"看见他眼里的泪水，我的火更激烈地蹿了上来，意识完全不受大脑控制。我猛打他的脸和身体，嘴里喊着："啊——啊——走啊——你走啊——"

　　程辉和阿欣上前压住我："珈珈，你冷静点，冷静点！你在挂瓶！""让他走，让他走！走！走啊！"我乱哭乱叫，盐水瓶被我扯到了地上，摔个粉碎。我知道，自己已经崩溃。

阿欣慌忙叫护士过来。程辉说："梓健，你先到外边等会吧，我们来和她说。"梓健痛苦地走了出去，我知道，他也崩溃了。

懂 得

医生进来，护士为我再次挂上大瓶。"病人情绪很激动，她现在很虚弱，需要好好休息才对。千万不要再刺激她，以免想不开再次发生意外。"

我哭着说："医生，我不是想不开，我是没有第二条路可以选择了。""那还不是想不开吗？你好好的一个姑娘，应该有灿烂的阳光人生。要开心才对，为什么要想不开呢？任何事情都没有过不去的坎，生命大于一切，要好好珍惜才是啊。"

阿欣抚摸我的脸："宝贝儿，你这是何苦呢？半个月时间，就进了两次医院。你就要让我们这么担心是吗？""欣姐……""两个人明明这么相爱，为什么还要互相折磨和伤害？"

"珈，梓健他没有怪过你。"程辉说，"所有的事情，他都知道了。"我转过头看着他："为什么，为什么要告诉他？""梓健，他应该知道这一切。""那是我的人生，跟他有什么关系？"

"其实梓健心里根本就没有恨过你。他只是一时想不明白，才不愿见你。选择暂时逃避，也是不得已的做法。"阿欣感概地说："是啊，你想想，换了任何人看到这样的事实，谁能够一下子接受？梓健的反应，那也是正常的。你应该让他有一个缓冲的时间，让他把问题好好想清楚。"

仔细一想，要是换了我看到那样的事情，我想，我也会当场崩溃的。也许，这辈子都不会再听他的解释，再也不会原谅他了。这个阴影，会伴随我的一生！

"那么那个女人呢？我在他家看到的那个女人！"阿欣说："你傻

呀，他痛苦成那样，哪还有心思找什么女人。"我不解地问："那我看
到的是什么？那个女人，说他们在我之前就在一起了……他骗了我，
他一直都在骗我！"

"哎呀，那是他为了气你，知道你那天会去他家，才故意上演了
一出美人计。""不可能，不可能的！""唉，你那时候去找他，他哪
有心思听得进去。都乱成一团了，他需要冷静后才能给你答复呀！"

"那还是我的错了，他这样对我，还是我的问题？"程辉忙说："不
是、不是！司徒珈你听好了，梓健，他自始至终都只爱着你，他没有
变过心！他很后悔，因为他不知道事情的来龙去脉，他不了解！现在
他明白了，包括你来上海后发生的每一件事，他都知道了。他没有想
到你承受了这么多痛苦和委屈，他很自责，很心疼你知道吗？"

"我不要他来可怜我！""不是、当然不是！""当听完我的遭遇，
他也觉得我很可怜吧，良心上过不去而已。""你怎么能这么想呢？梓
健都恨不得把那个混蛋给杀了，他不容许任何人来欺负你、伤害你！"

我心痛地说："可是哥你知道吗？伤害我最深的那个人，就是梓健。
任何人误解我、伤害我都没关系。可为什么偏偏是他？是他！""因为，
他爱你。所以，他才矛盾、才心痛。你们那么相爱，没有理由解不开
这层误会。"

"也许，这都是注定的。""不要那么偏激。刚才是梓健帮你输的血，
他都快急疯了。""他给我输血了？""对，你知道他在懊悔的同时和
我说了什么吗？"

梓健站在医院走廊，对程辉说："师哥，我虽然是司徒珈最深爱
的人，但却这么不了解她，还以为自己很懂她、很理解她的感受。我
不知道，真正的爱其实是去懂一个人，去悟对方的感受。只有懂了一
个人，才能够投入地去爱，这样的爱才完整。"

"你已经做得很好了。"程辉拍拍他的肩膀说。

"不，我还远远不够。我不能真正走进她的心里，是因为在关键

时候不够包容她、不能体会她的感受。我看出了司徒眼底的那些忧伤，但却从没问过这些痛苦是怎么来的。我和你比起来，相差太多了，远不如你懂她。我们之间最大的差别，便是宽容。你可以包容所有的一切，甚至是爱情。可是我，为了得到所谓的尊重和占有，小心眼的爱让人发指。这样狭隘地去爱一个人，我觉得自己很悲哀。我真不配拥有她的爱……"

程辉缓过神来，郑重地对我说："所以，你要给梓健一个机会。不，是给你自己一个机会，一个留住他的机会。不要再像以前一样，为了误会本身，而痛失自己心爱的人，不值得！你现在很虚弱，先休息吧。等睡醒后，好好和他谈。梓健都在外面，他会一直等你。"

其他人一一安慰我后，离开了病房。

把我当成他的影子，让我代替他来爱你

再次醒来时，梓健握着我的手，周围没有其他人。

"珈，你醒了？人还难受吗？渴吗？喝点水吧。"梓健帮我喂了开水，"你看你的脸那么苍白，想吃东西吗？"我摇摇头，皱起了眉头："你身上的味怎么那么重？抽了很多烟吧？""哦，我在门外一直抽烟来着。""好难闻啊。""对不起，我去洗洗手和脸，你等我啊。"

再次看见梓健，他把脸洗干净了，嘴角的胡渣却很是明显。和从前一样，只要他一有心事，就会变得很颓废。当然，都是因为我。

梓健握着我的手，放在自己脸上。他流泪了："珈，给我一个机会，让我真诚地为你道一次歉。对不起，我误会你了。我什么都不明白，就这样不分青红皂白地重伤你。我对你所说的那些话，不是出自我的真心。我当时被气晕了，也不知道那些混蛋话怎么会被我说出口的。我真该死！现在，允许我收回以前说过的错话。你就当……就当是一只疯狗在说废话，不要去在意它，好吗？"

"可你是人……""人也有犯错的时候,而我却犯了一个非常低级、不可饶恕的错误。我真没脑子,我不配得到你的原谅!"

"你为我输了血,不要以为我会感激你。我死过一次,照样可以死第二次。到时候,还会有别人给我输血,还会有第三个人的血液流进我的身体。我可以告诉你,你并不是我的唯一。""你怪我吧,你怨我吧!你骂我,我会觉得心里好受一些。""骂你,不足以表达我现在的心情。"

"我要向你说明,我只是一时没想明白。我很矛盾,所以没有接你的电话。我怕看到你,会不知所措。因为爱你,所以无法理解。我知道你会来找我,因为不想再矛盾,就找了哥儿们的女朋友来帮我演了这场戏。其实我根本就没有其他女人,我只有你一个。"

那天,当魏波告诉梓健我要去找他时,他矛盾极了。为了想暂时避开我,就出此下策找了个"替身"。当我看到他们在一起的情景后,梓健的内心万分痛苦。我夺门而出后,梓健痛苦地坐在沙发上,两手抱头。

梓健伸出自己的左手:"珈,你看,看看这是什么?"他的左手腕上,戴着那天我为他精心购置的手表。"我戴着它,连睡觉都没有摘下来。因为那上面,全是你的心碎声。我知道那天的行为重伤了你,伤在你身,疼在你心,也同样痛在我心。只是因为,我爱你!因为爱你,所以变得懦弱,懦弱到没有办法面对你,面对你的诉说,面对我们的感情。对不起,对不起,对不起……"

梓健的连声道歉,把我的心深深刺痛。"我是失败的,我不配拥有你的爱。我以为自己是世界上最懂你的人,可是没想到,远不如程辉了解你。""是,你当然不如师哥了解我。我和他认识五年,你能和他相提并论吗?"

"是,是,我没法和你师哥相比,更没法和边宇相比!和他比起来,我觉得自己很渺小。我给予你的太少了,我以为给你的是爱,其实全都是伤害。"我颤抖着声音说："你曾经，确实给了我很多的爱。你把我带到天堂，然后又狠心地把我摔到地狱。那些心碎的声音，你连听都不肯听……"

梓健抱着我的身子："我听，我听，我全都听！我听你说话，听你的心声，听你的责骂，听你的埋怨和唠叨，只要你肯发泄，我都愿意站在这里任你评说！""说不说还有什么意义。两个人的心要是不在一起，说得再多那都是徒劳，只会增添彼此的怨恨。"

"不会的，我愿意听你说的一切！到现在我才真正明白，最爱的，最想去珍惜的，往往也是最容易失去的。我不会再丢下你不管了，不会让你一个人默默地伤心流泪。我只要一想到你放下自尊来找我、恳求我，而我就这样在你面前冷冷地走掉，我就懊悔得要死。那么大的雨，你一直坐在那里等我！我真该死，真混蛋，我这样伤你的心！对不起！以后再也不会了，再也不会了！"

刹那间，我好像听到一个遥远的声音在对我说话。是边宇："原谅他吧，他并没有错。在真爱里，没有对错之分。给他一个机会，说明你们在感情的道路上又跨越了一个屏障。过了这个坎，你们会更加幸福。"

我慢慢地将手放在梓健身后，两人抱在一起痛哭。我紧紧抓着他的后背，撕心裂肺地敲打着。这一刻，我明白彼此是深深相爱的，谁也少不了谁。

"你承受了那么多委屈和痛苦，我竟然一无所知。我看到了你眼里的忧郁，可却从来没有问过你是为什么。""你不问我是对的，因为你尊重我。"梓健摸着我的脸问："告诉我，经历了那么多伤痛，为什么从来都不对我说？"

我痛苦地回答他："因为……因为我爱你……"我泣不成声，"因为爱你，所以不想连累你，不想让你替我担心；因为爱你，所以想每天看到你的微笑。你知道你的笑，让我如置天堂。你忧郁的眼神，像一把刀，深深刺在我的心上。看着你，都会觉得痛不欲生。"

我倒在梓健的怀里大哭，把我所有的伤痛、悲哀、委屈、怨恨，通通发泄了出来。

梓健真诚地望着我，摸着我的脸："珈，从今往后，你就把我当成他的影子！没关系，我不介意！很不幸，边宇离开了你。虽然，他这一生不能够再爱你，但并不表示从此以后你就得不到他的爱了。他走了，那么就让我代替他来爱你，好不好？让我安慰你那颗破碎的心，让我唤醒你沉睡已久的灵魂，让你重拾起对生活的信心、对爱情的渴望，好吗？"

我摸着他的脸："梓健，其实你懂我的对不对？""珈，从这一刻开始，你的身体里流淌着我的血液，我们就是一体的了。我们不分彼此，你就是我，我就是你。我们同呼吸、共命运！我再也不容许任何人来伤害你，我用自己的生命向你保证！"

第八季　　再见，青春

人始终要向前走，不可能后退或者重来。
不要再回望自己的过去，那只会妨碍你
前进的步伐。向前看吧！

多事的初春

在经历了生与死、爱与恨、误解与痛苦、矛盾与挣扎后，再次牵起的双手，如今紧握着，是一种别样的感动。我想，这辈子我和梓健都不会再分开了。我们收获了爱情、理解了爱情，更领悟了爱的真谛。

在梓健的悉心照顾下，我康复得很快。虽然手腕上还有个明显的伤痕，但是我已不在乎。比起死亡，这份失而复得后的感情，更让人为之沉重。

回到公司，面对亨利，我有种很难说清的感觉。亨利回国的前一天晚上，也许是触景生情，我竟然舍不得地哭了。

亨利给了我一个拥抱："没想到这一次来中国，我看到了你那么多泪水。虽然我不太懂你们之间的感情，但这对我的触动太大了。我很感动，同时也为你心痛。我不知道该怎么抹去你脸上的泪痕，因为我和你认识得太晚了吗，还是因为我不够懂你？如果可以，我也想成为那个为你抹去眼泪的人。我会接住你流出的每一滴泪，因为它们都是最珍贵的。你是天使，流下的泪掉在地上是会心碎的。"

"不，亨利，我真的舍不得你，舍不得你们。""很荣幸，你能那么真挚地对待我们之间的这份感情。只可惜，却没有你的那个他来得如此浓烈。"亨利，我多想告诉你，也许这就是上天的安排。它让我们相遇，但又无法跨越那一道深深的屏障。假如还有来生，我会努力尝试有你的天空的日子。抱歉，亨利。你永远都是我最要好的朋友，我祝福你。

他打开一个精美的礼盒："送给你。""还要送我礼物吗？""这是我父亲送你的礼物。"我打开一看，是丹麦有名的琥珀项链。"父亲说，他要送给中国最有缘分的姑娘。"我握着这份厚礼，久久不能自已。

在机场告别时，亨利悄悄问我："珈，你说我们还有机会再见面吗？""如果有缘，我们一定会见面的。""告诉你一个秘密。那次去杭州灵隐寺，趁你和我父亲谈话间隙，我去庙里求了个签。我问大师，他说，今年我会遇到生命中的天使。而且，那个女孩就近在眼前。只是，我们都要经历一番考验和磨难，最终才能相聚。你说，我该相信吗？"

我低头笑笑，没有回答。

和大维先生告别时，他告诉我，这次来上海还有一个目的，就是为了亲眼见一见儿子心目中的天使。或许，我们以后还会有缘变成父女关系。我笑笑，点头说："让上帝来做决定吧！"

亨利，假如真的还有下一次的见面……

送走贵客，我又投入到繁杂的工作中去。没有了亨利的笑声，似乎真的少了一些生气。我们依旧会在网上发邮件、打电话问候，当然，是在好朋友的范围之内。

颜晴从汇意辞职了，所有的业务及工作安排，全部交给新来的职业经理人打理。刘明和颜晴彻底没戏了，他说以后再也不想看见这个女人！公司的电脑及钥匙，颜晴全部被迫上交。

按规定，颜晴在领完这个月的薪水与奖金后，就要和在场的同事们告别。对外，他俩一致的口径是：颜晴有了新的去向和发展。而刘明对同事说的却是：这个小庙，再也容不下颜晴的勃勃野心了。

当颜晴拿着物品走出公司大楼时，回头仰望，自己在汇意的人生，从此是彻头彻尾地结束了。九年时光，在这一刻，终于画上了一个破碎的句号。只是，她得到了什么？除了这一堆出了汇意大门便成垃圾的资料，她什么也带不走。绝望中，颜晴看见曾经那张年轻美丽的脸，在对自己微笑。

　　还有，我们接到芳芳家人的消息，说他们在女儿房间的抽屉里找到一本日记簿。里面谈到了很多人，当然，也有刘明。对于那些不堪的往事，她清清楚楚地记录在了日记本里。从电脑中，也找到了许多在汇意时拍的照片。

　　而后，我们又得到消息：追悼会后，芳芳的家人把她的遗体移交给法医鉴定。在对遗体进行解剖时，法医发现芳芳生前曾发生过性行为，下身有被撕裂的迹象。在她的肠胃里，找到一些还未被消化干净的残留药物成分。经过多方证据结合，他们准备起诉刘明！

　　而颜晴，则勇敢地交出了那盒录像带。给警方的口供是：她和被告人曾是情人关系，因怀疑他有外遇，就在卧室里偷偷安装了摄像头，没想到竟拍到了他迷奸公司职员的镜头。颜晴也答应，届时上法庭，她可以作为第一有力证人为芳芳洗冤。

　　我、颜晴、还有梓健，在芳芳的墓碑前，上香鞠躬。我们有一个共同的心愿，就是早日让芳芳沉冤得雪。

　　这次与颜晴谈话，她算是彻头彻尾地变了。

　　"颜总，您终于想通了。在这次事发后，一切都变了。""不要再叫我颜总了，我早就不是什么总了，喊我颜姐吧。要不是芳芳家人能找到这些有力的证据，我还没勇气将这卷录像带公布于众。"

　　"颜姐，我相信你离开他后，能找到属于你的人生方向。""我决定，暂且不出国了。我不能逃避，我要面对。我准备和钟跃成立一家广告公司，从头开始我的人生。"

爱的收获

　　这天，阿欣让我去西餐厅吃饭，并嘱咐我要穿得漂亮些。我猜想，估计是她又有什么惊人的举动想要告诉我。

晚上七点，我如约来到西街餐厅。

"哎，宝贝儿，来了，坐这里。"阿欣帮我拉开椅子。"欣姐，今天是周末，店里怎么没有人啊？""谁说没有人？这里、这里、这里，不都是人，还有我，不是人吗？"阿欣指指一旁的服务员、吧台收银，还有厨师。"你知道的，我说的是客人。这个时间，应该是生意最好的时候，怎么好像一个客人都没有？"我惊讶地小声问她。

阿欣诡笑地为我倒了一杯酒："谁说的，你不就是客人吗？""可，那也只是我一个，而且你每次都不让我买单。你看现在店里冷冷清清的，这样怎么行，要亏本的。你和老吴怎么交代？这人工啊、水电费啊，不都需要钱，你怎么一点都不着急啊？"

"我当然不急，因为今天特殊啊。""特殊，怎么了？今天又不是什么节日。""谁说的，今天就是一个特殊的节日。来，点餐吧。""这不大好吧。你看服务员都站在那里，我一个人在这里大吃大喝的，像什么样子。不好不好，我还是不吃了。""别啊！今天，你就是这里的贵客！""我？""你就安安心心在这里享用你的烛光晚餐吧。""还说呢，一个人的烛光晚餐啊。"

"呵呵，你先坐会，我去下吧台。"阿欣离开后，餐厅的灯忽然暗下来。舞台中央响起了轻柔的音乐声，是理查德·克莱德曼的钢琴曲《梦中的婚礼》。现场弹奏得虽然有些拘谨和生涩，但能够听到久违的好音乐，我还是觉得很兴奋。

放眼望去，舞台中央的灯光由暗渐明，在那里弹琴的身影，是我最熟悉的人！是梓健！他坐在那里，微笑着为我弹奏乐曲。我顿时不知所措，捂住嘴巴，激动的泪水在眼眶中转动。

"《梦中的婚礼》，献给在座的司徒珈小姐，希望她年轻美丽、永远快乐！""小姐，您的牛排来了。请慢用。"当服务生打开盖子，里面不是牛排，而是一个精美的小盒子。我惊讶地望着它，再看看远处的梓健。

他走下来，手里拿着一大束粉色玫瑰。面前的爱人，穿着一身笔挺的西装，郑重地对我说："这束花，送给我最爱的司徒珈小姐！它代表着我深深的歉意和愧疚，还有我们之间那誓死不渝的爱情。"我激动地上前拥抱梓健。

他拿过小盒子打开，是一枚闪亮的戒指。"梓健……这是？""我祈祷，从此以后痛苦可以远离你。从今天起，再也没有伤心的眼泪，只有幸运和笑容陪伴着你。我希望，它能给你带来好运和幸福。"

梓健拉过我的手："我能为你带上这一枚幸运的戒指吗？"这时，阿欣、老吴、程辉、肖薇、魏波，他们拿着插满蜡烛的蛋糕出现在我面前，柔和的光照亮了每个人的脸。我惊讶地问："欣姐，你们……""亲爱的，梓健在向你示爱呢，还不赶快接受着。"

我不知所措地愣在那里。梓健深情地望着我："今天，我当着所有朋友的面，真诚地向你表示我的歉意。对不起！"我再也说不出别的话，只是不住地流泪。

"珈珈，快接受吧！""司徒、梓健，祝福你们。"我点点头，伸出自己的右手。梓健单腿跪地，把戒指戴在了我的右手中指上。他凑近我耳边："谢谢你接受了我的道歉。我答应你，过不了多久，我会把另一枚永恒的钻戒带在你的无名指上。你愿意吗？""梓健……"我们紧紧拥抱，大家鼓起掌来。

这一刻，所有的误会、责备与怨恨，通通消失不见了。我们拥有的，是满腹的收获。

这次聚会，庆祝我的绝处逢生，让人受宠若惊。梓健的精心准备及好友的陪伴，弥补了我以往的情感创伤。边宇，你该为我感到高兴吧？看到我被人照顾和疼爱，你应该瞑目了！

再一次看到手中的戒指，我暗暗对自己发誓：这一次，我一定要好好珍惜你，不能再丢失我的幸运戒。否则，我将永生都不得善终！

爱的屏障

肖薇的年假结束了，我们一行人在机场和她告别。

肖薇对程辉依依不舍，眼神中满是留恋。而他则是微微一笑，很淡定地给予对方拥抱。对于两人之间的情感，他向来都是如此。而就是程辉这平常的回应，让肖薇心里极不平衡。她觉得两人之间，永远都隔着一层无法逾越的屏障。而这个障碍，就是我。

肖薇走之前和我谈了话，她说这次来上海，主要是为了看程辉，其次是想和他逛逛这繁华的大都市。深圳虽然也很不错，遍地是金。但上海对于她来说，更富有吸引力，因为这里有她爱的人。当然，这里也有我。她也想看看，来上海后的我和程辉，是怎样相处和生活的。

当肖薇看到我为情伤神伤身时，自己的男友可以抛下好不容易来一趟的女友，而不离不弃陪伴在我身边，她心里十分难过。那天我冒着大雨在梓健家门口久等时，因为伤心过度而晕倒。程辉急得要命，无意中还对肖薇大声嚷嚷了，这让本身就有些自卑的她更加难受了。

当我割腕被送进医院时，程辉和一行人前往医院。肖薇说程辉的眼神，是她这辈子从未遇见过的。他着急的样子，接近崩溃。如果可以，他真愿意拿自己的性命去换我的垂危。程辉和梓健在教训那个混蛋时不小心把手给弄伤了，流出鲜血。肖薇想上前看看，程辉一把甩掉了她的手。

程辉扯着刘明的衣领说："混蛋，从今往后，你别再想伤害珈珈一根汗毛！"梓健指着刘明说："这一拳，是我替司徒还给你的。这一拳，是我替颜晴、晓敏、芳芳还给你的！这一拳，是我要还给你的！"程辉边教训边说："你伤害了我们心中最重要的一个人！信不信我可以让你在这儿度过你的下半辈子！"梓健吼道："别再妄想打我女朋友的主意，你最好滚得远远的！否则，我真的会杀了你！"

当听到程辉说我是他心中最重要的一个人，可以奋不顾身地上前保护我时，肖薇彻底明白了，我在程辉心里，有着旁人无可代替的位置，甚至，比她自己更为重要。

我握着肖薇的手，一直宽慰她："师哥确实很照顾我，看到我被欺负了，人人都会挺身而出的，不仅仅是他。我们就像家人一样，在他眼里，我永远是个长不大的小妹妹，仅此而已。"

肖薇说师哥和自己在一起，很少会发生争执，因为平凡到几乎没有任何交叉点。太过于平静的感情，是否也就意味着爱得不够浓厚？她羡慕我和梓健之间那轰轰烈烈的爱情，还有之前和边宇的那一段生死恋。两段刻骨铭心的感情，就算不能走到最后，也足以让人铭记一辈子。而就是这种浓烈和纯粹的感情，也是肖薇可望而不可即的。

我告诉她，仅靠回忆不能维持情感的发展。再没齿难忘的爱情，它也只是一段回忆、一个记号。它永远只能停留在原地，不会进入当前，也绝不可能走入未来。人不能永远靠着回忆过日子，我们现在过的每一分钟，都会成为前一分钟的回忆。最值得珍惜的，就是好好把握当前！

而我和梓健，虽然很爱，但却不知道下一分钟会有何改变。世事难料，毕竟我们都已失去太多。我们无法抗衡命运的安排，看似表面炽烈浓厚的情感，暗地里却隐藏着重重危机。它像个定时炸弹，不知何时就会把双方炸得遍体鳞伤。这样的感情，没有任何保障。很有可能全情投入，第二天便伸手不见。如此担惊受怕和没有安全感的爱情，其实都不是我们的初衷。

而你们之间那微妙的情感，并不是所有人都能做到的。看起来很平实，没有太多的激情与波折，但却恰恰说明了感情历经风波后归于的那种平静。你们之间，已经默契到不需要用争吵和矛盾的激化来增进彼此的感情，一个眼神、一个动作，都能知道对方的心意。这并不是一朝一夕就能做到的，而是靠这每天看似平淡的生活中领悟出来的。肖薇和师哥，不就是相处了这么多年，才能拥有今天这种安详的情感吗？

感觉，永远不能当饭吃。日子是靠过出来的，相处才是生活中的关键。安定，这才是每个人追求生活的最高境界。而人生中最难求和可贵的，就是稳妥。

我说："其实感情就应该是平平淡淡的，这样才真实，生活本来就是如此。我何尝不向往那种平淡的生活，无论当初有过怎样的激情，或是让你兴奋地在高空上腾云驾雾。最后，都会归于现实的平静。"

肖薇搅拌了下眼前的咖啡："感情的浓烈程度，将会影响两个人日后的生活。假如之前投入了 100%，结合后很有可能只会变成 50%。可如果先前只投入了 50%，也许以后，连那 25% 都不到了。投入不多，以后，就更是少了。"

我宽慰她："可是在我眼里，你和师哥很平衡，你们永远不会少了那 50%。""呵呵，会吗？""会的，我坚信不疑。""希望，能借你吉言，不要流失那 50%。"

"生活很现实，有很多事不是你想就可以做到的。很多时候，要学着去顺应人生变换的脚步。就像，我当初失去边宇一样。再是伤心和绝望，却还是要学着面对和接受。而承受的代价，就是一辈子的痛。"

"珈珈，你很不容易，真的很勇敢，我佩服你。""我羡慕的，是常人拥有的那种幸福与归属感。很遗憾，我少了那一份幸运。所以，你更要好好珍惜眼前的一切，珍惜他！"

和肖薇握手作别的那一刻，我希望自己的话能真正印刻在她的心上。我说出了自己的真实感受，同时也在给她宽心。我要让肖薇明白，我和师哥之间，是一种无法替代的感情。不是爱情，而是亲情！

无力的控诉

刘明作为嫌疑人被警方带回询问，面对案情，这只老狐狸使出了全身的解数来为自己狡辩。芳芳的家人一纸诉状以迷奸罪名将刘明告上法庭。

当然，刘明从来不吃素，他花高价请用了业界最有权威的大律师为自己辩护。芳芳的家人和她生前的同事、朋友、我、梓健、阿欣、程辉都到了场，而颜晴将作为证人为芳芳出庭作证。

站在被告席上，刘明丝毫没有失落的意味。那个盛气凌人的样子，好像这场官司他一定会是赢家。面对法庭，他说何芳芳是因为贪慕虚荣才主动勾引自己的，那张 10 万元支票就是最有力的证据。而录像带被拍出的画面，也不足以证明芳芳是被迫的行为。而当原告律师拿着在芳芳体内检验出含有迷魂药成分的化验报告时，刘明的解释让人出奇震惊。

"是，我承认何芳芳在生前是服用过迷魂药。不过，这是在她同意的情况下服用的。""一个花季年龄、为人正直的女孩，怎么可能去对那种药物妥协？""当时大家都不知道，何芳芳在我公司干了两年时间，表面很敬重我，其实她很想像董晓敏那样在我这里得到所谓的好处，只是她没有别的女孩这么大胆罢了。所以，她选择在离职之前做出一个决定，好好和我做一场交换。"

旁听席上的一行人都气愤地咬紧牙关，聆听恶人变戏法似的愚弄大众，混淆法官的辨别能力。

"她来我家，我为她倒了可乐，先前声明这里面有药，可以让人忘却烦恼，快乐至极。因为担心自己之后的表现不会真实，也不能够降服我，所以她选择喝了这杯含药的饮料。之后，就表现出很主动、很热情的样子。录像带上，大家也都看得很清楚。我并没有强迫她，完全都是她自愿的。"

原告律师指出，芳芳的日记本上清清楚楚地写道，是被告把她骗到家中，在饮料里下了药。芳芳是在完全不知情的状况下喝掉饮料后，才被侵犯的。而当芳芳清醒后发现自己被迷奸了，表现出十分憎恨和抗拒的样子。在录像带中也的确看到了这些镜头。

　　而被告律师的解释是，被告当时摄录下他们亲热的镜头，在原告清醒后放给她看，她确实表现出气愤的样子。她没有想到，被告会把这些录下来。因为害怕自己和被告的交易被人发现，原告只有在日记本上写出自己是被迫的。这样，让别人都觉得她只是个受害者，哪怕是收了被告的钱财。

　　法庭上，刘明还找来了公司的员工为自己辩护。说芳芳其实很早就向他们透露过高攀上司的想法，只是觉得自己不够条件和水平。明眼人一看就知道，狡猾的刘明是布好了局。他出钱让那些同事做假口供为自己辩护，好让法官相信，芳芳确实是另有目的的。

　　令我们万万没想到的是，被告律师还拿出了一条对原告十分不利的证据。就是原告在自杀前一天，被告吃完海鲜后，原告在喝的橙汁饮料里下了大量的维生素 C，致使被告患了急性砷中毒。而这件事情的前因后果，也在芳芳的日记本中完整地出现了。她说过，要让刘明毫无知觉地死去。很明显，原告想将被告置于死地。

　　只可惜，原告并没有达成心愿。最后，原告因为害怕自己的行为被揭露，更害怕那盒录像带被曝光，在社会上从此抬不起头做人。她感到绝望，觉得对不起所有人，加上在遗书中也确实写到各方面压力很大。这不难看出，原告在生前确实存在心理抑郁的问题。所以，最后她才会用自杀来了结自己的生命。

　　因为没有第三方证人在场，也没有十足的有力证据，无法判定被告就是蓄意迷奸，也不排除双方是在同意等价交换的条件下发生的性行为。而颜晴的录像证据，也没能帮上任何忙。最后法庭宣判，被告人刘明当庭释放！

　　这个结果，令在座的我们都倍感意外。大家都没有想到公正的法庭也会有昏头的时候，坏人居然不能受到应有的惩罚，还可以继续逍遥法外、为所欲为。这个宣判，让芳芳的家人都无法接受。

黑白颠倒

走出法庭，刘明和律师紧紧拥抱。

"乔大律师，这次真的太感谢你了，有惊无险。多谢啊！""哪里，应该的嘛。我收了你的代理费，就要为你辩护。在法律面前，人人平等！"

我真不敢相信，这话能从一个有权威的大律师嘴里说出来。他为了金钱，正义和事实可以全然忽略不计。如果不能铲除这颗毒瘤，那么是否意味着就要让它来击垮正义？那我们这个社会，就将是黑白颠倒、一坛浑水，从此再也看不见光明了。

我气愤地上前拦住了他的去路："乔大律师是吗？请留步！""请问你有事吗？""我想问你一个问题。""什么？""我想请问你，你的心疼吗？"他被我的问话愣住："你……你什么意思？""你收了刘明的钱，却在法庭上违背自己的良心为他辩护，你的心不疼吗？"

"司徒，你这是干什么？"大家上前拉我。

大律师笑笑："这位小姐，我不太明白你的意思，我只是照例办事。我作为一个律师，要做到对自己的委托人负责任，他既然请了我，我就有义务为他辩护。""可他是凶手，是真正的凶手！为什么连坏人，你也会为他辩护？"

"好人坏人，都有为自己辩护的权利。就算犯了再大的罪，大家都享有一定的合法权益。在法律面前，人人都是平等的。我只能说，我在尽一个律师的职责，这是我的工作。至于你们私下有什么恩怨，那就跟我没关系了。"

"那我请问你，学习法律的初衷是什么？帮助人们伸张正义的意义又是为了什么？如果钱财真的可以解决一切问题，那还要什么法律来维持社会秩序！我们大可动动武、挥洒挥洒票子，运用恶势力群体，就完全可以平息了事。还需要在法庭上义正词严地为他人、为自己辩护吗？"

"呵，你的观点确实很有说服力。但在法庭面前，讲究的是证据。如果仅凭感情用事的话，那这个社会就没有条理了。""是吗？好！那他给你多少钱，我们也给得起。我们可以给你比他更多的钱，我要你，再为原告打一场官司！""司徒珈，你在说什么？不要妨碍律师的工作！"大家上前劝慰。

"不好意思，我现在很忙，有什么事和我的助手说吧。"我气愤地对着他的背影喊道："你不就是要钱吗？那我们给你啊！你不是说在法律面前人人平等的吗？那你为我们辩护啊！为死者辩护，你怕了吗？你们的心，还有没有正义可言？为恶人辩护，就不敢为好人辩护吗？如果你们的良心想要安生，就应该为正义辩护、为事实辩护！你们就不怕晚上做噩梦，就不怕会有因果报应吗？"

"喂，你再这样胡说八道，我可以起诉你啊！"他的助手边拦我边说。我气愤地喊道："你起诉啊，你们眼中的法律就是为恶人而生的吧！你们这些虚伪的小人，表面正经，骨子里其实就是十足的臭流氓！总有一天，你们也会被金钱给淹没了！""你够了啊！有完没完？"助手猛地推开我，甩手而去。

阿欣拉住我："珈珈，算了。跟这种人有什么理可讲的！"程辉叹气："别傻了，你在这里出气只会吃亏，我们走吧！"

大门口，刘明搭着律师的肩膀说："对不住了啊，乔律师，我可以理解他们败诉的心情，不过法律是公正的嘛！""没事，像这样的纠纷，我看得多了，早已经习惯。我先走一步，有事联系。"

面对眼前这个无恶不作的混蛋，我已经无法忍耐了。我含着泪说："你这个畜生，害了这么多人，你总有一天会得到报应的！""法律永远都相信正义，我没有犯法，为什么要判我呢，呵呵。我说过自己不会有事，别人又怎么奈何得了我！"

那几个做假口供的同事经过我身边，怯怯地低下头走过去。我上前拉住他们："你们怎么可以这样？怎么可以因为一点好处而背叛自己的同事！你们明知道芳芳不是那样的人，她不是的！你们真就那么懦弱、那么怕事吗？总有一天，你们也会被他给害了的！"

刘明一步上前："喂，司徒珈，你够了啊！我们之前的恩怨，现在一笔勾销。你那两个心腹帮你教训了我，现在伤口还没好呢。这笔账，我收下。可你别再来纠缠我的员工！我对你的忍耐是有限度的，他们现在和你已经没有任何关系了。你心里应该最清楚，芳芳为什么会死！我和你，都很清楚！"

"不！不！"我快崩溃了。只有我最清楚自己为什么会如此冲动，因为我愧对芳芳！我不能为她做出一点切实的努力，我心有不甘。坏人不能得到应有的制裁，好人却只能含冤离去！

这个世界还有什么公正可言，全都是屁话！公平，只是对那些有地位、有权利、有条件的人设置的。而那些老实的平民百姓、没有背景的良民，却只能眼睁睁地看着自己的亲人离去，再心痛也不能为他们做些什么。

芳芳，你怎能瞑目？如果你在天上看得见我们，是否也可以告诉我一个更好制服恶人的办法？

冤 泪

深夜，我梦见了芳芳。

她带我来到悬崖上："珈，你看，这悬崖多深啊，你敢往下跳吗？""芳芳，你带我来这里做什么？"她铁着一张脸："既然，你没有勇气承担，那就让我来替你承担吧！"

"你到底想干什么？""跳悬崖啊！哈哈哈哈，我知道你不敢。因为，你没有我勇敢，你是个胆小鬼！哈哈哈哈……"

说着，芳芳走到悬崖边缘。"芳芳，不要啊，不要！""我走了，珈。

刘明把我害得好苦啊，我再也无法面对大家了。我有罪！"

"不，芳芳，你没有错，大家都会帮助你的！""不，我是个肮脏的女人，上帝不会饶恕我的！""上帝会宽恕你的，那不是你的问题。是我害了你！""现在说这些有什么用，如果不能为我沉冤得雪，也一定记得在清明时给我送上一束白色玫瑰。我走了。珈，请记得，我是冤死的，是冤死的！"

说完，芳芳一跃而下。"不！不！"我伸手想拉她，却再也看不到芳芳的影子。"芳芳……芳芳……"

"珈珈，珈珈，你怎么了，做噩梦了吧？"我猛地醒过来。

"梓健，芳芳……她怪我了……她真的在怪我！""没事没事，只是梦而已，别怕。""芳芳亲口对我说的，我没有勇气承担，就让她来替我承担。她怨我了，她真的怨我了！""别担心，是你压力太大才会梦到的，不要往心里去。有我在，咱们不怕啊。"

梓健安抚我躺下，轻拍我的肩膀入眠。

转眼，到了4的清明。时光飞逝，边宇过世已经快一整年了。我无法前往深圳看他，只有让那些去看望他的同学一同稍去我的问候。秦海，记得一定要替我买束最漂亮的鲜花，替我点上三炷香。告诉边宇，我很想他，真的很想他！

清明时节雨纷纷，上海的天也飘起绵绵细雨。5日，多云，我和梓健、颜晴，一起去山上看望芳芳。在她的墓前，我摆上一大束白色的玫瑰。面对芳芳的照片，她好像还在对我们笑。告诉我们，其实她并不愿那么早离开大家。突然，不知谁点的那炷香，燃到一半便熄灭了。大家愣住，连忙再点上一炷。

"芳啊，你是不是想告诉我们，你不愿意离开？你是被迫的对吗？女儿，告诉妈妈，告诉妈妈啊！"

烧纸钱的时候，阿姨流泪低着头："孩子，多用点吧。你在的时候就一直很节俭，从不乱花钱。现在去了那里，你想用多少就用多少。

不够，妈妈再给你烧。"瞬间，那些被燃烧的灰烬，落了满盆子。

一阵风吹过，盆里的灰烬刮了起来，密密麻麻的小碎片蔓延在空中，越飘越高、越飘越远。芳，你是不是真的能收到这些钱？是不是真的有话要说？假如你感受到了，一定要托梦告诉我们！

出了公墓，我们一行人离开。到了山脚下，我和颜晴同时看见远处停下一辆车，从里面走出一个熟悉的人影，是刘明！他手上拿着一大束鲜花和物品。

"颜姐，他怎么来了，他还有脸来？""唉，就让他来吧。刘明应该为芳芳磕个头，点炷香，烧些纸钱。否则，他半夜也会做噩梦的。"

芳，那个混蛋来看你了。你有什么委屈，记得一定要说出来！

人生中的两大快事

上海4月的天，开始渐渐转暖。可为什么我的心，却还是如12月寒冬那般冰冷。太多的哀声回荡在我耳边，让人窒息。幸好，有梓健、阿欣、师哥的陪伴。

如今再见这个女人，她完全脱胎换骨了一番。再也不是从前那个卑微的周幼欣、再也不是流着泪屈服在男人脚下的周幼欣、再也不用为了恼人的票子到处去托人求人的周幼欣。如今的她，已是焕然一新。

在西街，她又一次邀请我吃饭。阿欣为我倒上红酒："亲爱的，今天叫你来，有两件事要和你宣布。""是好事还是坏事？""废话，当然是好事。坏事，就不叫你来了。""是好事，那我先要祝贺你。干杯！""你都不知道是什么好事，猜猜看！""只要你说好，那就好，我都替你高兴。"

"那好吧，我也不卖关子了。第一件好事，你应该有点数。老吴，他向我求婚了！""真的，老吴向你求婚了？""是啊，他说想和我有个家，属于我们自己的家。所以现在，我想听听你的意见，你觉得老吴这人怎么样？"

"老吴，算是生意场上不多见的好人。""是啊，他在商界，应该算是个很真诚的人了。虽然以前也做过很多离奇的事，不过他早就金盆洗手了。现在，他只想稳定地和我过日子。能遇到他，也是我的福分。""如果你们真心相爱，能够结合在一起，我会祝福你们的。""你赞同我们了？"我握着阿欣的手说："只要你觉得好，我都赞同。"

"那，我就定下来了。反正，女人这一辈子，迟早是要嫁人的，能嫁给老吴这样的男人，三生有幸了。""那，你爱他吗？""差不多吧，说实话，我真的很感激他。没有他，阿强可能就在坐牢了。是他把我从地狱捞回了人间，为我铲平眼前的障碍。是他给了我机遇，让我看到了人间还有光明和温暖。没有他，我又怎么会在这里和你聊天、喝酒、吃饭呢。"

我点点头："也是，人的一生中总会遇到贵人。"

"是啊。换了以前，我此时应该在娱乐场所陪那些臭男人喝酒吧。然后还像孙子一样拿着一纸合同对他们说，请看下我们的合约吧。那些狗男人，除了会上下打量我的身材、喝酒作乐外，哪还有心思谈什么买卖。到了后半夜，我一定是吐着回到家的。更糟的，是还要伺候那些酒醉的男人。然后，陪他们享乐到天明。这样的日子，我过够了！"

"阿欣，你已经不是从前的那个你了，再也不是了！你要好好把握现在，享受生活！""是啊，所以我选择前行。如果你们也答应，那，我就真的嫁了。""好，阿魏、阿强、阿丽，他们知道吗？""我还没来得及告诉他们，第一个知道消息的，就是你！"

"那，我支持你的决定！祝贺你，周幼欣！""谢谢宝贝儿！"我含泪和她碰了杯。"我们的婚礼，决定在6月举行。到时候，你一定要做我的伴娘。伴郎的话，就让梓健来当。如果，你们没有抢在我们前面的话。"

"呵呵，怎么可能，我一定会当你的伴娘！""你们这么不容易又走到一起，赶紧定下来吧，像梓健这样的好男人真的不多了。""我明白，但是我还没有做好准备。我的家人，暂时还不知道他。""希望你们能快点修成正果，你要知道这个世界，每天都在变。""我明白，阿欣。不说我了，说你第二个消息吧。"

阿欣点上一支烟，缓缓地抽起来。她沉默一会，对我说："我的继父……他去世了。"

"什么？你说你的……继父……去世了？""对，他死了。这次，是真的死了。""怎么会这样？""他有高血压和糖尿病。那天通宵打麻将，第二天上午糊了两把。一激动突发脑溢血，在桌前当场暴病身亡。闭眼的时候，手里还攥着一张钞票，到死都不忘钱。"

阿欣告诉我，她当时接到母亲的电话，正好和老吴在家吃饭。阿欣闻讯后，连喝了三杯酒，然后便大笑起来。"哈哈哈……哈哈哈……他终于死了……他终于死了……""阿欣，谁死了？"

她抱着老吴兴奋地说："我那个混蛋继父，折磨了我们全家那么多年，现在终于归天了。哈哈哈……哈哈哈哈……我太兴奋了，我太激动了。从今以后，我妈再也不用受他的折磨和欺辱。我以后，再也不用替他还债了。我轻松了，我们全家都解放了！哈哈哈哈……"

阿欣开心地抱着老吴大笑，在客厅里和他跳起了交谊舞。她抱着老吴不停地旋转："我终于解放了！我们全家得救了！以后，我们都不用再过那种可怕的日子了！"跳着跳着，她便哭了起来。

"这么多年的噩梦纠缠着我，到今天终于醒了，终于醒了！我再也不用晚上睡不着觉，再也不会痛苦了！我为我妈感到骄傲！"

"好了好了，全都过去了，以前的你已经不在了。从这刻开始，只有好运陪伴着你。接下来，你就安安心心地做我的吴太太吧……"

听到这个消息，我也应该为她感到欣慰。积压在阿欣身上多年的屈辱与怨恨，在这一刻终于得到了彻底的解脱。从今往后，她再也不用每月寄回高额的还债款、不用喝醉酒低贱地去求男人、不用担心母亲会被继父欺压、不用每年春节不回家、不用半夜经常做着噩梦醒来，再也不用……

阿欣流着泪对我说："我的噩梦，从此真的过去了。我现在感觉无与伦比的轻松！""对，从今往后，只有好运伴随着你！我为你骄傲，周幼欣！"

按照当地的习俗，阿欣要回老家帮助母亲守灵，办理继父的后事。别人送自家人是伤心、痛哭，而阿欣的家里，却是一片欢乐的气氛。村里的人知道那混蛋去了，都前来暗暗道贺。阿欣一边守着灵堂，一边还和邻居围一桌打起了麻将。

母亲流着泪说："你继父虽然走了，你们装也要装得痛苦一点啊，做做样子也好的。否则，会被外面人说成大逆不道的。""凭什么，我哭不出来，我笑都来不及。妈，你还为那个畜生哭什么。那种人，根本不需要痛心和惋惜。"

"再怎么说，也是一起生活了这么多年。""是啊，他折磨了我们这么多年，现在，我们全家就是应该笑着送他。他不是很喜欢打麻将赌钱吗？那我现在就替他多糊两把啊。到时候给他烧一副麻将牌，让他在地底下和那些赌鬼好好玩玩。"

阿欣嘴上强硬着，眼泪却还是滑落嘴角。她不是惋惜，而是心痛、是屈辱、是感慨、更是兴奋！这一刻，她终于可以在家中来去自如，再也不用和家人担惊受怕地过日子了。

"算了，人都走了，清净点吧。"阿欣边打麻将边说："妈，你也别难过了。等把家里的事情处理好了，我就接你去上海享清福。和这里，做个彻底的告别。""大城市我去不惯，走走是可以。要我一直待在那里，我还真不适应。"

"你一个人待在家里，也没人陪你说话。弟妹都在外面上学，也不能经常回来看你。到时候，你就和我先回上海吧，反正我马上也要结婚了。你本来就应该过去的。""好，妈听你的，妈为你高兴。"

这一刻，她为自己的晚年生活感到轻松和自由。看见受苦的女儿，在这一刻终于可以嫁人了。她对英年早逝的丈夫说："孩子她爸，我们阿欣终于要嫁人了，嫁了个好人，你一定很开心吧！"

阿欣看着眼前的老母亲，她一边出牌，一边默默地流泪。对于自身丧失了生育功能，阿欣要将它深深地掩埋在心底。面对母亲，她的解释：生孩子浪费时间，我的身材也会走样，倒不如直接去领养一个。

阿欣将用一辈子的时间，来掩盖这个致命的秘密。她要用自己的微笑，来掩饰她生命的不完整。这也将是阿欣母女间唯一一个不能说出口的秘密。因为她不愿看见可怜的老母亲，再为她伤神伤身。

因为这个打击，对母亲来说同样也是致命的。

血　癌

阿欣回老家了，西街的生意暂时由代班经理顶替着。空闲时间，我、梓健、师哥就会去店里转转。生意忙的时候，还会帮忙搭把手。我和梓健之间，也变得越加默契了。对望着，便知道彼此心里的所想。

周末，魏波、青青约我们去会馆打保龄球。我说："我好久不打了，都快抬不动这球了。""没关系，你拿不动，我替你拿。你就挑最轻的那个。"梓健帮我挑起了球。

魏波说："哎呀，你们能不能别老在我们面前秀恩爱，肉麻死了。"青青说："怎么，你嫉妒了吗？""哪有啊，我们也很恩爱呢。亲爱的，来给他们秀秀我们的高超水平。"

魏波的球技不错，第一次就全中。梓健凑到我耳边："亲爱的，看我的。"球一出去，也是全中。我鼓掌："哇，你们也太厉害了吧！""你来。"我拿起球，对准方向丢了出去。"哇，我们珈珈也很棒啊，剩两个，再来！"

打了几局，我们坐着休息、喝水。魏波说："我去洗手间！"青青说：

"那我也去。""那行，梓健、珈珈，你们先玩会。"梓健说："好，珈，你再来试试。""不了，我先休息一下，手都酸了。你接着来，别停着。""那好，你先坐会，看我打。"梓健上前又开始打新的一局。

我边喝饮料，边欣赏他的球风。一旁的音乐铃声响起，是魏波的手机。铃声响了好久，一连打了两个，该不会有什么急事吧。我拿起手机一看，是一芬。按下通话键，那边传来急促的女声："喂，魏波啊，你怎么连电话都不接啊？你还是快点过来吧，小雯好像又不行了，昏迷了！快点来医院啊，我们等你！"

"当——"我手上拿的球，重重地掉落在地上。刚才的电话让我震惊了，原来小雯没有去北京！她在医院！又不行了？昏迷？她到底得了什么病？看着远处的梓健，我的心纠结了。

"亲爱的，你也来打一盘吧。"梓健站在对面笑着说。我摇头："我累了，休息会。""我们回来了，你们的战绩如何啊？"我转身对魏波说："刚才好像有你的电话，你回一个吧。""哦，好，我看看。"魏波看了号码，马上走到吧台边。电话通后，他脸上的表情骤然变味。

魏波匆匆过来："真不好意思，我家里有急事，要马上赶回去一趟！"青青立马接了句："什么，是不是她又不好了？"魏波咳嗽一下："梓健、珈珈，要不我们下次再打吧？"梓健搭着魏波的肩膀："那行，也差不多了，我们一起走。你有事别耽误了。"

魏波和梓健分别把车开到路口。正要告别时，我对梓健说："我还要去外面办点事情，要不你先开车回家？""我陪你一起去。""不用了。我自己去就可以，你先回家吧。""那好，我先回家等你，路上小心。"

等梓健的车开走后，我叫了辆出租车："师傅，跟着前面那辆车。"魏波开到路口转弯停住，青青下车，然后以飞快的速度驶了出去。"师傅，麻烦你跟紧点，别丢了！""呵呵，好。是你的男朋友吧，你在跟踪他吗？"我不耐烦地说："不是不是！"

魏波的车在医院门口停住。我下了车，跟着他来到住院部。我的眼泪已经管不住了，每往里走一步，心都会被抽痛。终于，看见魏波走进血液科病区。当他走进病房时，我的心跳到了嗓子眼。透过玻璃，我看见小雯躺在病床上，苍白的脸颊没有任何血色。

我捂住嘴巴，简直不敢相信自己的眼睛。原来小雯真的没有去北京，她生病了！我的预感应验了！

我在门口一直站着，直到魏波出来看见了我。他惊讶地睁大眼睛："珈，你……你怎么会在这里？"

我哭着说："为什么？为什么都不告诉我们小雯病了，为什么要一直瞒着我们？"魏波低下头，看了眼病房内的小雯，痛苦地说："既然你都看到了，我也没什么好隐瞒的了。"

我们来到花园，魏波向我讲述了小雯的事。

元旦那天，小雯看见我们在一起的情景后，伤心透了。她最终决定去北京工作，暂时离开这个伤心地。一个月后，也就是春节前，小雯回到上海。

那时候，小雯感觉人不舒服。手上、腿上稍不注意就会碰出乌青。去了北京一个月，连续感冒了两次。她猜想，也许是气候不适应导致水土不服，或是工作辛苦压力大。想着过年回家后调养一番再过去。

回到上海，小雯开始高烧不退，期间还流了两次鼻血。母亲看情况不妙，马上把她送医院检查。一番化验后，得出小雯血液里的血小板很低，进一步检查的结论让她的全家目瞪口呆。小雯得了急性淋巴细胞性白血病。她让家人瞒着所有朋友，包括我们。医生的建议，是让她马上住院接受治疗。小雯却说："再给我几天时间，然后我就住院接受治疗。"

之后，就有了小雯约我和梓健在咖啡厅见面的那件事。她说自己虽然很恨梓健，但也不得不做出这个残忍的决定。小雯找来认识不久的庄伟进，让他替自己演一出戏。在酒吧告别时，本来是那个男人送小雯回家，但她却坐上了魏波的车。等魏波把女朋友送走后，到了楼下，小雯才痛苦地说出自己得了血癌的事实。她让魏波千万千万要保守住这个秘密，绝对不能让我和梓健知道。

之后，小雯也和魏波深谈了一次。其实两年来，小雯也能感觉出她和梓健之间的问题。虽然小雯很爱他，他也确实很照顾自己，两人之间的感情也很稳定。但聪明的小雯可以从梓健的眼神中看出一些端倪，她知道两人之间其实存在着一些差异。梓健一直没有和小雯发生实质性的关系，这也让她感觉到了什么。但她一直默默地爱着梓健，从未把这个心结说出口。小雯知道一旦提出，就会破坏以往的气氛。他们之间的感情，也会因此有了隔阂。

直到我的出现，小雯最终发觉，梓健的眼里有我。虽然一开始，他很好地掩饰了自己的心意。但每次只要一提起我，他就会刻意回避。敏感的小雯仔细观察着梓健的神情和态度，她不说，心里却渐渐明晰化了。直到亲眼目睹我们在一起，小雯伤心欲绝。但她也明了，也许自己，并不是最适合梓健的。

大年初四，小雯下定决心和我们见最后一次面。所以，她说了许多感性的话。她让我们宽心，极力表现出和庄伟进很亲热，为的是不想让我们多疑。

那次见面后，小雯立即住进医院开始接受治疗。所以，她关机之前给我发了那些短信。由于病情发得急，为了避免癌细胞迅速转移和扩散，她马上做了化疗。小雯开始大把大把地掉发，每天还要忍受强烈的呕吐反应，全身疼痛难忍。她实在难受的时候，就会咬着毛巾默默地流泪。

即便如此，她还是不想告诉我们得病的消息。小雯说，不想让梓健看见她憔悴的样子，更不想让我们担心。魏波明白，小雯很想念梓健，却硬是做到没有去打搅他一下。她希望梓健能快乐，而唯一能让他快乐的，就是我。

　　所以，小雯默默地选择了退出，让我们能够正大光明地在一起。而魏波，为了维护我和梓健，也不想让小雯的负担过重，对于我们的事情，他在她面前，只字未提。

病榻的痛苦，罪恶的笑颜

　　我流泪听完了魏波的诉说，他的烟头稀稀落落地散了一地。

　　我颤抖地说："原来我和梓健在相处的时候，小雯正躺在病床上受苦。她让我觉得，我们的相爱有多么罪恶。于心何忍！梓健要是知道了真相，他会怎么想？不能再瞒着他了，这是罪孽！"

　　我看着他："魏波，为什么你什么都不肯告诉我？难道你看到我们这么吃喝玩乐，你一点都不难受吗？"

　　"我难受，我也忍得很辛苦。说实话，我也没办法接受这个事实。但小雯一再告诫我不能告诉你们。否则，她会立马停止治疗。""小雯，还有治愈的可能吗？"魏波吐出一口烟，望向远方。

　　"说啊，魏波，你说话啊！""小雯……也许撑不了多久。医生说，小雯的情况属于急性发作，存活期不长，最短的……只有两三个月。她或许……撑不过下个月了。""不可能的，绝对不可能！现在医学这么发达，很多癌症都有治愈的可能，白血病也有可能生还的。"

　　"小雯的现状，唯一的办法是做骨髓移植。我们已经找好了骨髓配置，过些天，就会进行手术。但是，成功的几率很小，很有可能出现移植排斥及并发症的现象。不过，我们也只能最后搏这一把了。"

　　我穿上隔离服走进病房，轻轻地呼唤："小雯，小雯……我是珈珈，我来看你了。"急救后的小雯，显得非常虚弱，人比上次见面时瘦了很多。她微微睁开眼，看见是我，没有做出很大的反应。想必，魏波先前已经和她打过招呼了。

　　小雯嘴角上扬，轻轻地说道："珈，你来了。"她伸出自己的手，我连忙握住："小雯，你要坚强啊。只要你坚持，一定能挺过去的。"她微闭了下眼："我的身体，自己有数的。""小雯，你不能放弃，知道吗？还有很多人等着和你见面呢，你要加油，要勇敢啊！"小雯皱着眉头说："谢谢，我会努力的。只是，我真的很难受。"

看着小雯痛苦的诉说，我除了给她安慰的拥抱和积极的鼓励外，什么也做不了。

小雯说："不要哭，不要难过。我想看到你的笑容。""雯，你真傻，为什么都不告诉我们呢？你要知道，你这样瞒着我们，我有多痛心。你没有把我当朋友！""呵呵，我……不想让你们担心。""你让梓健怎么想，他知道了，会有多难受！"

"我不想让他看到我这个丑八怪的模样。""谁说的，你一点也不丑，你很漂亮。""别安慰我了，我知道自己现在很难看，生病的人都这样。"听到小雯这么说，我心如刀割。

"过些天，我就要做骨髓移植了。"我点点头："我知道。""珈，我有个心愿，你能帮我办到吗？""你说，我一定尽全力帮助你。""我想上街去转转。住了两个月的医院，每天都闻药水味，都快闷死了。现在做化疗，头发都掉光了。我想去买顶漂亮的帽子和假发，你能陪我吗？"

"行，我答应你，我陪你去！""那你什么时候能再来看我？""你说，你要我什么时候来我就过来。""那明天好吗？明天是周日，你应该休息吧？""好，我明天过来陪你！""谢谢你，珈。"

走到医院门口，魏波和一芬出来送我。一芬看看我说："小雯到现在还是把你当最好的朋友。""是，我知道。""其实，她从来都没有怪过你。""我明白，一芬。在我心里，我也一直把小雯当我最好的朋友。"虽然一芬没有再多说什么，但我还是能从她的眼神中，看出一丝怨恨。

离开医院，我没有马上回家。我的心，沉到了海底。梓健还在家等我，听到他的声音，我更觉难受。我该如何开口向他说出这个真相！

　　就这样一路走着，来到淮海路的那家摄影工作室。橱窗内，还摆放着梓健和我的那幅大相片。上面的我们，笑得很甜、很幸福。

　　我没有想到，自己和梓健在享受人生时，小雯却躺在病榻上和癌症艰难地作斗争！这让我觉得自己的笑有多么罪恶，每笑一次，就是小雯在痛一次。

　　我们都在做什么？当我和梓健两情相悦手牵手时，小雯在受苦；当我和梓健在吃饭、逛街时，小雯在受苦；当我和梓健面对面、依偎、聊天时，小雯在受苦；当我和梓健沉浸在爱河之中无法自拔时，小雯还是在受苦！

　　我的良心去了哪里？这一场赴汤蹈火的爱情，却是以小雯的生命作代价换来的！我们真是如此残忍吗？我们在相爱的时候竟然没有想到小雯！我们如此自私，为了自己心中的小爱，居然可以不顾周遭的一切！

　　她就在我们的身旁，我们却始终视而不见！

　　我坐在马路边哭了很久，那幅讽刺的相片对我来说是极大的折磨，那副笑脸看上去有多么虚伪和罪恶。在它的背后，流出了小雯多少痛苦和无辜的眼泪。罪恶的笑脸！

　　我独自来到附近的一个小酒吧，点了几杯酒，还有一包烟。我并不是想买醉，这时的自己，已经没有任何理由再混沌下去了。我只是想让酒精能把自己彻底灌醒！

　　回到家已是凌晨，梓健酣睡的声音让我心如刀绞。看着他温和的脸庞，我多想告诉他，你的前女友，现在已是生命垂危！

　　我打开电脑，写了一封很长的邮件，收件人是梓健。

分割爱的摩天轮

　　周日清晨，看着梓健在我的怀抱里醒来。

他问："亲爱的，昨天回来很晚吧？""对，你已经睡了。""今天有什么安排？""我上午公司有些事，中午就完了。梓健……你今天能陪我做一些事吗？"

"没问题，但为什么要说得这么沉重呢？""没有，只是……和你分开后，我现在就想和你做这些事。""好！我答应你！"看着梓健真诚的笑脸，我只有把眼泪往肚里咽。

上午，我准时来到医院。也许是知道自己要去室外走动，小雯的精神看上去明显比昨天好了许多。能暂时与这白色的病床分别，她一定很激动。

我、一芬、魏波带着小雯来到室外。她一下子兴奋起来，好像病痛在她身上瞬间消失得无影无踪了。我们用轮椅推着小雯逛市场，为她试了多顶漂亮的帽子。最后，小雯选中一套金黄色的假发。

"你们觉得怎么样，好看吗？"我笑笑："很好看，像芭比娃娃。""那就是它了。"小雯对这个假发爱不释手，戴上就舍不得摘下来。"我可以一直戴着它吗？""当然可以！"小雯对着镜中的自己，缓缓地说："这样，等我走的那天，梓健看到我就不会吓着他了。"一句话，让我们三人陷入沉默。

"外面的空气真不错，比医院强多了。""你要是喜欢，以后经常带你出来溜达。""恐怕以后是没这个机会了……"我蹲下身，握住她的手："小雯，只要你有信心，一定可以渡过难关的。你害怕，病痛就强；你勇敢，病痛就弱了。其实，它是最怕人的。"

"我会加油的，希望老天对我公平些。"我用手轻轻地抚摸她的假发："一定会的，你是善良的女孩，上天一定会眷顾你的。""珈，你手上的戒指好漂亮啊！"

小雯看见我右手的戒指，我连忙缩回了手。她笑笑："是男朋友送的吧？"我看看魏波，告诉她："不，是我自己买的。""真好看，一定很贵吧？""还好，公司发了奖金，我就买了慰劳自己。""哦，真不错！"小雯，原谅我对你撒了个善意的谎言。

　　小雯不能走太远，中饭前，我们把她送回了医院。走之前，小雯问我："珈，你还会再来看我吗？""当然会，一定会！"从小雯的眼神中，她好似在问："你再来看我的时候，会带着梓健一起来吗？"而我，也给了她肯定的答案。

　　下午和梓健碰头，我们去了大商场。我为他挑选了衣服、皮带和鞋子，还有皮夹。梓健疑惑地问："为什么要给我买这么多东西？""这次奖金很丰厚，老板非常满意我的表现。我愿意为你买东西，你不喜欢，不愿意接受吗？""不，当然喜欢，只不过我不想花你的钱。""梓健，你是不是趁我不注意，把我的银行卡号抄下来，然后往里面存了钱？"

　　梓健惊讶地看看我，然后一笑："还是被你发现了。""我怎么不会发现呢，我的银行卡里突然多了那么多钱，我当然明白！"梓健温柔地握过我的手："你记住，我并不是帮助或补偿你，你不要觉得不好意思。这是我的义务也是责任。""可是梓健，你要知道再是相爱的两个人也没有义务非得这么做，不要让我心里过不去，好吗？"

　　他摸摸我的脸："傻瓜，难道相爱的人就不能为对方做些事情吗？何况，你是我名正言顺的女朋友，更是我未来的爱妻。难道，我不该做这些吗？"我沉默，把悲痛咽进肚里。

　　下一站，我们来到乐园。也许，今生是最后一次与你嬉笑玩闹了。所以，我要放肆地大笑。今天过后，我们都要面对生命沉重的代价。

　　坐过山车时，你紧握我的手，让我别害怕。每个人都在呐喊，体会着惊险刺激的一刻。阵阵尖叫声刺入我的耳膜，加上过山车快速地蹿动，我感到晕眩。我喊、我叫、我痛哭，眼泪在狂飙。这一刻，紧张之余也释放出自己悲痛的心情。只是你，没有看到。

　　坐摩天轮时，我特意让你先进去。然后我关上座舱门，迅速走到你身后。你不断敲打玻璃，诧异我为什么会有如此的举动。我坐在后面一个座舱，与你隔着距离眺望。你手摸玻璃，眼神中满是不解与疑惑。

你打电话给我："为什么要和我分开坐？""这样，不是更能体现我们相爱吗？我们的身体虽然被分隔开，但彼此的心却是连在一起的，不是吗？""我不会和你分开，哪怕把我们隔得再遥远，我的心永远与你同行！不离不弃！"

我坐到了另一面，背对着你，眼泪纷纷落下。"好，我在心里与你同行，不离不弃！"挂掉电话，我回头看你，你就这样一直深情地望着我。

摩天轮缓缓启动，一点一点往上旋转与地面越来越远，脚下的人渐渐渺小。我知道自己转过身，梓健还是会一如既往地注视着我。在你眼里，我就是你全部的风景。

浪漫的摩天轮，有着很多美丽的传说。一起坐摩天轮的恋人最终会以分手告终，但当摩天轮到达最高点时，如果与恋人亲吻，就会永远在一起。当摩天轮转到最高处时，虔诚地许下一个愿望。如果神认为你是个好孩子，那愿望就会实现。

梓健，我们坐上这座爱的摩天轮，是不是就意味着要分别？可我们没有在一起，我们不能亲吻和拥抱，只能隔着玻璃对望。也许我们要转一大圈才能找到所谓的真爱，下一秒再回头看看，眼前的那个人，还是不是彼此的最爱。

摩天轮到了最顶端，我双手合十许下心愿：希望病痛可以远离小雯，让她拥有健康、快乐的生活。至于其他的，我不敢妄想。因为没有什么比这个愿望更迫切的了。

转过身，梓健正默默地注视我。我对着你笑，然后把脸靠近玻璃舱，闭上眼，把唇贴了上去。眼泪滑落。

梓健，你能感受到我的情意吗？我在心里吻你、爱你、拥有你！从没有一刻像现在这般真实，你，驻足在我的内心深处，如此深刻！

这一次，我要与你分开旅行。虽然爱你，却不能再次牵你的手放我的心上。我多么渴望能毫无屏障地拥有你！就让我这样远远地望着你吧，隔着玻璃，永远不变的距离，你就在那里！

最后一次我爱你

吃饭的时候，我一直压抑着情绪。

"亲爱的，你今天怎么了？感觉好像很不对。我没有想到，你会和我分开坐摩天轮！""这样不是更好吗？更能证明彼此的感情！""以后我们都会在一起，再也没有什么能把我们分开了！"

听到他这么说，我实在忍受不了了，跑到洗手间放声大哭起来。梓健那句满腹希望的话，它像把利剑，刺穿了我的心脏！

我也想和你永远在一起，可这次真的不一样。在生与死的关卡上，我们别无选择。没有人斗得过它，因为它比我们都大。

漆黑一片的电影院里，我把头轻轻靠在你的肩上，手挽着你的胳膊，然后默默地流泪。你轻抚我的额头，会心地一笑。你没有看到，我在心痛。只有在这并不明亮的空间里，才能发泄我的心情。大屏幕上阵阵闪烁的光亮，它灼伤了我的眼。

回到家门口，我对梓健说："今晚你不用陪我了，明天不是还要上班吗？你也回去收拾一下，早点休息。""怎么了，你不要我了，赶我走吗？"梓健从背后环抱住我，赖着和我撒娇。面对他的温柔，我更加难以取舍。

我含着泪："听话啦，回家吧。你不能每天都腻在我这里啊，也该回家待几天。毕竟，我们还有很多事情要做。"

"哦，原来你是腻我了。""没有，彼此有一些空间也很好啊。""那我回去喽。""等一下。""怎么啦，亲爱的改变主意了？""你的胡子长了，扎到我的脸了。帮你刮了胡子再走吧。"

到了房间，我拿出剃须刀为你刮胡子。看着你温柔的脸，我在心里默默地说：梓健，也许这是最后一次为你刮胡子了，你能感受到我有多么不舍吗？

"好了，干净了，走吧。""谢谢，那我真的走喽。""走吧，早点回去休息。"梓健吻了我，转身去开门。"梓健！"他转身看我，我上前紧紧抱住他："我爱你，梓健！"

梓健，就让我再抱抱你，闻闻你的气息。我知道我太贪婪，贪上你的一切便无法自拔。我不是个好孩子，没有定力，永远长不大。我想一辈子都赖在你身边，下辈子，下下辈子都不想和你再分开。可是理智和情感在打架，它们在争夺你，每争夺一下，我的心就被撕裂一下。

而现在，就让我再贪婪一次，再说一次我爱你吧。

也许，这是最后一次对你说："我爱你。"

看着梓健发动车子，挥手告别，最后离开我的视线。我终于忍不住蹲在地上哭起来。对不起，我的爱人。我虽然深深爱着你，也许到生命的尽头也无法忘记你。但我现在必须离开你，请谅解我！

待梓健到家后，我给他去了短信：亲爱的，我给你的邮箱里发了一封邮件，请你务必查看！他回复：OK！爱你，晚安。

之后，我关掉手机。打开电脑，重新查看了这封长长的邮件。

亲爱的健：

我们经历了这么多风浪，好不容易才走到一起。我们彼此深深相爱，深深地付出所有。彼此知道这份爱对于双方来说意味着什么，我们都太过认真，都害怕失去彼此。

感情，对任何一个人来说，都是件极具杀伤力的奢侈品。我们渴望爱情，但又害怕它的存在。它可以给人力量和勇气，但也可以置人于死地。在爱里，我们活得很辛苦。

我要感谢上苍，把你派到我的身边。我以为这辈子不会再拥有真正的爱情，虽然还没过完这辈子。你说，真正的爱情一生只有一次，我赞同。很抱歉，边宇在你之前。可我又多么希望这最后的一次，能是你！

　　虽然，我们相识得晚了些，但我同样感到幸运。如果不是因为边宇，我想自己也不会来到上海，更不会在这里和你相遇。所以，我要感谢边宇，正因为有了我和他这段生死之恋，才使得我能遇见你。是他把你带到我身边的，我想，我们的相遇是个奇迹！

　　我用尽自己的所有来珍惜你、爱护你、拥有你，用我的双手来温暖你的心。每次望着你，多么希望我们是醉死在爱河里的痴男怨女，不管天塌地裂，依旧不顾周遭激情地相拥、亲吻。

　　我毫无保留地把自己呈现在你面前，我纯洁、我浪漫、我青春、我可爱，爱得你想要把我捏碎刻进心里。我最动人的，不是迷情的双眼，也不是性感的小嘴，更不是骄人的身段，而是那一颗和你有着同样感性的心！两颗心交织在一起，融进彼此的血液里，慢慢沸腾。

　　每次看着你的脸庞和双眼，我好想抱着你痛哭。你就在我面前，可我还是觉得不够。打你，我心疼；骂你，舍不得。你让我应该怎么办？

　　我害怕失去你，害怕一夜醒来看不见你的脸，害怕你说的每一句话隔日便不存在，害怕这一切只是一场梦！我常常对自己说，这到底是真的吗，你是真的吗？到现在为止，我还是觉得，眼前的是你吗？

　　我不相信你就在我眼前，我不相信你是真的喜欢我，我不相信你说你要和我永远在一起！我，我，我不相信！如果一定要让我相信的话，请你给我一个坚定的理由，告诉我你有多么在乎我，需要我！

　　我自卑地看到了自己的不足，那是我对你与我没有信心。仿佛天与地本不相连，那我与你，又何曾相连，相恋？事实确是如此，残忍又现实。我们是幸运的，但同样免不了悲哀。犹如我盼望高山，却又如此害怕一路的荆棘。

当我左手腕流血的那一刻，我以为从此再也看不到你了。我以为自己真的要和边宇相见了。幸好，你又把我唤醒了。我们遭遇误解、争执与矛盾，最后却还能紧紧抓住对方的手。你知道这对于我来说是什么吗？是重生！

重生后的爱，应该是永恒的，是可以永垂不朽的！

可是今天，我们却要正式说一声，再见！亲爱的，最后再容许我这么叫你一次吧！你一定很意外，我会以这种方式和你说话。那是因为，我无法当面和你谈论这些敏感的字眼。

这辈子，也许我们真的无缘在一起。但你永远在我的心里，永远存在！

我和你分开，是因为，你现在必须回到另一个人的身边去。你有一份责任，她就是小雯！你一定很诧异，可更让人诧异的，是命运的捉弄！

柳雯，你的前女友，她不幸得了急性淋巴细胞性白血病！现在生命危在旦夕！当看见我们可爱的小雯躺在病床上，我真不愿相信生病的是她。可现实就是这么残酷，她的生命也许拖不过这一个月了！过几天，她会接受骨髓移植手术，但是成功率不大。我希望，你能陪她走完人生中的最后一段时光！

这个消息，也是我在昨天才得知的。魏波一直瞒着我们，因为小雯不想让你担心，不想让你看见她憔悴的样子。如果魏波告诉我们，她就拒绝再接受治疗。可最终还是被我识破了，万分痛心！

小雯并不知道我们现在的关系，魏波在她面前只字未提。可是梓健你要知道，小雯其实并没有回北京，更没有什么男朋友，那是因为她心里一直深深爱着你！她不想看见你不开心，更不想拖累你。因为她说，只有我才能让你真正快乐。所以她选择退出，选择离开你，选择在医院度过她的余生！

当我和你相恋的时候，我们的小雯却在医院里痛苦地和病魔作着残酷的斗争。小雯平生最不喜欢的就是这里，但还是勇敢地坚持下来了。这让我觉得，我们的爱很罪恶。对于小雯，是种折磨和侮辱。

我很自责和懊恼，如果当初知道事情的真相，我想，在道德、理智、友谊与情感面前，我会选择放手爱情！对不起，梓健，请理解我这么残忍地说。因为现实远比我们想象的要残酷得多得多！

毕竟，小雯和你走过比我们在一起更多的时间。她对你的爱，远远超乎了我们的想象！在她面前，我觉得自己很渺小，我的爱远不如她来得伟大。无论如何，她都是你前女友的身份，她永远在我的前面，这一辈子都无法改变了。在你们分手的这段时间里，我和你、小雯，我们三人过着天差地别的两种生活！

所以我决定，放下我们的爱。人生中，还有比这更为重要的事情！如果能弥补小雯一些，我的愧疚也会少一些。在生与死的面前，我们都是渺小的。

答应我，陪小雯走完人生中的最后一段时间，以她正式男朋友的身份出现！对于我们的一段，在她面前永远埋藏！对于你们那两年过去，请不要破坏你在她心目中的形象，更不要说出那个残忍的真相！就当，你是深深爱过她的，深深爱她两年！就让美好的回忆永远跟随着她去吧，不要剥夺她最后一点幻想幸福的权利了，好吗？算我恳求你！

亲爱的，你不是和我说过："我的身体里，流淌着你的血液，我们就是一体的了。我们不分彼此，你就是我，我就是你。我们同呼吸、共命运！"即使我们不在一起，心也永远同在！因为我的血液里，有你的一半！

亲，记住我的话，一定要记住我说过的话！如果，你是真的爱我。只希望你能圆小雯最后一个梦想，好好守着她最后仅有的一点时光！假如我们有缘，下辈子，一定还会再相见！

永远爱你在心里！

你的珈

2008 年 4 月 13 日凌晨

生命与爱情并存

我相信，梓健在看完这封信后，一定会火速赶往医院看望小雯。不管他们之间的情分有多少，梓健，他是善良的。

我向单位请假，悄悄来到医院。躲在病房外面，隔着玻璃，看见梓健正在小雯的病床前。他们彼此对望，痛哭流涕。我的眼泪落下，欣慰地笑了。虽然夹杂着痛苦，内心很复杂。但看见梓健和小雯能够再次相逢，不管他们心中有多少怨恨，都已随着彼此的眼泪烟消云散了。

小雯，我把你最爱的人带来了，请记得一定要牢牢抓住他的手！我把梓健的笑容重新还给了你。这一刻，你们才是真正的一对。为了你的愿望，一定要坚持下去，好好活着。给大家一个弥补错误的机会！因为，我们都爱你！

魏波出来，看见我站在那里，给了我一个安慰的肩膀。"珈，你这又是何苦呢？""我，良心上不安，做人不可以这么自私的。""大家都是善人，会有好报的。"

手术前，小雯还有一个心愿，就是想让梓健和我们一起带着她上街再走走。就像最初，小雯、梓健、我、一芬、魏波，我们五个人在一起时那样。她说，想去威海路。当初和梓健认识的那个地方，留着小雯最初的念想。

小雯戴着那天买的假发和帽子，嘴上抹了唇彩。"梓健，你看！这就是我们当初认识的地方！""对，当时你们从饭店出来，然后遇到了我。""如果没有你的上前相救，也许，我们就会擦肩而过了。""所以上苍是公平的，我们还是遇见了。"

小雯说："我们一起来照张相吧。"魏波拿出相机，我上前拿过它说："好啊，我来给你们拍。"小雯向我招招手："珈珈，你过来啊，你要一起照的。"魏波把相机交给一位游客："不好意思，麻烦帮我们照张相。"我走过去，站到最左边，和梓健隔了开来。

然后，小雯要我们依次和她合影。当她和梓健拍照时，小雯撒娇地把自己靠在他身上，就像当初他们热恋时一样。梓健搀扶着她，给她安慰和依靠。当我和小雯合影时，她敏感地一摸我的右手："珈珈，你的戒指呢？""哦，戒指……洗澡的时候摘下来，忘了戴。"梓健低头沉默，我知道，他会谅解我的。

上车时，小雯又对梓健说："我还想去淮海路走走，以前，我们不也是经常去吗？""你想去那里？""对，想再看一看上海繁华的街景。"梓健从后视镜望向我，我低下头。他的眼神告诉我，我们的笑容还在那条街上的橱窗里。

"那好吧，我们不走路，只是开车兜兜风，好吗？""好！"梓健把着方向盘，缓缓地往淮海路开去。我在心里默念：但愿小雯不要看到。"看到淮海路，我的心都痒痒了。这么长时间待在医院，现在真想去购物啊！"梓健说："没问题啊，等你好了，我们大家一起陪你去购物！"

开到一半，他特意说："小雯，差不多了，我们掉头吧。""还没完呢，到头直接往前面出去好了。"梓健只有继续。小雯的头一直往左边眺望着。梓健连忙说："小雯，你向右边看啊，这样多方便。看左边，多累。""呵呵，不累，两边都环顾。"

"梓健，等等！""怎么了？""你靠边停一下！那边橱窗里的照片，好面熟！""是吗？哪里？""左边！"小雯盯着梓健看。他望向那里，看见了自己的照片。我的心被揪起，这不忍的一幕，还是被心细的小雯撞见了。

"照片，拍得很漂亮，是你和珈……"梓健马上说："哦，你说那照片吗？是这样的，我一个朋友开了摄影工作室，想找两位模特儿帮他撑场面，就告诉我了。我一时也想不出谁比较合适，正好珈珈也去了那里，就让她帮忙了。所以，就拍了这张照片。""真的吗？"

"是啊，不信，你问珈珈。"我忙接上梓健的话："是啊，小雯，他们工作室一时找不到合适的人选。也巧了，他们的经理正好是我同事的朋友，当时正托我同事找找模特儿，她就想到我了。结果我一去工作室，正好碰见梓健。没办法，就赶鸭子上架，帮他们一个忙。"

我不知道这善意的谎言能不能瞒得过小雯。魏波帮忙说："是啊，小雯，梓健当时还问我来着，身边有没有合适的人选。我哪有啊，硬是没有想出来！"

只见小雯低下头，语调低沉："哦，没事了，照片拍得很漂亮，一定很吸引路人的注意。"她转头笑笑对我们说："梓健、珈珈，你们拍得很棒，也很登对！"我忙解释："小雯你误会了，我们只是拍照而已，没什么的。""嗯，我知道。咱们走吧。"

梓健缓缓踩下油门，小雯回过头，又深情地看了一眼左方的橱窗。回去的路上，她没有再说话。

送小雯回医院后，梓健对我说："我送你回去吧。""不用了，我还要回公司。""上车吧，送你过去，现在打不到车。"

车上，我没有说话。"珈，我知道这件事对你的打击非常大，对我也一样。这是大家都不愿看到的事实。但是，我们能不能试着，用其他办法来代替看看？"

"梓健，你觉得还有什么办法可以代替小雯的病情？没有了。除此之外，也不可能会有更好的办法。""那么，你就真的忍心，丢下我，去实现你伟大的博爱精神吗？""梓健！请你理解，我并不是想表现什么！小雯现在，比我更需要你，她更需要你的鼓励不是吗？"

"小雯是很需要照顾和关爱，我可以做到。我可以每日陪伴着她，给她勇气和信心。这是我的责任，我一定会履行。可是爱不是施舍和怜悯，如果因为这样而让我再次接受小雯，难道对她就不残忍吗？"

"离开她和关心她，哪个更残忍？""可是，要牺牲我们的爱情作为代价，你不觉得残忍吗？""梓健！现在小雯的生死都是个未知数，命都快保不住了，有个破爱情能当饭吃吗？"

"我想让你分清楚，这完全是两回事！我们不吵架好吗？我们好好说。""我们也没有资本再吵架了。生命不是由我们来掌控的，我们没有任何权利。""如果你一定要坚持的话，那么我妥协。因为我尊重你。"

"梓健，请你明白，我不是要你为我妥协什么。看到小雯这样，我们心里都不好受，你也同样。她的日子不多了。我们不可能抛下她，然后去过自己的逍遥日子，不是吗？"

"小雯，她太傻了。我真的没有想到，她对我……""是，她对你一直都没变。所以，我做不到还能和你谈笑风生，这不道德。如果这样，我们会遭天谴的。""我明白你的感受。这个打击，对我们任何一个人来说都是沉重的。小雯，她太善良，老天不应该对她这么不公。她还这么年轻！"

"所以，请答应我。给小雯留下最后一段美好的记忆吧，她太可怜了。那些残忍的事实，永远不要提起了。好吗？"梓健红着眼看我，点点头："我……答应你。"

下了车，我和他作别。我相信梓健可以做到。

非亲生父子

这天下午，我接到颜晴的电话。语气里极不平静，她让我马上赶去医院一趟。到了医院，颜晴坐在那里默默地哭泣。旁边，站着一位唉声叹气的男人，是她的前夫。颜晴告诉我，小宝因为高烧不退被送进医院，怀疑得了急性肺炎。而验血的时候，却发现了一个惊人的秘密……

当看到化验单上小宝的血型时，颜晴和前夫都惊呆了。小宝的父亲是 B 型血，而颜晴的是 A 型。按照常理，小宝的血型不是 A 型、B 型，就应该是 AB 型，可结果居然是 O 型！他们以为是弄错了，又重复验了两次，依旧还是同样的结果。这说明，小宝很有可能不是颜晴和她前夫所生的孩子。

前夫质问颜晴："你告诉我，小宝到底是谁的种？如果真是这样，那么我一直都在替别人养孩子！""我不知道，我真的不知道！我和你是同时知道的结果！""我要验 DNA，看看小宝到底是不是我的亲生骨肉！"颜晴痛哭，她无论如何也想不到事情会是这个结果……

我问颜晴："颜姐，现在，是在等结果吗？""是……我真的没有把握，只有叫你过来。我怕自己一人招架不住！""如果小宝真的不是你前夫所生，那会是谁的？"颜晴看看我，呜呜地哭起来。

"颜姐，你知道是谁对不对？""是他……一定是他！除了他，我没有别的男人了！"我小心翼翼地问："是……是刘明，对吗？"颜晴看看我，一把抱住我："珈，我该怎么办？该怎么办啊！"

化验的结果令人震惊：小宝和颜晴前夫的 DNA 模式在一个或多个的探针上组织排列不吻合，他被 100% 排除是小宝的亲生父亲。小宝的确不为颜晴前夫所生，他们两者之间，没有任何血缘关系！

"好你个女人，我辛辛苦苦为了这个家，为了你和小宝，到头来，你给我戴了这么大一顶绿帽子。我居然为别人养了七年的儿子，现在却告诉我小宝不是我的亲生骨肉，你要我怎么接受得了啊！"颜晴的前夫发了疯，他揪着她的衣领大叫道。

我想，任何一个人遇到这样的事情都无法接受现实。

我上前劝阻："先生，请您冷静点，冷静点！""要我怎么冷静？

这是对我的侮辱啊！我就是再怎么老实，你也不能这样欺负我吧！告诉我，那个家伙是谁，是谁？是不是他，是不是他？"你不要逼我了，不要逼我！"

最后，颜晴把小宝接回了家。我问："颜姐，你准备把这个事实告诉刘明吗？""当然要！最起码，他应该去验个 DNA，确定这孩子是不是他的亲骨肉。要不然，还以为我这是在勒索他呢。"

看着颜晴不停地抽着闷烟，再看看熟睡中可爱的小宝。我的心里，纠结得疼痛。我本以为颜晴离开刘明，从此可以过正常的生活，拥有属于自己的人生。可万万没想到，这个天大的打击，再一次降临在这个可悲的女人身上！只是这沉重的责任与压力，该要她如何来负担！

一人一命！

两天后，颜晴告诉我，她和刘明摊了牌。没想到刘明却说："鬼知道你那孽种是和谁生的，没有人清楚！你除了你丈夫和我之外，也不是没有其他男人。你别想拿这个玩意来诓我！"

"刘明，你说我会拿自己的亲生骨肉来做交换吗？我没有想得到你什么，只是希望你去验个 DNA，证明一下你和小宝之间的关系。"

"有必要吗？你就那么一口咬定他是我的种？那我可以告诉你，全上海，有好多女人的孩子，都和我有关系，我都要去验亲子鉴定吗？""不，小宝真的是你的亲生骨肉啊，你是 O 型血，他也是 O 型。你就答应我去吧。看在，我为你拼命九年的情分上，求你了！"颜晴跪在地上央求他。

最后，刘明答应颜晴去做 DNA 鉴定。结果，如同她所想的一样，十几至几十个 DNA 位点检测，组织排列吻合。小宝与刘明确定亲子关系的准确率达到 99.99 %，为肯定父系关系！

当颜晴把化验结果拿给刘明看时，他又说："你别以为，小宝和我确定了亲子关系，我就会为你们多做些什么。不要以儿子的理由再妄想从我这里拿到什么好处！"

"可是，小宝是你的亲骨肉，这总是事实吧！再怎么样，他都得亲口喊你一声爸爸！""我看，还是免了吧。他叫了那人这么多年爸爸，也叫习惯了。要改口，太难了。既然你前夫这么厚道，那就继续让他厚道下去吧！"

颜晴对刘明绝望了，她没有想到，这个风流成性的男人连自己的亲生骨肉都不肯认。颜晴说，是时机做个了断了。我劝她千万不要轻举妄动，别再让更多的错误毁了自己的一生。

颜晴说："这算什么，他已经毁了我的大半人生了，余下的半生，本就看不见希望。我非常清楚自己在做什么，请你们不要为我担心。"

小雯的离去

梓健日夜守候在病床前陪伴小雯，给她讲笑话，喂她吃饭、喝水、擦身……悉心的照顾让她的家人觉得很难得，他们都没有想到在危难时刻，梓健还能对自己的女儿这样不离不弃。他们感谢他。

4 月 18 日，一个吉利的日子，小雯准备接受骨髓移植手术。所有人来到病房，给她最后的鼓励和信念。我握着她的手："加油，小雯，你一定可以的，我们等着你的好消息！"

她用柔弱的气声说："假如……我失败了，记得要和梓健好好走下去，我希望你们能幸福！""不要这么说，梓健永远都是你的，只属于柳雯一个人。你不会失败的，你是最坚强、最勇敢的。命运会眷顾你，给你力量。小雯，要相信自己、相信大家，相信医学！"

梓健走到小雯面前："梓健，假如我不行了，你要好好对珈珈，她是我最好的朋友，我不希望看见她再流泪。"梓健抱住她哭着说："雯，你现在什么都别多想。你要知道，大家都不能失去你！为了你自己，要坚强地活下去，知道吗？"小雯流泪默默地点点头，梓健在她额头上轻轻地一吻。

小雯被送进手术室的那一刻，所有人的心被纠结在一起……

终于，手术结束了。医生说，基本顺利，但要看接下来几天的情况，移植是否出现排斥和并发症，这些因素都不能排除。看着虚弱、苍白的小雯，我们只有祈祷上苍能对这个可怜的女孩多一些同情和眷顾。

令大家十分痛心的是：20日，小雯出现身体肿胀、发热、咳嗽现象。经检查，她患了急性间质性肺炎。这种术后并发症相当致命，起病突然、进展迅速、平均存活的时间相当短。小雯的嘴角和手臂相继出现了疱疹和溃烂，医生立即对她进行了紧急抢救。

医生走出手术室，脸色很沉重。他严肃地看着我们说："患者没有多少时间可以拖了，大家做好思想准备吧。"

4月22日，小雯出现胸闷、气喘，呼吸困难，病情日趋严重。医生再一次对她进行了紧急抢救，她的全身插满了管子，嘴上罩着高压呼吸机。看到可怜的小雯在病床上如同一个试验品被医生左右着，每个人都是心如刀绞。

小雯的母亲已经连续好几天没有睡觉，双眼哭得红肿不堪，满脸悲伤，她再也禁不起任何打击。看到女儿在病榻前痛苦地挣扎呻吟，她终于昏了过去。

这让我想到了一年前，边宇病危时的情景。他的母亲双手合十为爱儿虔诚地祷告，趴在病床前撕心裂肺地痛哭呼唤。同样是痛失亲子的沉重，同样的伤心欲绝！孩子是母亲身上流出的血、掉下的肉。孩子有难，就是从母亲身上活生生地撕下一块肉，那是怎样的疼痛万分！

4月23日上午，小雯出现呼吸功能衰竭、两肺呼吸音减弱，张口呼吸的情况。医生把我们叫到病房外："你们做好心理准备吧，患者恐怕撑不过今日了。大家和她去做最后的告别吧！""不会的，我们的孩子不会这么快就走的。雯雯……雯雯……"小雯的母亲撕心裂肺地哭喊，她奔进病房和女儿告别。

当家人和小雯说完话后，她的母亲出来说："司徒珈，雯雯让你进去。"我来到床前，哭喊着："小雯，你要坚强，你一定要坚持住啊！我们大家都在等你。你不能食言，你不能放弃啊，小雯！"

小雯的呼吸急促，嘴巴微张。我忙问："是不是想和我说话？"她点点头。我拿下呼吸罩，她立马笑了一下。我凑到她耳边："你想说什么？""珈……我们永远都是……好朋友。""是是，我们永远是，下辈子也是！""答应……我……要和梓健……好好……"

我使劲摇摇头说："小雯，我要告诉你，我从来没有抢走你的梓健，从来没有！他一直都是你的，他永远都是你的！梓健，他一直深爱着你……所以，你要坚强！"

小雯的眼角流出泪水，笑着摇了下头："我希望……我不在了……以后，你替我……照顾他……好吗？""小雯……小雯……""梓健……他……是个……好人……"

我握着她的手："我知道！小雯，我们大家都爱你，尤其是梓健！""不要这么说……""雯，这辈子，我们不分离！""你是我……最最……要好的……姐妹……我爱你……"小雯用颤抖的声音哭着说。

走出病房，我捂住嘴巴："梓健、魏波，小雯让你们进去。梓健，记住我的话，请一定记住！你所说的每一个字，都要细细斟酌！"他肯定地对我点点头，红着眼进去。

透过玻璃，我看见梓健抱住小雯，在向她诉说着什么。只见小雯不断流泪，她笑着摸梓健的脸，从没有过的欣慰。梓健低下头，听小雯说话。他不住地点头，然后，在小雯的额头上吻住。小雯哭得很厉害，她让梓健把头低下，也深深吻住了他的额头。梓健握着小雯的手，又在她耳边说了一番话。小雯的嘴巴突然张开，眼睛睁大，泪水顺着眼角淌下来。她皱起眉头，表情很痛苦。接着，她急促地大口喘气，全身都开始抽动起来。

"医生、医生！"梓健疯喊着，出来的时候，泪眼模糊。我们上前："小雯怎么样？她怎么样了？"梓健摇摇头："不要问了！"医生对小雯进行了最后一番无力的抢救。

2008 年 4 月 23 日下午 2 点 15 分 42 秒，小雯的心脏停止了最后一次跳动。经历了三个月与病魔的抗争，她永远地离开了我们。

我用生命与你决绝

可爱的小雯，这么年轻就离开了人世。她的家人，无法接受如此惨痛的事实。在墓碑前，我们为小雯上了香，待她的家人离开后，几个生前好友还站在那里陪着她。

"小雯，你怎么可以就这样离开我们？"一芬哭着说，"雯啊，你的离去，更让有些人得逞了，你怎么这么傻呢？""一芬，不要瞎说！"魏波连忙阻止。"小雯，小雯……"一芬气愤地回过头，狠狠地盯着我们，"这下，你们大可以名正言顺地在一起了，再也没有人会阻碍你们了！"

魏波急了："一芬，你闭嘴！"我连忙解释："一芬，我们没有这个意思，真的没有，请不要这样说！""不是么，小雯太大度了。她宁可委屈自己，也不愿麻烦任何人。她宁可舍弃心中的最爱，然后用自己的生命来成全你们！直到她闭眼的那一刻，都还这么为你们着想！你们看到她走之前，表情有多么痛苦，因为她心里有苦没处说啊！"

魏波痛苦地低头："一芬，不要怨了。小雯最后起码是带着微笑离开的。""那又怎么样，谁看到她心里的苦？小雯短暂的一生，到头来就是带着委屈和痛苦离开的。你说，她是不是太傻了呢？她太善良了，所以到死都被人欺负。她可以原谅你们，但我做不到！我为小雯感到不值，不值！"一芬说完，气冲冲地离开了。

我呆呆地站在那里。

魏波劝我："珈珈，你别往心里去啊。一芬，太伤心了才会这么说。你也知道她这人的脾气，有口无心的，别怪她！""是我不好，是我的错，她骂得对！""唉，小雯都走了，就让她安息吧。她也不希望看到你们反目成仇，更不希望你和梓健因为她的关系而让这一段感情荒废！"

我猛地转头看魏波和梓健："什么？小雯最后还是知道了我和梓健的事？"魏波低着头："嗯……小雯，其实她有数的，她能够感觉出来。"我盯着梓健质问："梓健，你到底对小雯说了什么？你到底对她说了什么？""我……""我问你啊梓健，你不是答应过我的吗？答应过我什么都不说的！""我没有！""那你说了什么，为什么不肯告诉我？"

梓健低着头不敢看我："我……我说了……真实的想法，还有自己心里想说的话！"我倒退了两步，原来临了临了，我最最担心的事还是发生了。他把自己内心的想法全都告诉了垂危的小雯，他还是没能守住这个秘密！他还是出卖了我！他还是不肯放过小雯！

我嘶喊道："梓健！你为什么这么自私？到了最后这一刻，你还是不肯让小雯走得安心！你和她说了什么，她听后反应那么激烈？你好残忍啊！"

"珈，你冷静点！我没有，我没有！""你还要狡辩是不是？""你为什么不相信我呢？""你还是要这样的态度，你太令我失望了！我没有办法面对小雯，再也没有脸来见她了！"

我忍着心痛，带着愤怒、绝望的泪水冲他说道："梓健，这一次，我认真地和你说，我们再也没办法在一起了，再也不可能了！""不，珈，你不要这样，不要这么冲动！你听我说！"

我狠狠说道："我没法不冲动，没法听你再说任何一个字！站在小雯的墓前，我感到羞愧，替你和我羞愧！""珈，你冷静点，听我说！"

"我不听，你给我闭嘴！"我痛苦地闭眼，颤抖着说，"今天，我当着小雯的面发誓。我司徒珈，从今以后，再也不会和梓健在一起，再也不会！否则，我将永世都不得超生！""司徒珈！你……这是干什么？干什么呀！"梓健嘶吼道。

我转过头："是你逼的，不要怪我。我永远做不到原谅你！小雯，就是我们的证人！"我面对小雯的墓碑："亲爱的小雯，如果我和梓健还有什么往来，就用你的灵魂来报复我吧！雯雯，对不起，对不起了！再见！"

说完，我掉头就走。魏波在身后喊道："司徒珈……司徒珈……"梓健："你什么都不知道，你什么都不懂！司徒珈……"任凭他们再怎么喊我，我都没有再回头。

这一次，我是彻头彻尾离开了梓健。

我的心里，有一个永远无法逾越的坎，还有深深的愧疚与怨恨。原本以为，梓健能让小雯走得顺心一些，不要再在她的心上洒下残忍的盐巴。可没有想到，他还是说出了那些让她伤心绝望的话。梓健太自私了！小雯闭眼前那个惊恐的表情，我这一辈子都不会忘记！

我对梓健彻底失去了信心，这辈子，我无法再原谅他！

我用自己的生命与你决绝，在小雯的墓碑前，发誓。

最后的午餐

阿欣给我来了电话："宝贝儿，这几天怎么样？没有我骚扰你，你和梓健快活着吧？""小雯走了。"我努力让我的语气平静。"什么，你在说什么？""她没有回北京，她得了血癌。前几天……去世了。"我冷冷地说着，心，已没有了任何温度。

"怎么会发生这种事情？太让人意外了！那你和梓健……""我和他……分手了……""什么？你们又分手了？"我哽咽着挂掉电话。

我，不配得到任何人的帮助，不配拥有快乐和幸福！我这个扫把星，每次让身边的人都遇到灾难和惩罚，以生命之沉痛！

4月29日下午，我接到电话："你好，请问是司徒珈小姐吗？""我是，哪位？""我是拘留所的办案人员，请问你认识颜晴吗？"听到颜晴的名字，我顿时紧张起来："认识。""你们是什么关系？""我们是朋友。颜晴，她怎么了？""颜晴被拘留了。""拘留？她犯了什么案？""这样吧，你现在过来一趟，颜晴说她想见你。"

来到拘留所，我看到了颜晴。几日不见，她就从人间来到了地狱，落魄得要命。我握住她的手："颜姐，你这是怎么了？怎么会变成这样的？"她红着眼，表情镇定："我把刘明干掉了！我终于做到了！"

我睁大眼睛问："你说什么？你把刘明……杀了？"颜晴瞪大眼睛直直地望着我："我没有杀他！没有！我只是……在他的酒里放了一些安眠药而已。"颜晴对我讲述了事情的来龙去脉……

当刘明不承认自己的亲生骨肉后，颜晴彻底崩溃了。她在绝望的同时，终于萌生出把刘明彻底铲除的念头。她把小宝寄放在亲戚那里，并交出家里的钥匙。颜晴对小宝说："妈妈可能要出国一段时间。等在那边站稳了脚，就把小宝接过去。"

颜晴打电话给他："刘明，我们虽然不可能走到一起了，但看在我对你付出九年的情分上，最后再陪我一次吧！""怎么，还想玩什么把戏？""我真的很想你，毕竟，你是小宝的亲生父亲。我只想，与你最后再重温一次，好吗？从今以后，我们各走各的，不再互相牵绊。"

刘明最终答应了她的请求。他来到颜晴的住处，看见满桌丰盛的菜肴，中西餐皆有，还配红酒和轻音乐。他笑笑："怎么，今天这么有心情款待我啊！"颜晴望着刘明："当然，你是我生命中最重要的一个男人，没有人能代替你在我心中的位置。来吧！"

颜晴躺在床上，紧紧抱住刘明，度过他们人生中最后销魂的一刻。这个拥抱了九年的男人，过了今天将再也不会出现在自己的生命里。他们要彻底说再见了。爱与恨交织在一起，已分不清多与少。太复杂的感情纠结着颜晴的内心，这是最后一次完整地拥有他！

颜晴用了刘明最喜爱的香水，整个房间处处散发着致命的香气，犹如黑色的玫瑰绽放无穷的魅力。它让颜晴充满了诱惑魔力，让刘明对她有着难以抗拒的神秘感。

　　颜晴用力拥抱刘明，深情地亲吻他。她的泪无声地滑过脸颊，流进心里，一遍又一遍。他们亲吻了彼此每一寸肌肤，她让他最后一次在自己的身体内活跃。让他最后再霸道地占有自己一次，并留下痕迹。至少证明，这一刻，他们还是属于彼此的。

　　颜晴爱刘明的占有欲，也爱他的百般温情。他的好与坏，都让她欲罢不能。这个让她绝望的男人，最后带给自己的只有撕心裂肺的疼痛。

　　走出卧室，他们洗了个鸳鸯浴。然后，颜晴和刘明跳起了舞，在音乐的作用下，最后一次紧紧拥抱他。这个拥抱是真实的，不掺杂任何的恩怨情仇，只有爱。深深的爱，九年的爱！一个女人最宝贵的时间和感情，全都赋予了这个叫刘明的男人！

　　坐在餐桌前，颜晴为他夹了很多菜。刘明看着她，放下手中的刀叉："牛排味道不错，中餐很合我胃口，红酒也很棒。""跟了你那么久，如果还不知道你的口味，岂不是太失败了？""呵呵。我不得不承认，你是我刘明所有女人里面，最了解我的一个。连我的两个亲姐姐，也不及你。"刘明笑笑，喝下一口红酒。颜晴镇定地喝了一口酒，看着他。

　　刘明拿过纸巾擦擦嘴："我不能在这里待太久，一会还要去机场接客人。""没问题，吃完这顿午餐，你就可以离开。""你今天，怎么大不一样了，变得这么温柔？""我终于想明白了，既然留不住你的人，就让你彻底走吧！来，我们把它干了！为……最后的午餐，干杯！""呵呵，干杯！不过我不能喝太多，一会还要开车。""只是红酒，没事儿的。"

　　颜晴看着刘明一口喝完杯中的红酒。他起身穿衣："好了，我真的要走了，不然误点了。"颜晴上前，闭眼抱住刘明，吻了他的脸颊。她的眼泪悄然滑落："刘明，一路走好！""谢谢你的午餐，我很喜欢。再见！"

　　关上门的一刹那，颜晴知道自己要彻底与刘明说再见了。她在他喝的红酒里下了安眠药。

仇　杀

刘明发动油门，离开颜晴的小区。而颜晴则小心翼翼地下楼开车，悄悄跟在他的后面。

刘明加大油门，往机场的方向快速驶去。开着开着，刘明觉得头越来越晕，眼前一片模糊。他左右摇摆着方向盘，头重得抬不起来。刘明彻底睁不开眼睛，车子失控了。他先是撞上了一辆小轿车，而后又撞上一辆大客车。最后，冲上了隔离带，车子翻了身。汽油漏了出来，而后，"轰"的一声燃了起来。

颜晴踩住刹车，看着远处的车子被火滚滚燃烧着，眼泪无声地流过嘴角。她皱着眉头，趴在方向盘上失声痛哭。擦干眼泪，颜晴对着远处说道："刘明，永别了！"说完，她发动油门，一个大转弯，车子飞速地驶了出去。

颜晴来到刘明的公司，径直上了楼。她急匆匆地走进财务室："不好了，大事不妙了！"财务大姐站起身："颜晴，出什么事了？"颜晴哭着说："刘总，刘总他……""刘总他怎么了？你别急，慢慢说！""刘总，他被人……绑架了！""啊？什么，刘总被绑架了？不可能吧？他上午还说，下午要去机场接客人的。"

"是啊，绑匪刚刚给我打电话，我也吓坏了。刘总是在开车的时候半路被人劫走的，据说是什么仇家来的。他们要400万，说一手交钱一手放人！""什么？400万？太可怕了，那我们……报警吧！"

"千万不能惊动警方，绑匪说了，一旦报警，他们马上撕票。到时候，连尸体都找不到。他们还说，让我把赎金交到指定的地点，一分也不能少。""那，我打个电话给刘总。""哎呀，你傻啊，绑匪早就把电话给砸了，只有等他们联系我了。你还是赶紧去银行把现钱取出来吧，过了时间就救不了人啦！"

财务还是拿起了电话拨打："对不起，您所拨打的电话暂时无法接通。"她半信半疑地看着颜晴："这样合适吗？""大姐啊，你再这么犹豫来犹豫去的，刘总的命都保不住了！你看，我自己还凑了200万呢。"颜晴把黑包拉开，把现金拿给财务看。财务犯难："可是，账上的流动资金不多了，很多款还没有收回来。""都这个时候了，是钱重要还是命重要啊！"看颜晴一脸的焦急样，财务似乎相信了她说的话。颜晴握住财务的手："记住，这事对谁都不能说出去。否则，后果不堪设想。"

财务和颜晴来到楼下的银行，取出账上的400万元现金。颜晴叮嘱道："这笔钱，不能声张出去。等刘总被放了后，再做决定。到时候报不报警，再看他本人的意思。我走了！""小心，一定要小心！一定要救出刘总啊！""放心吧，我也跟了刘总这么多年，当然不希望他有事！"

颜晴开上车匆匆离去。她的后备箱里，带上了所有的行李与物品，当然，还有那600万元现金。此时，她正赶去码头与姓钟的男友会合。

财务回到公司，越想越觉得不对劲。她再打刘明的手机，还是无法接通。她觉得蹊跷，仅凭颜晴的几句话就能证明刘明被绑架了？矛盾之下，财务最后还是拿起电话报了警。

当颜晴风尘仆仆地赶往码头与男友汇合时，公安人员也及时赶到了现场。颜晴知道自己再也逃不过去了，勇敢地伸出了双手……

"颜姐，你真的太傻了。你的孩子怎么办？他还这么小！""我对不起小宝，对不起我前夫，对不起我家人！我是罪有应得啊！""你这是何苦呢，何苦呢！"

颜晴拜托我带小宝去医院看刘明最后一眼，当着他的面，叫一声爸爸。毕竟，刘明是他的亲生父亲。我答应了她的恳求。

这个一生都在为别人而活的女人，从今天起，要在牢狱里度过她余下的半生了。

因果报应

我接上小宝来到医院。在重症监护病房里，我看见了满身被厚厚白纱布包裹着的刘明。小宝吓得躲在我身后，他的小手紧紧地拽着我的衣襟。

"来，小宝，去看一眼你的亲生父亲。他，才是你真正的爸爸！"小宝抵触地说："我不，我不！他不是，他不是我爸爸！""乖，听话！只要你走过去，叫他一声爸爸，姐姐就带你出去，好吗？"

小宝怯怯地拉住我，小小的手掌心上全是冷汗。我带他走到病床前，刘明的手微微抬起，小宝立马把头捂在我身上。"别怕，小宝，快叫一声爸爸！"小宝凑过半个脸，望着他："爸……爸……"说完，他哇的一声大哭起来。刘明眼角的泪水顺着白纱布流了下来，他轻轻地说道："我……的……儿……子……"

小宝被刘明的家人带到了外面。我默默走到跟前，流泪望着他。

眼前的刘明，此刻再也不是嚣张跋扈的傲慢男人，再也不是自私无理的虚伪男人，再也不是卑鄙阴险的狡猾男人。危难面前，刘明再也没有资本去挥霍他的威性。失去了这些外壳，他将一无所有。

他伸过手，想和我说话。我低下头，仔细聆听他说的每一个字："司徒……珈……对……不……起……我……真的……很喜欢……你……"我闭上眼，默默地流泪。此刻，我愿意相信刘明说的这句话，他曾经是真心喜欢过我。可他的动机不对、方式不对、心态不对，他不知道真正爱一个人的本意是什么。

"很可惜，我这辈子……没有福气拥有……你这么好的姑娘……我不配……你充满了……正义和善良……你是个……勇敢……坚强的女孩……我打心眼里敬佩你。"

我颤抖着声音说："刘明，到现在，你还认为自己是对的吗？""不……我对不起你……我……不该……那样对你的。""你对不起的人太多了，何止是我？你看你现在的样子，可以想象那些被你伤害过的人，他们有多么无辜和痛苦，你应该感受得到吧？"

刘明闭上眼，轻轻点了下头，眼角再一次流出眼泪。

"这辈子……我对不起的人太多了……我就算……见了阎王爷……也无法弥补和偿还他们……下辈子吧……下辈子……我一定好好补偿他们……""没有下辈子了，再也没有了！"我趴在床上狠狠地痛哭起来。

"对不起……对不起……对不起……"

我握着他包满纱布的手，抽泣着说："刘明，现在……你相信有报应了吗？"他缓缓地点点头："其实……我一直……都相信……有因果报应……我的这一天……终于……到来了……"我哽咽地喊道："早知如此，为什么还要作这么多恶？早知道有这一天，为什么就不能堂堂正正做人？"

"来不及了……太晚了……一切……都晚了……""为什么，这到底是为什么？""我何尝不想做个好人……只能说……人在江湖……身不由己……我没有办法……""身不由己？究竟有多身不由己？伤害那些人，那些被你逼疯、逼死的人，难道也是你身不由己吗？"

"所以现在老天惩罚我了……我这是罪有应得……我对不起……他们……晓敏怎么样了？""托你的福，她还没死。""希望她能好起来……我在地下……也能瞑目……过不了多久……我就去陪芳芳了……我会好好向她忏悔的……"

我使劲摇着头："早知今日，何必当初呢，何必呢？""请转告……颜晴……我对不起她……她……是我……这一生……最愧对的……一个人……""她很可怜，要替你收拾烂摊子。也许，要收拾很久很久，你明白吗？""我对不起她……对不起她……让她跟了我这么多年……苦了她了……下辈子……再让我好好补偿他们娘俩……让我好好做一回……小宝的……父亲……"

我抱着刘明痛哭，这一刻，我们彻底放下了彼此的心结。

"珈……请帮我……一个忙……""好，你说。""帮我照看一下……我的……老母亲和姐姐……安慰她们……她们……很可怜……我对不起……她们……我不孝……我的财产……一半留给我的家人……另一半……留给小宝……我欠他们娘俩的……太多了……"

"你放心，我会的，我会的！"刘明紧握我的手嘱咐："谢谢你……司徒珈……人生最幸福的事……就是好好活着……下辈子……我一定会做一个好人……好好活着……比什么都重要……希望你幸福地……活着……记住……一定要幸福……要幸福……"

听到刘明这么说，我再也忍不住了，跑到病房外大哭起来。这个无恶不作的坏男人，在经历这么多纷纷扰扰的事情后，还有良心想到这些。他悔过了！在他的内心深处，不是没有感情的！可惜，一切都太晚了。

医生经过身边，我忙问："医生，患者的情况怎么样，能和我具体说说吗？""患者的烧伤面积达到了90%以上，属于特重烧伤。全皮烧伤已经损伤到神经末梢，达到皮下、肌肉和骨骼，随时都会有生命危险。如果想要康复，必须接受五、六次植皮手术。即使手术成功，患者也一定是毁容了。""那患者能脱离危险吗？"

"像他这样全身烧伤面积达到90%以上，理论上来说，存活机会是微乎其微。死亡率，要依照伤者的年龄加上他的烧伤面积而定。按照他的情况，已经超过了100%。""那他，最后还能活多久？""最多3至7天吧。"

我呆住了，望着病床上的刘明，他也许想不到，自己会在不久的将来去见阎王爷。只是面对坐在一旁满头白发、哭得死去活来的老母亲和家人，他们又该如何面对这个残忍的结局？刘明就是再险恶，但在母亲和姐姐的眼里，他仍旧是个好儿子和好弟弟。

2008年5月1日清晨，刘明出现呼吸困难，继发严重感染现象。

随后又出现脱水，内脏开始衰竭。5 月 2 日，下午 4 点 50 分 48 秒，刘明停止了最后一次心跳。

这一刻，刘明终于如自己所说的因果报应，带着深深的悔恨去见阎王爷了。刘明，你早前不是一直宣称自己连天王老子都奈何不了，可为何现在几粒小小的安眠药就能置你于死地？

你就是有天大的能耐，在生死面前，你又怎能抗衡于它？你就是拥有再多的钱财、地位、名利、女人……危难当头，它们却帮不上你任何的忙。你闭眼的那一刻，就该知道它们将不再属于你。

面对眼前再也无法动弹的刘明，我却不希望他走得那么早。你不是说你喜欢我么？不是说要想尽一切办法得到我么？那你起来啊，起来去实现你的长远计划啊！你不是说这一生没有你征服不了的女人，可为何对我，你却手下留情了？此刻我就站在你的面前，你却奈何不了我一根汗毛！现在，我宁可你趾高气扬地来对付我，虽然危险，但至少证明你是活着的。

你留下的那些罪孽，凭什么要让活着的人替你承担？你还没有亲口对疯癫的晓敏说一句对不起，还没有到芳芳的墓前去深深地悔过，你甚至没有勇气去监牢看一眼为你拼命了九年的颜晴！还有那些我知道或不知道的人，那些傻女人，都因为你而遭受各种不公的境遇。面对这些残兵败将，你觉得自己赢了吗？

我们都想亲眼看着你进监牢，在铁窗前发出你真心的忏悔，再用你的下半辈子来补偿那些你伤害过的人！可是现在，什么都没有了。刘明，你是个逃兵！

刘明的一生

我跟随刘明的老母亲来到她家中，墙壁上挂满了他从小到大的学习奖状和奖杯。刘明是儿子，上面还有两个姐姐。

灵堂前，奶奶对着墙上的黑白照哭着说："明儿从小就是个听话懂事的好孩子，从来不给我淘气的。他年年拿奖状，上大学得了奖学金，就给我买了助听器。"奶奶拿出刘明小时候的照片给我看。然后，刘明的姐姐递给我三大本厚厚的日记簿，里面记录了刘明一路走来的成长经历。

最初，刘明家境并不好，全家生活在拥挤吵闹的弄堂里。刘明6岁时，父亲有了外遇，回家就喝酒打骂母亲，最后竟把女人堂而皇之地带回家过夜。而母亲只有在客厅里放个被子，冰冷地凑合着过了一夜又一夜。

刘明想骂走那女人，女人叫来两个大汉教训他："你这个小瘪三，竟敢弄到老娘头上来了！看我不整死你！"她将刘明的脸上、嘴上，沾满了恶臭的狗粪。

这给刘明幼小的心灵带来了沉重的打击和耻辱。而可恶的父亲变本加厉，送走一个旧女人又迎来一个新女人。

刘明读初中的一天晚上，那女人趁着家里没人，竟风骚地勾引起他来。"小弟弟，那死男人不在家，我一个人寂寞得发慌，要不你陪陪我啊！""你要干什么？走开！别靠近我！"女人把刘明推到床上，露出自己丰满的双乳。刘明边反抗，边做着强烈的思想斗争。如果和女人发生些什么，父亲知道后说不定会把这个朝三暮四的贱女人赶出家门。刘明痛苦地闭上眼睛，他忽地转过身，趴在了女人的身上……

刘明的父亲知道后，反将菜刀对准了他。这风骚的女人不仅轻贱，还颇有心计，居然倒过来反咬自己一口，刘明嘶喊着逃到巷子口，对着墙壁猛踢猛打，把怨恨、气愤和侮辱全部发泄了出来。他跳进水里，敲打着河水。他要让罪孽在这清水里被冲洗干净，他觉得自己很肮脏，无法见人。

没多久，父亲就和那女人离开了家，再也没有踏进这个弄堂一步。可怜的母亲，自父亲离开家后，整天以泪洗面，一夜苍老。

刘明安慰母亲："妈妈，爸爸不要这个家，还有我，我会保护你和姐姐的。总有一天，我会赚很多很多的钱给你们花！然后拿着钱，去堵住那些臭女人的嘴！"从这时起，刘明对那些衣着性感、浓妆艳抹的女人产生了仇恨的心理。

转眼，刘明以优异的成绩考取了大学的机械制造自动化专业。他爱上了生命中的第一个女孩。当女孩问刘明自己是不是他的第一个女人时，刘明心里一阵触痛。这是他人生的污点，是说不出口的不堪秘密！

他问女孩："你希望我说实话还是假话？""当然是真话。如果你骗我，你将永远失去我！"刘明狠狠心开了口："我……不是第一次，不过是第二次。以前……就一次。我发誓，我刘明自始自终都只爱你一个！""那女孩是谁？""她不是什么女孩……她比我大。""哦，原来是姐弟恋，她比你大几岁？1岁，2岁，还是3岁？""大……很多。""她到底是谁？比你大多少？你告诉我啊！"当刘明说出真相后，女孩惊呆了："啊？她比你大16岁？刘明，你居然和一个30多岁的女人……她都可以做你小妈了！没想到，你竟然和你父亲的女人搞在一起！"

这件事，让两个本来相爱的人分道扬镳。不久，刘明竟看见心爱的女孩和自己的对头走到了一起。女孩红着眼说："刘明，你走吧。那件事我对谁都不会提起。那是你的历史，也是对我的侮辱！我无法摆脱，对不起！"

刘明握住女孩的胳膊激动地说："不、不！菲菲，你听我解释，我刘明心里只爱你一个！你为什么不能理解我的苦衷？""你的苦衷？如果不是你自愿，难道别人还会拿着刀子强迫你吗？算了刘明，我们不可能在一起的。我不能接受这样的一个你，看着你，我会心痛得想死。"

"菲菲，你说过会永远和我在一起的！""没有什么事情是一成不变的。刘明，保重吧！"看着心上人绝情的背影，刘明绝望了。

从此，刘明一蹶不振，开始滥交女朋友，交一个、甩一个，却从没对她们动真心。他要做给菲菲看，是他逼迫自己从一个用情专一的男孩变成了一个多情浪子。

女孩看在眼里，心痛不已。"一个男人，要懂得什么叫珍惜和责任。如果不能珍惜，就开始毁自己和伤害身边无辜的人，这样不负责任的行为，只会增添别人对他的厌恶，却永远得不来同情。""我不要你同情我！不需要！""我能做的只有这么多了，我对你，彻底失望了。刘明，你好自为之吧！"

刘明发毒誓和那人势不两立，也因此走上了一条本不该走的路。他要赚很多很多的钱，然后把菲菲从那男人手里买回来。

他开始到处打工，帮助生意人捞偏门。做别人的小弟、阿谀奉承那些大老板、听他们任意摆布……刘明一边努力做事，一边暗暗地偷学，同时跟着他们夜夜出入灯红酒绿的花花世界。

当他风光地出现在菲菲面前时，却是在她和那男人的婚礼上。刘明很绅士地送上了重礼。菲菲感慨地说："刘明，我希望，你能够真心祝福我们。"刘明背着她，把眼泪往肚里咽："我真心祝福你和他，希望你们白头偕老！""谢谢你，刘明。希望你过得幸福，希望，你过得比我们都好。"这句话，如同一把尖刀深深地刺在刘明的心上。他闭上眼："借你的吉言。后会有期，菲菲！"

刘明相信，君子报仇，十年不晚。在这毕业后的七年中，刘明积累下一些原始资金。他打算脱离那些大老板，自己独立门户。

当刘明获悉死对头正在策划做医药器械。他心里一定，郑重地说："好，我们就做医药器械！我要创立属于自己的品牌！"他要与这仇家打一场长久之战。

汇意公司诞生后，刘明派人去对家那里花重金挖墙脚，找人当眼线。只要对方有新产品出来，刘明也肯定抢先一步将自己的产品推出市面，以快一分的时间抢占市场。

刘明只要看见那些花花绿绿，且对金钱有欲望的女人，都会一掷千金，一举拿下。他要报复那些贪婪的女人！直到我的出现，改变了刘明的一些看法。当刘明姐姐拿出他大学的合影时，那个菲菲居然和我长得有几分相似。我瞬间顿悟了。

而当仇家要发明电子按摩仪器时，刘明花50万元买来了仇家身边最器重的人。刘明和技术人员把原始的方案和技术改头换面一番，抢先把按摩仪器推出市面。也就有了去年12月的那次新产品发布会。

而这条艰难的复仇之路，足足长达16年之久！

刘明生前，尚未婚娶。

这39年来，其实他活得并不容易。小小年纪便撑起了一个家庭所有的负担，赚钱之后，他总是买各种好吃、好用的孝敬老人家。对于自己的两个姐姐和外甥们，他也从来没有怠慢过。对于家里的事情，他总是放在第一位。

姐姐说，其实刘明的本性是善良的，只是他心里的苦太多，没人倾听，所以他的骨子里才会融入了那些憎恨的血液。在外人眼里，刘明哪怕再是阴险、虚伪、玩世不恭，甚至是无耻、卑鄙、无恶不作。回到家中，他仍旧是我们家的好儿子、好弟弟、好舅舅、好男人！

这一刻，我的心里万分沉重。看看一旁的老奶奶，这位八旬老人，一只眼睛因为早期伤悲已接近失明。如今，白发人送黑发人。他们，又该如何承受失去家中唯一的男人！

宽　恕

刘明下葬的那一刻，我带着小宝和他的养父来到墓前。给刘明烧香、磕头，并让小宝亲口喊一声"爸爸"。

当然，颜晴的前夫最终还是宽容了这个孩子，他带着小宝回到了自己的家。俗话都说血浓于水，虽然他们之间并没有任何血缘关系，但是七年的养育与陪伴，情分却在眼前。他们的血液早已融为了一体，毕竟，小宝喊了他七年的爸爸。深厚的父子情意，再也抹不掉了。

小宝的亲生父亲去世了，母亲又坐了牢，如果自己再丢下他，他就真的成了孤儿。颜晴的前夫是个老实的男人，无论如何也不会忍心看着小宝无依无靠。毕竟，孩子是无辜的。小小年纪，不应该去承担上一代的恩怨情仇。他之前去拘留所看望了颜晴，让她面对现实，改过自新，他会把小宝好好地抚养成人。

转身时，我看到了菲菲和她的丈夫。两人低着头，默默地流泪。刘明，你看到了吗？你的初恋女友和你的竞争对手也来悼念你了。这一刻，所有的恩怨情仇都该停止了吧。这么多年过去了，没想到在最后一刻，却是让他们哭着来送你。你认为，你赢了吗？

我站在刘明的墓碑前，感慨万分。此刻我的心，从来没有像现在这般沉重过。曾经，我是多么痛恨眼前的这个男人，以为他能受到应有的惩罚，而我会大笑着看他悲苍地过完下半生。我不是一直就在等这一天，不就是等着报仇后的那种胜利感吗？

可是现在，我却没有了一丝快意，我甚至不希望刘明就这么着急地离开人间。他至少要对那些无辜的人说一句对不起，对他的家人说一句对不起。其实，刘明也已经说了。从他闭眼前那无声的泪水中，我已经看到了他深深的悔意。

只能说现实太过残忍，他不得不戴着面具做人。脱去虚伪的外壳，在夜深人静时，他也一定会流出真实的眼泪。只是，他从不让任何人看到。只是，他犯下的错与罪孽，如今却只有让活着的人去承受和担当。

我望着蔚蓝的天空，白云朵朵，平静又安详，好像永远没有纷争。这个社会，它本该很和谐，应该没有战争与动乱，可为什么现实生活却是这般混乱不堪？黑白相间，谁又能真的分清两者间的颜色？我们的灵魂该往何处安放？被尘染得过久也终会变得灰暗。谁能带我们找到来时的路？一条本该通往快乐与幸福的祥和之路……

最终，汇意的财务发了员工最后一笔工资与奖金后，所有在职的人员将全部辞职，另找门户。上海汇意医疗器械股份有限公司，随后便正式宣布倒闭。而公司内部的问题，将交由有关部门深入调查处理。

颜晴的案件由于情形复杂，将在一个月后正式开庭审理。

纠缠的噩梦

这天晚上，我做了有史以来最可怕的一个噩梦。

我梦见自己进了一扇门，然后被关在里面，只能往前走。四周全是白色的墙壁，我从这扇门走到那扇门。原来是迷宫！

忽然，一个人蹿了出来，我赶紧逃到另一扇门，又出来一个人，再往旁边逃，还是有个人。他们身穿白色长袍，脸上戴着面具，我看不清他们的样子。

突然，有好多这样的人涌到我身边，把我活活包围住。我害怕地大叫起来："你们是谁？想要干什么？""我们，都是你最熟悉的人！"说着，他们一个个把面具摘了下来。

站在我最跟前的是边宇，他惨白着脸对我说："司徒珈，我死得好冤枉啊！被大卡车撞，还要被你误解。为了捡你丢掉的戒指，为了向你解释，为了向你证明我的爱，我活活地被撞死！我要向你讨还公道，是你害死我的！我这么爱你，你却这样对待我！你误会我，不理解我，我好伤心啊！"

我哭着道："不不，不是的！边宇，我是爱你的！我没有想到会发生这样的事，我也很痛心啊！""看到我的眼泪了吗？全是红色的，因为流出的是我的血。我用自己的鲜血和生命换回你对我的原谅，这样够了吧？够了吧！"

"不、不！边宇，请不要这样对我，不要恨我！我已经付出了沉重的代价，我忏悔了。这一辈子都将活在愧疚中，我也很痛苦，生不如死。因为你，我的人生彻底改变了。你赢了！"

而后，又出现晓敏，她披头散发地说："司徒珈，你看我现在成什么样了，原本我不会变成一个疯子的。是你！是你当初没有拉我一把，任凭我往火坑里跳。我好惨啊。你嫉妒我，你不想看到我比你强！所以你没有救我，你是故意的！我也要让你变成疯子，尝尝我受的痛苦！"说着，她上来就掐我的脖子。"晓敏，不要这样！我已经后悔了，我做了所有能做的，我帮你报仇了！"

再后来，又出现芳芳的脸："司徒珈，我死得好冤啊。本来，你才是刘明口中的猎物。因为得不到你，他才把苗头指向我。我做了你的替代羔羊，最后，又活活地被逼死。是我做了你的替死鬼，替死鬼啊！我在地下受苦受罪，而你却在人间吃喝玩乐，你于心何忍啊！本来死的，应该是你，是你啊！""芳芳，我很痛心，我一直愧对你！如果能重来，我情愿死的是我，是我！现在，那个混蛋已经死了，我帮你报仇了！""报了仇有什么用，我再也不能回到人间了，再也回不去了！"

接着，小雯惨白的脸又过来了，她哭着说："司徒珈，我把你当最好的朋友，可你却残忍地夺走了我最爱的人！我敌不过你，只有离开。我躺在医院和病魔斗争的时候，而你和梓健却背着我在偷偷享乐。你们太对不起我了！现在我死了，你们更可以正大光明地在一起了。就算我到了地下，也不会原谅你的！我恨你！我要你这辈子都活在深深的愧疚之中！"

"不要，小雯！我从没有理所当然，我从没想过要真正抢走你的梓健。现在我已经离开他了，永远地离开他了！我们再也不可能在一起了！你可以心安了！"

而后，又出现了刘明的脸："司徒珈，我这一辈子最想得到的女人就是你。我那么爱你，为什么你一点都感觉不到？为什么？我到死，都还是没能得到你。那么就让我做鬼来得到你吧！""不要，不要！我知道你心里有恨，但那不是我造成的。刘明，就算你把我当成菲菲，我也绝对变不成她的！你醒醒吧，不要再错下去了！"

颜晴的脸也出现了："司徒珈，我好惨啊，为了刘明付出这么多，我的下半生要受牢狱之灾。这就是我的结局吗？你说，我是不是太不值得了？我好冤枉啊！""颜姐，你太傻了！刘明已经不在了，可你却要为了他背负一生的罪名！""是啊，我是不值得。我为他做了这么多，可他最喜欢的女人居然是你！我恨你，恨你！你也来陪我吧！"颜晴说着就来拉我的手。

"你放开她，别把我最爱的女人拖下水！"我回头，原来是梓健，一阵欣喜。我哭着抱住他："梓健，我就知道你会来救我的！你还是爱我的，对不对？"他对着我笑，把我带到旁边，又立马变了一张脸。

"你这个女人，枉费我对你付出一片真心。我抛弃了小雯，投入你的怀抱。结果，却做了别人的替身和影子。我对你这么好，可你心里还是忘不掉他！我太傻了，让你这样利用我对你的爱！"

"不不不！梓健，不是这样的！你不是影子，你就是你自己！我爱的是你，是你啊梓健！为什么你都不肯相信我？""可你爱的明明是他！"梓健伸手指指一旁的边宇。

边宇倒在血泊之中，伸出手说："司徒珈，你是我的，你永远都是我的！回来吧，回到我的身边来！""啊——"我撕心裂肺地喊道。梓健问："司徒珈，你选择吧，看你最后到底选谁！"我用手抱住头："不要逼我，不要再逼我了！"

"你们不要再逼司徒珈了，你们谁也带不走她！"我一抬头，看见了程辉。"哥，是你！哥……"我扑倒在他怀里。"珈，我来救你了，我带你离开这儿，离开这些万恶的人们！"

程辉把我拉到一边："司徒珈，这些年，我心里最爱的人就是你，可你从来没把我当回事。在你心里，我永远都只是你的哥哥。我为你付出了这么多，你需要我的时候，我就会来到你身边。你只是在利用我对你的感情！可是，你有没考虑过我的感受，我心里也很痛！你宁可喜欢边宇，喜欢那个梓健，你也不会喜欢上我！我做的，一点都不比他们少啊！""哥，原来你也不理解我，原来你一点都不懂我！"

说着，他的身边又出现了肖薇："司徒珈，就是因为你，这几年，程辉都没有正眼瞧过我！在我面前，就只会提到你的名字，提到你他才会开心。对于我，他早就没兴趣了。你告诉我，是用什么方法让他这么爱你的？告诉我！这样，他才会重新爱上我！""我没有，我没有！"

"啊——啊——啊——"我推开身边这些人，"你们都不要再逼我了，让我去死算了！我活着，只会让你们每个人都伤心，那我去死好了！让你们都痛快，再见！"

我推开门，眼前一阵亮光刺过来："司徒珈，是我，我来救你了！"迷糊中，我竟看见了亨利。我拉住他的胳膊说："亨利，快救我！他们都不肯放过我！""好，我救你，我带你离开！""带我走，带我离开这里，带我离开这个伤心的地方！""我带你走，不过你得答应我一个条件！"

我点点头说："我答应你，只要你能带我离开，我什么都答应你！""我带你走，不过，你得嫁给我！可以吗？""嫁给你？""怎么，你不愿意吗？难道，你想继续被伤害，也不愿和我去丹麦过幸福的生活？"

我回过头，看看那些可怕的人们，他们脸上流着泪，流着血，像幽灵一样伸出手在召唤我。我转过身抱住亨利："好，我嫁给你！带我走！"

"好，我彻底带你离开这儿！"亨利抱起我，飞了起来。我回头看看脚下的那些人："对不起，对不起，我只有离开！再见，再见……"任凭他们怎么招手呼唤，我没有再回头。

亨利抱着我，穿越高空。只觉得脚下很轻，那些人和景，渐渐模糊……我望着亨利，心里满是感激。突然，一只老鹰看见我，猛地叼住了我的身体。"亨利，快救我，救我！"不等他反应过来，老鹰已经叼走了我。

"啊——"飞到半空，老鹰狡猾地瞪了眼说："再见吧！"说完，它松开了口，我在高空被活活地坠下。

"啊——啊——"我猛地从梦中惊醒。满脸的汗珠，泪水还挂在眼角。拿起手机，现在唯一可以倾诉的人，便是亨利。我拨通长途，面对他关切的问候，泪如雨下……

可怕的强迫症

虽然是初爽的 5 月，可我还是无法面对四面冰冷的墙壁，够冷。这样的境遇，已是四面楚歌。

我总是在这时，感到莫名地害怕，惊恐会有什么可怕的东西来带走我身体里的某一部分。就好像它会穿越我的身体，偷走我那患得患失的灵魂。我会时不时摸一下身边的背包，看一下手机是否还在，幻想着会有人给我打电话，至少可以证明在别人眼里还有我的存在。可是，它很安静，没有人会打来。

这些小举动都说明了我有强迫症！我知道，这是种病，而且不轻。

我很担心，担心一切即将要发生的事情，担心失去自己犹如担心失去身边的朋友一样。怕有人会在碗里投毒，怕别人的一声咳嗽被传染上疾病，怕车子横冲直撞到我的身上，怕走着走着头上会掉下不明危险物，怕坐地铁就像电影里那样突然冲上天空，随着人们惊恐的尖叫然后坠地、灭亡，看清洁工打扫垃圾就像是在打扫我一样。

我怕在黑漆漆的房子里独自入眠，怕一觉醒来，整个房子都变成空的，只剩下我和一张硬板床；还怕谁看我不顺眼就趁我熟睡时一把火烧了这个宅子。多么可怕！

这些强迫长在我的身体里，像一个个定时炸弹。每当这时，我只能揪住自己的头发，让头脑保持冷静。告诉自己，这只不过是个潜意识。这时，我不能一人在房间里待着。我要走出去，走到人群中，让热闹来驱赶内心的恐惧。

其实，只要我肯妥协一些事，就可以用大把的金钱换来自己想要的东西。我可以买最好的食物，每天变换不同的花样和口味；我可以买昂贵的服装和高档的化妆品，把自己打扮得光鲜亮丽。然后背着LV的包包穿梭于各种公共场所，那多得意！

可就算我再落魄，原则，永远是我做人的第一准则。

富足的生活条件对我来说并非有多享受，我可以不奢华。节俭对我来说并没什么不好，这是种生活态度，我可以学着让自己开源节流。

可我无法忍受的，是自己的精神世界，竟也会变得如此贫瘠！

面对现实，我又能买回什么？我可以买回珍惜和后悔吗？能买回友情、爱情和亲情吗？还是能买回时间？我又能用金钱买回多少时间？时间不会为了谁而倒退，我想和时间赛跑，可永远别想跑在它的前面。

此时的我，觉得苦，连周围的空气也变得苦涩。

路过小店，见一位母亲正在给小女孩买糖吃。我走过去，对老板说："请给我一个棒棒糖。""好的，稍等。"小女孩看看我，又转头问母亲："妈妈，姐姐那么大了，为什么还要买小朋友吃的棒棒糖？"母亲摸摸她的头："大人也可以吃糖啊，这不是小朋友的专利。"小女孩点点头："哦。"

我拿过棒棒糖，蹲下身对小女孩说："小妹妹，知道姐姐为什么要吃糖吗？""妈妈说了，大人也可以吃糖。"我红着眼说："因为姐姐，心里苦。吃下甜甜的糖后，就不会感觉那么苦了，对不对？"

小女孩伸手摸摸我的脸："姐姐，你为什么会觉得苦啊？""姐姐，没有小妹妹过得这么开心。""那，我把自己的糖也送给姐姐吧，这样你就会开心啦。""谢谢小妹妹，你留着自己吃，姐姐有一个就够了。再见。"

说完，我转身逃离他们的视线。我不想让外人看出，我是个病人。我把那个棒棒糖送进嘴里，希望它能带我找到来时的那一抹曙光。

死而复生

我接到阿欣的来电，她已回到上海。我没有任何心情回复她，只是冷漠地应付便挂了电话。

下意识带着我来到了淮海路。经过那家摄影工作室，看见我和梓健的照片已被其他照片取代。我走进去问店员："请问，原先挂在橱窗里的那幅照片呢？"

"你好，小姐，工作室会定期更换橱窗里的照片。""那，我的那幅，可以给我看看吗？"她拿出了相框。我问："我可以取回去吗？我有需要！""这个，我得去问一下。"

说着，田枫走了出来："司徒珈，你来了！梓健呢？""我们……分手了！""什么，你们……"我的眼眶红了。"别哭，小两口吵架难免的。一定会和好的，别担心。"我摇着头："不会了，这次，决裂了！"

田枫看着我，陷入了沉思。他叹了口气，说："实话告诉你吧。昨天，梓健也来过了。""他也来过了？""嗯。梓健说，想把你们那本合集拿回家珍藏，我同意了。看他憔悴的样子，眼里满是血丝，胡子也不刮，我大概也能猜出几分了。梓健取走了那本合集，现在还有一本。"

"那……""好吧，我理解你们的感受，也被你们深深打动了。这幅照片还有合集，你就拿回去珍藏吧！"我感激地说："谢谢你，田枫，谢谢你，谢谢！""应该的，看到你们这么相爱，老天也会被你们感动的。有情人终成眷属，一定能修成正果。别灰心，我祝福你们！"

最后，我取回了被牛皮纸包好的照片和摄影合集，田枫把我送上了出租车。我回头向他招手，也最后望了眼那透明的玻璃橱窗。这时，好像又看见我和梓健的合影，还有，我们在橱窗前看照片的样子。

快到小区门口，我下了车。背后有人追喊："站住、站住！小偷，别跑！"一个人狠狠地从我身边冲过，差一点把我撞倒，也撞翻了我手中的相框。后面的人快速跟了上来："你别跑，给我站住！"就这样，他踩在了我的相框上。

我趴在地上，双手赶紧去扶相框："别弄坏我的东西！别弄坏我唯一的东西！"

回到家中，把牛皮纸打开，梓健的笑容展现在我面前。我凑上前，对准他嘴唇的部位，轻轻地吻了上去……

夜幕降临，我坐在我们曾经坐过的地毯上。对所有的人、事、物，都像放电影般回忆了一番，痛不欲生。

这一刻，我想到了死。

那些悲伤的往事不断纠缠着我，快要把我逼疯！我觉得再也找不到活下去的理由了。自边宇离开后，我一直过得很辛苦。我累了，真的累了。

我不想留话、不想写遗书、不想告诉任何人，就在这间小小的屋子里，留下我的最后时光。

为了不让自己死掉后变得苍白和难看，我特意化了妆，换上漂亮的衣服，和所有的家人及朋友在心里做了最后的告别。我选择在午夜时分跳江来结束这短暂的生命，那冰冷的江水一定能将我快速淹没。

临别前，我把音乐打开，放出莎拉·布莱曼的《黑色星期五》，据说这是世界三大禁曲之一，许多人听后因不能忍受歌曲的过度悲伤而自杀身亡。曾有人这样形容它：旋律是巨大的悲哀，是人类不能承受的。它能弄死你的心脏，那种旋律，就像一个死人在唱歌，一个鬼魂在弹奏。

那么现在，我也即将结束自己的生命。看看这首被世界誉为死亡之歌的歌，能否带我离开人间、走上天堂。

听着莎拉·布莱曼凄凉的歌唱，顿觉百般挠心，一种无法言语的难受布满全身。或许，只有接近死亡的人才能感受到这种境界。对于那些活得开心的人们，也许并不能说明什么。

这时，门口传来一阵急促的敲门声："珈珈、珈珈！快开门，有没有人啊？"是阿欣！

我慢慢起身，下床开了门。阿欣站在面前："宝贝儿，你这是怎么了？别吓我啊！""阿欣，你怎么来了？""我怎么来了，给你打电话都没反应。你在干什么？化了妆，穿得这么正式？"

"呵呵……呵呵……"我不住地傻笑。阿欣拍我的脸蛋："喂，没事吧？你傻了啊？"阿欣看见地上的红酒和烟头："告诉我，你到底怎么了？"

"我……我正准备去死……你就来了！""你有病啊，说什么鬼话呢，你准备怎么死啊？""选来选去，还是选择跳江。我天生怕水又怕冷，这样一定能让我快点见到边宇，对吧？""是吗？我看跳江太麻烦了，还要花钱跑那么远。说不定等你到了那儿，又不想死了呢？不如就从这楼上跳下去，简单又明了。一分钟解决，干干脆脆。""可是，这样的死法太残忍了。""反正都是要死，你还管好不好看？又不是选亚洲小姐！"

我抱住阿欣，一阵哽咽。

我哭笑不得地喃喃说："阿欣，是不是老天也不肯收我啊？""是啊是啊，老天当然不能收你了。你还这么年轻，死什么死啊。我这样还没死呢，轮得到你吗？""阿欣……"

阿欣听我诉说之后发生的一系列事情，很是吃惊，她没想到会发展成这个局面。但她依旧鼓励我，要积极地面对生活。不论事物如何变化，自己都不能放弃自己。就像她，遭遇这么多经历后，仍旧能勇敢地活到现在。

这一夜，我不再孤独。周幼欣，你又一次拯救了我，感谢你。

我的家是淫窝

我又投入到紧张的工作中去。

终于发现，我还有很多事要做，死亡并不适合现在的我。至少，我能在业务中得到价值体现，难道，这还不够吗？就算天底下所有人都放弃我，我也绝不能放弃自己。

中午，我匆匆吃下两个包子，开始工作。下午三点，公司将举办产品说明会，我要好好准备一番。突然发现一份文件不见了，仔细回想，前几天带回家后忘拿到公司了。我赶紧打车直奔家中。

待我开门的一刹那，里面的景象着实让我目瞪口呆。两个大活人躺在我家的床上，正在嬉笑欢愉！我慢慢走过去："你们，你们在我家的床上干什么？"两人慌张地朝我一看，赶紧把被子盖到身上。

"司徒珈，你怎么回来了？""这是我家！我为什么不能回来？"眼前这个胖女人，正是我的房东！旁边那男人我不认识，年纪看上去明显比她小很多。那男人的两只小细腿加起来都不及那胖女人的一只胳膊粗。

我的眼泪在眼眶里打转："他是谁，是谁？你们在我房间里干什么？""你都看到了……他是我的……小男朋友。""原来，原来你们把我的家当淫窝，在这里乱搞男女关系！"

"这个……也是……我的家……""可这是你租给我的！现在我才是这里的房客！你们要幽会不能上宾馆吗？非得省下这么几块钱！""对不起，我们……不是故意的……是这样的……"

"少废话！限你们在三分钟之内穿上衣服从这里滚蛋！"我走到门口，一阵反胃，把刚才吃的那两只肉包全都吐了出来。里面的情景简直让我恶心透了。

我走进房间，拿过自己要急用的文件。转头对那胖女人说："我现在没时间跟你耗，今晚七点半，你来我这里，不，是来你自己这里。我们谈一谈，把合同退了！""这样……你看，要不你再考虑考虑？"

"没什么好考虑的了，我在这里多待一分钟都觉得反胃！你们现在可以走了，别忘了，晚上请准时！""哦，那好。""等一下。把这个恶心的东西拿走，扔到外面！"我指指旁边那盒避孕套说。

我用力地关上门，大声说道："你们的行为，比皮肉买卖更让我觉得可耻和恶心！"我突然回忆起，早前有一次整理床铺时，在垫子下发现一个简装的避孕套。当时还纳闷，兴许是上一家房客没有清理干净的东西，看到后便扔掉了。我没有想到，我唯一的这个小家，竟也被人利用成淫窝了。连最后的一个落脚点也不留给我，落魄的我该何去何从？

晚上七点半，我来到那里。这个地方，再也不能称之为家。

门口站着房东女人，她看到我，尴尬地低下头。我拿出钥匙："很准时，你不是有钥匙吗？""哦，这样不好。毕竟，你是房客。""过了今天就不是了，我们把合同看一下吧。胡太太，我是 1 月 15 日搬进来的，说好按季度付款。这样，我就把这个月的租金按天算给你，今天是 7 号，就算到 8 号吧。我还要收拾一下。"

"司徒小姐，你看要不要再商量下，其实事情没有那么严重的。我们只是……第三次到这里。"我瞪着眼看她："你们当然觉得不严重，可我不一样。我不能接受这么肮脏的房子，这和交易场所有什么分别！""那这样，这个月的钱，就免掉吧！""不行，做事情要讲诚信，按原则办事。我住到哪天就算到哪天，我把钱给你！"

正准备掏钱包，接到了阿欣的电话。"宝贝儿，今天心情怎么样？还行吧？""还行吧？简直就是糟透了！""又怎么了？""我明天要搬家，你那里能挤进一个我吗？""你说真的假的？又要搬家！""这次必须得搬，情况紧急，到时候再和你说吧。""行，那明天我开车来接你。要通知你师哥吗？""不要了，不要惊动他！""那你就愿意惊动我这个老姐？"

"阿欣，你到底帮不帮？""当然帮，你的事一句话！只不过我把我妈也接来了，不过没关系，那间房还是你住，我和我妈先挤一间。""真不好意思。等我找到了新的房子，马上就搬走。""急什么，你就住着吧。这本来就是你住的，你来了我还巴不得呢！有个什么事，也不用我赶那么老远去看你了。那就明天见吧！""谢了，亲爱的。"

房东问："你确定了？""那还有假吗？我把租金给你。"我一眼瞥见书桌台上，少了一样非常重要的东西，我的手提电脑不见了！脑袋一下子又大了。我转过身指着书桌问她："我的电脑呢？"她装出一副很无辜的样子："电脑，什么电脑？""还装蒜？我的笔记本今天中午还好好地摆在这里，为什么现在突然就不见了，难道它自己长脚了？"

"我，我真没看见你什么电脑。中午，我和你同时出的门。""胡太太，别编了，你们这么做也太明显了吧，把我当什么？你们名义上把房子租给了我，然后趁我白天上班不在家，就把这里当宾馆偷偷约会。你们够会节省，够会过日子的啊！还趁机拿走了我的电脑，快还给我！""我……我真没拿……是不是他我就不知道了……不关我的事啊。"胖女人吓得手直哆嗦。

"好，好！你们真可以！"我气得拿出一支烟点上，狠狠地抽了两口。"看不出你还会抽烟呐？""你看不出的事多了。"我步步逼近她的脸，"你看得出我是卖白粉的吗？看得出我是倒卖人口的吗？看得出我是杀过人放过火的吗？信不信我做了你！"我吼道，气得一把将烟头拧在桌上。她吓得抱住头："我……我信……我信……""那你说，我是报警呢，还是私下解决，你自己选吧。"女人吓得不敢出声。

"那好吧，我还是报警，我也怕坏事做多了，半夜鬼敲门！"我拿起手机准备拨号。她上前拉住我的手求饶："千万别报警，我都招了，都招了！"她拨了手机："喂，把司徒珈的电脑拿回来吧。少废话，被发现了！"

找回记忆

半小时后，那男人把我的电脑拿了回来。

"还给你，对不起啊。""司徒珈，对不起啊，我们是一时赌气，才把你的电脑拿走的，其他什么都没动过。""你们就算动了，我也看不出来。"我连忙打开电脑，检查起资料来。我惊呆了。我电脑里的那些记忆，通通都没了！

我转过头抓住那小子的衣襟问："我电脑里的东西呢，我的东西呢？你给我弄哪里去了？""什么东西，我不知道你在说什么？""你还骗我，我电脑里所有的资料、图片、文件都放在这个盘里，怎么什么都没有了？是你删掉了对不对？"男人低头不语。

那女人一个榔头敲在他头上："喂，你是怎么搞的，只是让你拿走电脑，你干吗要删掉人家的东西？""我……我正想明天拿着电脑到市场上去卖呢，这不，刚把资料删除了！"

"你混蛋！"我上去给了他一拳，"你知不知道，我所有的东西都在里面！你拿我什么不好，非要拿走我的电脑？"他看了看我，小声说："不也就它还值点钱吗？"

我几乎是用央求的口吻说："求求你，求求你！把电脑里的东西还给我吧！我真的非常需要它！其他任何东西丢了都没关系，唯独它不可以，不可以啊！""可是，我已经删除了啊！""为什么你要剥夺我唯一的念想？我已经什么都没了！你是凶手，是凶手啊！"

男人被我突如其来的举动吓坏了。他当然想不到，这电脑里的资料对我来说意味着什么。它是我的全部，是我的生命！所有的资料都在这台小小的电脑里，它记录了我的成长历程。爱、恨、情、仇，都储存在这个看不见的硬盘上。而我的至爱，唯一的念想，就这样被无情地给抹去了。

"等等，我想起来了，回收站里应该还在吧！我刚才正要删除，电话一来，我就关机了，也许都还在呢，你看看！"我马上点开回收站，看见资料还在，我把它们一一还原。桌面上，我又看见了那些照片和资料，我笑着流出眼泪。

"这下行了吧。大姐大，你别吓我，心脏病要被你给吓出来了。"我一边检查电脑，一边头也不回地说："钱在桌上，马上给我滚，我再也不想见到你们！"胖女人怯怯地说："那司徒珈，我们……就先走了……您……消消气啊……明天来不及搬家没关系，后天、大后天都行，不急。"我吼道："滚，滚，滚啊！""好好，我们滚，我们滚。您消气啊，大人有大量！对不起啊，再见！"

看着那些失而复得的照片和资料，摸着电脑上边宇和梓健的脸，心痛难忍。你们是我生命中的至爱，如果连这唯一的念想都要被掠夺，那我的人生，真的是什么都不存在了。我把他们的资料规整好，小心地放入文件夹中。最后，给电脑设置了一长串的密码。

"好了，边宇、梓健，这下再也没有人能够偷走你们了，再也不会了！电脑在，我在；电脑亡，我亡。我不允许任何人再来破坏你们，再也没有人能够抢走你们了。"

我来到床边，把那些被套、枕头套、床单，纷纷取下，开门全部扔到了外面。楼上的邻居送客人经过，看见我把这些东西气愤地扔了出来。下楼时他小声对客人说："这家挺奇怪的啊，把房间的床上用品都扔出来了。要么是小两口吵架，或者有外遇，要么这里就是宾馆，人进人出的。呵呵！"我真想上前捏死这三八的男人。

我冲到楼道口大喊："是啊，没错，这里就是宾馆，人进人出的。怎么样！""这女孩有病啊，说话这么呛人！""你才有病呢，神经病！""少说两句吧，快走了。"

我回到门口，用力地朝被单上踩去。很快，上面就出现了数个大脚印。我一看，这套床单是我来上海时新买的。上面，似乎还有我和梓健的余温。

深深错过

5月8日，阿欣来到我的住处，帮助我再一次搬家。

在最后整理那幅大相片时，她感慨地说："唉，多好的一对啊，真是苦命鸳鸯！""阿欣……走吧。"我回头看了眼这所房子，里面似乎还充满了各种温度。欢笑、泪水、误解、争执、矛盾、伤心，还有，绝望。

此时此刻，我感觉梓健的身影还在屋子里晃荡、他的温柔细语还盘旋在我耳边、他的忧郁眼神还在向我诉说。再见了，我的爱，彻底和这里告别了。关上门的那一瞬，我听到自己心碎一地的声音。

我们的家，没有了。

来到小区楼下，好似梓健还在那里亮着车灯等我。阿欣帮我放好所有东西，拍拍我的肩："宝贝儿，走吧！"

我最最深爱的梓健，对不起。虽然还爱着你，但却不能再拥有你了。我不能这么自私，我的心里有罪孽。是我亲手毁了我们的家，如果还有来生，再一起建造属于我们的家园。到那个时候，应该没有痛与怨恨。

我把头探出车外，不舍地向上眺望那扇窗户，以前，你也是这样看我的吧。从今往后，再也没有人为我买好早餐接送我上下班，再也没有人在屋内欢声笑语为我做可口的饭菜，再也没有人深情地将我拥入怀中，再也没有人为我点亮那一盏回家的台灯，再也没有……

车子缓缓开动了，很慢很慢。阿欣知道我舍不得，所以，她留给我多一些时间，让我最后再看一眼周围的景象。再见吧，终究到了要说声再会的时候！我的爱、我的家、我的梦，再见吧！

回过头，车子终于加快油门，向前方驶去。我也终于明白，人始终要向前走，不可能后退或者重来。不要再回望自己的过去，那只会妨碍你前进的步伐。

向前看吧，司徒珈！虽然心里很痛，但人生，毕竟是在前进不止的。

来到阿欣家，回到了这个曾经的小屋，如同以往的温馨与舒适。不同的是，从今以后，这里再也没有那些混乱男人的踪影，有的只是清净与安宁。阿欣为我整理好以前的房间，我又住了进去。

"真不好意思，还要借住你的屋子。等我找好了地方，就马上搬走。""哪里的话，你和我还客气什么。你想住多久就住多久，下个月，我就要搬去老吴的新房了。如果你不嫌弃，就住在这里吧！"

在厨房，我看见了阿欣的母亲，一位忠厚老实的妇人。"呦，这就是阿欣经常提起的好姐妹珈珈吧！长得可真水灵，要多笑，知道吗？""阿姨……""孩子，真难为你了。你不嫌弃，就让阿姨照顾你吧。你是好孩子，阿姨知道！"

我扑进阿欣母亲的怀里："阿姨……"

晚上，尝到了阿姨做的饭菜，我的眼眶红了。阿欣递给我纸巾："好好的，又流什么眼泪啊。""我……尝到了家的味道！""好，你愿意吃阿姨做的饭，那我就天天做给你吃。""谢谢阿姨，谢谢。""你看，我妈多喜欢你。要不，你就认我妈当干妈得了。反正，我和你之间也都不分彼此了。"

我拿起酒杯："阿姨……哦不，干妈，我敬您！""好孩子，好女儿！妈妈爱你，妈妈都爱你们。"

5月9日下午，我接到魏波的电话，他说一定要和我见面，说有件事不能就这么一直拖下去，必须尽快向我解释清楚才行。见到魏波，他告诉我，其实梓健在小雯闭眼前的那一刻，所说的事实并非是我想象的那样。梓健在小雯耳边说的每一个字，在场的魏波都听得清清楚楚……

梓健告诉小雯，这辈子，他是真正爱过小雯的，如同小雯深爱他一样。当天小雯见到他和我在一起，我们真的什么事情都没发生。对于给小雯造成的伤害，梓健也是心痛不已。本来他想着，自己会与小雯结婚，把一切都安排好了。可最后小雯没有听梓健的解释，还是离开了他。

听到这里，小雯泪流满面，她很激动。她摸着梓健的脸说："这辈子，我柳雯只爱你梓健一个，深深地爱过……""我明白，我何尝不想和你在一起，创造属于我们的未来。"小雯痛哭，她抱住梓健："梓健，我是真的爱你，真的很爱很爱……我爱你啊！""我知道，我都知道……"

最后，梓健掏出戒指，戴在小雯的手上："小雯，你已经是我的新娘了。无论你身在何处，你永远都在我的心里。我爱你，小雯！""梓健，被你爱过，我知足了……谢谢你……谢谢你为我编织了这一生最美丽的梦……谢谢你……"

而后，小雯的情绪一下子激动起来，仿佛完成了人生中最重要的一件事。她突然呼吸急促，瞳孔放大，同我那刻看见小雯的表情一样。

魏波告诉我，小雯是笑着离开人世的。虽然带着泪，但却是幸福的眼泪。听魏波说完，我的脸上一片模糊。梓健最终还是做到了答应我的事，他帮小雯圆了最后一个梦想。

我蹲下身去："为什么，为什么梓健当时不解释？让我再一次误会了他！""他也很心痛，不知道如何把这些话告诉你。虽然是帮小雯圆梦，但是，他也怕伤了你的心。"

"那为什么说这是他自己心里的真实想法？他把内心想说的都说出来了，我以为，梓健是想说……""你误会了，梓健的意思其实就是你想表达的意思，所以说是自己的真实想法。""原来是这样，怎样才能弥补？"

"梓健赶下午3点的飞机出差，现在还来得及，我送你过去！""谢谢你，魏波。没有你，也许我这辈子都无法原谅梓健了。""你们爱得这么辛苦，我实在是看不下去。没办法，只有我来做和事老了。"

来到机场，我飞奔进去。拨梓健的号码，已关机。我在心里默念着：梓健，等我，一定要等我！一定要等我向你当面说一声对不起！还有那一句深深的，我爱你！

可没有想到，飞机还是起飞了。我望向空中，心里感叹着：就是差这么一分钟，我再一次与你错过，深深地错过！

人生有许多事情，也就是差这么一分钟，而一次次地，被擦肩而过。

灾难中的重逢

5月11日，我过了一个有家的周末，老吴、阿欣、程辉，还有阿强、阿丽他们，全在家里聚会。

朋友间的关爱，让我忘却了一切烦恼。我告诉师哥，这次，我和梓健再也回不到过去了，请他理解。师哥什么也没多说，还是那句话："不管你做什么决定，我都会支持你。"

5月12日，假期过后第一天上班，我怀着饱满的精神投入到工作中，却意外地收到了一个令全中国乃至全世界都为之震惊的消息：北京时间下午14时28分，四川汶川县发生八级强烈地震。这是新中国成立以来破坏性最强、波及范围最广的一次地震！地震重创约50万平方公里的中国大地！

房倒屋塌、山石翻滚……受灾人数多达10万人！那些触目惊心的画面、那些被困在废墟中奄奄一息的民众、那些为争夺一分一秒而努力拼搏的人们、那些为了抢救每一条生命而奋不顾身的武警官兵们。群众大多是露宿街头，灾区断电断水，严重缺少饮水、食品和帐篷。

5月14日下午，温家宝总理飞赴汶川灾区指挥救援工作。投入抢险救灾的武警官兵总数达到了10万人！残垣断壁，那一处处坍塌的房屋，灾民还在不断增加……

我被深深地震撼了，在如此重大的灾情面前，抢救生命大过于一切！面对国家的大难，再看到自己的小爱，仿佛就是大海中一粒微不足道的沙子。这时候，我应该放下所有，尽自己微薄的力量去为国家做一点点应尽的义务。

5月15日，我放下手头的工作，告别了上海的朋友，来到了重灾区之一的绵阳市，作为一名志愿者参与了当地的善后安置工作。我们被指挥部统一安排在体育中心救济站，在那里，我看见了大批大批的群众、治安警察、志愿者……整个体育中心住了一万多名灾民！绵阳市4000多名公安民警奋战在抗震救灾第一线，抢救群众、疏散灾民、指挥车辆、维护秩序……

我被安排负责灾民的心理疏导工作，大家分成数个小组投入到行动中。很多灾民从其他一些重灾区过来，失去亲人和家园，他们的心情显得十分恐慌和焦虑不安。我们亲切地与各位交流、安慰，并及时把情况反映到指挥部那里。

16日下午，中共中央总书记、国家主席胡锦涛，在地震灾害严重的绵阳市北川县擂鼓镇胜利村看望受灾群众。北川县，地震重灾区之一，那里，急需更多的救援！我虽然不能像那些英雄们冲到第一线救灾，但我急切想去现场拍摄一些资料。这是历史的一刻、珍贵的一刻！

我向组织提出自己的要求，再三讨论下，我与另两名志愿者决定赶赴北川第一线。到那里之前，我给阿欣去了短信，告诉他们我现去北川，信号也许会中断。我会时刻保护自己的生命安全，请勿念！因为有不灭的信仰，相信我会平安回到上海！

18日，本是一个吉利的日子。去年的今天，边宇发生车祸。今时今日，四川发生灾难。我站在原地，为亲爱的你祷告，为全中国儿女祈福。

到了目的地后，我们傻眼了。展现在面前的房屋基本倒塌，放眼望去是一片片灰色的茫茫废墟。这场与自然灾难的战争，摧毁了多少无辜的生命！以前只在电影中看到的情景，这下却被残酷地搬进了现实。我们流泪，站在原地为逝者哀悼。

远处，在一些坍塌的楼房内，还有未被救出的伤员。他们就这样被房屋压迫在底下几天几夜！是救援人员把水和食物从缝隙中递给他们。由于倒塌房屋结构复杂，做出的任何一个举动，只要稍不注意，就会危及一条生命！为了多救出一个生还者，任何人都不敢轻举妄动。我们赶紧拿起手中的相机，记录下这一幅幅珍贵的画面！

忽然，有一张熟悉得不能再熟悉的脸出现在我的镜头里。我把焦距调近，眼前的不是别人，正是梓健，是梓健！他和官兵们在第一线抗震救灾！再次看见他的脸，感动的眼泪滑过面颊。我正想上前，一阵"轰隆"巨响声……面前一幢危房再一次坍塌，梓健倒在了废墟中。

我跑上前哭喊着："梓健，梓健，梓健！""司徒珈，危险！女孩子不要过去！"伙伴强拉住我。"那里有我的朋友！我必须得过去！""那也不行，太危险了！不要再过去！"我颤抖着声音对他们说："不管多危险我都要过去，那里有我的爱人！"我转身挣脱开他们，奋勇地冲了上去。

又是一阵响声，危房全部坍塌，只见白茫茫一片……

模糊中，我看见梓健被人用支架抬了起来："小心伤者的腿！他是志愿者，要尽一切办法救治！"我跑过去，奋力呼喊他的名字："梓健，梓健！是我，我是司徒珈！我是珈珈啊！"他的脸上、手上和腿上全是一片血肉模糊。

梓健微微睁开眼："珈……是你吗？"我轻轻握住他的手："是我，是我，我是珈珈！""你怎么会在这里？""我来这里做志愿者，刚赶到第一线来拍资料！"他皱着眉头艰难地说："你怎么能到这种地方来？太危险了……快……快回去……回到上海去……快走……快走啊！"

我摇着头："不！我不走！我不离开，我要守着你！"梓健勉强挤出一丝笑容："有你的这句话，我就是死了……也心甘情愿……""不，梓健，不许你胡说！你不会有事的，绝对不会！你很勇敢，要好好活下去！"

梓健握紧我的手："珈……我要告诉你……我……做到了对你的承诺……没有对……小雯……说出……那些话……她……是幸福地……离开的……""不要说了，梓健，什么都不要说了。我全都知道了，你没有错，是我误会了你！对不起，对不起！""不要说……对不起……爱人之间……是不需要说……抱歉的……不要为我哭……"梓健微微伸手要为我抹泪。

我点点头，握住梓健的手，轻抚在他耳边说出几个字："你是我心中的英雄。加油，梓健！你是最坚强的，我为你感到骄傲！"说完，他闭上了双眼。

来到救助中心，和那些受困灾民一起，梓健在那里得到了最及时的救助。除了脸上、手臂的外伤外，梓健的左腿患粉碎性骨折。醒来时，他第一个看到的人就是我。我握着他的手，默默地流泪。梓健伸出手要为我擦泪，他的胳膊上，全是一道道明显的伤痕。

"不要哭，不要哭！"梓健安慰我。"我不哭，我为你感到骄傲！""我很有幸能来这里做志愿者，看到这么多无辜的生命被浩劫袭击，真的太悲痛了！"

我点点头："所以，我也来了啊，我没有犹豫就过来了。""你不该来的，你是女孩子，经不起一点点打击。""现在，所有的伤害对我来说，都不是什么问题了。在生死面前，救人，是唯一的信念！"

"好样的，你是我见过的女孩中，最坚强、最勇敢的！我为你骄傲！""人生，其实还有很多事值得我们去做。你看这里，多么需要人们的帮助！灾难面前，我们真的太渺小了！"

梓健欣慰地笑笑："真没想到，这个时候，我们还能在这里重逢，是命运的安排！就算是灾难，它也不能压倒我们！"

这一刻，我和梓健之间的爱恨情仇全都消失不见了。唯一有的，便是深深的信念！

待梓健休息后，我又赶往了第一现场。

5月19日，我在现场又看见一个熟悉的身影。他就像拍电影般神奇地出现在我面前。他不是别人，正是亨利！我一时觉得天地在转动，分不清是余震还是幻觉。

他走到我的面前："珈，我来了！""亨利，你……你不是在丹麦吗？怎么会突然出现在这里的？""我知道中国有灾难，就马上赶到了上海。听说你也来了北川，我就过来了。""亨利，你知道自己在做什么吗？你马上离开这里！回到你的国家去，回去丹麦！离开这里！""为什么？四川发生这么大的灾难，全世界都在支援，我要在这里！"

"请你离开，马上！这不是闹着玩的！像你这样的身份是不可以出现在这里的，因为我有责任！""为什么像我这样的人就不能出现在这里？就因为我是外国人？"

"亨利，我命令你，现在立刻离开这里！回到安全的地方去！""你现在就是命令我也无济于事，你的命令不顶用。现在灾情就是命令！"

我哭着抱住他："求你了，亨利，离开这里吧！我知道你是因为我来的。不要为了我，你再出什么状况！我已经伤害了身边很多无辜的人，我不想再因为这样而连累了你！如果你有什么事情，我该怎么向大维先生交代啊！"

亨利微笑地看着我："我来这里并不是为了你，灾难当前，我一个年轻人应该效一份力量！它不分国界、不分名族和信仰。当初印度洋发生海啸，不也是全世界鼎力相助的吗？难道现在我不该来吗？同样都是生命，哪里有灾难，哪里就需要救援！我又怎能袖手旁观呢？"

　　面对亨利执着的诉说，我松手了。看着他为那些灾民做着善后的工作，一笔一画艰难地诉说，我被深深地感动了。苍天啊、大地啊！一场震惊世界的灾难，把全人类的爱心召唤在一起，凝聚成一股伟大、坚定的力量！

　　当梓健和亨利相见时，他们像两位相见恨晚的老朋友，积极地用英文谈论着有关的灾情。面对亨利，梓健也明白了他此次从大洋彼岸远赴灾区的意义。

　　在这片灾难面前，我向亨利诉说了我与边宇以及梓健之间发生的爱情故事。他听后极为感动，说两个男生都很优秀，还称我这辈子应该享有更多的爱与保护。

　　为表达全国人民对汶川大地震遇难同胞的深切哀悼，国务院18日发布公告，决定2008年5月19日至21日为全国哀悼日。在此期间，全国和各驻外机构下半旗致哀。

　　5月25日，我们还在一线工作。

　　这天，是边宇逝世一周年的日子，我在原地为他祈福。我给边宇的父母带去问候，并告诉他们我现在身处灾区一线做志愿者。边宇的母亲，在历经了一年的痛苦挣扎后，终于在今天原谅了我。她感谢我！感谢我在边宇的生前，陪伴他走完了最后一段快乐的时光。她为她的孩子感到骄傲，为我们感到骄傲，为我们之间那忠贞不渝的爱情感到骄傲！

我的心与你同行

　　2008年5月28日，我、梓健、亨利终于顺利地返回了上海。

　　阿欣、老吴、程辉、魏波及公司的领导前来迎接。我们推着梓健的轮椅，来到他们面前。因为有许多工作在身，不能在灾区久留，可我们的心，却依旧留在了四川，和所有受难同胞的家属及抗灾人员连在一起。为逝者哀悼，为生者加油！家园倒了，可以重建！唯有众志成城的信念不能倒，绝不能为自然灾害所屈服！

因为我们永远坚信，人定能胜天！

经历这一场大灾大难之后，我和梓健的心也变得平静下来。两两相望时，却还是免不了伤心欲绝。阿欣把梓健接到她家，面对我们，她低沉地说："我知道你们一定有很多话要说，好好谈谈吧！"

我俯下身，轻摸梓健打满石膏的左腿。我的泪滴在他的腿上，一遍又一遍："一定很疼吧？你受伤流血的那一刻，我的心也很疼。"我将头埋在梓健的腿上，他流泪不断抚摸我的头。

"梓健，梓健……"我抱着他，"我真傻，我为什么就不能多听你说一句呢，只要一句就好！""因为你始终都在为别人而想，你从来没有为自己考虑过一点一滴！""不，我是个自私的人！我有罪恶！所以上天不能成全我拥有你，它让我一辈子用得不到你来惩罚我的罪孽！"

"不要说了，不要说了……珈，你这又是何苦呢，何苦呢？为什么要拿自己的生命在小雯面前发誓？就算我们不在一起，你也不该发那样的毒誓！你不该这样的，不该这样的！"梓健把头埋在我怀里痛苦地哽咽。

我抚摸梓健的脸颊，不舍地说："我说了狠话，所以老天要惩罚我了！它让我失去了世界上最好的一个男人！让我最后再好好看看你，让我再看清楚你一点！"

梓健紧握我的手："我在你面前，你仔细看清楚，我是你的梓健！也永远没有人可以代替你在我心里的位置！就因为你的那句话，我也终于确定，原来自己与你的生命同样重要！"

是啊，梓健，你终于懂我了！我的生命里承载了你太多的记忆，我的血液中有你的一半！你曾说过我们是一体的！你的鲜血会永远驻足在我的体内，与我共存一辈子！

　　"梓健，我爱你！你一直都在我的心里，永远！""如果不能让我们在一起，那么就让我的心随着你去吧，我的心永远与你同行！"我点点头，凑上前，闭上眼轻轻吻住梓健的嘴唇，如同我第一次吻你时那样，用尽我所有的深情与温柔，用尽我所有的爱与宽容。最后一次，用这样悲痛的方式吻你！

　　"梓健，你的胡子又长了。不知道，我还有没有资格再为你刮一次胡子？"梓健泪中含笑："梓健的胡子，只有司徒珈才能刮，也只有你才能刮得干净！"我拿出剃须刀，再一次为他刮胡子。我们相拥，剃须刀掉在地上，不断发出"吱吱"的响声。

　　"梓健，从今以后，我不能再为你刮胡子了。记得告诉你以后的爱人，要为你买这个牌子的剃须刀，它好用。还要告诉她，刮的时候要很小心，因为你的皮肤很嫩。稍不注意，就会留下伤痕。你的脸那么迷人，是不可以留下痕迹的。"

　　"以后，你要好好吃饭。你已经很瘦了，不能再这样对待自己的身体。你睡觉的时候，经常会做噩梦。以后记得每天睡觉前喝杯牛奶，吃钙片。女孩子，要懂得保养。你那么美，眼泪是不应该出现在你脸上的。以后，记得要多笑，一定要多笑！知道吗？看着你不幸福，我怎么能心安？"

　　"我知道了，知道了，我一定听你的。""珈……没有我在你身边，你能照顾好自己吗？能吗？""为了你，我能！一定能！"我们死死抱在一起，心痛至极。

　　我和梓健都明白，就算彼此还是深深地相爱，却再也无法走到一起了。虽然梓健极力想挽回这段在悬崖边迷走的爱情，但我却无法弥补自己的过失。因为我们之间，永远都有小雯的存在。

　　还因为，我曾在小雯的墓碑前发过誓，梓健必须忍痛割爱选择放手；也因为这句誓言，将赔上我和梓健一生的幸福！这是现实，我们不得不面对，因为没有任何退路。我不能抛下小雯，和你远走高飞。

要拿别人的错误来变成惩罚自己的筹码。畸形的爱恋终将得不到世人的认可，在被讽刺和唾弃的同时，也深深证明了自己幼稚的情商和懦弱、偏执的性格。这种代价，不是人人都能承受得起的。人生的主题，不仅仅只有男人和爱情。因为在这短暂的一生中，还有很多事等着我们去追求。"

颜晴回过头的一刹那，我看见了她眼里的那股无望与凄绝，还有最初的那一抹渴望。

我的最后一个义务，便是当着颜晴的面，向她诉说了刘明背后那些真实的故事。当颜晴听完所有的来龙去脉后，捂住脸痛哭了很久。她只是不住地说："太晚了，一切都太晚了！"

由于诈骗罪、故意杀人罪、逃税罪数罪并罚，后悔和怨恨将陪伴颜晴在大牢中度过悲凉的后半生，在铁窗面前，她能否听到刘明的忏悔声？这个可悲的女人，终究还是走上了这条不归路，再多的眼泪也不能弥补她犯下的过错。忏悔，也许真的为时已晚。

"等我出狱的时候，都快六十岁了。到了那时，你的孩子都要上大学了。而我的小宝，也应该成家立业了。出来后，我想我就可以做奶奶了。"

我紧握颜晴的手，告诉她要好好改过自新，一定要等到小宝成家立业，一定要亲口听到自己的孙子喊她一声："奶奶。"

最后的告别

我来到精神卫生中心，最后看一眼病中的晓敏。半个月后，她将被家人接回郑州，继续接受治疗。

晓敏看上去状态还不错，认得我是谁。我告诉她："晓敏，我要走了。""珈珈，你要去哪里？""我……我要离开上海了。"

"珈珈，珈珈……""晓敏，答应我，你一定要好起来。我要亲眼看见你穿上美丽的婚纱，答应我！""我答应你，我一定会好起来，一定会穿上婚纱给你看！""好样的，晓敏，你很勇敢！""谢谢你，珈珈，真的谢谢你！我……爱……你……""我也爱你……"

出门前，我回头看了看病床上的晓敏，她微笑着送我。我慢慢走向长廊，在心里告诉她：晓敏，刘明已经死了，他终于受到了惩罚。如果将来你知道这个消息后，还会不会原谅他？晓敏，我们这一生，都在不断地犯错。现在，错误也该了结了。怨恨，也该没有了。晓敏，再见了，保重！

我分别来到芳芳、小雯、刘明的墓前，和我生命中这些至关重要的人，来做最后的告别。

芳芳，刘明已经得到了应有的惩罚，他死的时候很残忍。他已经醒悟了，现在，他来陪你了，你要好好听他的忏悔！但是，他的错误将由颜晴来承担。看到这个结果，你也和我们同样心痛吧。希望你在天堂能开心，自由的生活是你一直以来的梦想。最爱的芳，我们下辈子还是最好的姐妹！我永远怀念你！

小雯，你嘱咐我的事，我没有办到。我和梓健最终还是分开了，为了你，我愿意舍弃我和他之间的这段感情。我在你面前发过誓，所以，我必须拿自己的一生去兑现。我知道，你会一直看着我们。因为，你爱我们。小雯，其实你比我们任何一个人都懂爱。你的大爱，让我们活着的人都自愧不如。你比我们都伟大！最爱的小雯，你永远活在我们的心中。我们想念你！"

刘明，曾经，我是真的很恨你，包括很多人。只能说，恨会毁了人的一生。当你踏出第一步时，便已知道自己无法再回头。曾经，你也被深深地伤害过。所以，你要用更大的伤害去报复那些人。其实，你的内心深处有着强烈的爱。只是你这一生，都没有办法再去爱别人了。那个为你奉献了一生的女人，她很可怜。如果还有来生，请好好对待她吧！不要让她再为你流尽委屈的眼泪了！要做一个好男人，就不能让自己的女人伤心。我知道，你一定能做到！现在，你要好好善待芳芳，弥补你在人世对她的罪孽。你说过，要我幸福地活着。我会的！刘明，再见了！这一刻，我不再恨你。

逝去的人们，你们安息吧，你们比我们活着的人更伟大和勇敢。因为你们，永远都会留在我们的心中。

6月的好天，我参加了阿欣的婚礼。有史以来，我终于看到她脸上真实的笑容。伴娘是我，当然，伴郎再也不会是梓健。我们只是像好朋友一样，诉说着彼此心里的感受。师哥很念旧，他没有想到我会这么快做出决定。

我告诉魏波，10月的婚礼我也许不能来参加了，因为我还要赶赴下一站。我们彼此祝福吧！

上海的工作，终于要告一段落了。是的，我递了辞呈，放弃了优厚的待遇和前景光明的事业，向下一站出发。这一次，我不是去另一个城市疗伤，也不是去旅行散心，我准备前往四川汶川地震灾区，做一名支教志愿者，为那里的孩子们带去光明和希望。

2008年8月，我离开了这片装满我诸多回忆的地方。阿欣、老吴、师哥、魏波、一芬、公司领导……大家全都赶来机场送别我们。我告诉阿欣，要好好生活，做一个幸福的太太。虽然阿欣对我很不舍，但也希望我的人生从这一刻能彻底改变，彻底和眼泪说再见！我们永远都是共患难的好姐妹！

我没有看到梓健，但我知道，他就在离我们不远的地方，默默地为我送别。

完结篇

登上飞机的那一刻，我在心里默默地说：再见了上海，再见了朋友们，再见了我的爱！

去四川前，我回到了生我养我的那片故土，看望了我的父老乡亲。

他们并没有因为我的远去而感到担忧，只送给我一句话："恭喜你，获得了新生！"

临行前，我去了深圳，到边宇的墓碑前和他告别。

亲爱的边宇，我来看你了。一年后的今天，我在这里，终于有勇气站在你面前了！我要去四川支教了，你会支持我的，对吗？和你分别的这一年多来，我经历了许多悲欢离合的事情，体会了生与死、爱与恨、情与义、悲与喜……酸甜苦辣的人生，我感受到了！所有的事情都有因果关系，我不怨恨、不责怪，只有感恩。与其自责地活在痛苦里，不如擦干眼泪，勇敢地伸出双手，去拥抱温暖的阳光。我要学着做一个感谢人生、感谢命运的人。我要告诉你，我很勇敢，也很坚强。现在，为了灾区的孩子们能重获光明，我更要担负起肩上的责任和义务！边宇，你永远活在我的心里！你是第一个让我懂得爱的人！感谢你！我最爱的人，谢谢你让我成长！

我背着沉沉的行囊，踏上了四川灾区的土地。在绵阳，看着孩子们委屈无辜的眼神，我的心被震撼了。我希望用自己扎实的英语和母语功底，为这片濒临绝望的土地灌溉春天的细雨。我愿用我的关爱为他们带去一些"冬天"的温暖。我愿用我的双手，去重建孩子们的心灵家园。

四川，成为我生命中的第二个家园。

一年后。

这天，正当我在教室里擦黑板，可爱的学生三三两两地跑到我身边。"司徒老师，司徒老师，学校又来了一位新老师，我们快去看呀！"我被他们推搡着来到外面的操场上，只见远处一帮学生正在玩老鹰捉小鸡的游戏。那个张开宽大的双臂，极力保护着孩子们的"妈妈"，竟然是……亨利！他们在跑，在跳，在笑，兴奋得像是从没经历过任何风雨。我的泪水在眼眶里转动，心却在笑。

这是我此生见过的，最美丽的画面……

2010年夏，我们结束了两年的支教生涯。这天，早晨升完国旗，学生们并没有乖乖地回教室上课，而是快速地排列成三队，每队组成一个心形，心形里又站着一个人。他们齐刷刷地跳起了自学的舞蹈，带队的，竟是亨利！学生们整齐地停下，每个人从身后拿出一支太阳花。心形里的三个学生分别喊道："我——""爱——""你——""嫁——""给——""我——"

亨利走到我面前，单膝跪下，用中文说："司徒珈小姐，你愿意嫁给我吗？"学生们齐声高喊："嫁给他！嫁给他！嫁给他！"我捂着嘴，感动得无法开口。亨利拿出一枚戒指："司徒珈，我爱你，嫁给我吧！"我惊讶地问："什么时候准备的戒指？"他笑笑："一年前。"

我的眼泪忍不住掉下来，边笑边哭。不等我反应过来，学生们一拥而上，将我和亨利团团围住。爽朗的笑声传向上空，飘向很远……

2010年8月28日，丰收的季节。丹麦的首都哥本哈根，美丽的城市，我和亨利举行了隆重的婚礼。此刻，也终于应验了大维先生当时说过的那句话，我真的成为了他的女儿！我想，这个美丽的世外桃源，一定会带给我更多的幸福和惊喜。

2011年年初，我收到梓健的邮件。他和一位小学教师结婚了。当天给我发来喜讯。此时，我刚怀上身孕。我从心底祝福他们。

我接到消息，程辉和肖薇，于2011年5月完了婚。由于我不能挺着大肚子两边跑，只能在视频上祝贺他们新婚快乐！程辉最终还是勇敢地踏出了这一步。程辉说，看到我幸福，那就是他的幸福。在我心里，他也是唯一能让我称之为哥哥的男人。我爱他！

还有，阿欣和老吴领养了一个8岁的女孩。他们的生活，又增添了新的责任和乐趣。阿欣也因此成了一名母亲，虽不是亲生，但她将用自己毕生的心血来关爱这个来之不易的孩子。

更让我为之惊讶的是，风光威武的光头张正雄居然也有向阿欣求救的一天。他的工地上出现一些问题，甲方携工程款潜逃了。光头发不出手下的工资，到处筹钱，最后找到了阿欣。阿欣说，只要你能趴在地上做小狗并帮我按摩，我就愿意帮助你。光头硬着头皮照做了。阿欣心痛地流着泪，她终于用同样的方式报复了张正雄。这个剥夺阿欣子宫的男人、摧毁她梦想与希望的男人，如今，却也有卑微屈膝的这一天。真是三十年河东，三十年河西。

晓敏当年回到郑州，依旧继续接受治疗。在家人与男友的悉心照顾下，她的病情控制得很平稳。出院后的第一件事，海刚为她披上了美丽的婚纱。

值得庆幸的是，颜晴在服刑期间，表现突出，并检举了监狱内一项重大的犯罪活动，减去 3 年有期徒刑。减刑后实际执行的刑期为17 年。

2011 年 10 月 18 日，我们的孩子出世了，一对可爱的龙凤胎。男孩像我，女孩像亨利。这对混血儿，将继承父亲和母亲的两种传统文化。

2012 年 1 月 1 日，梓健再次发来邮件，说自己也有了宝宝，是女孩，并给她取名为：梓珈雯。他认真地说，给女儿取这个名字，是为了纪念生命中最重要的两位女孩。一位是司徒珈，是我这一生最深爱、最刻骨铭心、也是无人能替代的女孩；另一位就是柳雯，是我这一生都不能忘记，都要怀念和感恩于她的女孩。所以，我把你们的名字各自取了一个字：珈、雯。

"每当幸福地叫喊自己的女儿时，也就意味着看到了人生中最重要的两位女孩，也是对两位女孩思念的延续。而对于我们三人之间的故事，我的妻子永远不会知道其中的秘密，它将一生埋藏在我的内心深处。我，爱我的妻子！"

我坐在花园的藤椅上看完了梓健的邮件，会心地一笑。亨利抱来我们的龙凤胎："宝贝们，你们的妈妈，是世界上最伟大的母亲！"

她是我们心中永远的痛和怀念！

原谅我，梓健。原谅我，以这样的方式离开你，以这样的方式远远地爱着你。

握着的双手还是要分开，彼此心里除了有痛，还有感慨。时过境迁，回头再看我们这一路的印记，也已物是人非了。我们虽然不能相守在一起度过剩下的年华，但彼此的心却紧紧连在了一起。这辈子，我们都是对方最好的朋友和知己。我们的关系，在经历了这么多风浪之后，已被超越了所有！

这一刻，我们都为对方感到骄傲！

牢狱之灾

由于颜晴的案件涉及多起，且案情复杂，上海市中级人民法院择日分别对犯罪嫌疑人颜晴的三起刑事案件进行了开庭审理。我们一行人到场旁听。在公正的法律面前，颜晴含泪交代了全部的犯罪事实，同时也详细交代了她与被害人之间长达九年的恩怨情仇。

颜晴在被告席上的一番话，让在场的人纷纷落泪。

"我承认自己做了很多错事，犯下了不可弥补的过失。我犯了罪，应该受到法律的制裁。我的做法也许被外人看来十分残忍，但那是我最终的使命，因为我是在替天行道。牢狱之灾，是我认为最完满的结果。"

"归根结底，如果不是因为爱、不是因为一个男人，我也不可能落到今天这个地步。只能说，我在爱里迷失了自己，为了一份看不到头的感情，付出了自己一生的情感，甚至是生命的代价。我用愚蠢的行为报复了自己余下的半生，我是罪有应得。"

"我想告诉世人的是，不要因为无望的情感而一错再错，一步错，便步步皆错。不要让那些可笑、愚昧的错误摧毁了我们的一生，更不我抱过孩子，心疼地看着他们的小脸，并在亨利的额头上轻轻地一吻。

这时，只听远处有个声音在朝我们轻唤："你们要幸福！一定要永远幸福！"我转过头，似乎看见边宇站在远处对着我们会心地微笑……

图书在版编目（CIP）数据

青春十字路 / 伊玲著 . —杭州：浙江大学出版社，2013.6
（伊玲文集）
ISBN 978-7-308-11163-8

Ⅰ．①青… Ⅱ．①伊… Ⅲ．①长篇小说－中国－当代
Ⅳ．① I247.5

中国版本图书馆 CIP 数据核字（2013）第 029462 号

青春十字路

伊 玲 著

责任编辑	杨利军（ylj_zjup@qq.com）	
封面设计	项梦怡	
出版发行	浙江大学出版社	
	（杭州市天目山路 148 号　邮政编码 310007）	
	（网址：http://www.zjupress.com）	
排　版	杭州立飞图文制作有限公司	
印　刷	浙江印刷集团有限公司	
开　本	889mm×1194mm　1/32	
印　张	21	
插　页	4	
字　数	545 千	
版 印 次	2013 年 6 月第 1 版　2013 年 6 月第 1 次印刷	
书　号	ISBN 978-7-308-11163-8	
定　价	39.80 元	